Chloe C. Peñaranda

An Heir Comes to Rise – Die Nachtwandlerin

Chloe C. Peñaranda

An Heir Comes to Rise

DIE NACHTWANDLERIN

Aus dem Englischen von Bernadette Ott

cbt

MIX
Papier | Fördert gute Waldnutzung
FSC® C014496
FSC www.fsc.org

Penguin Random House Verlagsgruppe FSC® N001967

1. Auflage 2025
Erstmals als cbt Taschenbuch September 2025
© 2020 by Chloe Peñaranda
Die Originalausgabe erschien 2021 unter dem Titel
»An Heir Comes to Rise« bei Lumarias Press
Translation rights arranged by The Sandra Dijkstra Literary Agency
All Rights Reserved
© 2025 für die deutschsprachige Ausgabe
cbj Kinder- und Jugendbuchverlag
in der Penguin Random House Verlagsgruppe GmbH,
Neumarkter Straße 28, 81673 München
produktsicherheit@penguinrandomhouse.de
(Vorstehende Angaben sind zugleich Pflichtinformationen nach GPSR.)
Alle deutschsprachigen Rechte vorbehalten
Übersetzung: Bernadette Ott
Umschlaggestaltung: Alexander Kopainski
Umschlagmotive: © Shutterstock.com (kaisorn, Yeti Studio, oscargutzo, mahiman, Melissa King, STILLFX, Arcady, Finesell, Peyker (2x), Banana Republic images, mrs_kato)
Vignetten: © Adobe Stock/Illustrator HarutoTanaka88, Bippon
skn · Herstellung: DiMo
Satz: KCFG – Medienagentur, Neuss
Druck: GGP Media GmbH, Pößneck
ISBN 978-3-570-31713-6
Printed in Germany

www.cbj-verlag.de

Für dich, der du dieses Buch liest.
Du kannst alles.

ERSTES KAPITEL

Nicht einmal die Träume waren in Ungardia sicher.

Doch waren sie der einzige Ort, an dem Menschen und Fae gleich verletzlich waren. Wer in Schlaf versank, lief Gefahr, sein Innerstes der Willkür der Nachtwandler auszuliefern, ohne sich ihrer unheimlichen Gegenwart bewusst zu sein.

Diese Wesen – wie alle anderen mit magischen Fähigkeiten – entsprangen den Reihen der höchsten unsterblichen Fae. Eine dunkle, unsichtbare Macht mit der telepathischen Fähigkeit, in das Unbewusste einer Person einzudringen und sich Zugang zu ihren Gedanken und Erinnerungen zu verschaffen. Auf diese Weise vermochten sie es, andere von innen zu töten. Für Nachtwandler war die Psyche ein Spielfeld voller Lügen und dunkler Geheimnisse, es bereitete ihnen Lust, in einer Person finsterste Regungen zu entfesseln und sie nichts ahnend in die Verdammnis zu führen.

Alle von uns haben ihre Leichen im Keller und wer das Gegenteil behauptet, hat gewöhnlich am meisten zu verbergen.

Auch wenn sie nicht viele waren, gab es doch genug solcher Nachtwandler im Königreich High Farrow, der Heimat von Faythe, dass die Menschen in den verelendeten Vorstädten nicht aufbegehrten, weder gegen den König noch gegen all jene, die innerhalb der hohen Mauern der inneren Stadt ein Leben in Luxus und

Reichtum führten. Das Geschlecht der herrschenden Fae schloss die Menschen aus ihrer Gemeinschaft aus, als wären sie Hunde, mit den tristen, trostlosen Siedlungen jenseits der Stadtmauern als ihrem Zwinger. Dort lebten die Menschen in ständiger Furcht vor ihren unsterblichen Herrschern. Nach Gleichheit streben zu wollen wäre vergeblich gewesen. Und unheilvoll.

Außerhalb der Stadtmauern waren die Fae nur selten anzutreffen, außer um Geschäfte zu betreiben. Der Anblick der verfallenden finsteren alten Häuser der Vorstädte mit ihren holprigen Straßen war wahrlich keinen Ausflug wert und auch nicht die wenigen Erholungs- und Vergnügungsorte. Lediglich Wachpatrouillen der Fae bekam Faythe regelmäßig zu Gesicht, ohne sich dabei jemals sicher zu sein, ob sie durch die Straßen marschierten, um die Menschen zu beschützen, oder ob sie mit ihren Kontrollgängen die Macht der Fae über die Menschen demonstrieren wollten.

Für die Fae war das Geschlecht der Menschen, das Geschlecht, dem Faythe angehörte, lediglich zur Arbeit geboren. Sie mussten arbeiten, bis sie starben, verrichteten in der inneren Stadt alle niederen Dienste; schufteten sich dafür schon seit Generationen zu Tode. Für die Unsterblichen war die Lebensspanne eines Menschen nichts anderes als ein unmerklicher Wimpernschlag der Zeit.

Die Stadt war für Faythe und die Angehörigen ihres Geschlechts jedoch nicht völlig verschlossen. Manche suchten und bekamen Arbeit hinter den hohen Festungswällen, gegen eine bessere Bezahlung, als sie sie in den Vorstädten jemals hätten finden können. Aber dafür mussten sie einzigartige Begabungen oder besonders nachgefragte Fähigkeiten und Kenntnisse vorweisen.

Faythe besaß solche Fähigkeiten nicht. Sie war lediglich Gehilfin eines Bäckereistands auf dem belebten Marktplatz von Farrowhold, in der größten der Vorstädte. Ihre Tage verbrachte sie damit, zwischen dem Verkaufsstand und der Backstube, die etwas entfernt lag, hin und her zu rennen, um die köstlichen Brote und Kuchen zu holen, die Maries Tochter buk. Manchmal übernahm sie auch Botengänge zu Kundinnen und lieferte Bestellungen aus. Der Lohn war erbärmlich, aber dafür konnte sie fast jeden Abend ein paar Brote und Teigtaschen, manchmal sogar süßes Gebäck, mit nach Hause nehmen.

Nie hatte sie den Wunsch verspürt, in der Stadt bei den Fae zu arbeiten, und sie beneidete auch nicht jene, die dafür *auserwählt* schienen. Lieber nahm sie weiter die zermürbenden, langen Arbeitstage für wenig Lohn auf sich, als ständig überwacht zu werden; gezwungen, einem aufgeblasenen, hochmütigen Unsterblichen zu dienen.

Bei dem Gedanken an Unsterblichkeit schauderte Faythe. Warum jemand länger als eine Lebenszeit in dieser tristen, traurigen, kriegsgeplagten Welt verbringen wollte, konnte sie nicht begreifen. Es musste wohl daran liegen, dass Reichtum und Wohlhabenheit der Fae ihnen ein Leben ermöglichten, das erstrebenswerter war als ihres. Doch waren die Fae von Natur aus machtgierig und mitleidlos – und obwohl Faythe so manches Mal mit hungrigem Magen zu Bett gehen musste, war sie froh, nicht eine von ihnen zu sein.

An diesem Tag war am Stand ungewöhnlich viel los. Die heiße Sommersonne brannte erbarmungslos auf sie nieder und obwohl es erst früher Nachmittag war, fühlte Faythe sich so erschöpft, als wäre es bereits Abend. Der Schweiß lief ihr herunter, keuchend kehrte sie mit dem vierten Backblech süßer kleiner Kuchen von der Backstube an den Marktstand zurück.

»Grace sagt, sie hat keine Äpfel mehr. Das waren die letzten Apfelküchle für heute.« Faythe setzte das Blech ab und wischte sich mit dem Ärmel den Schweiß von der Stirn.

Marie konnte nur schwer ihre Enttäuschung verbergen. Apfelküchle kauften alle gern und auch Faythe liebte diese Leckerei.

»Tja, dann werden wir wohl ohne sie auskommen müssen.«

Marie war eine begnadete Verkäuferin, sie lächelte immer, hatte für alle ihre Kundinnen ein freundliches Wort übrig. Was auch der Grund sein mochte, weshalb sie Faythe selten bat, ihr am Stand auszuhelfen. Nicht dass Faythe abweisend gewesen wäre oder einfach ungeeignet fürs Verkaufen. Aber in ihrem Gesicht konnte man lesen wie in einem offenen Buch, sie hielt sich mit ihren Gefühlen nie zurück. Und mit Kundinnen, die Maries Herzlichkeit weniger verdient hatten, kam sie nie gut zurecht. Marie war ein großzügiger Mensch und hatte ein schlechtes Gewissen, weil sie Faythe nur so wenig zahlen konnte. Aber Faythe hatte dafür Verständnis. Geld war bei den meisten Leuten in den Vorstädten knapp.

Viele kleine Gewerbe waren im selben Teufelskreis gefangen. Die Arbeit konnte nicht gut genug bezahlt werden, was zum Ergebnis hatte, dass die Waren zu einem viel zu niedrigen Preis verkauft werden mussten, da niemand am Ende der Woche noch genug Geld in der Lohntüte übrig hatte.

»Ich hab ein paar Kartons fertig zur Auslieferung!«, rief Marie Faythe über den Lärm der mittäglichen Kundschaft hinweg zu.

Faythe stemmte sich schwerfällig von der Kiste hoch, auf die sich erst vor wenigen Augenblicken gesetzt hatte. Ihre Muskeln taten ihr weh. Seit zwei Jahren arbeitete sie jetzt für Marie. Aber an die körperliche Anstrengung hatte sie sich immer noch nicht gewöhnt.

»Und mach schnell! Mrs Green hat ihre Teigtaschen gern noch ofenwarm«, mahnte Marie, die mit der Kundschaft beschäftigt war und gleichzeitig die Lieferkartons packte.

Mit vier Schachteln bepackt, die sie auszuliefern hatte, eilte Faythe durch die von Menschen wimmelnden Straßen. Sie kannte das Gewirr der Straßen und Gassen in Farrowhold besser als irgendjemand. Um zu beweisen wie gut, war sie eines Abends sogar eine Wette mit ihrem besten Freund Jakon eingegangen, ein Versteckspiel mit verbundenen Augen. Faythe hatte jede Ecke, jede Wegbiegung gemeistert, war wie eine geschmeidige Straßenkatze jedem Hindernis ausgewichen, und weil ihre gesamten Sinne in höchster Anspannung waren, dauerte es nicht lange und sie hatte ihn aufgespürt.

Für solche Spiele betrachtete sie sich inzwischen als zu alt, verbrachte stattdessen ihre freien Abende mit Jakon auf dem von den Händlern geräumten Marktplatz. Dort hatten sie genug Raum, um beim Kampftraining die Mühen des Tages zu vergessen. Echte Schwerter konnten sie sich nicht leisten. Jakon, der auf dem Bauernhof arbeitete, stahl dort Besenstiele, die sie für ihre Wettkämpfe in zwei Hälften zerbrachen. Doch bald waren sie so zersplittert, dass sie wieder neue brauchten. Faythe hatte versucht, so viel Geld zur Seite zu legen, wie sie konnte, um eines Tages ein echtes Schwert zu kaufen. Sie hatte es satt, immer nur das dumpfe Geräusch aufeinanderschlagenden Holzes zu hören, nie das ersehnte Singen einer Schwertklinge. Aber es würde sie fast einen Jahreslohn kosten, so hatte sie errechnet, um auch nur ein Schwert von einfachster Ausführung kaufen zu können.

Sie bahnte sich ihren Weg durch die belebten Straßen, darum bemüht, bei den Kundinnen der Bäckerei, die immer freundlich zu ihr waren, nicht zu viel Zeit zu verlieren. Nach einer Weile war nur noch eine Lieferung übrig geblieben: die in die Mühle der Familie Green. Faythe beschleunigte leicht ihre Schritte, als sie sich dorthin aufmachte. Die Mühle war seit jeher ein besonderer Ort für sie, hatte doch ihre Mutter vor vielen Jahren für Mrs Green gearbeitet. Nach ihrem Tod fand Faythe stets etwas Tröstliches darin, das alte, halbverfallene Haus zu betreten, in das sie als kleines Kind so oft mitgenommen worden war. Zwischen ihr und ihrer Mutter hatte es jeden Morgen Streit gegeben, weil sie trödelte und nicht mitwollte. Aber dann lernte sie dort Reuben kennen, den Sohn des Müllers. Faythe sehnte sich unendlich danach, einen Spielgefährten zu haben. Der schüchterne und ängstliche Junge mit den gelockten blonden Haaren und den Grübchen in den Wangen war in ihrer Gegenwart wie verwandelt, wurde lebhaft und abenteuerlustig. Bald sträubte Faythe sich nicht mehr dagegen, zur Mühle mitgenommen zu werden. Ja, sie wollte am Abend gar nicht mehr nach Hause.

Einmal in der Woche belieferte sie Mrs Green und freute sich jedes Mal darauf. Mrs Green war seit Jahren Stammkundin am Marktstand von Marie, und Faythe wusste, dass sie nicht nur wegen der köstlichen Teigtaschen ihre wöchentliche Bestellung aufgab. Für Mrs Green, genauso wie für Faythe, war es eine Möglichkeit, das Andenken an ihre Mutter lebendig zu halten. Sie erledigte ihre anderen Lieferungen schneller als gewöhnlich, um paar Minuten freie Zeit für Reuben und Mrs Green übrig zu haben.

Als sie nahe bei der Mühle um die Ecke bog und das große, weiß getünchte Gebäude vor ihr auftauchte, blieb sie mit einem Mal stehen. Aus der kleinen Tür an der Vorderseite trat eine dunkel gekleidete, düster und bedrohlich wirkende Gestalt nach draußen.

Der Mann war in einen Mantel gehüllt und hatte die Kapuze

über den Kopf gezogen – was in der drückenden Sommerhitze seltsam war. Doch deshalb wäre Faythe nicht beinahe über ihre eigenen Füße gestolpert. Der Mann war eine große, kräftige Erscheinung, zu groß und kräftig, um einer der Bewohner aus der Vorstadt sein zu können. Um ein Mensch sein zu können. Seine Ohren konnte sie nicht sehen. Ein Blick darauf, auf ihre wahrscheinlich nach oben spitz zulaufende Form, hätte ihr zweifelsfrei bestätigt, dass es sich um einen Fae handelte. Aber allein seine Statur wies deutlich darauf hin, dass es sich bei ihm um einen Unsterblichen handeln musste.

Als er auf sie zukam, kämpfte sie gegen den übermächtigen Wunsch an, sofort umzukehren und wegzurennen. Sie wollte die Augen abwenden, den Blick auf den Boden richten und ihn nicht weiter beachten, wenn er an ihr vorbeiging. Es führte nur der eine Weg zur Mühle oder von ihr fort, deshalb mussten sie sich begegnen. Doch ihre Augen blieben starr auf den Mann gerichtet, sie konnte nicht anders, musste ihn aufmerksam mustern. Ihr Herz pochte so laut, dass ihr die Ohren davon dröhnten, ein Alarmsignal, dass Gefahr drohte. Sie war damit aufgewachsen, niemals etwas Gutes zu erwarten, sobald ein Fae sich näherte. Alle waren damit aufgewachsen. Die Furcht vor den Fae war ihr von Kindheit an eingeimpft worden.

Der Mann kam weiter auf sie zu und Faythe versuchte nun, einen Blick auf sein Gesicht zu erhaschen, denn sein Schritt und seine Haltung unterschieden sich gänzlich von den Wachpatrouillen, denen sie bisher begegnet war. Das machte sie neugierig, und sie wollte mehr erfahren. Er marschierte nicht geräuschvoll und Furcht einflößend wie die anderen, seine Bewegungen waren fließend und geschmeidig, seine Haltung nicht auftrumpfend; ganz offensichtlich wollte er nicht auffallen.

Die Wachtposten der Fae, die regelmäßig in den Straßen von Farrowhold patrouillierten, würdigte Faythe nach der ersten heimlichen Musterung keines weiteren Blickes mehr. Sie waren alle einer wie der andere, in ihren Gesichtern drückte sich nichts als rohe Gewalt aus. Doch der geheimnisvolle Fremde, dessen Weg sie da kreuzte, war anders. Er war auch ein Fae, aber irgendetwas an ihm weckte ihr Interesse.

Wie von allen anderen hatte sie von ihm erwartet, dass er an ihr vorbeigehen würde, ohne auch nur wahrzunehmen, dass da jemand war. Doch dann, als er nur noch einen Schritt von ihr entfernt war, hob er plötzlich den Kopf und schaute ihr direkt ins Gesicht. Das Smaragdgrün seiner Augen war von einer unvergleichlichen Leuchtkraft, und als er den Kopf zur Seite neigte und seine Augen von Sonnenstrahlen getroffen wurden, leuchtete es in ihnen noch tiefer, noch farbgesättigter auf.

Die Zeit blieb für Faythe einen Augenblick lang stehen oder vielleicht setzte auch ihr Herzschlag kurz aus. Das laute Pochen hörte auf, wurde von einem fernen, leisen Summen abgelöst. In den smaragdgrünen Augen des Mannes glaubte sie denselben verwunderten, fragenden Blick zu lesen. Dann war er mit einem großen Schritt an Faythe vorbei und sie erwachte aus ihrer Trance.

Sie hatte gar nicht gemerkt, dass sie stehen geblieben war. Erst als sie tief einatmete und ihre Umgebung wieder in völliger Klarheit wahrnahm. Danach wagte sie sogar, den Kopf zu wenden. Aber die Straße hinter ihr war leer. Er war verschwunden, wie ein Geist im Wind, so pflegte man bei ihnen zu sagen.

Als sie wieder zur Mühle blickte, setzte bei Faythe schlagartig das Denken ein. Aus welchem Grund konnte ein Fae sich in der Mühle bei den Greens aufgehalten haben? Panik befiel sie und sie hastete auf ihr Ziel zu.

Faythe hielt sich nicht damit auf, erst anzuklopfen, sondern stürmte gleich hinein. Die alten Dielenbretter im Hausflur der Mühle riefen bei jedem ihrer Schritte laut und verzweifelt nach Reuben und seiner Mutter. Sie selbst brachte vor Angst keinen Ton heraus.

In der großen Küche hielt sie schließlich an. Ihre Erleichterung, die beiden dort lebend anzutreffen, war jedoch nur von kurzer Dauer. Auf Mrs Greens Gesicht spiegelte sich Verzweiflung, ihre Augen waren mit Tränen gefüllt. Reuben kehrte ihr bei ihrem Eintreten den Rücken zu, aber als er sich zu ihr umdrehte, war sein Gesicht gespenstisch fahl.

Das normalerweise übermütige, kecke Lächeln war einem ernsten, feierlichen Ausdruck gewichen. Faythe spürte, wie ihr Herz ihr mit einem Mal schwer wurde.

Einen quälenden Augenblick lang sagte keiner ein Wort. Dann konnte Faythe es nicht länger ertragen und fragte: »Was ist passiert?« Der Karton mit den Teigtaschen wurde plötzlich schwer wie Blei. Sie stellte ihn auf dem Tisch ab. Trat näher an ihren Freund heran.

Reuben öffnete den Mund, um etwas zu sagen, doch seine Lippen bewegten sich, ohne einen Laut hervorzubringen. So als würde er noch damit kämpfen, die schlechte Nachricht, die ihnen überbracht worden war, zu begreifen.

»Ich – ich muss sofort von hier weg«, brachte er schließlich hervor, mit fast unhörbarem Flüstern.

Faythe blickte noch besorgter drein. »Was soll das heißen?«, fragte sie. »Reuben, was haben sie mit dir vor?«

Reuben schüttelte den Kopf. »Es tut mir so unendlich leid, Faythe. Ich musste, ich konnte nicht anders. Jedenfalls hab ich das geglaubt. Ich … Sie haben mich im Wald bedroht, haben gesagt, sie würden euch alle umbringen, wenn ich nicht mitmachen würde.« Vor lauter Grauen war sein Gesicht leichenblass geworden.

Faythe ballte die Fäuste, um zu verhindern, dass das Zittern ihrer Hände verriet, wie groß ihre Angst war. Sie musste unbedingt erfahren, was ihn soeben so erschüttert hatte.

»Was wollte der Fae hier von dir?«, drang sie weiter in ihn. Beinahe hätte ihre Stimme ihr nicht gehorcht.

Reuben sah mit schwerem, ernsten Blick an. »Er war ein Nachtwandler«, antwortete er. Faythe riss erschrocken die Augen auf, aber sie beherrschte sich und unterbrach ihn nicht. »Er … er kam hierher, um mich zu warnen, drängte mich, zu fliehen, bevor der König jemand anders auf mich ansetzt, der nicht so nachsichtig mit mir ist. Ich … ich habe Informationen für Valgard ausgespäht – vor ein paar Wochen haben sie mich im Finsterwald umzingelt und bedroht. Wollten, dass ich für sie etwas aufstöbere, einen Stein, der bei uns in High Farrow versteckt sein soll. Aber ich … ich habe ihn nicht gefunden … ich … ich hab nicht …« Reuben verstummte und gestand damit auch ohne Worte ein, auf welch törichtes und lebensbedrohliches Unterfangen er sich da eingelassen hatte.

Sein Bekenntnis rief bei Faythe ein Erstickungsgefühl hervor. Ihr Herzschlag geriet aus seinem regelmäßigen Rhythmus. Von allem, was sie sich als Grund für die brenzlige Situation, in die er geraten war, hatte vorstellen können – darauf wäre sie nie und nimmer gekommen.

Faythe hatte das Königreich High Farrow, das ihre Heimat war, nie verlassen. Aber natürlich wussten alle über den Krieg zwischen Ungardia und Valgard Bescheid. Alle Kinder waren durch Erzählungen und Lieder mit den historischen Ereignissen vertraut. Reuben und sie hatten sogar hier in der Mühle gemeinsam das erste Mal davon erfahren, von den Gefahren und der ständigen Bedrohung gehört, die immer noch nicht vorbei war.

Das niederträchtige Königreich Valgard, vor der Ostküste des Festlands gelegen, war vor über fünfhundert Jahren in den Krieg gegen Ungardia gezogen. Das Territorium des Festlands war in fünf Königreiche aufgeteilt: High Farrow, Rhyenelle, Olmstone, Dalrune und Fenstead – wobei die beiden Letzteren vor über einem Jahrhundert von Valgard in zwei großen Schlachten erobert wurden. Bei den ersten dreien, die inzwischen ein enges Bündnis bildeten, waren sie mit ihren Versuchen gescheitert. Aber die drohende Gefahr einer weiteren großen Schlacht hielt alle in ständiger Furcht.

Verwirrung und Misstrauen machten sich in Faythe breit. Die smaragdgrünen Augen des Mannes, dem sie vor dem Haus begegnet war, kamen ihr in den Sinn. Es geschah nicht oft, dass die Fae bei einem aus ihrem Geschlecht Gnade walten ließen, und was Reuben begangen hatte, war Hochverrat. Wenn König Orlon Silvergriff, der Herrscher von High Farrow, seine Nachtwandler wegen solcher Verbrechen aussandte, dann wurden die Beschuldigten, wenn man ihrer habhaft wurde, sofort zum Tode verurteilt.

»Was willst du jetzt tun?« Faythe hatte keine Ahnung, wie es mit Reuben weitergehen sollte. Am wenigsten erwartete sie von Reuben selbst eine sinnvolle Antwort.

Obwohl er inzwischen ein erwachsener Mann war, verhielt sich Reuben immer noch wie ein unschuldiges Kind. Er war leicht zu beeinflussen und reagierte auf Drohungen und Druck seit jeher mit Unterwerfung und nicht mit kämpferischer Gegenwehr. So sehr Faythe auch versucht hatte, ihm das Gegenteil beizubringen, indem sie als Kind erbarmungslos mit einem Holzschwert auf ihn losgestürmt war – Spaß gemacht hatte es immer nur ihr, für Reuben war und blieb es eine Qual.

»Ich … ich weiß nicht. Ich habe Angst, Faythe.«

Als sie ihn so kleinlaut und resigniert hörte, erwachte in Faythe eine altvertraute Regung: das Bedürfnis ihm zu helfen, koste es, was es wolle. In ihrem Kopf ratterte es. Sie ging alle Möglichkeiten durch, wie das Leben ihres Freundes gerettet werden konnte. Zu fliehen würde nicht einfach werden – High Farrow war nicht das einzige Königreich, in dessen Diensten die Nachtwandler standen. Wegen Landesverrats könnte er in jedem Königreich auf dem Festland hingerichtet werden.

Dann erklang ein Name hell inmitten der Trübnis: Lakelaria.

Es war das einzige mächtige Königreich, auf dessen Territorium jahrhundertelang keine Schlachten ausgetragen worden waren. Lakelaria erstreckte sich über eine große Insel im Westen, war vor Angreifern durch die tückische Schwarze See geschützt und wurde von einer Königin regiert, von der man sich erzählte, sie sei die älteste aller Herrscherinnen und Herrscher in den sieben Königreichen von Ungardia – und die mächtigste. Von den Bewohnern und über die Ländereien Lakelarias war nicht viel bekannt. Schon lange vor Beginn der kriegerischen Konflikte vor fünfhundert Jahren hatte die Insel sich abgeschottet. Nur einige wenige Handelsschiffe durften in den Häfen anlegen.

Es würde ein schwieriges, ja schier unmögliches Unterfangen werden, Reuben unbeschadet übers Meer und nach Lakelaria zu bringen. Aber es war wahrscheinlich seine einzige Rettung. Dort drohte keine Gefahr durch Valgard und es gab keinen Grund, nach möglichen Verrätern zu suchen. Soweit alle wussten, verließ nie irgendjemand die Insel und keiner gelangte auf sie.

Ein tiefer Schluchzer von Mrs Green ließ Faythe aus ihren

Gedanken hochfahren. Bei ihrer Sorge um Reuben hatte sie ganz vergessen, dass seine Mutter ja auch in der Küche war. In ihrem sonst so heiteren, fröhlichen Gesicht lag eine Hoffnungslosigkeit und Trauer, die Faythe jetzt auch selbst empfand.

»Könnte sein, dass ich eine Idee habe«, sagte sie. Dann wandte sie sich wieder zu Reuben. »Pack so viel ein, wie du tragen kannst. Jede Minute Schlaf bringt dich jetzt in Gefahr. Du musst heute Nacht noch aufbrechen. Je weniger Sie wissen, Mrs Green, desto besser.«

Reubens Mutter entfuhr erneut ein tiefer Schluchzer und Faythe hatte ebenfalls mit Tränen zu kämpfen, wenn sie daran dachte, dass ihr Freund sie verlassen würde, zur Flucht gezwungen, um sein Leben zu retten.

Mrs Green kam auf sie zu und sie ließ sich von ihr bereitwillig umarmen. Ihre kleine, runde Gestalt reichte Faythe bis zum Kinn. Einen Moment lang schloss sie die Augen. Sie spürte, wie der Kummer und Schmerz von Reubens Mutter in sie überströmte.

Als sie sich voneinander lösten, lächelte Faythe die Müllerin traurig an. Dann fiel ihr Blick auf die alte Kaminuhr und sie fluchte innerlich.

»Ich muss los«, sagte sie und wandte sich danach ein letztes Mal an Reuben. »Wir treffen uns am Westlandwald, neun Uhr.«

Reuben nickte. »Danke, Faythe.«

Sie nickte ihm kurz zu, dann machte sie hastig kehrt und stürmte aus der Mühle, bevor sie die Last der Trauer erdrückte. Vor der Tür atmete sie ein paar Mal tief ein, um den Ansturm an Gefühlen, der sie beinahe überwältigte, zu bändigen. Danach rannte sie los, zurück zum Marktplatz.

Der Rest des Tages, nach der denkwürdigen Begegnung mit dem Fae vor der Mühle der Greens, ging schnell vorbei. In Faythe Kopf ratterte es von Einfällen, wie sie Reuben dabei helfen konnte, die Schwarze See zu überqueren. Nur so konnte er gerettet werden.

Wie nicht anders erwartet, hielt Marie ihr am Marktstand einen Vortrag von wegen Zeit sei Geld und ließ sie nach ihrer Rückkehr keinen Moment Pause machen. Aber Faythe war ihr an diesem Tag für jede Ablenkung dankbar. Bald – viel zu früh, wie ihr schien – begann die Abendsonne an den Häusergiebeln vorbei hinter dem Horizont zu verschwinden und Faythe hastete nach Hause. Oder besser, sie hastete an den Ort, den sie gelernt hatte, als ihr Zuhause zu betrachten: eine sehr kleine Hütte mit einer Wohnküche, einer winzigen Schlafkammer und einer durch einen Vorhang abgetrennten Ecke zum Waschen, die sie sich mit Jakon teilte. Es war ein windschiefes, erbärmliches Häuschen, aus groben Balken gezimmert und die Zwischenräume mit Lehm verstopft. Durch die Risse pfiff in den stürmischen Nächten der Wind. Dennoch strahlte dieses bescheidene Heim für sie Wärme und Geborgenheit aus, ein merkwürdiges Gefühl.

Als sie hineinstürmte, war ihr Freund bereits da und saß auf der Bank am grob gezimmerten Esstisch, neben dem Küchenschrank die einzigen Möbelstücke in ihrer Wohnküche. Alles, was sich in der Hütte befand, war schlicht, um nicht zu sagen schäbig. Es gab keine Farbe, nur Brauntöne in allen Schattierungen. Weder Faythe noch Jakon legten viel Wert auf die Einrichtung ihres Heims, verbrachten sie doch so viel Zeit wie möglich im Freien.

»Wow! Hat Marie dich wieder den ganzen Tag herumrennen lassen?« Jakon blickte von dem Schriftstück hoch, das er gerade aufmerksam las, und grinste.

Faythe warf ihm einen genervten Blick zu, und sofort wurde er ernst.

»Was ist passiert?« Das musste sie ihm lassen: Er spürte immer sofort, wenn bei ihr etwas nicht in Ordnung war.

Jakon war drei Jahre älter als sie und ihr bester und engster Freund. Als ihre Mutter vor zehn Jahren gestorben war, hatte er sie vor einem Leben auf der Straße gerettet. Da war sie neun. Und eine Waise. Wer ihr Vater war, hatte sie nie erfahren. Jakon hatte seine beiden Eltern durch Krankheit im selben Alter verloren, weshalb es Faythe oft so vorkam, als wären sie wie zwei Seiten derselben Münze, beide traurige Waisenkinder.

»Nichts weiter. Ich schaff das schon allein.« Sie wusste, dass ihr Freund sie damit nicht durchkommen lassen würde. Aber sie versuchte es trotzdem. Wollte nicht, dass auch noch er Kopf und Kragen riskierte.

»Muss ich dir wieder alles aus der Nase ziehen?« Sein Mund presste sich zu einer dünnen Linie zusammen. Faythe kannte diesen kalten, kalkulierenden Blick, war mit Jakon in den vielen Jahren immer wieder aneinandergeraten, weil er sich – wie sie fand – auf unnötige und stark übertriebene Weise als ihr großer Beschützer aufspielte.

»Vertrau mir dieses eine Mal. Je weniger Leute davon wissen, desto besser.«

Er schaute sie beunruhigt an, hatte sofort begriffen, was sie damit meinte. »Wenn du wegen einem dieser Bastarde in Schwierigkeiten bist, dann sagst du es mir besser gleich«, erwiderte er.

Bei Jakon half kein Herumreden. Sie waren beide Sturköpfe. Gemeinsam waren sie stark, da konnte es keiner so schnell mit ihnen aufnehmen. Aber wenn sie aneinandergerieten, tobte schnell ein zerstörerischer Orkan.

»Kannst du dein männliches Ego nicht einfach mal vergessen? Und mir stattdessen zutrauen, dass ich mich erfolgreich darum kümmre?« Faythe hatte die Nase voll. Sie schob sich an ihm vorbei und griff nach ihrem dunkelgrünen Wollumhang. Auch in den Sommernächten konnte es kalt werden. Aber sie schlang den Umhang nicht so sehr wegen der Wärme um ihren Körper, als um sich geborgen zu fühlen.

Zuvor hatte sie am Marktstand, ohne dass Marie es merkte, eine Extraration Brot und gefüllte Teigtaschen eingesteckt. Den Beutel wollte sie Reuben übergeben, als Proviant für seine Reise.

Jakon ging auf ihre Bemerkung nicht ein. »Gut. Dann folge ich dir einfach, bis ich es selber herausgefunden habe.« Er nahm seinen eigenen abgetragenen schwarzen Umhang vom Haken.

Sie funkelte ihn an. »Du bist unausstehlich.« Als sie merkte, dass er nicht klein beigeben würde, schleuderte sie verzweifelt die Arme in die Luft. »Wenn du weißt, worum es geht, sind wir alle beide in Gefahr, nicht nur ich allein!« Aber wenn ihr etwas zustieß, das wusste sie, würde Jakon ohne zu zögern ihr Schicksal teilen. »Es geht noch nicht mal um mich. Reuben steckt ganz tief in der Scheiße.«

In den fünf Minuten, die Faythe brauchte, um ihm von der Begegnung in der Mühle zu erzählen, wechselte Jakons Gesichtsausdruck von Erleichterung zu Schock und schließlich zu Angst. »Und wie willst du ihm jetzt helfen, Faythe? Mein Gott, warum mischst du dich da ein?« Jakon begann, unruhig in der Hütte auf und ab zu gehen, was sie jedes Mal rasend machte.

»Er ist unser Freund! Was sollte ich denn deiner Meinung nach tun? Ihn gefangen nehmen lassen?«, rief sie.

»Wenn ich den Jungen sehe, kann er sich auf was gefasst machen. Er hat dich da mit reingezogen.« Jakon tobte vor Wut.

»Was hätte er denn tun sollen?«, erwiderte Faythe. »Wenn einer von uns beiden so bedroht worden wäre, hätten wir uns doch auch einander anvertraut.«

Jakons Gesichtszüge wurden etwas weicher, er gab einen tiefen, langen Seufzer von sich und warf den Umhang über. »Ich hätte uns beide unverzüglich in Sicherheit gebracht, bevor ich unsere Leben so aufs Spiel gesetzt hätte. Er ist jetzt in keinem Königreich mehr sicher.«

»Ich habe einen Plan.«

Jakon zog fragend eine Augenbraue hoch, wartete darauf, dass sie fortfuhr. Faythe trat nervös von einem Fuß auf den anderen.

»Lakelaria.«

Er gab einen sarkastischen Lacher von sich. »Aha. Und dein wirklicher Plan?«

»Das ist mein wirklicher Plan, du Idiot. Wie du ja selbst gesagt hast, kein anderes Königreich ist für ihn sicher. Es ist neutraler Boden.«

»Wenn sie ihn dort reinlassen!«

»Ich hab nicht behauptet, dass es ein todsicherer Plan ist.«

Jakon fuhr sich mit der Hand übers Gesicht. »Am Hafen wird ein Schiff beladen, dass heute Nacht dorthin ablegt«, meinte er unwillig und bot eine Lösung für den ersten Schritt ihres Plans an: Reuben übers Meer zu verschiffen.

Faythe war plötzlich hellwach. »Weißt du das sicher?«

Er nickte. »Hab ich heute Morgen auf dem Weg zur Arbeit gesehen.«

Faythe strahlte. »Lass uns gleich los.«

»Du brauchst nicht mitzukommen, Faythe. Ich werde Reuben aufs Schiff bringen. Ich weiß besser als du über die genauen Zeiten der Wachpatrouillen Bescheid.«

Als Antwort warf ihm Faythe nur einen genervten Blick zu und wandte sich zur Tür. Mit der rechten Hand fingerte sie in ihrer Hosentasche nach einer alten Uhr mit Metallgehäuse – eines der wenigen Erbstücke von ihrer Mutter. Es war beinahe halb acht. Dunkle Nacht hatte sich über die Vorstadt gelegt.

Jakon seufzte. »Hatte ich nicht anders erwartet.«

ZWEITES KAPITEL

Faythe und Jakon kauerten im Dunkeln hinter einem Stapel verrotteter alter Holzpaletten. Ihre Kapuzen hatten sie tief heruntergezogen, sodass ihre Gesichter verdeckt waren. Keiner von beiden sagte ein Wort, während sie darauf warteten, dass die Nachtpatrouille der Fae an ihnen vorbeizog.

Obwohl es ihnen erlaubt war, sich auch nachts im Freien aufzuhalten, wollten sie nicht das Risiko eingehen, für ein Verhör aufgehalten zu werden. Oder riskieren, dass ihnen jemand folgte.

Jede Minute konnten jetzt die Wachen auftauchen und zur Straßenecke weitermarschieren, an der die Schenke stand – falls die Taschenuhr von Faythe noch die richtige Zeit anzeigte. Im Laufe der Jahre hatte sie immer wieder den Minutenzeiger mit der Hand nachstellen müssen. Aus irgendeinem Grund blieb er nämlich manchmal hängen.

Auf die Minute genau, wie erwartet, hörte sie den harten Tritt von Stiefeln und dazu schwache Stimmen, gefolgt von dem Erscheinen vierer großer, dunkler Gestalten. Entlang der Gebäude waren in Abständen Fackeln aufgesteckt und warfen von den mächtigen Körpern noch mächtigere, Furcht einflößende Schatten.

Die Soldaten trugen Uniformen in Dunkelblau und Schwarz. Ihre Mäntel schmückte an einer Schulter das Wappentier von High Farrow, ein Greif mit ausgebreiteten Schwingen.

Königliche Wachen.

Selbst vom anderen Ende der Straße aus gesehen waren die Größe und das selbstsichere Auftreten der Soldaten etwas, das in Faythe Bewunderung erweckte. Sie verfluchte sich innerlich jedes Mal dafür, erst recht jetzt, wo sie sicher war, dass Jakon ihr Interesse bemerkt hatte und sie mit einem Seitenblick streifte.

Für einen Menschen war Jakon durchaus gut aussehend. Groß und gut gebaut, mit haselnussbraunen Augen und braunen Haaren, die immer zerzaust wirkten. Frauen scheuten sich nicht, offen mit ihm zu flirten. Trotzdem war er im Vergleich mit den Fae immer noch schmerzhaft menschlich. Beide waren sie schmerzhaft menschlich. Das einzige hervorstechende Merkmal an ihr waren ihre Augen – die Augen ihrer Mutter von leuchtendem Gold. Alles Übrige an ihr war vollkommen normal. Sie hatte kastanienbraunes Haar und war ein wenig zu dünn, was sie den Zeiten verdankte, in denen sie sich nicht richtig ernähren konnte. Damals bekam sie eine ganze Weile nur dünne Brühe und altbackenes Brot in den Magen.

Die Patrouille hielt vor der Schenke an. Sie unterhielten sich ruhig miteinander, dann nickte ein niederträchtig aussehender Fae mit einer Narbe auf der linken Gesichtshälfte in die Runde und verschaffte sich gewaltsam Zutritt. Faythe zuckte zusammen, als die hölzerne Tür beim Aufprall seiner Faust zersplitterte, war verwundert, dass die Bretter weiterhin in den Angeln hingen. Die Fae erweckten nicht den Eindruck, für ein Bier und eine betrunkene Unterhaltung mit Freunden in die Kneipe zu wollen. Nein – sie hatten wohl mit jemand, der sich dort aufhielt, dringend etwas zu regeln, wahrscheinlich auf Anordnung des Königs.

»Wir müssen weiter«, flüsterte Jakon neben ihr.

Aber Faythe war wie angewurzelt, ihre Neugierde überwog

alles andere. Es geschah nicht oft, dass sie die königliche Wache bei einem Einsatz in der Vorstadt beobachten konnte. Normalerweise war bei ihnen alles friedlich und langweilig.

Jakon zerrte an ihrem Ellenbogen. »Jetzt, Faythe«, flüsterte er eindringlich.

Sie huschte ihm auf Zehenspitzen hinterher, schnell, aber lautlos, hielt sich dicht neben den Gebäuden, um in ihren Schatten unbemerkt zu bleiben. Als sie gerade um die Ecke biegen wollte, hörte sie in der Schenke hinter sich lautes Getöse und blickte noch einmal zurück.

Nur mit Mühe konnte sie einen Aufschrei unterdrücken, denn von den Wachen wurde ein junger Mann herausgezerrt, den sie kannte. Es handelte sich um Samuel, den Sohn des Kneipenwirts. Faythe und er waren nicht miteinander befreundet. Er war ein Fiesling. Viel zu sehr von sich selbst überzeugt. Trotzdem wünschte sie ihm dieses Schicksal nicht. In die Hände der Fae zu geraten wünschte sie keinem.

Samuel schlug um sich und brüllte, aber aus der Ferne konnte sie kein Wort verstehen. Der Fae mit dem Narbengesicht trat ihm mit aller Wucht in die Kniekehlen und Samuel ging vornüber zu Boden, die Arme von sich gestreckt, Hände flach in den Staub gepresst.

»Wir müssen weiter«, drängte Jakon sie erneut und wollte wieder nach ihrem Ellenbogen fassen.

Sie zog ihren Arm weg. »Wir müssen ihm helfen«, sagte sie und es klang laut ausgesprochen genauso aberwitzig wie als reiner Gedanke in ihrem Kopf. Aber sie konnte es einfach nicht ertragen, jemand in seiner Hilflosigkeit nicht beizustehen – selbst wenn dieser Jemand Samuel war.

»Bist du noch ganz bei Trost? Wir können nichts, aber auch rein gar nichts für ihn tun«, fuhr Jakon sie an. »Wir würden nur selber am Galgen enden, das wäre das Einzige, was dabei rauskommt.«

Mit aller Kraft, die sie zur Verfügung hatte, verschloss Faythe Augen und Ohren vor der Szene, stellte sich taub gegen Samuels verzweifelte Schreie. Jakon hatte recht: Wenn sie sich einmischten, würden sie auch auf der Stelle abgeführt werden.

Als sie den Kopf abwandte und weitergehen wollte, brach sie unter dem Gewicht der Angst, die sie auf einmal verspürte, fast zusammen. Sie war wie gelähmt und zugleich von Grauen gepackt, immer wieder war es ein Schock. Denn sie wusste, dass diese Angst nicht ihre eigene war. Von Kindheit an hatte sie ein unheimliches Gespür für die Gefühle anderer Menschen. Eine Art Fluch, mit dem sie zu leben gelernt hatte.

So schnell, wie die Angst in ihr aufgetaucht war, so schnell war sie auch wieder verschwunden. Ein scharfer, kalter Schmerz durchschoss ihren Körper und sie drehte sich um, schlich erneut wie ein nächtlicher Ganove durch die finsteren Gassen.

Das Zittern von diesem Schrecken hatte in ihr noch nicht nachgelassen, als sie schließlich den Saum des Westlandwalds erreichten. Jakon ging furchtlos weiter, führte sie beide in die Finsternis des Waldes hinein, in dem die schweren Äste der Tannen wie Gespensterschatten schwankten. Ein undurchdringliches Schwarz erstreckte sich vor ihnen.

Faythe hatte sich im Wald noch nie wohlgefühlt. Sie traute ihm nicht. Zwar erstreckte er sich weit über die Hügel, bis hin zum Horizont. Doch bot er nur die Illusion von Sicherheit und Freiheit, denn es gab in ihm viel zu viele Verstecke, in denen ein möglicher Angreifer ihnen auflauern konnte. Jakon und sie kamen nur selten hierher, manchmal versuchten sie sich in der Jagd, mehr aus Langeweile als in der Hoffnung, Wild zu erlegen. Nicht nur fehlte es ihnen an Geschick und Erfahrung, Wildtiere waren in den Wäldern selten geworden.

An der verabredeten Stelle hielten sie an. Von Reuben keine Spur. Die Beklommenheit wuchs in Faythe von Minute zu Minute, während sie dem leisen Ticken ihrer Taschenuhr lauschte. Jakon ging unruhig immer dieselben Schritte hin und her, seine Geduld war fast aufgebraucht. Als hinter ihnen ein Rascheln zu hören war, zog er sofort seinen Dolch und stellte sich schützend vor Faythe.

Einen Herzschlag später tauchte Reuben zwischen den Bäumen auf. Wie Faythe ihn, bei aller Liebe, für seine Trödelei hasste! Jakon seufzte erleichtert auf und steckte den Dolch weg.

»Du kommst spät«, war alles, was er zu Reuben sagte, als der außer Atem vor ihnen stand.

Reuben schob den kleinen Rucksack zurecht. »Tut mir leid. Meine Mutter wollte mich nicht aus dem Haus lassen, ohne mindestens drei Mal nachgesehen zu haben, was ich gepackt habe. Und mir viele, viele Abschiedsküsse zu geben.«

Faythe brach es fast das Herz, als er das sagte. Reubens Miene war dabei so ernst und traurig, als hätte er jede Hoffnung darauf, in die Freiheit entfliehen zu können, bereits aufgegeben.

»Was machst du überhaupt hier?«, fragte er Jakon.

»Du hast Faythe in deinen Mist reingezogen«, fuhr Jakon Reuben an. »Ich kann nicht zulassen, dass sie ganz allein Kopf und Kragen für dich riskiert.«

Wenn er die Wahl gehabt hätte, das wusste Faythe, dann hätte Jakon sich einen Pfifferling um Reubens Unglück gekümmert. Aber er wollte nicht, dass Faythe sich noch mehr in Gefahr brachte, als sie es ohnehin schon getan hatte.

»Wir haben jetzt keine Zeit für irgendwelches Hickhack«, sagte sie, um ihnen beiden das Wort abzuschneiden. »Am Hafen findet gleich die Wachablösung statt.«

Sie hatten noch reichlich Zeit. Aber Faythe konnte es nicht ertragen, Reuben in die Augen zu schauen – nicht wenn sie dabei die Wogen von Furcht und Verzweiflung spürte, die in ihm hochschlugen. Sie fingerte in der Hosentasche an ihrer Uhr herum und fuhr mit den Fingerspitzen über das eingravierte Zeichen auf der Rückseite des Gehäuses, als würde sie in diesem Moment nichts stärker interessieren.

»Und jetzt? Wohin soll's gehen?« Reubens Stimme brachte sie in die Gegenwart und den finsteren Wald zurück.

Sie schaute ihn an. »Lakelaria«, sagte sie, woraufhin sich Reubens Augen weiteten. »Ein Schiff mit Handelswaren legt heute Nacht dorthin ab.«

Reuben war leichenblass geworden. »Das ist Selbstmord!« Er wandte sich an Jakon. »Bitte sag mir, dass das nicht euer Ernst ist! Hab ihr keinen anderen Plan?«

Jakon schüttelte stumm den Kopf und Reuben wirkte daraufhin, als könne er jeden Augenblick in Ohnmacht fallen. »Was Besseres kann dir nicht passieren«, sagte Jakon. Sein sanfter, freundlicher Tonfall überraschte Faythe.

»Ich … ich kann nicht … Nie werde ich …«

Sobald sie merkte, dass kein noch so sanftes Zureden ihn zur Vernunft bringen würde, schlug sie einen strengeren Ton an. »Entweder – oder. Du kannst hierbleiben und dann schnappen sie dich. Oder du riskierst es und versuchst, mit deiner großen Klappe was Sinnvolles zu erreichen und nach Lakelaria reingelassen zu werden.« Als er sich auch danach noch weigerte, schüttelte sie unwillig den Kopf und schob sich an ihm vorbei, bereit, ihn seinem Schicksal zu überlassen.

Nach nur wenigen Schritten hörte sie ihn rufen. »Warte!« Er klang resigniert. »Na gut. Ich mach's, wenn ihr glaubt, dass es der einzige Ausweg ist.«

Faythe richtete sich auf. Plötzlich überkam sie Angst, schließlich entschied ihr Geistesblitz zu seiner Rettung bei ihm über Leben und Tod. Doch sie ließ sich ihre Beklemmung nicht anmerken.

»Dann sollten wir jetzt besser los.«

Im Schutz der Bäume marschierten sie am Waldsaum entlang, bis sie an die Küste gelangten. Vor ihnen erstreckte sich der Hafen von High Farrow. An einem Kai lag ein großes Frachtschiff. Männer beluden es hastig mit Paletten voller Waren.

Sie hatten nicht mehr viel Zeit.

»Was jetzt?«, flüsterte Faythe.

Ein listiges Lächeln umspielte Jakons Lippen, als er entdeckte, wonach er suchte. »Folgt mir«, war alles, was er sagte. Dann wagte er sich aus der Deckung.

Faythe und Reuben folgten ihm, duckten sich immer wieder hinter Sträuchern oder Palettenstapeln, je nachdem, was gerade an ihrem Weg lag. Zwei männliche Fae standen am Kai und hielten Wache, während die Menschenmänner die schwere körperliche Arbeit ausführten. Und das obwohl die Fae viel größer und stärker waren.

Typisch, dachte Faythe.

Jakon, der neben ihnen hinter einem Haufen aus Kisten und Fässern kauerte, gab auf einmal einen durchdringenden Laut von sich, halb Pfiff, halb Schrei. Faythe blickte ihn erschrocken an, dann erst erkannte sie den überzeugend nachgeahmten Vogelruf, den sie als Erkennungsmerkmal benutzten, wenn sie sich heimlich mit anderen trafen.

Sie spähte über das große Fass, hinter dem sie sich geduckt hatte – wie so vieles andere sollte es noch verladen werden –, und bemerkte, wie eine vertraute schmale Gestalt mit schulterlangem, drahtigem rotem Haar in ihre Richtung blickte. Ferris Archer. Was er an Muskeln und Körpergröße vermissen ließ, machte er mit Verstand und Gerissenheit wett. Sie waren seit Jahren eng befreundet, auch wenn er draufgängerisch und jähzornig war und unter seinem schlechten Einfluss normalerweise nichts Gutes herauskam.

Zuerst tat er so, als würde er sie an einen Wachmann der Fae verraten wollen, dann sprang er auf das Fass, hinter dem Faythe kauerte, und gab einen übertrieben lauten Seufzer von sich. Er wandte den Kopf, sah zu ihr hinunter und zwinkerte ihr zu.

»Ich hoffe, du hast dafür einen guten Grund, Kilnight«, murmelte Ferris, der Jakon wie immer bei seinem Nachnamen nannte. Er trank einen großen Schluck aus einem Wasserschlauch, den er vom Boden aufgehoben hatte.

Jakon gab sich nicht lange mit Erklärungen ab. »Wir brauchen deine Hilfe, um Reuben auf das Schiff nach Lakelaria zu bringen«, sagte er nur.

Ferris verschluckte sich an dem Wasser und brauchte etwas, bis er sich wieder gefangen hatte. »Ich hab wohl nicht recht gehört …«

»Es geht um Leben und Tod«, unterbrach ihn Faythe. Sie hatten an diesem Abend nicht viel Zeit.

Ferris hockte einen Moment wie erstarrt da, dann blickte er hastig zu Reuben hinunter, musterte ihn und meinte wegwerfend: »Ich will gar nicht wissen, was du angestellt hast. Aber ich hab da schon so eine Ahnung, du verdammter kleiner Wichser.«

Reuben zuckte zusammen.

»Bitte, Ferris«, flehte Faythe ihn an.

Er sagte nichts und sie machte sich schon darauf gefasst, dass er ihr die Bitte abschlagen würde. Dann richtete er sich auf und verschloss umständlich den Wasserschlauch. Er dehnte und streckte sich theatralisch.

»Alle *die* hier werden verladen.« Unauffällig deutete er auf die Warenstapel und Behälter um sie herum. »Das vorletzte Fass links ist nur zur Hälfte mit Getreide gefüllt. Da dürftest du reinpassen. Aber das kannst du mir glauben, ich werde dafür sorgen, dass ich keiner der Jungs bin, die deinen schweren Arsch da hochschleppen.«

Einer der beiden Wächter brüllte Ferris zu, dass er sich wieder an die Arbeit machen solle.

»Wie du es da reinschaffst, ist nicht mein Problem. In der nächsten Viertelstunde schleppen wir die Fässer rauf. Sorg dafür, dass keiner dich sieht, wenn dir dein Leben etwas wert ist – sie sind alle geschmiert und werden dich sofort verraten.« Ferris dehnte und reckte sich ein letztes Mal, drehte sich dabei zu ihnen um und zwinkerte Faythe zu. Er liebte es, zu flirten. Manchmal spielte sie amüsiert mit, aber sie hatte sich zu dem rothaarigen Kobold nie hingezogen gefühlt.

Sie lächelte Ferris als Dankeschön für seine Hilfe an. Er griff nach einer kleinen Holzkiste und ging zurück zum Kai.

Faythe reckte kurz den Kopf aus ihrem Versteck, um die Lage zu sondieren. Zwei Wachleute von den Fae und sechs Männer, die das Schiff beluden. Die Fae lungerten am Kai und hatten ein Kartenspiel hervorgeholt. Das Geschehen um sie herum beachteten sie nicht weiter. Mussten sie auch nicht, vermutete Faythe. Irgendeine falsche Bewegung und sie hätten ihre Schwerter gezogen, bevor einer der Sterblichen auch nur mit der Wimper gezuckt hatte.

Zwei der Männer waren auf dem Schiff und kümmerten sich ums Verzurren der Ladung. Die anderen vier schleppten die Fracht hoch. Sie blickte nach links. Für die restlichen sechs Fässer würden mindestens zwei oder drei Mann als Träger benötigt werden.

Jakon schien genau derselbe Gedanke gekommen zu sein. Sie nickten sich zu. Es erstaunte Faythe immer wieder, welche Harmonie zwischen ihnen herrschen konnte.

»Die Zeitspanne wird sehr kurz sein. Wir müssen schnell und lautlos handeln«, flüsterte Jakon. »Hier, nimm.« Er steckte ihr seinen Dolch zu. »Wir müssen dafür sorgen, dass die Fae nichts mitkriegen. Wir sind viel zu nah dran für ihre scharfen Ohren.«

Faythe gefiel nicht, was er vorhatte.

Auf ihren empörten Blick reagierte er mit einem überheblichen Lächeln und sagte: »Mach dir mal keine Sorgen, Faythe.« Spielerisch verstrubbelte er ihr die Haare und sie musste sich stark zusammennehmen, um seine Hand nicht wegzuschlagen und auf ihn einzuboxen. »Gleich kommen sie für die nächsten Fässer zurück. Halte dich bereit.«

Sie hatte keine Zeit mehr, etwas gegen seine völlig idiotische und tollkühne Idee einzuwenden, denn er löste sich bereits aus dem Versteck und lief auf den Kai zu. Am liebsten hätte sie den Dolch nach ihm geworfen, aber die Wachen der Fae blickten bereits alarmiert zu ihnen herüber und sie ging wieder in Deckung.

Sie beobachtete, wie Jakon auf die beiden Wachen zusteuerte und ein paar verzweifelte Gesten zu dem Weg hin machte, der in die Stadt führte. Hören konnte sie von dem Wortwechsel zwischen ihm und den Fae nichts. Einer der Wachmänner rief den Hafenarbeitern etwas zu, der andere packte Jakon grob am Arm.

Jede Faser in Faythe' Körper war angespannt, falls mit seinem Plan etwas schiefging, konnte sie jederzeit aus ihrem Versteck hervorspringen und eingreifen. Sie spürte, wie Reuben seine Hand auf ihre Schulter legte, so als ahnte er, was sie vorhatte. Beinahe hätte sie ihm die Finger abgebissen. Da sah sie, dass die Wachen in ihre Richtung gingen, Jakon mit sich zerrend. Als sie wenige Schritte von ihrem Versteck vorbeimarschierten, drehte er den Kopf und schaute sie an, ein unmerkliches Lächeln um die Mundwinkel. *Läuft alles wie geschmiert.*

Die Anspannung in Faythe' Schultern lockerte sich gerade, als die vier Menschenmänner – Ferris eingeschlossen – vom Schiff zurückkehrten, um weitere Fässer fortzuschleppen.

»Jetzt gleich«, flüsterte Faythe, als sie sich näherten. Als sie zu Reuben blickte, brach es ihr fast das Herz. Panische Angst stand in seinem Gesicht. »Denk immer dran, Reuben. Du hast einen nicht wiedergutzumachenden Fehler begangen, aber jetzt musst du nach vorn schauen. Du musst leben.« Sie umarmte ihn ganz fest und er gab einen stummen Schluchzer von sich.

»Tut mir leid, Faythe, und danke für alles, was du für mich getan hast – was ihr beide für mich riskiert. Ohne euch wäre ich ein toter Mann. Kümmere dich um meine Mutter, versprichst du mir das?«, flüsterte er hastig. Die Hafenarbeiter waren schon beinahe in Hörweite.

»Mach ich«, versprach sie ihm. »Ich hoffe von ganzem Herzen, dass du es schaffst, Reuben. Du wirst mir fehlen.«

Sie lösten sich aus ihrer Umarmung und Faythe strich ihm eine Träne aus dem Gesicht. Dann duckten sie sich, warteten reglos. Die vier Männer kehrten zurück, kippten das hinterste Fass in der Reihe leicht zur Seite, hievten es, je zwei an jeder Seite, hoch und schlurften mit ihrer Last davon.

Faythe verlor keine Zeit, sprang sofort hoch und fuhr mit dem Dolch zwischen Deckel und Seitenwand des Behälters, den Ferris ihr gezeigt hatte. Er hatte recht. Als der Deckel mit einem schwachen Plopp aufsprang und sie den Kopf in das Fass hineinsteckte, war es kaum halb voll.

Reuben kletterte auf das Fass daneben, zögerte eine Sekunde und ließ sich dann in die Öffnung hinab. Er richtete sich im Innern ein, bis er zwischen den Säcken mit Weizen fast begraben war.

»Wird keine gemütliche Reise werden, aber dauert nur zwei Tage, sagt man.« Faythe reichte ihm seinen Rucksack und die Lebensmittel, die sie für ihn eingepackt hatte. Sie überzeugte sich davon, dass er es sich so bequem wie möglich gemacht hatte und die Ritzen zwischen den Holzdauben des alten Fasses für ihn genug Luft hereinließen. Als sie bereits nach dem Deckel griff, zögerte sie eine Sekunde.

Er lächelte ihr zu. »Wird schon alles gut gehen«, sagte er. Aber Faythe hörte den Zweifel in seiner Stimme und spürte seine übermächtige Angst und Panik.

Für Gefühle war jetzt keine Zeit. »Auf Wiedersehen, Reuben.«

Er flüsterte ein »Danke« und nickte ihr noch einmal zu. Dann schob sie schnell den Deckel auf das Fass, bevor er die Tränen in ihren Augen aufsteigen sehen konnte.

Nachdem sie überprüft hatte, dass der Deckel auch fest saß, strich sie mit der Hand kurz über das Holz. Zog sie blitzschnell zurück. Ein Blick zum Schiff bestätigte ihr, dass die Männer dort noch beschäftigt waren. Die Luft war rein. Hastig huschte sie davon.

Am Waldrand hielt sie inne, drehte sich um und beobachtete, wie die Männer die übrigen Fässer aufs Schiff trugen. Als Reubens Fass an der Reihe war, verzog sich ihr Gesicht voller Trauer. Wenn sie an ihn dachte, wie er unter Säcken begraben dort drinnen lag, verängstigt und allein …

Ferris tat wie angekündigt und ließ die anderen Männer diese besondere Fracht zu dritt schleppen. Er selbst machte sich an dem letzten Fass zu schaffen, das ebenfalls halb leer sein musste, denn er hob es locker allein hoch.

Die Patrouille der Fae kehrte zurück und wirkte noch griesgrämiger als vorher. Jakon war nirgendwo zu sehen. Faythe sank das Herz in die Hose. Sie musste los und Jakon unbedingt finden. Als das letzte Fass verladen war, gaben die Fae den Männern ein Zeichen, dass sie nun Feierabend hatten. Einer von ihnen machte sich daran, die Taue des Schiffs zu lösen.

Faythe warf einen letzten Blick zum Schiff und murmelte ein Stoßgebet, mit dem sie die Geister um eine gute Reise für Reuben bat. Es kümmerte sie nicht, dass ihre Worte vom auffrischenden Wind verschluckt wurden und dass ihr kein Trost zuteilwurde.

Sie drehte sich um und verschwand in der Dunkelheit des Waldes.

Drittes Kapitel

Faythe presste den Rücken gegen das kalte Gemäuer in einer Nebenstraße der Vorstadt. Vorsichtig spähte sie um die Ecke, ob die Patrouille der Fae schon vorbeikam. Sie hatte keine Ahnung, wo Jakon war, und konnte nur beten, dass die Fae ihn nicht in ein Verlies gesteckt hatten, als Strafe für sein ungebührliches Verhalten, mit dem er sie von Reuben und ihr abgelenkt hatte.

Gerade wollte sie aus dem Schatten der Mauer heraus und über die still und ruhig daliegende Gasse huschen, als sie über sich einen vertrauten Vogelschrei hörte.

Ihr Blick fuhr nach oben und sie suchte in der Dunkelheit die unregelmäßige Linie der Dächer ab, bis sie an einem unauffälligen Umriss neben dem Kamin eines benachbarten Gebäudes hängen blieb. Erst als ihre Anspannung nachließ, merkte sie, wie beunruhigt sie gewesen war. Sie lief an den Mauern entlang, bis sie das Regenrohr erreicht hatte, das sie immer benutzten, um aufs Dach zu klettern. Ihr Lieblingsversteck, um Patrouillen zu entwischen oder tagsüber dem Gedränge der Menschen in den Straßen zu entkommen. Von dort oben hatten sie einen Blick über die ganze Stadt. Als steinernes Labyrinth lag das Gewirr von Gassen, Häusern und Hinterhöfen unter ihnen ausgebreitet. In der Ferne funkelte bei Tag und bei Nacht die innere Stadt mit dem Königspalast. Das heruntergekommene Sandsteinhaus war gerade so hoch, dass sie über den Festungswall hinweg ins Zentrum von High Farrow blicken konnten.

Faythe musterte die Hauswand, fand die Vertiefungen und Vorsprünge in dem alten Mauerwerk, nach denen sie suchte, und kletterte zum Dach hoch. Jakon saß lässig an den Schornstein gelehnt da. Selbst in der Dunkelheit der Nacht konnte sie sein Lächeln erkennen. Sie huschte über das flache Dach zu ihm. Als sie ihn erreichte, schlug sie ihm mit der Hand auf den Arm.

»Aua! Wofür ist das denn?«, beschwerte er sich, weiterhin lächelnd.

»Sei das nächste Mal nicht so tollkühn! Sie hätten dich dafür einsperren können, einfach so, wenn ihnen danach gewesen wäre.« Als er ihr darauf mit einem stummen Lachen antwortete, konnte sie ihre eigene Freude an dem Streich nicht länger unterdrücken und grinste. »Wohin hast du sie denn geführt?«

Er verzog den Mund zu einem noch breiteren Grinsen. »Ich hab ihnen erzählt, in der Hafenschenke wäre eine Schlägerei ausgebrochen. Nach dem Auftritt der anderen Wachmannschaft sah es dort ziemlich wüst aus. War also glaubwürdig«, flüsterte er. »Als sie dann festgestellt haben, dass alles schon vorbei war und für sie nichts mehr zu tun übrig blieb, haben sie mich als Strafe zu zwei Monaten Hafenarbeit verdonnert. Dafür, dass ich ihre Zeit unnütz vergeudet habe.«

Faythe musste daraufhin kichern und stieß ihm mit dem Ellenbogen in die Seite. »Kommt dir gerade recht.«

Er zog sie an sich und legte seinen Arm um sie. So saßen sie eine Weile nebeneinander. Faythe hatte ihren Kopf auf seine Schulter gelegt. Sie war erschöpft von den vielen starken Empfindungen in dieser Nacht. Am liebsten wäre sie hier unter dem Sternenhimmel in tiefen Schlaf gefallen.

Manchmal wünschte sie sich, dass zwischen Jakon und ihr mehr wäre. Sie mochte ihn mehr als alle anderen und es schmerzte sie jedes Mal, wenn sie den sehnsüchtigen Blick in seinen Augen bemerkte – als hoffte er nach all der Zeit immer noch, dass sie ihn eines Tages so richtig lieben würde. Vor vielen Jahren hatte er sie ein einziges Mal geküsst und sie hatte den Kuss erwidert, wenn auch nur, um sich ganz sicher zu sein, dass ihre Freundschaft nicht an tiefere Gefühle rührte. Doch der Kuss hatte ihr bestätigt, dass zwischen ihnen nur Freundschaft war, platonische Liebe, nicht mehr. Danach hatte sie ein fürchterlich schlechtes Gewissen, ihn mit dem Kuss in die Irre geführt zu haben. Jakon war ein guter Kerl. Er würde ihr an seiner Seite Geborgenheit bieten und einen gut organisierten Alltag, unter den gegebenen Bedingungen gar kein schlechtes Leben. Wahrscheinlich würden sie sogar die meiste Zeit glücklich miteinander sein. Vielleicht war es das, was sie am meisten erschreckte.

Nach einem Augenblick der Stille und des Friedens hörte Faythe in dieser Nacht zum dritten Mal den vertrauten Vogelschrei. Jakon und sie sahen sich fragend an, dann antwortete er ebenfalls mit einem Pfiff. Es gab nur einige wenige Menschen, Freunde, denen sie vertrauen konnten, die von diesem Zeichen wussten.

Sie spähte vorsichtig über die Dachkante. Es war Ferris, an seinem Stolzieren sofort erkennbar. Er überquerte gerade die Straße und es dauerte nicht lange, da war er ebenfalls emporgeklettert und bei ihnen.

Ferris gab einen erschöpften Seufzer von sich und streckte sich auf dem Rücken aus, verschränkte die Arme unter dem Kopf. »Ihr beide habt euch heute Abend ja ganz schön ins Zeug geworfen«, sagte er statt einer Begrüßung. Keiner antwortete darauf und er fuhr fort: »Hab immer schon gewusst, dass der Junge mal in üble Schwierigkeiten geraten würde. Ziemlich dumm seid ihr ja alle, aber er am meisten.«

Faythe verdrehte die Augen. Ferris war mit fünfundzwanzig der älteste unter ihnen, weshalb er wohl meinte, sich wie ein arrogantes Arschloch verhalten zu dürfen.

»Was willst du, Ferris?«, fragte Jakon gelangweilt.

Ferris drehte sich auf die Seite und stützte sich auf dem Ellenbogen ab. »Zu mir sind sie auch gekommen, versteht ihr? Mit demselben Angebot.«

Faythe runzelte die Stirn. Ihr Fuß zuckte schon, um ihn vom Dach zu stoßen. Aber er fuhr fort:

»Ich hab ihnen gesagt, sie sollen sich zum Teufel scheren. Mögen sie in der Hölle von Netherworld schmoren!«

Es fiel ihr schwer zu glauben, dass er sich so harmlos ausgedrückt haben wollte, und sein Grinsen bestärkte sie darin. Sie brauchten keine Worte zu verlieren: Es war klar, dass es sich um genau dieselbe Sache handelte wie bei ihrem gemeinsamen Freund, der nun als Schiffsfracht unterwegs war.

»Valgard muss was Großes planen, wenn sie ganz offen Menschen unter Druck setzen, damit die ihnen Informationen liefern«, sagte Jakon.

»Ja, muss so sein. Meine Weigerung hat ihnen ganz und gar nicht gefallen. Haben damit gedroht, meine Familie aufzuspüren«, lachte Ferris. »Ich hab gesagt, nur mal los. Von denen hab ich seit Jahren nichts mehr gehört oder gesehen.«

Faythe begann zu zittern, entweder vor Kälte oder vor Angst, da war sie sich nicht sicher. Jakon legte beruhigend seine Hand über ihre. Sie blickten sich stumm an und sie konnte beinahe hören, wie er zu ihr sagte: *Ich werde nicht zulassen, dass dir irgendetwas zustößt.* Sie lächelte schwach. Ein Lächeln, das wieder verschwand, als sie sich an die Geschehnisse in dieser Nacht erinnerte.

»Der Sohn des Kneipenwirts – glaubst du, dass er …?« Sie brachte es nicht über sich, den Satz zu vollenden.

Jakon warf ihr einen grimmigen Blick zu. »Möglich«, war alles, was er darauf antwortete.

Faythe wollte sich lieber nicht vorstellen, welche Folterqualen Samuel in diesem Moment im Kerker der Festung aushalten musste, damit er alles erzählte, was er über Valgard wusste. Danach würden sie ihn wegen Verrats töten.

Sie blickte hoch zu den Sternen und dankte den Geistern, dass sie ihr ermöglicht hatten, Reuben zur Flucht zu verhelfen. Was auch immer ihm auf seiner Reise widerfahren würde, es wäre dagegen harmlos.

Die Stimme von Ferris brachte sie dazu, nicht mehr zum Himmel, sondern ihm ins Gesicht zu schauen. »Wollte euch nur warnen. Soldaten von Valgard testen gerade, wie dicht die Grenze ist. Manche schaffen es, durchzukommen. Haltet euch von den Wäldern fern und verlasst Farrowhold nicht, wenn ihr nicht unbedingt müsst.«

Bei all seiner Großspurigkeit wusste Faythe, dass Jakon und sie Ferris am Herzen lagen wie eine Familie. Sie waren aus demselben Holz geschnitzt und ihnen allen war in ihrem Leben bisher mehr oder weniger dasselbe Schicksal widerfahren.

»Es heißt, dass es in Galmire zu Unruhen gekommen ist«, fügte Ferris ernst hinzu.

Faythe schauderte, als er Galmire erwähnte, die Vorstadt ganz am Rand von High Farrow. Unweit davon begann der Finsterwald, der die Grenze zu Dalrune bildete, dem Königreich, das Valgard bereits erobert hatte. Valgards Soldaten mussten sich solche schnappen, die verrückt oder verzweifelt genug waren, diesen Wald zu durchstreifen – und weil es in Farrowhold immer weniger Wild zu jagen gab, konnte sie all jenen, die es taten, keinen Vorwurf machen.

»Danke«, sagte Faythe. Ferris und sie lächelten sich an, was selten genug vorkam. Meistens gingen sie sich gegenseitig gehörig auf die Nerven. Dann sah sie zu Jakon: »Lass uns nach Hause gehen.«

Er nickte.

Nacheinander flitzten sie alle drei übers Dach und kletterten hinunter auf die Straße, wo sich ihre Wege trennten.

Zu Hause gingen Faythe und Jakon früh zu Bett, beide erschöpft von den Geschehnissen des Abends. Sie zogen sich aus und krochen auf ihren Pritschen unter die Decken. Wie immer war Faythe dankbar, dass sie nie große Worte um ihre gemeinsamen Erlebnisse machten. Sie hatte das Gefühl, dass ihr Kopf von all den Gefühlen fast platzte.

Innerhalb von wenigen Minuten war Jakon eingeschlafen und fing auf seiner Pritsche neben ihr zu schnarchen an. Aber Faythe fand noch keine Ruhe. Als sie die Lider schloss, blitzte vor ihr ein smaragdgrünes Augenpaar auf, und sie wunderte sich, warum sie diese Augen nicht aus dem Kopf bekam.

Sie presste ihre Lider zusammen, zwang sich, an etwas anderes – egal, was – zu denken, um einschlafen zu können. Aber wenn es nicht die denkwürdige Begegnung mit dem Fae am Nachmittag war, die ihr durch den Kopf ratterte, dann waren es schmerzvolle Bilder von Reuben, wie er mitten auf dem Ozean in einer schwankenden hölzernen Zelle kauerte und vor lauter Angst den Verstand verlor. Bei dem Gedanken wurde ihr übel.

Faythe hatte immer schon lebhafte Träume und fühlte sich

häufig nach dem Aufwachen erschöpfter als abends, bevor sie zu Bett gegangen war. Auch heute würde das nicht anders sein bei dem Durcheinander an Gedanken und Gefühlen, das sich nicht beruhigen wollte, auch dann noch nicht, als sie spürte, wie sich in langsamen Wellen der Schlaf über sie legte und sie in seine Tiefen hinabzog.

Es war finster. Wirbel aus schwarzem und grauem Rauch umhüllten sie und sie beobachtete, wie Rauchranken sich um ihre Finger wickelten, als sie eine Hand hob, um sie zu berühren. Der Rauch roch nach nichts und nahm ihr auch nicht die Luft, sodass sie hätte würgen müssen, als sie ihn vorsichtig einatmete. Über ihrem Kopf konnte sie durch Risse in den Rauchfahnen in ein endloses schwarzes Loch sehen. Unter ihren Füßen wurde ihr von einer Platte aus gesprungenem schwarzem Glas ihr eigenes dunkles Spiegelbild zurückgeworfen.

Faythe machte ein paar zögerliche Schritte in den Abgrund und die Rauchwolken bewegten sich mit ihr. Sie spähte in den unendlichen Raum. Vielleicht konnte sie dort ja irgendetwas, irgendjemand erkennen. Doch traute sie sich nicht, zu rufen. Dafür hatte sie zu große Furcht, was ihr da zurückschallen konnte …

Namenlose Angst und Panik begannen in ihr aufzusteigen. Sie ballte die Fäuste, um das Zittern der Hände zu unterdrücken. Ihr wurde am ganzen Körper kalt. Eiskalt. Mit Albträumen hatte sie so einige Erfahrung, aber diesmal … dieser Traum hier fühlte sich anders an … bedrohlicher als alles, was sie kannte. Sie musste unbedingt aufwachen. Jetzt. Sofort.

Der Rauch verzog sich und sie schrie vor Grauen auf, als sich durchscheinende Ranken ihre Arme hochwanden, sich immer fester zusammenzurrten und sie wie Taue fesselten. Vergebens versuchte sie, sich daraus zu befreien. An ihren Beinen geschah dasselbe, bis sie in ihrem Traum wie in einer Falle gefangen war, gänzlich in ihn verstrickt.

Ihre Panik wuchs immer noch weiter, sie presste die Augen fest zusammen. In früheren Nächten war es ihr aus eigener Kraft gelungen, aus ihren Albträumen zu erwachen. Deshalb versuchte sie, ruhiger zu werden und sich aufs Wachwerden zu konzentrieren. *Wach auf, Faythe!* Doch so sehr sie sich auch anstrengte, es wollte ihr nicht gelingen. Es war, als hielte sie etwas mit aller Macht in der Traumwelt fest.

»Wie tapfer du bist, dich bis hierher vorzuwagen. In meinen Kopf.« Bedrohlich knurrende Laute ertönten hinter ihr.

Sie drehte den Kopf. In der Finsternis konnte sie Geister erkennen, die sich ihr näherten und vom Schwarz wieder verschluckt wurden. Etwas strich ihr leicht übers Gesicht und sie drehte sich blitzschnell danach um. Aber keine feste Form, kein Körper waren zu erkennen.

Das gesichtslose, körperlose Monster trieb sein hässliches Spiel mit ihr.

»Ich … ich bin nicht … will nicht …« Sie versuchte etwas zu sagen, aber es gelang ihr nicht, die Sätze zu beenden. Eine weitere Schlange aus Rauch und Schatten wand sich um ihren Hals und zog sich langsam zusammen. Immer stärkeres Grauen erfasste sie. *Es ist nur ein Traum*, sagte sie sich. *Tief einatmen … und ausatmen …*

Ihr Herzschlag beruhigte sich etwas. Bald würde sie aufwachen; sie wusste, sie konnte sich dazu zwingen, wenn sie sich ganz stark darauf konzentrierte. Sie presste die Augen noch fester zusammen und nahm alle Willenskraft zusammen, um aufzuwachen, stellte sich ihr Bett und Jakon vor, der ruhig neben ihr schlief.

Nach einer Weile spürte Faythe, dass sich nichts änderte, und sie nahm all ihren Mut zusammen und schlug die Augen wieder auf.

Sie war immer noch in ihrem grauenvollen Albtraum gefangen, dem schwarzen Loch von unendlicher Tiefe. Faythe gab ein leises Wimmern von sich, sie wusste keinen Ausweg mehr.

Von allen Seiten war Gelächter zu hören, ein wirres Echospiel, zurückgeworfen von unsichtbaren Wänden. Wo die rauen, kehligen Laute ihren Ursprung hatten, konnte sie nicht ausmachen. »Hüte dich davor, in den Kopf eines anderen einzudringen, wenn du nicht weißt, wie du wieder herausfindest«, rief die Stimme.

Faythe erstarrte zu Eis. Die Schlange aus Rauch und Schatten würgte sie jetzt so stark, dass sie röchelte.

»Da fehlen dir die Worte, was?«

Aus der Stimme war spöttische Freude herauszuhören und Faythe war sich sicher, dass der Geist – oder was auch immer es war – sein Vergnügen daran hatte, sie zu quälen.

Endlich begann sich in dem schwarzen Raum ein wirklicher Körper zu materialisieren. Die Nebel verzogen sich und enthüllten einen berückend schönen männlichen Fae. Nicht gerade die furchterregende, abscheuliche Gestalt, die sie erwartet hatte.

Ihre Panik wurde durch Schockstarre abgelöst. Plötzlich erkannte sie das Gesicht des Fae. Er war ihr bekannt, denn sie war ihm am Tag zuvor begegnet. Zu ihm also gehörte die Stimme. Zu dem Fae, dem sie auf dem Weg zur Mühle begegnet war. Ohne die Kapuze war er noch schöner, als sie es sich nach jenem kurzen Augenblick erträumt hatte. Sein kurzes tiefschwarzes Haar glänzte in dem gleißenden Licht, das die Schatten nun verjagte.

Die schwarzen und grauen Nebelschwaden trieben nur noch in einem trägen, langsamen, sich immer mehr öffnenden Wirbel um sie, die Ranken dehnten und streckten sich und lockerten ihren Griff.

Seine strahlenden smaragdgrünen Augen hatten ihren Blick unverwandt auf sie gerichtet, während er näher kam. Aber immer noch blieb er in einiger Entfernung. Sie fühlte sich von dem Blick regelrecht durchbohrt. Er schien sie jetzt aufmerksam zu mustern, denn die Augen verengten sich zu Schlitzen und sein kantiges Kinn trat noch stärker hervor. Auch Faythe nutzte die kurze Zeitspanne, um ihn zu mustern, besser einzuschätzen, wie bedrohlich er für sie war.

Seiner ganzen Haltung nach wirkte er elegant und selbstsicher, wie einer, der es gewohnt war, Befehle zu erteilen. Vielleicht ein Krieger. Ihr fiel auf, dass seine Hose aus schwarzem Leder und seine kniehohen Stiefel von bester Qualität waren, mit großem handwerklichem Geschick gefertigt. Wenn dieser Fae mit Geld bezahlen konnte und an beste Ware kam, dann musste er von hohem Rang sein. Sein weißes Hemd umspielte locker den erkennbar muskulösen Oberkörper, was ihre Vermutung bestätigte, dass er für den Kampf ausgebildet war, wahrscheinlich in Schlachten gekämpft hatte. Er musste sich besonders ausgezeichnet haben, daher vermutlich sein Rang und seine Kleidung.

Langsam schritt er auf sie zu, ließ dabei freimütig seinen Blick über ihren Körper wandern. Nie hatte Faythe sich nackter gefühlt, obwohl sie in ihre übliche Nachtwäsche gekleidet war. Allerdings war sie barfuß, was ihr auf einmal unpassend vorkam.

Der Fae blieb so nahe vor ihr stehen, dass sie seinen warmen Atem spürte, als er, sie weiter unverwandt anschauend, den Kopf senkte. Ihr Herz begann schneller zu schlagen. Er hob einen Finger und fuhr damit sachte den Umriss ihres Ohrs entlang. Ein Blitz durchfuhr sie, der sie am ganzen Körper erzittern ließ.

Es fühlte sich so *wirklich* an.

Faythe rührte sich nicht, blieb weiter wie angewurzelt stehen. Selbst wenn die Ranken sie nicht mehr umschlangen, war sie doch zu sehr von Furcht erfüllt, war weiter wie erstarrt.

»Ein Menschenkind«, sagte er.

Ihr Herz pochte wild und unregelmäßig. Sie war sich sicher, dass er es hören konnte. Ihre Handflächen schwitzten und ihr Mund war so staubtrocken, dass sie kaum ein Wort würde herausbringen können.

Der Fae umrundete sie ein Mal, die Augen immer auf sie gerichtet, dann blieb er wieder vor ihr stehen und blickte sie ernst an: »Weißt du, wo du bist?«

Faythe' Lippen öffneten sich mühsam. »Ich träume«, flüsterte sie, mehr um sich selber Mut zuzusprechen als in Antwort auf die Frage, die er ihr gestellt hatte.

Der Fae blickte sie an und seine Mundwinkel verzogen sich zu einem Lächeln. Er lachte kurz auf. »Ich erinnere mich an dich«, sagte er. Seine Stimme klang weich und geschmeidig. »Wir sind uns heute in der Vorstadt begegnet. Oder besser gesagt gestern.« Er verschränkte die Arme, musterte sie weiter. »Wie heißt du?«

Sie überlegte, ob sie einfach nichts mehr sagen sollte. Irgendwann musste sie ja aufwachen. Es war nur ein Traum. Er konnte sie nicht wirklich verletzen, wenn sie widerstand. Aber hieß das nicht auch, dass egal, was sie ihm sagte, nichts sie verletzen konnte, weil er ja nur ihrer eigenen Vorstellung entstammte? Sie hatte nichts zu verlieren, wenn sie in diesem Albtraum mitspielte.

»Faythe«, antwortete sie.

»Faythe? Oder *Faith*?« Er sprach ihren Namen aus, als könnte er darin die Lösung für irgendein ihr unbekanntes Rätsel finden. Schaute sie wieder an. »Faszinierend«, fügte er hinzu.

Sie hatte keine Ahnung, was ihn so faszinierte. Stand nur reglos da und wartete darauf, dass er sich in ein wildes Tier verwandelte und sie verschlang oder dass ein noch viel grauenhafteres Ungeheuer aus den Schatten gestürzt kam und es für ihn tat.

»Du solltest achtsamer sein, in wessen Kopf du nachts spazieren gehst. Das nächste Mal könntest du nicht so ungeschoren davonkommen«, warnte er sie.

Verwirrt runzelte Faythe die Stirn, wollte ihm schon antworten, dass er ja in einen ihrer Träume eingedrungen war. Doch dann wurde ihr klar, dass sie nur mit sich selbst streiten würde.

Er stieß einen langen Seufzer aus. »Ich brauche heute Nacht wenigstens noch etwas Schlaf, Faythe«, sagte er. »Aber wir sehen uns wieder. Nur besser nicht hier, wenn ich dir einen guten Rat geben darf.« Sein Lächeln machte ihr Gänsehaut.

Sie wollte ihm erwidern, dass sie ihn am liebsten nie wiedersehen würde, wenn es nach ihr ginge; dass sie gern alle Gedanken an ihn verbannen oder auch nie mehr schlafen würde, falls er das von ihr wollte.

Doch er ergriff wieder das Wort, noch bevor sie etwas sagen konnte. »Du kannst jetzt aufwachen. Ich werde dich nicht länger davon abhalten.« Lächelnd deutete er in Richtung auf ein Tor, das nicht existierte.

Faythe warf ihm einen funkelnden Blick zu und wollte wieder sagen, dass es nicht an ihm war, darüber zu entscheiden. Aber sie wollte so dringend die verfluchte Netherworld verlassen, dass sie stattdessen die Augen schloss und sich ganz fest ihr warmes Bett vorstellte, die alte Hütte mit ihrem Holzgeruch und Jakons leises, beruhigendes Schnarchen …

Mit einem Ruck wurde Faythe wach. Sie keuchte und ihr durchgeschwitztes Nachthemd klebte an ihr. Sie setzte sich im Bett auf, rieb sich die Augen und spähte in der Schlafkammer umher. Nur mühsam unterdrückte sie die Übelkeit, die der Albtraum in ihr hervorgerufen hatte.

Wirklich. Das hier ist wirklich, sagte sie zu sich selbst.

Jakons Atemzüge klangen ruhig und tröstlich zu ihr herüber. Sie schwang die Beine über die Bettkante, spürte den Boden unter ihren Füßen, holte tief Luft, konzentrierte sich ganz auf ihren Atem, um ihr wild pochendes Herz zu beruhigen. In manchen Nächten waren ihre Träume so lebhaft, dass es eine Weile dauerte, bis sie unterscheiden konnte, ob sie tatsächlich aufgewacht war oder ob ihr Unbewusstes sie in eine weitere bedrohliche Welt eintauchen ließ. Manchmal durchwanderte sie in einer Nacht mehrere solcher Welten und konnte sich danach an jede Einzelheit erinnern.

Jakon hatte sich inzwischen auf den Bauch gedreht und brummte irgendetwas Unverständliches vor sich hin. Ein Arm und ein Bein baumelten über die Pritsche, die viel zu kurz und schmal für ihn war. Schlaftrunken klappte er ein Auge auf. Faythe musste so fürchterlich aussehen, wie sie sich fühlte, denn er fuhr sofort hoch. Nachdem er sie ausführlich gemustert und sich überzeugt hatte, dass sie körperlich unversehrt war, blickte er sie fragend an.

»Wieder ein Albtraum?«, seufzte er und rieb sich müde die Augen.

Sie lächelte ihm zu. »Ja«, flüsterte sie. »Nur so ein idiotischer Traum. Alles in Ordnung.«

Durch das kleine Fenster hinter ihm konnte sie die ersten Sonnenstrahlen am nachtblauen Himmel aufscheinen sehen, bald würde ein neuer Tag anbrechen. Sie stand auf und ging in den durch einen Wandschirm abgetrennten Bereich der Hütte, der ihr als Waschraum diente. Dort steckte sie die Hände in eine Schüssel mit eiskaltem Wasser und bespritzte sich damit das Gesicht. Ihre Haut prickelte von der Kälte. Dadurch wurde sie endgültig wach. *Wirklich*, sagte sie noch einmal zu sich selbst, zog sich dann aus und wusch ihren ganzen Körper mit dem bitterkalten Wasser.

Als sie fertig war, fühlte sie sich frisch und sauber, und der nächtliche Albtraum war weit weg. Sie trat wieder in den Hauptraum. Jakon war ebenfalls aufgestanden und bereit für seinen Dienst als Knecht auf dem Bauernhof. Wie immer trug er eine braune Hose aus festem Drillich mitsamt Hosenträgern, dazu bis über die Knie reichende Stiefel aus rötlich braunem Leder. Die Ärmel seines groben weißen Hemds hatte er bis über die Ellenbogen hochgerollt. Jetzt im Sommer reichte ihm das als Bekleidung aus, es war warm genug, um sich tagsüber ohne einen wärmenden Umhang im Freien aufzuhalten, erst recht bei seiner Arbeit.

Faythe zog in aller Ruhe ihre übliche Alltagskleidung an: eine einfache purpurrote Tunika, dazu eine schwarze Hose und abgetragene schwarze Stiefel. Sie brauchten beide unbedingt neue Kleidung. Um sich wenigstens etwas zu schmücken, schlang sie noch einen schlichten Gürtel um ihre Taille.

»Gehen wir heute Abend zur Sonnwendfeier?«, fragte sie betont beiläufig. »Mit den großen Feuern?«

Jakon grinste. »Natürlich. Ist doch unser Lieblingsfest.«

Der Sommer war die Jahreszeit des Wachsens und Gedeihens und heiterte das karge, eintönige Land mit seinen bunten Blüten und Früchten auf, bevor der Herbst seine immer länger werdenden Schatten warf. Die Tage waren lang und die Nächte kurz.

Die Sonnwendfeier fand nach Einbruch der Dunkelheit auf den Hügeln am Rande von Farrowhold statt. Dort wurden von den Fae riesige Feuer mit hoch in den Himmel emporschlagenden Flammen entzündet. Eine der wenigen freundlichen Gesten des Königs. Das Fest versetzte die ganze Bevölkerung der sonst so tristen Vorstädte in fröhliche Stimmung. Auf den Straßen herrschte reges Treiben, es gab Straßenhändler und Gaukler. Musikkapellen spielten und die Menschen tanzten, Kinder lachten und rannten unbeschwert herum. Eine ganze Nacht lang schien es, als könnten alle die Kriegsdrohung und die bedrückenden, armseligen Verhältnisse, in denen sie lebten, vergessen und sich am Augenblick erfreuen.

Natürlich feierten die Fae innerhalb der Stadtmauern ihr eigenes Sonnwendfest und Faythe konnte sich nur ausmalen, wie festlich und prächtig es dort wohl sein würde.

Sie strahlte vor Begeisterung.

»Wir treffen uns hier um acht und dann gehen wir gemeinsam hin«, sagte Jakon, genauso voller Vorfreude wie sie. Dann brach er auf.

Faythe atmete tief durch. Sie lächelte. Heute Abend würde sie alle ihre Albträume und die Bedrohung durch Valgard vergessen. Sie würde sich nicht um ihren Freund sorgen, der inzwischen mitten auf der Schwarzen See sein musste, unterwegs nach Lakelaria. Heute Abend würde sie feiern.

Viertes Kapitel

Auf dem Rückweg zum Markt ließ Faythe sich Zeit. Ihre Lieferungen hatte sie so schnell wie möglich erledigt, damit sie nun ein paar Minuten freihatte, um sich die Sonne ins Gesicht scheinen zu lassen und zu beobachten, wie in den Straßen die Häuser für die Sonnwendfeier mit bunten Fahnen, Wimpeln und Girlanden geschmückt wurden, lebhafte Farbtupfer im ansonsten trüben Einerlei der Vorstadt. Überall war Vorfreude und angespannte Erwartung zu spüren und auch Faythe war heiter und fröhlich. Aber ihre kleine Pause dauerte nicht lange, noch eine Straßenecke, dann hatte sie den Marktplatz und den Stand der Bäckerei erreicht.

Marie unterhielt sich wie üblich mit der Kundschaft und verkaufte ihre Ware. Mit knurrendem Magen blickte Faythe zu den Teigtaschen und süßen Köstlichkeiten. Als Marie ihren hungrigen Blick bemerkte, machte sie mit dem Kopf eine einladende Bewegung. Faythe lächelte glücklich, beugte sich vor und schnappte sich ein Schokoladentörtchen, das sie auf einer Holzstiege hockend verzehrte.

Nach ein paar Bissen aber hielt sie inne, hob den Kopf und hätte sich beinahe verschluckt, als sie eine Gestalt mit Kapuze bemerkte, die im Schatten eines Erkers lässig an einer Hauswand lehnte. Für alle anderen um sie herum musste der Mann wie ein fremder Kaufmann wirken – einer, der wahrscheinlich zwielichtige Geschäfte betrieb, nach der Art und Weise zu urteilen, wie er sich mit dem Dolch die Fingernägel säuberte, und mit einem Auftreten, das nicht dazu einlud, sich ihm zu nähern.

Aber sie spürte, dass er aus den Augenwinkeln zu ihr hinsah, sogar von der anderen Seite des Platzes drang das Smaragdgrün seiner Augen unter seiner düsteren Kapuze hervor. Faythe blickte umher, innerlich flehend, dass irgendetwas anderes, irgendjemand, egal wer, seine Aufmerksamkeit weckte, aber niemand ringsum schien den Mann auch nur bemerkt zu haben.

Einen Moment lang glaubte Faythe, dass sie aus ihrem Albtraum vielleicht doch noch nicht erwacht war. Aber ihre Instinkte sagten ihr, dass es sich um keinen Traum handelte.

Vielleicht ist er einfach in irgendwelchen Angelegenheiten unterwegs, wie gestern auch. Sie beruhigte sich. Lächerlich zu glauben, ihre Erscheinung hätte sich ihm so gut eingeprägt, dass er sie bei einem flüchtigen Blick quer über den Marktplatz wiedererkannte.

Auf einmal verlor sie jeden Appetit, obwohl sie den ganzen Tag nichts gegessen hatte, und legte das Schokotörtchen weg. Ihr Mund war staubtrocken vor Angst. Sie wandte sich zu Marie und fragte: »Hast du was dagegen, wenn ich kurz zum Brunnen laufe?«

»Natürlich nicht, meine Liebe, aber mach schnell. In der Backstube wartet Nachschub.«

Als Faythe aufstand, blickte sie noch einmal zur Stelle, an der er gestanden hatte. Aber er war verschwunden. Plötzlich war sie sich nicht mehr sicher, ob er überhaupt an der Hausmauer gelehnt hatte. Sie seufzte erleichtert auf. Lachte leise über sich selbst. Vielleicht gaukelte ihr übermüdeter Kopf ihr ja etwas vor. Kein Wunder, wo sie so wenig Schlaf bekam. Sie bog in die Straße ein und steuerte auf den nächsten Brunnen zu.

Gierig trank sie mehrere Handvoll Wasser und spritzte sich danach das Gesicht nass, um wach zu werden. Ein leichter Wind war aufgekommen, die Tropfen kühlten, so wurde die Hitze erträglicher. Kaum hörbar atmete sie ein weiteres Mal erleichtert auf.

»Gehst du mir aus dem Weg, Faythe?«

Blitzschnell fuhr sie herum, ballte die Fäuste und griff an. Aber der Fremde machte einen eleganten Schritt zur Seite und sie boxte nur in die Luft. Faythe wich sofort zurück, denn er war ihr zu nahe, als dass sie sich hätte sicher fühlen können. Sie musterte den Sprecher. Er hatte die Kapuze tief ins Gesicht gezogen. Was sie aber vom Gesicht erkennen konnte, glich auf unheimliche Weise dem Bild in ihrem Traum.

Es dauerte eine Weile, bis zu ihr durchdrang, was er sagte, und trotz der glühenden Sommerhitze fröstelte sie. »Woher wissen Sie meinen Namen?«, fragte sie dann. Es klang mutiger, als sie sich fühlte.

Er hielt den Kopf schräg. »Du hast ihn mir gesagt, erinnerst du dich nicht?« *Oh, wie gerne hätte sie ihm da sein spöttisches Lächeln aus dem Gesicht gewischt.* »Du hast wirklich keine Ahnung, oder? Was du da getan hast?«

Hinter ihr waren auf der Straße fröhliche Stimmen und Gelächter zu hören. Faythe wollte sich danach umdrehen, aber er packte sie am Ellenbogen und zerrte sie um die nächste Hausecke in eine schattige Gasse. Zog die hochgerutschte Kapuze wieder tiefer ins Gesicht, blickte sie aber weiter an.

»Ich habe nichts getan! Was wollen Sie von mir?«, fuhr sie ihn an.

Er lachte amüsiert auf und Faythe musste sich beherrschen, nicht noch einmal zu einem Kinnhaken auszuholen. »Ich will nichts von dir, Faythe. Ich bin nur neugierig.« Das Ganze schien ihm Spaß zu machen, so wie ein Löwe Spaß daran hat, mit seiner Beute zu spielen. »Mir kannst du nichts vormachen. Du hast den Fehler begangen, gestern Nacht in *meinem* Kopf herumzuspazieren, deshalb sage mir: Wie kommt es, dass ein Mensch ein Nachtwandler sein kann?«

Es dauerte eine Weile, bis in sie eingesickert war, was er da gesagt hatte. Sie, Faythe, eine Nachtwandlerin? Sie musste laut lachen, woraufhin er sie misstrauisch musterte.

Faythe konnte sich nur einen Grund denken, weshalb er ihr nachstellte. Dass nämlich die Fae von ihrer Beihilfe zu Reubens Flucht wussten. Und dass er den Befehl bekommen hatte, sie festzunehmen. Doch solange er nicht mit einer offiziellen Beschuldigung ankam, würde sie weiter harmlos und unschuldig tun.

Sie blickte ihn mit so ruhiger Miene wie möglich an. »Hören Sie, ich habe keine Ahnung, welchen Befehl sie erteilt bekommen haben. Aber mich jetzt verhaften zu wollen, ist doch lächerlich.« Faythe strich sich ihre langen dunkelbraunen Haare hinters Ohr. »Ich bin ein Mensch, wie unschwer zu erkennen ist. Deshalb kann es nicht sein. Ich war es nicht.«

Daraufhin lachte er nur – ein Lachen, gegen das sich bei ihr sofort wieder Abwehr regte. Er verschränkte die Arme und lehnte sich an die Mauer.

»Niemand will dich verhaften.« Er machte eine Pause. »Noch nicht.«

Sie schwieg erschrocken und auf die Panik in ihrer Miene reagierte er mit einem feinen Lächeln.

Als Faythe sich wieder gefasst hatte, baute sie sich vor ihm auf. »Wenn es heute noch nicht so weit ist, kann ich ja jetzt gehen. Ich muss zurück zur Arbeit.« Was keine Lüge war. Aber der perfekte

Vorwand, um sich davonzumachen und etwas Zeit zu gewinnen. Um zu überlegen, was sie jetzt tun sollte.

Ihr war mit einem Schlag kotzübel. Würde sie auch bald in einem Fass hocken und übers Meer in eine ungewisse Zukunft fahren? Jakon würde es das Herz brechen. Wahrscheinlich würde er mit ihr kommen wollen. Sie beschloss, ihm nichts zu sagen. Sie würde sich mitten in der Nacht davonschleichen und … Ihre Gedanken rasten.

Da wurde sie durch die weich klingende Stimme des Fae unterbrochen. »Du scheinst mir in noch größerer Gefahr zu sein, als ich dachte. Es sei denn, dass du mich zum Narren hältst.« Er runzelte die Stirn und sein Gesichtsausdruck wurde ernst. Sich von der Mauer lösend trat er näher. »Du musst mir jetzt unbedingt zuhören«, sagte er eindringlich und obwohl Faythe am liebsten davongerannt wäre, blieb sie wie angewurzelt stehen. »Wenn du es nicht beherrschen kannst, wenn du vollkommen ahnungslos bist, kannst du im Schlaf in viel gefährlichere Situationen geraten als bei mir. Du brauchst nur zufällig in den Kopf eines anderen Nachtwandlers zu geraten, dann wissen sie von dir. Dann halten sie dich dort fest und töten dich.« Er hielt einen Moment inne und sah sie mit einem Blick an, bei dem es ihr eiskalt den Rücken hinunterlief. Faythe' Gedanken überschlugen sich, als sie versuchte, sich einen Reim auf das zu machen, was er gesagt hatte. Am liebsten hätte sie wieder laut aufgelacht, hätte nur allzu gerne geglaubt, dass es sich um irgendeinen dummen Scherz handelte. Doch das Bedürfnis, sich darüber lustig zu machen, erstarb in ihr, als sie seinen grimmigen Blick bemerkte. Welchen Grund hätte der Fae haben sollen, ihr vorzuspielen, dass in ihr eine solche Fähigkeit schlummerte, was für Menschen unmöglich war? Dann müsste er schon ein Narr sein und bei ihr läge erst recht keine Schuld.

»Du bist anders, Faythe«, fuhr er fort. »Darauf wird der König nicht sehr erfreut reagieren. Bis du herausgefunden hast, wer du wirklich bist und wer dir dein Leben geschenkt hat, rate ich dir, dich unauffällig zu verhalten. Geh vor allem den Wachpatrouillen der Fae aus dem Weg. Scheint so, als würdest du dir solche Begegnungen dann nicht mehr aus dem Kopf schlagen können.« Seine Lippen verzogen sich wieder zu einem spöttischen Lächeln.

Faythe bekam einen hochroten Kopf. »Gestern Nacht …« Sie sprach nicht weiter.

Er nickte und das reichte ihr als Bestätigung, dass er alles über ihren Albtraum wusste, jede Einzelheit. Er musste auch in ihrem Traum gewesen, in ihren Kopf eingedrungen sein – falls es auf diese Weise funktionierte.

»Nachtwandler gibt es nur wenige unter uns«, sagte er. »Wir können in einen Kopf nur dann eindringen, wenn wir das Gesicht der Person gesehen haben. Deshalb solltest du dich unauffällig verhalten, niemandem in die Augen stechen. Aber das dürfte bei deinem Aussehen ja kein Problem sein.«

Faythe vermochte auf diese Beleidigung nicht zu reagieren. Sie atmete tief ein, um ihr rasendes Herz zu beruhigen. Es war unmöglich, dass … war eigentlich völlig ausgeschlossen … und doch hatte sie auf einmal das Gefühl, über so vieles plötzlich Klarheit zu erlangen. *All ihre Träume –*

Ihr Geister, helft mir!

»Es ist nicht wahr«, flüsterte sie, doch es fühlte sich wie eine Lüge an.

Die Welt geriet einen Augenblick aus den Fugen und sie schüttelte den Kopf, um ihre Benommenheit loszuwerden. Zu viele Fragen und niemand, der ihr darauf eine Antwort hätte geben können. Wie sollte sie diesem Fae vertrauen können, wie konnte sie sich sicher sein, dass er ihr tödliches Geheimnis für sich behielt und sie nicht bei der nächsten Gelegenheit verriet, um die Gunst des Königs zu erwerben? Man würde sie töten, weil sie eine bisher ungekannte Bedrohung darstellte. Sie konnte noch nicht einmal Jakon davon erzählen – das Risiko wäre zu groß.

Dann kam ihr auf einmal ein Gedanke, bei dem ihr das Herz stockte. Wusste ihre Mutter davon?

Noch nie seit dem Tod ihrer Mutter hatte Faythe sich so bis ins tiefste Innere von Angst gepackt, einsam und verlassen gefühlt. Das aufgeregte Treiben der Stadt um sie herum verstummte und die Sonne verlor mit einem Schlag an Licht und Kraft. Sie musste unbedingt runterkommen. Das hier war für eine Panikattacke weder der richtige Ort noch befand sie sich dafür in der richtigen Gesellschaft.

Zwei starke Hände umfassten ihre Schultern, schüttelten sie einmal, dann noch einmal.

»Schau mich an.«

Faythe war sich nicht sicher, ob die Worte laut ausgesprochen waren, aber sie bewirkten, dass ihre Augen sich auf seine richteten – und die Welt rückte wieder an ihren Ort.

»Ich werde dir helfen«, sagte er. »Aber du musst mir versprechen, vorsichtig zu sein.«

Sie zwang sich dazu, dem Blick der smaragdgrünen Augen standzuhalten. Sie konnte ihm nicht trauen – er war ein Fae und würde sie verraten. Jemand wie sie bedeutete ihm nichts.

»Warum?«

»Vielleicht weil ich die Herausforderung liebe«, meinte er.

So lässig und *freundlich*. Überhaupt nicht, was sie von einem seines Geschlechts erwartet hätte. Aber wenn sie davon mal absah … wirkte er auf sie ziemlich *normal*.

Er ließ ihre Schultern los und Faythe erinnerte sich auf einmal daran, dass Marie ja am Marktstand auf sie wartete, und in der Backstube war sie auch noch nicht gewesen.

»Ich muss jetzt los«, sagte sie hastig.

Er nickte. »Erzähl niemand was davon, Faythe. Nicht einmal deinem Freund. Wir treffen uns bald wieder.«

Sie hatte nicht einmal mehr Zeit zu fragen, woher er von Jakon wusste, so schnell zog er die Kapuze tiefer ins Gesicht und wandte sich von ihr ab, um in der dunklen Gasse zu verschwinden. »Wie heißt du?«, rief sie ihm hinterher.

Er drehte sich noch einmal zu ihr um und schien nachzudenken. »Nik«, antwortete er, bevor durch die Schatten davoneilte.

Merkwürdig, dachte sie, *einen so schlichten Namen habe ich nicht erwartet.*

Dann lief sie so schnell sie konnte zur Backstube.

FÜNFTES KAPITEL

Faythe hörte kaum hin, als Maries Töchter schimpften, dass die ofenfrischen Backwaren inzwischen nicht mal mehr lauwarm seien. Auch was Marie ihr am Stand zurief, rauschte an ihr vorbei. Warum sie so lange gebraucht habe und dass sie jetzt zwei Tage hintereinander zu spät dran gewesen sei. Als Marie ihr allerdings drohte, sich nach einem anderen Liefermädchen umzusehen, wenn sie noch einmal trödelte, zuckte sie zusammen.

In ihrem Kopf brodelte es. Zum Glück endete ihr Arbeitstag wegen der Vorbereitungen auf die Sonnwendfeier früher als sonst. Den morgigen Tag hatte ihr Marie freigegeben. Viele Marktstände blieben da geschlossen. Das Fest würde bis weit in die Nacht hinein dauern, da war danach ein Ruhetag nötig und außerdem sollten alle die Möglichkeit haben, am nächsten Morgen dem Gottesdienst beizuwohnen.

Als Faythe in der Hütte ankam, war es erst halb sieben Uhr. Jakon, so nahm sie an, arbeitete an diesem Tag seine normale Schicht, denn er hatte sich am Morgen von ihr mit »Dann bis um acht!« verabschiedet. Sie war fest entschlossen, alles zu vergessen, was sie an diesem Tag erfahren hatte, und auch nicht mehr an ihren neuen Verbündeten, den Fae, zu denken. So konnte sie ihr Geheimnis am besten wahren. Ihr wurde immer noch ganz schlecht, wenn sie daran dachte, dass sie eine Nachtwandlerin war. Sie hatte keine Ahnung, wie sie es aushalten sollte, ihrem besten Freund beständig etwas vorzulügen. Außerdem graute ihr vor den kommenden Nächten. Wenn es wirklich so war, wie der Fae gesagt hatte, und sie nicht steuern konnte, in wessen Kopf es sie im Schlaf verschlug, wie gefährlich würden dann ihre Träume für sie werden?

Doch für den Moment schob sie all diese Gedanken beiseite und da sie noch viel Zeit übrig hatte, beschloss sie, sich für die Sonnwendfeier so richtig Mühe zu geben – und sei es nur, damit sie beschäftigt war. Viele Möglichkeiten hatte sie ja nicht gerade, aber statt der üblichen Hose-mit-Tunika entschied sie sich zur Abwechslung für ihr einziges langes Gewand. Ein Geschenk von Jakon zu ihrem achtzehnten Geburtstag.

Das Kleid war langärmlig, aus purpurrotem Samt und hatte einen mit Goldstickerei gesäumten eckigen Ausschnitt. Passend zum Gold ihrer Augen, so Jakon damals. Faythe zog sich schnell um, ließ ihre anderen Kleidungsstücke achtlos aufs Bett fallen und stellte sich vor den kleinen Spiegel in ihrem abgetrennten Waschraum. Sie musterte ihr Gesicht. Dann flocht sie auf jeder Seite einen eng am Kopf anliegenden Zopf. Eine kleine Abwechslung zu ihren üblichen ungebändigten Locken.

Sie war zufrieden, mehr konnte sie nicht tun, und betrachtete danach ihr Gesicht im Spiegel. Ihre Augen hatte sie ganz klar von ihrer Mutter. Aber immer wieder grübelte sie, wie viel Ähnlichkeit sie wohl mit ihrem unbekannten Vater hatte. Ihre Mutter hatte sich stets geweigert, Auskunft zu geben, wenn sie als Kind nach ihm gefragt hatte. Antwortete immer nur, sie seien ohne ihn besser dran.

Faythe hatte ein langes, schmales Gesicht mit hohen Wangenknochen. Man sah ihr an, dass sie in ihrem Leben Hungerzeiten gekannt hatte. Ihr Kinn war nur leicht gerundet, mit einem kräftigen Kiefer, doch immer noch weiblich. Ihre Mutter dagegen hatte ein herzförmiges Gesicht, wodurch ihr etwas Koboldhaftes anhaftete. Faythe lächelte, als sie an ihre Mutter dachte. Auch zehn Jahre nach ihrem Tod sah sie ihre Mutter mit ihrer zarten Schönheit noch lebendig vor sich.

Die Minuten verstrichen quälend langsam. Faythe lehnte an dem alten Schrank, in dem sie ihre wenigen Küchenvorräte aufbewahrten, und aß einen Apfel, um ihr Hungergefühl wenigstens etwas zu betäuben. Sie zog ihre Taschenuhr hervor, vergewisserte sich, wie spät es war, tippte ungeduldig mit dem Fuß, wann Jakon endlich nach Hause kommen würde. Während sie auf ihn wartete, kreisten ihre Gedanken unablässig um die große Neuigkeit, die ihr ganzes Leben verändern konnte. Sie, eine Nachtwandlerin! Je mehr sie darüber nachdachte, desto unwahrscheinlicher kam es ihr vor, dass sie über die berüchtigte Fähigkeit der Fae verfügen sollte, weigerte sie sich, als Wahrheit anzuerkennen, was schlichtweg unmöglich war. Sie setzte alles daran, den Gedanken möglichst weit von sich fernzuhalten, sie glaubte, es vor Panik und Furcht sonst nicht mehr aushalten zu können. Doch egal, wie sehr sie sich bemühte, das ständige unwohle Gefühl blieb.

Kurz vor acht ging die Tür auf und sie dankte den Geistern, denn endlich kam Jakon und würde sie aus ihrem Wirbel an Gefühlen und Gedanken befreien.

Kaum war er über die Schwelle getreten, blieb er stehen und staunte sie einen Moment lang mit offenem Mund an. Dann verzogen seine Lippen sich zu einem breiten Grinsen. »Wow, du siehst umwerfend aus!«, rief er. »Wunderschön!«

Faythe wurde rot und murmelte ein verlegenes Dankeschön,

strich mit den Händen ihr Gewand glatt. Jakon hielt die Hände hinter dem Rücken versteckt, als hielte er dort irgendetwas, und sie blickte ihn neugierig an. Als er ihren fragenden Blick bemerkte, wurde sein Grinsen noch breiter.

»Ich habe eine Überraschung für dich«, sagte er und zog hinter dem Rücken etwas hervor.

Faythe schrie auf und schlug sich die Hände vor den Mund, als sie erkannte, was ihr Freund ihr da mit breit ausgestreckten Armen, quer über die Handflächen gelegt, überreichte.

Ein Schwert!

Er nickte ihr aufmunternd zu, dass sie das Geschenk annehmen solle, ging Schritt für Schritt langsam auf sie zu. »Eine glückliche Sommersonnwende wünsche ich dir, Faythe«, sagte er feierlich, als er nahe genug war, dass sie ihm das Schwert aus den Händen nehmen konnte.

Faythe stand wie erstarrt da, brauchte kaum ein Wort über die Lippen. »Jak, wir … Ich – ich kann nicht. Das hat bestimmt viel Geld gekostet«, stammelte sie schließlich, von schlechtem Gewissen gepackt, dass er für sie so viel ausgeben wollte.

»Mach dir deswegen keine Sorgen. Ich habe kräftig was gespart und Dalton hat mir einen Gefallen geschuldet, deshalb hat er mir einen guten Preis gemacht.« Dalton war der einzige Schmied in Farrowhold und hatte seine Werkstatt am anderen Ende der Vorstadt.

Faythe hob die Hand, um mit den Fingerspitzen über den großen Kristall am Knauf zu fahren.

»Für den Stein hat mir der alte Schmied gar nichts berechnet«, lachte Jakon. »Hat ihn den magischen Spiegel genannt – ein altes Stück Gestein, das Glück bringen soll und all so was.«

Faythe' Augen füllten sich mit Tränen, als sie über das kunstvolle Geflecht der Parierstange strich, die wie die Schwingen eines Adlers auf beiden Seiten in nach unten gebogenen Spitzen auslief. Sie hatte keine Ahnung, was die in der Mitte eingravierten Zeichen bedeuteten, sah nur, dass sie schön waren.

»Ziemlich künstlerisch«, kommentierte Jakon, der die Handwerkskunst ebenfalls bewunderte. »Da. Nimm es als mein Geschenk an dich an.« Er zog seine Hände weg.

Faythe hielt das Schwert jetzt zwischen ihren Händen und war überrascht, wie leicht es war. Sie umfasste das mit einem Rautenmuster verzierte Leder des Griffs und zog das Schwert schwungvoll aus der Scheide. Welch schöner Laut, den der geschmiedete Stahl dabei von sich gab! Mit leuchtenden Augen staunte sie die glänzende Klinge an, die im Kerzenlicht hell schimmerte, folgte mit den Augen den Umrisslinien des Meisterwerks, während sie es stolz in die Höhe reckte. Das Metall hatte eine etwas dunklere Färbung, als von ihr zunächst erwartet.

»Niltain-Stahl«, sagte Jakon, als könne er ihre Gedanken lesen.

Mit offenem Mund schaute sie ihn ungläubig an. Aus diesem kostbaren Metall? Niltain war ein sehr seltenes und sehr hartes Erz, das nur in den Bergen von Niltain vorkam – einer kleinen Insel vor der Südküste von Ungardia. Von den Menschen oder Kreaturen, die dort lebten, war nicht viel bekannt. Aber sie waren der Gerichtsbarkeit des Königreichs Rhyenelle unterstellt.

»Wo hast du das Erz her?«

»Ist das denn wichtig?«, fragte er mit einem verschlagenen Grinsen zurück.

Da wusste Faythe, dass sie die Antwort besser nicht hören wollte. »Und was ist mit dir?«, fragte sie stattdessen. Sie zögerte, ein so überaus großzügiges Geschenk anzunehmen, wenn sie es mit keiner Gegengabe erwidern konnte.

Jakon zuckte lässig mit den Schultern. »Schwertkampf ist deine Sache. Mir reichen meine Fäuste ganz gut.« Er boxte sie spielerisch in die Seite. »Allerdings ist es von jetzt an deine Aufgabe, uns beiden Rückendeckung zu geben.«

Da nahm Faythe das Geschenk an, juchzte aufgeregt und umfasste das Schwert mal mit der einen, mal mit der anderen Hand, um ein Gefühl dafür zu bekommen. Jakon trat ein paar Schritte zurück, damit sie genug Raum hatte, um es durch die Luft zu schwingen.

Es war unbeschreiblich. Als wäre das Schwert für sie allein geschmiedet worden und für niemand sonst. Ein Empfinden, für das es keine Worte gab. Das Gewicht war perfekt und der Griff hatte genau die richtige Größe für ihre Hand, sodass sie das Schwert leicht führen konnte. Es fühlte sich an, als wäre es eine natürliche Verlängerung ihres Arms. *Ich muss dran denken, mal bei dem Schmied vorbeizugehen und mich bei ihm zu bedanken*, dachte sie. Wie er sein Handwerk beherrschte!

Nachdem ihr ungläubiges Staunen gewichen war, steckte sie das Schwert wieder in die Scheide und legte sich den Gürtel, der daran befestigt war, um die Hüfte.

»Willst du es heute Abend tragen?«, fragte Jakon erfreut, aber leicht besorgt.

»Natürlich.« Sie strahlte. »Überrascht mich bloß, dass du mich mit einer echten Schwertklinge ausstattest. Könnte ich ja gegen dich verwenden«, zog sie ihn auf. »Dann werden wir sehen, wie lang deine Fäuste durchhalten.«

Er stieß ein dunkles, heiseres Lachen hervor und schob sich an ihr vorbei. »Dann zieh ich mich mal schnell um, damit wir zur Feier aufbrechen können.«

Faythe hielt ihn am Ellenbogen fest. »Danke, Jak, von ganzem

Herzen«, sagte sie ernst und aufrichtig. »Du hast keine Ahnung, welche Freude du mir damit machst.«

Er strich ihr eine widerspenstige Strähne aus dem Gesicht, die sich in keinen Zopf einflechten ließ, und lächelte sie an. »Ich weiß.«

SECHSTES KAPITEL

Die Abenddämmerung war hereingebrochen und am Himmel stand ein prächtiger Vollmond. Die Sterne funkelten. Faythe atmete tief den wohltuenden, willkommenen Rauchgeruch des Feuers ein – auf den Hügeln hatten die Flammen bereits zu tanzen begonnen und verkündeten die Freude am Leben. Sie hakte sich bei Jakon ein und gemeinsam bummelten sie durch die Straßen, an unzähligen Ständen vorbei, die ihre festtäglichen Leckereien anboten.

Als sie einen ihr wohlbekannten Imbissstand entdeckte, hielt Faythe an und kaufte zwei Spieße mit gegrillten Würstchen, bei deren Anblick ihr das Wasser im Mund zusammenlief. Jakon und sie verschlangen sie auf dem Weg aus der Vorstadt heraus, die grasbedeckten Hügel hinauf, auf denen sie die gelben und orangefarbenen Flammen in Gleichklang mit den Silhouetten der Menschen tanzen sahen. Die Musik war wunderschön und während sie darauf zusteuerten, bewegte sich Faythe rhythmisch zu den Lautenklängen.

Vor einer der nächsten Buden hielt sie erneut an. »Ich brauch was zum Trinken«, verkündete sie.

Jakon blickte zu ihr und lachte. »Das letzte Mal, als du betrunken warst, haben sie uns aus der Kneipe rausgeschmissen, weil du eine Rauferei angefangen hast.«

Sie tat empört. »Sie hatten mich beim Kartenspiel betrogen!«

»Nein, umgekehrt, du hast sie betrogen«, erwiderte er. »Bloß sind deine Betrügereien, wenn du betrunken bist, für alle leicht durchschaubar.«

»So was würde ich doch nie machen«, grinste sie, »das habe ich doch nicht nötig.« Sie ging zu dem Stand und holte sich einen Becher Wein, den sie in wenigen Schlucken leer trank. Dann wandte sie sich, um gleich einen zweiten zu holen. Jakon nippte an seinem Wein und verdrehte die Augen. Sie streckte ihm die Zunge raus, weil er sie so tadelnd ansah, und hätte es fast auch gegenüber dem Verkäufer gemacht, als der sie offensichtlich ermahnen wollte.

»Manche von uns müssen morgen arbeiten«, sagte Jakon.

»Soweit ich mich erinnere, hat dich das früher nie abgehalten.« Faythe grinste, als sie an das letzte Yulemas dachte. Da waren sie beide so sturzbetrunken gewesen, dass Jakon am nächsten Morgen auf dem Bauernhof im Schweinestall aufgewacht war. Wundersamerweise war es ihm gelungen, den Bauern davon zu überzeugen, dass er einfach nur früh gekommen war, um gleich mit der Arbeit anzufangen. Immer noch betrunken.

»Nie mehr«, sagte Jakon, als sie ihn daran erinnerte.

Der erste Wein wirkte bei Faythe bereits, hatte die Abendkühle vertrieben und ihre Muskeln gelockert. Sie wünschte, sie hätte ihren Umhang zu Hause gelassen. Sie hatten die Hügelkuppe erreicht und Faythe blieb einen Moment stehen, freute sich am Anblick der tanzenden, lachenden Menschen, die gemeinsam feierten. Eine willkommene Abwechslung von der üblichen Tristesse des Alltags in den Vorstädten, die alle Freude am Leben erstickte.

Sie trank – und als sie in die hoch emporzüngelnden Flammen des Sonnwendfeuers schaute, winkten sie ihr mit Armen aus schwarzem Rauch entgegen. Einen Moment lang fühlte sie sich in ihren Traum – den Albtraum – der vergangenen Nacht zurückversetzt. Als sie, wie sie nun wusste, in Niks Kopf eingedrungen war. Sie fuhr sich mit der Hand an die Kehle. Ihr war, als hätte sie die Berührung der gespenstischen Rauchranken verspürt.

»Alles in Ordnung?«, fragte Jakon, an seinem Wein nippend.

Faythe nickte und lächelte, kippte den Rest ihres zweiten Bechers Wein hinunter und entsorgte ihn im nächsten Eimer. Dann nahm sie seine Hand und zog ihn hinter sich her zum größten Sonnwendfeuer, das von einer dichten Menschenmenge umgeben war. Dicht vor den Flammen blieben sie stehen. Da änderte sich plötzlich die Musik, der Kreis weitete sich und zahlreiche Frauen traten aus der Menge hervor, umringten das Feuer. Sie fingen an, rund um das flammende Inferno zu tanzen. Einen Tanz, den Faythe' Mutter ihr als Kind beigebracht hatte. Jakon ließ ihre Hand los und trat ein paar Schritte zurück, um wie die anderen Männer den Frauen bei ihrem Tanz zuzuschauen.

Faythe wollte ihm erst zurufen, dass sie schon sehr lange nicht mehr an einem solchen Tanz teilgenommen habe und sich dabei wahrscheinlich blamieren würde. Aber sein aufmunterndes Lächeln – oder vielleicht war es auch der Wein – ließ allen Protest auf ihren Lippen verstummen. Die Musik wurde schneller und rhythmischer. Sie beobachtete eine Weile die Tanzenden, sah, wie die Frauen sich dem Spiel der Musik und der Flammen anvertrauten, und dann trat sie auch in den Kreis, drehte sich, bog ihren Körper und wirbelte um das Feuer, gab sich völlig der Melodie und dem Rhythmus hin.

Faythe hatte das Gefühl zu schweben, ihr Kleid und ihr Umhang umgaben sie wie eine Wolke, als sie sich immer noch einmal und noch einmal um die eigene Achse drehte. Sie war sich nicht einmal mehr sicher, ob ihre Füße den Boden berührten. Neben ihr prasselten die Flammen, explodierte mit scharfem Knistern ein brennendes Holzscheit und zerfiel in glühende Asche, und sie wurde eins mit dem Feuer, das sie mit verführerischem Flüstern in einen Tanz der Gefahr und Leidenschaft lockte.

Die Minuten, die vergingen, hätten auch Stunden sein können. Bis das Tempo schließlich langsamer wurde und die Musik allmählich verklang. Als alles geendet hatte, klatschten die Umstehenden und die Frauen machten eine letzte Verbeugung hin zu den Flammen. Nur Faythe nicht, denn durch die stets wechselnden Lücken im lodernden Feuer bohrten sich Niks Blicke in sie. Benommen vom Tanz oder vom Alkohol oder vielleicht auch davon, ihn zu sehen, drehte sie sich zu Jakon und schwankte ein wenig, als sie auf ihn zuging. Sie taumelte, wäre fast gestolpert.

»Ich glaube, du brauchst jetzt erst mal einen Schluck Wasser«, sagte er und legte fürsorglich den Arm um sie, damit sie nicht hinfiel. »Kannst du gehen?« Als sie kraftlos den Kopf schüttelte, seufzte er, blickte sich suchend um und führte sie dann zu einer grob gezimmerten Bank. »Bleib hier. Ich komm gleich wieder.« Er musterte sie, um sich zu vergewissern, dass sie in der Zwischenzeit nicht ohnmächtig werden würde, dann ging er rasch den Abhang hinunter.

Faythe wollte protestieren, aber sie fand erst nicht die Worte dafür, und dann war er schon zu weit weg. Sie stand auf. Sie konnte gehen. Sie wollte ihm nach. Sie machte ein paar Schritte, dann verschwamm ihr alles vor den Augen und sie taumelte, fiel bäuchlings ins Gras.

Ein Arm legte sich um sie und hob sie hoch, noch bevor ihr Gesicht den Boden berührt hatte.

Der Arm verschwand so schnell, wie er gekommen war. Faythe

brauchte etwas länger als normalerweise, bis sie die Geste im Kopf registriert hatte. Sie drehte sich um, aber ihre vernebelten Sinne verzögerten ihre Reaktion.

Als sie schließlich Niks Gesicht vor sich sah, starrte sie ihn ungläubig an. »Zwei Mal an einem Tag. Was verschafft mir die Ehre, *Nik*?« Sie nuschelte etwas und suchte unbeholfen nach seinem Namen. Der Wein machte sie vertrauensselig.

»Du weißt schon, dass es Zauberwein ist, den du da trinkst? Ein Becher reicht, um dich auszuknocken«, tadelte er sie. »Erst recht zwei.«

Nun, das erklärte eine Menge.

Sie starrte ihn weiter an und murmelte: »Spaßbremse.« Faythe musterte ihn von oben bis unten. Er war nicht mehr so lässig gekleidet, wie sie ihn die beiden Male davor erlebt hatte. Jetzt trug er Uniform. Eine Uniform, die sie kannte. Sie bemerkte Farbe und Abzeichen und wich zurück. »Also gehörst du wirklich zur Leibwache des Königs.«

Sie hatte es zwar vermutet, trotzdem fühlte sie sich sehr unwohl, als sie ihn jetzt als Wachsoldat des Königs vor sich stehen sah. Er wusste, welche Fähigkeit in ihr schlummerte. War es von Vorteil für sie, wenn er sich in der Entourage des Königs befand, weil er dann womöglich schnell erfuhr, wenn gegen sie ein Verdacht gehegt wurde? Oder brachte das sie in noch größere Gefahr?

»Stört dich das?«, fragte er mit leicht amüsiertem Unterton.

»Wie kann ich wissen, dass du mit meinem Geheimnis nicht gleich zum König rennst? Ich bin mir sicher, er würde dich dafür großzügig entlohnen.«

»Wenn das meine Absicht wäre, wärst du schon lang in einer Zelle eingesperrt«, gab er zurück.

Sie blickte zu Boden. Treffend bemerkt. Außer er wollte noch mehr über sie herausfinden.

»Woher weiß ich, dass ich dir vertrauen kann?«, fragte sie.

»Kannst du nicht«, antwortete er. »Aber du hast keine andere Wahl.«

Wieder ein Treffer.

Als sie darauf nichts sagte, griff er in seine Hosentasche und zog etwas heraus. »Hier«, sagte er und reichte es ihr, nachdem er sich vergewissert hatte, dass niemand sie beobachtete. Sie musterte das kleine Fläschchen in seiner Hand misstrauisch und hielt einen Augenblick inne, bevor sie es nahm.

»Es ist kein Gift!«, beteuerte er.

»Hab ich auch nicht gedacht!«, erwiderte sie hastig.

Durch einen Blick gab er ihr zu verstehen, dass er wusste, sie hatte genau das gedacht. »Hilft dir dabei, tiefer zu schlafen, und verhindert, dass dein Unbewusstes auf Wanderschaft geht. Zwei Tropfen am Abend genügen.«

Sie blickte immer noch skeptisch drein, aber mit einem Brummen und einem gemurmelten »Danke« steckte sie das Fläschchen ein. Seine Augen wanderten zu ihrer Hüfte, als sie es tat.

»Hübsches Schwert«, bemerkte er. »Obwohl man finden könnte, dass es ein wenig … unpassend ist.«

Sie warf ihm einen verächtlichen Blick zu. »Es war ein Geschenk und das geht dich überhaupt nichts an.«

Seine Lippen verzogen sich zu einem amüsierten Grinsen und sie musste sich sehr zusammennehmen, ihm keine Ohrfeige zu verpassen. *Dieser bescheuerte Fae und seine überhebliche, arrogante, herablassende …*

»Ich meinte nur, dass du vielleicht vorsichtiger sein solltest. Man sieht nicht oft einen Menschen, erst recht nicht eine Frau« –

sie durchbohrte ihn daraufhin mit ihren Blicken – »mit einem Schwert von solcher Qualität. Du solltest besser darauf achten, nicht zu viel Aufmerksamkeit auf dich zu lenken.«

Als unausgesprochene Mahnung schwebte zwischen ihnen: *»Gib ihnen keinen Anlass, dich anzuschauen.«*

Sie nickte, dass sie ihn verstanden hatte.

»Genieß das Fest, Faythe! Und dann schlafe hoffentlich gut!« Damit drehte er sich um und verschwand in der Menge, schlängelte sich schnell und anmutig zwischen den Feiernden hindurch, bis sie ihn nicht mehr sah.

Unmittelbar darauf stand Jakon vor ihr und Faythe zuckte erschrocken zusammen. *Ob Nik geahnt hatte, dass er in der Nähe war und deshalb so plötzlich fortging?*

Die Welt drehte sich weiter um sie und als sie ins Feuer schaute, sah sie in den Flammen springende, brüllende Tiere, die sie zu sich locken wollten. Ein kalter Becher mit Wasser wurde ihr in die Hände gedrückt und sie trank gierig, wollte unbedingt wieder einen klaren Kopf bekommen.

»Lass uns nach Hause gehen«, sagte Jakon, schlang seinen rechten Arm um ihre Taille und legte sich ihren linken über die Schulter, um sie zu stützen.

Vom Weg zurück zur Hütte hatte sie keine Erinnerung, sah nur undeutlich viele Körper vor sich, spürte Geschiebe und Gedränge, hörte den Lärm. Die Sonnwendfeier war in vollem Gange. In der Hütte warf sie sich auf ihre Pritsche. Ihr Kopf war durch die frische Nachtluft und dank des ständigen Nachschubs an Wasser durch Jakon etwas klarer geworden, aber die Wände neigten sich immer noch etwas.

Jakon befreite sie von Schwert, Umhang und Stiefeln. »Du solltest noch mal kurz hoch. Außer du willst, dass ich dich ausziehe.«

Sie kicherte. »Oh ja, bitte!«

Er stöhnte auf. »Wenn du betrunken bist, kannst du echt nerven.« Er half ihr dabei, sich aufzusetzen, und knöpfte ihr das Oberteil ihres Kleides auf.

Faythe blickte Jakon an. In ihren ausgelassenen, beschwipsten Zustand mischte sich Traurigkeit, als sie ihm in die warmen braunen Augen sah. Es müsste doch leicht sein, sich in ihn zu verlieben … Stimmte mit ihr etwas nicht? Sie hatte durchaus was für Männer übrig, flirtete manchmal mit Fremden, wenn sie abends allein in der Schenke war – und sie wegen Jakon kein schlechtes Gewissen haben musste. Ihre Freundschaft wollte sie nicht mit Begehren und sexueller Lust vermischen, weil sie wusste, dass es ihm etwas vollkommen anderes bedeuten würde als ihr. Aber heute war sie plötzlich wütend auf sich selbst, weil sie nicht in der Lage war, seinen Wunsch nach einer tieferen und auch körperlichen Beziehung zu erfüllen.

Einem spontanen Impuls folgend beugte sie sich vor, um ihn zu küssen. Sie wollte sich beweisen, dass sie unrecht hatte mit ihren rein freundschaftlichen Gefühlen. Ihre Lippen berührten sich kurz, aber dann entzog er sich ihr.

»Faythe.« Es klang wie ein Flehen.

Als sie in seine Augen blickte, den Schmerz darin erkannte, bedauerte sie sofort ihren Leichtsinn. Wie egoistisch von ihr, sich diesen einen Kuss zu gönnen, wie traurig und vergeblich. In ihrem gegenwärtigen betrunkenen Zustand sowieso. Er schien es auch zu wissen und überdeckte seine Enttäuschung mit einem spöttischen Grinsen, als wäre sie nicht ganz zurechnungsfähig. Das nahm ihr etwas von ihrem schlechten Gewissen. Er stand vor ihr und verstrubbelte ihr die Haare.

»Betrunkene Närrin«, murmelte er.

Sie lächelte ihn unbeholfen an und er drehte sich um und ging aus der Kammer,, damit sie sich in aller Ruhe für die Nacht umziehen konnte.

Während sie aufstand, um aus ihrem Kleid zu schlüpfen, machte Faythe sich innerlich Vorwürfe. Das Gewand glitt an ihr herab zu Boden und ein dumpfes Aufschlagen war zu hören. Fluchend beugte Faythe sich hinunter und durchsuchte die Taschen. Sie zog die Uhr heraus und legte sie auf ihren Nachttisch, dann griff sie in die andere Tasche und seufzte erleichtert auf. Das Fläschchen, das Nik ihr gegeben hatte, war unversehrt.

Hastig schlüpfte sie danach in ihr Nachthemd und setzte sich auf die Bettkante, um das Fläschchen genauer zu inspizieren. Als sie den Verschluss abschraubte, stellte sie fest, dass der Hals mit einem Tropfenzähler ausgestattet war. Neugierig schnüffelte sie an der Öffnung und hätte das Fläschchen beinahe fallen lassen, so widerlich roch die Flüssigkeit. Bei Gift konnte es nicht schlimmer sein. Ihr drehte sich der Magen um. Aber es war, wie Nik gesagt hatte: Welch andere Wahl hatte sie denn, als ihm zu vertrauen? Und warum sollte er sie klammheimlich umbringen, wenn er sie dem König mit viel Trara ausliefern und großen persönlichen Vorteil aus seinem Zufallsfund schlagen konnte?

Wenn sie mit den Tropfen in Tiefschlaf versank und nichts träumte, wäre es den Versuch auf alle Fälle wert, entschied sie.

Bevor sie ihre Meinung ändern konnte oder die Nerven verlor, ließ sie aus dem Fläschchen zwei Tropfen auf ihre ausgestreckte Zunge fallen. Bei dem widerlichen Geschmack hätte sie am liebsten ausgespuckt. Hastig schraubte sie das Fläschchen zu und versteckte es unter ihrem Kopfkissen. Jakon durfte es nicht entdecken, denn dann würde er anfangen, Fragen zu stellen.

Kurz darauf stand er neben ihrer Pritsche und grinste sie verlegen und mitfühlend an. In ihrem Zustand musste sie fürchterlich aussehen.

Als sie wenig später beide auf ihren Pritschen in der Dunkelheit lagen, schien durch das kleine Fenster der Mond in die Hütte und eine friedvolle Stimmung breitete sich aus. Faythe begann, sich benommen zu fühlen. Wenn sie sich auch nicht sicher war, ob es mit dem magischen Wein zu tun hatte oder ob Niks Elixier wirkte.

»Lumarias«, murmelte sie, schon im Halbschlaf. Ihre Lider fühlten sich plötzlich tonnenschwer an. Sie hörte am Ächzen der anderen Pritsche, wie Jakon sich zu ihr drehte. »Mein Schwert – ich nenne es Lumarias.«

SIEBTES KAPITEL

Als Faythe am Morgen nach der Sonnwendfeier aufwachte, stellte sie überrascht fest, dass Jakons Bett bereits leer war. Sie suchte auf dem Nachttisch nach ihrer halbzerbrochenen Taschenuhr – und war beim Blick auf das Ziffernblatt schockiert. Bereits Mittag vorbei! Sie war im Kopf klar und hellwach. Nicht nur hatte sie von der vergangenen Nacht und dem Wein keinen Kater zurückbehalten, sie fühlte sich sogar richtig frisch!

Noch nie war Faythe nach einer Nacht so ausgeruht und so gut gelaunt aufgewacht. Sie hatte friedlich durchgeschlafen. Das erste Mal in ihrem Leben hatte sie nicht geträumt, keinen Albtraum durchlebt – und war stattdessen in das dunkle Loch eines ruhigen, friedlichen Tiefschlafs gefallen.

In den folgenden sieben Nächten schlief sie tief und fest, nachdem sie Tropfen aus dem Fläschchen genommen hatte, das ihr von ihrem unwahrscheinlichen Retter zugesteckt worden war. Eine Woche später strotzte sie von Energie. Auch Jakon und Marie fiel es auf und beide machten Bemerkungen zu ihrem strahlenden, veränderten Aussehen.

Doch von der Flüssigkeit war inzwischen nur noch wenig übrig, vielleicht für ein, zwei Nächte. Seit der Vorrat in dem Fläschchen zur Neige ging, hielt Faythe immer wieder Ausschau nach Nik. Doch bis jetzt hatte sie ihn bei keiner der Wachpatrouillen entdeckt, weder tagsüber noch nachts, und in ihr stieg allmählich Panik hoch.

Sie brauchte die Tropfen. Das einzige Mittel, um sich vor sich selbst zu schützen. Ihre große Hoffnung. Falls nötig würde sie die Tropfen für den Rest ihres Lebens jede Nacht nehmen. Sie konnte es nicht riskieren, im Traum in den Geist eines anderen hineinzuwandern – wenn das denn ihre besondere Fähigkeit war –, und noch viel wichtiger, keiner sollte in ihren Kopf eindringen.

Sie musste Nik unbedingt um Nachschub bitten oder herausfinden, wo sie sich selbst die Tropfen besorgen konnte.

Kaum war ihr Arbeitstag vorbei, eilte sie zurück in die Hütte. Jakon war bereits zu Hause. Er saß am Esstisch und hatte einen Teller mit Eintopf vor sich stehen. Dazu biss er von einer Scheibe Brot. Er nickte ihr zu, sie solle sich ihm gegenüber hinsetzen. Dort stand für sie auch ein Teller bereit.

»Du hast gekocht?« Fragend zog Faythe eine Augenbraue hoch, setzte sich dann und machte sich über den Eintopf her.

Er lachte. »Nicht wirklich. Mrs Bunsen hatte noch was übrig und hat es mir geradezu aufgedrängt.«

Die Bäuerin war eine nette Frau und gab ihm immer wieder Essen mit, wenn sie was übrig hatte, das bis zum nächsten Tag verderben würde. Meist waren es kalte gefüllte Teigtaschen oder kalter Braten. Der warme Eintopf war eine willkommene Abwechslung.

»Ich glaub, ich geh nachher noch mal auf den Platz«, sagte Faythe mit vollem Mund. »Noch etwas mit Lumarias trainieren.«

Jakons Schultern sackten müde nach vorn. »Seit der Sonnwendfeier waren wir dort jeden Abend.«

Das stimmte und sie hatte jede Minute mit ihrem neuen Schwert genossen. Doch den wirklichen Grund, warum sie unbedingt jeden Abend auf den Platz wollte, hatte sie Jakon nicht verraten. Vielleicht entdeckte sie dort Nik, vielleicht war er ja mit einer der nächtlichen Patrouillen dort unterwegs. Sie hatte in den vergangenen Nächten stets darauf gedrängt, bis Mitternacht zu bleiben. Aber bisher keine Spur von ihm, sie war beunruhigt.

»Du musst nicht mitkommen. Deine Stecken hab ich sowieso alle pulverisiert.« Als seine Besenstiele von ihr zu Kleinholz gemacht worden waren, hatte er mit einem Dolch in jeder Hand weitergekämpft, erstaunlich geschickt, wie sie fand.

Er schüttelte den Kopf. »Nein, schon in Ordnung. Ich komme mit.«

Sie wusste, dass er nur widerwillig zustimmte, und sah ihm seine Erschöpfung an.

»Es ist nur ein paar Straßen weg, Jak.« Sie verdrehte die Augen. »Und überall gibt es Wachpatrouillen der Fae. Mir kann nichts passieren.« Sie schnippte ein Stückchen Brot nach ihm.

Jakon hielt eine Weile mit dem Essen inne und dachte nach. Dann gab er einen übertrieben lauten Seufzer von sich. »Na gut«, lenkte er ein. »Aber um zehn bist du wieder da …«

»Elf«, hielt sie dagegen.

Er musterte sie mit zusammengekniffenen Augen. »Abgemacht.«

Faythe lächelte ein Triumphlächeln, aß dann hastig ihren Eintopf auf und zog sich fürs Training um. Schwarze Lederhose, weites weißes Hemd, locker in den Bund gesteckt, und wie immer ihre alten schwarzen Stiefel. Ihre Haare flocht sie hinten zu einem Zopf, schlang sich den Schwertgürtel um die Hüften und legte sich schwungvoll ihren Umhang um die Schultern. Dann verabschiedete sie sich von Jakon, der sich erschöpft auf seine Pritsche hatte fallen lassen. Sobald sie fort war, würde er einschlafen, da war sie ganz sicher.

Faythe schlüpfte durch die Haustür in die Dunkelheit hinaus. Wie wohltuend die nächtliche Stille auf den Straßen war, verglichen mit der Betriebsamkeit tagsüber. Die zwei Wachposten der Fae, an denen sie vorüberkam, würdigten sie keines Blickes. Die meisten von ihnen kannten sie und wussten wohl auch, wohin sie unterwegs war.

Am Marktplatz angekommen legte sie ihren Umhang auf einer an der Seite aufgestellten Bank ab, dann begann sie mit ihrem Training, schwang ihr Schwert und wehrte einen eingebildeten Gegner ab. Die Welt um sie herum verschwand und sie verspürte nur noch die Ruhe und Konzentration des Kampfes. Knapp eine Stunde später war sie schweißgebadet, duckte sich, wirbelte herum, stürmte mit erhobenem Schwert voran … eine verschlungene Choreografie von Schritten und kämpferischen Gesten. Fast hörte sie das Geklirr der aufeinanderprallenden Schwerter, so wirklich war für sie ihr eingebildeter Gegner.

Keuchend machte Faythe gerade eine Pause, als sie Stimmen hörte, den Kopf drehte und in die Straßen hineinspähte, die auf den Platz mündeten. Sie wollte wissen, ob es sich um Soldaten der Fae handelte. Nur eine Gruppe betrunkener Menschenmänner schlenderte über den Platz und streifte dicht an ihr vorbei. Ein enttäuschter Seufzer entfuhr ihr.

»Wartest du auf jemand Bestimmtes?«

Beim Klang von Niks Stimme machte ihr Herz vor Erleichterung einen Hüpfer. *Wurde allmählich Zeit!* Doch als sie noch einmal in jede Richtung blickte, konnte sie ihn nirgends entdecken.

Ein Pfiff ertönte. Der Laut kam von oben. Als sie sich umdrehte und den Kopf hob, entdeckte sie ihn rittlings auf dem Hausfirst hinter ihr sitzen. Mit einem amüsierten Lächeln sah er auf sie herab.

»Falls dieser kleine Auftritt für mich gedacht war, ich bin beeindruckt«, sagte er. »Für eine Sterbliche nicht schlecht«, fügte er hinzu. Er stand auf und machte Anstalten, herunterzuspringen.

Faythe wollte protestieren, dass es doch viel zu hoch sei – aber da sprang er schon und landete geräuschlos und mit der Geschmeidigkeit einer Katze auf dem Boden. Er richtete sich auf und blieb im Schatten der Hauswand stehen. Sie starrte ihn mit offenem Mund an. Erst dann fiel ihr ein, dass er ja ein Fae war und die Naturgesetze der Menschen auf ihn nicht zutrafen. Ihr Mund klappte augenblicklich zu und sie funkelte ihn erbost an, weil er wie immer überheblich grinste. Diesmal war er wieder lässig gekleidet, nicht in Uniform. Die Kapuze seines Mantels verdeckte den Großteil des Gesichts. Heute also nicht im Einsatz unterwegs.

»Wie lang bist du schon da?«, fragte sie.

Das Schulterzucken, das von ihm darauf als Antwort kam, befeuerte ihre Wut.

»Wo warst du so lang?«, fuhr sie ihn an.

Er lachte leise auf. »Mir war nicht klar, dass ich so notwendig gebraucht werde.« Seine Augen blitzten vergnügt.

Faythe verbiss sich eine Antwort.

»Ich hätte gedacht, dass du … sagen wir mal, dass du erfreuter auf mein Auftauchen reagierst«, fuhr er fort.

Oh, es amüsierte ihn. Sollte er seine Freude daran haben. Am besten hielt sie den Mund. Sie brauchte ihn, auch wenn es ihr schwerfiel, das zuzugeben.

Stiefelschritte auf dem Pflaster und schwach vernehmbare Stimmen aus einer der Straßen lenkten ihre Aufmerksamkeit auf sich. Nik hielt einen Finger an die Lippen und machte ein Zeichen, dass sie ihm in eine unbeleuchtete Gasse folgen solle. Sie steckte ihr Schwert in die Scheide und schwang sich den Umhang um die Schultern. Kaum war die Wachpatrouille der Fae, die sie nur mit einem Seitenblick gemustert hatte, vorbeigezogen, huschte sie Nik hinterher.

In der Gasse war es so finster, dass sie die Augen zusammenkneifen musste, um die Schatten voneinander zu unterscheiden und nicht über irgendetwas zu stolpern. Trotzdem konnte sie Nik nirgendwo erkennen. Sie wollte gerade seinen Namen rufen, als sich eine Hand über ihren Mund legte. Ihr Aufschrei erstarb zwischen ihren Lippen, als sie herumgewirbelt wurde und in der unheimlichen Finsternis Niks smaragdgrüne Augen direkt vor ihr aufleuchteten. Er durchbohrte sie mit Blicken.

»Hast du nicht kapiert, dass du keinen Laut von dir geben sollst?«, zischte er ihr zu.

Sie wand sich in seinem Griff und murmelte unhörbar eine Entschuldigung, als er sie losließ.

Er ging noch weiter in die schmale, finstere Gasse hinein. Sie folgte ihm auf den Fersen, so dicht, als fürchte sie, eine fremde Macht könne sie plötzlich umfassen. An der Stelle, an der eine andere Gasse querte, hielt er kurz an und spähte in alle Richtungen, dann huschten sie weiter.

Nik führte sie kreuz und quer durch Gassen und Straßen und schließlich einen der Hügel hinauf, auf denen die Sonnwendfeuer gebrannt hatten. Am Rand eines angrenzenden kleinen Waldes hielt Faythe an.

Als er bemerkte, dass sie nicht mehr dicht hinter ihm war, drehte er sich zu ihr. »Kommst du?«

Niemand betrat jemals diesen Wald. Es hausten darin Horden ruheloser Geister und andere tückische Kreaturen. Ein Junge hatte sich einmal als Mutprobe hineingewagt, als sie noch klein war. Es hatte viele Wochen gedauert, bis er sich davon erholte. Er sah aus, als wäre er darin Untieren und Monstern begegnet, die es auf sein Innerstes abgesehen hatten.

Faythe zögerte. »Spukt es darin nicht?«, fragte sie vorsichtig. Sie hatte Angst, wollte sich aber vor Nik nicht lächerlich machen.

Er lachte auf. »Ja … und nein«, antwortete er. Als er merkte, dass sie daraufhin keinen Schritt weiterging, erläuterte er: »Der Wald verfügt über einen natürlichen Schutzmechanismus. Kann sein, dass du da Dingen begegnest, die du erst mal nicht magst. Aber wenn er dich für würdig erachtet, dann lässt er dich durch.«

Sie schluckte. »Und wie kannst du sicher sein, dass es bei mir so sein wird?«

»Bin ich mir nicht«, meinte er achselzuckend. Dann verschwand er wie durch einen schwarzen Vorhang.

Faythe schickte ihm mehrere kräftige Flüche hinterher. Unruhig ging sie am Waldrand auf und ab. Wenn sie zur Stelle blickte, an der Nik verschwunden war, sah sie hinter den ersten beiden Reihen von Bäumen nichts als undurchdringliches Schwarz. Als wäre da eine türlose Wand, die ein anderes Reich umgrenzte. Je länger sie auf den tintenschwarzen Schleier starrte, desto stärker verspürte sie eine merkwürdige Anziehung: einen lautlosen, lockenden Ruf, in den Wald einzutreten. Wobei sie es als tröstlich empfand, dass sie von Nik kein Schreien und keine Rufe hörte – es sei denn, der dichte schwarze Nebel verschluckte sie.

Nik blieb verschwunden. Aber sie brauchte dringend ein neues Fläschchen mit Schlaftropfen von ihm. Schließlich sah Faythe keine andere Möglichkeit, als den Atem anzuhalten und einen großen Schritt in den Wald hineinzutun, durch den dicken schwarzen Vorhang hindurch.

Ein unheimliches Schwarz umhüllte sie, sobald sie eingetreten war, dunkler als die Nacht, die über dem Hügel vor der Stadt gelegen hatte. Das Blätterdach schluckte alle Blauschattierungen der Finsternis. Der Wald erstreckte sich vor ihr in endlosen Reihen dicht gestaffelter Bäume und bald war sie auf allen Seiten von gekrümmten, rissigen Stämmen umgeben. Über ihr schlossen sich dicke schwarze Blätter, die an Fledermausflügel erinnerten, zu einem Dach zusammen, das keinen Schimmer des Mondes und kein Sternengefunkel durchließ. Als sie sich umdrehte, konnte sie von der grasbewachsenen Hügelkuppe nichts mehr erkennen. Es gab kein Zurück mehr, sondern nur noch ein Vorwärts. Vorsichtig setzte sie einen Schritt vor den anderen, immer tiefer zwischen die kohlrabenschwarzen Stämme hinein.

Nik war nirgendwo zu sehen. Da bemerkte Faythe, dass sie nicht deshalb Gänsehaut bekam und sich ihr jedes Haar einzeln aufstellte, weil der Wald so gespenstisch wirkte und unheimlich schimmerte. Sondern deshalb, weil absolute Stille herrschte. Kein Laut war zu hören. Kein einziges Waldlebewesen machte durch das Geräusch einer Bewegung oder durch Gesang auf sich aufmerksam. Sie tat einen weiteren Schritt und das Knacken eines heruntergefallenen morschen Asts unter ihrem Fuß hallte durch die Stille. Etwas umfasste ihren Fuß und sie schrie auf.

Panik stieg in ihr auf. Vergeblich versuchte sie, sich von dem Ast zu befreien, der seine krummen Zweige um ihren Knöchel wand und mit seinen dünnen Fingern nach oben wanderte. Als sie ihren anderen Fuß bewegen wollte, stellte sie fest, dass er ebenfalls von schwarzen Ranken umklammert war, die eine dunkle Flüssigkeit absonderten, während sie sich um ihre Wade wanden. Mit einem Ruck befreite sie Lumarias aus der drohenden Fessel, aber schon schnellte eine andere Ranke neben ihr empor und begann sich um ihr Handgelenk und ihren Unterarm zu schlingen, eine kalte, glitschige Schleimspur zurücklassend.

Das Schwert, ihre einzige Waffe, fiel Faythe aus der Hand und landete mit einem schwachen *Plong!* auf dem Boden. Eine weitere Ranke umwand ihren schlaff herunterhängenden linken Arm. Sie war nun vollständig gefesselt und verwundbar.

Sie würde sterben. Das hier war eine Falle und sie war voll hineingetappt. Wenn sie nicht durch ein Gewirr von Wurzeln und Ästen aufrecht gehalten worden wäre, hätte sie sich vor Angst am liebsten auf dem Boden zusammengekauert. Faythe schloss die Augen und konzentrierte sich auf ihr wildes Herzklopfen.

Dann hörten die Ranken zu wachsen auf.

»Faythe«, flüsterten die Schatten.

Sie erzitterte und ihr Atmen ging noch schneller. Sie presste ihre Augen so fest zusammen, dass es schmerzte.

»Warum siehst du mich nicht an, Faythe?«

Es war eine weibliche Stimme. Faythe versuchte, ihre Ohren davor zu verschließen, aber die Worte schrillten zwischen den Bäumen, bohrten sich ihr in die Ohren und rasselten in ihrem Kopf.

»Schau mich an«, rief die Stimme.

Faythe gehorchte nicht. Was auch immer es mit der Stimme auf sich hatte – ihre einzige Hoffnung war, dass man sie kurz und schmerzlos töten würde.

Da fuhr auf einmal ein Donnergrollen durch den Wald, schüttelte die Bäume und ließ die Erde unter ihren Füßen erbeben. Sie erzitterte bis ins Mark.

»Schau mich an!«

Diesmal widersetzte sie sich dem Befehl nicht und ihr entfuhr ein dumpfer Schrei, als sie die Augen öffnete. Was sie vor sich sah, waren ihre Augen, nur eine Spur dunkler. Der Rest der Erscheinung war genauso, wie sie sie in Erinnerung hatte: ihre Mutter.

»Meine geliebte Faythe.« Es war ihre Stimme, so wie sie sie von früher kannte. Und zugleich war es nicht ihre Stimme, denn sie war durch irgendetwas verzerrt, vielleicht durch die Macht, die ihre Erscheinung heraufbeschworen hatte. »Sag mir, wovor hast du Angst, Faythe?«

Tränen strömten ihr übers Gesicht. Gequält schaute sie ihre Mutter an. *Sie ist nicht wirklich*, sagte sich Faythe. *Das ist ein Trick. Ein grausamer, fieser Trick. Mein eigener Geist spielt mir da was vor.*

»Was willst du von mir?«, flüsterte sie.

Eine neue Stimme ertönte und ihr Herz galoppierte. Jakon.

»Ich will deine innerste, tiefste Angst wissen.«

Als sie den Kopf drehte, sah sie ihren Freund neben sich stehen. Ein Aufschrei entfuhr ihr. Sein Gesicht war blutverschmiert und verschwollen und der Anblick brach ihr das Herz.

»Hört auf damit«, flehte sie.

»Sag es.«

Sie senkte niedergeschlagen den Kopf und schluchzte verzweifelt. Versuchte, den Anblick von Jakon zu vergessen. Etwas in ihr wusste, dass sie es verdiente, und sie hätte sich gerne auf dem Boden zusammengerollt und dem Dämon unterworfen, der sie da quälte. Auch wenn es sie das Leben kostete, sie verdiente es nicht anders.

»Du kannst niemanden beschützen«, spottete Jakons Geist.

Dann begriff sie, dass die im Wald bereits wussten, wovor sie sich am meisten fürchtete. Es ging darum, dass sie sich ihrer

Angst stellte, sie sich zu eigen machte. Hinter den finsteren Umrissen der Bäume tauchten noch mehr Gestalten auf. In Umhänge gehüllt, Kapuzen über den Köpfen und … ohne Gesichter. Während sie sich ihrer Mutter und Jakon näherten, sah sie, wie unter den Mänteln Stahl aufblitzte. Wie Todesboten strebten sie mit schnellen, leichten Schritten auf die beiden Menschen zu, die sie liebte.

Faythe bäumte sich gegen die Fesseln auf, die sie hielten. »Bitte!«, brüllte sie verzweifelt.

Mit jedem Schritt schienen die Gestalten schneller zu werden, bis sie schließlich anhielten. Nahe genug, um den Tod zu bringen. Faythe' ganzer Körper bebte, während sie von Grauen gepackt zusah. Wie auf Kommando hoben die Wesen gleichzeitig ihre Schwerter, um sie auf die zwei Menschen niedersausen zu lassen, die Faythe' Herzen am nächsten waren.

Da glaubte sie, den Verstand zu verlieren. Angst durchfuhr sie wie ein Blitz. Weckte sie aus ihrer Starre auf. Sie bündelte die glitschigen schwarzen Ranken zwischen den Händen, umfasste sie fest – und dann zerrte sie daran mit aller Kraft, die sie in den Armen hatte. Schmerzhaft schnitten die Fesseln in ihr Fleisch ein. Sie gab einen lauten Schrei von sich, um ihre ganze Kraft und innere Stärke zu entfesseln.

Und da hatte sie die Ranken aus dem Boden gerissen und ihre Hände waren plötzlich frei. Faythe keuchte. Ließ keine Sekunde, keinen Atemzug verstreichen, bückte sich nach Lumarias und durchtrennte mit der Klinge die Fesseln an ihren Knöcheln. Sie machte einen riesigen Sprung nach vorne. Die Zeit, so fühlte es sich für sie an, dehnte und verlangsamte sich, während sie auf das Schwert des Todesboten blickte, das gleich auf Jakon niedersausen und sein Schicksal besiegeln würde. Es war zu weit bis zu ihm, sie würde zu spät kommen. Aber sie war schnell und schwang Lumarias gerade noch rechtzeitig über den Kopf ihres Freundes. Das Klirren aufeinanderprallender Klingen hallte durch den stillen Wald. Nur noch wenige Zentimeter, dann hätte der Hieb den Hals ihres Freundes getroffen.

»Das ist keine Angst!«, schrie Faythe. »Das ist Panik! Mich durchfährt durch und durch Horror!« Sie schlug die Klinge des gesichtslosen Angreifers weg, der vor ihr zurückwich. Jede Bewegung von ihm wurde von den anderen unheimlichen Geistern nachgeahmt. Es gelang ihm nicht, noch einmal nach vorne zu stürmen. Faythe drängte ihn weiter und weiter zurück. »Ich habe Panik davor, dass die Menschen, die ich liebe, sterben und dass ich schuld daran bin!«

Ihre Schwerter kreuzten sich wieder und wieder und Faythe ließ all ihren Zorn und ihre Trauer in ihre Hiebe strömen, mit denen sie den Feind abwehrte, der die Menschen bedrohte, die sie liebte. Zutiefst von der Furcht gepackt, ihre Liebsten nicht schützen zu können, stieß sie jedes Mal einen lauten Schrei aus, wenn sie ihr Schwert hob, um ihm den Todeshieb zu versetzen. Sie vermochte es, egal, was es brauchte, damit ihre Mutter und Jakon sich sicher fühlen konnten. Trotzdem schloss sie die Augen, als sie das Schwert niederfahren ließ und wusste, dass es den dunklen, gesichtslosen Geist zerschneiden würde. War es Feigheit?

Als ihr Schwert zwischen ihren Händen niedersank, verspürte sie nichts. Sie atmete schwer, wagte es nun aber, die Augen zu öffnen, um die Kreatur anzuschauen, die sie gerade umgebracht hatte. Doch zu ihrer Überraschung stand Jakon vor ihr. Sein Gesicht war wieder unverletzt.

»Warum hast du so große Angst, Faythe?«, fragte Jakons Stimme.

Sie musste so stark schluchzen, dass sie am ganzen Körper zitterte. »Ich bin schuld daran, dass sie tot ist«, sagte sie leise. Die Wahrheit, die sie tief in sich vergraben hatte, um zu vergessen, riss eine alte Wunde in ihrem Herzen auf. »Meine Mutter … Sie war an dem Abend in den Wald gelaufen, um nach mir suchen. Sie hatte mich angefleht, zu Hause zu bleiben, aber ich hatte mich nicht daran gehalten. Ich spielte lieber im Wald, auch wenn sie mir verboten hatte, jemals einen Fuß hineinzusetzen. Es war dunkel und ich hörte einen Schrei. Da bin ich nach Hause gerannt und habe die ganze Nacht auf sie gewartet … aber sie ist nie mehr zurückgekommen.« Die Stimme versagte ihr. »Ich habe allen erzählt, sie sei verschwunden, aber ich weiß … ich weiß, dass der Schrei in der Nacht von ihr stammte. Wovor auch immer sie mich im Wald gewarnt hatte, es hat dort auf sie gewartet – und ich habe sie hingelockt. Sie hat geschrien … und ich bin davongerannt.«

Ihre Tränen stockten. Sie zwang sich dazu, sich umzudrehen und dem Geist ihrer Mutter ins Gesicht zu schauen. »Es tut mir so leid.« Sie blickte zu Boden. Die Finsternis verblasste zu einem weichen Grau.

Eine weiß schimmernde Gestalt näherte sich und blieb vor Faythe stehen, strich ihr mit geisterhafter Leichtigkeit über die Wange und hob ihr Kinn leicht an. Faythe schaute ihrem eigenen strahlenden Spiegelbild in die Augen und ihr Phantom-Ich lächelte sanft zurück.

»Du hast daran keine Schuld«, sagte es zu ihr. »Es gibt so vieles, das du für dich erst noch entdecken musst, Erbin von Marvellas. So vieles, wozu du bestimmt bist.«

Ihre Mutter stand links und Jakon rechts vor ihr. Erleichterung überkam Faythe, als sie ihren Freund unverletzt neben sich sah. Ihre Mutter konnte sie nicht mehr beschützen, dafür war es zu spät. Aber ihn würde sie beschützen – mit ihrem Leben, falls nötig.

»Bleib dir treu, Faythe. Aurialis wird dein Führer sein.« Sie traten auseinander und hinter ihnen leuchtete strahlendes Weiß.

Faythe fühlte sich innerlich zu leer, um wirklich aufzunehmen, was die Stimme gesagt hatte, und zu zornig, um eine Antwort zu geben. Nach einem letzten Blick auf die weichen Gesichtszüge ihrer Mutter hob sie das Kinn, wischte sich übers Gesicht und ging auf den blendend weißen Ausgang zu.

Sie schaute nicht zurück.

ACHTES KAPITEL

Der Wald öffnete sich zu einer weiten, sonnenbeschienenen Lichtung: der denkbar größte Kontrast zum finsteren Albtraum, aus dem sie nun heraustrat. Faythe schloss kurz die Augen, als das Licht so plötzlich wechselte.

Der Himmel war wolkenlos und von kristallklarem Blau. Die Bäume rings um die Lichtung glitzerten in der Sonne und vor ihr lag ein breiter See mit einem gleißenden Wasserfall. Die unablässig herabströmenden Kaskaden ließen Faythe ruhiger werden. Das Gras war hoch und tiefgrün, wilde Blumen blühten in allen Farben. In tiefen Zügen atmete Faythe die klare, kühle, reine Luft ein. Noch nie hatte sie zuvor einen solchen Ort gesehen, makellos, wie unberührt von Menschen oder Fae.

Nik lehnte lässig gegen einen riesigen Felsblock am Seeufer. »Da bist du ja!«, rief er und kam auf sie zu. Als er nahe genug war, um sie aufmerksam mustern zu können, hielt er einen Moment verunsichert inne und sein Lächeln verschwand.

Faythe hatte bereits selbst an ihrem Körper heruntergeblickt. Keine Spur von eben. Ihr Gesicht aber musste leichenblass sein.

»Was sollte das?«, zischte sie ihn an. Um zu brüllen, fehlte ihr die Energie.

Er verschränkte die Arme. »Was hast du gesehen?«

Sie ging an ihm vorbei. »Spielt keine Rolle«, sagte sie.

Mit ein paar Schritten war er neben ihr und schwieg eine Weile, bevor er sprach. »Falls du jemals darüber reden möchtest, bin ich immer für dich da.« Seine Stimme klang ernst, von seinem üblichen spöttischen Tonfall war nichts zu hören.

Faythe nickte, dankbar dafür, dass er es dabei beließ. Sie war sich nicht sicher, ob sie diesen Albtraum noch einmal durchleben wollte, und ganz bestimmt nicht war das etwas, das sie mit diesem Fae teilen wollte, der immer noch ein Fremder für sie war.

»Warum hast du mich hergebracht?«

»Ich wollte dir das alles zeigen«, sagte er mit einer weit ausholenden Armbewegung. »Und außerdem gibt es hier keine spionierenden Augen und Ohren.« Er lächelte. Ein warmes, aufrichtiges, von Herzen kommendes Lächeln, das ihm viel besser stand als sein überhebliches, spöttisches Grinsen.

Faythe starrte in den See. Die sich kräuselnden Wellen schimmerten in allen Regenbogenfarben.

»Nicht viele Menschen schaffen es hierher in den Wald«, sagte er. »Ich dachte, hier wäre der ideale Ort, um mit dir … zu üben.« Sie spürte, wie er nach dem richtigen Wort suchte und dass er damit nicht das Training im Schwertkampf meinte.

»Ich brauche nicht zu üben«, antwortete sie hastig. »Etwas Nachschub von diesen Tropfen, das reicht.« Es klang verzweifelter, als von ihr beabsichtigt. »Sie haben gewirkt.«

»Nur zu gut, scheint mir«, erwiderte er. »Nicht einmal ich konnte in deinen Kopf eindringen.«

Sie wich bestürzt zurück. »Du hast versucht, in meinen Kopf zu gelangen?«

»Nur ein fairer Ausgleich, oder?«, grinste er.

Faythe schaute ihn an. Stimmt. Sie war unbeabsichtigt in seinen Kopf eingedrungen. Trotzdem war es ihre Schuld. Innerlich verfluchte sie sich und ihn, vor allem aber die verdammten Geister – oder wer auch immer daran schuld war, dass sie über diese Fähigkeit verfügte. Sie wollte das nicht. Es bedeutete für sie nur viel Ärger, und außerdem brachte es sie und alle, die mit ihr zu tun hatten, in Gefahr.

»Ich wollte mich vergewissern, dass die Tropfen wirken und die Dosis für jemand wie dich unschädlich ist.« Bei der letzten Hälfte des Satzes schnaubte sie, aber er achtete nicht darauf. »Ein Fae braucht normalerweise vier Tropfen, damit es wirkt. Die Hälfte der Dosis schien mir für dich angemessen.« Er lächelte, ihr ungläubiger, entsetzter Blick schien ihn zu belustigen.

»Und wenn es zu viel gewesen wäre?«, fragte sie.

Er antwortete wie so oft mit einem Achselzucken. »War es nicht«, meinte er nur.

Faythe blickte ihm nach, als er betont lässig zum Wasser ging, die Hände in den Hosentaschen. Er schaute auf den See hinaus. Sie brauchte ihn nicht zu fragen, was die Folgen gewesen wären, wenn sie zu viel von dem Elixier geschluckt hätte. Sie wusste es auch so. Ihr Mund war trocken, sie schluckte mehrmals. Sie spürte Wut in sich aufsteigen, und zugleich war sie ihm unendlich dankbar, denn sie hätte das Risiko so oder so auf sich genommen.

Wer hätte jemals gedacht, dass ein Mensch ein Elixier benötigen könnte, das für die Körper der Fae gemischt worden war?

Nik lud sie nicht ein, sich neben ihn zu setzen, als er sich im Gras niederließ, die Beine vor sich lang ausstreckte und sich mit den Armen hinten abstützte. Faythe machte es einfach nach und hockte sich im Schneidersitz neben ihn.

»Ich kann dir nicht mehr davon geben. Das war nur eine Zwischenlösung.«

Sie drehte den Kopf zu ihm. »Ich brauche die Tropfen. Bitte, Nik …«, flehte sie.

»Das kannst du nicht einfach mal so auf dem Markt kaufen, Faythe. Das Elixier ist äußerst kostbar und es ist auch keine Arznei, sondern eine Waffe gegen unseresgleichen. Der König hat es in seiner Privatapotheke. Falls nötig kann er sich damit gegen alle möglichen geistigen Bedrohungen schützen. Dir die Tropfen zu geben, war eine Notlösung und ein großes Risiko. Wenn man das Elixier zu lange oder in einer zu hohen Dosis nimmt, dann macht in dir alles zu. Dein Geist signalisiert deinem Körper, dass du tot bist. Dein Herz hört zu schlagen auf.«

Sie schwieg. Nicht wegen des Schocks, erfahren zu müssen, dass ein Tropfen zu viel für sie den Tod bedeutet hätte. Nein, ihr Herz wurde ihr schwer, weil das hieß, dass es keine Hoffnung gab, sich von dem Fluch zu befreien, der auf ihr lastete.

»In einer geringen Dosierung kann das Elixier dafür verwendet werden, deine Gabe einzufrieren, es anderen Nachtwandlern aber weiterhin zu erlauben, in deinen Kopf einzudringen«, fuhr er fort. »Du wärst ihnen dann hilflos ausgeliefert, hättest keine Möglichkeit, dich dagegen zu wehren.«

Sie stieß einen verzweifelten Seufzer aus.

Nik setzte sich auf und drehte sich zu ihr. »Du musst lernen, es zu kontrollieren«, sagte er. »Wenn du das kannst, hast du die Schlüssel zu deinem eigenen Bewusstsein in der Hand. Du kannst frei entscheiden, ob du deine Fähigkeit benutzen willst oder nicht. Du bist dafür gewappnet, wenn du in deinem Kopf auf unwillkommene Gäste triffst. Du kannst vor ihnen Dinge verstecken, ohne dass sie es ahnen. Wenn du das alles beherrschst, findet niemand heraus, was du bist.«

Wenigstens ein kleiner Hoffnungsschimmer. Faythe wandte

sich zu Nik, um ihn anzusehen. Da merkte sie, dass er sie bereits anschaute. Sie wurde rot und sah schnell weg.

»Wer bist du, Faythe?«

»Ich weiß nicht, was ich bin«, antwortete sie.

Eine lange Pause folgte, in der keiner von beiden etwas sagte. Faythe schaute auf den See hinaus und entdeckte plötzlich, dass unter der Wasseroberfläche winzige Lichtflecken tanzten. Sie gab einen überraschten Laut von sich, beugte sich am Ufersaum über das Wasser und tauchte die Hand hinein, um sie zu berühren. Aber sie entwischten ihren Fingern immer wieder.

»Yukoliten«, sagte Nik. »Man erzählt sich, dass sie alle Wunden und Krankheiten heilen können. Es ist mir aber nie gelungen, welche zu fangen.« Nachdenklich blickte er auf das Gekräusel der Wellen.

Faythe sah ihn an und vergaß auf einmal, wer er war: ein Fae, ein Krieger, anders als sie, ihr überlegen, von höherem Rang, Mitglied der königlichen Garde. Es war mit ihm so … so normal. Das überraschte sie. Ja, sie verspürte sogar ein schlechtes Gewissen, dass sie bisher immer geglaubt hatte, alle Fae seien gleich – herrschsüchtig, ohne jedes Mitgefühl, unbekümmert um ein Menschenleben mehr oder weniger. Und da gab es auf einmal *ihn* und er war vollkommen anders, half ihr, obwohl er es nicht musste. Dabei waren sie füreinander Fremde, wussten auch jetzt kaum etwas voneinander.

Ihre Blicke trafen sich.

»Warum kümmert es dich?«, fragte sie.

Er wusste, was sie meinte. »Trotz allem, was du über unser Geschlecht gehört hast, sind nicht alle von uns herzlos.«

»Du bist es nicht. Du hast Reuben gesagt, dass er fliehen soll.«

Überrascht sah er sie an. »Das habe ich und nicht nur ihm. Bei einigen bin ich zu spät gekommen. Der König hat befohlen, in den Vorstädten nach allen zu suchen, die sich auf einen Pakt mit Valgard eingelassen haben, und sie unschädlich zu machen.«

»Sie werden also alle hingerichtet?« Faythe ahnte die Antwort bereits. Der grimmige Ausdruck in Niks Gesicht bestätigte es ihr nur. In ihr krümmte sich alles zusammen, wie immer, wenn sie davon hörte.

Sie sah den Sohn des Wirts vor sich, wie er aus der Schenke auf die Straße herausgezerrt wurde, in der Nacht, als Jakon und sie Reuben gerade noch rechtzeitig zur Flucht verholfen hatten. Samuel hatte der sichere Tod erwartet und sie hatten ihn seinem Schicksal überlassen, hatten nicht eingegriffen. Und obwohl sie wusste, dass sie ihm nicht mehr hätten helfen können, erleichterte das ihr Gewissen nicht.

»Es ist nicht die Schuld dieser Leute. Ihre Kraft ist aufgebraucht«, sagte sie. »Für die meisten von uns in den Vorstädten ist das Leben sehr schwer.«

Er stimmte ihr mit einem Nicken zu. »Wir sind im Krieg, Faythe. Seit Jahrhunderten. Es kann schlimmste Folgen haben, wenn unser Gegner durch Spionage einen Wissensvorsprung hat. Lange konnte man uns nichts anhaben, aber wir sind verletzlich geworden.«

Sie wurde nachdenklich. »Wie alt bist du?«, fragte sie.

Er lachte. »Alt. Jedenfalls nach Menschenmaß. Aber für einen Fae noch ziemlich jung.«

Faythe stöhnte auf. Er wich einer direkten Antwort aus. In Menschenjahren wirkte er nicht älter als fünfundzwanzig.

»Und du? Kaum älter als siebzehn, oder?«, fragte er zurück.

»Ich bin neunzehn, nur damit du's weißt.« Sie schaute ihn streng an, aber ihre Mundwinkel verzogen sich zu einem Grinsen. Wahrscheinlich lag es an ihrer schmalen Gestalt, den vielen Tagen ohne eine ordentliche warme Mahlzeit, dass sie viel jünger wirkte, als sie war. Tatsächlich wurde sie bald zwanzig.

Er lachte wieder auf. »Ich bin fast dreihundert Jahre alt«, sagte er. »Als der Krieg anfing, war ich noch nicht auf der Welt, aber die großen Schlachten habe ich bereits mitbekommen.« Er hielt inne und sie bemerkte, wie über sein Gesicht bei der Erinnerung daran ein Schatten glitt. Er atmete tief ein. »Ich bete zu den Geistern, dass wir ein solches Gemetzel nicht noch einmal erleben müssen. Mehr will ich dazu nicht sagen.«

Faythe starrte ihn an. Beim Gedanken an die Gräuel und das Blutvergießen, das er in diesen finsteren Zeiten, lange bevor sie geboren war, mitbekommen haben musste, fröstelte sie. Das Zeitalter, in dem zwei mächtige Königreiche untergegangen waren. Wenn er da bereits Krieger gewesen war, hatte er miterleben müssen, wie seine Gefährten abgeschlachtet worden waren. Die Straßen, so erzählte man sich, waren damals rot vom Blut all der unschuldig Getöteten. Sein Mut schien aber dadurch nicht gebrochen zu sein. Allein dafür bewunderte sie ihn. Welche Tapferkeit, welcher Wille!

Sein Alter hätte sie eigentlich nicht sonderlich überraschen dürfen, schließlich zählte er zu den Unsterblichen. Aber sie fühlte sich dadurch merkwürdig, so jung, ihm nicht ebenbürtig. Sie saß neben einem Mann, der bereits über drei Mal so alt war wie die übliche Lebensspanne eines Menschen.

Bevor sie ihm noch weitere Fragen stellen konnte, sprang er auf und die wenigen Schritte zum Wiesengrund zurück. Faythe blickte ihm nach, machte aber keine Anstalten, ihm zu folgen.

Nik zog sein Schwert heraus. »Los geht's«, rief er und deutete einen Angriff an. »Zücke das Schwert!«

Faythe zögerte und sah ihm zu, wie er seinen Mantel ablegte. Unsicher stand sie auf. Als sie ihm gegenüber stand, fühlte sie sich plötzlich sehr verletzlich; kam sich vor wie das Spielzeug eines Löwen.

»Also ich … ich weiß nicht, ob etwas Schwertkampf mir bei meinem Problem helfen wird …«, brachte sie schließlich heraus.

Er lachte wieder auf. »Nein, das tut er nicht. Aber wir können nicht die ganze Nacht nur dasitzen und reden. Wir können uns dabei auch etwas Spaß gönnen.« Er grinste ihr mit einem Löwenlächeln zu.

Faythe schluckte. Ihr war klar, dass er ihr haushoch überlegen war. Gegen ihre menschlichen Freunde, da konnte sie sich auf ihre Fähigkeiten als Schwertkämpferin verlassen. Aber sie war nicht so dumm zu glauben, dass sie gegen einen Fae auch nur annähernd bestehen konnte.

»Wie hast du es getauft?« Nik deutete mit dem Kinn zu dem Schwert, das sie mit ihrer Rechten fest umklammert hielt.

»Lumarias«, sagte sie.

Er nickte anerkennend. »*Der Schlüssel*«, meinte er.

Jakon hatte sie nie danach gefragt. Sie fand auch nicht, dass es von großer Bedeutung war. Aber sie hatte das Wort aus einem Buch, das ihre Mutter ihr als Kind oft vorgelesen hatte. Es war ein altes Buch in altmodischer, bei ihnen heute nicht mehr gebräuchlicher Sprache.

»Na, dann mal los!«, rief Nik. »Dann wollen wir mal sehen, wie Lumarias singt.« Und ohne Vorwarnung griff er sie blitzschnell an.

Mit beiden Händen hob Faythe ihr Schwert hoch über den Kopf, um ihn abzuwehren. Fast hätte er bei seinem Angriff ihren rechten Arm schwer getroffen. Der scharfe, schrille Klang der

Schwerter hallte über die Lichtung und die Macht des Aufpralls ließ Faythe bis in die Knochen erzittern. Sie schaute Nik wütend und entsetzt an, hatte aber keine Zeit, ihm etwas zuzurufen, weil er schon wieder vorwärtsstürmte und sie sich hastig verteidigen musste. Eine Weile ging es zwischen ihnen so weiter und Faythe geriet bald ins Schwitzen, sie keuchte und sie musste sich stark konzentrieren, um mithalten zu können. Er dagegen wirkte kaum außer Atem, sie hatte das Gefühl, dass er sich wegen ihr zurückhielt, was sie noch wütender und entschlossener machte. Sie kämpfte noch härter, war noch schneller, duckte sich weg, schwang ihr Schwert. Aber es half alles nichts. Nik schlug ihr Lumarias aus der Hand, ein weiterer Vorstoß und seine Klinge berührte ihren Hals.

»Nicht schlecht.« Er grinste, senkte sein Schwert und machte eine Handbewegung, dass sie ihres vom Boden aufheben sollte. »Aber pass auf, dass nicht deine ganze rechte Seite ungeschützt ist, wenn du dich danach bückst.«

Sie schnappte sich Lumarias, gab ein frustriertes Brummen von sich. »Jetzt erzähl mir, wie ich das Nachtwandeln besser beherrschen kann.«

Faythe attackierte als Erste und Nik wehrte den Angriff mit Leichtigkeit und Anmut ab.

»Wenn wir schlafen, dringen wir Nachtwandler nicht automatisch in den Kopf eines anderen ein. Es ist Absicht.« Er startete einen Gegenangriff und sie duckte sich nach links weg.

»Ich mache das nicht mit Absicht.« Sie keuchte heftig, ständig bemüht, die Schwerthiebe, mit denen er sie angriff, abzuwehren.

»Doch – es war dir nur nicht bewusst.« Er umrundete sie so schnell, dass sie es erst so richtig merkte, als sie die Plätze bereits getauscht hatten. Ununterbrochen schwangen sie ihre Schwerter.

»Es gibt einen Moment, wenn sich beim Einschlafen dein Unbewusstes regt, da bist du ganz und gar in deinem eigenen Kopf.«

Links, rechts, links, wehrte sie seine Attacken ab.

»Du kannst dich dann entweder auf ein Ziel konzentrieren und an die Pforte des Unbewussten einer anderen Person gelangen oder …«

Wieder wurde ihr von Nik das Schwert aus der Hand geschlagen. Diesmal berührte er mit seiner Schwertspitze die Stelle, unter der ihr Herz schlug.

»… du kannst einfach in deinem eigenen Unbewussten bleiben. Schlafen, mit anderen Worten.« Er zog sein Schwert zurück und stützte sich elegant darauf. Faythe bemühte sich, zu Atem zu kommen.

Sie verschränkte die Arme vor der Brust. »Aber das entscheide ich nicht; es geschieht einfach.«

Er lächelte. »Wenn es dir nicht bewusst ist, muss in deinem Kopf nachts ziemlich viel los sein.« Er beugte sich zu ihr. »Drehen sich deine Träume normalerweise um die Menschen und Ereignisse des vorherigen Tages?«

Faythe versuchte, sich zu erinnern. Sie träumte immer von den Menschen, die sie tagsüber in der Stadt gesehen hatte. Seit sie wusste, dass es nicht einfach nur Träume waren, sondern dass sie sich dabei in deren Köpfen aufhielt, verspürte sie ein schlechtes Gewissen. Schließlich drang sie in ihre intimen Gedanken und Erinnerungen ein.

»Nehm ich mal an«, murmelte sie.

»Ich vermute, dass du dich zu sehr von deinen Gefühlen leiten lässt. Alles löst bei dir eine starke Gefühlsreaktion aus. Was oder wer dir tagsüber begegnet ist, egal, ob gut oder böse, beeinflusst dann dein Nachtwandeln.« Er hielt kurz inne und drehte sich dann mit einem amüsierten Lächeln zu ihr. »Ich muss bei dir einen ziemlichen Eindruck hinterlassen haben.«

Sie errötete und wollte ihm etwas entgegnen. Aber es fiel ihr nichts ein. Deshalb hob sie nur Lumarias aus dem Gras auf und drehte das Schwert ein paar Mal in den Händen. Von der Macht der Hiebe, die sie hatte abwehren müssen, begann ihr das Handgelenk zu schmerzen.

»Arrogantes Arschloch«, murmelte sie.

In der nächsten Sekunde hatte er sie blitzschnell wieder attackiert, Stahl klirrte auf Stahl, so nah vor ihrem Gesicht, dass sie quer über ihre Wange die Berührung seiner Klinge spürte. Fast ein Streicheln oder ein geisterhafter Kuss, dachte sie. Durch die gekreuzten Schwerter sah er sie an. Sie konnte seinen Atem spüren, so nah standen sie voreinander. Sie schauten einander in die Augen. War sein Wille stärker oder ihrer?

Schließlich stieß sie ihn mit aller Kraft, die sie noch hatte, von sich und er wich einen Schritt zurück. Seinen Mund umspielte wieder ein überlegenes Lächeln.

Sie umkreisten einander. »Der Schlüssel liegt in deinem eigenen Bewusstsein«, rief er.

Sie lachte auf. »Damit hilfst du mir nicht wirklich.«

Nik blieb stehen und seufzte. »Es braucht Übung. Fang heute damit an. Jeder von uns macht es anders. Ich kann dir nur Hilfestellungen geben – der Rest liegt an dir.« Er warf ihr einen mitfühlenden Blick zu und steckte sein Schwert weg. »Ich glaube, für heute ist es genug.«

Faythe seufzte ebenfalls, steckte auch das Schwert weg und griff nach ihrem Umhang. Nach einer Weile fragte sie: »Und wenn ich es nicht beherrschen kann?«

»Du wirst es lernen. Du schaffst das. Dein Leben hängt davon ab und – falls das noch nicht reichen sollte – das deines Freundes wahrscheinlich auch.«

Er wusste genau, an welchen Fäden er bei ihr ziehen musste. Sie blickte ihn an. »Wenn es jemals dazu kommen sollte, bitte rette ihn, nicht mich«, sagte sie. »Sorg dafür, dass er in Sicherheit ist, egal um welchen Preis.«

Er musterte sie nachdenklich. »Dazu wird es nicht kommen«, entgegnete er.

Die Frage, die sie sich bisher nicht zu stellen getraut hatte, brach aus ihr heraus: »Wird er mich töten lassen … weil ich bin, was ich bin?« Ihre Stimme zitterte.

»Ich weiß es nicht«, gab Nik zur Antwort und es klang aufrichtig. »Dem König gefällt es nicht, wenn er etwas nicht kontrollieren kann. Er mag keine Überraschungen. In seinen Diensten stehen viele begabte Fae, aber ein Mensch? Es dürfte ihm nicht gefallen, dass dein Geschlecht eine Fähigkeit besitzt, die gegen ihn verwendet werden kann.« Mit der Hand fuhr er durch sein tintenschwarzes Haar.

»Aber ich bin doch für niemand eine Bedrohung«, erwiderte sie.

»Wir wissen noch nicht, was du bist, Faythe.«

Neuntes Kapitel

Faythe schlich sich leise und vorsichtig in die Hütte und atmete erleichtert auf, als sie merkte, dass Jakon auf seiner Pritsche eingeschlafen war. Als sie sich am Stadtrand von Nik verabschiedete, war es kurz vor Mitternacht, und sie hatte sich auf eine endlose Tirade von Jakon gefasst gemacht, dass sie später als versprochen zurückkam.

Sie legte Schwert und Umhang ab, zog sich dann hastig und lautlos wie ein Gespenst um und schlüpfte unter die Bettdecke. In ihrem Kopf tobte ein Wirbelwind aus Gedanken und Gefühlen.

Ich vermute, dass du dich zu sehr von deinen Gefühlen leiten lässt. Niks Worte hallten in ihr unaufhörlich wider. Sie presste die Augen fest zu, zwang sich, ruhiger zu werden. Bemühte sich mit aller Kraft, bei sich zu bleiben, damit ihr Geist sich nicht in den nächstbesten Kopf verirrte, wenn sie einschlief. Aber um zu schlafen, hatte sie viel zu viel Angst. Stundenlang wälzte sie sich auf ihrer Pritsche. Sobald sie spürte, dass ihr die Lider zufallen wollten, rüttelte sie sich jedes Mal wieder wach. Denn sie vertraute nicht darauf, dass Niks Rat greifen würde, sobald sie ins *Unbewusste* glitt, wie er es genannt hatte.

Faythe drehte sich auf die Seite und blickte zu Jakon, der friedlich schnarchte. In ihrer Schlaflosigkeit verfluchte sie ihn dafür, dass er so sorglos daliegen konnte.

Die Augen fielen ihr zu. Einen Moment würde sie sich das gönnen. Sie brauchte Ruhe, dann würde alles gut werden.

Nur ein paar Minuten …

Jakon spazierte die Straße entlang und grüßte alle, denen er begegnete. Faythe, die sich dicht hinter ihm hielt, wurde nicht weiter beachtet.

Mit den Straßen am östlichen Rand von Farrowhold kannte Faythe sich nicht besonders gut aus – und was hatte er überhaupt hier zu tun, es gab in diesem Teil der Vorstadt kaum was Interessantes. Da hörte sie ein lautes *Klong!* und entdeckte am Ende der Straße die Werkstatt eines Schmieds. Musste an ihrem Schwert etwas repariert werden? Die Geräusche wurden immer lauter. Sie zermarterte sich das Gehirn, konnte sich aber nicht daran erinnern, mit ihm darüber gesprochen zu haben.

Als der Mann sie bemerkte, hörte er auf und legte seinen Hammer beiseite. Er trug eine lange Schürze und eine Schutzmaske vor dem Gesicht.

Jakon betrat den Hof und der Schmied wischte sich beide Hände an der Lederschürze ab, zog die Schutzmaske vom Gesicht. Überrascht stellte Faythe fest, dass darunter kein Mann steckte, sondern dass sie ins Gesicht einer schönen jungen Frau sah. Ihre blonden Haare waren unordentlich zu einem Zopf geflochten und Stirn und Wangen waren vom Ruß verschmiert. Faythe staunte die kristallblauen Augen und das sanfte, sehr weibliche Gesicht an, dem man die Anstrengung der harten Arbeit nicht anmerkte.

»Mein Meisterstück«, sagte die Frau lächelnd zu Jakon.

Ein eigenartiges Gefühl durchströmte Faythe und sie wich verwirrt zurück. Ihr Herzschlag flatterte ein wenig. Noch nie hatte sie für eine Frau ein solches Gefühl empfunden. Darunter war auch nervöse Aufregung gemischt. Faythe verstand sich selbst nicht, während ihre Augen fest auf die Fremde geheftet blieben. Jakon lächelte sie ebenfalls an, woraufhin sie in der Werkstatt hinter einem Vorhang verschwand und mit etwas zurückkam, das in ein schwarzes Tuch gewickelt war.

»Der Stein war perfekt. Größe und Form, alles hat gepasst«, sagte sie. Dann schlug sie das schwarze Tuch auseinander und darunter kam ein prächtiges Schwert zum Vorschein. Faythe' Schwert. *Lumarias.*

Faythe' Hand fuhr an ihre Hüfte, um die kein Gürtel mit einer Scheide geschlungen war. Da bemerkte sie erst, dass sie …

Grauen, Schock, Erkenntnis lähmten sie mit einem Schlag. *Der Schlüssel liegt in deinem eigenen Bewusstsein.* Sie war nicht mit Jakon hier – nicht wirklich. Sie befand sich in seinem Kopf, in seinem Gedächtnis. Ihr Atem ging kurz und schnell. Wusste er, dass sie eingedrungen war? Es schien nicht so. Aber sie erbleichte bei dem Gedanken, wie sie ihm später wieder in die Augen schauen sollte, wenn er aufgewacht war. Sie hatte kein Recht, hier zu sein.

Ehrfürchtig betrachtete Jakon das Schwert. »Es ist vollkommen«, flüsterte er. »Mehr als das. Du hast dich selbst übertroffen, Marlowe.«

Die Wangen der Schmiedin erröteten. Jakon nahm ihr das Schwert aus der Hand, umfasste es andächtig, bestaunte es weiter.

Übelkeit überkam Faythe. Sie wollte eine Entschuldigung stammeln, ihn um Verzeihung bitten, ihm erklären, dass sie das nicht wollte. Was sie kurz zuvor empfunden hatte, waren nicht ihre eigenen Gefühle gewesen, es waren Jakons Gefühle. Oder vielmehr ihre eigenen Gefühle, vermischt mit seinen, wenn er sich an die Szene erinnerte. Es fiel ihr schwer, alles voneinander zu trennen. Und jetzt, da ihr bewusst geworden war, dass sie als Nachtwandlerin in seinen Kopf eingedrungen war, merkte sie, dass sie auch seinen Gedanken lauschen konnte. Jedem Gedanken, den er hatte.

Ihr war auf einmal ganz benommen zumute, als ihr klar wurde, was sie alles über ihn würde erfahren können. Jedes intime Geheimnis, jedes Gefühl, alles, was ihn zu dem machte, der er war. Vor ihr ausgebreitet. Ohne dass er es jemals erfahren würde.

»Sie kann sich glücklich schätzen.« Marlowe lächelte Jakon an.

Als sie den Blick der Schmiedin bemerkte, hätte Faythe ihr gerne versichert, dass es zwischen ihnen beiden nicht so stand. Aber das konnte sie nicht. Sie war nie hier gewesen.

Faythe presste die Augen fest zusammen und hielt sich die Hände über die Ohren, versuchte die Gedanken, die sich da in ihre mischten, abzuwehren. Ihre Schläfen begannen zu pochen. Sie konzentrierte sich auf ihr Bett, die Hütte, genauso wie sie zuvor versucht hatte, aus Niks Kopf zu entfliehen. Sobald sie auch nur einen spinnwebdünnen Faden ihres eigenen Denkens verspürte, zog sie mit aller Kraft daran, zerrte sich zurück zu sich selbst …

Sie fuhr im Bett hoch, rang nach Atem, versuchte, sich auf ihre Umgebung zu konzentrieren. Hände legten sich um ihre Schultern, und sie glaubte, Jakons Stimme zu hören, war sich aber nicht sicher, ob er es wirklich war. Sie zitterte am ganzen Körper und zwang sich dazu, ihn anzuschauen. Hob die Hand, um sein Gesicht zu berühren.

Es war wirklich.

»… nur ein Traum«, hörte sie, die Wörter verzerrt, als wäre sie mit dem Kopf unter Wasser. Jakon umfasste mit seiner Hand sacht ihr Kinn. »Es war nur ein Traum, Faythe.« Seine Stimme wurde klarer.

Bei allen Göttinnen, wenn er wüsste.

Sie spürte, wie ihr plötzlich schlecht wurde, stieß ihn fort und rannte zur Waschschüssel. Schaffte es gerade noch rechtzeitig.

Jakon rieb ihr beruhigend über den Rücken und hielt ihr die Haare aus dem Gesicht, bis sie schließlich auf dem Boden zusammensackte.

»Willst du darüber reden?«, fragte er leise.

Ein tiefer Seufzer entfuhr ihr und Tränen stiegen ihr in die Augen. Sie konnte ihm nicht von ihrem Traum erzählen und hätte auch gar nicht gewusst, wie sie es anstellen sollte. Und erst recht nicht wusste sie, ob er ihr jemals ihr unbefugtes Eindringen in seine Erinnerung verzeihen würde. Sie schüttelte den Kopf und vergrub ihr Gesicht in den Händen. Jakon, der neben ihr saß, zog sie zu sich heran und hielt sie umarmt, während sie aus Scham und Schuldgefühl weinte. Vor allem aber weinte sie, weil sie befürchtete, ihre Fähigkeit zum Nachtwandeln nie beherrschen zu können. Es war hoffnungslos!

Als sie sich endlich beruhigt hatte, stand sie auf, um sich zu waschen und anzuziehen, bevor sie sich zu Jakon an den Esstisch setzte. Er hatte zum Frühstück Haferbrei gekocht und seine Schüssel bereits halb leer gegessen. Er blickte hoch.

»Geht's dir besser?«, fragte er.

Sie lächelte ihn an und setzte sich. »Ja, schon viel besser«, sagte sie. Ihre Stimme klang heiser.

Faythe hatte keinen Appetit, aber sie zwang sich dazu, wenigstens ein paar Löffel zu essen. Sonst kippte sie tagsüber bei ihren Botengängen noch um.

»Vielleicht solltest du Marie bitten, dir heute freizugeben. Du bist blass wie ein Gespenst.«

Sie schüttelte den Kopf. »Nein. Alles gut, ehrlich. Außerdem muss ich bei ihr im Moment aufpassen.« Als Jakon fragend eine Augenbraue hochzog, fügte sie hinzu: »In letzter Zeit bin ich zwischen den Botengängen zu viel herumgestreunt.« Was nicht einmal gelogen war.

Jakon grinste und nickte. »Na gut, wenn du meinst. Aber pass auf, dass du nicht beim Anblick ihrer Teigtaschen kotzen musst. Sonst feuert sie dich sofort!«

Mit Mühe brachte Faythe ein Lächeln zustande und schob ihren Haferbrei in der Schüssel herum, um sich von ihrem schlechten Gewissen abzulenken, das sie befiel, sobald sie ihn ansah. Er hatte keinen blassen Dunst, was sie war und wozu sie fähig war.

Jakon aß seinen Haferbrei auf und verabschiedete sich, nicht ohne vorher noch mehrmals gefragt zu haben, ob es ihr wirklich gut ging. Faythe verließ die Hütte kurz nach ihm, sie brauchte etwas Ruhe, Bewegung und frische Luft, bevor sie sich in den Trubel des Marktgeschehens stürzte. Der Sommertag war noch morgendlich kühl und sie freute sich über die leichte Brise vom Meer, als sie durch die kopfsteingepflasterten Gassen spazierte.

Kaum war sie unterwegs, kam ihr plötzlich ein Einfall. Sie machte auf der Stelle kehrt und ging in die entgegengesetzte Richtung, bevor sie ihre Meinung ändern konnte. Noch während sie durch den östlichen Teil der Vorstadt marschierte, ahnte sie bereits, dass es vielleicht keine gute Idee war. Aber sie wollte sich vergewissern, dass sie sich letzte Nacht tatsächlich durch eine

Erinnerung von Jakon bewegt hatte und es nicht einfach nur ihr eigener Traum war. Etwas in ihr hegte immer noch die verzweifelte Hoffnung, dass sie doch nicht über die Fähigkeit verfügte, die Nik bei ihr vermutete. Außerdem wollte sie sich bei der Schmiedin bedanken. Sie hatte für sie ein so großartiges Schwert geschmiedet! Faythe bewunderte sie für ihr Können sehr.

Als sie um die letzte Ecke bog, hielt sie einen Moment inne. Am Ende der Gasse lag die Werkstatt und sah genauso aus, wie Faythe sie aus der letzten Nacht in Erinnerung hatte. Alles stimmte bis ins kleinste Detail überein. Unmittelbar vor der Schmiede streckte sie die Hand aus, um etwas zu berühren. Sie brauchte einen Halt und eine Bestätigung. Es gab keinen Zweifel mehr. Sie hatte sich durch Jakons Erinnerungen bewegt, es war nicht ihre Fantasie, ihr Traum gewesen.

»Kann ich dir helfen, Mädchen?«, brummte eine Stimme.

Sie blickte hoch und sah einen kräftigen alten Mann vor sich stehen. Das musste Dalton sein, von dem sie bisher geglaubt hatte, er habe ihr Schwert geschmiedet.

»Ich … ähm … ja, ich suche nach …«, stammelte sie, noch ganz damit beschäftigt, die Wirklichkeit vor ihren Augen mit Jakons Erinnerungsbildern abzugleichen. »… nach Marlowe.« Jakon hatte den Namen ein paar Mal genannt.

Der Mann musterte sie vom Scheitel bis zur Sohle, schien sie für harmlos zu halten und rief dann über die Schulter nach hinten. Einen Augenblick später wurde der Vorhang an der Rückwand der Werkstatt beiseitegeschoben … und eine Frau tauchte auf. Faythe blinzelte mehrmals. *Wirklich. Das ist wirklich*, sagte sie zu sich. Sie zitterte. Die Frau, die sie bisher nur im Traum ihres Freundes – in seiner *Erinnerung* – gesehen hatte, trat nun in Fleisch und Blut vor sie.

»Hallo!« Sogar ihre Stimme war wie die im Traum.

Faythe schauderte. »Hallo«, krächzte sie.

Marlowe schaute sie erwartungsvoll an und lächelte. Dalton machte sich im Hintergrund zu schaffen.

Als sie begriff, dass Marlowe auf ein paar Sätze von ihr wartete, schüttelte Faythe sich den Kopf klar. »Ich … ich … ähm … ich bin gekommen, um mich zu bedanken«, brachte sie schließlich heraus. »Für mein Schwert. Mein Freund Jakon hat es hier machen lassen.« Sie verfluchte sich innerlich dafür, dass sie so nervös war und keinen richtigen Satz herausbrachte.

Die Schmiedin strahlte. »Ja! Ich erinnere mich. Du bist Faythe, richtig? Liegt es dir gut in der Hand? Kommst du damit zurecht?«

Marlowe war noch schöner als im Traum. Ihre Haare waren auch jetzt zu einem widerspenstigen Zopf geflochten, aber ihr Gesicht war frisch wie der Sommermorgen. Und von ihren Augen und ihrem Lächeln ging ein Strahlen aus, an das Jakons Erinnerung nicht heranreichte. Faythe verstand, warum er sich zu ihr hingezogen fühlte.

Sie nickte und lächelte. »Es ist traumhaft«, antwortete sie.

»Mit der Größe und dem Gewicht wusste ich nicht so. Männer sind darin nie gut, deshalb habe ich mich an meinen eigenen Maßen orientiert, ergänzt durch seine Angaben.« Sie musterte Faythe. »Scheint, dass ich ziemlich richtig gelegen habe.«

Tatsächlich hatten sie beide ungefähr dieselbe Größe und Statur, wobei Faythe einen halben Kopf größer und etwas dünner war als Marlowe.

»Ich habe es Lumarias getauft.«

Marlowe strahlte. »Was für ein schöner Name!«

»Ich muss jetzt los. Sonst komme ich zu spät«, sagte Faythe.

Marlowe lächelte. »Komm mal wieder vorbei!«

Faythe nickte und war schon im Gehen, da drehte sie sich noch einmal zu ihr um. »Ach ja, übrigens … Zwischen Jakon und mir, da ist nichts …«

Marlowe wurde rot. Faythe grinste in sich hinein und ging.

Zehntes Kapitel

Nach ihrem Besuch bei der Schmiedin verging der Rest des Tages auf dem Markt ziemlich ruhig und Faythe dankte den Geistern dafür. So kraftlos wie jetzt hatte sie sich noch nie gefühlt. Und einen mit Botengängen vollgepackten Tag hätte sie kaum überstanden.

Weil nur wenig Kundschaft vorbeikam, ließ Marie sie am Stand eine Weile allein. Die fehlende Anerkennung ihrer Chefin, die ihr wenig zutraute, empörte Faythe immer wieder. Tatsächlich hatte sie überhaupt nichts zu tun, saß hinter der Theke auf einem Hocker aus Obstkisten und aß einen Apfel. So sehr sie den friedlichen Tag genoss, es fiel ihr immer schwerer, die Augen offen zu halten.

Sie lehnte den Kopf an den Pfosten des Marktstands und schloss die Augen. Plötzlich hüstelte jemand und sie sprang erschrocken auf. Der angebissene Apfel fiel ihr aus der Hand und rollte davon.

Nik grinste, als sie ihn wegen seines unerwarteten Auftauchens wütend ansah. Wie fast immer hatte er einen schwarzen Mantel übergeworfen und die Kapuze tief ins Gesicht gezogen, ein seltsamer Anblick bei der Sommerhitze.

»Nicht unbedingt der richtige Ort, um einzuschlafen und anderswo aufzuwachen«, sagte er.

»Ich war nicht am Einschlafen«, empörte sie sich. Auch wenn sie wusste, wie riskant es in ihrem übermüdeten Zustand war, auch nur eine Sekunde die Augen zu schließen.

»Wie ist es dir heute Nacht ergangen?«, fragte er. Aber ihr bleiches Gesicht und ihr stumpfer Blick schienen bereits alles zu sagen. »Schlecht?«

Faythe gab einen gequälten Seufzer von sich und ließ sich gegen den Pfosten fallen. Um mit ihr reden zu können, ohne dass unwillkommene Ohren ihr Gespräch belauschten, ging Nik daraufhin um die Theke herum.

»Ich war in Jakons Kopf«, sagte sie. »Bin in sein Innerstes eingedrungen. Das ist unentschuldbar.«

Nik blickte sie ernst an und sie hasste ihn dafür. Sie wollte sein Mitleid nicht oder gar von ihm als hoffnungsloser Fall betrachtet werden.

»Es hat da keinen Zwischenzustand gegeben, in dem ich eine Wahl hätte treffen können«, verteidigte sie sich. »In der einen Minute war ich wach und in der nächsten mit ihm in seinen Erinnerungen unterwegs.«

Nik war einen Moment still, schien nachzudenken. »Ich würde mit dir gern etwas ausprobieren«, sagte er schließlich. »Ein kleines Experiment. Komm heute Nacht in den Wald. Allein.«

Faythe wäre niemals auf die Idee gekommen, Jakon mitzubringen. Aber ihn schon wieder zu überreden, dass er zu Hause blieb, würde schwierig werden. »Abgemacht«, sagte sie. Es würde ihr schon etwas einfallen. Sie hatte keine andere Wahl, als Nik zu vertrauen – und ehrlich gesagt war sie so verzweifelt, dass sie alles getan hätte, was er ihr vorschlug.

Er warf einen kurzen, prüfenden Blick über die Schulter. »Dann bis heute Abend, um neun Uhr.« Mit einem letzten

Lächeln verschwand er so schnell und unerwartet, wie er gekommen war.

Der Rest des Tages verging quälend langsam und Faythe war dankbar, als es endlich Abend wurde und sie nach Hause gehen konnte. Plötzlich kam ihr eine Idee. Sie bog an der nächsten Ecke in die Gegenrichtung ab. Um an einem ganz bestimmten Ort vorbeizukommen, würde sie noch einmal einen langen Umweg machen.

Ihre Stimmung besserte sich, als sie zum zweiten Mal an diesem Tag vor der Schmiede stand. Was für ein genialer Einfall. Damit wäre Jakon am Abend hundert Prozent abgelenkt.

Marlowe war nirgendwo zu sehen und auch nicht Dalton. Aber hinter dem schwarzen Vorhang konnte sie Stimmen hören. Faythe betrat den vorderen Teil der Schmiede.

»Hallo?«, rief sie. »Ist da wer?«

Kurz darauf wurde ein Gesicht durch den Vorhang gesteckt. Marlowe strahlte, als sie Faythe sah, und kam heraus. Dann wurde sie ernst.

»Irgendwas mit dem Schwert nicht in Ordnung?«

Faythe schüttelte den Kopf. »Nein, ich … um ehrlich zu sein, möchte ich dich um einen Gefallen bitten.«

Marlowe sah sie an. »Na klar. Worum geht's?«

Faythe zögerte. »Ich brauche deine Hilfe«, sagte sie. »Du musst Jakon ablenken.«

Marlowe wirkte überrascht, dann schüttelte sie den Kopf. »Nein, das geht nicht, ich … Wie soll ich das überhaupt anstellen?« Sie wirkte nervös.

Faythe bekam ein schlechtes Gewissen. Aber ohne Marlowes

Hilfe würde ihr Jakon nicht von der Seite weichen. Seine überbehütende Art konnte ziemlich nerven.

»Nur für heute Abend. Ich muss dringend wohin, und weißt du, er ist manchmal so anhänglich«, sagte Faythe. Sie hoffte inständig, dass Marlowe keine weiteren Fragen stellen würde.

Marlowe fuhr sich durch die blonden Haare und lachte. Ihre Wangen waren gerötet. »Ich weiß nicht, Faythe. Willst du nicht jemand anders fragen? Wir kennen uns doch kaum.«

Faythe blickte sie an. »Eine bessere Ablenkung als dich gibt es nicht, da bin ich mir ganz sicher.«

Marlowe schaute sie an. »So ist das zwischen ihm und mir nicht«, erwiderte sie verlegen.

Faythe kicherte. »Glaub mir, es ist so«, sagte sie. Warum sie so sicher war, brauchte Marlowe nicht zu wissen. Als die ihr nicht antwortete, grinste sie: »Also heißt das ja?«

Marlowe dachte nach. »Gib mir fünf Minuten. Du merkst ja, wie ich aussehe«, sagte sie dann und deutete auf ihr rußverschmiertes Gesicht.

Faythe jubelte begeistert auf und drängte sie, schnell zu machen. In der Werkstatt setzte sie sich auf einen Hocker und bestaunte die verschiedenen Hämmer und anderen Werkzeuge.

Nach ungefähr zehn Minuten kehrte Marlowe zurück. Ihre langen blonden Haare fielen ihr in großen Locken bis zur Taille. Alles an ihr war Schönheit und Anmut. Faythe beneidete sie darum, wie mühelos es bei ihr wirkte. Marlowe trug jetzt ein Baumwollkleid in einem hellen Blau, das zur Farbe ihrer Augen passte; über den Arm hatte sie einen dunkelblauen Umhang gelegt. Durch den Vorhang rief sie Dalton noch schnell einen Abschiedsgruß zu. Er war ihr Vater, wie Faythe inzwischen herausgefunden hatte, auch wenn sie einander überhaupt nicht ähnlich sahen.

Nervös und unsicher stand Marlowe vor Faythe, die sie anstrahlte. Faythe hakte sich bei ihr unter – aufmunternd, aber auch, weil sie verhindern wollte, dass Marlowe ihre Meinung noch einmal änderte. Gemeinsam verließen sie die Werkstatt.

Als sie kaum zehn Minuten später vor der Hütte standen, zupfte Marlowe nervös an ihrem Kleid herum.

»Komm schon, er beißt nicht«, sagte Faythe.

Marlowe wurde rot. »Denk dran, dass ich dir einen Gefallen tue«, flüsterte sie.

Faythe stieß die Haustür auf und betrat die Hütte, wo Jakon am Tisch saß und auf sie wartete. Als er sie sah, lächelte er – und wirkte verwirrt und überrascht, als er hinter ihr Marlowe entdeckte. Hastig sprang er auf.

»Ich hoffe, du hast nichts dagegen, dass ich sie mitgebracht habe«, sagte Faythe. »Ich bin bei der Schmiede vorbei, um mich zu bedanken, und dann sind wir ins Gespräch gekommen.« Sie deutete auf Marlowe, die immer noch in der Tür stand. »Du hast mir gar nicht erzählt, dass mein Schwert von einer so talentierten und schönen *Frau* geschmiedet worden ist.« Sie sagte das in einem leichten, neckenden Tonfall, zugleich aber hatte sie ein schlechtes Gewissen, weil sie Jakons Verliebtheit ausnutzte, von der sie ohne ihren nächtlichen Ausflug in seinen Kopf nie gewusst hätte. Und dann wieder war es ihr das alles wert, allein wegen des Ausdrucks in seinem Gesicht.

Weder Marlowe noch Jakon sagte etwas, deshalb fuhr Faythe fort: »Sie hatte heute Abend nichts vor, deshalb hab ich sie gefragt, ob sie mit uns einen Happen essen will. Du hast doch nichts dagegen, Jak, oder?«

»Kann mir jemand mal sagen, was hier läuft?«

Mit Unschuldsmiene reagierte Faythe auf den wütenden Blick, mit dem Jakon sie durchbohrte.

»Nein, natürlich nicht!«, antwortete er hastig. »Aber, ähm, wir haben nicht wirklich was zu Hause, deshalb …«

»Na, dann gehen wir aus!«, unterbrach ihn Faythe fröhlich. »Ich mach mich nur etwas frisch und dann brechen wir auf. Wie wär's mit dem Harbor Hall? Willst du dich in der Zwischenzeit etwas um unseren Gast kümmern?«

Faythe zog sich in die Schlafkammer zurück, um sich umzuziehen. Wie am Abend zuvor schlüpfte sie in ihre Trainingsklamotten und schlang sich den Gürtel mit ihrem Schwert um die Hüfte. Dann warf sie sich ihren Umhang über, damit Jakon nicht auffiel, dass sie Lumarias dabeihatte, wo sie doch nur zum Hafen essen gehen wollten. Sie wusste nicht, ob zu Niks *Experiment* auch Schwertkampf gehörte, und bezweifelte, dass sie nach der gestrigen Nacht die Energie aufbringen würde, das Schwert auch nur zu heben – aber besser, sie war für alles gerüstet.

Als sie aus der Schlafkammer kam, hielt sie einen Moment inne. Jakon und Marlowe saßen einander gegenüber am Tisch und unterhielten sich. Beide wirkten in Gegenwart des anderen locker und entspannt, und Jakon hatte ein Leuchten in den Augen, wie sie es bisher nur ein paar Mal bei ihm bemerkt hatte. Da hatte er sie so angeschaut. Aber sie hatte ihm nie mit demselben Leuchten in den Augen geantwortet. Marlowe tat es. Lächelnd betrachtete Faythe die beiden. Jakon verdiente es, mit jemand glücklich zu sein.

»Gehen wir?«, rief sie. Nur ungern unterbrach sie die beiden, doch sie war in knapp einer Stunde mit Nik verabredet.

Jakon und Marlowe nickten gleichzeitig, standen auf und gingen zur Tür. Faythe folgte ihnen und gemeinsam schlenderten sie durch die angenehm ruhigen Straßen zum Hafen. Das Harbor Hall war keine zehn Minuten entfernt. Genug Zeit, um sich gegenseitig die wichtigsten Dinge aus ihrem Leben zu erzählen.

Faythe bewunderte Marlowe für ihre Energie, als sie von ihrer Arbeit als Schmiedin erzählte. Marlowe war zwei Jahre älter als sie und hatte sich schon als kleines Mädchen für das Schmiedehandwerk ihres Vaters interessiert. Ihre Mutter war vor dreizehn Jahren von derselben Epidemie hinweggerafft worden wie Jakons Eltern. Sie teilten die Erfahrung eines frühen, großen Verlusts. Wie ihn auch Faythe erlebt hatte, allerdings unter ganz anderen Umständen.

Wenn Marlowe nicht in ihrer Werkstatt arbeitete, beschäftigte sie sich mit allen möglichen Dingen. Sie war eine leidenschaftliche Leserin und voller Wissensdrang, und Faythe horchte auf, als sie auch den Schwertkampf erwähnte. Vielleicht konnten sie ja einmal miteinander trainieren.

Sie kamen zum hell erleuchteten Harbor Hall, das direkt am Meer lag – einer der schönsten Orte von Farrowhold. Faythe und Jakon waren hier bisher nur ein paar Mal gewesen, um Geburtstag zu feiern, und hatten darauf richtig gespart. Aber Faythe wusste, dass sie in der letzten Zeit wenig Geld ausgegeben hatten, deshalb konnten sie es sich heute Abend leisten.

Als sie das Harbor Hall betraten, empfing sie ein köstlicher Duft und Faythe atmete ihn tief ein.

In dem großen Raum herrschte eine gedämpfte Atmosphäre. Bei den Gästen handelte es sich vor allem um Pärchen, die an den Tischen so verteilt waren, dass sie sich ungestört unterhalten konnten. Faythe, Jakon und Marlowe wurden freundlich begrüßt und zu einem Vierertisch in der Ecke geführt. Faythe achtete darauf, dass Jakon und Marlowe einander gegenübersaßen, und setzte sich dann neben Marlowe. Ihr war wichtig, dass die beiden sich ungestört in die Augen schauen und miteinander reden konnten.

Das Geplauder am Tisch ging lebhaft hin und her und Faythe tat ihr Bestes, um sich ab und zu daran zu beteiligen. Aber ihr Kopf war woanders und sie wippte nervös mit dem Fuß, blickte alle paar Minuten auf die Uhr. Marlowe, die es mitbekam, warf ihr immer wieder wissende Blicke zu.

Als das Essen kam, war Faythe eine Weile lang abgelenkt. Zu köstlich schmeckte der Fisch – man merkte, dass er frisch gefangen worden war. Bis sie alle fertig waren, war es fast neun Uhr, und sie räusperte sich erst und gähnte dann ausführlich, sodass Jakon es bemerken musste.

»Ich glaube, ich muss jetzt nach Hause«, sagte sie. »Ich bin total müde.« Was nicht einmal gelogen war, denn sie war ja wirklich erschöpft. Und Jakon würde das sofort verstehen, nach ihrem schlimmen Zustand am Morgen.

Er nickte ihr zu und sagte: »Natürlich. Lass uns zahlen.«

»Nein, nein, ich will euch den Abend nicht ruinieren«, sagte sie etwas zu hastig und blickte Marlowe Hilfe suchend an. »Es ist ja noch nicht wirklich spät …«

»Schon mal die Nachspeisen hier probiert?«, mischte Marlowe sich ein. »Die sind echt großartig.« Sie schenkte Jakon ein strahlendes Lächeln. »Wir beide könnten doch noch bleiben.«

Das musste Faythe ihr lassen: Der Blick, mit dem sie Jakon ansah, hätte kaum verführerischer sein können. Sogar sie selbst wäre am liebsten geblieben. »Großes Talent zum Flirten« – das musste sie unbedingt zur Liste der Eigenschaften ihrer neuen Freundin hinzufügen.

Jakon wurde rot und lächelte nervös zurück. Es amüsierte Faythe, ihren besten Freund so verlegen und aufgeregt zu erleben. In den vielen Jahren ihrer Freundschaft hatte sie diese Seite an ihm nie kennengelernt.

»Ich … ähm … würde ich gern … aber Faythe …«, stammelte er.

Faythe winkte ab. »Geht für mich schon in Ordnung, mach dir mal keine Sorgen. Vergnügt euch, so lang ihr wollt.« Sie griff in die Hosentasche und warf ein paar Münzen auf den Tisch, trotz des Protests der beiden anderen. Als sie aufstand, passte sie auf, dass ihr Schwert vom Umhang verdeckt war. Dann verabschiedete sie sich und verließ schnell das Restaurant.

Auf dem Weg von der Schmiede hatte sie mit Marlowe alles besprochen. Jakon und Marlowe würden frühestens um Mitternacht auseinandergehen. Das Risiko, dass Jakon die Hütte leer vorfand und einen Suchtrupp organisierte, durfte Faythe nicht eingehen. Allerdings hatte sie keine Ahnung, wie lange Niks *kleines Experiment* dauern würde.

Zum Glück hatte Marlowe sie nicht gefragt, was sie vorhatte, ihr nur ein paar neugierige und besorgte Blicke zugeworfen. Woraufhin ihr Faythe versichert hatte, es handle sich um nichts Gefährliches.

Was aber nur die halbe Wahrheit war, denn bei Nik konnte man sich mit nichts sicher sein.

ELFTES KAPITEL

Faythe zog die Kapuze ihres Umhangs über den Kopf, kaum dass sie das Harbor Hall verlassen hatte, und hastete durch die Straßen. Sie war zu spät dran. In ihrer Eile wäre sie beinahe mit einer Patrouille der Fae zusammengestoßen, der absolute Horror. Sie konnte gerade noch rechtzeitig abbremsen, als sie um die Ecke bog, machte schnell einen Schritt zur Seite und senkte den Kopf, um einen Blickkontakt mit den vier Wachsoldaten zu vermeiden.

Den Anführer der Patrouille, einen Schrank von einem Krieger, hatte sie dennoch wiedererkannt, als sie unter ihrer Kapuze hervorschielte. Die große Narbe auf seiner linken Wange war nicht zu übersehen. Er war einer der königlichen Wachen, die vor ein paar Tagen den Sohn des Wirts auf die Straße gezerrt hatten.

Ihr stockte der Atem, als sie neben ihr stehen blieben, statt wie üblich weiterzumarschieren. Faythe hielt die Augen auf den Boden geheftet und spielte das verängstigte Menschenmädchen, damit sie weitergingen, ohne sie zu verhören.

Doch einer sprach sie an. »Wohin willst du so eilig?« Eine raue, tiefe Stimme, die sie wie mit einem Speer durchbohrte.

»Nach Hause«, antwortete sie leise, immer noch ohne aufzublicken.

Sie hörte das Geräusch von schweren Schritten, dann schoben

sich schwarze Stiefel in ihr Blickfeld und blieben direkt vor ihr stehen. Ihr Herz pochte.

»Schau mich an, wenn ich mit dir rede«, befahl er ihr.

Faythe rührte sich nicht.

Da packten sie harte Hände am Kinn und rissen ihren Kopf so brutal nach oben, dass sie vor Schmerz aufschrie. Der Fae grinste sie an.

»Schon besser, Mädchen«, sagte er.

Trotz der Narbe, die sein Gesicht entstellte, war er ein attraktiver, ja sogar schöner Mann. Er hatte klar geschnittene Züge und seine Augen waren tiefschwarz. Die braunen Haare fielen ihm fast bis auf die Schultern, einen Teil davon hatte er zu einem kleinen Knoten zurückgebunden. Doch während sie seinem Blick standhielt, konnte sie in seinen Augen nichts entdecken als die Androhung von Gewalt und Verwüstung, gegen jeden gerichtet, der ihm in die Quere kam. Faythe spürte, wie in ihr der Zorn wuchs, als er sie mit schraubstockartigem Griff zwang, ihn anzuschauen. Alles in ihr drängte danach davonzurennen.

»Wie heißt du?«, fragte er.

Am liebsten hätte sie darauf nicht geantwortet, doch das hätte er sie büßen lassen. »Faythe«, stieß sie hervor und hoffte, dass der Tonfall sie nicht in dieselben Schwierigkeiten brachte, wie wenn sie geschwiegen hätte.

Einer der anderen Wachsoldaten mischte sich ein und sagte: »Die ist harmlos, Captain. Sie spielt abends auf dem Marktplatz gern Schwertkampf.«

Der Captain hielt ihr Kinn noch einen Moment umklammert und musterte sie, dann ließ er sie los. Sie stöhnte vor Schmerz auf, ihr Kinn pochte vom harten Griff seiner Hand. Am nächsten Tag würde sie blaue Flecken haben.

Die Augen des Captains wanderten zum Griff von Lumarias und bohrten sich dann wieder in ihre. »Ein prächtiges Schwert für ein so niederes Menschenmädchen«, meinte er spöttisch. Zorn brandete in Faythe auf und ihre Hände zuckten.

»Es war ein Geschenk«, presste sie zwischen den Lippen hervor.

Er musterte sie wieder scharf und sie hielt seinem Blick zunächst stand. *Gib ihnen keine Gelegenheit, in dein Inneres zu schauen …* Als sie sich an Niks Ratschlag erinnerte, senkte sie in einer stummen Geste der Unterwerfung die Augen.

Mit einem verächtlichen Laut entfernte sich der Captain. »Dann geh nach Hause, Mädchen«, sagte er.

Faythe gehorchte, wandte sich scharf nach rechts und ging mit wackeligen Schritten weiter. Als sie eine unbeleuchtete Gasse erreichte, bog sie um die Ecke und rannte los.

Den Rest des Wegs lief Faythe, so schnell sie konnte, sie wählte die finstersten Gassen und sprintete den Hang hoch, bis endlich der Wald in Sicht kam. Dort entdeckte sie Nik sofort. Lässig an einen Baum gelehnt wartete er auf sie. Erleichterung durchflutete sie. Dass sie am ganzen Körper zitterte, merkte sie erst, als sie ihre Schritte verlangsamte.

»Nicht gerade pünktlich«, begrüßte er sie. Dann fiel ihm auf, in welchem Zustand sie war. »Was zum Teufel ist passiert?« Er stürmte auf sie zu und musterte sie. »Wer hat das getan?«, fragte er und fasste sie am Kinn. Jede Berührung tat ihr weh.

»Die Patrouille.« Sie war immer noch außer Atem und wusste nicht recht, wie sie es sagen sollte. »Der Captain«, stieß sie keuchend hervor. Die Hände hatte sie dabei auf die Hüften gestützt, um nach ihrem Sprint leichter Luft holen zu können.

Nik fluchte. »Ich hab dir doch gesagt, dass du dich unauffällig verhalten sollst.«

Faythe starrte ihn ungläubig an. »Ich habe mich unauffällig verhalten!«, fuhr sie ihn an. »Es ist doch nicht meine Schuld, wenn deine Leute wilde, unbarmherzige Bestien sind, die keine Gelegenheit auslassen, um uns Menschen ihre Macht zu demonstrieren und uns zu demütigen!« Sie zitterte jetzt mehr vor Wut als vor Furcht.

Niks Lippen wurden schmal. »Das gilt nicht für uns alle. Aber für Captain Varis ganz bestimmt.« Er fuhr mit der Hand durch sein tintenschwarzes Haar. »Der Typ ist ein ruchloser Bastard und ein Sadist. Aber er ist einer der talentiertesten Nachtwandler des Königs. Hüte dich davor, ihn jemals zu unterschätzen.« Er sagte das nicht tadelnd, sondern besorgt.

Sie wurde kreidebleich. Ausgerechnet auf einen Nachtwandler musste sie treffen, jetzt, wo sie dringender denn je unauffällig und unsichtbar sein musste.

Nik, der ihre Gedanken lesen konnte, sagte: »Du musst unbedingt lernen, was es mit deiner Begabung auf sich hat, Faythe. Du musst sie kontrollieren, verdammt! Ein Wunder, dass es noch niemand rausgefunden hat, so leichtsinnig, wie du bist.«

Sie schauderte und wollte darauf etwas erwidern, aber er fuhr fort:

»Wenn du lernst, deine Fähigkeit zu kontrollieren, brauchst du vor dem Eindringen von irgendjemand anders in deinen Kopf keine Angst zu haben. Du kannst dann alles sperren, wovon du nicht willst, dass sie es mitbekommen. Und brauchst ihnen nur Zugang zu den banalsten, alltäglichsten Dingen zu ermöglichen, damit sie nicht ganz unzufrieden sind.«

Gierig saugte sie diese neue Information auf. Nik machte ihr ein Zeichen, dass sie ihm folgen sollte, und ging in den Wald hinein.

Sie zögerte. »Werde ich wieder … *Erscheinungen* sehen?«, fragte sie leise.

Er schüttelte den Kopf und streckte ihr seine Hand hin. »Nein. Die Prüfung hast du bereits bestanden.«

Sie blickte auf seine dargereichte Hand und dann in seine Augen, während er sie aufmunternd anlächelte. Vielleicht war sie eine Idiotin und naiv, aber sie konnte nicht anders, als ihm zu vertrauen. Dieses Gefühl verunsicherte sie. Er wusste etwas von ihr, das sie ins Verderben stürzen konnte, und bisher half er ihr lieber, als sie zu verraten. Faythe war sich nicht sicher, ob ihn das zu einem Verbündeten, einem Freund machte oder ob er einfach nur seine Neugierde befriedigen wollte. Aber egal, was es war, sie war ihm dankbar.

Sie legte ihre Hand in seine und er führte sie in den finsteren Wald hinein. Aus Angst, dass er verschwinden könnte und sie dann wieder allein wäre, von düsteren Nebelschwaden umwabert und von schwarzen Weinranken umschnürt, umfasste sie, ohne es zu merken, seine Hand so fest, dass er lachen musste. Problemlos hatten sie die dicht stehenden Bäume durchschritten und waren bis zur Lichtung mit dem Wasserfall gelangt. Faythe' Knöchel waren von ihrem schraubstockartigen Griff ganz weiß geworden.

Sie ließ seine Hand sofort los. Ihre Wangen brannten.

Nik nahm seinen Mantel ab, ging noch bis zur Mitte der Lichtung und breitete ihn dort auf dem Gras aus. Er setzte sich. Faythe sah ihm irritiert dabei zu und folgte ihm nicht sofort, erst als er ihr ein stummes Zeichen machte, sich neben ihn zu setzen.

»Ist das Teil deines *Experiments*?«, fragte sie.

Statt einer Antwort lächelte er, griff in seine Tasche und zog zwei mit einer Flüssigkeit gefüllte Phiolen hervor. »Ein simples Schlafmittel, mehr nicht«, sagte er, als sie ihn ansah. »Du wirst davon ganz normal einschlafen. Aber deine Nachtwandlerfähigkeit wird trotzdem dein Unbewusstes wecken«, erklärte er.

»Wir machen hier ein Nickerchen?«

Er stupste ihr an die Nase. »Kluges Köpfchen«, entgegnete er und reichte ihr eines der beiden Fläschchen. »Ich werde versuchen, dich in diesem Raum einzufangen, bevor du dich weiß Gott wohin aufmachst.«

Sie schaute ihn an. »Du willst in meinen Kopf eindringen?«

Er lächelte sie an. »Gibt es denn Geheimnisse, die du vor mir zu verbergen hast, Faythe? Du wirkst so erschrocken.«

Sie boxte ihn daraufhin in den Arm und er lachte.

»Ich nehme meines zuerst. Es dauert mindestens fünf Minuten, bis das Mittel wirkt. Sobald ich tief und fest schlafe, nimmst du deines. Ich werde spüren, wenn du einschläfst, und dann … ähm …« Er machte eine Pause. »Ich bin mir nicht wirklich sicher, ob es funktioniert. Aber den Versuch ist es wert.«

Ihre Stirn legte sich in Falten. »Und wenn es nicht funktioniert? Was, wenn ich irgendwo in einem anderen Kopf ende?«

»Dann müsste ich trotzdem noch in deinen Kopf gelangen können. Du wirst spüren, dass ich da bin, und ich kann dich hoffentlich wieder zurückholen, aber …« Wieder eine der Pausen, die sie inzwischen fürchtete. »Nun ja, es ist Neuland. Ich habe keine Ahnung, ob deine Fähigkeit genauso funktioniert wie bei uns.«

Nik seufzte. »Das wissen wir erst, wenn wir es ausprobiert haben. Ich bin gespannt, ob sich meine Theorie bewahrheitet.«

Faythe hatte nichts zu verlieren. Sie musste lernen, die Sache mit dem Nachtwandeln zu beherrschen, und wenn das hieß, Nik in ihren Kopf zu lassen.

»Nur damit du es weißt«, sagte er, »ich habe unglaublich viel Vertrauen in dich, wenn ich jetzt dieses Zeug nehme. Vielleicht versuchst du mich ja umzubringen, wenn ich wehrlos daliege.« Er zog den Korken von seiner Phiole, prostete ihr zu und schluckte den ganzen Inhalt runter. Dann warf er das Fläschchen in hohem Bogen ins Gras.

Faythe verdrehte genervt die Augen, beobachtete ihn dann, wie er sich auf den Rücken legte, die Augen schloss und einen theatralischen Seufzer von sich gab. Die Knie an die Brust herangezogen saß sie da. Mehrere Minuten lang schaute sie zu, wie seine Brust sich beim Atmen hob und senkte.

Einen Moment lang war sie von seiner Verletzlichkeit berührt. Ein männlicher Fae, ein Krieger, lag wehrlos neben ihr, war ihr vollkommen ausgeliefert. Obwohl er es scherzhaft gesagt hatte, spürte sie Wärme ihren Körper durchströmen, dass er ihr tatsächlich so viel Vertrauen entgegenbrachte. Wahrscheinlich war dies die einmalige Gelegenheit in ihrem Leben, einem Fae etwas anzutun. Sich an ihm für alle zu rächen. Doch selbst wenn es sich um Captain Varis gehandelt hätte, der hier bewusstlos vor ihr lag, hätte sie wahrscheinlich nicht so unehrenhaft gehandelt.

Während sein Atem immer langsamer und schwerer ging, blickte sie zu dem zweiten Fläschchen. Wird schon schiefgehen, dachte sie, kippte den Inhalt hinunter und ließ sich neben Nik fallen. Sie wandte den Kopf, um ihn anzuschauen, wie er friedlich und unschuldig neben ihr lag. Keine Falte, kein Stirnrunzeln trübte sein makelloses Antlitz, seine glatte, blasse Haut. Ein schöner Mann. Nik war der Inbegriff unsterblicher Anmut.

Ihre Lider flatterten ein paar Mal, dann spürte sie, wie sie in den Schlaf abtauchte, und die in ihr aufsteigende Panik wurde schwächer …

»*Faythe*«, rief eine ferne Stimme.

Sie fühlte sich, als würde sie in eine Richtung geschleudert, von einer anderen Kraft jedoch in die entgegengesetzte Richtung gezerrt. Sie umklammerte diesen Phantomfaden und zog sich daran vorwärts, gegen den Strom, der sie ins Vergessen fortschwemmen wollte. Es dauerte nicht lang, dann sah sie Licht durch die kohlschwarze Leere scheinen und folgte ihm so lange, bis es sie blendete und sie die Augenlider zusammenpressen musste. Sie blinzelte ein paar Mal, um sich an die Helligkeit zu gewöhnen.

Dann stand sie in einem unendlichen Raum voll von wirbelndem Gold und weißem Dunst. Sie war in ihrem eigenen Kopf und hellwach. Sie konnte es spüren; sie konnte es sehen. Der Nebel um sie herum lichtete sich und vor ihr schien ein Endlosband von Erinnerungen auf, das sich glitzernd und aufblitzend vor ihr in sich drehte. Sie sah Erinnerungen vor ihr auftauchen, die aus der Zeit stammten, als sie noch nicht einmal gehen konnte, und andere, die vom heutigen Tag waren – ihr ganzes Leben, in vollkommener Klarheit.

Als Faythe an eine ganz bestimmte Person dachte, stoppte das Band kurz, lief dann im Schnelldurchlauf bis zu einer bestimmten Stelle und spielte danach in Echtzeit eine Szene mit ihrer Mutter vor, kurz bevor sie starb. Sie lagen zusammen im Bett. Ihr neunjähriges Ich kuschelte sich unter der Decke an ihre Mutter, die ihr vorlas. Tränen strömten über Faythe' Gesicht. Mit lautlosen Schritten näherte sie sich in ihrem eigenen Kopf dem Bild. Schaute das Gesicht ihrer Mutter an. Das Band hielt an. Faythe streckte die Hand aus, um die Wangen ihrer Mutter zu berühren, aber da war kein Widerstand, keine Membran, nichts. Sie schluchzte auf.

Auf einmal spürte sie, dass da noch jemand anwesend war. Die Erinnerungsbilder verblassten und es blieben nur noch weiße und goldene Wolken zurück. Sie wandte den Kopf. Erblickte Nik, der mit den Händen in den Hosentaschen schweigend hinter ihr stand. Wahrscheinlich hatte er schon die ganze Zeit da gestanden. Seine Theorie hatte sich bewahrheitet und es kümmerte sie nicht, was er wohl alles gesehen haben mochte, bevor sie die Erinnerungen aussperrte.

»Meine Mutter«, flüsterte sie.

Er nickte. »Ich weiß«, sagte er. Nach einem kurzen, ernsten Schweigen fuhr er fort: »Als meine Mutter gestorben ist, habe ich endlos viele Nächte in meinem Kopf zugebracht. Es ist anders, wenn man es so direkt vor sich sieht. Normalerweise verblassen die Erinnerungen mit der Zeit und wir vergessen die Einzelheiten. Aber hier … können wir sie lebendig erhalten.«

Sie lächelte ihn traurig an, dankbar dafür, dass er so etwas Persönliches mit ihr teilte. Sie wusste nicht, dass er seine Mutter ebenfalls verloren hatte, und verspürte plötzlich ein schlechtes Gewissen, weil sie so wenig von ihm wusste und dauernd nur mit ihren eigenen Problemen beschäftigt war. Sie wollte ihn gern fragen, wann denn seine Mutter gestorben war, was die Ursache für ihren Tod gewesen war. Aber der Augenblick fühlte sich nicht richtig an.

»Hat wohl funktioniert«, bemerkte sie stattdessen, um das Thema zu wechseln. Sonst wurde es für sie beide zu düster.

Er lächelte, schien dankbar dafür zu sein. »Eine Sekunde habe ich befürchtet, dich verloren zu haben. Aber du warst zum Glück so vernünftig, meiner Führung zu folgen.« Er sah sich neugierig um.

Auch Faythe betrachtete die Farben im Innern ihres Kopfes.

»Sieht fast wie bei dir aus«, sagte sie. »Nur etwas weniger mürrisch und trübsinnig.«

Er lachte. »Man nennt das auch Aura. Die Farben spiegeln einen Teil von dir.«

Sie verschränkte belustigt die Arme vor der Brust. »Und was sagt mir dann das Schwarz über deine Seele?«

»Vielleicht dass ich zur Netherworld verdammt bin?«, meinte er achselzuckend.

Faythe streckte eine Hand aus und fuhr damit durch den Nebel.

Wie schön, dachte sie, als sie den zarten Dunst durch ihre Finger gleiten ließ. Welche Bewegung sie auch machte, die luftige Substanz gehorchte ihr. Und wie sie herausfand, konnte sie sie auch ohne jede äußerliche Bewegung formen, allein durch ihre Willenskraft. Auf ihrer Handfläche ließ sich ein kleiner goldener Schmetterling nieder.

Nik beobachtete sie. »Du hast vorher noch nie einen Blick in dein eigenes Unbewusstes erhascht, oder?«

Faythe schüttelte den Kopf. »Entweder träume ich …« Sie verbesserte sich. »… nachtwandle ich. Oder ich bin wach und nehme in mir nichts von all diesen Dingen wahr. Jedenfalls erinnere ich mich nicht daran. Kann gut sein, dass ich im Schlaf die ganze Zeit in den Köpfen der Vorstadtbewohner unterwegs war. Nur weiß ich nichts davon.« Sie lachte, versuchte bei allem, den Humor zu bewahren.

Der Schmetterling flatterte davon und löste sich im Nebel auf.

Nik atmete deutlich hörbar aus. »Und wie fühlst du dich am nächsten Morgen? Bist du nicht erschöpft, wenn du nachtwandelst?«

Sie seufzte. »Ehrlich, ich hab schon gar nicht mehr gewusst, was erholsamer Schlaf bedeutet. Erst als du mir das Fläschchen mit den Tropfen gegeben hast.«

»Kein Wunder, Faythe. Du hast wahrscheinlich seit vielen Jahren nie mehr als ein, zwei Stunden richtigen, erholsamen Schlaf gekannt.« Als sie ihn daraufhin verwirrt anblickte, fuhr er fort: »Wenn wir nachtwandeln, ist unser Geist immer noch aktiv. Wenn du eine Nacht im Kopf von jemand anders verbringst, ruhst du dich nicht wirklich aus. Deshalb können wir das auch nicht jede Nacht machen – es würde uns völlig auslaugen. Und dann werden wir nachlässig. Unaufmerksam.« Er schüttelte ungläubig den Kopf. »Bei allen Göttinnen, es ist ein Wunder, dass du es so lang ausgehalten hast, ohne dabei völlig durchzudrehen. Mich würde das total fertigmachen. Umso wichtiger ist, dass du lernst, deine Gabe zu beherrschen.«

Erschrocken sah sie ihn an. »Und wie stelle ich das ab?«

»Das kannst du nur selber herausfinden«, sagte er. »Bei mir ist es so, als gäbe es da zwei Türen, das ist mein Bild dafür. Ich kann mich entweder auf eine Zielperson konzentrieren und durch die Tür gehen, die mich in ihren Kopf führt ... oder ich kann die andere Tür wählen und dann wird alles schwarz.«

Sie dachte nach. »Das heißt, wir können nachts nie unsere eigenen Träume träumen?«

»Wir tauchen in keine willkürlichen Bilderwelten ein, die keinen Sinn ergeben, wenn es das ist, was du meinst«, antwortete er. »Aber dein Geist ist grenzenlos; du kannst in deinem Unbewussten bleiben und die wildesten Fantasien heraufbeschwören. Das kann echt Spaß machen.« Er grinste Faythe an, die daraufhin die Augen verdrehte. Was er unter »wildeste Fantasien« verstand, wollte sie gar nicht wissen. »Aber noch mal, solange du dich hier aufhältst, kannst du dich nicht richtig ausruhen. Deshalb können wir so etwas nur ab und zu machen. Die Finsternis ist das einzige Mittel, um einen richtigen, erholsamen Schlaf zu finden, mit dem du deine Batterien wieder aufladen kannst.«

Alles, was er ihr da sagte, war für Faythe niederschmetternd und aufbauend zugleich. Nachdem sie zuvor nur die schlimmen Seiten daran gesehen und sich für ihre neu entdeckte Gabe gehasst hatte, war es für sie jetzt tröstlich, auch das Positive zu entdecken. Sie konnte in der Erinnerung ihre Mutter lebendig vor sich sehen und sich selbst grenzenlose Traumwelten erschaffen. Ihr größtes Bedürfnis aber war es, endlich einmal ruhigen, ungestörten, erholsamen Schlaf zu finden.

Etwas, das Nik gesagt hatte, beschäftigte sie. Denn sie hatte es nicht verstanden. »Was meinst du mit: *Dann werden wir nachlässig und unaufmerksam*?«

Er holte tief Luft und sie sah förmlich, wie er überlegte, ob er es ihr erklären sollte oder nicht. »Das ist ein Aspekt, der dir nicht gefallen wird, Faythe.« Er bemühte sich um die richtige Wortwahl. »Wie du bereits weißt, wird unsere besondere Begabung oft als Waffe eingesetzt. Wir können über eine Person alles herausfinden. Wir können ihr auch Gefühle und Ideen einpflanzen, wenn wir stark genug sind. Und wir können mit einem einzigen Gedanken ihr Bewusstsein zertrümmern.« Sein Blick wurde ernst. »Wenn wir uns beim Nachtwandeln überanstrengen, können unsere durch die Erschöpfung gesteigerten negativen Gefühle entweder dazu führen, dass wir entdeckt werden, oder … dass wir die Person, in der wir Gast sind, unabsichtlich töten.«

Faythe wurde mit einem Mal von einem eiskalten Schauder befallen. Was er sagte, rief eine dunkle Erinnerung in ihr wach. Wieder und wieder lief sie vor ihr ab, bis die Bruchstücke sich zusammenfügten und ihr dämmerte, was tatsächlich geschehen war. Aber das konnte und durfte nicht wahr sein. Dazu war sie doch nicht in der Lage. Und dennoch. Wenn sie es war, dann …

»*Oh, ihr Göttinnen*«, flüsterte sie.

Nik trat einen Schritt näher. »Ich weiß, das ist Furcht einflößend. Aber du wirst lernen, es zu beherrschen. Das wird dir nie …« Er verstummte, als er den Ausdruck in ihren Augen bemerkte, und runzelte besorgt die Stirn. »Faythe, was ist mit dir los?«

Sie war so in ihre eigene Schuld verstrickt und fassungslos angesichts der Tat, die sie ohne es zu wollen begangen hatte, dass sie nicht antwortete. Sie konzentrierte sich und begann, ihn mit aller Kraft aus ihrem Innern hinauszudrängen. Vor Angst und Panik hätte sie am liebsten aufgeschrien und war sich nicht sicher, was all diese Gefühle bei ihm anrichten konnten.

Kurz bevor Nik vollständig aus ihrem Innern verschwand, flüsterte sie unhörbar: »Ich habe es bereits getan.«

ZWÖLFTES KAPITEL

Faythe spürte, wie etwas sie aus ihrem Unbewussten herauszuholen versuchte, wo sie allein in einem finstern Raum hockte, die Knie zu sich herangezogen, die Beine fest umklammernd. Sie rührte sich nicht. Sie schluchzte nicht. Sie tat überhaupt nichts. Spürte nur eine unendliche innere Leere, während sie wieder und wieder die Erinnerungsbilder in ihrem Innern abspulte, mit jedem Mal aufs Neue hoffend, dass sie nicht bedeuteten, wovon sie überzeugt war, dass es so war.

Nebelschwaden umwirbelten sie, als wäre sie ein Planet und der Nebel ihre Stratosphäre.

Sie war sich nicht sicher, wie lange sie bereits so dasaß, seit sie Nik aus ihrem Kopf hinausgedrängt hatte. Sie spürte nur, dass die Kraft, die an ihr zerrte, zu stark wurde, um noch länger dagegen anzukämpfen. Sie gab jeden Widerstand auf und ließ sich zurück an die Bewusstseinsoberfläche spülen.

Zuerst roch Faythe das Gras, frisch wie von Morgentau. Dann hörte sie das weiche Rauschen des Wasserfalls und ein Plätschern, wo sein Wasser auf die Wellen des kleinen Sees stieß, der ihn auffing. Sie spürte den Stoff ihres Umhangs unter den Fingern. Ein paar Atemzüge lang atmete sie tief ein und wieder aus. Dann zwang sie sich, die Augen aufzuschlagen. Sie schaute in das tiefste, reinste Himmelblau, das sie jemals gesehen hatte. Danach spürte sie ihn, seine wärmenden Hände, die ihre Hand umfasst hielten.

Als sie den Kopf drehte, um ihn anzuschauen, bemerkte sie, dass er neben ihr kniete und besorgt auf sie herabsah. Er sagte nichts, wartete darauf, dass sie zuerst redete, schien zu befürchten, dass etwas in ihr zerbrechen würde, sobald er eine falsche Bewegung machte. Faythe zog ihre Hand weg und saß einen Moment da, stand dann auf und trat ans Wasser.

Es dauerte eine Weile, bis sie sich gefasst hatte. »Woher weiß man …?« Sie zögerte. Alles in ihr sträubte sich, die Frage zu stellen. Aber sie musste die Antwort wissen. »Woher weiß man, dass man es getan hat? Dass man mit einem einzigen Gedanken einen Geist zertrümmert hat, wie du gesagt hast?«

Sie hörte, wie er aufstand; aber sie drehte sich nicht zu ihm um. Blickte stattdessen auf die sich kräuselnde Oberfläche des Sees.

»Es ist wie …« Er hielt inne und sie bemerkte den Schmerz in seiner Stimme. »Ein menschlicher Geist, das ist für uns so, als würden wir in der geöffneten Hand eine dünnwandige Glaskugel halten. Du brauchst nur leicht zuzudrücken und sie zerbirst in tausend Splitter. Und drückst du fest zu, dann explodiert sie und es bleiben von ihr nur feinste Staubpartikel.«

Als sie das hörte, verkrampfte sich in ihr alles. »Du hast es schon getan«, sagte sie.

»Nichts, worauf ich besonders stolz wäre«, sagte er. »Ich erinnere mich genau an jede Person, bei der ich –«

»Die du umgebracht hast«, unterbrach sie ihn. Faythe drehte sich zu Nik und blickte ihn an. »Ermordet. Getötet. Das ist es, was wir eigentlich sind, oder? Mörder. Tödliche Waffen.«

»Wir müssen es nicht sein.«

Sie spürte bei ihm das Bedauern, sah die Reue in seinen Augen und einen Moment lang hatte sie Mitleid mit ihm. Bis sie sich daran erinnerte, dass er stets die Freiheit hatte, zu entscheiden, was er tat und was er nicht tat; auf ganz andere Weise, als es ihr jemals möglich sein würde.

»Warum machst du es dann? Warum stellst du dich in den Dienst eines tyrannischen Königs, der Menschen quälen und umbringen lässt, einfach so?«, fuhr sie ihn an. »Er ist ein gieriges, selbstgefälliges Monster und du bist seine Marionette, die für ihn die Drecksarbeit erledigt.«

Sie konnte sich nicht bremsen. Auch wenn Nik es vielleicht nicht verdiente, ihre rasende Wut abzubekommen, und etwas in ihr wusste, dass sie nur die Gefühle auf ihn umlenkte, die sie gegenüber sich selbst empfand. Doch niemals würde sie demjenigen gegenüberstehen, den sie aus dem tiefsten Grund ihres Herzens gerne so angeschrien hätte, um ihren Schmerz und den Hass loszuwerden, der sich in ihr seit langer Zeit aufgestaut hatte. Zumindest könnte sie dem König von High Farrow nicht gegenübertreten, ohne ihr Leben zu verlieren.

»Hüte deine Zunge, Faythe«, sagte er.

»Warum sollte ich? Es ist sowieso nur eine Frage der Zeit, bis ich drankomme.«

Seine Augen verdunkelten sich. »Niemals. Es wird dich nicht treffen«, sagte er mit überraschender, grimmiger Entschiedenheit. »Nicht, wenn ich dabei etwas zu sagen habe.«

In Faythe verpuffte die Wut, sie stieß einen tiefen Seufzer aus und ließ sich am Rand des Sees auf den Boden fallen. Fuhr mit der Hand durchs Wasser, haschte mit den Fingern nach den Yukoliten, die bei ihrer Berührung auseinanderstoben.

Sie schloss die Augen, holte die Erinnerung an das Geschehen zurück, das sie so sehr quälte. »Es war vor ein paar Jahren«, sagte sie. »Bei uns in der Vorstadt lebte da dieser Mann.« Sie bekam nicht mit, dass Nik sich neben sie setzte. Aber sie spürte plötzlich seine Nähe. Als sie zur Seite schielte, sah sie, dass er die Knie an den Körper herangezogen und den Kopf zu ihr gedreht hatte. Mit seinen smaragdgrünen Augen schaute er sie aufmerksam an. Faythe wandte den Blick hastig ab, während sie fortfuhr; vielleicht aus Scham über das, was sie gleich erzählen würde. »Auf dem Weg zum Markt bin ich jeden Morgen bei ihm vorbeigekommen. Er besaß die Metzgerei, die in Farrowhold an der Hauptstraße liegt, auf dem Weg zum Palast. Er hat die Schweine geschlachtet und seine Frau hat das Fleisch verkauft. Alle kannten ihn.« Als sie sein Gesicht wieder vor sich sah, wurde ihre Miene hart. »Er war ein dicker, grobschlächtiger Mann. Verwahrlost wie ein räudiger Hund. Aber das war es nicht, was mich jedes Mal zusammenzucken ließ, wenn ich an ihm vorbeikam. Er war kalt und herzlos, gewalttätig. Ich wusste, dass er seine Frau misshandelte. Niemand hat je gesehen, wie er sie geschlagen hat – das hat er sich für seine Freizeit vorbehalten, in der kleinen Wohnung über der Metzgerei.« Ihre Stimme wurde rau. »Aber es war offensichtlich. Man konnte die blauen Flecken und Striemen sehen. Alle wussten, was los war, aber niemand mischte sich ein. Keiner bemühte sich, der Frau zu helfen.« Faythe schüttelte den Kopf, es verfolgte sie heute noch.

»Eines Morgens war ich sehr früh zur Arbeit unterwegs. Die Straßen waren noch leer. Ich hörte vor der Metzgerei ein Lärmen und versteckte mich hinter der nächsten Straßenecke, um zu beobachten, was sich da abspielte.« Sie hielt inne. Ihr Gesicht verkrampfte sich, sie spürte, wie sich ihre Fingernägel in die Handinnenflächen bohrten. Mit zitternder Stimme fuhr sie fort: »Er hat sie so brutal geschlagen, dass sie mit dem Gesicht auf die

Eingangsstufen gefallen ist und stark geblutet hat. Ich wollte ihr gern helfen, aber ich hatte Angst. Ich war erst fünfzehn und ein Mädchen – was sollte ich gegen einen Mann wie ihn ausrichten?« Sie sagte es voller Hilflosigkeit und fühlte sich dennoch schuldig.

»Eine Patrouille der Fae mit zwei Wachsoldaten kam vorbei und ich war erleichtert, weil sie ihr bestimmt helfen würden. Er würde dafür bestraft werden. Aber sie sind nicht eingeschritten. Sind einfach vorbeimarschiert. Was bedeutet ihnen schon ein menschliches Leben? Das Leben von so einer armen Frau?« Faythe konnte nicht anders, sie warf Nik einen anklagenden Blick zu. Aber er schwieg dazu. »Abends im Bett konnte ich die Szene nicht aus dem Kopf kriegen. Ich hörte die Frau vor Schmerz aufstöhnen. Ich hörte, wie sie mit dem Gesicht voran auf die Stufen fiel. Ich wollte, dass er litt. Ich wollte, dass er am eigenen Körper spürte, was er seiner Frau antat. Ich bin nicht stolz darauf, aber in dieser Nacht habe ich … habe ich davon geträumt, dass es passierte … jetzt, mit meinem neuen Wissen, muss ich wohl davon ausgehen, dass ich als Nachtwandlerin in seinem Kopf unterwegs war.«

Ein bitteres Lachen erklang von ihr. »Auch nach so vielen Jahren spüre ich es noch immer deutlich. Ich sehe es noch immer vor mir, als würde es in diesem Moment geschehen. Er trug so viel Hass auf alles und jeden in sich und Gewalt war für ihn das einzige Mittel, um sich von den Dämonen zu befreien, die ihn in seinem Innern quälten.« Faythe schüttelte ungläubig den Kopf, dass sie es nicht früher begriffen hatte. »Die Szene hat sich genauso abgespielt wie die, die ich am Morgen beobachtet hatte – nur dass ich so laut aufgeschrien habe, wie ich konnte, als er seine Hand hob, um sie zu schlagen … Er schaute mir in die Augen und ich spürte für den Bruchteil einer Sekunde den Schock und das Grauen, das er empfand, dann verdunkelte sich die Szene und danach war nur noch Finsternis. Unmittelbar danach bin ich aufgewacht, war wie gelähmt. Ein erbärmliches, tiefschwarzes Gefühl erfüllte mich. So etwas hatte ich in meinen Träumen bisher noch nicht kennengelernt.«

Sie schaute vor sich auf die Wellen und sah, dass einige der Yukoliten sich an ihre Finger geheftet hatten, während sie Kreise ins Wasser gezeichnet hatte. »Am nächsten Morgen bin ganz normal zur Arbeit gegangen und es war alles wie immer. Keine besonderen Vorkommnisse oder Neuigkeiten. Erst später begannen sich in der Vorstadt die Gerüchte zu verbreiten … Er war tot. Der Metzger von der Hauptstraße. Tom Crestler. Er war am Morgen tot neben seiner Frau im Bett gelegen. Einfach so. Keine äußerlichen Verletzungen. Es musste wohl Herzversagen oder so etwas gewesen sein. Ein paar kritische Stimmen verdächtigten sogar die Nachtwandler. Doch die ihn kannten, schworen hoch und heilig, er habe nichts getan, was den König zu einer Hinrichtung hätte veranlassen können.« Es war nicht nötig, es noch auszusprechen. Aber Faythe tat es trotzdem. »Ich glaube, ich habe ihn getötet«, flüsterte sie.

Beide schwiegen eine Weile. Faythe brachte es nicht über sich, den Kopf zu Nik zu drehen. Wie seine Reaktion auf ihre Erzählung wohl war? Im Grunde war sie auch nicht anders oder besser als er und alle anderen – sie war auch nicht besser als die Nachtwandler der Fae, eingesetzt als todbringende Waffen.

Ein schwarzes Loch öffnete sich in ihrem Innern, als sie merkte, dass sie nicht mehr wusste, wer sie war. Verzweifelt wünschte sie sich ihr unschuldiges, unwissendes Leben zurück, das sie vor Kurzem noch geführt hatte. In dem sie nur ein einfaches Menschenmädchen gewesen war. Ein Mädchen, das seine Freunde liebte, eine Arbeit hatte, von der sie leben konnte, und in der Freizeit zum Vergnügen mit einem Schwert herumspielte, das nie einen wirklichen Kampf, nie eine echte Schlacht kennenlernen würde. All das war nun Vergangenheit und sie versuchte angestrengt, sich in ihrer neuen Wirklichkeit zurechtzufinden. Sie war eine Waffe, geschmiedet, um in die Köpfe anderer einzudringen und ihnen ihre Gedanken zu stehlen. Eine Attentäterin, die es auf das Seelenleben und Leben anderer abgesehen hatte. Eine Mörderin.

Niks Stimme riss sie aus dem schwarzen Abgrund, in den sie langsam glitt. »Aber sicher kannst du dir nicht sein«, sagte er ruhig.

Sie schüttelte den Kopf. »Da würde ich es mir etwas zu leicht machen, findest du nicht? Mich in Blindheit und einen letzten Hauch von Zweifel retten. Wenn alles so perfekt zueinanderpasst, lässt sich die Wahrheit schwer leugnen.«

Nik zog die Augenbrauen zusammen. »Hat seine Frau ohne ihn nicht ein besseres Leben?«

Faythe nickte. Die Frau hatte die Metzgerei übernommen und seit dem Tod des Mannes blühte das Geschäft. Es war kein finsterer Ort mehr, an dem Faythe jeden Tag ängstlich vorbeischlich. Sie lächelte Mrs Crestler jedes Mal zu, die häufig vor der Tür stand, lachte und zurückgrüßte und mit ihren Kundinnen und Kunden gern ein Schwätzchen hielt, statt sich wie früher schüchtern wegzuducken. Faythe hasste sich dafür, dass ein Teil von ihr – ein großer Teil – erleichtert und glücklich gewesen war, als sie von Mr Crestlers Tod hörte. Weil seine Frau dann endlich von ihm erlöst war.

»Würdest du mir dann nicht zustimmen, dass es ihn nicht unverdient getroffen hat, egal auf welche Weise er den Tod fand?« Nik wählte seine Worte sorgsam.

Faythe wusste, dass er es ihr nur leichter machen wollte. Aber es half ihr nicht dabei, die ölige Schicht des Ekels fortzuspülen, den sie bei dem Gedanken verspürte, dass sie für seinen Tod verantwortlich war. Sie hatte ihn umgebracht.

»Er war trotz allem ein Mensch; er war am Leben«, sagte sie. »Welches Recht hatte ich, ihm sein Leben zu nehmen?«

Sie schauten sich an und sie konnte das Einverständnis zwischen ihnen sehen. Zwei geräuschlose Mörder vom selben Schlag. Nur dass eine von beiden ahnungslos war und der andere …

»Wie lebst du mit dem, was du getan hast?«, fragte sie, immer noch in die Tiefen seiner smaragdgrünen Augen schauend, als könnte sie durch sie hindurch geradewegs in den schwarz-grauen Rauch seiner Seele sehen.

Niks nachdenkliche Falten wurden tiefer und seine Lippen pressten sich einen Moment zu einer dünnen Linie zusammen. »Ich lebe damit weiter, indem ich es nicht vergesse«, sagte er dann. »Manche, die ich getötet habe, haben es nicht anders verdient. Sie waren Mörder, Verräter, Aufständische. Andere verdienten es weniger, waren aber eines Vergehens gegen die Krone schuldig. Ich muss Befehle ausführen, auch wenn ich ihnen vielleicht nicht immer zustimme.« Sein Blick ließ Raum für Unausgesprochenes; er achtete sorgsam darauf, sie nicht zu viel wissen zu lassen. »Ich lebe damit, indem ich keinen von ihnen vergesse. Indem ich mir immer wieder vorsage, wer ich bin und was ich getan habe, indem ich mich dazu bekenne und niemals zulasse, dass das Finstere daran mich verschlingt.«

Faythe nickte. Sie war ihm für seine Ehrlichkeit dankbar. Sie würde für sich auch einen Weg finden, würde damit leben lernen, was sie war, was sie getan hatte und wozu sie fähig war. Sie musste es lernen, und sei es nur, um sich in Zukunft beherrschen zu können und sicherzugehen, dass sie ihre Fähigkeit kein zweites Mal einsetzen würde.

»Dein Gesicht«, flüsterte er.

Sie fuhr sich mit der Hand ans Kinn. Spürte dort keine Schmerzen mehr. Ihre Augen richteten sich auf den See, in dem die Yukoliten auseinanderstoben. Zog ihre Hand aus dem Wasser und meinte einen Augenblick lang zu sehen, wie sie leuchtete. Doch ein Blinzeln und es war verschwunden.

»Also ist da was dran an dem, was man sich erzählt. Sie scheinen dich zu mögen.«

Faythe nahm an, dass die violetten und blauen Fingerabdrücke, die ihr Kinn und ihre Wangen sprenkelten, inzwischen ebenfalls verschwunden waren. Dankbar und in stiller Ehrfurcht schaute sie aufs Wasser.

Als sie nach einer Weile die Augen hob und sich ihre Blicke mit denen von Nik kreuzten, beschloss sie, ihn danach zu fragen. Es schien ihr ein passender Zeitpunkt dafür zu sein. »Was ist deiner Mutter zugestoßen?«

Als seine Augen sich verdüsterten, wusste sie, dass sie einen Fehler begangen hatte. Er sagte einen Moment nichts, schaute sie nur an und sprang dann auf.

»Ich glaube, das war genug an ernsten Gesprächen für einen Abend«, meinte er nur.

Faythe war verärgert, dass er ihr auswich und nichts von sich erzählte, während er in den wenigen Wochen, die sie sich kannten, so gut wie alles über sie erfahren hatte. Andererseits war ihr klar, dass sie da an ein empfindliches Thema rührte. Sie durfte ihn nicht bedrängen. Außerdem schuldete er ihr nichts. Ganz im

Gegenteil, sie musste ihm dankbar für alles sein, was er für sie mit großem Einsatz getan hatte.

»Zeit für dich, nach Hause zu gehen«, sagte er.

Sie stand auf und zog ihre Taschenuhr heraus. Halb zwölf. Sie hoffte inständig, dass Marlowe den Abend in die Länge gezogen hatte und Jakon noch nicht in der Hütte war.

Schnell legten sie ihre Mäntel um. Keiner von beiden sagte etwas, während Nik sie aus dem Wald herausführte.

Nie würde Faythe sich an den Zauber gewöhnen, der den Wäldern einen ewigen Tag bescherte. Als sie wieder auf die Hügel hinaustraten, über denen sich der sternenübersäte Nachthimmel wölbte, wusste sie nicht, was sie mehr liebte: die stille Ruhe der tiefblauen Mitternacht, in der die Sterne funkelten, oder die überströmende Energie einer in hellem Himmelsblau leuchtenden Kuppel, die für ein Leben in Friede und Freude sorgte.

An derselben Stelle wie beim letzten Mal trennten sie sich. Faythe murmelte ein »Tschüs!« und Nik wirkte einen Moment, als ob er noch etwas anderes sagen wollte. Doch dann verabschiedete er sich ebenfalls und verschwand lautlos in der Dunkelheit. Mit übergezogener Kapuze huschte Faythe durch die Straßen und hielt sich dabei im Schatten der Häuser, um weitere unerwünschte Begegnungen mit Patrouillen der Fae zu vermeiden. Vor allem mit Captain Varis.

Als sie die Hütte erblickte und kurz darauf feststellte, dass Jakon noch nicht da war, fiel ihr ein Stein vom Herzen. Müde legte sie Schwert und Umhang ab, zog hastig ihr Nachthemd an, schlüpfte unter die Bettdecke und zog sie bis zum Kinn hoch.

Eine ganze Weile lag sie in der stillen, leeren Hütte so da, bis sie Jakon hereinschleichen und sich auf sein eigenes Bett fallen lassen hörte. Sie glaubte, ihn leise fragen zu hören, ob sie noch wach war. Aber sie hielt die Augen geschlossen und atmete ruhig und regelmäßig, das Gesicht von ihm weggedreht. Kurz darauf spürte sie, wie sie in das ihr vertraute Vergessen glitt, zuversichtlich, dass es ihr gelingen würde, den Raum zu finden, in den Nik sie geführt hatte. Und zu schlafen. Tief und fest zu schlafen.

Dreizehntes Kapitel

Niks Lider kämpften gegen die Schwerkraft der Langeweile an. Die monotonen Stimmen prahlerischer Adeliger der Fae umdröhnten ihn, und er zwang sich, ihnen zuzuhören, obwohl er sich für ihre kleinlichen politischen Ränkespiele, von denen sie quasselten, nicht im Geringsten interessierte. Aufrecht und aufmerksam saß er da, aber seine Gedanken schweiften immer wieder ab.

Er bemühte sich, nicht zu oft zum Hauptmann der Palastwache hinüberzublicken, der reglos neben der Tür am anderen Ende des Saals stand. Jedes Mal, wenn er das Narbengesicht erblickte – Varis war während der Großen Schlachten übelst entstellt worden –, ballte er vor Wut die Fäuste, weil Faythe seinem brutalen Übergriff ausgesetzt gewesen war. Es hätte ihn nicht so stark beschäftigen sollen, aber wenn er sich vorstellte, wie sich die gewalttätige Hand von Varis um ihr Kinn legte, hätte er ihm am liebsten den ganzen Arm ausgerissen.

Stattdessen wandte er seine ganze Aufmerksamkeit den langweiligen Gesichtern derer zu, die der Versammlung des königlichen Rats beiwohnten. Die meisten waren vor Wut und Abscheu verzerrt, während ein Anwesender nach dem anderen seine Beschwerden und Klagen vortrug, alle in der Hoffnung, der am Kopfende des Tisches sitzende König werde ihre Kümmernisse lindern. Nik wusste, dass diese Hoffnung vergeblich war. Die Versammlungen waren bloße Formsache, veranstaltet, um die Lords des Hohen Hauses und andere hochgestellte Fae für eine Weile einzulullen.

König Orlon Silvergriff von High Farrow nahm selten guten Rat oder Vorschläge von den Mitgliedern des königlichen Rats an und die privaten Sorgen der anderen hochgestellten Fae kümmerten ihn noch viel weniger. Aber der König war klug und wusste, wie er es anstellen musste, damit sie alle das Gefühl hatten, beim Regieren seines Reichs mitzuwirken. Sie fühlten sich wichtig, darauf kam es an. Und weil sie von ihm abhängig waren, stimmten sie, wenn es wirklich zählte, den Vorschlägen des Königs in treuem Gehorsam zu. Auch dann, wenn Nik hoffte, sie würden es nicht tun.

Orlons Stimme dröhnte durch den Saal und alle Anwesenden der zermürbend langen Ratsversammlung verstummten, als er seine Beschlüsse vortrug. Danach erhoben sie sich und allgemeines Geplauder setzte ein, während die hochadeligen Herrn der Fae aus dem Ratssaal strömten. Nur Nik blieb wie jedes Mal sitzen, um das Schlusswort des Königs zu hören. Sein wahres Urteil über die versammelten Mitglieder des königlichen Rats.

Ein letztes Mal huschte sein Blick zum Hauptmann hinüber, bevor auch dieser durch die Flügeltür verschwand. Varis verbeugte sich tief in Richtung des Königs, stets der kriecherische Speichellecker und Stiefelknecht. Nur dass er der Ausführung der Befehle, die ihm erteilt wurden, noch seinen eigenen böswilligen Stempel aufzudrücken wusste. In Nik flammte Jähzorn auf und er war erleichtert, als Varis eine scharfe Drehung machte und aus dem Saal marschierte. Sein Drang, ihn zum Kampf herauszufordern, lief damit vorerst ins Leere.

Schweigen legte sich über den Raum, so lange, bis auf den König und Nik alle Männer – auch der Rest der Wache – den Saal verlassen hatten. Nik blickte zum Thron, auf dem der König von High Farrow saß. Doch der erwiderte seinen Blick nicht, stützte stattdessen nachdenklich sein mächtiges Kinn auf die zur Faust geschlossenen Rechte. Daraufhin erhob sich auch Nik, bereit, den Saal zu verlassen, jedoch nicht ohne vorher dazu die Erlaubnis des Königs erhalten zu haben.

Orlon sinnierte weiter schweigend vor sich hin und Nik wollte gerade darum bitten, entlassen zu werden, als die befehlsgewohnte Stimme des Herrschers die Stille durchbrach. »Es gefällt mir nicht, zum Narren gemacht zu werden«, ließ der König seine Gedanken vernehmen. »Lord Hellias aber glaubt genau, dass ich das bin: ein Narr.«

Nik runzelte leicht die Stirn. Nichts an Lord Hellias war ihm verdächtig erschienen, aber er wusste, dass es sich nicht schickte, die Bemerkungen des Königs zu kommentieren. Er ließ Orlon weiterreden.

»Einigen Menschen, für die bereits ein Haftbefehl ausgestellt war, ist es gelungen, aus High Farrow zu entfliehen, bevor sie verhört werden konnten.«

Nik spürte, wie die Luft um ihn merklich kälter wurde. Er konzentrierte sich auf seinen Atem, damit sein Herz weiter regelmäßig schlug. Er wusste, dass der König mit seinen überempfindlichen Ohren ein lauteres, schnelleres Herzklopfen sofort bemerken würde. Seine Nervosität würde ihn verraten.

»Wie du weißt, verfügt Hellias über die Fähigkeit zum Nachtwandeln, und meine Spione haben bereits mehrmals seine Spuren bis hinaus in die Vorstadt verfolgt. Passt zu perfekt, um reiner Zufall zu sein.« Die Lippen des Königs verzogen sich zu einem diabolischen Lächeln. Er glaubte, dem Grund für das Verschwinden all dieser Menschen auf die Spur gekommen zu sein. Hätte er wirklich die Wahrheit gewusst, es hätte Nik schon vor langer Zeit den Kopf gekostet.

Wie man es ihm beigebracht hatte, behielt er einen ernsten, aufmerksamen Gesichtsausdruck bei. Als der König sich von seinem Thron erhob, war Nik bemüht, sich von seiner Größe und Statur nicht einschüchtern zu lassen.

»Warum ich es dir gegenüber erwähne, hat seinen Grund. Es muss jemand seine Gedanken ausforschen und wie ich weiß, ist es kein leichtes Spiel, im Kopf eines anderen Nachtwandlers unentdeckt zu bleiben. Du bist in meinen Diensten der Begabteste für solch ein Unternehmen und hast mich bisher noch nie enttäuscht.« Seine schwarzen Pupillen bohrten sich in Niks smaragdgrüne Augen und er hob stolz das Kinn.

»Es wird eine Weile dauern, aber ich werde herausfinden, was Ihr wissen wollt«, sagte Nik mit einem gehorsamen Kopfnicken – obwohl er innerlich den König für diesen Auftrag verfluchte. Er würde ihm liefern können, wonach er verlangte, aber er hasste es, als Handlanger für die Schmutzarbeit des Herrschers benutzt zu werden.

»Gut. Obwohl es mir missfällt, darauf warten zu sollen. Wenn es in unsere Mitte Verräter gibt, dann müssen sie schnell enttarnt werden, damit ich sie mir vom Halse schaffen kann. Und vergiss nicht, auch nach möglichen Komplizen zu suchen.«

Nik knetete hinter seinem Rücken angespannt und verärgert die Finger. »Natürlich, Euer Majestät. Auch wenn es große Kraft und Konzentration verlangt, ohne entdeckt zu werden ins Unbewusste einer Person einzudringen. Zwischen den Versuchen werde ich mich lange erholen müssen.«

Der König brummte unzufrieden, was Nik noch mehr ärgerte. »Ein Pech, dass das Nachtwandeln … solchen Einschränkungen unterliegt.«

Es war keine Beleidigung, denn Orlon wusste, dass es keinen Besseren für diese Aufgabe gab als Nik und dass er so am schnellsten an die gewünschte Information kommen konnte. Aber die mangelnde Geduld des Herrschers und seine Ignoranz, was das Nachtwandeln Nik abverlangte und welches Risiko er damit einging, empörte ihn zutiefst.

Nik wusste, dass Lord Hellias in der Sache, in der der König ihn verdächtigte, unschuldig war. Trotzdem würde er den Auftrag sorgfältig ausführen und hoffte, dabei irgendetwas zu entdecken, das den König bei der Suche nach den Übeltätern zufriedenstellen würde. Außerdem musste er jeden Verdacht von sich selbst ablenken. Er war nicht so haarsträubend naiv wie Lord Hellias, der offensichtlich unfähig war, seine Spuren zu verwischen. Nik kannte ein ganzes Labyrinth von Tunneln, die unterhalb der inneren Stadt verliefen und knapp hinter dem Wallring an die Oberfläche führten. In der Vorstadt wusste er sich dann so geschickt getarnt und unauffällig zu bewegen, dass die Spione des Königs ihm nicht auf die Schliche kamen. Hellias verdiente es geradezu, geschnappt zu werden, weil er seine Spuren so laienhaft vertuschte.

»Wenn das alles war, Euer Majestät …« Nik hoffte, sich endlich zurückziehen zu können.

Als Antwort hob der König nur träge die Hand. Nik nahm es nicht persönlich. Der Herrscher von High Farrow war noch nie für seine Geselligkeit berühmt gewesen.

Nik wandte sich um und verließ den Saal. Er durchschritt lichterfüllte, breite Gänge und dennoch ließ ihn der strahlende

Prunk des Palastes kalt. Trotz der Größe des Bauwerks fühlte Nik sich seit einer Weile inmitten all der Treppen, Flure und Durchgänge beengt und gefangen. Auch mit der inneren Stadt verhielt es sich nicht viel anders. Das war auch der Grund, weshalb er vor einigen Monaten begonnen hatte, die bescheidenen Lebensverhältnisse der Vorstadt zu erkunden. Er fand es irgendwie tröstlich, sich unerkannt zwischen den Menschen zu bewegen und zu beobachten, wie sich ihr Leben zwischen den schäbigen braunen Häusern abspielte, das so ganz anders war als das der Fae in ihrer glänzend weißen Stadt. Wenn er beides verglich, konnte er ein Schuldgefühl nicht abschütteln. Während er selbst in Luxus und Reichtum lebte, waren die Menschen dazu verurteilt, ein kümmerliches Dasein zu fristen. Deshalb hatte er begonnen, sich als Nachtwandler zwischen ihnen zu bewegen. So erfuhr er von der Not der Menschen und konnte viele gerade noch rechtzeitig zur Flucht auffordern. Damit sie nicht mit ihren Leben für etwas bestraft wurden, an dem sie selbst die geringste Schuld hatten.

Obwohl der König in die Vorstadt Wachpatrouillen entsandte, waren sie spärlich gesät und boten der Bevölkerung wenig Schutz. Nik war seit jeher der Überzeugung, dass der König viel mehr tun müsste, um eine Infiltration des Königreichs durch Valgards Spione zu verhindern. Sie durften nicht länger unschuldigen Menschen auflauern und ihnen Informationen abpressen. Die Aussicht auf ein blutiges Gemetzel wie damals während der Großen Schlachten ließ ihn vor Furcht erzittern. Wann immer er aber seine Besorgnisse vortrug, wurde er vom König von High Farrow zum Schweigen gebracht.

Doch war er im Moment zu beschäftigt, um sich weiter darum zu kümmern. Seine Rettungsaktion verurteilter Menschen war ins Stocken geraten, als er auf etwas Undenkbares stieß, eine

Anomalie entdeckte, welche die Ordnung und Hierarchie der Geschlechter, hier Fae, da Menschen, vollkommen durcheinanderbrachte – oder genauer: die Anomalie ihm begegnete.

»Im Moment bekommen wir dich ja nicht häufig zu sehen.«

Die muntere Stimme vom Mündel des Königs überraschte ihn nicht. Seine hastigen Schritte hatten sich bereits verlangsamt, als er merkte, wie sie sich von hinten leise näherte. Nik lächelte ihr zu, als sie nun neben ihm herging.

»Hast du mich vermisst, Tauria?«

Ihre goldfarbenen Wangen erröteten. Tauria wandte den Blick ab und Nik nutzte die Gelegenheit, um ihre Schönheit zu bewundern. Das dunkle Smaragdgrün ihres Gewands brachte den bronzenen Schimmer ihrer Haut umso stärker zum Leuchten und rief in Erinnerung, wer sie war und woher sie stammte.

Dass sie als Mündel des Königs im Palast wohnte, diente ihrer eigenen Sicherheit. High Farrow war nicht ihre Heimat. Jedermann auf beiden Seiten des Grenzwalls wusste, dass Tauria Stagknight die einzige Erbin des Thrones von Fenstead war und vor über einem Jahrhundert aus ihrer Heimat floh, als diese von dem ruchlosen Valgard überfallen und unterjocht wurde. Hinter der Heiterkeit, die sie zur Schau trug, quälten Tauria immer noch Erinnerungen an diese Ereignisse, das wusste Nik.

Der König von High Farrow war kein geliebter und bewunderter Herrscher, nicht mehr, seit die finsteren Schlachten damals sein Herz verhärtet hatten. Seither regierte er ohne jede Milde und bestrafte alle, deren Verhalten ihm missfiel, mit unnachgiebiger Strenge. Eine seiner letzten gütigen Taten war die Aufnahme der völlig aufgelösten Prinzessin aus dem Königreich Fenstead gewesen, die als einzige Überlebende der dortigen Herrscherfamilie an das Tor seines Palastes geklopft hatte.

»Wenn ich noch einen Tag länger die Gesellschaft der Hofdamen und geltungssüchtigen Lords ertragen muss, werde ich wahnsinnig«, klagte Tauria.

Nik lachte. »Und du hättest gerne, dass ich dich von ihnen befreie. Vermute ich da richtig?«

Als Antwort lächelte sie.

Nik bekam ein schlechtes Gewissen. Er war in den vergangenen Wochen zu viel unterwegs gewesen, hatte sich kaum mehr um seine Freundin gekümmert. In den hundert Jahren, die sie nun schon im Palast von High Farrow lebte, waren die beiden enge Gefährten geworden und hatten sich gegenseitig alles anvertraut. Tauria wusste nichts von seinen Expeditionen in die Vorstadt. Es bestürzte ihn, dass sie glauben musste, sie sei ihm unwichtig geworden. In Wahrheit konnte er ihr nicht sagen, was er bei den Menschen trieb, *weil* sie ihm wichtig war. Keinesfalls wollte er riskieren, dass sie womöglich in die Sache hineingezogen wurde, falls er jemals auffliegen sollte.

»Tut mir leid, dass wir uns in der letzten Zeit so selten gesehen haben«, sagte er. Ihr verständnisvoller Blick schmerzte ihn. Wie er es hasste, vor ihr etwas zu verheimlichen. »Wollen wir morgen miteinander ausreiten?«

Tauria strahlte und sofort hellte sich auch Niks Stimmung auf.

»Dein Vorschlag. Du weißt, dass ich dich beim Wettreiten immer schlage …« Sie stupste ihm mit dem Ellenbogen in die Seite.

»Hey, zu meiner Verteidigung: Du kündigst nie an, dass wir um die Wette reiten. Mit Vorwarnung würde ich mich etwas mehr anstrengen.«

Die Prinzessin lachte. »Schon gut! Du erträgst es einfach nicht, von einer Frau besiegt zu werden.«

Nik lächelte. Zugleich hatte er ein schlechtes Gewissen, weil er in diesem Moment an eine andere Frau denken musste – von der er Tauria gern erzählt hätte.

Faythe. Sein Herz klopfte. Zugleich schauderte ihn. Nicht wegen ihrer besonderen Gabe, sondern wegen des Schicksals, das sie erwartete, sollte sie dem König in die Hände fallen. Ein Menschenmädchen als *Nachtwandlerin*! Der Gedanke war ungeheuerlich! Nik befiel eine Ahnung, dass sich hinter ihrer Schönheit und Unschuld noch viel mehr verbergen könnte, als er bisher zu sehen bekommen hatte.

VIERZEHNTES KAPITEL

Faythe lag auf dem Dach ausgestreckt und sonnte sich in der Mittagshitze. Sie machte einen letzten Bissen von ihrem Apfel und schleuderte das Kerngehäuse weg, ohne sich darum zu kümmern, ob drunten in der Gasse gerade jemand vorbeiging.

Seit ihrem letzten Treffen mit Nik im Wald waren zwei Wochen vergangen. Seither hatte sie ihn nur ein paar Mal gesehen, als er nachts in ihr Unbewusstes eingedrungen war. Da wollte er sich vergewissern, dass sie nicht selbstzerstörerisch unterwegs war oder sich als Nachtwandlerin krass unvernünftig herumtrieb. Wenn er auftauchte, dauerte es immer nur kurz, bis sie ihn hinausdrängte. Und nie redeten sie miteinander über irgendetwas anderes.

Nicht dass sie verärgert oder wütend auf ihn gewesen wäre. Aber sie hatte jetzt alles gelernt, was sie brauchte, um sich nachts nicht mehr in fremden Köpfen herumzutreiben. Deshalb sah sie keinen Grund, das Unvermeidliche hinauszuzögern. Er war ein Fae, diese Tatsache würde nie erlauben, dass sie wirklich *Freunde* wurden. Und sie verspürte keinen Drang, ihre Begabung noch weiter zu erforschen, weil sie vorhatte, niemals davon Gebrauch zu machen. *Niemals*.

Zum Glück wusste sie jetzt, wie es ihr gelang, bei sich zu bleiben, in ihrem eigenen Kopf. Beim Einschlafen tauchte sie sofort in die Finsternis ein, so wie Nik es ihr beigebracht hatte. Ihr Schlaf war seither tief und erholsam. Sie vermied es, durch ihr Unbewusstes zu streifen. Sie wollte gar nicht herausfinden, welche Kraft in ihren eigenen Erinnerungen und ihrer Vorstellungskraft lag.

Seit Faythe als Mittlerin aufgetreten war, hatten Marlowe und Jakon viele Abende miteinander verbracht, und es machte ihr Freude zu beobachten, wie ihre Beziehung immer enger wurde. Abends trainierte sie meistens mit dem Schwert. Manchmal kam Ferris vorbei und stellte sich als Trainingspartner zur Verfügung, was meistens in einer Flut von Flüchen endete, wenn sie ihn wieder und wieder besiegte. Das machte ihr Spaß.

Marlowe und sie trafen sich oft auch allein, ohne Jakon. Als gute Freundinnen. Mit Marlowe war es ganz anders als mit Jakon, sie konnte mit ihr über viele Dinge reden, die ihn nicht interessierten – Kleidung, Männer, die Faythe attraktiv fand, alle möglichen Vorfälle in der Vorstadt.

Alles schien normal, so als würde sie kein gefährliches Geheimnis hüten, von dem niemand in ihrer Umgebung wusste. Faythe begann zu hoffen, dass die Sache damit erledigt war und sie ihr alltägliches Leben würde weiterleben können. So wie es gewesen war, bevor sie von ihrer Begabung erfuhr.

Heute hatte sie einen freien Tag, aber Jakon nicht. Sie hatte einen ruhigen Morgen genossen, bevor sie losgezogen war, um durch die Stadt zu schlendern und Kleider und Schmuck zu bestaunen, die sie sich nie würde leisten können – jedenfalls nicht mit ihrem kümmerlichen Lohn. Hatte sich dabei so elend gefühlt, dass sie beschloss, sich irgendwann eine befriedigendere und besser bezahlte Arbeit zu suchen. Bis auf Schwertkampf konnte sie zwar nicht viel, aber vielleicht war ja irgendein Handwerk was für sie.

Faythe setzte sich benommen auf, die Mittagssonne hatte sie schläfrig gemacht. Sie ging zur Dachkante vor und rutschte am Regenrohr nach unten. Mit einem gedämpften Aufprall landete sie in der leeren Gasse. Von keinerlei Hast getrieben schlenderte sie weiter.

Als sie zur Schmiede kam, saß Marlowe an ihrer Werkbank und studierte etwas durch die Lupe.

»Irgendwas Besonderes entdeckt?«, fragte Faythe zur Begrüßung.

Marlowe blickte auf und lächelte. »Zauberstein«, sagte sie und hielt einen schimmernden schwarzen Felssplitter hoch. »Man erzählt sich, es sei das einzige Material im Königreich, das einen Fae ... na ja ... so was wie sterblich machen kann. Jedenfalls deute ich es so. Er soll ihnen von ihrer Stärke, Schnelligkeit und all dem nehmen.«

Faythe war neugierig geworden und trat näher, um den Stein zu betrachten. Marlowe hielt ihn ihr hin. Zu ihrer Überraschung fühlte er sich eiskalt an. Bei der Berührung zuckte sie zusammen.

»Wenn wirklich was Wahres dran wäre«, sagte sie, »würdest du es dann so laut herausposaunen?«

Marlowe winkte ab. »Bloß so eine alte Legende. Ist schon lange kein größeres Stück mehr aufgetaucht. In Lakelaria scheint es eine Gesteinsader gegeben zu haben, aber die Schachte wurden vor vielen Jahrhunderten gesprengt.« Marlowe lachte. »Was könnte für einen Fae schlimmer sein, als sich wie ein Mensch fühlen zu müssen?«

Faythe untersuchte den Stein. Das Licht wurde von ihm in alle Richtungen reflektiert.

»Behalte ihn, wenn er dich interessiert. Ich habe ihn in dem Eisenschrott gefunden, den ich letzte Woche von einem Händler aus Olmstone gekauft habe.« Sie lehnte sich zurück. »Ich finde ihn hübsch. Wenn du magst, mache ich dir daraus einen Anhänger.«

Faythe lächelte. »Danke, aber er gehört doch dir. Mach daraus für dich einen Anhänger. Oder verkaufe ihn. Wenn er so selten ist, wie du sagst, kriegst du bestimmt viel dafür.« Sie reichte den Stein Marlowe zurück.

»Vielleicht«, meinte Marlowe achselzuckend und steckte ihn in ihre Schürzentasche. »Und? Was führt dich heute zu mir?«

Faythe lehnte sich an die Werkbank. »Kann ich nicht meine Freundin besuchen, ohne was von ihr zu wollen?«

»Immer. Aber ich bin noch ein paar Stunden beschäftigt«, sagte Marlowe, stand auf und verschwand im hinteren Bereich der Werkstatt. Faythe hatte schnell gelernt, dass Marlowe nur schwer eine Minute still dasitzen konnte und immer etwas brauchte, womit sie ihre Hände oder ihren Geist beschäftigen konnte.

Faythe folgte ihr. Im hinteren Teil der Schmiede befanden sich die Esse, Hammer und Amboss und andere Gerätschaften für größere Schmiedearbeiten. Marlowe legte eine Klinge auf den Amboss und begann sie geräuschvoll flach zu hämmern. Voller Bewunderung schaute Faythe ihr bei ihrer Arbeit zu.

Nach einer Weile fragte sie laut: »Woher weißt du das mit dem Zauberstein?«

»Aus Büchern, Faythe. So nennt man das. Du solltest es ab und zu auch mal mit einem probieren.«

Faythe verdrehte bei Marlowes Stichelei die Augen. Aber weil ihre Freundin jede Menge über alte Legenden und Sagengestalten wusste, fragte sie weiter. »Hast du schon mal was von den *Nachtwandlern* gehört?« Faythe konnte sich noch so sehr einreden, dass sie nicht mehr darüber wissen wollte, als sie brauchte, um ihre Gabe zu beherrschen. Sie brannte vor Neugierde. Womöglich konnte sie von Marlowe Neues erfahren.

Marlowe hielt inne und schaute sie in der plötzlichen Stille fragend an. »Ich weiß nicht mehr, als alle darüber wissen«, antwortete sie. Faythe hätte nicht sagen können, ob bei ihr Enttäuschung oder Erleichterung überwog. »Obwohl …«, fuhr Marlowe fort. »Jetzt fällt es mir wieder ein. Ich hab mal gelesen, dass es eine höhere Spezies Nachtwandler geben soll.«

Faythe richtete sich gespannt auf.

Marlowe legte die Klinge weg und drehte sich zu ihr um. An ihrer Miene war abzulesen, dass sie sich voll konzentrierte, um sich an alle Einzelheiten zu erinnern. Dann fuhr sie fort: »Seit Jahrhunderten ist kein solcher Fall bekannt, falls es jemals eine Vertreterin oder einen Vertreter dieser Spezies gab. Aber das Buch, das ich gelesen habe, bezieht sich auf eine Überlieferung, der zufolge manche sowohl ins Unbewusste als auch in das Bewusstsein anderer eindringen können. Umfassende, todbringende Telepathie.« Es schauderte sie. »Die Nachtwandler sind schon schlimm genug. Da können wir froh sein, dass wir es nicht auch noch mit denen zu tun haben. Gut, dass sie ausgestorben sind.«

Als Marlowe bemerkte, wie leichenblass Faythe geworden war, lachte sie. »Entspann dich – ist doch nur eine alte Geschichte, um die Menschen das Fürchten zu lehren«, sagte sie und drehte sich wieder zum Amboss, um weiterzuarbeiten.

»Genau so ist es«, antwortete Faythe.

Ihre Gedanken rasten. Vielleicht wusste Nik ja mehr darüber; konnte ihr sagen, ob es eine solche Fähigkeit wirklich gab – in den dreihundert Jahren, die er nun schon lebte, war es vielleicht schon mal vorgekommen.

»Warum fragst du?«

»Nur so«, antwortete sie gleichgültig. »Und welche besonderen Fähigkeiten haben die Fae sonst noch?«

Als Marlowe keinerlei Verdacht zu schöpfen schien, seufzte Faythe erleichtert auf. »Ziemlich viele«, antwortete Marlowe. »Phänomene, die unter die Kategorien Elementarkräfte, Schatten, Gestaltwandel fallen …« Sie nannte noch ein paar weitere und fuhr dann fort: »Aber Fae mit solchen Begabungen sind selten. Die meisten von ihnen sind so normal wie du und ich, abgesehen natürlich von ihrer überirdischen Kraft, Schnelligkeit und Anmut.« Sie lachte wieder.

Faythe stimmte mit einem heiseren, gezwungenen Lachen ein. Sie war *nicht* normal. Wäre ihre Freundin angewidert, wenn sie wüsste, über welch gefährliche Fähigkeit sie verfügte? Bei dem Gedanken, dass irgendwer von ihren Freunden sich hasserfüllt oder enttäuscht von ihr abwenden könnte, wurde ihr schlecht.

»Falls du noch mehr wissen willst, ich hab da drüben ein paar Bücher dazu.« Marlowe zeigte in die Ecke.

Tatsächlich lagen dort unordentlich jede Menge Bücher herum. Faythe wischte mit dem Ärmel den Staub und Ruß fort, um die Titel lesen zu können. Vor allem einer weckte ihre Aufmerksamkeit. Sie hielt das in Leder gebundene alte Buch hoch. Als Titel prangte darauf: *Die vergessene Göttin*.

»Sind Geister auch ein Lieblingsthema von dir?«, fragte sie.

Die *Geister des Reichs* wurden von den Leuten, wenn sie darüber sprachen, manchmal auch *Göttinnen* genannt.

Angeblich handelte es sich bei ihnen um Mächte, welche die Welt ins Gleichgewicht brachten und die Geschlechter davon abhielten, sich gegenseitig auszulöschen. In Zeiten von Krieg und Zerstörung staunte Faythe, wie manche immer noch an solchen Unsinn glauben konnten.

Marlowe blickte von ihrem Amboss auf. »Ach das … das ist echt gut. Ich leih's dir, wenn du willst. Wusstest du, dass es Leute gibt, die an die Existenz eines dritten Geistes glauben, einer weiteren Göttin? Angeblich wurde sie vor über tausend Jahren aus dem Erdreich geschaffen. Es gibt alle möglichen Spekulationen, aber keiner weiß wirklich etwas darüber.« Aus ihrer Stimme war echte Leidenschaft herauszuhören.

»Ich glaube daran nicht. Geister, Götter und Göttinnen – wo sind sie denn, wenn wir ihre Hilfe brauchen?«, sagte Faythe und legte das Buch zurück.

Marlowe gab sich nicht so schnell geschlagen. »Ob du daran glaubst oder nicht, ist vollkommen unwichtig. Auf alle Fälle ein tolles Buch. Oder magst du keine gut erzählten Geschichten?«

»Überredet«, meinte Faythe. »Ich werde es lesen und dir danach meine guten Gründe nennen, warum ich das alles für Schwachsinn halte.« Sie schnappte sich das Buch wieder und klemmte es sich unter den Arm. »Falls du mich brauchst, ich bin draußen in der Sonne, in die Wunderwelt der Geister vertieft.«

»Mach dich nicht über sie lustig, Faythe. Du kannst nie wissen, ob sie dich nicht hören«, rief ihr Marlowe hinterher.

Faythe verdrehte die Augen und stellte sich vor der Werkstatt einen Stuhl in die Sonne. Wenigstens hatte sie jetzt etwas, womit sie sich die Zeit vertreiben konnte, bis Marlowe Feierabend machte.

Nach einer Weile musste Faythe widerwillig zugeben, dass Marlowe recht hatte. Sie war schon fast in der Mitte des Buchs, das richtig spannend geschrieben war. Der alte abgewetzte Ledereinband, der leicht süße, moschusartige Geruch des alten Papiers riefen in ihr die Erinnerung an längst vergangene Zeiten hervor.

Damals war Lesen ihre Lieblingsbeschäftigung gewesen. Doch seit vielen Jahren hatte sie kein Buch mehr angerührt. Denn Lesen war etwas, das sie mit ihrer Mutter in Verbindung brachte. Aber jetzt fand sie darin auf einmal Trost. Es stimmte sie nicht mehr traurig. Ihre Begeisterung für spannende Geschichten war wieder geweckt.

Faythe las mehrere Sagen über geheimnisvolle Begegnungen mit Aurialis, Sonnengöttin und Geist des Lebens, oder ihrer Schwester Dakodas, Göttin des Mondes und Geist des Todes. Noch viel stärker aber zogen sie die Legenden über Marvellas, Göttin der Sterne und Geist der Seelen, in den Bann.

Besonders berührte Faythe ein Märchen über die *vergessene Göttin*, dessen Ursprung vor beinahe tausend Jahren vermutet wurde. Der Legende nach hatte sie sich in einen Krieger der Fae verliebt und mithilfe ihrer Schwestern auf ihre magischen Kräfte und ihre Titel verzichtet, um dieselbe Gestalt wie ihr Geliebter anzunehmen. Faythe glaubte zwar weiterhin nicht, dass davon irgendetwas wahr war oder sich tatsächlich ereignet hatte. Trotzdem bewegte sie diese Geschichte. Vielleicht weil sie hoffte, es könne in der Welt wirklich eine so große Liebe geben.

Andere Erklärungsversuche waren nicht so romantisch. Manche vermuteten, sie sei von ihren Schwestern wegen ihrer Kräfte ausgelöscht worden, wieder andere wollten wissen, sie habe ihre heiligen Pflichten vernachlässigt und in ihr eigenes Reich zurückkehren müssen.

»Und – wie ist es?« Eine Stimme riss Faythe in die Wirklichkeit zurück.

Nur schwer löste sie die Augen von dem Buch und musste mehrmals blinzeln, bevor sie klar und deutlich sehen konnte, wer vor ihr stand. Mit rosigem Gesicht, die Schürze abgelegt, die Arme verschränkt: Marlowe.

»Ist es schon so spät?«, fragte Faythe. Sie hatte gar nicht gemerkt, wie die Zeit vergangen war.

Marlowe grinste. »Ich verbuche das als Erfolg.«

Sie verschwand noch einmal in der Werkstatt. Als sie zurückkam, trug sie über dem Arm ihren Umhang, in säuberliche Falten gelegt.

Für Marlowe war es selbstverständlich geworden, die meisten Abende mit Jakon oder mit ihm und Faythe zu verbringen. Die drei waren in den vergangenen Wochen so gut wie unzertrennlich geworden. Faythe war überrascht, wie gut sie miteinander auskamen, denn sie hatte vorher noch nie eine Freundin. Aber mit Marlowe war alles so leicht. So natürlich. Mit Jakon konnte sie Pferde stehlen, aber Marlowe war ihre Vertraute und Mitverschwörerin.

Auch Marlowe gefiel es in der Gesellschaft der beiden. Sie erzählte ihnen, wie einsam ihre Tage in der Schmiede ihres Vaters oft waren und dass sie die Abende bisher meistens damit verbracht hatte, zu lesen und ihr umfangreiches Wissen zu erweitern. Es beschämte Faythe bisweilen, wie klug ihre Freundin war, verglichen mit ihr selbst.

»Leihst du es mir wirklich aus?«, fragte sie, nachdem sie aufgestanden war und das Buch zugeklappt hatte.

Marlowes Augen blitzten. »Na klar! Ich wusste, dass es dir gefallen wird.«

Dann hakte Marlowe sich bei Faythe unter und gemeinsam schlenderten sie durch die Straßen.

FÜNFZEHNTES KAPITEL

Unterwegs besorgten sie sich ein paar Teigtaschen und Brot und saßen gerade am Küchentisch, als Jakon zur Tür hereinkam. Er grinste Faythe und Marlowe an, dann verschwand er hinter dem Wandschirm, um seine von der Stallarbeit verdreckte Kleidung auszuziehen.

Als er sich danach zu ihnen setzte, griff er gierig zu. »Ich hab mir gedacht, wir könnten später einen kleinen Spaziergang zum Hafen machen«, sagte er in ihre kleine Tischrunde.

Doch es klang eher nach einer Sache für Liebespaare und Faythe wollte schon dankend ablehnen, als Marlowe sich einmischte.

»Wollen wir nicht heute alle mal zum Marktplatz? Ich habe Faythe immer noch nicht in Aktion erlebt.«

Faythe horchte auf und Jakon lachte. »Und am besten noch ihr beide im Wettkampf gegeneinander? Das wird ein Spektakel geben!«

Die beiden Frauen warfen ihm böse Blicke zu.

»Lass uns vorher bei der Schmiede vorbei, um dein Schwert zu holen«, rief Faythe.

Marlowe schüttelte den Kopf und deutete neben sich. Da entdeckte Faythe neben Marlowes Umhang das Schwert. Sie war so in ihr Buch vertieft gewesen, dass sie gar nicht bemerkt hatte, wie

Marlowe in der Werkstatt nach Umhang und Schwert gegriffen hatte. Erst jetzt fiel ihr auf, dass ihre Freundin statt ihres üblichen langen Kleids eine Tunika und Hosen trug.

Als könne sie ihre Gedanken lesen, lächelte Marlowe sie an. »Das Buch hat dich echt abtauchen lassen.«

»Was, du kannst lesen?«, zog Jakon sie auf.

Faythe zog bei der Bemerkung eine Grimasse und als er auflachte, warf sie mit einem Stück Brot nach ihm. Er beugte sich über den Tisch und verstrubbelte ihr die Haare. Verärgert schlug Faythe seinen Arm weg und streckte ihm die Zunge raus. Dann sprang sie auf, um sich umzuziehen und Lumarias zu holen.

Auf dem Weg zum Marktplatz hielt sie niemand auf. Zum Glück war Faythe seit ihrer ersten unerfreulichen Begegnung kein weiteres Mal in Captain Varis hineingestolpert.

Die beiden Frauen legten ihre Umhänge neben Jakon ab, der sich auf eine Bank setzte und entspannt zurücklehnte. Seine Augen leuchteten.

Marlowe und Faythe waren mitten im Dehnen und Sich-Aufwärmen, als sie einen leisen Pfiff hörten. Sie drehten sich um. Eine Gestalt mit struppigem rotem Haar tauchte vor ihnen auf, ein breites Grinsen im Gesicht.

»Warum bin ich nicht zu diesem Schaukampf eingeladen?«, rief Ferris.

Faythe grinste zurück und machte dabei mit ihrem Schwert eine Lockerungsübung. »Stimmt, du könntest etwas Unterricht, wie ein Kampf zwischen zwei talentierten Kämpfern abläuft, gut gebrauchen«, zog sie ihn auf. »Schau genau zu.«

»Jeder weiß doch, Faythe, dass ich dich immer gewinnen lasse. Ich bin eben ein Gentleman.« Er machte eine übertriebene Verbeugung und schmiss sich neben Jakon auf die Bank.

Faythe funkelte ihn an. »Höchste Zeit, das einmal vor Zeugen auszufechten. Wie wär's?«

Ferris rutschte auf der Bank hin und her, unschlüssig, ob er die Herausforderung annehmen sollte oder nicht. »Nein, danke«, sagte er dann. »Mir ist mein Leben lieb.«

»Kluger Mann«, mischte Jakon sich ein.

Faythe blickte zu Marlowe, die angespannt wirkte und ihr Schwert zwischen den Händen drehte. »Ist schon eine Weile her«, bekannte sie und nahm Verteidigungshaltung ein.

Faythe ging ihr gegenüber in Stellung. »Wenn du möchtest, dass ich mich etwas zurückhalte, musst du es sagen.«

In Marlowes Augen blitzte es auf und lächelnd sagte sie: »Niemals.«

Ein wahres Epos von Angriff und Gegenangriff begann, ein Kampf, in dem Stahl auf Stahl traf. Jedes Klirren der Schwerter durchpulste Faythe mit neuer Energie, ließ sie mit jeder Bewegung, jedem Ausholen ihres Schwertes ihren Tanz fortführen. Nichts steigerte ihre Konzentration mehr, als wenn ihre Klinge auf die ihrer Gegnerin traf. Faythe vergaß ihre beiden Freunde, die als Zuschauer dem Kampf beiwohnten, sie blendete jedes andere Geräusch aus und überließ sich ganz der Führung durch ihr Schwert, das ihre Bewegungen wie von selbst koordinierte. Es spielte keine Rolle, dass die Begegnung nur als Trainingswettkampf stattfand, nur zum Spaß. So war es immer. Jedes Mal, wenn sie den kühlen Griff ihres Schwerts in der Hand spürte, erwachte in ihr der Drang zu kämpfen, andere zu beschützen – und zu gewinnen.

Marlowe war eine hervorragende Schwertkämpferin und forderte sie mindestens so stark heraus wie Jakon. Ein letztes Mal hob Faythe ihr Schwert und hielt vor ihrer Freundin in einer

Position inne, bei der Marlowe sich zum dritten Mal in der halben Stunde, die sie nun miteinander fochten, geschlagen geben musste. Bei einem wirklichen Kampf wäre der Hieb tödlich gewesen. Sie waren beide außer Atem, als sie schließlich aufhörten und sich zu Boden fallen ließen.

Ferris klatschte langsam und laut. »Echt gute Show, Ladys. Dafür hätte man in einer Arena gutes Geld verlangen können. Die Leute wären begeistert gewesen.« Er grinste anzüglich. »Erst recht, wenn ihr nackt aufgetreten wärt.«

Jakon boxte ihn in die Seite, woraufhin Ferris schallend lachte. »Erzähl mir nicht, dass du nicht auch daran gedacht hast.«

Faythe schüttelte den Kopf, typisches Jungspalaver. Marlowe reichte ihr einen Wasserschlauch, sie nahm ihn und trank gierig.

»Du bist eine echt tolle Schwertkämpferin«, sagte Marlowe.

Faythe strahlte bei dem Lob. »Und du eine ebenbürtige Gegnerin.«

Ferris stand auf. »Na gut, wenn das für heute Abend alles war, dann will ich mal damit zufrieden sein.« Er grinste. »Im Ernst, Faythe. Du könntest im Cave Club gutes Geld verdienen. Zufällig arbeite ich für einen Mann, der sich dort engagiert. Ich kann dich da reinbringen.«

Als der Name des berüchtigten Cave Clubs fiel, erstarrte Faythe. Angeblich befand er sich im Keller unter der Schenke. Nur Eingeweihte hatten dort Zutritt. Eine Unterwelt der Gewalt und illegaler Geschäfte. Das Cave war die nächtliche Vergnügungsstätte für die wohlhabenderen Bewohner der Vorstadt, für all jene, die es nicht kümmerte, wenn sie dort ihr Geld verspielten. Manchmal kamen zu Kämpfen auch Wachen der Fae vorbei, die bei den Wetten auf Menschen wie auf Hunde setzten.

»Niemals«, rief Jakon. »Nur über meine Leiche.«

Ferris musterte ihn. »Bist du ihr Zuhälter?«

Im Nu war Jakon auf den Beinen und stand ihm kampfbereit gegenüber.

Die beiden Frauen sprangen ebenfalls auf. Marlowe stellte sich dicht neben Jakon, damit er nicht auf Ferris losging. Ferris rührte sich nicht, grinste Jakon herausfordernd an. Was Faythe' Freund, der sich als ihr Beschützer fühlte, noch weiter aufbrachte.

Obwohl Jakon einen Kopf größer und stämmiger war, hatte Ferris etwas Verschlagenes und Wildes, das jeden zweimal nachdenken ließ, bevor er sich ihm in den Weg stellte. Was das Ergebnis eines solchen Kampfes sein würde, wollte Faythe lieber nicht wissen.

»Schaltet mit eurem männlichen Dominanzgehabe und dem ganzen Ego-Spiel mal einen Gang runter«, fuhr sie dazwischen. Tatsächlich lockte sie das Angebot von Ferris. Es war für sie die Chance, Geld zu verdienen – viel Geld – mit etwas, worin sie richtig gut war. Auch wenn es vielleicht auf unsaubere Weise geschah. Aber weil sie nicht riskieren wollte, dass Jakon völlig ausrastete, fragte sie bei Ferris nicht genauer nach. »Die Schenke ist nicht meine Welt und außerdem bezweifle ich, dass ich für irgendjemand dort eine wirkliche Gegnerin wäre.«

»Ich habe die erbärmlichen Schwertkämpfer gesehen, die sie dort haben«, meinte Ferris achselzuckend. »Muskelprotze ohne echtes Waffentraining. Glaub mir, gegen die hättest du gute Chancen.« Seine Augen wanderten zu Jakon, der allein bei dem Gedanken in Rage geriet, dann blickte er wieder zu Faythe. »Und du würdest auch nicht unter deinem richtigen Namen auftreten.« Er grinste. »Denk darüber nach. Du weißt, wo du mich findest, falls du deine Meinung änderst.« Damit verabschiedete er sich und ging davon.

»Verfluchter Drecksack«, brummte Jakon ihm nach.

»Lass uns nach Hause gehen«, sagte Marlowe sanft und hakte sich bei ihm unter.

Faythe bemerkte überrascht, wie Jakons Gesicht sofort weicher wurde, sobald er Marlowe ansah. Nicht einmal sie konnte ihn so schnell beruhigen. Marlowe bückte sich und hob Umhang und Schwert auf und gemeinsam machten sie sich auf den Weg zur Hütte.

Faythe verspürte den Anflug von etwas, woran sie nicht gewöhnt war. *Eifersucht.* Sie war eifersüchtig auf das besondere Band, das zwischen den beiden war und das sie in ihrem Leben nicht kannte. Eine besondere Nähe. Eine Verbindung, wie sie nur zu einem Partner besteht … zwischen Liebenden. Was sie mit Jakon über zehn Jahre geteilt hatte, war etwas Besonderes. Sie liebte ihn, würde ihr Leben für ihn geben. Aber es bestand zwischen ihnen niemals die tiefe Beziehung, wie sie zwischen den beiden spürbar war, die ein paar Schritte vor ihr gingen.

Als würde sie spüren, welchen Gedanken Faythe nachhing, drehte sich Marlowe in diesem Augenblick zu ihr um und bot ihr ihren freien Arm, damit sie sich ebenfalls bei ihr unterhakte. Faythe lächelte dankbar und ergriff den Arm.

Nebeneinander spazierten sie zur Hütte zurück, drei Freunde, die auf unterschiedliche Weise miteinander verbunden waren. Und Faythe würde den Teufel tun, daran etwas zu ändern!

Als sie bei der Hütte angekommen waren, verabschiedete sich Faythe von Marlowe. Jakon bestand darauf, sie nach Hause zu begleiten. Als Faythe die Schlafkammer betrat, entdeckte sie, dass auf ihrem Bett etwas lag.

Vorsichtig hob sie den schimmernden schwarzen Stein hoch, der ihr bereits vertraut war und nun an einem schwarzen Lederband baumelte. Sie hatte keine Ahnung, wie Marlowe es geschafft hatte, ihn ihr heimlich aufs Kissen zu legen, und noch weniger, woher sie die Zeit genommen hatte, daraus ein Schmuckstück zu fertigen, während Faythe in die *Vergessene Göttin* versunken war. Sie lächelte, als sie den Anhänger betrachtete, der zur Form einer Träne geschliffen war. Sie glitzerte und funkelte im Mondschein. Faythe legte sich die Kette um, spürte die Kälte des Zaubersteins auf der Haut.

Gähnend und hundemüde zog sie ihr Nachthemd an. Sie spürte den Schwertkampf mit Marlowe in den Muskeln. Vergeblich versuchte sie wach zu bleiben, bis Jakon zurückkam. Die Lider wurden ihr schwer und fielen ihr von selbst zu. Dann glitt sie in die Dunkelheit.

SECHZEHNTES KAPITEL

In dieser Nacht erwachte Faythe in den üblichen Sphären ihres Unbewussten. Die Nebel in Weiß und Gold verblüfften sie immer wieder, umrankten sie, ohne dass es dafür ihren Willen brauchte. Sie wollte sich schon daraus lösen, um in die Finsternis erholsamen Schlafs zu sinken, da ließ sie ein Gedanke innehalten. Vielleicht hatte es damit zu tun, dass sie von Marvellas' übergroßer Liebe gelesen hatte, vielleicht lag es auch an Jakon und Marlowe. Aber sie wurde die Sehnsucht nicht los, auch zu jemand in einer so tiefen Beziehung zu stehen.

Es war ein störender, unsinniger Gedanke und Faythe wollte ihn schon verscheuchen – da fiel ihr ein, dass es ja ihr eigener Kopf war, in dem sie sich befand. Niemand war da, der sie ausspähen und verurteilen konnte. Und sie wollte sowieso mit ihrer Vorstellungskraft experimentieren. Sie zögerte noch etwas, seufzte und schloss dann die Augen.

Sobald sie in die Dunkelheit eingetaucht war, versuchte sie, Bilder und Empfindungen heraufzubeschwören: wie es sich anfühlen würde, wenn jemand sie berührte, ihren Puls rasen, ihr Herz höherschlagen lassen würde. Diese Empfindungen waren ihr nicht fremd. In der Vorstadt begegnete sie vielen jungen Männern und hatte schon manchmal Flirts angefangen. Aber sie wollte mehr.

Sie wartete darauf, dass etwas geschah. Wollte die Hoffnung darauf schon aufgeben … da spürte sie es.

Ein warmer Atem strich ihren Hals hinab. Faythe hielt einen Moment die Luft an, als die Berührung an ihrer Wirbelsäule entlang, immer tiefer ihren Rücken hinab, ein immer stärker werdendes Prickeln hervorrief. Sie neigte den Kopf zur Seite. Eine starke, muskulöse Gestalt materialisierte sich hinter ihr, und dann waren da Hände … Hände, die über ihre nackten Unterarme strichen und schockartige Wellen durch ihren Körper schickten. Es fühlte sich so *wirklich* an. Faythe schmiegte sich an die Gestalt.

Mehr … sie wollte mehr.

Sie hätte schwören können, dass sie hinter sich ein leises Lachen hörte. Dann knabberten Zähne an ihrem Nacken. Ihr Herz klopfte wild und ihr Innerstes zog sich pulsierend zusammen. Augen von strahlendem Saphirblau bohrten sich durch ihre geschlossenen Lider. Sie schlug sie hastig auf.

Die starken, mächtigen Hände wurden zu Fleisch und Blut, strichen weiter zärtlich über ihre nackten Unterarme. Das Blut pochte in ihren Adern und Faythe war sich nicht sicher, ob sie überhaupt noch Luft bekam. Schließlich entwand sie sich dem Griff der Hände.

Sie wollte sich umdrehen, wollte in saphirblaue Augen schauen, doch bis sie die Bewegung vollführt hatte, war ihr imaginärer Verführer verschwunden. Stattdessen sah sie, wie Niks dunkelgrüne Augen auf sie gerichtet waren.

Faythe konnte ihre Enttäuschung nicht verbergen, war noch viel zu aufgewühlt. Verzweifelt versuchte sie, ein Gesicht zu den blauen Augen zu finden, die tief in ihrem Innern an etwas rührten.

»Was willst du?«, fragte sie.

Nik lächelte. »Wie ich sehe, entdeckst du gerade die Art von Dingen, die man hier drinnen erfahren kann.«

Sie wurde rot. »Raus hier!«

Sein Grinsen wurde noch breiter. »Das braucht dir nicht peinlich zu sein, Faythe. Aber wenn du mal verwöhnt werden willst, brauchst du es nur zu sagen.« In seinen Augen blitzte es auf.

Sie starrte ihn mit offenem Mund an. »Du bist der Letzte, an den ich mich dafür wenden würde …« Ihr wurde heiß, als sie das sagte. Wie demütigend.

»Und ich dachte, wir wären fast schon so etwas wie Freunde.« Spöttisch legte er sich die Hand aufs Herz.

Wütend wollte sie ihn aus ihrem Kopf verscheuchen. Da sagte er: »Warte.«

Faythe wartete, gab ihm noch eine letzte Chance.

»Ich dachte, du kannst vielleicht noch etwas mehr Unterricht gebrauchen«, sagte er. »Treffen wir uns im Wald?«

Sie verschränkte die Arme. »Nein, danke! Ich finde das gut allein heraus!«

»Diesen Teil schon, aber du weißt noch nicht, wie man andere blockiert. Mich zum Beispiel.« Er grinste wieder. »Oder wie du kontrollierst, was sie zu sehen bekommen. Und du musst noch lernen, wie du selbst im Kopf eines anderen unentdeckt bleibst. Egal, ob ein anderer Nachtwandler oder nicht, es kann für dich tödlich enden.«

»Ich habe nicht vor, jemals wieder als Nachtwandlerin unterwegs zu sein.«

Er sah sie an. »Du solltest es trotzdem wissen. Du weißt nie, wann du deine Fähigkeit vielleicht gebrauchen kannst. Wir mögen tödliche Waffen sein, aber wir können uns auch nützlich machen und Werkzeuge sein, um anderen zu helfen.«

Faythe hatte ihre Fähigkeit bisher nur als etwas Grausames und Tödliches betrachtet … wenn sie aber auch für etwas Gutes verwendet werden konnte, konnte es nicht schaden, das zu lernen.

»Seit unserem letzten Treffen sind Wochen vergangen. Warum kommst du erst jetzt und sagst mir, wie wichtig es ist, dass ich das lerne?«

»Ich hatte zu tun.«

»Nicht so viel, dass du nicht die Zeit findest, hierherzukommen, wenn dir danach ist.«

»Um zu überprüfen, ob du in deinem Kopf nicht lauter Chaos anrichtest. Hättest du lieber, dass ich diese Aufgabe an Captain Varis weiterreiche?«

Sie starrte ihn an und murmelte: »Idiot!« Er lachte darauf nur.

»Heute noch?«, fragte sie, ohne zu wissen, wie viel Uhr es war oder ob Jakon bereits im Bett lag.

Nik nickte. »Wir treffen uns in zwanzig Minuten.« Dann löste er sich in Wirbel von goldenem Nebel auf und hinterließ nur eine schwache Umrisslinie, wo er kurz zuvor noch gestanden hatte.

Faythe verfluchte sich, dass sie seinem Plan zugestimmt hatte, und zwang sich dazu aufzuwachen.

Als sie die Augen aufschlug, konnte sie durch das schwache Mondlicht, das durch das kleine Fenster fiel, Jakon auf seiner Pritsche ausmachen, wo er alle viere von sich gestreckt leise schnarchte. Faythe setzte sich auf, schwang die Füße über die Bettkante und griff nach ihrer Taschenuhr, die sie auf dem Nachttisch zwischen ihnen abgelegt hatte.

Halb eins. Sie fluchte. Wenn sie frühmorgens in ihr warmes Bett zurückkehrte, das wusste sie schon jetzt, würde es niemals mehr ausreichen, um noch genug Schlaf zu kriegen.

Sie wagte kaum zu atmen. Lautlos wie eine Katze schlich sie am schlafenden Jakon vorbei. Dann zog sie sich hastig um, warf ihren Umhang über und verließ die Hütte. Die Mühe, ihr Schwert umzugürten, machte sie sich nicht. Innerlich flehte sie, dass Jakon nicht aufwachte und bemerkte, dass sie nicht in ihrem Bett lag.

Die Kapuze ihres Umhangs hatte sie übergezogen und huschte wie ein lebender Schatten durch die finsteren Straßen, auf jedes Geräusch lauschend, um nicht von einer Patrouille der Fae überrascht zu werden. An der Ecke zur Hauptstraße hielt sie an. Ein gedämpftes Durcheinander von Stimmen und Stiefelschritte waren zu hören. Als sie vorsichtig in die Richtung spähte, setzte ihr Herzschlag einen Moment aus – sie erblickte Wachen und unter ihnen ausgerechnet Captain Varis. Sie hielten vor der Hafenschenke an und Faythe befiel das Gefühl eines Déjà-vu. Genau dort hatte sie vor Wochen beobachtet, wie sie den Sohn des Schenkenwirts nach draußen gezerrt hatten. Doch heute betraten sie nacheinander die Schenke, als würden sie dort ganz normal etwas trinken wollen.

Faythe dachte nicht weiter darüber nach.

Sobald alle im Innern der Schenke verschwunden waren, flitzte sie über die Kreuzung in die nächste dunkle Gasse und setzte ihren Weg zu den Hügeln fort. Als sie zum Wald kam und Nik nicht entdeckte, beschloss sie, ihn allein zu betreten. Was ihr besser schien, als womöglich von irgendjemand entdeckt zu werden, während sie am Waldrand wartete. Nach einer Weile öffnete sich die Finsternis zur Lichtung und wie immer hielt sie einen Moment inne, um die klare Luft einzuatmen und das überirdische Leuchten in sich aufzunehmen.

Am Wasserfall stellte Faythe sich vor, wie es wohl wäre, in dem kristallklaren Wasser zu schwimmen, umgeben vom tanzenden

Geflimmer der Yukoliten. Da wurde sie durch ein Geräusch in der Nähe aufgeschreckt. Sie öffnete den Mund, um zu Nik etwas Witziges zu sagen, weil er zu spät dran war. Aber als sie sich umdrehte, verstummte sie. Ein riesiger weißer Hirsch stand vor ihr und schaute sie an.

Beim Anblick des mächtigen Tiers erstarrte sie. Sie wusste nicht, was sie tun sollte. Ihn weiter anstarren oder vor dem riesigen weißen Hirsch mit seinem silbern schimmernden Geweih so schnell wie möglich davonrennen. Auf der Jagd mit Jakon hatte sie im Wald bereits mehrmals einen gesehen, aber nie ein Tier von solcher Pracht und Schönheit. Der Hirsch, der vor ihr stand, war kein sterbliches Wesen. Nein – er musste durch irgendeinen Zauber geschaffen sein.

Faythe wusste, dass sie hätte davonrennen sollen, in der Hoffnung, den Waldrand zu erreichen, bevor der Hirsch sie erreichte.

»Folge mir.«

Faythe zuckte zusammen, schaute das Tier weiter an. Es war unmöglich, ja ein idiotischer Gedanke, dass der Hirsch gerade zu ihr gesprochen haben sollte. Dennoch. Er scharrte mit einem Huf auf dem Boden, schnaubte, blies dabei seine großen Nüstern auf und nickte auffordernd.

Dann begriff sie, dass es gar nicht laut ausgesprochen war.

Vielleicht brachte der Wald alle Logik und Vernunft in einer Person zum Verschwinden oder vielleicht war sie wagemutiger, als sie gedacht hatte, denn sie ging schließlich auf das Tier zu, das sie mit einer einzigen Regung töten konnte. Ob Dummheit oder Mut, da war sie sich nicht sicher. Sie hielt sich in vorsichtiger Entfernung, als der Hirsch sich umwandte, und folgte ihm durch die Bäume in eine Richtung, die sie vorher noch nie eingeschlagen hatte. Die Wälder, die an die Lichtung mit dem Wasserfall angrenzten, musste sie alle erst noch erforschen und malte sich bisher nur aus, was da wohl lauern mochte, ob gut oder böse. Ein Schauder lief ihr den Rücken hinunter. Sie hatte es keineswegs eilig, allein Erkundungen anzustellen.

Die Yukoliten waren nicht die einzige Lebensform, die hier im Wald leuchtete. Als sie hochsah, entdeckte sie deren Gegenstücke in der Luft, mit einem friedlichen Summen bewegten sie sich in den Baumkronen. Glühwürmchen, stellte sie schließlich fest, obwohl es seltsam war, sie bei Tag zu sehen.

Nach kurzer Zeit öffneten sich die Bäume zu einer weiteren großen Lichtung, die noch heller erstrahlte als der Wasserfall, was sie nicht für möglich gehalten hätte. Es war, als ob die unsichtbare Sonne, die den gesamten Wald in ihr Licht hüllte, aufgrund eines uralten Zaubers einen besonders hellen Strahl direkt an diesen Ort sandte. In der Mitte der Lichtung befand sich ein einzelnes Gebäude: ein großer Tempel, aus hellgrau schimmerndem Stein. Faythe folgte dem Hirsch, näherte sich dem Tempel und blieb dann stehen. Der Hirsch drehte seinen mächtigen Kopf, sah noch einmal zu ihr und bedeutete ihr mit einem weiteren Hufescharren und einem Neigen des Kopfes, sich zu den geschlossenen Türen hinter dem Portikus zu begeben. Dann schritt das Tier mit kraftvollen Bewegungen seiner Glieder selbst die Stufen empor und verschwand durch das massige Steintor.

Faythe blinzelte ein Mal, dann noch ein Mal und stand mit offenem Mund vor der Stelle, an der das Tier verschwunden war. Plötzlich fror sie. Vielleicht spielte sich das alles immer noch in ihrem Kopf ab, vielleicht spielten ihr eigenen Gedanken ihr einen Streich oder vielleicht war sie als Nachtwandlerin unterwegs …

Sie schüttelte diesen Gedanken ab. Die Welt ihres Unbewussten war zwar sehr lebendig, aber sie hatte gelernt zu unterscheiden – zu spüren, was *wirklich* war. Instinktiv wusste sie, dass es sich hier um keine von ihr selbst geschaffene Illusion handelte.

Langsam und vorsichtig näherte sie sich dem Tempel, stieg dann die Stufen empor, ging zwischen den Säulen hindurch und stand vor den Steintüren. Sie hob eine Hand und berührte den Stein. Massiver Stein. Sie legte ihre eine Hand darauf, danach noch die andere und drückte. Die Tür bewegte sich nicht. Sie drückte fester, dann mit aller Kraft, gab schließlich auf und trat ein paar Schritte zurück.

Mit den Blicken zeichnete sie die verblassten goldenen Linien nach, die über beide Türen hinweg ein geometrisches Muster bildeten. Erst als sie bis zu den Stufen zurückgegangen war, konnte sie das Gesamtbild erfassen. Sie blinzelte und neigte den Kopf. Ein Kreis, von drei Linien durchschnitten, welche über die Kreislinie hinausragten. Einfach und vertraut. Sie zerbrach sich eine Weile den Kopf, bis sie schließlich …

Ihre Hand fuhr in die Hosentasche. Sie hatte dieses Zeichen schon einmal gesehen – es war auch auf der Rückseite der Taschenuhr ihrer Mutter eingraviert. Faythe zog die Uhr heraus. Ihre Augen wanderten staunend von der Steintür zum Messinggehäuse der Uhr, bis sie sicher war, dass es sich tatsächlich um genau dasselbe Symbol handelte und alle Linien genau übereinstimmten. Aber die Entdeckung warf mehr Fragen auf, als dass sie sie beantwortete. Sie war sich sicher, dass ihre Mutter sich nie in diesem Wald aufgehalten hatte. Welchen Grund sollte sie dazu gehabt haben?

Was bedeutete das alles?

Faythe trat wieder vor die Tür und hielt die Uhr vor sich hin. Sie presste den Deckel mit der Gravur gegen den Stein, schwenkte die Taschenuhr vor der verschlossenen Tür in alle Richtungen.

Aber nichts geschah. Frustriert stöhnte sie auf. Warum hatte der Hirsch sie hierhergeführt, wenn sie nicht nach drinnen gelangen konnte?

»Hier bist du!«, dröhnte Niks Stimme über die Lichtung.

Faythe zuckte bei den Lauten zusammen, drehte sich blitzschnell um und sah, wie er auf sie zukam. Er wirkte genervt.

»Ich musste deine Fährte wittern«, sagte er. Dann hielt er inne und musterte den Tempel. »Wie hast du das hier gefunden?«

»Warst du hier noch nie?«

Er schüttelte den Kopf. »Ich war schon oft hier im Wald, aber den Tempel habe ich nie gesehen.«

»Wie hast du es denn geschafft, darüber nicht zu stolpern?«, entgegnete sie. »Weißt du, was das bedeutet?« Sie zeigte auf das Zeichen, das die Steintür schmückte.

»Du kennst das Symbol von Aurialis nicht?« Als sie ihn ahnungslos anschaute, schüttelte er den Kopf. »Die Göttin der Sonne? Der Geist des Lebens, wie sie von manchen genannt wird?«

Da dämmerte es ihr. Von der Göttin und ihren beiden Schwestern hatte sie am Nachmittag in Marlowes Buch *Vergessene Göttin* gelesen. Faythe dachte einen Augenblick nach. »Glaubst du, dass es sich um eine alte Kultstätte handelt?«

Nik legte den Kopf in den Nacken, während er die Stufen emporstieg. »Kann sein. Aber in den Wald hier gelangt nicht jeder. Muss ein Tempel für wenige Auserwählte der Göttin Aurialis gewesen sein.«

Er legte wie Faythe die Handflächen gegen die Tür und drückte. Bemühte sich wie sie vergeblich. Wenn es ihm mit all der Kraft eines Fae nicht gelang, die Tür zu öffnen, wie aussichtslos war denn erst ihr Versuch gewesen. Faythe kam sich wie eine Idiotin vor.

»Merkwürdig«, murmelte er.

Sie würde ihm jetzt nicht erzählen, dass sie von einem riesigen, märchenhaften Hirsch hierhergeführt worden war. Dann würde er sie für komplett verrückt halten. Faythe war sich selbst nicht sicher, ob sie nicht allmählich den Verstand verlor. Vielleicht eine Nebenwirkung ihrer Fähigkeit, zu nachtwandeln, die für keinen menschlichen Körper und Geist gedacht war.

Jedenfalls gab es an diesem Ort nichts mehr zu tun. »Lass uns gehen«, rief sie, schritt die Stufen hinunter und über die Lichtung davon. Wenn sie keinen Zutritt in den Tempel erlangen konnte, war es reine Zeitverschwendung gewesen, dem idiotischen Hirsch zu folgen. Sie prägte sich ein, das nächste Mal ihrem ersten Impuls zu folgen und davonzurennen. Noch stärker aber hoffte sie, dass es keine nächste Begegnung, weder mit dem Hirsch noch mit anderen riesengroßen ätherischen Lebewesen, geben würde.

Siebzehntes Kapitel

Nik ging ein paar Schritte vor Faythe, was sie ziemlich ärgerte, und erläuterte ihr dabei verschiedene Techniken, wie sie ihr Innerstes vor unwillkommenen Besuchern schützen konnte.

»Wenn du in dir diesen Druck verspürst«, belehrte er sie, »dann musst du in der Lage sein, deine inneren Mauern hochzuziehen, damit sie nicht eindringen können.«

Faythe strich ziellos mit einem Stecken durchs Gras. Sie hatte ihn auf dem Rückweg zur Lichtung mit dem Wasserfall aufgeklaubt, zu Tode gelangweilt von Niks weitschweifigem Gerede über Kontrolle, Fokussierung und noch vieles andere mehr, alles so monoton vorgetragen, dass ihr dabei fast die Augen zufielen. Irgendwann trat er neben sie und wollte sie an den Schultern packen, um ihre Aufmerksamkeit wieder auf sich zu lenken. Aber kaum hatte er sie berührt, zuckte er zurück, als wäre sie aus Feuer.

Sein Blick heftete sich auf ihre Brust. »Was ist das?«

Sie blickte an sich hinunter, völlig ahnungslos, und griff nach dem tropfenförmigen kleinen Anhänger. »Das hier? Marlowe hat es für mich gemacht. Hübsch, oder?«

»Ich hatte keine Ahnung, dass es irgendwo noch Zauberstein gibt. Schon gar nicht hier auf diesem Kontinent.«

Sie zog eine Augenbraue hoch. »Dann ist es wahr, was der Zauberstein mit einem Fae machen kann?«

Er schaute sie an, unsicher, ob er ihr sagen sollte, was er darüber wusste. Schließlich konnte Zauberstein als Waffe gegen sein Geschlecht eingesetzt werden. Dann meinte er: »Keine Ahnung. Seit langer Zeit hat niemand mehr einen solchen Stein gesehen. Die meisten glauben inzwischen, dass es ihn überhaupt nicht mehr gibt, aber …« Seine Lippen wurden ein schmaler Strich. »Als ich dich jetzt berührt habe, fühlte es sich an, als würde ein Magnet mir etwas von meiner Kraft absaugen. Beinahe unmerklich und bei Weitem nicht so viel, dass es mich beeinträchtigen würde. Jedenfalls nicht bei einer so winzigen Menge. Aber trotzdem.«

Faythe ließ den Stein los. Am liebsten hätte sie Marlowe umgehend erzählt, dass die Mythen um den Zauberstein wahr waren. Sie wusste, dass ihre Freundin diese Information gierig aufgesogen hätte. Aber ihr wurde klar, dass sie dann auch von ihren Treffen mit Nik erzählen müsste. Ihr Herz zog sich zusammen. Sie hasste es, vor ihrer Freundin und ihrem Freund Geheimnisse zu haben, aber sie konnte ihnen nicht von Nik erzählen – sie würde damit riskieren, dass sie weiter nachfragten und schließlich von ihrer gefährlichen Fähigkeit erfuhren.

»Sei vorsichtig«, sagte Nik, der immer noch den Anhänger anstarrte. »Es könnte zu unerwünschten Verhören führen, wenn jemand anders dieselbe Erfahrung macht wie ich.« Er meinte damit die Wachen der Fae. Den König.

Sie nickte und schob den Anhänger unter ihre Bluse. Bevor sie aufgebrochen war, hatte sie die Kette mit dem Anhänger eigens umgelegt, um herauszufinden, ob das mit dem Zauberstein stimmte. Was sie wissen wollte, war beantwortet. Falls es immer noch Vorkommen des Steins gab, konnte er in größeren Mengen eine mächtige Waffe sein, um die Stärke und die Fähigkeiten der

Fae zu schwächen. In einer Schlacht würde er den Menschen große Vorteile bringen. Kein Wunder, dass die Fae sich wünschten, es gäbe den Zauberstein nirgendwo mehr.

Auch eine andere dringende Frage, die sie seit ihrem Gespräch mit Marlowe beschäftigte, fiel ihr wieder ein. Vielleicht konnte Nik sie ihr ja beantworten. Faythe zögerte kurz, bevor sie damit herausrückte. »Und sag mal, gab es denn irgendwann noch eine stärkere Fähigkeit als das Nachtwandeln … zum Beispiel so was wie das Eindringen ins Bewusstsein, bei wachem Geist?« In ihr verkrampfte sich alles, als er sie daraufhin mit einem sonderbaren Blick ansah.

»Das erzählt man sich, es gibt solche Legenden. Aber ich bin nie jemandem mit dieser Gabe begegnet. Warum?«

Faythe wusste nicht, ob sie erleichtert oder enttäuscht war. In den drei Jahrhunderten, die er schon lebte, hatte Nik nichts erlebt, was eine solche Begabung bestätigte oder widerlegte. Sie wusste, dass es absonderlich war, vollkommen irrational, daran zu glauben. Nik würde lachen, wenn sie ihm davon erzählte, was ihr im Kopf herumging, seit Marlowe ihr davon erzählt hatte.

Deshalb wollte sie es ihm gegenüber als beiläufige Neugier abtun. Doch stattdessen sagte sie: »Manchmal … ich glaube, manchmal fühle ich Dinge, die nicht meine eigenen Empfindungen sind … oder ich höre Worte, die nie gesprochen wurden.« Sie lachte auf, als sie sich das selbst sagen hörte. Er würde sie für verrückt halten und es aufgeben, ihr beibringen zu wollen, was sie wissen musste. Sie hätte gar nicht damit anfangen dürfen. Aber als Marlowe ihr von dieser Fähigkeit, von der so gut wie niemand etwas wusste, erzählte, musste sie sofort an die vielen Male denken, als sie Dinge gespürt und gehört hatte, für die es keine Erklärung gab. Und weil sie bereits über eine unmögliche Fähigkeit verfügte, war sie dem Impuls gefolgt, Nik danach zu fragen. Ob es auch nur die geringste Wahrscheinlichkeit gab. Sie wollte wissen, woran sie war, um ihrer eigenen seelischen Gesundheit willen.

Faythe wartete auf ein Lachen von ihm, eine spöttische Reaktion, einen Satz, mit dem er sie deswegen aufzog. Aber nichts davon kam.

»Was für Dinge sind das?«

Überrascht, dass er den Gedanken nicht sofort abwehrte, trat sie von einem Bein aufs andere, war plötzlich verlegen. Jetzt fing sie an, unruhig hin und her zu gehen, die Augen zu Boden gerichtet, auf einmal unruhig geworden.

»Meistens ist es so eine Art Gefühlsausbruch. Oder ich höre Wörter, Sätze, auch wenn die Lippen der anderen sich nicht bewegen ... Ich habe schon immer geglaubt, dass ich Menschen gut lesen kann. Aber was, wenn es viel mehr ist?« Sie blickte ihn an. »Ich weiß ... es ist unmöglich und wahrscheinlich sind es nur meine eigenen hysterischen Gefühle, die da gerade mit mir durchgehen, aber –«

»Nein, ich glaube dir«, unterbrach er sie, verschränkte die Arme vor der Brust und schaute sie weiter mit musterndem Blick an. Als sie fragend eine Augenbraue hochzog, fuhr er fort: »Also, ich meine ... ich weiß, das sollte ich nicht ... Ich sollte besser denken, dass du jetzt komplett abdrehst.« Er grinste. »Aber ich glaube, das ist dir mit mir auch schon einmal passiert – dass du auf eine Frage geantwortet hast, die ich dir gar nicht gestellt hatte. Ich habe mir dabei nichts gedacht, aber wenn du sagst, dass dir das schon häufig passiert ist ... bei allen guten Geistern, Faythe, du wirst mir mit jedem Tag ein größeres Rätsel. Echt unfassbar.« Er schüttelte ungläubig den Kopf.

»Ist vielleicht ja alles ganz anders«, sagte sie hastig.

Er fuhr sich mit der Hand durch die Haare. »Es gibt allerdings einen Weg, es herauszufinden.« Er grinste herausfordernd. »Was denke ich gerade?«

Sie verdrehte die Augen. »So funktioniert es nicht. Ich höre und fühle nur Projektionen.«

»Und nicht, wenn du es selber zu steuern versuchst?« Er neigte den Kopf. »Wer weiß, wozu du wirklich in der Lage sein könntest. Eine Kraft, wie sie nie zuvor gekannt worden ist.«

»Ich will keine Kraft sein, die gegen irgendjemand verwendet werden kann.«

Seine Miene wurde ernst. »Du kannst nicht vor dir selbst davonrennen. Hör auf, dich vor deinen eigenen Fähigkeiten zu fürchten, und sieh ihnen ins Auge, Faythe. Sonst holen dich die Dinge, vor denen du am liebsten den Kopf in den Sand stecken willst, ein und zerstören dich.«

»Was kümmert dich das, Nik?«, fuhr sie ihn an. »Was willst du überhaupt von mir?« Ihre Wut auf sich selbst projizierte sie mal wieder nach außen, und er wusste das genauso wie sie.

Nik schaute sie voller Zuwendung an. »Lass deine Gaben zu keinem Fluch werden. Sie sind das, was du aus ihnen machst, nicht umgekehrt. Es hat einen guten Grund, warum du sie hast. Deshalb versöhne dich damit. Kämpfe nicht dagegen an.«

Sie wusste, dass er recht hatte. So lange hatte sie versucht, sich einzureden, dass sie immer noch dasselbe ganz normale Mädchen war, ein Mensch wie alle anderen. Dass sie das alles fest in sich verschließen, ja sogar vergessen konnte, dass sie eine besondere Gabe hatte. Aber je mehr sie über sich herausfand, desto stärker erkannte sie, dass sie nie mehr dieses Mädchen sein würde. Der Gedanke ängstigte sie zutiefst, aber sie würde lernen, sich damit auszusöhnen – sich selbst anzunehmen, ganz so, wie sie war. Aber egal, was kommen würde, eines wusste sie: Ihr Herz würde davon unberührt bleiben.

»Es könnte doch auch ein sehr schwach ausgeprägtes Hellsehertum sein, oder?«, fragte sie unruhig.

»Das können wir erst wissen, wenn du versuchst, die Gabe aktiv einzusetzen, statt darauf zu warten, dass du Dinge hörst, die du nie hören wolltest.«

»Ein anderes Mal«, sagte sie. »Wenn ich heute noch irgendwas in der Art ausprobiere, zerlegt es mich innerlich.«

Er schaute sie weiter an. Ein Lächeln zuckte um seine Lippen.

»Was ist denn?«, fragte sie und spürte, wie sie rot wurde.

Nik schüttelte den Kopf und lachte. »Du bist echt unergründlich, Faythe.«

ACHTZEHNTES KAPITEL

Nach der Erkenntnis, dass ihre Gabe möglicherweise viel stärker war als gedacht, blieben Faythe und Nik noch eine Weile im Wald. Die meiste Zeit verbrachte Nik damit, ihr zu erklären, wie sie mentale Grenzen errichten konnte und wie sie ohne das Risiko, entdeckt zu werden, nachtwandeln konnte.

Es beschäftigte Faythe, dass andere es möglicherweise mitbekamen – dass Jakon es möglicherweise mitbekommen hätte, als sie in seinem Kopf war, wenn sie nur eine einzige falsche Bewegung gemacht hätte. Zum Glück war es höchst ungewöhnlich, dass ein nichts ahnender Gastgeber einen Nachtwandler aufspürte – und dies geschah auch nur dann, wenn die Eindringlinge unausgeruht oder unerfahren waren. Einmal mehr wunderte sich Nik darüber, dass sie bisher nicht durch irgendein Missgeschick oder einen Zufall aufgeflogen war. Faythe war vor allem erleichtert.

Er hatte etwas von dem Schlafmittel mitgebracht und so übten sie eine Weile gemeinsam in Faythe' Unbewusstem, während sie schlief. Sie lernte, wie sie am besten Schutzwälle errichtete, ohne sich verdächtig zu machen; nur von ihr bearbeitete Versionen ihrer Erinnerungen zugänglich machte. Als Nik dann verkündete, dass die Nacht bald vorüber war, raste sie nach Hause und dankte den Geistern, dass niemand draußen unterwegs war, um sie aufzuhalten, als sie durch die Straßen eilte. Zum Glück schlief Jakon noch, als sie in die Hütte kam, sodass sie genug Zeit hatte, in ihre Tagesklamotten zu schlüpfen und ihm vorschwindeln konnte, sie sei früher als sonst aufgewacht.

Fast eine Woche verging und Faythe war dankbar, als ihr nächster freier Tag kam. Sie wollte unbedingt Marlowe in ihrer Schmiedewerkstatt besuchen. Ihr gingen neue Fragen im Kopf herum, die sie ihr nicht in Gegenwart von Jakon stellen wollte. Er spionierte ihr gern hinterher, und es würde nur sein Misstrauen wecken. Marlowe dagegen hatte eine wunderbare Art, ihr auf alle Fragen zu antworten, ohne dabei jemals zynisch zu werden. Sie schien sich darüber zu freuen, dass Faythe mit ihr so ungewöhnliche Themen diskutieren wollte. Marlowe wusste so viel und konnte sich für so viel begeistern. Das war es, was Faythe an ihrer Freundin am meisten liebte.

Als es so weit war, machte sie in der noch milden Morgensonne einen kleinen Umweg über den Markt, noch bevor die Buden öffneten, und nahm bei Marie ein paar Teigtaschen mit. Grace, eine von Maries Töchtern, kümmerte sich an einem Tag in der Woche um die Lieferungen, damit Faythe auch etwas Zeit für sich hatte.

Voller Freude hüpfte sie danach durch die Gassen. Noch bevor sie um die Ecke kurz vor der Schmiede bog, hörte sie aus der Werkstatt bereits Hämmern. Faythe steckte den Kopf durch den Vorhang und sah ihre Freundin über ein neues Schmiedekunstwerk gebeugt dasitzen.

»Ich hab was zum Frühstück mitgebracht!«, rief Faythe laut, um das Hämmern zu übertönen.

Marlowe schreckte hoch und drehte sich hastig um. Als sie Faythe entdeckte, entspannte sie sich, lächelte ihr zu und antwortete: »Apfeltaschen?«

»Na klar. Was sonst?« Faythe legte die Papiertüte auf eine Bank.

Marlowe hielt ihr Werkstück hoch: eine schmale Stahlklinge. Einfach, aber elegant. »Es soll ein Geschenk für Jakon werden. Ein Schwert. Weil er ja keins hat. Was meinst du?«, fragte sie nervös.

Faythe zog bewundernd die Augenbrauen hoch. »Wirklich perfekt, Marlowe. Er wird total begeistert sein!«

Bei dieser Antwort wirkte Marlowe noch erleichterter und strahlte übers ganze Gesicht. »Es ist noch nicht fertig. Du hast mir ja erzählt, dass er in zwei Wochen Geburtstag hat. Das könnte ein Geschenk von uns beiden sein, dachte ich.«

Faythe hatte es kalt erwischt. »Nein, nein, damit will ich mich nicht schmücken. Es ist dein Geschenk. Ich hab schon eine andere Idee.« Sie lächelte, um sich selber aufzumuntern.

Es war eine Lüge. Sie hatte keine Ahnung, was sie Jakon zum Geburtstag schenken sollte, und beim Anblick der Klinge fühlte sie sich noch erbärmlicher. Mit einem so überlegten und auch noch handgefertigten Geschenk konnte sie nie mithalten. Nicht dass es um einen Wettstreit gegangen wäre. Trotzdem ärgerte es sie, dass sie es sich nie würde leisten können, ihm etwas auch nur annähernd so Teures zu überreichen, wie ihr eigenes Schwert gekostet hatte oder auch nur die Materialien für das Schwert wert waren, das Marlowe für Jakon schmiedete.

»Wenn du meinst«, sagte Marlowe und legte die Klinge weg. »Sag, warum bist du gekommen?«, fragte sie und wischte sich die Hände an ihrer Lederschürze ab, bevor sie nach der Tüte mit den Apfeltaschen griff. »Es gibt doch irgendwas, das du wissen willst.«

Faythe zögerte und ließ sie erst einmal ein paar Bissen machen. »Na ja, ich hab gedacht, du kannst mir vielleicht mit was weiterhelfen. Aber wenn du zu viel zu tun hast, komm ich vielleicht besser ein anderes Mal wieder.«

Marlowe winkte ab. »Ich hab Zeit. Im Moment habe ich keinen größeren Auftrag.«

Faythe ließ sie ihre Apfeltasche aufessen und lachte, als Marlowe gleich nach der nächsten griff. Sie langte in die Hosentasche und brachte die Uhr zum Vorschein, die ihr fast schon ein Loch in den Stoff gebrannt hatte. Ihre Gedanken waren heißgelaufen bei ihrem Versuch herauszufinden, welchen Bezug das Symbol auf der Rückseite – das Zeichen der Aurialis – zu dem Zeichen auf der Tempeltür hatte. Wenn es überhaupt eine Verbindung gab. Vielleicht interpretierte sie da auch zu viel hinein. Aber wenn irgendjemand ihr dazu etwas erzählen konnte, dann war es Marlowe.

»Sagt dir das was?«, fragte sie und streckte ihr die Uhr hin.

Marlowe aß erst ihre zweite Apfeltasche auf und wischte sich die Hände ab, bevor sie nach der Uhr griff. Faythe kaute nervös an den Fingernägeln, während sie beobachtete, wie ihre Freundin die alte Taschenuhr ihrer Mutter eingehend musterte. Wie für sie typisch runzelte Marlowe die Stirn, drehte die Uhr ein paar Mal in der Hand, hielt sie hoch, betrachtete sie aus verschiedenen Blickwinkeln und untersuchte alles, was sie mit bloßem Auge erkennen konnte.

Schließlich gab sie einen zufriedenen Laut von sich und setzte sich damit an eine kleine Werkbank, zog ein Vergrößerungsglas hervor und untersuchte die Uhr noch genauer. Faythe unterbrach sie dabei nicht, lehnte sich neben Marlow gegen den Tisch.

»Solche wie die werden schon seit sehr langer Zeit nicht mehr gefertigt«, murmelte sie schließlich. »Überrascht mich, dass sie noch läuft.«

Das war Faythe nicht neu. Gespannt wartete sie darauf, dass Marlowe etwas über die Gravur auf dem hinteren Uhrendeckel sagte. Aber die konzentrierte sich weiter auf die Vorderseite. Sie starrte durch die Lupe.

»Ich würde mir gern mal das Uhrwerk ansehen.« Fragend blickte sie zu Faythe, die schon dagegen protestieren wollte. »Keine Sorge, ich füge das alles wieder richtig zusammen.« Auch wenn es selbstbewusst klang, lag in ihren Augen eine Bitte.

Faythe zögerte. Sie zweifelte nicht an Marlowes Fähigkeiten, aber die Uhr zählte den wenigen Dingen, die sie von ihrer Mutter geerbt hatte, und sie wollte sie nicht gern daran herumfingern lassen.

»Ach, ich weiß nicht, Marlowe. Nur wegen ein paar alter Zahnräder und Schrauben.«

Marlowe gab nicht auf. »Wer weiß, welche Wunder der Mechanik in einem so uralten Uhrwerk zu entdecken sind! Findest du das nicht spannend?«

Faythe interessierte sich nicht für Feinmechanik und teilte die Begeisterung ihrer Freundin nicht. Doch ein Wort hatte sie aufmerken lassen: uralt. Wenn die Uhr wirklich so alt war, wie Marlowe vermutete, vielleicht gab es dann in ihrem Innern irgendetwas, das eine Erklärung für das Zeichen auf dem Uhrdeckel lieferte und Hinweise auf eine mögliche Verbindung zum Tempel.

Faythe' Atem setzte kurz aus. Was, wenn die Antwort oder der Schlüssel zum Eintritt in das Heiligtum nicht außen an der Uhr zu finden war, sondern im Innern, in ihrem Uhrwerk?

Die Neugierde siegte über ihre Bedenken, und sie nickte Marlowe zu, dass sie fortfahren sollte. Die ließ keine Sekunde verstreichen und legte sich mehrere kleine Werkzeuge zurecht.

Angespannt sah Faythe dabei zu, wie Marlowe mit einem Miniaturschraubenzieher anfing, die Schrauben an der Rückseite zu lockern. Zur Gravur sagte sie immer noch nichts. Falls sie wusste, was sie bedeutete, verriet es ihre Miene nicht.

Dann hob Marlowe die Rückseite vorsichtig ab. Ein Getriebe ineinandergreifender Zahnräder war zu sehen, auf das sich Faythe absolut keinen Reim machen konnte. Marlowe aber runzelte die Stirn noch stärker, griff wieder nach ihrem Vergrößerungsglas und untersuchte alles ganz genau. Ein paar Minuten vergingen. Dann gab sie einen zufriedenen Laut von sich.

»Kein Wunder, dass der Minutenzeiger Probleme macht. Da ist ein Extrateil, das überflüssig ist. Es stört die Mechanik nur«, sagte sie und griff nach einer winzigen Pinzette.

Faythe richtete sich erschrocken auf. »Bist du sicher?«, fragte sie voller Angst, dass an der Uhr etwas kaputt gehen könnte.

Marlowe warf ihr einen genervten Blick zu. Was für eine dumme Frage. Faythe beugte sich wieder über den Tisch und nickte, dass sie fortfahren sollte. Sie stand dicht neben Marlowe, blickte ihr über die Schulter und hielt den Atem an, während diese mit ruhiger Hand fortfuhr. Einen Augenblick später umfasste sie mit ihrer Pinzette den fehlplatzierten winzigen Dorn und zog daran. Mit einem zarten Klick löste er sich, gefolgt von einem Schlag.

Mit ungläubigem Staunen sah Faythe, dass der vordere und der hintere Teil der Uhr auseinandergefallen waren. Marlowe zog blitzschnell die Hände weg.

»Das verstehe ich nicht!«, rief sie. »Es war doch nur ein winziges, blödes Stück Metall!«

Faythe holte tief Luft, um sich zu beruhigen, und ging stumm im hinteren Teil der Werkstatt auf und ab, in der Hoffnung, dass Marlowe alles schnell reparieren würde.

Unruhig blätterte sie durch ein paar herumliegende Bücher, als Marlowe nach ihr rief. Sie solle zu ihr kommen. Wenn es ihr gelungen ist, die Uhr in so kurzer Zeit zu reparieren, verdient dies Anerkennung, dachte Faythe und näherte sich mit großen Schritten wieder der Werkbank. Sie glaubte ihren Augen nicht zu trauen, als die Uhr dort immer noch in Stücken vor ihr lag.

Doch Marlowes Aufmerksamkeit galt nicht mehr der Uhr. Zwischen den Spitzen ihrer Pinzette hielt sie ein fest zusammengerolltes Stückchen Pergament und fragte: »Hast du davon gewusst?«

Die Augenbrauen von Faythe zogen sich zu einem Strich zusammen. »Das hat in der Uhr von meiner Mutter gesteckt?«

Marlowe nickte und hielt ihr das winzige Pergament mit der Pinzette hin. »Scheint, als ob es sich da um eine Schmuggeluhr handelt. Davon habe ich schon gehört. Sie wurden vor langer Zeit verwendet, um im Krieg geheime Informationen zwischen den Verbündeten zu übermitteln.« Sie klang erleichtert, dass sie die Uhr nicht kaputt gemacht hatte.

Faythe nahm das Pergament vorsichtig in die Hand. Es war eingerissen und vom Alter gegilbt. Wusste ihre Mutter, dass es sich in der Uhr befand? Sie rollte das Pergament nicht auf. Was, wenn es eine Botschaft von ihrer Mutter war?

Sie hielt es Marlowe hin und sagte: »Mach du's. Lies es mir vor.« Zugleich verfluchte sie ihre eigene Feigheit.

Marlowe antwortete nichts, nahm das Stückchen Pergament von Faythe' ausgestreckter Hand und begann, es vorsichtig aufzurollen.

Vor Spannung hielt es Faythe kaum aus. Nervös tippte sie mit dem Fuß, während Marlowe das winzige Pergament glatt strich und mit der Lupe ausführlich begutachtete. Mehrmals überflog sie, was darauf geschrieben stand.

Nach ein paar Minuten zerriss es Faythe fast vor Neugierde. »Und?«, fragte sie.

Marlowe blickte sie an und zuckte mit den Schultern. »Ist wohl so was wie ein Gedicht, aber ich kann die Zeichen nicht entziffern.«

Faythe sackte vor Enttäuschung und Trauer in sich zusammen. Es war keine Botschaft von ihrer Mutter. Die alten Schriftzeichen und das Pergament hatten nichts mit ihr zu tun. Wahrscheinlich hatte Marlowe recht und eine Anleitung, wie sie Zutritt zum Tempel erhielt, würde sie darauf kaum finden.

»Ein Liebesgedicht? Oder doch Geheiminformation über eine Schlacht?«, fragte sie.

Marlowe neigte den Kopf. »Keine Ahnung. Ich glaube, ich habe ein Buch, das uns weiterhelfen könnte. Ein paar der Zeichen erkenne ich.« Sie stand von ihrem Hocker auf und ging mit dem Stückchen Pergament zu den Büchern, die sie in der Ecke der Schmiede gestapelt hatte. Dort fuhr sie mit dem Finger die schwarzen und braunen Lederrücken entlang.

Als sie gefunden hatte, was sie suchte, strahlte Marlowe und blätterte hastig durch die Seiten, überflog die abgebildeten Inschriften, die für Faythe nichts als hübsche Ornamente waren. Es schien ihr eine Sprache voller Anmut und Eleganz zu sein, wie sie den zarten Kringeln und Schlingen der alten Texte entnahm.

»Kann eine Weile dauern«, sagte Marlowe. »Ich werde versuchen, so viel zu entziffern, wie ich kann.«

Faythe löste die Augen von dem Buch, das sie herzlich wenig interessierte. Marlowe fuhr mit dem Finger eifrig die Zeilen entlang. Innerlich steckte Faythe voller Wut, dass die geheime Botschaft für sie ganz offensichtlich nutzlos war. Das kleine vergebliche Gefühl von Hoffnung, das sie sich gegönnt hatte – dass irgendetwas sie näher zu ihrer Mutter bringen könnte –, hinterließ in ihr eine unermessliche Leere.

Sie sah zu ihrer Freundin, die immer noch in die Bücher vertieft war. »Ich treibe mich ein bisschen in der Stadt herum. Treffen wir uns später in der Hütte?«

Marlowe blickte auf, nickte und lächelte, dann beugte sie sich wieder über das Buch.

Faythe ließ sie damit allein.

NEUNZEHNTES KAPITEL

Nach dem enttäuschenden Ausflug zur Schmiede stürmte Faythe wild durch die Straßen. Sie hätte nicht sagen können, ob es ihre Verzweiflung oder der völlige Mangel an Vernunft und Verstand war, was sie schließlich zu ihrem Ziel trieb. Vielleicht war es so etwas wie ein Todeswunsch, dachte sie, als sie vor der weißen Villa im wohlhabenderen Teil der Vorstadt stand.

Faythe klopfte zwei Mal an die Tür und trat danach aus Höflichkeit einen Schritt zurück. Sie hoffte, dass der, mit dem sie sprechen wollte, an diesem Tag auch in der Villa war. Kurz darauf ging die Tür auf und unter dem vertrauten roten Haarschopf sahen sie braune Augen überrascht an.

Ferris arbeitete in dem Haushalt als Diener, was Faythe für eine sehr wohlmeinende Umschreibung seiner Aufgaben hielt, für die er eingestellt war. Im Wesentlichen hatte er für die Bewohner schmutzige Geschäfte zu erledigen. Mit seiner Dreistigkeit und Kaltschnäuzigkeit war Ferris der Richtige dafür, wenn es darum ging zu tun, was getan werden musste. Sie musste sich eingestehen, dass sie ihn dafür auch bewunderte.

Er schien darauf zu warten, dass sie ihm ihr unerwartetes Auftauchen erklärte. »Ich möchte dein Angebot annehmen«, platzte es aus ihr heraus.

Einen Moment wollte sie zurücknehmen, was sie gesagt hatte.

Wie konnte sie überhaupt nur daran denken, im Cave Club anzutreten? Sie wollte sich gern vormachen, dass sie über solchen barbarischen Wettkämpfen stand. Doch konnte sie den dunklen Teil in sich nicht leugnen, den es danach drängte, ihr Schwert in einer echten Schlacht zu schwingen. Sie wollte spüren, wie es sich anfühlte. Sie hatte es satt, sich nutzlos zu fühlen, dieses Bedürfnis zu kämpfen, das tief in ihr steckte, weiter zu unterdrücken. Und außerdem hatte sie die Nase voll davon, ihrem besten Freund nicht einmal ein richtiges Geburtstagsgeschenk kaufen zu können, weil sie so wenig Geld hatte.

Ferris zog eine Augenbraue hoch, dann breitete sich über sein Gesicht ein wildes Grinsen aus. Er trat aus dem Haus, schloss hinter sich die Tür, lehnte sich gegen den Türrahmen, verschränkte die Arme und sah sie an.

»Weiß denn dein Wachhund, dass du hier bist?«, fragte er spöttisch.

Faythe verdrehte genervt die Augen – er meinte damit Jakon – und wollte schon einen Rückzieher machen. Es war eindeutig ein Fehler, zu Ferris zu kommen. Trotzdem antwortete sie: »Nein. Und er braucht auch nie etwas davon zu erfahren.«

Ferris lachte auf. »Gut zu wissen, dass du deinen eigenen Kopf hast, Faythe. Ich habe schon angefangen, daran zu zweifeln.«

»Vorsicht, bring mich nicht dazu, zu bedauern, dass ich gekommen bin«, gab sie zurück.

Als Antwort lachte er wieder nur und sie musste sich stark zusammennehmen, ihm nicht eine reinzuhauen. »Um das mal richtigzustellen«, sagte er mit hoch erhobenem Kinn, »*ich* bin hier derjenige, der *dir* einen Gefallen erweist. Ich will einen Teil von deinem Gewinn, als dein Manager.« Seine Augen funkelten dunkel.

»Kann sein, dass ich nicht gewinne.«

Sein Grinsen wurde noch breiter. »Ich werde gutes Geld in dich stecken, Faythe, und ich erwarte einen fantastischen Profit.« Er richtete sich auf. »Du wirst mich nicht enttäuschen, davon bin ich fest überzeugt.« Damit drehte er sich zur Haustür, die Hand schon auf dem Türknauf. »Der nächste Kampf ist in zwei Tagen. Du brauchst noch die richtige Kampfmontur. Ich werde für dich schon was Scharfes auftreiben.« Dabei musterte er sie von oben bis unten. Faythe wurde eiskalt und zugleich schlug ihr Herz schneller.

Hatte sie da gerade einen Pakt mit dem Teufel geschlossen?

Ohne ein weiteres Wort verschwand Ferris im Haus.

Eine Sekunde lang blieb sie vor der geschlossenen Tür stehen, unsicher, ob die Finsternis Teil von ihr oder von Ferris war. Dann machte sie kehrt und hastete zurück in die belebteren Gassen der Vorstadt. Sie fühlte sich ganz benommen von Nervosität, Aufregung … und Angst. Aber dieser Zustand hatte auch sein Gutes, weil er die Stimmen überdröhnte, die ihr zuflüsterten, dass der Entschluss, im Cave Club zu kämpfen, sich als das Dümmste herausstellen konnte, was sie jemals getan hatte.

Zwanzigstes Kapitel

Faythe schwirrte der Kopf, nachdem sie durch Handschlag den Pakt mit Ferris besiegelt hatte. Sie würde vor Männern zu einem Schwertkampf auftreten, zu deren Unterhaltung. Und dabei viel Geld verdienen, aber auch Leib und Leben riskieren. Bei dem Gedanken flatterten ihre Nerven, nur mühsam konnte sie sich etwas beruhigen. Als sie die Hütte betrat, stellte sie überrascht fest, dass Jakon schon zu Hause war. Er hockte am Tisch und war über ein Buch gebeugt, das sie vorher noch nie gesehen hatte. Er hob den Kopf und begrüßte sie mit einem warmen Lächeln.

»Hat sie dich auch zum Lesen gebracht?«

»Jep. Ganz schön idiotisch, schon so lange hier zu leben und noch nie etwas von den vielen Wundern und Geschichten über Ungardia erfahren zu haben.«

Faythe lachte und trat neugierig neben ihn. Doch Jakon rückte ein Stück weg. Sie runzelte die Stirn und wollte ihn schon zur Rede stellen, da stach ihr die Kapitelüberschrift ins Auge: *Legenden von Lakelaria*. Auf einmal war sie angespannt. Sie warf Jakon einen traurigen, fragenden Blick zu.

»Ich hab an den Kais mal etwas rumgefragt, ob ihnen irgendwas zu Ohren gekommen ist«, sagt er, »was Ungewöhnliches von den Schiffen, Gerüchte über einen blinden Passagier aus High Farrow, so was in der Art.«

Faythe verspürte in ihrem Herzen einen Stich. Immer wieder befiel sie Reuben gegenüber, von dessen weiterem Schicksal sie nichts wusste, ein Schuldgefühl. Doch sie hatte nicht geahnt, dass Jakon ebenfalls stumm litt. Sie legte ihm den Arm um die Schulter, um ihn zu trösten, und er legte daraufhin seinen Arm um ihre Hüfte. Gemeinsam beugten sie sich schweigend und ehrfurchtsvoll über das Buch.

Die Bilder waren verlockend schön: glitzernde Wellen auf Wasserläufen und wundersame mythische Seejungfrauen. Ungeduldig blätterte Faythe ein paar Seiten weiter und wünschte, sie hätte es nicht getan. Die Darstellungen, was einen Besucher im Königreich des Wasserdrachen erwartete, waren nicht so verheißungsvoll. Menschenfressende Meeresungeheuer, Sirenen – halb Mensch, halb Tier – mit gefletschten spitzen Zähnen, Fae mit der todbringenden Fähigkeit, dem Wasser zu befehlen …

Jakon musste gespürt haben, wie in ihr die Angst wuchs, denn er schlug rasch das Buch zu, bevor sich ihre Angst zur Panik steigerte. Mit weit aufgerissenen Augen starrte sie ihn an. Mitten hinein in dieses Grauen hatte sie ihren Freund geschickt.

Jakon stand auf und legte beide Hände auf ihre Schultern. »Das sind nur alte Sagen und Mythen, Faythe. Jeder, den ich gefragt habe, und damit meine ich solche, die wirklich was darüber wissen, hat mir versichert, dass es da genauso normal und langweilig ist wie in jedem anderen Königreich.« Lächelnd versuchte er, ihr Mut zu machen, aber er war als Lügner fürchterlich unbegabt.

Sie warf es ihm nicht vor. Sie mussten beide einfach glauben, dass Reuben in Sicherheit war. Anders hätten sie es nicht ausgehalten.

Jakon umarmte sie fest und drückte sie an sich, und Faythe

atmete ein paar Mal tief durch, entspannte sich und fühlte sich getröstet. Schließlich löste sie sich aus seiner Umarmung.

»Ähm, Faythe … ich wollte mit dir reden …«

Sie drehte sich um. »Was ist?«

Jakon kratzte sich nervös am Nacken. »Wegen Marlowe und mir. Das soll nicht … also, das stört dich doch nicht, oder? Ich meine, dass sie und ich –«

Faythe, die seine Nervosität amüsierte, unterbrach ihn: »Nicht im Geringsten, Jakon. Ich freue mich für dich. Für euch beide.« Sie lächelte.

Er lächelte unbeholfen zurück. »Gut … das ist schön.« Er räusperte sich. »Ich, ähm, ich dachte nur, vielleicht fühlt es sich für dich irgendwie komisch an. Weil es ja immer nur dich und mich gegeben hat, aber du hast ja nie, ähm …«

Faythe wusste, was er sagen wollte. Sie hatte nie seine Gefühle erwidert, sie wollte immer nur Freundschaft, nicht mehr.

»Ich liebe dich, Jakon. Das wird immer so bleiben. Aber nicht so, wie ich weiß, dass Marlowe dich liebt, und wie du sie liebst. Ihr seid beide füreinander gemacht und ich bin überglücklich, dass ihr ein Paar seid. Und ich freue mich, dass ich eine Freundin gefunden habe.«

Die Erleichterung war ihm anzusehen. »Ich liebe dich auch, Faythe.« Er ging zu ihr und verstrubbelte ihr liebevoll die Haare. »In meinem Herzen wirst du immer den ersten Platz einnehmen …«

In gespielter Abwehr schlug sie Jakons Hand fort. »Da drinnen ist genug Platz für zwei, hoffe ich.«

Voller Liebe schaute er sie dankbar an und nickte zustimmend. Faythe antwortete mit einem warmen Lächeln und ging dann, sich umzuziehen.

Am Abend schickte Faythe Marlowe und Jakon allein los und behauptete, dass sie zu müde sei, um gemeinsam mit ihnen noch etwas zu unternehmen. Was nicht völlig gelogen war, sie war müde. Der wahre Grund aber war, dass sie noch trainieren wollte, um auf ihren ersten Schwertkampf so gut wie möglich vorbereitet zu sein.

So ganz hatte sie sich an den Gedanken noch nicht gewöhnt, dass sie an einem echten Kampf teilnehmen würde, bei dem sie verletzt oder sogar getötet werden konnte, wenn es für sie schlecht ausging. Sie konnte Jakon schon toben hören, wenn er es herausfand, und sie hatte ein riesiges schlechtes Gewissen, weil sie vor ihm noch ein weiteres Geheimnis hatte. Aber sie wusste, was sie tat, redete sie sich ein, und brauchte keine Belehrungen von ihm, was das Beste für sie war.

Faythe beschloss, nicht auf den Marktplatz zu gehen. Sie wollte nicht riskieren, dort womöglich ihren Freunden oder einer Patrouille der Fae zu begegnen. Stattdessen lief sie den Hügel hoch, zum Wald. Ein Baumstamm würde ihr einen richtigen Gegner ersetzen müssen.

Unter ihren Stiefeln knackten heruntergefallene Äste, als sie sich ihren Weg durch das Labyrinth von Bäumen suchte, hin zur Lichtung mit dem Wasserfall. Doch kaum hatte sie ein paar Schritte gemacht, blieb sie wie erstarrt stehen. Die Spitze einer Klinge bohrte sich kalt in ihren Rücken. Sie wagte nicht, sich zu rühren, wagte kaum zu atmen und harrte wie gelähmt aus, bis der Unbekannte hinter ihr sagte:

»Name bitte und Grund des Aufenthalts.«

Beim Klang von Nicks Stimme durchströmte sie Erleichterung, die sich in Empörung verwandelte, sobald sie sich zu ihm umdrehte. Wütend starrte sie ihn an. »Du bist so ein Idiot«, stieß sie hervor. »Was treibst du überhaupt hier?«

Er lachte und ließ sein Schwert sinken. »Ist eher so, dass du in *mein* geheimes Versteck eingedrungen bist.« Er schüttelte amüsiert den Kopf. »Wovor versteckst du dich denn, Faythe?«

»Nichts weiter«, sagte sie. »Ich will hier nur trainieren. Ungestört.«

»Dann will ich dich dabei nicht stören«, meinte Nik achselzuckend und steckte sein Schwert in die Scheide. »Fühl dich wie zu Hause.« Er schlenderte an ihr vorbei zu einem großen Felsen am Ufer des Sees, auf dem er sich niederließ, mit seinem herausgezogenen Dolch spielte und ein großes Theater daraus machte, so zu tun, als würde er sie gar nicht beachten.

Faythe war sauer, dass sie den Ort nicht für sich hatte. Dass Nik auch hier sein könnte, war ihr überhaupt nicht in den Sinn gekommen, und ihr wurde klar, wie wenig sie von ihm wusste. Sie hatte keine Ahnung, was er trieb, wenn er gerade nicht bei ihr den arroganten Lehrmeister spielte, oder welche Pflichten auch immer er als Wache des Königs erfüllte. Bei einer Patrouille in der Vorstadt sah sie ihn jedenfalls nie.

Nicht in Stimmung für ein Gespräch legte sie den Umhang ab und zog Lumarias heraus. Niks Anwesenheit versuchte sie auszublenden. Dann nahm sie Kampfhaltung ein, begann das Schwert zu schwingen, vorwärtszustürmen, sich zu ducken, zur Seite auszuweichen – und sich ganz der großartigen Ruhe und Konzentration hinzugeben, in der es nur sie, das Schwert und die Luft gab, die sie mit der Klinge zerteilte.

Zu ihrer großen Überraschung sagte Nik eine ganze Weile gar nichts. In betont lässiger Haltung saß er auf dem Felsen scheinbar unbeteiligt da und rührte sich nicht. Aber als sie einmal kurz innehielt und zu ihm hinsah, stellte sie fest, dass er jede Bewegung von ihr verfolgte. Das ließ sie nervös werden und sie machte eine ungeschickte Bewegung. Da sprang er auf, ließ seinen Mantel fallen, zückte sein Schwert und stellte sich vor sie.

»Lass mich mal korrigieren, was du alles falsch machst.« Er lächelte überheblich und sie wollte ihm schon eine bissige Antwort geben, da fügte er hinzu: »Du bist begabt, Faythe. Aber wenn du den richtigen Lehrer hast, steckt noch viel mehr drin.« In seiner Stimme lagen weder Spott noch Vorwurf.

»Und du willst für mich dieser Lehrer sein?«

Er nickte. »Alles, was es braucht: mentale Fähigkeiten, technische Fähigkeiten und … noch andere Fähigkeiten, falls du dir helfen lassen willst.«

Sie schaute ihn an und hob dann das Schwert, um ihn mit der Spitze der Klinge zu pieksen. Reflexartig schlug er ihre Klinge mit seinem Schwert fort, bevor sie die Bewegung zu Ende führen konnte. Das Klirren des Stahls hallte über die Lichtung, begleitet von seinem Gelächter.

»Du kannst wirklich nicht anders, oder?«, brummte sie.

Er verschränkte die Arme. »Ich war noch nie mit einem Menschen zusammen. Es wäre interessant zu sehen, ob du wirklich so … *zerbrechlich* bist, wie du wirkst.« Er grinste.

Faythe fackelte nicht lange. Blitzschnell hob sie das Schwert, zielte auf seinen Hals.

Schneller als ein Wimpernschlag war sein Schwert in der Luft und schlug ihres weg. Wieder hallte sein Lachen über die Lichtung. Sie blickte ihn wütend an, in ihr kochte es.

»Gut. Und wenn du mit links nach vorne gehst, pass immer auf, dass du deine rechte Flanke schützt.« Gnadenlos führte er ihr ihren Fehler vor, indem er sie angriff und ihr die Füße wegkickte.

Faythe landete mit einem harten Aufprall im Gras, die Augen ungläubig aufgerissen. Sie wollte ihm zurufen, dass er sie kalt erwischt hatte und dass er ihr gar nicht Zeit gegeben hatte, auch nur den Versuch zu unternehmen, sich zu verteidigen. Wut loderte in ihr auf, größer als alle Worte. Das brennende Bedürfnis, darauf mit dem Schwert zu antworten.

Sie sprang auf und griff ihn in einem Ausbruch blinden Zorns immer wieder und wieder an, schwang das Schwert, bis sie erschöpft keuchte. Nik wehrte jeden Hieb mit überirdischer Leichtigkeit und Anmut ab. Tränen der Wut und Frustration schossen Faythe in die Augen. Sie würde sich im Cave Club nur blamieren … oder noch viel schlimmer.

»Faythe, hör auf«, sagte Nik.

Aber das tat sie nicht. Sie setzte ihre Abfolge wüster Attacken fort. Unbeirrbar. Jedes Mal, wenn er mühelos auswich, feuerte es sie nur noch stärker an.

Ihrem nächsten Angriff wich er aus und drehte sich so schnell um sie herum, dass sie schon auf dem Boden lag und unter ihrem Rücken das kühle Gras spürte, bis sie überhaupt registrierte, was geschehen war. Sie keuchte und presste die Lider zusammen, um ihre Tränen zurückzudrängen.

»Du musst lernen, deine Wut zu kanalisieren«, sagte er von oben. »Sie darf dich nicht auffressen.«

Faythe wusste nicht, warum immer eine solche Wut in ihr aufstieg. Wenn sie ein Schwert in der Hand hielt, war es für sie, als öffneten sich dadurch die Schleusen einer lange aufgestauten Empörung und Trauer, die sich nun Bahn brach.

»Danke für den Tipp«, sagte sie und stand auf. Sie machte ein paar Schritte, bevor sie sich wieder zu ihm drehte und erneut das Schwert auf ihn richtete. »Bring mir was Nützliches bei, klar?«

Er wich nicht aus, machte aber auch keine Anstalten zu einem Gegenangriff. »Wo kommt die viele Wut bei dir her?«

Als sie ihn noch einmal attackierte, erhob er immer noch nicht das Schwert, sondern duckte sich nur weg. »Ich will nicht schwach sein«, schleuderte sie ihm entgegen und stürmte vor. Er duckte sich wieder weg. »Ich will mich nicht hilflos fühlen.« Sie schwang erneut ihr Schwert. »Ich will mich nicht fürchten.« Mit tänzerischen Bewegungen wich er ihren Hieben aus, und sie spürte, wie ihr Zorn wieder anschwoll. »Ich will nicht, dass irgendjemand wegen mir jemals wieder verletzt wird, nur weil ich zu feige und unfähig bin, ihn zu beschützen!«, brüllte sie verzweifelt.

Bei den letzten Worten schaute sie ihm in die Augen, sie hob die Arme, schwang ihr Schwert – und sah dann plötzlich seine nächste Bewegung vor sich, bevor er sie ausführte. Blitzschnell drehte sie ihr Schwert und berührte damit seinen Oberschenkel an einer Stelle, die eine Sekunde davor für sie unerreichbar gewesen wäre.

Faythe hielt inne, schnappte nach Luft und starrte auf die Schnittwunde in Niks Bein, die zu bluten begonnen hatte, auf das Blut, das durch den Stoff seiner Hose hindurchdrang. Sie blickte ihn an und spürte die Überraschung in seinen Augen.

»Tut mir leid«, keuchte sie.

Sie ließ ihr Schwert sinken. Erst jetzt kam sie zur Besinnung, begriff, was da mit ihr geschehen war. Von welcher Wut sie sich hatte treiben lassen.

»Wie hast du das gemacht?«, fragte er verblüfft.

Sie schüttelte verwirrt den Kopf. »Keine Ahnung. Es war so, als ob – bei allen guten Geistern, es tut mir leid. Das wollte ich nicht.« Plötzlich, da die Wut vorbei war, kehrten all ihre anderen Gefühle zurück und drohten sie zu überschwemmen.

Als ob er es spürte, sagte er: »Das mit der Wunde ist nicht schlimm. Nicht mal eine Stunde, dann wird nichts mehr zu sehen sein.« Seine Augen bohrten sich verblüfft, staunend, neugierig in ihre … Faythe war sich nicht sicher, wie sie die Blicke deuten sollte.

»Ich habe die Kontrolle verloren. Keine Ahnung, wie es dann passiert ist«, murmelte sie entschuldigend.

Sein Gesicht wurde weich. »Du hast ein unglaubliches Feuer in dir, Faythe. Das ist eine gute Sache. Du musst nur lernen, es zu nutzen.« Nach einem weiteren forschenden Blick fuhr er fort: »Du bist schneller als jeder andere Sterbliche, den ich kämpfen gesehen habe. Aber das hier… es war unglaublich schnell, selbst für dich.«

Sie schluckte, ihr Mund war plötzlich staubtrocken. »Ich weiß nicht, wie ich es dir erklären soll … Es war, als ob ich deine Bewegung *sehen* konnte, bevor du sie ausgeführt hast.«

Er schwieg einen Moment. »Deine Gabe ist noch stärker, als ich gedacht habe. Im Kampf könnte sie von unschätzbarem Wert sein.«

Sie blinzelte. »Aber wäre das nicht so was wie Betrug?«

»Wenn du eine Fähigkeit besitzt, warum sie dann nicht einsetzen?«

Sie dachte kurz nach und beschloss, dass es nicht schaden konnte, weiter auszuprobieren, wozu sie fähig war. »Aber ich kann nicht Gedanken lesen. Es war bisher immer zufällig.« Ihr Blick fiel auf sein Bein, wo die Wunde sich bereits schloss.

»Das werden wir herausfinden«, erwiderte er lächelnd. »Gemeinsam.«

Faythe war dankbar, dass sie Nik zum Freund hatte. Denn als Freund betrachtete sie ihn inzwischen, ob dies nun wechselseitig war oder nicht. Wie sie jemals an der Lauterkeit seiner Motive gezweifelt haben konnte, obwohl er ihr nie Anlass dazu gab, war ihr inzwischen unbegreiflich. Vor allem aber war sie froh, dass sie nicht allein war.

Sie richtete sich auf. »Womit fangen wir an?«

Er lächelte. Mit seinem Schwert machte er ihr ein Zeichen, dass sie ihres wieder in die Hand nehmen sollte. »Zuerst einmal die Grundlagen. Du bist gut. Für Sterbliche sogar sehr gut.« Seine smaragdgrünen Augen funkelten. »Aber du kannst noch viel besser sein.«

EINUNDZWANZIGSTES KAPITEL

Eine Stunde lang lehrte Nik Faythe neue Manöver und ließ sie alle Schritte und Gesten betont langsam ausführen. Dabei zeigte er ihr auch, welche anderen Mittel als nur das Schwert sie einsetzen konnte. Einmal legten sie sogar ihre Schwerter weg und übten Sich-Wegducken, Fußtritte austeilen und wie man sich aus Umklammerungen befreit. Faythe fühlte sich wie berauscht davon, dass er all dieses Wissen und diese Techniken mit ihr teilte. Voller Ehrfurcht bestaunte sie seine Bewegungen – die eines Kriegers, ausgebildet für das Schlachtfeld.

Faythe konnte nicht genug davon bekommen, aber Nik bestand darauf, dass sie eine Pause machten, und sie setzten sich auf die Felsbrocken am Ufer des Sees. Faythe war total außer Atem, merkte dann aber, dass Nik sich überhaupt nicht verausgabt hatte.

»Was hast du damit gemeint«, unterbrach Nik das Schweigen, »als du gesagt hast, du willst nie mehr erfahren, dass du jemand anders nicht beschützen kannst?«

Sie antwortete darauf nicht sofort. Erst musste sie sich klar werden, ob sie mit ihm überhaupt etwas so Persönliches teilen wollte. Aber inzwischen war er für sie ein Freund, und weil er sie mit aufrichtiger Anteilnahme ansah, enthüllte sie ihm den verletztlichsten Teil ihres Innern.

»Meine Mutter. Sie ist tot … meinetwegen. Als wir das erste

Mal hier waren, da ist es mir bewusst geworden. Ich glaube, sie wollte, dass ich es mir eingestehe – der Wahrheit ins Auge schaue. Meine größte Angst ist, dass ich noch einmal jemand verliere, weil ich zu feige bin.« Faythe sprach zum See, als würde, wer auch immer im Wald herrschte, sie belauschen. Sie erzählte Nik alles. Er hörte ihr schweigend zu. Als sie geendet hatte, saßen sie lange still nebeneinander.

»Jahrelang sind Soldaten von Valgard über die Grenze in unser Reich eingefallen. Wahrscheinlich haben sie deine Mutter verschleppt. Du warst damals ein Kind. Dich trifft keine Schuld«, sagte er schließlich. Aus seiner Stimme war Wut gegen Valgards ruchlose Herrschaft herauszuhören.

Seinen Versuch, sie zu trösten, wusste Faythe sehr zu schätzen. Aber sie hatte die Geschehnisse in jener Nacht wieder und wieder durchdacht und ihre Rolle darin akzeptiert. Trotzdem lächelte sie ihn dankbar an.

»Und was war mit deiner Mutter?«, fragte sie behutsam. Seine Miene verhärtete sich. Jetzt blickte er auf den See hinaus. Sie erwartete, dass er sich erneut weigern würde, darüber zu reden.

»Sie wurde vor fast hundert Jahren von einem Räuber getötet«, antwortete Nik nach einer Weile. »Man hat den Täter nie gefasst.«

Obwohl die beiden Ereignisse viele Jahre auseinanderlagen, fühlte Faythe sich ihm in diesem Moment eng verbunden. Sie hatten beide etwas sehr Tragisches, ja Traumatisches erlebt. Sie wusste von sich selbst, dass Worte da wenig Trost spenden konnten. Deshalb versuchte sie es erst gar nicht damit. Sondern rutschte näher zu ihm hin, bis ihre Körper sich berührten. Sie wartete nicht vorsichtig ab, ob er wegrücken würde, sondern streckte den Arm aus und legte ihre Hand auf seine. Zu ihrer Überraschung drehte Nik die Handfläche nach oben und legte dann seine andere Hand über ihre, sodass er sie nun zwischen seinen beiden Händen hielt. Faythe wurde auf einmal ganz warm ums Herz. Und so saßen sie eine Weile schweigend da, ohne dass es eine einzige Sekunde unangenehm gewesen wäre. Sie lauschten einfach nur auf das leise Rauschen des Walds und waren froh, dass sie jemanden bei sich hatten.

Schließlich durchbrach Niks Stimme den stillen Fluss ihrer Gedanken. »Deine Fähigkeit, ins Bewusstsein einer anderen Person eindringen zu können, scheint aktiviert zu werden, wenn auf dich etwas projiziert wird oder wenn deine eigenen Emotionen sich überschlagen.« Er dachte nach und schaute Faythe an. »Du musst in dir den Ruhepol finden, um laute Gedanken, die du bei anderen mitbekommst, auszublenden. Du musst Konzentration und Disziplin aufbringen, um aktiv in die Psyche einer Person einzudringen, wenn du Dinge über sie wissen willst.«

»Hört sich so an, als wäre es nicht viel anders, als einzuschlafen oder wach zu bleiben.«

Er lachte leise auf. »Ja, so ähnlich stelle ich es mir vor. Zumindest beim Nachtwandeln.«

»Ich habe es bisher noch nicht probiert … nicht bewusst.«

»Probier's doch mal aus. Mit jemand, bei dem du kein schlechtes Gewissen haben musst. Nicht so wie damals bei deinem Freund.«

Sie fragte sich allmählich, ob Nik selbst über die Fähigkeit des willentlichen Gedankenlesens verfügte. »Also gut, ich versuch's«, antwortete sie.

Ihre Augen trafen sich und sie tauchte in zwei smaragdgrüne Seen ein.

»*Was willst du von mir, Faythe?*«

Seinem Lächeln konnte sie entnehmen, dass er die Frage ganz bewusst auf sie projizierte. Als sie seine Stimme in ihrem Kopf hörte, lief ihr ein Schauder das Rückgrat hinunter. Wie er ihren Namen sprach. Sie bemühte sich, es sich nicht anmerken zu lassen. Aber sie brachte es auch nicht fertig wegzublicken.

»*Du musst mich nur fragen*«, flüsterte er in ihrem Kopf.

Sogar die Veränderung in seiner Stimme konnte sie hören. Es durchpulste sie warm, als würde sie seinen Atem an ihrem Ohr spüren, obwohl er nicht den Kopf gewandt hatte.

»Hör auf«, flüsterte sie und entzog ihm ihre Hand. Ihre Wangen waren rot geworden.

Er lachte. »Ich teste nur deine Fähigkeiten.« Daraus, wie seine Augen dunkler wurden, schloss sie, dass er hören konnte, wie ihr Herz schneller schlug; wahrscheinlich konnte er mit seinen Fae-Sinnen sogar riechen, welche Wirkung er auf sie hatte. »Allerdings bin ich eben aktiv gewesen. Jetzt bist du an der Reihe. Ich werde dich weit genug in mich eindringen lassen, dass wir meine Theorie testen können.«

Sie schaute ihn erschrocken an. Vertraute er ihr wirklich genug, um sie in seinem Kopf herumspazieren zu lassen?

Als er ihren Gesichtsausdruck sah, sagte er: »Keine Angst. Ich habe die volle Kontrolle über meine mentalen Grenzen. Du wirst nur sehen, was ich dich sehen lasse.«

Alles klar. Sie atmete tief durch und setzte sich aufrecht hin. Dann richtete sie ihre Augen ganz auf ihn. Sie fragte sich, wie seine Grenzen, die Wälle in seinem Kopf, wohl aussehen würden; stellte sich schwarz-graue Rauchschwaden wie in seinem Unbewussten vor. Als sie dann das tiefe Grün seiner Augen durchdrang, fand sie sich vor einem dicken schwarzen Vorhang wieder, von dem sie sicher war, dass es sich um den Zugang in seinen

Geist handelte. Ein merkwürdiges Gefühl befiel sie und ihr Atem ging schneller.

»Gut. Ich kann dich spüren«, hörte sie ihn schwach sagen. Aber seine Stimme war nur ein leises Rauschen. Es fühlte sich an, als würde sie an zwei Orten gleichzeitig sein.

Der Wall war dicht und fest, aber dann spürte sie, dass sich ein kleiner Spalt öffnete, und schlüpfte hindurch. Dahinter war es zunächst tiefschwarz, dann taten sich alle Regenbogenfarben auf und eine Szene entfaltete sich vor ihr. Durch Funken sprühende Flammen hindurch erblickte sie sich selbst. Sie tanzte. Niks Erinnerung an das Sonnwendfeuer. Als sie aufhörte zu tanzen, schauten sie sich in die Augen. Ihr Herz pochte. Aber war es Niks Gefühl, was sie da empfand? Er kam um das Feuer herum auf sie zu und hielt dabei die Augen immer auf sie geheftet. Dann ging – oder vielmehr schwankte – sie davon, um nach Jakon zu suchen. Nun empfand sie etwas anderes. Neugierde? Auf den Mann, der Faythe in die Arme nahm, damit sie nicht stolperte. Danach saß Faythe allein da, während Jakon unterwegs war, um ihr einen Becher Wasser zu holen, und Nik ging auf sie zu. Sie stand auf und bemerkte da erst, dass er seine Blicke über sie gleiten ließ; ihm war aufgefallen, dass sie sich für das Fest hübsch gemacht hatte. Sie konnte seinen Gedanken in diesem Moment hören: *Wie schön sie ist.*

Faythe löste sich aus Niks Erinnerungen und konzentrierte sich wieder auf seine grünen Augen und das Rauschen des Waldes. Sie war rot geworden und blickte verlegen weg.

»Was ist?«, fragte er.

Sie starrte ihn an. »Das weißt du ganz genau. Warum hast du beschlossen, mir ausgerechnet diese Erinnerung zu zeigen?«

»Nur für den Fall, dass dir nicht genug Leute gesagt haben, wie zauberhaft du an dem Abend ausgesehen hast«, antwortete er. Faythe errötete noch stärker und seine Augen blitzten amüsiert. »Und wie war's?«

»Ich habe mich gefühlt, als wäre ich du, was sonst?«

»So klar ist das auch wieder nicht.« Er blickte nachdenklich. »Wenn wir nachtwandeln, sehen wir nicht durch die Augen unserer Wirte auf die Welt. Wir beschatten sie, mittels ihrer Erinnerungen. Von den Gefühlen der Personen erfahren die meisten Nachtwandler normalerweise nichts, außer sie sind die Hauptsache, die eigentliche Information, und selbst dann geben die Erinnerungen nicht immer die wahren Gefühle wieder.« Eine weitere nachdenkliche Pause. »Deine Gabe übersteigt bei Weitem die typische Nachtwandlerfähigkeit, den Wirt zu beschatten und in seinen Körper zu schlüpfen. Mit etwas Übung bringst du es wahrscheinlich fertig, zu wissen, was eine Person im Moment denkt und fühlt, nicht nur in ihren Erinnerungen. Vielleicht kannst du sogar in Echtzeit die Gedanken von anderen beeinflussen.« Als Faythe erbleichte, fügte er schnell hinzu: »Natürlich nur, wenn es deine Absicht ist. Du hast es auch bisher hingekriegt, ohne zu wissen, welche Kraft in dir ist. Es braucht nur etwas Training, dann kannst du dich nach Belieben in den Köpfen anderer herumtreiben.«

»War's das schon?«, fragte sie sarkastisch.

Er schaute sie an. »Das kommt dir vielleicht jetzt etwas viel vor, aber es wird für dich so einfach und selbstverständlich sein wie atmen. Vertraue mir.«

Faythe vertraute ihm. Sie vertraute darauf, dass er ihr helfen würde; vertraute darauf, dass sie mit seiner Anleitung eines Tages in der Lage sein würde, ihre Fähigkeit in all ihren Facetten zu beherrschen. Niemals hätte sie sich vorstellen können, dass sie einem jahrhundertealten Fae-Krieger so viel Vertrauen entgegenbringen, ja ihm ihr Leben anvertrauen würde. Aber Nik war anders als die anderen Fae. Er war *gut*.

»Danke«, sagte sie.

Zwischen ihnen änderte sich in diesem Moment etwas. Doch vor der Intimität des Blicks, den sie nun wechselten, scheute Faythe nicht zurück. Langsam hob er eine Hand und umfasste damit sanft ihr Kinn. Ihr Herz pochte, als er es leicht anhob. Dicht nebeneinander saßen sie auf dem Felsbrocken am Seeufer, ihre Oberschenkel berührten sich. Sie spürte, wie der Hauch seines Atems über ihren Mund strich.

Nur ein winziger Spalt leeren Raums war noch zwischen ihnen, als leichte Kälte bemerkbar. Faythe vergaß beinahe zu atmen. Sie sehnte sich danach, dass er diesen letzten Abstand zwischen ihnen schloss.

»*Was willst du von mir, Faythe?*«

Sie erspürte die Frage am Rand seines Bewusstseins. Er würde sie nicht küssen, ohne dass sie ihn darum bat, und das Zögern war merklich genug, dass sie wieder in ihre eigenen Gedanken zurückkehrte.

Nik war ein Fae, ein Unsterblicher, war Angehöriger der königlichen Garde. Und sie …

Sie war ein Mensch, ein Niemand, und so würde es immer bleiben. Sie durften nicht zusammen gesehen werden. Nie würde sie ihrem Freund oder ihrer Freundin erzählen können, wie sie ihn kennengelernt hatte oder irgendetwas anderes über ihn. Keiner würde sie beide verstehen und keiner würde es akzeptieren.

Faythe wich unwillkürlich zurück und stand auf. Niks Hand, die ihr Kinn umfasst hatte, fiel ins Leere. Statt seiner Berührung spürte sie nun eine Kälte. Sie schüttelte den Kopf, um ihre Gedanken klarzukriegen und ihr rasendes Herz zu beruhigen.

»Genug Unterricht für einen Tag«, sagte sie hastig und blickte Nik nicht mehr an, als sie zu ihrem ins Gras geworfenen Umhang ging.

Keiner von beiden sprach ein Wort, während sie den Wald verließen und den Hügel hinabgingen. Am Stadtrand trennten sie sich mit einem flüchtigen Abschiedsgruß. Faythe spürte immer noch seine Berührung, als sie durch die dunklen Gassen zurück zur Hütte ging.

Zweiundzwanzigstes Kapitel

Nachdem sie sich von Nik verabschiedet hatte, war Faythe den ganzen Weg nach Hause zum Heulen zumute. Sie wusste, dass es am besten war, wenn sie einfach nur Freunde waren oder Verbündete oder was auch immer. Aber das half ihr nicht über ihre Enttäuschung hinweg. Der Stachel blieb. Zugleich war ihr klar, dass sich nie etwas ändern würde. Sie würden immer die bleiben, die sie waren, die Kluft zwischen ihnen würde sich nicht schließen. Niemals würde sie offen ausleben können, was sie für ihn empfand.

Vielleicht würde Nik ein Kuss überhaupt nichts bedeuten. Vielleicht würde es ihm auch nichts bedeuten, wenn er *alles* von ihr bekam. Sie wusste es nicht. Aber allein der Gedanke, dass es so sein könnte, schmerzte sie unendlich.

Als sie die Hüttentür aufstieß, fiel ihr Blick sofort auf Marlowe, die am Tisch saß. Jakon ging vor ihr unruhig auf und ab. Als er Faythe sah, stieß er einen erleichterten Seufzer aus. Aber seine Augen waren wie glühende Kohlen.

»Wo warst du?«, fuhr er sie an.

Bei dem Tonfall zuckte Faythe zusammen. »Trainieren, wie immer,« sagte sie und schlug den Umhang auseinander, damit er ihr Schwert sehen konnte.

»Trainieren, wie immer? Es ist ein Uhr nachts, Faythe! Wir sind zum Marktplatz – du warst nicht da!«

Sie schaute ihn mit riesengroßen Augen an. Sie hatte nicht gemerkt, dass die Zeit so schnell verstrichen war. Ihre Hand griff in ihre Hosentasche, aber die war leer.

»Mist. Tut mir leid. Die Uhr ist noch in der Schmiede. Ich hab ganz vergessen, auf die Zeit zu achten.«

Jakon fuhr sich mit der Hand durch die Haare. »Ich bin fast gestorben vor Angst. So was kannst du nicht bringen.«

Faythe' Augen funkelten. »Was kann ich nicht, Jak? Allein abends ausgehen? Ich bin kein Kind mehr! Ich kann gut für mich selbst sorgen.«

Er verdiente es nicht, ihre ganze Wut abzubekommen, und tief in ihrem Innern wusste sie, dass sie es jetzt an ihm ausließ, ihre Gefühle für Nik nicht ausleben zu können. Nicht darüber reden zu können, machte es nur noch schlimmer.

Jakon zuckte bei ihrer Antwort zusammen. »Du hast Freunde, die sich um dich sorgen«, erwiderte er. »Keine Ahnung, was in der letzten Zeit mit dir los ist, aber deine Geheimnistuerei und dein Egoismus gehen mir mächtig auf die Nerven. Es ist nicht mehr so wie früher.«

Faythe spürte seine Worte wie Hiebe. Jakon wusste genau, was ihre empfindlichen Stellen waren. In ihrer aufflammenden Wut wusste sie sich nicht anders zu helfen, als dass sie sich jetzt ganz auf ihn fokussierte und in seinen Geist eindrang, um zu überprüfen, ob er wirklich meinte, was er da sagte. Jakon war für sie wie ein offenes Buch. Es gab in seinem Innern keine Wände wie bei Nik, er war ungeschützt und verletzlich.

»Kommt dir wohl gar nicht in den Sinn, dass mich das verletzen könnte. Du denkst nur an dich selbst. Warum bist du so verschlossen?«

Die Gedanken in Jakons Kopf waren laut. Faythe konnte seine

Wut spüren. Tränen stiegen in ihr auf. Sie blickte zu Marlowe, die bisher nichts gesagt hatte.

»*Wo bist du gewesen? Dich trifft keine Schuld. Er will dir nur helfen. Das wollen wir beide.*«

Mitleid hallte darin wieder und Faythe hasste das.

»Ihr habt doch beide jetzt euch – ihr braucht mich nicht mehr. Von der Last, sich um mich kümmern zu müssen, befreie ich euch gern«, stieß sie hervor und verschwand in der Schlafkammer.

Jakon rief ihr hinterher, aber sie reagierte nicht.

Tränen liefen Faythe die Wangen hinunter, als sie ihr Nachthemd überstreifte und sich dann unter der Bettdecke zusammenrollte. Sie heulte lautlos weiter, während sie an alles dachte, was sie war und was sie nicht war. Daran, was ihre Freunde über sie dachten. Daran, was sie alles mit Nik nie würde teilen können. Was alles ihr Leben zu einem einzigen verpfuschten Desaster machte. Sie verdiente ihre Gaben nicht. Sie verdiente ihre Freunde nicht. Sie verdiente es nicht, geliebt zu werden. Sie würde immer alle nur enttäuschen.

Nach einer Weile hörte sie, wie die Tür aufging und Schritte sich näherten. Dann spürte sie, wie sich von hinten ein Körper an sie schmiegte. Ein Körper in genau der richtigen Größe.

Sie schluchzte auf und Marlowe strich ihr über die Haare, ohne ein Wort zu sagen. Sie hielt sie fest umarmt und ließ Faythe alles aus sich herausschluchzen. Trauer strömte aus ihr heraus wie vorher im Wald die Wut. Sie hätte Marlowe so gern alles erzählt – und Jakon auch. Es quälte sie jeden Tag mehr, dass sie es nicht tun durfte. Dass sie für die beiden eine wandelnde Lüge war.

Als ihr Schluchzen verebbte, fühlte sie sich leer und erschöpft. Sie war schon am Einschlafen, da hörte sie weitere Schritte und das Knarzen von Jakons Bett, als er sich daraufsetzte.

Keine der beiden Frauen rührte sich. »Es tut mir wirklich leid, Faythe«, sagte Jakon. »Ich habe es nicht so gemeint.«

Sie antwortete nicht. Sie wusste, dass er es so gemeint hatte, denn sie hatte ja seine Gedanken gelesen. Und diesmal hatte sie deswegen kein schlechtes Gewissen.

Jakon vertiefte die Sache nicht, sondern schwieg ebenfalls, und sie hörte, wie er sich auf die Pritsche legte.

Stille füllte den Raum und Faythe ließ sich in die Dunkelheit hinabziehen, sicher und geborgen in Marlowes wärmender Umarmung.

In ihrem Unbewussten saß Faythe da und ließ spielerisch Nebelranken durch ihre Finger gleiten. Zuerst hatte sie beabsichtigt, sich ganz in die Bewusstlosigkeit fallen zu lassen, aber ihr war eine Idee gekommen, die sie nun schon eine Weile beschäftigte.

Sie kriegte nicht aus dem Kopf, was Marlowe und Jakon über sie gedacht hatten, und spielte mit dem Gedanken, in Marlowes Kopf hineinzuspazieren, um herauszufinden, ob und was die beiden über sie redeten, wenn sie nicht dabei war. Vielleicht zeugte es von wenig innerer Stärke, aber sie musste dringend etwas gegen ihre Unsicherheit und ihren Kummer unternehmen. Es kümmerte sie nicht, was andere von ihr dachten, aber sie würde nicht mit sich selbst so weiterleben können, wenn ihre Freunde sie wirklich für selbstsüchtig und lieblos hielten … oder noch schlimmer.

Sie konnte es kontrollieren, würde nur das sehen, was sie sehen musste, um mit sich im Reinen sein zu können – und nichts ausspähen, was sie nichts anging. Zumindest hoffte sie, es beherrschen zu können. Weshalb sie auch zögerte, ihrem Bedürfnis nachzugeben. Aus Furcht, sie könnte aus Versehen in Marlowes intimste Gedanken oder Erinnerungen eindringen. Das würde sie sich nie verzeihen.

Faythe stand auf. Nik hatte zu ihr gesagt, sie müsse es ausprobieren, müsse üben. Wenn irgendjemand das verstehen würde, dann Marlowe. Da war sie sich sicher. Deshalb beschloss sie, nicht länger zu zögern oder einen Rückzieher zu machen, sondern sie schloss die Augen und dachte an ihre Freundin, bis sie so etwas wie einen Sog verspürte … und auf einmal wurde das Gold der Nebelschwaden, sobald sie diese zerteilte, zu einem tiefen Violett.

Sie war in Marlowes Geist.

Es erschreckte Faythe, wie leicht es war. Allerdings hatte Nik sie ermahnt, in dieser Gegend des Gehirns nicht zu lang zu bleiben, sondern ins Gedächtnis einzutauchen. Sie begann, die Erinnerungen von Marlowe zu durchstöbern, und überflog die Szenen mit Jakon und ihr hastig, um alle auszusortieren, in denen sie selbst auch anwesend war. Schließlich blieb sie bei einer Erinnerung hängen.

Auf ihren Befehl hin entfaltete die Szene sich, und sie befand sich nun als Schatten hinter Marlowe, während Jakon und sie Hand in Hand zum Hafen spazierten. Faythe erkannte den Weg an Harbor Hall vorbei, von Fackeln erleuchtet. Der Mond schien auf die sanft schaukelnden Wellen, und das Meer glitzerte mit den Sternen am Nachthimmel um die Wette. Es war der perfekte romantische Abend, in den Faythe sich da hineinschmuggelte. Sie bekam ein schlechtes Gewissen.

Finde die entscheidende Information.

Die Erinnerung lief im Schnelldurchlauf ein Stück weiter und sie saßen auf einer Bank. Marlowe hatte den Kopf auf Jakons

Schulter gelegt und er hielt sie mit dem Arm umfasst. Faythe versetzte es bei dem Anblick einen Stich. Es war Eifersucht, stellte sie fest. Sie war eifersüchtig auf ihr unangestrengtes, sorgloses Miteinander.

Schließlich sprach Jakon: »Glaubst du, für Faythe ist es so in Ordnung?«

Marlowe hob den Kopf. »Das mit uns beiden? Warum nicht?«

Er zuckte mit den Schultern, schaute aufs Meer hinaus. »Sie wirkt in letzter Zeit irgendwie so abwesend.«

Bestürzt bemerkte Faythe seinen gequälten Gesichtsausdruck.

»Zwischen uns war es nie so wie das hier … wie das, was wir beide haben«, sagte er. »Trotzdem habe ich das Gefühl, seit wir zusammen sind, hält sie mich irgendwie auf Abstand. Vielleicht bin ja auch ich daran schuld, weil ich sie nicht so stark einbeziehe, wie ich vielleicht sollte. Es gab immer nur uns zwei, weißt du, und jetzt …« Er verstummte.

Marlowe legte ihre Hand auf seinen Oberschenkel. »Sie ist eine erwachsene Frau, Jakon. Sie hat ihren eigenen Kopf und ihren Stolz. Aber sie hat das Herz auf dem rechten Fleck. Und sie kann auf sich selbst aufpassen.«

Er nickte. »Oh ja, das kann sie. Daran gibt es keinen Zweifel.« Er legte seine Hand auf ihre. »Ich … ich glaube, ich habe Angst, sie gehen zu lassen. Zu akzeptieren, dass sie mich nicht länger braucht.«

»Sie war noch ein Kind, als sie ihre Eltern verloren hat. Du warst immer für sie da. Sie wird dich immer brauchen. Aber sie hat ihr eigenes Leben.«

Er schwieg einen Augenblick, dann gestand er: »Ich liebe sie, Marlowe. Ich werde sie immer lieben.«

Sie schenkte ihm ein warmes Lächeln. »Und nichts wird euch

jemals auseinanderbringen.« Sie drückte seine Hand und fügte hinzu: »Ich liebe sie auch.«

Faythe spürte die nassen Spuren auf ihren Wangen, ohne sofort zu begreifen, dass es sich um Tränen handelte. Sie wusste jetzt alles, was sie wissen wollte, und blieb nicht länger hinter Marlowe, sondern zog sich in ihre eigenen weißen und goldenen Nebelschwaden zurück.

Kaum befand sie sich in der vertrauten Umgebung ihres eigenen Kopfes, schluchzte sie laut auf. Wie hatte sie nur jemals an den beiden zweifeln können. Seit sie mit neun Jahren Waise geworden war, hatte sie sich immer auf Jakon verlassen können. Sie hatte für ihn immer an erster Stelle gestanden. Und selbst jetzt, mit Marlowe, bekannte er sich dazu. Er liebte sie. Nicht als Liebhaber, aber wenn es darauf ankam, würde er sie niemals im Stich lassen. Faythe hatte ein schreckliches Schuldgefühl, dass er überhaupt befürchtete, sich zwischen Marlowe und ihr entscheiden zu müssen. Und Marlowe war ganz und gar nicht eifersüchtig, warf es ihm nicht vor …

Schuldgefühle nagten an Faythe, sie verdiente die Liebe und Solidarität ihrer Freunde nicht. Aber sie durfte nicht zulassen, dass die Verzweiflung sie überwältigte. Sie würde beweisen, dass sie ihrer Zuneigung würdig war.

Dreiundzwanzigstes Kapitel

Als Faythe am nächsten Morgen aufwachte, waren ihre Freundin und ihr Freund bereits fort. Es tat ihr leid, dass sie sich bei ihnen nicht gleich für den gestrigen Abend entschuldigen konnte.

Trotzdem fühlte sie sich so frisch und leicht wie seit Langem nicht mehr. Es war, als wäre ein Gewicht von ihr genommen worden, von dem sie gar nicht gemerkt hatte, dass es sie langsam zermalmte – die Ungewissheit, wer sie war und was sie den Menschen bedeutete, die ihr wichtig waren.

Kaum war sie angekleidet, stürmte sie zur Tür hinaus – und bremste auf der Schwelle ab, um nicht über ein Paket zu stolpern, das dort abgestellt war. Sie runzelte die Stirn und stieß mit dem Fuß dagegen, weil sie sichergehen wollte, dass sich darin nichts Lebendiges oder irgendwie Gefährliches befand. Als alles ruhig blieb, hob sie es auf und trug es in die Hütte. Dort musterte sie es noch einmal und öffnete es dann. Als Erstes fiel ihr ein Zettel ins Auge.

Faythe,
das hier hat mich einen Monatslohn gekostet, aber ich gehe davon aus, dass sich meine Auslagen in kürzester Zeit bezahlt machen. Wir treffen uns morgen Abend um zehn Uhr an der Crow's Lane.

Sei pünktlich und vergewissere dich, dass dein Wachhund dir nicht folgt.

Immer der deine, Schätzchen

Ferris musste nicht unterschreiben. Sie wusste auch so, dass die Lieferung von ihm kam. Wie versprochen bestand der Inhalt des Pakets aus einer »scharfen Kampfmontur«. Sie zog das erste Teil heraus: eine schwarze Schalmütze, die sie über den Kopf ziehen konnte und die nur ihre goldenen Augen freiließ. Danach kamen schwarze Handschuhe zum Vorschein.

Beim nächsten Teil blieb ihr vor Staunen der Mund offen stehen. Es handelte sich um einen Ganzkörperanzug aus einem mattschwarzen lederähnlichen Material. Er war knapp geschnitten, aber das Material schien sehr dehnbar und würde sie in ihrer Bewegungsfreiheit nicht einschränken. Ein echter Kampfanzug.

Als weitere Teile folgten noch ein Paar schwarze Stiefel und ein langer schwarzer Mantel.

Faythe breitete alles bewundernd auf dem Tisch aus. Davon hatte sie immer geträumt. Wirklich was für Profis. Wo Ferris das alles herhatte, fragte sie sich lieber nicht. In der Vorstadt war ein solcher Anzug jedenfalls nicht zu bekommen – vielleicht im ganzen Königreich nicht.

Danach faltete sie alles sorgfältig zusammen und verstaute die Kleidungsstücke unter ihrem Bett. Wenn Jakon davon Wind bekäme, würde er der Sache schnell ein Ende bereiten. Dann schlüpfte sie aus der Hütte, ganz zappelig vor Anspannung und aufgeregter Vorfreude.

Nach einem nervtötend langweiligen Tag war nur noch Faythe am Marktstand, um aufzuräumen und abzuschließen. Sie war ununterbrochen beschäftigt gewesen und hatte sogar noch zusätzliche Botengänge übernommen, um nicht zu viel an ihre Freunde denken zu müssen – und vor allem an Nik, den sie vergeblich aus ihren Gedanken zu verbannen versucht hatte.

Faythe hatte gerade alle Läden hochgeklappt, als sie hinter sich eine Stimme hörte. »Ich dachte, du willst sie vielleicht wieder zurück.«

Sie fuhr herum und sah Marlowe hinter sich stehen und ihr die Taschenuhr ihrer Mutter hinstrecken, als wäre sie nie in Stücke zersprungen. Faythe lächelte und nahm die Uhr entgegen.

Zwischen ihnen herrschte einen Moment Schweigen, dann sagte Faythe: »Bitte verzeih mir, Marlowe. Tut mir leid, dass du gestern meine ganze Wut abbekommen hast. Das hast du nicht verdient und Jakon auch nicht.«

Als Antwort legte Marlowe fest die Arme um sie. Faythe' Trauer und Sorgen waren mit einem Schlag verschwunden. Sie hielten sich lange Zeit umarmt. Faythe hatte gar nicht gewusst, wie sehr sie diese Umarmung von ihrer Freundin brauchte. Es fühlte sich an, als wäre ihr ein Gewicht von den Schultern genommen worden.

Schließlich löste sich Marlowe von ihr, ließ die Hände aber weiter auf Faythe' Schultern liegen, während sie ihr in die Augen schaute und sagte: »Du kannst mir alles erzählen.«

Faythe spürte Marlowes tiefblaue Augen auf sich ruhen und nickte. Marlowe wartete noch etwas, als hoffte sie, Faythe würde irgendetwas dazu sagen, warum sie am Tag davor so lang weg gewesen war und wie es ihr ging. Wie gern hätte Faythe das getan! Aber sie konnte nicht. Es war besser für sie beide, wenn Marlowe von manchen Dingen nichts wusste.

Nach einer Weile trat Marlowe einen Schritt zurück und lächelte sie an, konnte aber die Enttäuschung auf ihrem Gesicht nicht ganz verbergen. Trotzdem hakte sie sich fröhlich bei Faythe unter, um gemeinsam mit ihr zur Hütte zurückzugehen.

»Da ist etwas, worum ich dich gerne bitten möchte.«

Marlowe blieb stehen, schaute sie an und wartete darauf, dass sie fortfuhr.

Faythe räusperte sich. »Ich … ähm … könntest du morgen Abend wieder dafür sorgen, dass Jakon abgelenkt ist?« Sie hatte kein Recht, Marlowe um etwas zu bitten, das wusste sie, schon gar nicht nach ihrem Wutausbruch gestern Abend.

Marlowe verschränkte die Arme. »Wenn ich das tun soll, musst du mir vorher genau erzählen, was du an dem Abend vorhast.«

Es war nur fair, wenn sie eine Gegenleistung verlangte. Und immerhin handelte es sich bei ihrem Geheimnis um eine normale menschliche Angelegenheit, wenn auch gefährlich und leichtsinnig.

»Ich werde im Cave Club kämpfen. Ich habe mich mit Ferris getroffen und er hat alles für mich geregelt.« Sie wartete auf einen entsetzten Aufschrei. Dass Marlowe sie anbrüllen würde, sie sei wohl verrückt geworden. Dass sie sofort zu Jakon rennen würde, um es ihm mitzuteilen. Doch nichts davon. Als ihre Freundin sie nachdenklich einen Moment musterte, war ihr Gesichtsausdruck für Faythe nicht entzifferbar.

»Bist du dir sicher, dass du gewinnst?«

Faythe blinzelte überrascht. »Ähm, nein … aber Ferris scheint ziemlich überzeugt zu sein, dass ich reelle Chancen habe.« Sie wand sich innerlich. Wie Ferris ihr Können beurteilte, war nicht maßgebend, und sie kam sich wie eine Idiotin vor, dass sie ihm da vertraut hatte.

Marlowe verdrehte die Augen, zugleich aber grinste sie. »Er weiß hoffentlich, dass er nicht nur mit Jakon zu rechnen hat, wenn er sich getäuscht hat und du auch nur mit dem kleinsten Kratzer aus deinem Kampf herauskommst.«

Faythe entspannte sich und lächelte ebenfalls. Sie hatte eine so tolle Freundin, das verdiente sie gar nicht. Marlowe hakte sich bei Faythe wieder ein, ohne noch mehr dazu zu sagen, und sie setzten ihren Weg fort. Faythe ging das Herz auf. Zwar hatte sie vor Jakon nun noch ein weiteres Geheimnis, aber sie war erleichtert, dass sie zumindest mit Marlowe darüber gesprochen hatte.

Es dauerte nicht einmal zehn Minuten, dann stieß nach ihnen auch Jakon die Hüttentür auf. Er öffnete den Mund – aber bevor er etwas sagen konnte, warf Faythe sich ihm bereits in die Arme. Jakon umarmte sie ebenfalls und hob sie ein paar Zentimeter in die Luft. So verharrten sie eine Weile. Faythe war von Gefühlen überwältigt. Nur Tränen kamen ihr nicht mehr, die hatte sie alle in der vergangenen Nacht aufgebraucht.

»Tut mir leid«, flüsterte er.

Sie schaute ihm in die braunen Augen und schüttelte den Kopf. »Ich muss mich bei dir entschuldigen. Ich weiß nicht, was gestern mit mir los war. Du warst zu Recht wütend auf mich.«

»Ich werde dich immer brauchen, Faythe«, sagte er. »Ich werde nie aufhören, mich um dich zu kümmern und zu sorgen.«

»Ich weiß«, flüsterte sie kaum hörbar. »Es tut mir leid, dass ich in der letzten Zeit so viel in meiner eigenen Welt war. Aber es hat nichts mit dir oder mit Marlowe zu tun. Ich werde euch beide auch immer brauchen und ich werde nie verlangen, dass du dich zwischen einer von uns beiden entscheiden musst.« Sie löste sich aus seinen Armen.

Auf Marlowes Gesicht lag ein warmes Lächeln und Jakon nickte zustimmend. Zwischen ihnen war alles wieder hell und klar, wie die reine Luft nach einem Gewittersturm, und Faythe atmete lang und tief ein.

»Wie wär's, wenn wir heute Abend alle miteinander ins Harbor Hall gehen?«, schlug Marlowe vor. »Ich lade euch ein.«

Faythe lächelte als Antwort, dankbar für den Themenwechsel und die Stimmungsauflockerung. Ihr Magen knurrte laut, sobald sie an Essen dachte.

Gemeinsam schlenderten sie durch die stillen Gassen zum Hafen. Um dem verblassenden Tageslicht aufzuhelfen, waren entlang der Häuser bereits Fackeln aufgesteckt. Über dem Meer ging gerade die Sonne unter. Im Harbor Hall wurden sie an einen Fenstertisch geführt, von dem aus sie aufs Wasser blicken konnten. Diesmal setzten sich Marlowe und Jakon nebeneinander und Faythe nahm ihnen gegenüber Platz. Sie war sich unsicher gewesen, ob sie sich als Dritte im Bund überflüssig vorkommen würde – und war überrascht, wie wohl sie sich jetzt fühlte. Sie aßen miteinander und lachten und redeten über alles Mögliche. Alles war ganz normal und sie freute sich, dass ihre Freunde miteinander so glücklich waren.

Faythe war gar nicht aufgefallen, wie sehr ihr das alles fehlte; wie sehr sie es brauchte. Sie musste innerlich ausgeglichener werden, das wurde ihr jetzt klar. Nur dann würde sie lernen, ihre Wut und Trauer zu kontrollieren, und konnte dann auch ihre Gaben besser nutzen.

Die Stimmung am Tisch war ausgelassen und Faythe fühlte sich vom vielen Lachen ganz beschwipst, als sie schließlich zahlten und sich auf den kurzen Weg nach Hause machten. Sie waren bereits um die letzte Straßenecke gebogen, da erstarrte Faythe. Alle Freude war mit einem Mal aus ihr gewichen. Marlowe, die sich wieder bei ihr untergehakt hatte, bemerkte es und blickte sie fragend an.

Vom Ende der Straße kam ihnen eine Wachpatrouille der Fae entgegen, ebenfalls zu dritt. Zwei Wachsoldaten und Captain Varis. Marlowe sagte nichts, sondern zog Faythe nur näher an sich, als würde sie ihre Angst spüren. Faythe versuchte, ihre Augen auf den Boden zu heften und nicht weiter auf die Männer zu achten. Sie hoffte, dass der Captain sich nicht an ihre letzte Begegnung erinnerte. Aber seine dunkle Stimme rasselte in ihr.

»Schau mich an, Mädchen.«

Eine Machtdemonstration. Er wollte, dass sie ihn anschaute, während sie aneinander vorbeigingen, wollte die Furcht in ihren Augen sehen, wollte den Beweis, dass er auch bei ihr die Furcht und den Schrecken hervorgerufen hatte, den er um sich verbreiten wollte. Wenn sie ihm die Erfüllung seines Wunsches verweigerte, das wusste sie, würde er sie alle drei anhalten und mit körperlicher Gewalt sein sadistisches Bedürfnis nach Unterwerfung befriedigen.

Als die Wachen nur noch wenige Schritte entfernt waren, zwang sie sich, aufzublicken und ihm in die Augen zu schauen. Sie zuckte nicht zusammen, als sein finsterer Blick sie traf, obwohl sich bei dem Hass und der Heimtücke, die von ihm ausstrahlten, in ihr innerlich alles verkrampfte. Beinahe hätte sie es umgehauen. Trotzig hielt sie seinem Blick stand und spürte, wie sich dabei ein zorniger Blitz in ihre Brust bohrte. Sein Zorn.

Vielleicht war es dumm von ihr gewesen, ihm nicht zu geben, was er von ihr gewollt hatte, aber in diesem Augenblick behielt ihre eigene Wut die Oberhand über Logik und rationales Denken. Sie würde sich nicht ducken. Niemals mehr.

Keiner von beiden wich dem Blick des anderen aus, während

sie so dicht aneinander vorbeigingen, dass ihre Arme sich beinahe streiften. Eine Sekunde fühlte sich an, als wäre es ein ganzes Leben. Captain Varis hörte nicht auf, sie mit zornigen Pfeilen zu durchbohren. Schließlich atmete Faythe tief und lang aus und lächelte Marlowe unsicher an. Ihre Freundin drückte ihr den Arm. Sie schien Faythe' Reaktion der allgemeinen Furcht vor den Fae zugeschrieben zu haben. Einer Furcht, die alle verspürten – und zu Recht.

»Als hätten sie nichts Besseres zu tun«, schimpfte Marlowe, sobald die Wachen weit genug entfernt waren. »Sie nutzen ihre Unsterblichkeit nur dazu, uns Angst einzujagen, und wollen, dass wir vor ihnen strammstehen.«

Jakon lachte bei ihrem Kommentar, und als wäre es die leichteste Sache der Welt, schob Faythe die letzten Minuten innerlich beiseite. Sie dachte nur noch an den großartigen Abend, den sie miteinander verbracht hatten. Eine bessere Gesellschaft als ihre beiden Freunde gab es nicht. In der Hütte umarmte sie Marlowe und wünschte ihr Gute Nacht. Danach begleitete Jakon Marlowe ans andere Ende der Vorstadt, wie immer. Faythe fühlte sich in ihrem Bett so sicher und geborgen wie schon lange nicht mehr. Mit einem Lächeln im Gesicht und Freude im Herzen schlief sie ein.

VIERUNDZWANZIGSTES KAPITEL

Der folgende Tag bestand aus einer einzigen Abfolge von Lieferungen für die Bäckerei, Plaudereien mit den Kundinnen und Maries ständigen Beschwerden, dass Faythe nicht aufmerksam genug war und ständig irgendetwas durcheinanderbrachte. Marie hatte recht. Faythe war an dem Tag mit den Gedanken bei dem Kampf, der am Abend stattfinden würde und mit jedem Ticken ihrer Uhr näher rückte. Sie legte die Taschenuhr kaum aus der Hand, überprüfte unablässig, wie spät es war, während der Minutenzeiger seine Kreise drehte und der Stundenzeiger sich langsam, aber unablässig der Zehn näherte. Da würde sie sich mit Ferris in der Crow's Lane treffen.

Als ihre Schicht vorbei war, setzte sie sich in der Hütte an den Tisch und tat so, als ob sie in das vor ihr aufgeschlagene Buch vertieft wäre. Mit dem Fuß tippte sie nervös auf den Dielenboden, der einzige Laut, der in der drückenden Stille der Hütte zu hören war. Unruhig wartete sie darauf, dass die Tür aufging und endlich Jakon hereinkam. Aber er verspätete sich.

Normalerweise kam Jakon pünktlich um acht Uhr nach Hause, aber jetzt war es schon fast halb neun und Faythe geriet allmählich in Panik. Er war schon manchmal später gekommen, wenn auf dem Bauernhof irgendwas Besonderes los war. Kein Grund zur Sorge, aber heute passte es ihr überhaupt nicht.

Als endlich die Tür in den Angeln quietschte, sprang Faythe auf. Doch es war nur Marlowe, die hereinkam.

»Ist er noch nicht zu Hause?«, fragte sie enttäuscht.

Faythe schüttelte den Kopf, setzte sich wieder hin und gab einen Seufzer von sich.

»Wann musst du dort sein?«

»Um zehn«, antwortete Faythe und blickte zum wiederholten Mal auf die Uhr.

»Zieh dich um – ich werde ihn schon aufhalten und ablenken, falls er ausgerechnet jetzt nach Hause kommt.« Marlowe ergriff Faythe' Hände und zog sie hoch.

Nervös folgte ihr Faythe und zog sich in die Schlafkammer zurück, um in ihre Kampfmontur zu wechseln. Hastig zog sie Tunika und Hose aus und schlüpfte in den eng anliegenden Kampfanzug. Er fühlte sich großartig an. Der Anzug passte ihr wie eine zweite Haut. An Unterarmen, Brust und Knien war das körnige mattschwarze Material verstärkt, doch ohne dass dies auffiel. Um die Hüfte war ein Gürtel eingearbeitet, in dem sie verschiedene Öffnungen für Dolche und andere Waffen bemerkte.

Obwohl sie in der Hütte keinen Spiegel hatte, um sich von oben bis unten anzusehen, wusste Faythe, dass sie in dem Anzug großartig aussah. Dafür musste sie sich bei Ferris bedanken. Wenn sie gewann, würde sie ihm natürlich alle Ausgaben erstatten. So hatten sie es vereinbart. Eines musste sie ihm lassen: Er hatte Geschmack und offensichtlich ein Auge für die richtige Größe.

Faythe war gerade in die Stiefel geschlüpft, als sie hörte, wie die Tür aufging. Schritte, dann Stimmengemurmel. Fluchend schubste sie alles, was noch herumlag, unters Bett. Verzweifelt blickte sie umher, wo sie sich verstecken konnte. Große Auswahl gab es da nicht. Und so schlug sie hastig die Bettdecke zurück, schlüpfte darunter und zog sie bis unters Kinn hoch.

Sie schloss die Augen und tat, als ob sie schliefe. Die Stimmen kamen näher.

»Ich glaube, sie hat sich nicht wohlgefühlt und ist gleich ins Bett«, hörte sie Marlowe lauter als nötig sagen und wusste, dass das für ihre Ohren bestimmt war. Sie dankte allen guten Geistern dafür, dass ihre Freundin in diesem Moment genau denselben rettenden Einfall hatte wie sie.

Faythe hörte, wie die Dielen knarzten, öffnete ihre Augen einen Spalt und versuchte, benommen und leicht verwirrt zu wirken. »Hallo, Jak«, krächzte sie.

Jakon musterte sie mit besorgter Miene. »Tut mir leid, dass ich so spät bin. Es gab heute noch Extra-Arbeit.«

Sie schenkte ihm ein Lächeln. »Schon in Ordnung. Ich will sowieso nur schlafen. Fühl mich nicht so besonders.«

»Wir können heute alle zu Hause bleiben und dafür sorgen, dass du –«

»Nein, schon gut, Jak«, antwortete Faythe eine Spur zu schnell. »Geht ihr nur, macht euch einen schönen Abend.« Sie hatte keine Ahnung, wie spät es inzwischen war. Aber sie wusste, dass sie zu spät kommen würde, wenn sie nicht bald loszog.

Jakon öffnete schon den Mund, um zu protestieren, da mischte Marlowe sich ein.

»Ich habe für uns beide heute Abend was Besonderes geplant«, sagte sie. »Faythe ist wohlversorgt, ich habe mich bereits um alles gekümmert.«

Faythe warf ihrer Freundin einen dankbaren Blick zu. Es würde für Marlowe nicht leicht sein, ihre Lüge durchzuziehen.

Jakon lächelte Marlowe dankbar an und wandte sich dann wieder zu Faythe. »Ist es auch wirklich für dich in Ordnung? Hast du alles?«

»Absolut. Ich hab alles.« Faythe grinste übers ganze Gesicht und hoffte, das würde ihn überzeugen. Jakon warf ihr einen letzten Blick zu, nickte und drehte sich zur Tür.

Marlowe zwinkerte ihr zu und formte mit den Lippen ein stummes »Viel Glück!«. Dann folgte sie Jakon.

Eine Weile blieb Faythe noch im Bett liegen, bis sie hörte, dass die Hüttentür hinter den beiden endlich zufiel und ihre Stimmen sich immer weiter entfernten. Dann schlug sie die Decke zurück und sprang aus dem Bett. Schnell schlang sie sich den Gurt mit Lumarias um die Schulter, zog die Handschuhe an und steckte den Kopf durch den Mützenschal. Übers Gesicht würde sie ihn erst später ziehen, damit sie auf dem Weg zur Crow's Lane nicht verdächtig wirkte.

Danach warf sie sich ihren neuen schwarzen Mantel über die Schulter, sauste aus der Hütte und wurde ein lebendiger Schatten, der nahtlos mit der Nacht verschmolz. Sie war wie ein sich rankender schwarzer Nebelschwaden, als sie mit raubtierhafter Geschmeidigkeit durch das Gewirr der Gassen schlich. Der Anzug verschaffte ihr eine neue Bewegungsfreiheit, die sie beim Schwertkampf bisher vermisst hatte. Nichts rieb oder zwickte und trotz des dicken Materials fühlte sie sich schwerelos.

Faythe hatte die Crow's Lane erreicht, ein passender Name für eine der finstersten Gassen der Stadt, in der die Krähen sich an ausgekipptem Abfall aus Metzgereien und Wirtshäusern ergötzten. Der Gestank und die Schreie der Krähen waren so widerlich, dass kaum jemand diese Gasse benutzte.

Die Umrisse einer Gestalt waren auszumachen, die in einiger Entfernung an einer Mauer lehnte. Faythe konnte nur hoffen, dass es Ferris war und nicht jemand, der ihr Böses wollte. In der Finsternis hätte sie wenig Chancen, sich selbst zu verteidigen, und ihre Schreie würden von niemand gehört werden.

Als sie sich näherte, löste sich die Gestalt von der Mauer. »Ich dachte allmählich schon, du kommst nicht mehr«, begrüßte sie Ferris. Trotz des coolen Tonfalls war seine Ungeduld unüberhörbar.

Faythe blieb vor ihm stehen und schaute ihn an. »Ich bin hier, oder?«

»Jep.« Er musterte sie von oben bis unten. »Du siehst exquisit aus, meine Liebe. Wie die Schnitterin Tod höchstpersönlich.«

»Wer hätte gedacht, dass du Geschmack hast?«

»Der Anzug ist ein Direktimport aus Rhyenelle«, erwiderte er. »Die Fae-Kriegerinnen tragen dort eine solche Kluft. War nicht einfach zu bekommen.«

Bei der Erwähnung der legendären Kriegerinnen aus Rhyenelle wurden Faythe' Augen riesengroß. Die Armee von Rhyenelle, aus Kriegern und Kriegerinnen zusammengesetzt, übertraf selbst die Fae-Kämpfer von High Farrow. Faythe hatte das Gefühl, eines solchen Anzugs nicht würdig zu sein. Am liebsten hätte sie ihn sofort ausgezogen.

»Eine Hose aus schwarzem Leder und eine Tunika hätten genügt«, murmelte sie.

»Wenn du vorhast, die Beste zu sein, musst du auch so aussehen«, meinte Ferris achselzuckend. »Ich gehe davon aus, dass ich meine Auslagen von dir wiederbekomme, und noch mehr. Vielleicht sogar schon heute Abend.« Er grinste sie an.

Faythe schluckte. Von wegen kein Druck.

»Wenn wir reingehen, redest du mit niemand«, fuhr Ferris fort. »Das übernehme ich. Du tauchst bloß auf, lieferst deine Performance ab und verschwindest wieder. Um den Rest kümmere ich mich. Verstanden?« Sein Tonfall war streng. Für ihn war es ein Geschäft und sie war sein Joker.

Faythe nickte daraufhin nur, vor lauter Nervosität brachte sie sowieso kein Wort heraus.

»Stolziere nicht herum. Mach keine Show. Je weniger Leute auf dich setzen, desto größer unser Gewinn, kapiert?«

Er wollte sie als sein Eigentum vorführen – das war sein Plan. Er hatte in sie investiert und sie musste ihm das Geld zurückzahlen. Faythe hatte keine Möglichkeit mehr, noch aus der Sache auszusteigen, das wurde ihr jetzt klar. Es war ein tödliches Spiel, das gleich beginnen würde, und sie war unheilvoll darin verstrickt.

FÜNFUNDZWANZIGSTES KAPITEL

Faythe zog den Mützenschal wie eine Maske übers Gesicht und zugleich die Kapuze ihres Mantels tief in die Stirn, als sie die Crow's Lane verließen und in die Main Street einbogen. Ihre Hände in den schwarzen Handschuhen ballte sie zu Fäusten, damit sie zu zittern aufhörten. Adrenalin schoss durch ihre Adern.

Die wenigen Menschen, denen sie auf der Straße begegneten, starrten sie an und wichen sofort aus, als sie an ihnen vorbeigingen. Faythe bemühte sich, mit jeder Faser stolzes Selbstvertrauen auszustrahlen. Schließlich sollte sie ja eine erbarmungslose, Furcht einflößende Kriegerin darstellen. So wurde es an einem Ort wie dem Cave Club jedenfalls erwartet.

Sie kamen zur Schenke. Ein letztes Mal tief Luft holen, dann folgte Faythe Ferris hinein. Sie hoffte, dass die Besitzer sie nicht erkennen würden, denn sie waren nicht besonders gut auf sie zu sprechen, seit sie betrunken einmal Weinflaschen und Gläser zerschmettert hatte.

Der Raum war vollgestopft mit Gruppen von Männern, die laut redeten und tranken. Ein paar davon schauten sie neugierig an, als sie sich an ihnen vorbeischob, eine mysteriöse schwarze Kapuzengestalt. Sie folgte Ferris weiter, der kaum rechts und links guckte, sondern entschlossen zwischen den Tischen hindurch und an der Theke vorbei auf einen schwach beleuchteten Gang zusteuerte, von dem eine Treppe nach unten führte. Keiner hielt ihn auf oder fragte ihn, was er hier zu tun habe. Für Faythe ein klarer Hinweis, dass ihr Freund sich sehr oft in dem berüchtigten Club aufhalten musste.

Vor Nervosität – und wegen der dicken schwarzen Lederhandschuhe – bekam sie feuchte Hände. Um sich abzulenken, bewegte sie unablässig ihre Finger. Die Anzahl der Fackeln an den Wänden wurde immer spärlicher, bis sie schließlich einen weiteren, kurzen Gang erreicht hatten, an dessen Ende vor einer breiten Eisentür zwei riesige Männer postiert waren. Menschen, wie sie feststellte. Hoffentlich würde sie nicht gegen irgendjemand von dieser Größe kämpfen müssen, dachte Faythe, egal ob Mann oder Frau.

Sie hatte keine Ahnung, was sie in der Kampfarena erwartete, auf wen sie treffen würde, und falls Ferris es wusste, so hatte er es ihr nicht verraten. Vielleicht aus Angst, dass sie dann einen Rückzieher machen könnte. Vielleicht aber auch, damit sie sich nicht vorher schon innerlich fertigmachte.

Ferris blieb stehen und drehte sich zu ihr. »Vergiss nicht, Faythe, ich habe heute Abend jede Menge Geld auf dich gewettet und meinen Boss davon überzeugt, es auch zu tun. Verlieren kommt nicht infrage. Du bist schnell, du bist klug … enttäusche uns nicht.« Er ermahnte sie nicht wie eine Schülerin oder versuchte, ihr Angst zu machen und Druck aufzubauen, damit er kein Geld verlor. Nein – als sie ihm in die Augen schaute, erkannte Faythe, dass ihr Freund damit ihr Selbstvertrauen stärken wollte.

Sie atmete tief durch und streckte sich mit neuer Entschiedenheit. Verlieren kam nicht infrage. Weder heute noch an irgendeinem anderen Abend.

Ferris trat zu den beiden Wachen und redete mit ihnen, doch

so leise, dass sie es nicht verstehen konnte. Dann zog er etwas aus seiner maßgeschneiderten schwarzsilbernen Jacke hervor, das er ihnen zusteckte. Die Wachen musterten zuerst ihn, dann sie.

Zum ersten Mal an diesem Abend betrachtete sie Ferris genauer. Anders als sonst trug er einen eleganten Anzug; was Faythe einen Vorgeschmack darauf gab, welches Publikum sie hinter der Tür erwartete. Stimmengewirr und Gelächter drang durch die schweren eisernen Türflügel.

Einen Moment später konnte sie alles mit eigenen Augen sehen, als die beiden Wachen nickten, jeder am Griff eines Türflügels zog und sich vor ihr ein großer Raum mit dicken Mauern öffnete: The Cave. Der Club trug seinen Namen zu Recht. Faythe hielt sich dicht hinter Ferris, als er die höhlenartige Vergnügungsstätte betrat.

Der Geruch fiel ihr als Erstes auf. Es war nicht Schweiß, auch nicht verschütteter Alkohol, was ihr in die Nase stach; es war der metallische Geruch von Blut, der in der Luft lag. Faythe wurde davon schlecht und sie schwankte einen Augenblick benommen. Damit hatte sie nicht gerechnet. Es war vielleicht idiotisch von ihr gewesen, aber sie hatte gehofft, mit Schnelligkeit und Klugheit allein davonzukommen. Ohne Blut und ohne Wunden.

Ferris legte ihr eine Hand auf den Rücken und führte sie tiefer in den Raum hinein. »Du musst eine Show abliefern, Faythe. Darum geht es hier bei den Kämpfen«, flüsterte er ihr zu. »Es ist kein Kampf auf Leben und Tod.«

Das beruhigte sie etwas. Sie hätte sich nicht in der Lage gefühlt, in den Ring zu steigen, wenn sie tatsächlich jemanden hätte töten müssen.

Ferris geleitete sie zu einer Brüstung, von der aus man in eine große, mit Steinplatten ausgekleidete Kampfarena blickte. Gerade kämpften zwei Männer gegeneinander, beide waren blutüberströmt und lieferten sich ein wüstes Hauen und Stechen. Boden und Wände waren von schaurigen Flecken übersät. Beinahe hätte Faythe kehrtgemacht und wäre davongestürmt.

Das Publikum johlte und klatschte, manche lehnten sich weit über die Brüstung und folgten mit genüsslichem Grinsen dem Kampf. Andere wirkten eher unbeteiligt und warfen nur ab und zu einen Blick in die Arena, tranken dazu ihr Bier aus Kristallkrügen, die oben in der Schenke nicht zu finden waren. Fast alle Gäste waren Männer, alle so elegant angezogen wie Ferris. Faythe kannte keinen von ihnen. Es musste sich bei ihnen um die kleine Anzahl wohlhabender menschlicher Bewohner der Vorstadt handeln. Sie bewegten sich weder in denselben Kreisen noch hielten sie sich an denselben Orten auf wie sie.

Auch ein paar Frauen befanden sich darunter, in Kleidern, wie Faythe sie noch nie gesehen hatte. Unglaublich sexy. Aber sie waren schön. Manche hingen wie Trophäen am Arm ihrer stolzen Besitzer. Andere wirkten unabhängiger, waren aber ebenfalls in männlicher Begleitung gekommen. Sie standen mit anderen in Grüppchen zusammen, rauchten aus langen Zigarettenspitzen und schienen sich genauso zu amüsieren wie die Männer.

Der Kontrast von Kultiviertheit und Brutalität machte den Cave Club zu einem angesagten Treffpunkt für die Elite.

Faythe blickte wieder nach unten zum Kampf der beiden Männer. Nichts zur Beruhigung ihrer Nerven, aber sie prägte sich dabei alle Einzelheiten der Arena genau ein. Das konnte ihr später von Nutzen sein.

Die beiden Kämpfer standen sich mit Dolchen in jeder Hand gegenüber. Der kleinere der beiden schien kurz davor, aufzugeben oder ohnmächtig zu werden. Nur noch mühsam konnte er sich aufrecht halten. Ferris hatte ihr nichts zu den Waffen oder den Regeln erläutert, und ganz offensichtlich gab es keine. Alles war erlaubt.

Der andere, stärkere, eine Bestie von Mann, der am Gewinnen war, zeigte kein Mitleid mit seinem Gegner und griff ihn wieder und wieder an. Voller Grauen sah Faythe bei diesem erbarmungslosen Kampf zu. Ihr Herz klopfte zum Zerspringen, vielleicht würde sie ja auf eine genauso entfesselte Gegnerin treffen. *O ihr Göttinnen,* wenn Jakon diesen Ort sehen würde … wenn er sie hier sehen würde und wüsste, was sie gleich machen würde …

Sie schüttelte den Kopf. Daran durfte sie jetzt nicht denken. Sie musste sich auf den Kampf konzentrieren, der vor ihr lag.

»Komm mit«, sagte ihr Ferris inmitten des Lärms ins Ohr. Mit einer Hand auf ihrem Rücken steuerte er sie um die Kampfarena herum auf die andere Seite. Das Johlen und Klatschen der Menge zeigte ihr an, dass der schwächere Kämpfer endgültig unterlegen war.

Hinter einer Öffnung in der Wand führte eine Wendeltreppe nach unten. Faythe wusste, dass das Ziel nur *ein* Ort sein konnte.

Ferris war hinter ihr die Treppe hinuntergestiegen und unten angekommen spürte sie seine Hände von hinten ihre Mantelspange öffnen. Der schwere Stoff glitt ihr von den Schultern, er fing ihn auf und trat vor sie.

Plötzlich fühlte sich Faythe nackt und verletzlich. Panik stieg in ihr auf.

O ihr Götter, *o ihr Göttinnen*, was hatte sie sich bloß dabei gedacht? Das war kein Ort für eine Novizin im Schwertkampf, um Finten und Tricks zu üben. Das war ein Ort von erbarmungsloser Brutalität und sie würde dabei verwundet werden – oder noch schlimmer.

Starke Hände packten sie an den Schultern, so hart, dass sie vor Schmerz zusammenfuhr. Ihre panischen Gedanken waren durchbrochen. Die Menge hatte sich beruhigt und schien auf die nächste Dosis Gemetzel zu warten. Die Hände schüttelten sie, ein Paar haselnussbraune Augen bohrte sich in ihre.

»Reiß dich zusammen, Faythe. Du weißt, dass du es kannst. Du hast es in dir, auch wenn es für dich gerade nicht so aussieht. Aber ich weiß es. Das ist dein größter Trumpf, die Überraschung. Du bist schnell, du bist klug, du beobachtest genau. Darauf sind sie nicht vorbereitet.« Ferris redete zu ihr wie ein Coach, der einen preisgekrönten Boxer in der Ringecke aufpeppt.

»Die nächsten Kämpfer!«, brüllte eine Stimme.

Das rüttelte Faythe wach. Sie holte tief Luft. Ferris und sie nickten einander zu und er wünschte ihr ein letztes Mal Glück.

Faythe drehte sich zum Tunnel, der in die Kampfarena führte, und konzentrierte sich. Das Chaos in ihrem Kopf legte sich und ihre Gedanken wurden zu einem ruhigen Fluss. Das laute angstvolle Pochen ihres Herzens besänftigte sich, wurde zu einem leisen Summen, gerade laut genug, um alle ihre Sinne wachzuhalten und zu schärfen, sie nicht einzulullen. Bei jedem Schritt zählte sie ihre Atemzüge, verlangsamte den Atem, um das Tempo ihres Herzschlags zu verlangsamen. Tiefer und tiefer versank sie in eine kalte, konzentrierte Ruhe, die es ihr ermöglichte, jede Lektion, jede eingeübte Bewegung, jeden Trick abzurufen. Sie würde jeder Herausforderung oder Bedrohung standhalten.

Sie würde keine Schwäche zeigen.

Sie würde sich nicht wegducken.

Sie würde nicht verlieren.

Sie setzte den Fuß auf den Steinboden der Kampfarena und war mit einem Mal eine völlig andere Person als die Faythe oben zwischen den anderen. Die Menge war mucksmäuschenstill geworden. Hoch aufgerichtet stand Faythe da und warf mit ihren strahlend goldenen Augen – das einzige Merkmal, das sie von sich preisgab – einen Blick nach oben, um die Menge zu mustern. Alle blickten auf sie herunter, auch diejenigen, die sich während des vorigen Kampfes unterhalten und nur wenig Interesse gezeigt hatten.

Die Schnitterin Tod höchstpersönlich, hatte Ferris sie genannt. Und genau das würde sie in dieser Arena sein. So würde sie gewinnen.

»Die Herausforderin!«, brüllte er.

Der Kampfrichter, ein großer, dünner Mann, stand in der Mitte der Arena. Er musterte Faythe und sein Adamsapfel hüpfte, als er ihren stechenden, harten Blick bemerkte.

»Und ihr Gegner!«

Sie blickte zu dem anderen Eingang, links von ihr. Nach einer kurzen Pause trat ein dunkelhäutiger, schwarzhaariger Mann heraus. Ein Gemurmel erhob sich in der Menge und ein kollektiver Seufzer entfuhr dem Publikum, sobald sie ihn sahen, eine mächtige Kampfmaschine – in den Kampf geschickt gegen sie.

Er war eineinhalb Köpfe größer als Faythe und wirkte wie aus Stein gehauen. Bekleidet war er mit einer abgewetzten, ärmellosen braunen Ledertunika, die seine extrem muskulösen nackten Arme sehen ließ und ein Signal an alle war, dass er keinen Schutz benötigte, gegen welchen Herausforderer auch immer. Er war ein Narr, und Faythe bemerkte diese Schwäche sofort.

Wenn sie Blut sehen wollten, dann wusste sie genau, wie sie es ihnen liefern konnte.

Eine weitere Schwachstelle waren seine in Sandalen steckenden Füße. Die ganze Aufmachung verkündete großspurig, dass er in der Lage sein würde, sie ohne viel Fußarbeit fortzufegen. Was für ein Narr. Faythe fühlte sich in ihrer Ehre gekränkt. Sie würde ihn schon tanzen lassen, das nahm sie sich fest vor.

Ihr Gegner warf kurz einen Blick auf sie, wie ein wildes Tier, das seine Beute mustert. »Ist das alles, was ihr mir zu bieten habt?«, brüllte er und machte eine wegwerfende Geste, als wäre sie für ihn nichts als eine Kakerlake, die man zerdrückte. Er wollte die Menge für sich einnehmen und sich von ihr zum Sieger küren lassen, noch bevor der Kampf überhaupt begonnen hatte. Faythe, die seine Taktik durchschaute, unternahm gegen die Beleidigungen nichts. Ruhig und stumm wartete sie ab.

Ferris hatte recht. Keiner würde unter diesen Umständen auf sie wetten, und das wäre nur von Vorteil.

Unter ihrer Maske grinste sie, passte aber auf, dass ihre Augen sie nicht verrieten.

Ihr Gegner bekam die Antwort, die er wollte. Die Menge toste vor Gelächter. Sogar Buhrufe waren zu hören, an die schwache Gegnerin gerichtet, die kein großes Spektakel bieten würde, bevor sie hinweggefegt war.

»Letzte Möglichkeit für Wetten!«, brüllte der Kampfrichter. Faythe und ihr Gegner nahmen ihre Ausgangspositionen ein.

Im Publikum erklang lautes Stimmengewirr. Faythe blickte noch einmal hoch zu den Zuschauerrängen und sah, wie in wilder Hast Münzen herausgezogen und Wetteinsätze getätigt wurden. Höchstwahrscheinlich wettete kaum jemand auf sie, und sie konnte es ihnen nicht verdenken. Es musste auf alle wie der ungleiche Kampf zwischen einem wilden Raubtier und einem zahmen Reh wirken.

Dann bemerkte sie Ferris. Er stützte sich mit den Armen auf der Brüstung ab und sah zu ihr herunter. Er lächelte, aber sie konnte in seinem Gesicht auch Sorge bemerken. Sie nickte ihm zu, um ihm zu signalisieren, dass sie der Anblick ihres Gegners nicht verunsichert hatte. Ganz im Gegenteil, wie sie überrascht feststellte.

»Welche Waffen?«, fragte der Kampfrichter.

Der Muskelmann lachte höhnisch auf, als bräuchte er gar keine, um sie zu besiegen, und zog mit der einen Hand ein einfaches Stahlschwert heraus. Mit der anderen Hand zückte er einen Dolch.

Betont langsam holte Faythe Lumarias aus der Scheide auf ihrem Rücken. Dabei fixierte sie ihren Gegner ununterbrochen und schaute ihm in die Augen. Etwas Wildes loderte in ihnen, ein Raubtier, das gleich seine schwache Beute reißen wird.

»Viel Glück! Der Kampf beginnt – jetzt!« Nach dieser Ankündigung verdrückte sich der Kampfrichter so schnell wie möglich.

Faythe und ihr Gegner umkreisten sich langsam. Sie spähte auf jede noch so kleine Bewegung bei ihm. Wie von ihr vorausgeahnt, machte er bald einen Ausfall nach vorne, ein schwerfälliger, träger Angriff, mit dem er sie allein durch seine Kraft und Körpermasse erledigen wollte. Sie duckte sich, machte einen Schritt zur Seite und entkam ihm mit Leichtigkeit.

Er brummte mürrisch und holte danach zu einem Schwerthieb aus. Mit einer ruhigen, konzentrierten Bewegung wich sie ihm aus. Wütend schnaubte er sie an, weil sie es wagte, ihn so vorzuführen.

Faythe hatte bisher ihr Schwert noch nicht gegen ihn erhoben, wollte sich erst einmal einen Eindruck von ihm verschaffen und so lange in der Defensive bleiben, bis er einen groben Fehler machte. Nicht weil er keine Kraft mehr hatte, sondern weil er zu ungeduldig wurde.

Es würde nicht lange dauern. Sie merkte, wie in ihm der Zorn anschwoll.

Er schwang jetzt wieder das Schwert, diesmal schneller, und setzte unmittelbar darauf mit dem Dolch nach, um sie in einem unaufmerksamen Moment zu erwischen. Aber Faythe kannte diesen Trick. Jakon hatte ihr schon früh gezeigt, wie sie den gleichzeitigen Angriff mit zwei Klingen parieren und ihm ausweichen konnte. Und mit Nik hatte sie ihre Technik noch erheblich verbessert.

Sie duckte sich und ließ durch ihre schnellen Ausweichbewegungen seine Abfolgen aus schnellen Dolchstößen und langen Schwerthieben ins Leere gehen. Ihrem Gegner stand rasende Wut und totaler Unglauben ins Gesicht geschrieben, dass er sie immer noch nicht getroffen hatte. Zur Freude von Faythe.

Die Zuschauer ringsum waren für Faythe längst verschwunden, als sie schließlich kühl und ruhig zum Gegenangriff überging. Es reichte ihr mit dem Geplänkel und bei seiner nächsten Attacke wirbelte sie blitzschnell um ihn herum, hob ihrerseits das Schwert und ließ es auf seinen nackten linken Arm niedersausen. Sie spürte, wie die Klinge bei ihm ins Fleisch schnitt, und brachte sich hinter ihm wieder in Stellung. Der Arm begann von der Schulter bis zum Ellenbogen aus einer tiefen Schnittwunde zu bluten.

Früher wäre sie erschrocken zurückgewichen, weil sie ihm dies zugefügt hatte. Aber das hier war ein Kampf, und entweder er oder sie würden Wunden davontragen.

Faythe hörte von oben überraschte Ausrufe und Gemurmel, blickte aber nicht hoch, sondern konzentrierte sich weiter voll auf ihren Gegner, der mit lautem, tierischem Gebrüll um sich schlug. Faythe stand reglos da und brachte sich gegenüber dem rasenden Stier in Stellung. Der sah buchstäblich rot, als er wieder ruhiger geworden auf dem Steinboden Fuß vor Fuß setzte, jederzeit zum Angriff bereit.

Und der Angriff kam, diesmal schnell. Faythe hatte kaum Zeit, die Bewegung wahrzunehmen, als sie sich instinktiv duckte und wegdrehte. Er flog über sie hinweg und mit ihrem Schwert erwischte sie seinen Oberschenkel, während sie wieder die Seiten wechselten.

Der Mann brüllte auf und ging diesmal sofort auf sie los. In einem Kampf, in dem rasende Wut gegen klug überlegte Abwehr prallte, klirrten ihre Schwerter wieder und wieder aufeinander. Faythe musste alles abrufen, was Nik ihr beigebracht hatte, um sich mit ihrem Schwert gegen ihn zur Wehr zu setzen – und durfte gleichzeitig auch seinen Dolch nicht aus den Augen verlieren. Doch trotz aller Tricks und ihres Trainings würde sie nicht mehr lange seiner brutalen Stärke standhalten können, wenn sie so weitermachte.

Sie startete rechts einen Scheinangriff, und als er darauf reagierte, richtete sie die Klinge ihres Schwerts nach oben und stieß mit dem Knauf hart gegen sein linkes Handgelenk. Der Dolch flog ihm aus der Hand, und im selben Augenblick versetzte sie ihm mit aller Kraft einen Fußtritt, der ihn nach rückwärts stolpern ließ. Das kam für ihn so unerwartet, dass er noch nicht wieder zu Sinnen gekommen war, als sie ihr Schwert nach unten richtete und ihm damit quer über beide Oberschenkel fuhr.

Mit einem Aufschrei sank der Muskelprotz auf die Knie.

Sofort stand Faythe über ihm und richtete die Spitze ihres Schwerts auf sein Herz. Sie keuchte, als sie auf ihren Gegner herabsah. Sein Gesicht war vor Wut verzerrt und sie spürte, wie der Zorn in Wogen aus ihm herausbrach, vermischt mit Scham und Ungläubigkeit.

»Das zahl ich dir heim, du Schlampe.«

Der Gedanke war so laut, dass sie ihn nicht hätte ausblenden können, selbst wenn sie gewollt hätte.

Obwohl ihr in ihrem Anzug heiß war und ihr der Schweiß in Strömen herunterrann, durchlief Faythe ein eiskalter Schauder angesichts der Drohung, die in diesen Worten lag. Dann kehrte plötzlich der Rest der Welt um sie herum zurück, als würde sie sich erst jetzt daran erinnern, dass sie in einer Arena war. Das Publikum jubelte und klatschte.

»Die Siegerin!«, hörte sie den Kampfrichter verkünden, der neben ihr aufgetaucht war.

Sie trat einen Schritt zurück, senkte ihr Schwert und blickte zu dem hageren Mann, der sie mit weit aufgerissenen Augen ungläubig anstarrte. Ein paar aus dem Publikum beklatschten immer noch laut ihren Sieg, die meisten aber waren aufgebracht. Alle, die gegen sie gewettet hatten, hatten ihr Geld verloren.

Auf einmal begriff Faythe, dass die wahre Gefahr nicht der Kampf selbst war. Die wahre Gefahr lag in den Auswirkungen des Siegs.

Sie blickte auf den Verlierer, der immer noch vor ihr kniete. Sah wieder die Drohung in seinen Augen. Hatte jemand aus dem Publikum so viel Geld verloren, dass er sich wie ihr Gegner ein Fadenkreuz auf ihrem Rücken wünschte?

Faythe verbeugte sich kurz vor den Zuschauern, dann drehte sie sich um, verließ schnell die Arena und stürmte die Wendeltreppe hoch. Oben angekommen steuerte sie sofort auf den Ausgang zu. Die Zuschauerinnen und Zuschauer traten auseinander, um ihr Platz zu machen.

Lumarias lag schwer in ihrer Hand, die Kanten der Klinge ihres Schwerts waren noch nass von der ersten Berührung mit

Blut in einem echten Kampf. Sie hatte ihren Gegner nicht übermäßig verletzt und befürchtete, dass es den blutdürstigeren Zuschauern vielleicht nicht genügte. Sie hatte sehr wohl bemerkt, was der vorangegangene Kampf beim Publikum ausgelöst hatte. Aber sie hatte getan, was getan werden musste.

Und sie hatte gewonnen.

Sechsundzwanzigstes Kapitel

Im Schutz der Dunkelheit saß Faythe in der Crow's Lane auf einer alten Kiste. Sie hatte den Mützenschal abgenommen, die Kapuze nach hinten geschoben und den Verschluss ihres Kampfanzugs ein wenig gelockert. Die kalte Luft tat ihr gut. Allmählich hatte sie das Gefühl, wieder normal atmen zu können. Lumarias hatte sie neben sich gelegt, musste unbedingt etwas finden, womit sie das Blut ihres Gegners abwischen konnte, bevor sie das Schwert in die Scheide zurücksteckte.

Müde beugte sie sich nach vorne, den Kopf in die Hand gestützt. Im Kopf ging sie noch einmal die Geschehnisse des Abends durch.

»*Das werde ich dir heimzahlen, du Schlampe.*«

Diese Drohung ihres Gegners, die Heimtücke, die sie in seinen Gedanken und Gefühlen las, verhießen nichts Gutes. Eines Tages würde er versuchen, sein Vorhaben in die Tat umzusetzen. Und dann hatte sie vielleicht nicht so viel Glück wie heute.

Faythe hatte ihn gedemütigt. Ein Koloss von einem Mann, besiegt von einer Frau. Das verlangte nach Strafe und Wiedergutmachung. Er war ein Mann, der eine Kränkung niemals verzieh, ein Mann, der auf Rache aus war.

Als sie Schritte hörte, sprang Faythe blitzschnell auf, griff nach Lumarias und richtete es gegen den näher kommenden Schatten.

Ihr erster richtiger Kampf wirkte noch nach, sie war weiter hypernervös und schnell alarmiert. Dann erkannte sie in dem wandelnden Schatten Ferris. Mit einem breiten Grinsen im Gesicht hielt er die Hände hoch.

Sie ließ das Schwert sinken und atmete erleichtert auf. Doch als er vor ihr stand, spürte sie plötzlich Wut in sich aufsteigen und stieß ihn mit beiden Händen fort. Verblüfft wich er einen Schritt zurück.

»Du Dreckskerl!«, zischte sie, denn sie wollte nicht zu laut werden. »Du hast uns alle in Gefahr gebracht! Ein Mann wie dieser Muskelprotz nimmt eine schmähliche Niederlage nicht so einfach hin, Ferris! Gegen eine Frau zu verlieren!«

»Hey, entspann dich, Faythe! Du vergisst, dass keiner weiß, wie du aussiehst. Für die bist du so gut wie nicht vorhanden!«

Tatsächlich war sie danach etwas lockerer, auch wenn die Emotionen ihres Gegners weiter in ihr nachhallten. Ihre Gabe des Gedankenlesens war Segen und Fluch zugleich – im Moment mehr Fluch.

»Du bist sicher«, beruhigte sie Ferris. »Mach dir nicht zu viel Sorgen.«

Sie nickte unsicher und setzte sich wieder. Auf einmal fühlte sie sich wackelig auf den Beinen.

»Hier.« Er hielt ihr etwas hin: einen Geldsack aus Leder.

Faythe nahm ihn und war erstaunt, wie schwer er war. Sie zog die Schnüre auf und schüttelte ein paar Münzen auf ihre Handfläche. Alle aus Silber. Keine einzige aus Kupfer. Damit hatte sie bereits mehr auf der Hand, als sie an Maries Marktstand in einem ganzen Monat verdiente.

»Das ist für deine Teilnahme und den Sieg. Und das …« Er griff in seine Tunika und zog einen weiteren ledernen Geldsack heraus, den er ihr ebenfalls überreichte. Darin steckten noch mehr Silbermünzen und sogar zwei Goldmünzen, wie Faythe feststellte. Ihr blieb der Mund offenstehen.

»Das ist dein Anteil an den Wetteinnahmen. Nachdem ich abgezogen habe, was du mir für die Kampfmontur schuldig warst und vom Rest natürlich meine Prozente als dein Manager.«

Ungläubig starrte sie das Geld an. Sie stand unter Schock. Es war so viel Geld, dass es sie sprachlos machte. Und was sie Ferris schuldete, war bereits abgezogen. Es gehörte alles ihr.

»Bist du dir wirklich sicher?«

Er lachte. »Dein Auftritt war noch besser als gedacht. Die Leute haben wie die Verrückten auf den anderen Typen gesetzt, sie waren sich ganz sicher, dass sie bei der Wette gewinnen würden.«

Faythe wirkte auf einmal angespannt. Ihr Magen meldete sich. »Werden da nicht viele wütend sein? Wird das nicht Ärger geben?«

»Wie schon gesagt, es weiß ja keiner, wer du bist. Außerdem ist das Wetten für die so was wie ein Sport. Manchmal gewinnst du, manchmal verlierst du. Sie werden drüber hinwegkommen. Das wird sie nicht davon abhalten, auch in Zukunft zu wetten. Glaub mir.«

Ferris war keiner, der etwas schönredete. Er sagte direkt, was Sache war. So wie jetzt. Ein weiterer Charakterzug, der ihr an ihm gefiel. Sie entspannte sich wieder etwas.

Er steckte die Hände in die Hosentaschen. »Mach so weiter«, fuhr er fort. »Dann haben wir bald ein sorgenfreies Leben.«

»Du willst, dass ich noch mal antrete? Wir haben doch heute mehr als genug verdient«, erwiderte Faythe erschrocken.

»Und wenn das Geld aufgebraucht ist? Was machst du dann? Für einen Hungerlohn den ganzen Tag Teigtaschen ausliefern?« Er musterte sie. Sie war dürr wie eine Bohnenstange.

Er hatte recht. Sie kam mit dem Geld, das sie verdiente, kaum aus, und oft hatten sie nicht genug zu essen. Sie antwortete nicht.

»Ein Kampf in der Woche und du hast ein gutes Auskommen. Deine Anstellung behältst du bei, damit keiner was merkt. Erzähl deinem Wachhund, dass du eine Gehaltserhöhung bekommen hast.«

Es war verlockend. Zu verlockend. Einmal in der Woche – und Jakon und sie würden ein besseres Leben führen können. Wenn sie daran dachte, was sie ihm damit Gutes tun konnte, gab es eigentlich kein Zögern mehr. Und schließlich hatte sie ja kein Verbrechen begangen. Sie hatte niemanden umgebracht oder irgendein krummes Ding gedreht. Nein – es war eine total faire Angelegenheit gewesen. Sie hatte dafür sogar ihr eigenes Leben riskiert. Und dank ihres Könnens mit dem Schwert und ihrer Schlauheit gesiegt.

Faythe überlegte nicht mehr lange und sagte: »Gut, ich bin dabei.«

In Ferris' dunklen Augen leuchtete es auf und in diesem Augenblick wusste sie es: Sie hatte gerade endgültig ihre Seele verkauft. Was auch immer es sein würde, das den Seelen nach dem Tod in der Netherworld auflauerte, sie hatte sich dem verschrieben – das Paradies wartete nicht mehr auf sie.

Siebenundzwanzigstes Kapitel

Faythe fingerte nervös an einer merkwürdigen Art von Kompass herum, den sie von der Werkbank in der Schmiede genommen hatte. Neben ihr war Marlowe in das alte Buch mit Schriftzeichen, Wörtern und Sätzen vertieft, das allem Anschein noch älter als der König war. Inzwischen hatte sie die Nachricht, die sie in der Taschenuhr von Faythe' Mutter gefunden hatten, gut zur Hälfte übersetzt.

Seit Faythe' erstem Kampf im Cave Club waren fast drei Wochen vergangen. Sie hatte dort zwei weitere Male gekämpft und gewonnen, und in zwei Tagen würde ihr vierter Kampf stattfinden. Faythe hatte sich noch nie so lebendig gefühlt, noch nie so voller Selbstvertrauen in die Zukunft geblickt. Endlich hatte sie einen Weg gefunden, ihre Fähigkeiten so einzusetzen, dass sie sich selbst und ihren Freunden ein besseres Leben ermöglichen konnte.

Gemeinsam hatten sie viele Abende im Harbor Hall verbracht, gut gegessen und getrunken. Jakon hatte ihr das mit der Bäckerei abgekauft. Sie hatte ihm erzählt, die Geschäfte würden dort so gut laufen, dass Marie ihr nun mehr Lohn zahlen konnte. Außerdem wäre sie nun allein für den Marktstand verantwortlich. Anfangs reagierte er skeptisch, deshalb achtete sie darauf, nicht zu viel Geld auszugeben. Er durfte keinen Verdacht hegen, dass es möglicherweise aus einer anderen Quelle stammte. Mit Marlowe war sie einmal einkaufen gewesen und hatte sich ein paar neue Kleider, Tuniken und Hosen gekauft. Aber auch hier passte sie auf, dass nichts davon zu teuer war. Keinesfalls durfte Jakon ihrer allwöchentlichen Zusatzaktivität auf die Schliche kommen.

Von Nik hatte sie seit ihrer letzten Begegnung im Wald nichts mehr gehört. Zwar erwartete sie nicht, ihm so wichtig zu sein, dass er zu einem – und sei es kurzen – Besuch in ihrem Unbewussten aufkreuzte. Doch fehlte er ihr mehr, als sie sich eingestehen wollte. Hatte sie mit ihren überhitzten Gedanken und Gefühlen ihrer sich gerade erst herausbildenden Freundschaft – oder was auch immer zwischen ihnen sein mochte – geschadet? Vielleicht hatte er auch das Gefühl, dass er ihr nichts mehr beizubringen brauchte – sie vermochte sich jetzt selbst zu schützen, weshalb sie nicht mehr in Gefahr war. Deshalb empfand er es vielleicht als überflüssig und unangemessen, sich noch länger mit ihr zu treffen.

Faythe war in den vergangenen Wochen so stark mit ihren Kämpfen im Cave Club beschäftigt gewesen, dass sie an Nik kaum mehr gedacht hatte. Jetzt aber ließen die Hochspannung und das Adrenalin allmählich nach und sie stellte fest, dass sie den Fae vermisste.

»Hast du von den Gerüchten über die schwarz gekleidete Frau namens Gold-Eyed-Shadow gehört?« Marlowes Stimme riss sie aus ihren Gedanken. »Scheint, als wäre sie so was wie ein finsterer Geist, der die Vorstadt heimsucht.«

Faythe kicherte. »Muss irgendeine Närrin sein, die todunglücklich verliebt ist.« Sie grinste ihre Freundin an.

Marlowe grinste ebenfalls. »Glaub ich auch.« Sie schwieg eine Weile und fügte dann hinzu: »Du musst vorsichtig sein, Faythe.

Augen wie deine habe ich vorher noch nie gesehen. Sie sind das Einzige, was du nicht verbergen kannst, sonst müsstest du blind kämpfen. Und sie sind dein stärkstes Erkennungsmerkmal. Zum Glück gibt Jakon nichts auf Klatsch und Tratsch, sonst hätte er inzwischen eins und eins zusammengezählt. Ich habe auch schon hier in der Schmiede von dir reden hören. Kunden wollten sich bei mir für einen Kampf mit dir neue Waffen fertigen lassen. Nur damit du es weißt.«

Faythe verfluchte sich. Dass ihre Augenfarbe so vielen auffallen würde, hätte sie nicht gedacht. Und hatte sich genau deswegen bemüht, niemanden zu lange anzuschauen. Marlowes Warnung zeigte ihr, dass ihre Augen sehr wohl vielen aufgefallen waren. Sie hatte da nicht genug aufgepasst.

»Mach dir wegen mir keine Sorgen. Wen kümmert schon diese Faythe, das Liefermädchen der Bäckerei? Wer schaut mich da schon an? Keiner würde da eine Verbindung herstellen.« Sie lächelte Marlowe mit einem möglichst aufmunternden Lächeln an und versuchte sich selbst davon zu überzeugen, dass sie nicht auffliegen würde. Um das Thema zu wechseln, fragte sie: »Ist alles für heute Abend vorbereitet?«

Alle Sorgen waren aus Marlowes Gesicht wie weggewischt. Jakon hatte nämlich an diesem Tag Geburtstag. »Natürlich! Das wird für ihn eine riesengroße Überraschung sein. Ich kann es gar nicht erwarten, sein Gesicht zu sehen.« Sie strahlte.

Sie hatten im Harbor Hall eine Überraschungsfeier geplant und dazu alle Freunde und Bekannten eingeladen. Faythe würde zu Hause auf Jakon warten und dann mit ihm hingehen, ein Abendessen zu zweit, in alter Freundschaft. Er ahnte nicht, dass dort Marlowe mit den anderen auf ihn wartete.

Obwohl Faythe bei den Kämpfen inzwischen klar die Favoritin

war und die Wettgewinne deshalb immer geringer wurden, verdiente sie mit der Siegesprämie immer noch ganz gut. Sie konnte es sich leisten, das Restaurant für den ganzen Abend zu mieten, mitsamt Speisen und Getränken. Jakon würde nie darauf kommen. Normalerweise feierten sie ihre Geburtstage, indem sie zusammen irgendwo was Kleines essen gingen – Hauptsache nicht zu teuer – und dem anderen, wenn überhaupt, ein Geschenk überreichten, das nicht zu viel kosten durfte. Marlowe und sie hatten vereinbart, auf Jakons Nachfrage zu antworten, dass sie sich die Kosten teilten.

Am Morgen war er bereits früh aus dem Haus gegangen, und Faythe hatte noch keine Gelegenheit gehabt, ihm ihre Geschenke zu überreichen. Sie hatte für ihn mehrere neue Jacken, Hemden, Hosen und ein Paar neue Stiefel besorgt. Er brauchte das alles ganz dringend. Marlowe war gerade rechtzeitig mit dem Schwert fertig geworden, das sie für ihn geschmiedet und kunstvoll verziert hatte. Es war ein Meisterwerk, genauso wie ihres. Marlowe hatte einen einzigartigen Sinn für jedes Detail. Jakon würde von den beiden Frauen so verwöhnt werden wie noch nie in seinem Leben. Die ganze Woche waren sie deshalb schon aufgeregt gewesen.

Faythe stand auf. »Gut. Ich geh dann mal. Ich will unbedingt zu Hause sein, bevor Jakon kommt.«

Marlowe grinste daraufhin nur und Faythe verließ die Schmiede.

In der Hütte angekommen beschloss sie, sich erst einmal in aller Ruhe umzuziehen und fertigzumachen. Marlowe und sie hatten sich für den Abend extra neue, festliche Kleider gekauft. In ihrem Kleid – eine mit Glitzersteinen besetzte weiße Corsage, mit einem langen, weit schwingenden Rock aus lila Chiffon – fühlte sie sich wunderschön. Sie hatte in den vergangenen

Wochen etwas zugenommen und bekam allmählich eine etwas weiblichere Figur. Nie hätte sie gedacht, dass sie einmal eine so elegante Robe tragen würde.

Danach kümmerte sie sich um ihre Haare, steckte die obere Hälfte davon locker zurück und flocht damit einen Zopf, den sie zu einem kunstvollen Knoten zusammenband. Den Rest der Haare ließ sie in natürlichen Locken über die Schultern fallen. Um das Strahlen ihrer Augen zu betonen, brachte sie eine dünne Kajallinie an und trug auf den Wangen etwas Puder auf, damit sie in rosiger Frische erblühten. Faythe hatte noch den Pinsel in der Hand, da hörte sie, wie die Tür aufging. Sie ließ alles stehen und liegen und eilte ihrem Freund entgegen.

Jakon blieb überrascht stehen, als er sie in ihrem prächtigen Kleid sah. Was sie aber nicht daran hinderte, auf ihn zuzurennen und ihn zu umarmen. Sie schlang die Arme um seinen Hals, er legte seine um ihre Taille und sie drückten sich fest.

»Alles Gute zum Geburtstag, Jak!«, rief sie.

Als sie sich voneinander gelöst hatten, bemerkte sie, dass er sie immer noch ohne ein Wort zu sagen anschaute. Seine Blicke musterten sie von oben bis unten und Faythe errötete.

»Ich habe mir für deinen Geburtstag extra viel Mühe gegeben«, sagte sie.

»Du siehst … unglaublich aus«, sagte er und sie spürte, dass darin aufrichtige Bewunderung lag, kein Begehren. »Wirklich unglaublich«, wiederholte er. Dann gewann er seine Fassung zurück. »Aber so viel Mühe hättest du dir wirklich nicht machen müssen. Jetzt werde ich an meinen Geburtstag völlig unbeachtet neben dir dasitzen«, neckte er sie.

»Glaub ich kaum«, antwortete sie.

»Alle Augen werden auf dich gerichtet sein. Lass uns gleich los.

Ich zieh mich nur schnell um. Obwohl ich nichts habe, das mit diesem Kleid mithalten kann.« Er kratzte sich am Nacken und Faythe spürte trotz seines lockeren Tonfalls eine gewisse Verlegenheit.

»Keine Sorge«, sagte Faythe. »Dafür gibt es meine Geschenke.« Sie eilte zu ihrem Bett und kehrte mit drei Tüten zurück, die sie auf dem Tisch abstellte.

Er schaute erstaunt zu und kam erst dann näher, als sie ihn herbeiwinkte. »Faythe, ich bin total geplättet … Wo hast du denn so viel Geld her?«

Sie hatte gewusst, dass diese Frage kommen würde, und verdrehte die Augen. »Ich habe schon länger was gespart, auch schon bevor ich jetzt mehr Lohn bekommen habe. Hör auf, dir immer Sorgen zu machen, und freu dich!« Sie schob ihn zum Tisch, damit er keine weiteren Fragen mehr stellte.

Eines nach dem anderen zog Jakon die Kleidungsstücke heraus und blickte dazwischen immer wieder mit offenem Mund zu Faythe. Sie hatte große glänzende Augen, wie ein Kind an Weihnachten, und lächelte bestätigend bei jedem neuen Stück, freute sich, als ob sie alles auch zum ersten Mal sehen würde. Marlowe hatte bei der Auswahl mitgeholfen. Sie waren ein echt gutes Team gewesen, mit einem unfehlbaren Geschmack in Stilfragen bei Männern.

»Ich möchte, dass du heute Abend das königsblaue Jackett anziehst. Den Rest kannst du auswählen, wie du willst«, sagte sie. Das Jackett hatte dieselbe Farbe wie Marlowes Kleid für die Feier.

Ihm fehlten die Worte, als er den gesamten Inhalt der Tüten auf dem Tisch ausgebreitet hatte. Schließlich fasste er sich wieder und sagte: »Das ist zu viel … viel zu viel. Wir können ein paar Sachen zurückbringen, falls das mög–«

»Du verdirbst mir allmählich echt die Laune, Jak«, unterbrach sie ihn. »Jetzt nimm die Geschenke an oder ich bin beleidigt.« Er schien weiter protestieren zu wollen, aber Faythe durchbohrte ihn mit einem wütenden Blick.

Deshalb lächelte er und sagte seufzend: »Danke, Faythe. Das ist viel mehr, als ich mir jemals hätte träumen lassen, vielen herzlichen Dank!«

Sie umarmte ihn noch einmal. »Jetzt geh und zieh dich um. Ich habe für uns einen Tisch reserviert. Wir kommen noch zu spät!« Sie sammelte die Kleidungsstücke auf und schob ihn in die Schlafkammer, wartete dann auf ihn. Vor lauter Aufregung konnte sie kaum stillhalten, ging unruhig auf und ab und summte vor sich hin, um sich abzulenken. Bereits zwei Mal hatte sie die Taschenuhr herausgezogen, um die Uhrzeit im Blick zu behalten.

Als Jakon wieder auftauchte, schlug sie überrascht die Hände vor den Mund. Fast hätte sie ihn nicht wiedererkannt. Er sah wunderschön aus. Zu dem königsblauen Jackett mit dem silbernen Besatz hatte er die schwarze Lederhose mit den silbernen Nieten ausgewählt. Sein neues weißes Hemd war eng geschnitten. Und dazu dann noch seine neuen schwarzen Lederstiefel …

»Na, wer zieht jetzt alle Blicke auf sich?«, fragte sie.

Nervös zupfte Jakon an seinem Jackett. »Ist es nicht etwas übertrieben?«

Sie schüttelte den Kopf. »Überhaupt nicht. Wollen wir?«

Jakon hakte sich bei ihr unter. »Wie elegant wir beide aussehen … man könnte meinen, wir hätten gerade im Casino die Bank gesprengt.«

Faythe kicherte. Er war damit nicht so weit von der Wahrheit entfernt.

Faythe' Schritte wurden immer schneller, sie konnte in ihrer Vorfreude gar nicht anders. Falls es Jakon auffiel, so sagte er nichts dazu. Sie plauderten über alles, was an dem Tag los gewesen war, erzählten sich ihre alltäglichen Ereignisse.

Je näher sie Harbor Hall kamen, desto stärker musste Faythe sich beherrschen, nicht lauter Luftsprünge zu machen. Durch die Fenster waren an den Tischen keine Gäste zu sehen, und sie hoffte nur, dass Jakon wegen der ungewöhnlichen Leere und Stille keine Fragen stellte oder umkehren wollte.

Am Eingang ließ sie ihm den Vortritt. Er griff nach der Klinke, drückte sie herunter, schob die Tür auf und …

»ÜBERRASCHUNG!«

Vor Schreck wich Jakon zurück und stieß Faythe dabei beinahe um, wollte sie schon packen, um sie vor jeder drohenden Gefahr zu beschützen. Faythe musste daraufhin lachen, so stark, dass ihr die Tränen kamen. Verständnislos blickte Jakon zwischen ihr und der versammelten Menge ihrer Freunde im Restaurant hin und her.

Schließlich kam Marlowe an die Tür, griff nach Jakons Hand und zog ihn nach drinnen, sonst hätte er noch länger wie unter Schock dagestanden. Faythe folgte ihnen und in diesem Moment fingen die Musiker zu spielen an und alle strömten herbei, um Jakon zum Geburtstag zu gratulieren.

Allein dafür hatte sich aller Stress gelohnt. Wenn es der letzte Augenblick ihres Lebens gewesen wäre, dachte Faythe, hätte sie glücklich und in Frieden sterben können.

Die Feier kam jetzt voll in Fahrt. In der Mitte des Restaurants waren die Tische weggeschoben, sodass genug Platz war, um beieinanderzustehen oder zu tanzen. Überall brannten Kerzen, und Faythe stellte zufrieden fest, dass die Girlanden, die sie gebastelt hatten, den Raum so richtig erstrahlen ließen.

Das Büfett war großartig. Faythe war schon bei ihrem zweiten Glas Wein. Ganz normaler Wein, zum Glück. Sie probierte sich durch die köstlichen Häppchen und schaute den Tanzenden zu.

»Du siehst heute Abend großartig aus, Schätzchen.« Ferris' Stimme übertönte die Musik, als er sich mit einem Glas Wein in der Hand neben sie stellte.

Sie bedankte sich für das Kompliment und ließ ihre Blicke über Ferris' eleganten Anzug gleiten. Gemeinsam beobachteten sie die Feier.

»Ich merke, du gibst dein hart verdientes Geld mit vollen Händen aus.« Er machte eine weite Armbewegung.

Faythe grinste. »Harte Arbeit würde ich es nicht nennen.«

»Wie stellst du das bei den Kämpfen im Cave Club bloß an?« Seine Augen tanzten.

»Sorg dafür, dass es mal ein Wettkampf auf Augenhöhe ist, klar?«, meinte sie. »Wird allmählich langweilig.« Sie trank einen Schluck Wein.

»Unsere Wettgewinne gehen zurück. Die Leute gehen inzwischen davon aus, dass Gold-Eyed-Shadow immer gewinnt.«

Sie schaute ihn an. »Deswegen werde ich nicht extra einen Kampf verlieren, falls du das vorschlägst.«

»Niemals, Faythe. Nie würde ich dein Talent so herabwürdigen.« Er machte eine Pause, dann sagte er: »Aber wir sollten jemand finden, der … wie soll ich mich ausdrücken … eine ungewöhnliche Herausforderung darstellt.«

Sie zog eine Augenbraue hoch. »Hast du da schon jemand im Kopf?«

Er zögerte, als würde sogar er es für eine zu gefährliche Idee halten. Das hätte sie vorwarnen sollen. Was danach aus seinem Mund kam, erwischte sie völlig unvorbereitet.

»Was hältst du davon, wenn du es mal gegen einen Fae versuchst?«

Faythe verschluckte sich an ihrem Schluck Wein und starrte ihn mit weit aufgerissenen Augen an. »Willst du mich umbringen?«, zischte sie.

»Du musst nur schlauer sein als er. Weiche ihm aus, geh in die Defensive, bis deine Gelegenheit gekommen ist«, antwortete er.

Sie schaute ihn an und bemühte sich, ihre Wut und Empörung im Zaum zu halten, damit die anderen Gäste sich nicht fragten, worüber sie da am Rande der Feier wohl redeten. »Wenn das alles so einfach ist, dann versuch es doch gleich selbst, verdammt noch mal.«

Er kicherte amüsiert. »War nur ein Vorschlag. Könnte uns ein noch viel höheres Sümmchen einbringen als bei deinem ersten Kampf.«

Sie dachte darüber nach … obwohl die Idee sinnlos, dumm und absolut lächerlich war. Einen Fae zu schlagen, war ein Ding der Unmöglichkeit. Allein ihre Schnelligkeit war von keinem Menschen zu erreichen – nicht annähernd. Als sie mit Nik trainiert hatte, musste er sich kein einziges Mal wirklich anstrengen. Hatte nie einen echten Angriff versucht. Sogar den Attacken eines Fae auszuweichen, war fast unmöglich. Außer …

Faythe richtete sich auf, hielt einen Moment den Atem an.

Außer jemand besaß die Fähigkeit, ihre Bewegungen vorherzusehen.

Ihr Herzschlag beschleunigte sich. Sie hatte es einmal fertiggebracht, hatte Niks Bein erwischt, bevor er ausweichen konnte, weil sie *gesehen* hatte, was er als Nächstes tun würde. Es wäre ein Risiko. Ein riesiges Risiko. Sie würde dabei ihr Leben aufs Spiel setzen. Wenn sie durch die Hände eines Fae starb, würde ihr Tod für ihn keine Strafe nach sich ziehen, egal, ob er sie vorsätzlich getötet hatte oder nicht. Erst recht, wenn sie sich selbst freiwillig in diese Gefahr begeben hatte.

Sie erschauderte.

»Ich mach's.«

Ferris' Augenbrauen gingen erstaunt hoch.

»Aber nicht gleich. Ich brauche noch ein paar Wochen … um dafür zu trainieren«, sagte sie. »Ich will so gut wie möglich vorbereitet sein.«

Sie würde Training brauchen, aber nicht so, wie Ferris es sich vorstellte. Bisher hatte sie nur ein Mal eine Bewegung vorhergesehen, durch Zufall, und seit damals mit Nik nicht mehr ausprobiert, wozu sie bei vollem Bewusstsein in der Lage war.

Ferris starrte sie einen Moment an, die Augenbrauen immer noch überrascht hochgezogen, und gab ihr Gelegenheit, einen Rückzieher zu machen. Als sie es nicht tat, antwortete er mit einem knappen Nicken. Der Pakt zwischen ihnen war geschlossen.

Die Musiker spielten ein ruhigeres Stück. Faythe stand mit ihrem Weinglas da und beobachtete, wie sich auf der Tanzfläche Paare bildeten. Sie blickte zu Jakon und Marlowe. Sie passten so gut zueinander, er in seinem königsblauen Jackett und sie in ihrem Kleid von derselben Farbe, mit glitzernden Steinen besetzt. Es war, als würden sie den sternenübersäten Nachthimmel zum Schwingen bringen, mit ihren Bewegungen immer neue Sternbilder erschaffen. Sie hielten sich umschlungen und lachten, ihre Augen strahlten.

Faythe verspürte einen Stich im Herzen, als sie sah, wie die beiden sich anschauten. Ein inniger Moment, den nur sie beide teilten. Smaragdgrüne Augen blitzten in ihr auf. Sie hasste sich dafür, dass sie in diesem Moment an den Fae dachte.

»Wollen wir tanzen?« Ferris' Stimme riss sie aus ihren Gedanken.

Er streckte ihr die Hand hin und sie ergriff sie, dankbar für die Ablenkung.

»Du bist eine ganz besondere Frau, Faythe«, sagte Ferris, als sie bereits eine Weile miteinander tanzten. »Nicht nur in der Arena, auch außerhalb.« Seine Augen glänzten dunkel.

Ein Lächeln umspielte ihre Lippen. »Nur schade, dass ich Geschäft und Privates strikt voneinander trenne.«

Er lachte leise auf. »In der Tat, sehr schade.«

Achtundzwanzigstes Kapitel

Um ein Uhr nachts endete die Feier und sie verließen alle miteinander Harbor Hall, strömten in die Nacht auseinander. Marlowe hatte für sich und Jakon im East Town Inn ein Zimmer reserviert, damit sie einmal ungestört eine Nacht miteinander verbringen konnten. Zu ihrem Vater in das Häuschen neben der Schmiede wollte sie nach der Feier nicht. Die beiden begleiteten Faythe noch zur Hütte und verabschiedeten sich dann. Faythe zwinkerte ihrer Freundin zum Abschied zu.

Höchste Zeit, ins Bett zu gehen. In der Schlafkammer zog sie allerdings nicht ihr Nachthemd an, sondern schwarze Lederhose, weiße Bluse und Stiefel. Vielleicht war es total verrückt von ihr, aber ein gewisser arroganter, wunderschöner Fae war ihr den ganzen Abend nicht aus dem Kopf gegangen, und sie wollte nicht weiter darauf warten, ob er von sich aus auftauchen würde – egal ob in ihrem Kopf oder anderswo.

In voller Montur legte sie sich aufs Bett, schloss die Augen und wartete darauf, dass sie in die Dunkelheit des Schlafs glitt. Als sie wieder zu Bewusstsein kam, stand sie im gold-weißen Nebel ihres Geistes.

Ihr Herz schlug schneller. Das letzte Mal, als sie in die schwarzgrauen Nebelschwaden von Niks Unbewusstem eingedrungen war, hatte sie nicht die geringste Ahnung von ihren Fähigkeiten –

oder davon, was er war. Seither hatte sich viel geändert. Als wäre das damals in einem anderen Leben gewesen.

Es würde Nik ein Leichtes sein, sie wieder hinauszudrängen oder überhaupt nicht in seinen Kopf eindringen lassen. Im selben Moment, in dem sie es versuchen würde, würde er es wissen, genauso wie sie wusste, wenn er bei ihr eindrang.

Sie schloss die Augen und dachte an ihn. Als sie nicht sofort gegen eine mentale Barriere prallte, wusste sie, dass sie es geschafft hatte. Sie war in seinem Kopf. Vorsichtig blinzelte sie, vielleicht hoffte etwas in ihr auch darauf, immer noch das Gold und Weiß ihres eigenen Geistes zu erblicken. Als sie sah, dass sie von grau-schwarzen Wirbeln umgeben war, schlug sie beide Augen vollständig auf. Sie war sich nicht sicher, ob sie Erleichterung oder Furcht verspürte.

Nach einer Weile entdeckte sie Nik. Mit nacktem Oberkörper lag er im Bett und schlief. Sie hatte bereits erahnt, wie muskulös er unter den locker fallenden Hemden, die er normalerweise trug, war; aber was sie jetzt sah …

Faythe bekam einen hochroten Kopf und wollte nur noch so schnell wie möglich aus seinem Unbewussten verschwinden.

Nik schlug die Augen auf.

»Ich … ähm … ich verschwinde sofort wieder … tut mir leid«, stammelte sie.

»Ich habe mich auf eine ruhige Nacht gefreut. Aber ich wollte dich nicht abweisen, Faythe.« Ein spöttisches Lächeln umspielte seine Lippen, als er bemerkte, wie verlegen sie war. »Warum bist du hier?«

Zum Glück hatte er wieder zu seiner üblichen spöttischen Art zurückgefunden. Ihre letzte Begegnung hatte zwischen ihnen nichts verändert.

»Du hast dich eine ganze Weile nicht blicken lassen …« Sie redete nicht weiter, wusste nicht, was sie zu ihm sagen sollte.

»Mir war nicht klar, dass du mich brauchst.«

»Tu ich auch nicht«, erwiderte sie. »Also ich meine, wäre nett von dir gewesen, wenn du dich mal gemeldet hättest«, fügte sie dann hinzu.

»Warum?«

Faythe starrte ihn an. »Oh, Entschuldigung. Ich hab geglaubt, wir wären so was wie Freunde. Mein Fehler.« Sie drehte sich um und wollte gehen, da wanden sich Nebelranken um ihre Taille und hielten sie fest. Sogar ihr Geist als Schlafende spürte ein Gewicht auf sich, als sollte es sie davon abhalten, sich anderswohin zu begeben.

Nik hatte ihr einmal erzählt, dass man im Kopf eines anderen Nachtwandlers feststecken konnte wie in einer Falle. Jetzt wurde sie gegen ihren Willen von ihm festgehalten.

»Du hättest mich auch jederzeit aufsuchen können«, sagte er.

Sie drehte sich zu ihm. Ihre Wut verrauchte. Er hatte recht. Sie hatte sich genauso zurückgezogen wie er. Hatte abgewartet, ob er den ersten Schritt unternehmen würde. Nach ihrer letzten Begegnung, der großen Nähe zwischen ihnen, war sie unsicher gewesen, wie und ob es mit ihnen weitergehen würde. Sie hatte sich getäuscht.

»Du hast recht. Tut mir leid. Ich war … beschäftigt«, sagte sie. Von ihren Kämpfen im Cave Club erzählte sie ihm lieber nicht. »Können wir uns im Wald treffen?«, fragte sie.

Nik blickte sie erstaunt an. »Jetzt? Es ist fast zwei Uhr morgens!«

»Bitte!«

Er stieß einen tiefen Seufzer aus. »Na gut. In zwanzig Minuten.« Faythe spürte, wie die Ranken sie freigaben und auch der Druck in ihrem Kopf nachließ. Nik grinste sie an. »Jetzt kannst du gehen.«

Sie streckte ihm die Zunge heraus und hörte, wie das Echo seines Lachens in ihr nachhallte. Dann war sie zurück in ihrem eigenen Kopf, erwachte und sprang aus dem Bett.

Faythe war als Erste da, trat auf die Lichtung hinaus und atmete die reine, frische Luft tief ein. Sie setzte sich ans Ufer des kleinen Sees, strich mit der Hand übers Gras und lauschte dem beruhigenden Rauschen des Wasserfalls.

Ein paar Minuten später war hinter ihr ein Knacken und Rascheln zu hören und zwischen den Bäumen tauchte ein vertrauter Kopf auf. Bald stand Nik vor ihr. Sie strahlte. Sie hatte gar nicht gewusst, wie sehr sie ihn vermisst hatte. Ihn wirklich vor sich zu sehen, fühlte sich ganz anders an als eine Begegnung im Kopf.

»Also, was hast du mir so dringend zu sagen?«, fragte er statt einer Begrüßung. Er ließ sich neben sie ins Gras fallen, stützte sich auf den Händen ab und schaute sie mit seinem üblichen arroganten Lächeln an, das sie gleichzeitig zu lieben und zu hassen gelernt hatte.

»Ich hab's mir noch mal überlegt«, sagte sie. »Vielleicht könntest du mir doch helfen?« Er schaute sie fragend an. »Ich will besser steuern können, wie ich ins Bewusstsein eines anderen eindringen kann – beim Schwertkampf vor allem.«

Zwischen ihnen herrschte Schweigen. Faythe wartete darauf, dass er sie weiter ausfragte. Und sie ihm gestehen musste, dass sie etwas vollkommen Maßloses und Sinnloses vorhatte: nämlich einen Fae zu einem Wettkampf herauszufordern.

»Vielleicht kann ich ja für dich ein taugliches Übungsobjekt sein«, sagte er stattdessen. »Aber wenn ich für dich meine inneren Schutzwälle fallen lasse, vertraue ich natürlich darauf, dass du nicht an Orten in meinem Gehirn herumstocherst, an denen du nichts zu suchen hast«, warnte er sie.

»Wie funktioniert das mit den Barrieren eigentlich?«, fragte Faythe. »In die Köpfe von Jakon und Marlowe konnte ich problemlos schlüpfen. Da gab es keine Schutzwälle.«

»Und wie war's? Wie hat es sich in ihren Köpfen angefühlt?«

»Du hast meine Frage nicht beantwortet.«

Er lachte. »Darf ich nicht auch neugierig sein? So etwas wie dich hat es noch nie gegeben oder jedenfalls seit sehr, sehr langer Zeit nicht. Sie haben auch solche Barrieren, sie wissen es nur nicht«, meinte er achselzuckend. »Sie haben keine Ahnung, wie sie sie nutzen können. Und das hat nichts damit zu tun, dass sie sterblich sind. Ich bin Nachtwandler«, sagte er, »vergiss das nicht, und zwar ein mächtiger«. Es klang nicht überheblich, sondern wie eine Tatsachenfeststellung. »Den Geist zu beherrschen ist Teil von mir und ich habe darin jahrhundertelange Übung. Selbst wenn du es wirklich ernsthaft versuchen würdest, könntest du nicht hinter meine Schutzwälle gelangen. Außer ich erlaube es dir. Bei fast allen von uns ist es so. Bei schwächeren Nachtwandlern könntest du vielleicht eine Chance haben. Wer aber diese Gabe nicht besitzt, egal ob Fae oder Mensch, verfügt nicht über den Instinkt, seinen Geist zu schützen, und selbst wenn, wüsste er nicht, wie es funktioniert. Manche haben ein spezielles Training durchlaufen, um unsereins abzuwehren, sie können Mauern errichten, aber das ist sehr selten.«

»Bist du jemals auf jemand mit einer Barriere gestoßen?«

Nik nickte. »Oft. Aber ich habe sie immer durchbrechen können.«

Faythe erschauderte. War er wirklich so stark und mächtig? Auf ihre unausgesprochene Frage hin fuhr er fort.

»Gegen einen weniger mächtigen Nachtwandler würden manche vielleicht standhalten.«

Wieder stellte er dabei nur eine Tatsache fest. »Trotzdem ist es für sie gefährlich. Wenn dein Wirt erkennt, dass du in seinem Kopf bist, bringt ihn das fast um. Sein Geist kommt schlecht damit zurecht, in sich zwei Wesen gleichzeitig beherbergen zu müssen, das stiftet zu viel Verwirrung. Die meisten erholen sich davon nicht. Aber für uns ist es ebenfalls riskant. Auch ein minderbegabter Nachtwandler kommt damit sehr schlecht zurecht. Es braucht viel Stärke, um die eigene Psyche und die des Wirts getrennt zu halten und den Kopf des anderen rechtzeitig zu verlassen, bevor sie sich endgültig vermischen.«

Faythe musste bei dieser neuen Information heftig schlucken. Jetzt wusste sie, warum er sich so um sie sorgte. »Als ich in deinem Kopf war, hast du gesagt, da hast du mich spüren können.«

»Mit der anderen Seite deiner Fähigkeit verhält es sich völlig anders«, fuhr Nik fort. »Wenn wir nachtwandeln, wird unser gesamtes mentales Sein in das Unbewusste eines anderen projiziert. Wenn du im Wachzustand, bei vollem Bewusstsein, in den Geist eines anderen eindringst, bist du gleichzeitig hellwach und in deinem eigenen Kopf. Das ist faszinierend«, stellte er beinahe ehrfürchtig fest.

Faythe war von all dem im Augenblick stärker verwirrt als fasziniert.

»Aber ich wäre an deiner Stelle vorsichtig«, fuhr Nik fort. »Ich glaube zwar, dass du so tief, wie du willst, in den Geist eines anderen eindringen kannst, ohne dir oder ihm zu schaden. Aber jede Fähigkeit hat ihre Grenzen. Bei dir habe ich Sorge, dass deine

Gefühle und Empfindungen sich zu stark in die der anderen verstricken, sodass du dich in ihnen verlierst. Du musst jederzeit in der Lage sein, dich von deinem Wirt zu lösen.«

Ein Schweigen entstand, während Faythe diese neue Information verarbeitete.

»Ich habe nur erfahren, was ich wissen wollte … als ich in sie eingedrungen bin«, flüsterte sie, während sie mit den Fingern übers Gras strich. »Ich habe nicht versucht, noch tiefer zu gehen – nur was offen zutage lag, das hat sich mir mitgeteilt. Gedanken und Erinnerungen, die … die einfach da waren. Es war ganz leicht, sie zu hören.«

Nik gab ein merkwürdiges Geräusch von sich.

Weil sie gerade dabei war, die ganze Wahrheit auszusprechen, fügte Faythe noch hinzu: »Bei Marlowe war das auch nicht anders.«

Nik setzte sich aufrecht hin und ihre Arme berührten sich, als er in ihrem Gesicht nach Anzeichen von Wut oder Schuldgefühl suchte. »Hast du es bei ihr absichtlich gemacht?«, fragte er.

Sie nickte.

»Gut«, sagte er und lehnte sich wieder zurück. Als sie ihn fragend ansah, zuckte er mit den Schultern. »Du musst üben. Ich vermute mal, es verlief nach Plan, sonst würdest du jetzt vor Wut einen Baum ausreißen.«

Faythe musste kichern. Sie war ihm dankbar, dass er sie dafür nicht verurteilte. Mit ihm fühlte sich alles viel leichter an. Sie musste vor ihm nichts verbergen. Nie blickte er sie missbilligend oder hasserfüllt an. Er hatte keine Angst vor ihr, vor dem, wozu sie möglicherweise fähig war.

»Und jetzt sollten wir mal sehen, dass wir etwas vorankommen«, sagte er und stand auf. »Damit wir noch ein, zwei Stunden Schlaf abkriegen.«

Keiner von ihnen hatte sein Schwert mitgebracht, aber das brauchte es auch nicht. Faythe konnte auch so trainieren, wie sie Niks Gedanken lesen und seine Bewegungen vorhersagen konnte. Sie stand ebenfalls auf. Nik nahm eine Haltung ein, als würde er gleich losstürmen wollen. Und das tat er auch. Überrascht schrie sie auf, als er einen Satz nach vorne machte, sich duckte und sie auf seine Schulter hob.

»Lass mich sofort runter!«, brüllte sie.

Er kriegte sich vor Lachen nicht mehr ein. Doch so schnell, wie er sie hochgehoben hatte, setzte er sie auch wieder ab. Verwirrt und verblüfft stand sie vor ihm.

»Sorry. Ich dachte, wir hätten schon angefangen.«

Sie funkelte ihn wütend an, veränderte dann ihre Haltung. Diesmal würde sie gewappnet sein. Sie holte tief Luft und schaute ihm in die Augen.

»Bist du bereit?«

Faythe konnte die Frage ganz vorne in seinem Kopf hören. Ihre Mundwinkel gingen als Antwort nach oben – Herausforderung angenommen!

»Dann mal los«, sagte sie.

Er antwortete mit einem amüsierten Grinsen.

Den Vorsatz, wieder nach ihren Beinen zu greifen, konnte sie in seinen Augen sehen, bevor er ihn ausführte, und mit einem Sprung zur Seite schaffte sie es, ihm knapp auszuweichen. Als Nik sich ihr wieder zuwandte, nickte er ihr anerkennend zu. Setzte sofort zu einer neuen Attacke an. Wieder konnte Faythe es den Bruchteil einer Sekunde vorher in seinen Augen lesen und drehte sich rechtzeitig weg.

Von der Konzentration, die sie aufbringen musste, um mit seinen Gedanken und seiner Geschwindigkeit mitzuhalten, klopfte ihr Herz schneller. Sein nächstes Manöver sah sie zwar voraus, reagierte aber eine Sekunde zu spät. Er kickte ihr die Füße weg, umfasste sie zugleich, als sie schon stürzte, mit seinem Arm und fing sie auf. Sein Gesicht war plötzlich ganz nah vor ihrem. Blitzartig durchfuhr Faythe die Erinnerung an ihre letzte ganz ähnliche Situation, an ihre Gefühle, als sie geglaubt hatte, er würde sie gleich küssen.

Kaum hatte er sie losgelassen und sich ein paar Schritte entfernt, empfand sie davon nichts mehr. Aber auch Niks amüsiertes Grinsen war verschwunden.

Faythe räusperte sich. »Ich muss schneller werden.« Dabei war sie jetzt schon außer Atem – nicht wegen der körperlichen Anstrengung, sondern wegen der Kraft, die es sie geistig kostete.

Er nickte ihr zu. »Versuch's noch mal!«

Sie übten noch eine ganze Stunde und Faythe schaffte es, ihre Reaktionsgeschwindigkeit etwas zu verbessern. Niks Gedanken teilten sich ihr inzwischen müheloser mit. Trotzdem hielt sie jedes Mal nicht lange durch – und schon hatte er sie wieder.

Erschöpft warf Faythe sich ins Gras, mental und körperlich konnte sie nicht mehr. Nik hockte sich neben sie. Er wirkte so frisch wie vor dem Training.

»Du bist nie müde, was?«, fragte sie.

»Doch, na klar.« Er grinste auf sie herunter. »Nur nicht so leicht wie du.«

Eine Weile lang schwiegen sie. Als ihr Atem wieder normal ging, setzte Faythe sich auf. »Wir könnten einen Trainingsplan ausarbeiten«, sagte sie, »und uns hier regelmäßig treffen. Das heißt, natürlich nur, wenn du kannst und magst.«

Er blickte sie von der Seite an und schien nachzudenken. »Ein paar von meinen Nächten könnte ich vielleicht opfern.«

Da ertönte hinter ihnen das laute Schnauben eines Tiers und rüttelte sie aus ihrer Idylle auf. Faythe drehte sich um und sprang erschrocken auf.

Der mächtige weiße Hirsch!

Es dauerte einen Moment, dann fragte sie: »Siehst du ihn auch?«

»Den riesigen Hirsch? Ja, Faythe«, antwortete er. »Der ist schwer zu übersehen.«

Sie erwiderte darauf nichts und war erleichtert, dass sie nicht unter Halluzinationen litt. »Was will er hier?«, fragte sie dann. »Also, ich meine, was will er hier von uns?«

Es war unheimlich, wie sehr diese Begegnung der früheren glich. Wieder drehte der Hirsch den Kopf zur Seite, als forderte er sie auf, ihm zu folgen.

»Ich würde mal sagen, das ist ziemlich offensichtlich«, antwortete Nik.

Sie schaute ihn von der Seite an. »Hast du ihn vorher schon mal gesehen?«

Er schüttelte den Kopf. »Noch nie.«

Da Nik sich nicht rührte, folgte sie dem Tier allein. Sie blickte auch nicht über die Schulter, ob Nik ihr folgte. Wie beim letzten Mal führte der Hirsch sie durch den Wald zum Tempel auf der kleinen Lichtung, wandte den Kopf mit dem riesigen Geweih noch einmal zu ihr, schritt die Stufen hinauf und verschwand durch die Steintüren. Faythe spürte, dass Nik ihr gefolgt war und die Szene ebenfalls beobachtete. Verwirrt schüttelte Faythe den Kopf und versuchte zu verstehen, was sie da bereits zum zweiten Mal sah. Die Bewegungen des Hirsches glichen haargenau denen ihrer ersten Begegnung mit ihm.

»Genauso wie beim letzten Mal«, murmelte sie.

»Du hast ihn schon einmal gesehen?«, fragte Nik, der neben sie getreten war.

Ein Kopfnicken war ihre einzige Antwort. Sie stieg die Stufen zum Portikus hoch und presste ihre Handflächen gegen die Türen. »Was willst du von mir?«, rief sie laut, hielt dann das Ohr an die kalte Steinplatte und lauschte, ob von drinnen irgendetwas – oder irgendjemand – zu hören war.

»Du brauchst den Riscillius, Faythe.«

Sie fuhr von der steinernen Tür zurück. »Hast du das gehört?«

»Was?«, fragte Nik hinter ihr.

Vielleicht wurde sie ja verrückt. Das war die einzige Erklärung dafür. Sie presste das Ohr noch einmal gegen die Tür und lauschte.

Nichts.

Frustriert stöhnte Faythe auf, schritt die Stufen hinunter und drehte sich um. Erneut musterte sie die Fassade, die keinen Hinweis darauf gab, warum sie hier davorstand oder was sie im Innern erwartete. Was sollte sie hier? Sie vergeudete hier nur ihre Zeit.

Es musste reiner Zufall sein. Der Hirsch hätte jedem erscheinen können. Eine wiederkehrende Botschaft für jemanden, der vielleicht schon lange verstorben war. Der Wald steckte voller Zaubereien und Geheimnisse.

Faythe schauderte, sie hatte keine Lust, noch länger hier im Wald zu bleiben und noch mehr solcher Geheimnisse zu entdecken – oder vielmehr von den Geheimnissen entdeckt zu werden. Denn es schien ja in dieser umgekehrten Richtung zu funktionieren. Aber als sie zum Symbol von Aurialis hochblickte, hätte sie schwören können, dass es zu leuchten anfing. Als wollte es sie einladen, herauszufinden, was hinter den Steintüren lag. Faythe wollte nur noch von der Lichtung mit dem Tempel fort und schwor sich bereits, dass sie nie mehr dem verdammten Hirsch folgen würde. Doch wider alle Vernunft wurde sie plötzlich von einem tollkühnen Forscherdrang erfasst.

Ein Wort hallte nämlich in ihrem Kopf unablässig wider: *Riscillius*. Darin musste der Schlüssel liegen, um in den Tempel zu gelangen. Und zum Glück kannte sie eine Büchernärrin, die ihr die Antwort auf die Frage würde geben können, was dieses Wort bedeutete.

Neunundzwanzigstes Kapitel

Die Morgenluft war kühl, als Faythe sich zur Arbeit aufmachte. In einer Woche würde die herbstliche Tagundnachtgleiche gefeiert werden und man hatte bereits damit begonnen, die Gebäude in leuchtenden herbstlichen Farben zu schmücken – ein Vorgeschmack auf die Farbenpracht der kommenden Jahreszeit. Sie wickelte sich fester in ihren dunkelgrünen Umhang und warf einen Blick zur Sonne hoch, die im Morgennebel noch keine Wärme spendete. Zugleich war Faythe erleichtert, dass die Tage nicht mehr so schwül und heiß waren.

In der vergangenen Woche hatte sie sich jede zweite Nacht mit Nik getroffen, um ihre mentalen Fähigkeiten im Kampf zu verbessern – eine Umschreibung dafür, alle paar Minuten von ihm auf den Boden geschmissen zu werden. Aber sie wurde besser. Wenn auch langsam. Der Kampf gegen ihren Herausforderer von den Fae rückte unerbittlich näher. In zwei Wochen war es so weit, hatte Ferris ihr vor ein paar Tagen mitgeteilt. Mit Müh und Not konnte Faythe ihre aufsteigende Panik niederkämpfen. Das war nicht mehr viel Zeit. Sie brauchte noch mehr Training, um die unglaublich schnellen Bewegungen der Fae vorherzusehen. Nur dann hatte sie eine Chance. Doch das konnte sie Ferris nicht sagen.

Sie war am Marktplatz angelangt und begrüßte am Bäckereistand fröhlich Marie. Als diese jedoch nicht ebenso fröhlich antwortete, sondern sie nur traurig ansah, verflüchtigte sich ihr Lächeln.

»Wir haben alles durchgerechnet, Faythe«, sagte Marie. »Ich weiß, dass du jetzt schon lang bei uns bist, aber wir können es uns einfach nicht mehr leisten, dich noch länger zu behalten. Grace wird einen Teil der Auslieferungen übernehmen. Und in der kalten Jahreszeit ist sowieso weniger los.«

Ihr wurde gekündigt. Noch vor einem Monat wäre Faythe sich wahrscheinlich nicht zu schade gewesen, vor Marie auf die Knie zu fallen und sie anzubetteln, noch länger bleiben zu dürfen. Der niedrige, viel zu knappe Lohn war alles gewesen, womit sie ihren Lebensunterhalt bestritten hatte. Aber jetzt …

Sie lächelte. »Ich verstehe dich ja, Marie. Du musst tun, was das Beste für dich und deine Familie ist. Ich wünsche dir und deinen Töchtern alles Gute!«

Damit hatte Marie wohl nicht gerechnet. Vor Überraschung blieb ihr der Mund offenstehen. Sie kam hinter der Theke hervor und ergriff Faythe' Hände.

»Wirst du es schaffen, meine Kleine?«

Faythe drückte ihr die Hände und nickte.

Die Bäckerin umarmte sie. »Könntest du für mich noch einen letzten Botengang erledigen?«, fragte sie und holte hinter der Theke eine kleine Schachtel hervor. »Mrs Green hat schon eine Weile nichts mehr bei uns bestellt. Würdest du ihr das bringen? Vielleicht war sie das letzte Mal mit der Lieferung unzufrieden. Das wäre mir nicht recht.«

Mrs Green!

Faythe nahm die Schachtel. Wie hatte ihr das nicht auffallen können? Bei Mrs Green war sie doch sonst immer so regelmäßig und gerne vorbeigekommen. War sie so sehr mit sich selbst beschäftigt gewesen, dass sie gar nicht bemerkt hatte, wie lange sie sie schon nicht mehr gesehen hatte? Faythe spürte, wie das schlechte Gewissen an ihr nagte.

Dann wurde ihr plötzlich unbehaglich zumute. Das letzte Mal, als sie Mrs Green gesehen hatte, war, als …

Faythe nickte Marie zu und machte sich auf den Weg. Unterwegs wurden ihre Schritte immer schneller. Sie musste so schnell wie möglich zur Mühle, ihre Angst wurde immer größer.

Ach was, versuchte sie sich zu beruhigen. Gleich würde sie erleichtert aufatmen, wenn sie die Mühle betrat und Mrs Green an ihrem üblichen Platz am Küchentisch sitzen sah, mit irgendeiner Handarbeit beschäftigt. Inzwischen hatte Faythe zu rennen angefangen, sie bog um die letzte Ecke und sah die große, weiß gekalkte Mühle vor sich.

Faythe stieß die Tür auf und stürmte, ohne geklopft oder gerufen zu haben, durch die Haustür in den Flur.

Als sie nicht gleich die vertraute Stimme von Mrs Green hörte, die sie begrüßte, verkrampfte sich in ihr alles. Sie ging in die Küche. Alles leer. Sie rief laut nach Mrs Green, aber keine Antwort.

Faythe stellte die Schachtel mit den Teigtaschen auf dem Tisch ab und blickte umher. Ein beunruhigendes Gefühl machte sich in ihr breit.

Alles war so still und unberührt.

Zu still.

Als sie von draußen Geräusche hörte, fuhr sie zusammen. Einer der Arbeiter von der Mühle, dachte sie dann. Er würde wissen, wo Mrs Green war.

Hinter dem Haus entdeckte sie einen alten Mann, der sich am Mühlstein zu schaffen machte. Er füllte gerade Korn in einen

Behälter, um es zu mahlen. Aufgeregt rannte sie zu ihm und rief: »Haben Sie Mrs Green gesehen?«

Der Mann fuhr erschrocken hoch und Faythe entschuldigte sich.

»Haben Sie nicht davon gehört?«, fragte er.

Sie wurde kreidebleich. »Wovon gehört?«

Seine Miene wurde ernst. »Vor zwei Monaten haben sie sie mitgenommen. In den Palast. Seither hat man nichts mehr von ihr gehört.«

In den Palast … Kurz nachdem sie Reuben zur Flucht verholfen hatten. Faythe hatte Mrs Green versprochen, dass ihr nichts geschehen würde.

Erschrocken fuhr sie mit den Händen vor den Mund und wich ein paar Schritte zurück, als wäre die Neuigkeit ein schwerer körperlicher Schlag. Der Schmerz, der sie durchfuhr, fühlte sich genauso an. Ihre Brust zog sich schmerzhaft zusammen und sie hatte das Gefühl, nicht mehr richtig atmen zu können.

Der Mann murmelte etwas, das sich wie der Ausdruck von Beileid anhörte, und fügte etwas lauter hinzu: »Mitten in der Nacht sind ein paar Wachen der Fae gekommen. Einer davon hatte ein Narbengesicht.«

Der Mann schwankte. Nein, nicht der Mann. Ihr flimmerte vor den Augen. Das fratzenhafte, widerliche Gesicht, das plötzlich vor ihr schwebte, ließ sie beinahe stolpern und hinfallen. Captain Varis. Er war da gewesen und hatte Mrs Green gefangen genommen und verschleppt. Hatte er sie so brutal geschlagen wie Samuel, den Sohn des Schenkenwirts?

O, ihr Götter! O, ihr Göttinnen!

In Faythe verkrampfte sich alles, ihr wurde kotzübel. Es war alles ihre Schuld – sie hatte Mrs Green erzählt, dass sie keine

Angst zu haben brauchte. Aber was wusste sie denn schon. Und Reuben hatte sie versprochen, dass sie sich um seine Mutter kümmern würde. Angestrengt bemühte sie sich, dem Wirbelwind ihrer Gedanken standzuhalten. Sie fühlte sich benommen, wusste nicht, was sie jetzt tun sollte, wie sie reagieren sollte.

Schließlich drehte sie sich um und stürmte davon.

Sie rannte so schnell sie konnte durch die Straßen, achtete kaum auf die anderen Fußgänger, ihre Schritte trommelten auf das Kopfsteinpflaster. Ihr Umhang blähte sich hinter ihr, sie rannte weiter und weiter, auch als sie keuchte und ihre Lungen brannten. Sie rannte über Wiesen und den Hügel hoch, an langen Feldern entlang, bis sie ihn fand.

Jakon blickte von seiner Arbeit hoch, vergewisserte sich noch einmal, ob er richtig gesehen hatte. Dann ließ er seine Schaufel fallen und ging ihr mit kraftvollen, schnellen Schritten entgegen.

Faythe blieb direkt vor ihm stehen und bekam erst kein Wort heraus, weil sie von ihrem langen Lauf völlig außer Atem war. Sie keuchte, beugte sich vornüber und hätte sich fast übergeben. Doch Jakon fasste sie an den Schultern und richtete sie behutsam auf. Sein Gesicht war kreidebleich geworden.

»Faythe, was ist los?«, fragte er voller Panik. »Was ist geschehen?«

Schließlich bekam sie genug Luft. »Mrs Green … sie haben sie mitgenommen.«

Erleichtert seufzte Jakon auf, er hatte befürchtet, dass die schlimme Nachricht Faythe oder Marlowe betreffen würde. Er legte seine Arme fest um sie, als müsste er sie davor beschützen, ohnmächtig zu Boden zu sinken. Was vielleicht auch passiert wäre, wenn er sie nicht festgehalten hätte, während sie ihrem Kummer an seiner Schulter freien Lauf ließ.

Er ließ Faythe sich ausweinen, dann löste er sich von ihr und schaute sie an. »Erzähl mir, was passiert ist.«

Miteinander gingen sie zur Scheune und setzten sich dort auf Heuballen. Dann erzählte Faythe ihm das wenige, was sie wusste.

»Verdammt Scheiße«, fluchte Jakon und sprang auf. »Warum haben sie seine Mutter mitgenommen?« Er begann, unruhig auf und ab zu gehen.

Faythe zuckte mit den Schultern. »Vielleicht wusste sie mehr, als sie uns eingestehen wollte, oder vielleicht sind sie noch niederträchtiger, als wir dachten, und löschen ganze Familien aus, die ihnen missfallen.«

Jakon stieß eine Flut von Flüchen und Beschimpfungen aus, mit denen er deutlich machte, was er von den Fae, ihren Wachen und der Königsfamilie hielt. Faythe war zu sehr in ihren Schmerz – und ihr Schuldgefühl – versunken, um Raum für Wut zu haben.

»Es ist mein Fehler. Ich hätte dafür sorgen müssen, dass sie beide weggehen, aber ich … ich habe ihr gesagt, sie wäre sicher.«

Jakon setzte sich neben sie, umfasste ihr Kinn und drehte ihren Kopf zu sich, sodass sie ihm in die Augen schaute. »Es ist nicht dein Fehler«, sagte er zu ihr. »Du hast ihren Tod nicht auf dem Gewissen.« In seinen Augen loderte es zornig.

Weder Jakon noch Faythe gingen davon aus, dass Mrs Green noch am Leben war. Die Fae nahmen Menschen nicht als Gefangene. Trotzdem versetzte es ihr einen Stich ins Herz, das Wort zu hören, das es so endgültig machte.

Tod.

»Sie muss gewusst haben, dass sie kommen würden, und wollte Reubens Flucht nicht gefährden«, sagte er. »Wir können nur hoffen, dass sie sich nicht aufgeopfert hat, um ihren Sohn zu retten –

und dass es nicht umsonst war.« Faythe hörte seine Unsicherheit heraus.

Wenn ihr Plan gescheitert war – wenn Reuben es nicht in die Sicherheit und Freiheit geschafft hatte –, dann wären ihr Tod und seiner umsonst gewesen.

Der Gedanke war Faythe unerträglich und sie schob ihn schnell beiseite. Sie hatte Angst, sonst völlig zusammenzubrechen. Sie verabschiedete sich von Jakon, der weiterarbeiten musste, und lief zur Hütte. Dass sie ihre Anstellung in Maries Bäckerei verloren hatte, hatte sie ihm nicht erzählt und sie hatte es auch nicht vor. Sie würde weiter so tun, als ob sie ihr Geld dort verdiente. Noch eine weitere Lüge Jakon gegenüber. Sie hasste sich selbst jeden Tag mehr dafür, welche Meisterlügnerin sie inzwischen geworden war.

In der Hütte saß sie still da und grübelte vor sich hin. Als Jakon nach Hause kam, bemerkte sie es kaum. Auch die Unterhaltung, in die er sie beim Essen hineinziehen wollte, drang kaum zu ihr vor. Sobald er eingeschlafen war und auf seiner Pritsche zu schnarchen angefangen hatte, schlug sie die Decke zurück und zog sich hastig an. Dann schlich sie hinaus und rannte den ganzen Weg bis in den Wald. Nik stand mit dem Rücken zu ihr zwischen den Bäumen und drehte sich nicht um, als sie auftauchte.

»Hast du es gewusst?«, fragte sie mit Eiseskälte. In ihr brodelte Wut, aber sie hielt sie noch zurück – sie wollte erst von ihm eine Antwort hören.

Nik drehte sich langsam zu ihr, der Ausdruck auf seinem Gesicht war undeutbar. »Das musst du mir schon etwas genauer erläutern, Faythe.«

»Mrs Green, Reubens Mutter. Hast du gewusst, dass sie in der Nacht, nachdem wir ihm zur Flucht verholfen hatten, abgeholt worden ist?«

Er schwieg eine Weile und stellte ihre Geduld gewaltig auf die Probe.

»Ja.«

Sie hatte keine andere Antwort erwartet, was es aber nicht leichter machte. »Und du hast es mir nicht erzählt?«

»Weil ich der Meinung war, dass es dich nicht betrifft.«

Faythe musste einen Moment die Augen schließen und tief durchatmen, sonst wäre sie vor Wut explodiert. »Er war mein Freund und ich habe ihm versprochen, dass ich mich um sie kümmern würde!« Zornig funkelte sie ihn an.

Um seine Lippen zuckte es, das einzige Zeichen von Bedauern, das bei ihm zu erkennen war. Dann blickte er sie ausdruckslos an.

»Warst du daran beteiligt?« Sie versuchte sich für den Fall zu wappnen, dass es so wäre. Wie sie damit umgehen würde, wusste sie nicht.

Nik schüttelte den Kopf. »Nein. Varis hatte kurz vor mir herausgefunden, in welche Sache sich Reuben verstrickt hatte, und wollte ihn einkerkern. Als sie ihn nicht antrafen, nahmen sie stattdessen seine Mutter mit. Varis mag nicht gern zum Narren gehalten werden. Deshalb hat er behauptet, er habe in ihrem Gehirn ebenfalls verräterische Taten entdeckt.«

Faythe wurde davon ganz schlecht. Sie hatte Nik noch nie so distanziert erlebt. Sie wollte ihm gern glauben – welchen Grund hätte er gehabt, zu lügen –, aber er war ein Fae und zählte zur königlichen Garde. Es wäre naiv von ihr, zu meinen, er sei vollkommen anders als die anderen Fae. Warum auch? Sie raste innerlich vor Wut und konnte nicht anders, sie rannte gegen ihn an, wollte in seinen Kopf eindringen, um sich die Information zu holen, die sie haben wollte.

Wie sie sich hätte denken können, prallte sie gegen eine schwarze Mauer, so hart wie aus Granit. Trotzdem schmiss sie sich immer wieder dagegen, konzentrierte sich mit aller Kraft darauf, sie niederzureißen.

»Hör auf«, warnte er sie mit leiser, tiefer Stimme.

Faythe hörte nicht auf und versuchte es immer wieder, bis ihr der Schweiß herunterlief und ihre Schläfen pochten. Den Wald um sie herum nahm sie nur noch verschwommen wahr. Alle Kraft, die sie hatte, fokussierte sie auf den Wall, mit dem Nik sein Inneres schützte. Ihr Bewusstsein war wie eine riesige Eisenkugel, wieder und wieder gegen ihn geschleudert, um die Mauer zum Einsturz zu bringen und freien Zugang zu seinen Gedanken und Erinnerungen zu haben. Sie spürte, wie sein Schutzwall schwächer wurde, aber bei Weitem nicht schwach genug. Sie schaffte es nicht, hineinzukommen.

»Hör auf, Faythe! Stopp!«, rief er, diesmal lauter.

Und als sie daraufhin nicht sofort gehorchte, warf er sich auf sie. Faythe spürte, wie ihr der Boden unter den Füßen weggezogen wurde, und dann lag sie auch schon mit dem Rücken im Gras.

Sie keuchte. Der Kontakt mit Niks Bewusstsein war durchtrennt und Sinneswahrnehmungen strömten wieder auf sie ein. Nik war auf ihr, presste ein Knie auf ihre Brust und hielt ihre beiden Hände über ihrem Kopf fest. Sie funkelte ihn wütend an und bäumte sich auf, um sich zu befreien, aber er drückte sie nur noch fester auf den Boden. Vor Zorn und Frustration brannten ihr die Augen.

Schließlich gab sie es auf, ihre Muskeln erschlafften und sie schloss die Augen, presste die Lider fest zusammen. Nur so konnte sie sich etwas beruhigen. Ein weiterer Blick in seine Augen und sie würde vor Wut erneut explodieren. Sie fühlte sich wie ein Nichts, sobald er seine Stärke zeigte, und sie hasste ihn dafür.

»Versuch das nicht noch mal«, hörte sie Nik ruhig sagen. Dann ließ der Druck auf ihren Körper von einer Sekunde auf die andere nach. Er hatte sich aufgerichtet und ging davon.

Faythe lag noch einen Moment da, fokussierte sich, um nicht gleich wieder die Kontrolle zu verlieren. Dann sprang sie auf und stellte sich ihm in den Weg. »Ich brauche deine Hilfe nicht mehr«, zischte sie. »Den Rest finde ich allein heraus.« Ohne eine Antwort abzuwarten, machte sie kehrt und marschierte mit festen Schritten aus dem Wald.

Er folgte ihr nicht und sie blickte kein einziges Mal mehr zurück.

Dreißigstes Kapitel

Faythe saß in der Schmiede an einer Werkbank und hatte vor sich mehrere Bücher aufgeschlagen, von denen sie in keinem wirklich las. Sie seufzte. Am Morgen nach dem Streit mit Nik war sie mit einem schlechten Gewissen wegen ihres Wutausbruchs aufgewacht. Natürlich hatte sie alles Recht, auf ihn wütend zu sein. Er hatte ihr Informationen vorenthalten, obwohl er wusste, dass sie für sie wichtig waren. Trotzdem war es von ihr nicht richtig gewesen, in seine Gedanken eindringen zu wollen.

Im Rückblick war sie glücklich, dass es ihr nicht möglich gewesen war, seine starke mentale Barriere zu durchbrechen. Es hatte ihn zornig gemacht, dass sie es versuchte – und das konnte sie ihm nicht vorwerfen. Sie war traurig und unruhig, weil sie das Gefühl hatte, einen Freund verloren zu haben. Nicht nur einen Freund, mit dem sie ihre Gabe und ihre Schwertkampffähigkeiten trainieren konnte. Faythe verspürte einen viel tieferen Verlust und befürchtete, dass Nik ihr nie verzeihen würde.

Weil sie nicht wusste, wohin sie sonst hätte gehen sollen, war sie in die Schmiede gekommen. Tagsüber hatte sie jetzt ja nichts mehr zu tun und hielt es nicht aus, die ganze Zeit in der Hütte zu bleiben. Als sie Marlowe erzählt hatte, dass man sie in der Bäckerei entlassen hatte, war sie sehr nett und verständnisvoll gewesen. Sie hatte ihr sogar angeboten, sie in der Schmiede anzulernen.

Marlowe saß an ihrer Werkbank und brütete immer noch über dem Pergament mit den rätselhaften Zeichen, das Faythe schon längst nicht mehr interessierte. Ihre Freundin aber war davon fasziniert und verbrachte nicht nur an diesem Tag Zeit damit, es zu entziffern.

»Ich glaub, ich hab's!«, rief Marlowe plötzlich. Ihre Stimme zerriss die Stille, in der sie eine Weile miteinander dagesessen hatten. Faythe zuckte zusammen. »Ein paar Wörter sind noch übrig, die für mich keinen Sinn ergeben. Aber das meiste habe ich entschlüsselt.« Sie drehte sich auf ihrem Hocker und winkte Faythe, dass sie zu ihr herüberkommen sollte.

Faythe, die über die Abwechslung dankbar war, stand sofort auf und trat neben Marlowe.

»Es sieht aus wie ein Gedicht, mit Strophen und Reimen.« Marlowe hielt das Blatt Papier hoch, auf das sie ihre Übersetzung geschrieben hatte. »Was damit gemeint ist, verstehe ich allerdings nicht so recht.«

Faythe nahm das Blatt und las:

Der Geister des Reichs waren drei
Damit Seele, Tod und Leben
Gleich bemessen sei.
Gemeinsam wurde es ihr Streben,
Die Welt mit ihrem Atem ineinander zu weben.

Eine geleitet ins Licht,
Ihr Tempel steht groß und schlicht
Im Wald, von dem Entsetzen droht.
Furcht ist der Schlüssel, hilft in der Not.

Eine zähmt die Nacht,
Ihr Tempel reicht tief in den Schacht,
Dem schwarzen Labyrinth zu Ehren.
Blut ist der Schlüssel, willst dem Feind du wehren.

Eine vereint die verlorenen Seelen,
Ihr Tempel ragt empor in die Höhen
Über gewundenen Pfad, voller Fabelwesen.
Ein Band ist der Schlüssel, um am Himmel zu genesen.

Eine jede besitzt gewaltige Macht,
Gemeinsam aber erstrahlt ihre Pracht.
Folge dem Riscillius, um alle Tore zu durchschreiten,
Füge ineinander, was getrennt, mache ungeschehen, was getan.

Mit weit aufgerissenen Augen ließ Faythe das Papier sinken und zeigte auf das Wort, das wie eine Eisnadel ihr Herz durchbohrte. »Weißt du, was das meint?«

Marlowe kniff die Augen zusammen: »Riscillius? Das hab ich mich auch gefragt.« Sie stand auf und ging zum Bücherstapel hinüber.

Faythe zitterte vor Aufregung und Furcht. Es musste ein Zufall sein, dass das Wort genauso lautete wie der Name, den sie durch die geschlossenen Tempeltüren gehört hatte. In ihrem Kopf herrschte ein einziges Wirrwarr. Doch sie machte sich daran, einzelne Stücke ineinanderzufügen.

Das Gedicht war ein Rätsel und hatte etwas mit den Geistern zu tun. Sie wusste, dass der Tempel, vor dem sie gestanden hatte, das »Licht« sein musste, auf das sich das Gedicht bezog. Alles passte zueinander. Der Wald hatte von ihr verlangt, ihre tiefste

Angst zu offenbaren, und danach ließ er sie passieren. Nik hatte ihr das Symbol auf der Tür erklärt, der Kreis mit den drei sich kreuzenden Linien: das Zeichen für Aurialis, Geist des Lebens und Sonnengöttin.

Sie fühlte sich benommen und musste sich setzen. Die entscheidende Frage war: Warum hatte sich in der Taschenuhr ihrer Mutter ein so altes Schriftstück befunden?

Wusste sie davon?

Faythe schüttelte innerlich den Kopf. Nein – sie konnte davon nichts gewusst haben. Und war bestimmt auch nie im Wald gewesen.

»In dem Buch hier ist von magischen alten Artefakten und solchen Dingen die Rede«, sagte Marlowe, die darin herumblätterte. »Ein ›cillius‹ ist ein Stein oder ein Glas und ›riscus‹ meint so etwas wie ›hinsehen‹, ›erkennen‹.« Sie blickte zu Faythe, als würde die vielleicht besser verstehen, was damit gemeint war.

Ein Achselzucken war alles, womit Faythe darauf antwortete. Sie zeigte eine ausdruckslose Miene, um nicht zu verraten, dass sie zumindest eine gewisse Ahnung davon hatte, wovon das Gedicht in der ersten Strophe handelte. »Wohl einfach nur irgendein altes Gedicht«, meinte sie. »Aus den Zeiten, als man noch an Geister geglaubt hat.« Sie konnte Marlowe nicht von dem Tempel erzählen, ohne dabei noch mehr zu verraten.

Solange sie sich aus all dem selbst noch keinen Reim machen konnte, war es sowieso überflüssig, Marlowe in irgendwas einzuweihen. Faythe hatte immer noch keine Ahnung, wie sie in den Tempel hineingelangen sollte. Und was auch immer dieser Riscillius war, wer sagte ihr denn, dass es in High Farrow zu finden sein würde?

»Ich habe von den Tempeln der großen Geister gelesen«, sagte

Marlowe. »Das müssen hierzu Angaben sein, wo sie sich befinden.« Sie beugte sich erneut über den Text.

»Wer weiß, ob sie überhaupt noch stehen?«, warf Faythe ein. Sie bemühte sich um einen gelangweilten Tonfall, obwohl in ihr die Gedanken rasten und sie bis ins Innerste erschütterten.

»Es heißt, sie seien die einzigen Orte, an denen man in echten Kontakt mit den Geistern treten kann«, fuhr Marlowe fort.

Faythe verzog das Gesicht. »Und daran glaubst du?«

»Ach komm schon, sei nicht immer so kritisch.«

»Ich bin nur realistisch.«

Marlowe verdrehte die Augen und sah sie an. »Und warum, frage ich mich, war das in deiner Uhr?«

»Halt so eine Art Märchen«, antwortete Faythe, »von einem lange verstorbenen Vorfahren erzählt.«

Marlowe schien nicht überzeugt, erwiderte aber nichts mehr. Stattdessen fragte sie: »Bist du für deinen Kampf heute Abend bereit?«

»Na klar.« Faythe grinste, dankbar für den Themenwechsel.

Marlowe lächelte und Faythe verspürte ein schlechtes Gewissen. Sie wusste, wie sehr Marlowe es hasste, Jakon immer wieder anzulügen. Trotzdem half sie ihr jedes Mal, wenn sie am Abend einen Kampf hatte, und lud Jakon meistens ein, den Abend und die Nacht bei ihr zu verbringen.

Faythe legte eine Hand auf die Schulter ihrer Freundin. »Bisher habe ich noch kein einziges Mal verloren«, sagte sie. »Und danke, dass du Jakon immer so gut ablenkst.« Dabei zwinkerte sie ihr zu.

Marlowe wurde rot und Faythe kicherte vergnügt, als sie zum Abschied einmal um sie herumtanzte.

»Bis heute Abend!«, rief sie.

EINUNDDREISSIGSTES KAPITEL

Am Abend stürmte Marlowe ohne zu klopfen in die Hütte – Faythe und Jakon hatten vor einer Weile darauf bestanden, dass sie sich wie ein Familienmitglied verhielt – und strahlte Faythe an, schnappte sich eine mit Hackfleisch gefüllte Teigtasche und setzte sich neben sie an den Tisch. Beide futterten hungrig drauflos.

»Spart euch noch etwas Hunger auf«, sagte Jakon. »Heute ist die lange Nacht der Talente. Da wird es auf dem Platz jede Menge Fressbuden geben.« Er tauchte aus der Schlafkammer auf, wo er sich nach der Arbeit umgezogen hatte.

Faythe fluchte innerlich. Die lange Nacht der Talente hatte sie ganz vergessen. Sie fand alljährlich auf dem Marktplatz statt und war eine nette, kleine vergnügliche Sache, sozusagen zur Einstimmung, bevor Ende der Woche der große Ball zur herbstlichen Tagundnachtgleiche stattfand. Jakon und Faythe waren bisher jedes Jahr hingegangen. Faythe liebte die Darbietungen. Nur leider hatte sie nicht aufgepasst und diesmal einen anderen wichtigen Termin. Eine viel blutigere Art von Talentprobe.

Faythe warf einen flehentlichen Blick zu Marlowe, aber die signalisierte ihr, dass sie keine Idee hatte, wie sie ihr da raushelfen konnte. »Ich … oh, Mist …«, murmelte sie. »Ich fühl mich heute Abend nicht so gut. Vielleicht geht ihr besser allein?« Etwas Überzeugenderes fiel ihr in diesem Moment nicht ein.

Marlowe nickte verständnisvoll, aber Jakon runzelte die Stirn.

»Ach was. Ein bisschen Kopfweh hat dich bisher noch nie davon abgehalten, zur langen Nacht der Talente zu gehen.«

Faythe zermarterte sich das Gehirn, aber ihr fiel nichts mehr ein. Er kaufte es ihr nicht ab, dass sie zu krank war, um mitzugehen. Also lächelte sie ihn an. »Na, gut. Dann komm ich kurz mit.«

Jakon strahlte, während Marlowe ihre Sorge hinter einem unsicheren Lächeln versteckte.

»Ich geh mich nur umziehen«, rief Faythe und verschwand in der Schlafkammer.

Dort fluchte sie innerlich, während sie hastig alles zusammensuchte. Sie musste sich irgendeine Entschuldigung ausdenken, um frühzeitig verschwinden zu können, aber fürs Erste …

Über Kampfanzug und Stiefel streifte sie ein dunkelrotes Kleid. Was sie etwas unförmig aussehen ließ, aber nicht so sehr, dass Jakon etwas auffallen würde. Und erst recht nicht, wenn sie darüber noch ihren schwarzen Mantel trug.

Die Tür zur Schlafkammer öffnete sich, und Faythe zuckte zusammen, aber es war nur Marlowe, die den Kopf durch die Tür steckte und flüsterte: »Was willst du jetzt tun?«

»Mich frühzeitig davon machen.« Faythe hob das Kleid an, sodass Marlowe sehen konnte, was sie darunter trug.

Marlowe grinste.

»Kannst du ihn überreden, mit dir schon vorauszugehen? Ich brauch noch eine Minute.«

Marlowe nickte. »Viel Glück«, flüsterte sie.

Faythe hörte die beiden am Tisch miteinander reden, während sie ihre Haare alle nach hinten kämmte, um sie zu einem dicken Zopf zu flechten. Hoffentlich fiel es Jakon nicht auf. Normalerweise machte sie das nur, wenn sie zum Training ging oder an besonders heißen Tagen.

Als sie hörte, wie die Tür hinter Jakon und Marlowe ins Schloss fiel, legte sie schnell noch ihren schwarzen Mantel um und stattete sich mit allem anderen aus, was sie für den Kampf brauchte.

Mit übergezogener Kapuze eilte Faythe durch die Straßen, die ungewöhnlich belebt waren. Die Vorführungen hatten überall schon begonnen und sie musste sich durch die Menge schieben und drängen, um zum Marktplatz mit der großen Bühne zu gelangen. Unter dem Mantel hatte sie Schwert und Dolch versteckt, doch keiner achtete auf sie.

Sie bog ab, um einen zwar etwas längeren, aber ruhigeren Weg zu wählen. Von einer Seitengasse aus bog sie in die Crow's Lane ab, nachdem sie sich vergewissert hatte, dass sie keiner beobachtete. Von einem Haufen altem Gerümpel, das auf die Gasse geworfen worden war, schob sie ein paar Trümmer beiseite, legte Schwert, Dolch, Handschuhe, Schalmütze und Mantel ab und überdeckte alles mit Holzplatten, zertrümmerten Stühlen und kaputtem Hausrat. Zufrieden blickte sie auf das Versteck. Außerdem würde sowieso niemand die Gasse entlangkommen. Dann kehrte sie auf die Hauptstraße zurück, wo sie sich unter die zu den Auftritten strömende Menge mischte.

Als sie zum Marktplatz kam, war dort fast kein Durchkommen mehr. An der Stirnseite war eine große Bühne aufgebaut. Direkt davor hockten Kinder auf dem Boden, hinter ihnen standen dicht gedrängt die Erwachsenen. Faythe hatte keine Ahnung, wie sie ihre Freunde finden sollte, und fluchte, weil sie nicht daran gedacht hatte, einen Treffpunkt zu vereinbaren.

Dann fiel ihr etwas ein. Hastig bog sie wieder um die Ecke. Noch nie hatte sie versucht, in einem Kleid aufs Dach zu klettern. Aber sie trug ja darunter ihren Kampfanzug. Sie rollte den Rock bis zur Hüfte hoch und hatte nun genug Beinfreiheit, um wie üblich an der Regenrinne hochzuklettern. Oben legte sie sich auf den Bauch und spähte vorsichtig hinunter auf den Platz. Keinesfalls durfte sie jemand bemerken. Der Platz auf dem Dach war ein Lieblingsort von Jakon und ihr, und sie wollte nicht, dass dieses Versteck mit seiner großartigen Aussicht aufflog.

Es dauerte nicht lange, dann hatte sie zwischen den vielen Menschen Jakon und Marlowe ausfindig gemacht. Mit Getränken in der Hand standen sie rechts am Rand. Faythe prägte sich genau ein, wo. Dann kletterte sie an der Regenrinne hinunter und schob sich bis zu ihnen durch. Mit einem lauten, freudigen Hallo begrüßten sich die drei.

»Wir waren uns nicht sicher, ob du uns finden würdest«, sagte Marlowe. »Jakon wollte schon zurück, um nach dir zu suchen.«

»Ich hab so meine Methode, um den Überblick zu behalten«, antwortete Faythe mit einem Grinsen und Jakon blickte unwillkürlich zum Hausdach hoch, so als wäre sie noch da oben und würde auf alle hinunterschauen.

»Wie konnte ich nur daran zweifeln«, meinte Jakon und trank einen Schluck.

Marlowe hielt ihr einen Becher hin. »Hier, da ist Wein drin!«, sagte sie und Faythe wusste, dass sie es sagte, damit sie nicht zu viel davon trank. Für ihren Kampf musste sie einen klaren Kopf haben.

Faythe bedankte sich mit einem Kopfnicken und nahm den Becher, aber sie nippte nur.

Die Lichter ringsum gingen aus und nur die Bühne war noch

erleuchtet. Der Lärm der Menge verebbte. Faythe zog ihre Uhr heraus. Noch genug Zeit für mindestens einen Auftritt.

Der Vorhang ging auf und gab den Blick frei auf eine Frau in einem prächtigen Ballkleid, die neben eine Harfe trat und sich verbeugte. Dann setzte sie sich und begann zu spielen. Ihre Finger strichen über die Saiten und entlockten ihnen eine Melodie, die alle in ihren Bann zog. Faythe spürte, wie sie darin eingesponnen wurde. Um sie herum verschwand die Welt und sie lauschte nur noch der Musik. Als die Frau nach einer Weile zu singen anfing, durchlief Faythe ein wohliger Schauder. Sie war bis ins Innerste ergriffen. Das Lied erzählte von den Geistern – ihrem Anbeginn und ihren Absichten – und obwohl Faythe nicht an solche Dinge glaubte, sog sie jedes Wort auf und genoss die Poesie der Schilderung. Die Hände der Musikerin strichen anmutig über die Saiten der Harfe, ihr Körper bewegte sich dazu, erst in sanften, dann immer stürmischeren Wellen, passend zur Melodie. Ihr Gesang stieg in den Nachthimmel und zu den Sternen empor. Sie legte alles in ihr Spiel, ihr ganzes Herz und ihre ganze Seele.

Dann wurden die Klänge wieder ruhiger und Faythe hätte schwören können, dass sie ihr direkt in die Augen schaute, als sie die letzte Strophe sang:

Die Erbin der Seelen wird auferstehen,
Das Schicksal liegt in ihren Händen.
Mit Ringen von Gold, mit der Kraft ihres Geistes
Wird sie das Leben der Menschen erretten.

Der laute Jubel der Menge riss Faythe aus ihrem versunkenen Zustand. Sie drehte den Kopf zu Marlowe, die strahlte und klatschte. Als Faythe wieder zur Musikerin sah, stand sie neben ihrer Harfe, verbeugte sich mehrmals und verließ dann die Bühne. Sie blickte nicht noch einmal in Faythe' Richtung.

Faythe blieb mit einem sonderbaren, verwirrenden Gefühl zurück.

Sie schüttelte sich, um es loszuwerden, und griff nach ihrer Taschenuhr. Wenn sie jetzt nicht sofort ging, würde sie zu spät kommen. Unbemerkt schüttete sie den Wein auf den Boden und drehte sich zu Jakon und Marlowe.

»Mir geht's wirklich nicht so gut«, sagte sie. »Ich glaube, der Wein hat es nur noch schlimmer gemacht.«

Jakon schaute sie an. »Wir können zusammen nach Hause, wenn du –«

»Lass uns doch noch bleiben«, unterbrach ihn Marlowe. »Ist grade so schön hier. Ist für uns das erste Mal gemeinsam hier. Faythe kommt schon zurecht – oder?« Sie drehte sich zu ihr.

»Na, klar,« antwortete Faythe. »Bleibt noch. Reicht, wenn eine Trübsal bläst. Genießt den Abend.«

Jakons Stirn legte sich in Falten. Sie spürte, dass er protestieren wollte, aber Marlowe sah ihn so betrübt an, dass er aufseufzte und sagte: »Na gut. Wir sehen uns dann zu Hause.« Faythe umarmte beide und schob sich dann hastig durch die Menge davon. Bald hatte sie es geschafft und eilte danach in die Crow's Lane, wo Ferris wie immer gegen eine Mauer gelehnt auf sie wartete.

»Ein bisschen overdressed, findest du nicht?«, fragte er.

Sie antwortete nicht, sondern zerrte das Gerümpel auseinander, um an ihr Versteck zu kommen. Dann knöpfte sie ihr Kleid auf und ließ es fallen. Falls Ferris darauf gelauert hatte, sie plötzlich in Unterwäsche dastehen zu sehen, war er sicherlich enttäuscht, dass sie darunter schon ihren Kampfanzug anhatte.

Schnell hatte sie das Schwert umgehängt und die Schalmütze

übergezogen, die ihr Gesicht verbarg – sie war nun zu Gold-Eyed-Shadow geworden. Ihr Kleid versteckte sie auf dieselbe Weise wie vorher die Waffen. Dann machten Ferris und sie sich hastig auf den Weg zum Cave Club und hielten auch nicht an, als sie unterwegs von Fans angesprochen wurden.

Im Cave trafen sie punktgenau in dem Moment ein, als der Kampfrichter den Sieger des vorherigen Kampfes verkündete. Noch auf dem Balkon, über dem Eingang in die Kampfarena nahm Ferris Faythe den Mantel ab – so hatte es sich inzwischen bei ihnen eingespielt – und sobald die Namen der nächsten Kämpfenden genannt wurden, stieg Faythe die Wendeltreppe hinunter und tauchte in einen Zustand größter Ruhe und Konzentration ein. Kalt und tödlich. Wenn sie dann im Ring auftauchte, war sie für den Kampf bereit. Das Publikum schien von Mal zu Mal anzuwachsen, aber sie ließ sich dadurch nicht ablenken.

Als ihr Herausforderer die Arena betrat, konnte sie ihre Überraschung kaum verbergen. Er war viel kleiner als ihre bisherigen Gegner, nur einen knappen Kopf größer als sie. Alle anderen hätten sich dadurch vielleicht im Vorteil gefühlt, doch für Faythe stellte der Mann die bisher größte Herausforderung dar. Ihre eigene Körpergröße würde ihr bei diesem Match keinen Vorteil bieten. Sie musste davon ausgehen, dass er genauso schnell und wendig war wie sie. Als sie ihn musterte, erkannte sie, dass sie ungefähr gleich stark war wie er – oder jedenfalls so gut wie. Das sollte reichen.

Der Kampfrichter verkündete den Beginn ihres Kampfes und ihr Gegner und sie beäugten sich bei ihren ersten, zögerlichen Schritten und Bewegungen. Wie Faythe vermutet hatte, war ihr Gegner schnell. Seinen ersten Angriffen wich sie problemlos aus, aber er war klug und begann ihre Reaktionen vorherzusehen.

Dann täuschte sie selbst rechts einen Angriff an, führte ihn aber links aus. Er sah ihn jedoch kommen und sie spürte, wie er ihr den Ellenbogen in die Seite rammte, sodass sie einen Moment keine Luft bekam. Faythe taumelte zurück und hatte kaum Zeit, sich wieder zu fassen, als er sie in den Bauch trat. Sie flog nach rückwärts und schlug hart auf dem Boden auf.

Schmerz durchzuckte sie. Gerade noch rechtzeitig schaffte sie es, zur Seite zu rollen und aufzuspringen, bevor ihr Gegner ihr die Schwertspitze an den Hals setzen konnte. Das erste Mal war ein Herausforderer ihr in Schnelligkeit und Schläue ebenbürtig.

Im Hin und Her der Angriffe trafen ihre Klingen immer wieder klirrend aufeinander. Als sie einmal in der Mitte aufeinanderprallten, presste ihr Gegner seine Klinge mit solcher Macht gegen ihre, dass sie rückwärts taumelte. Im selben Moment blitzte Stahl vor ihren Augen auf. Sie duckte sich weg, aber nicht schnell genug, und verspürte einen Stich an der Stelle, an der seine Klinge über ihre Schulter gefahren war.

Faythe keuchte, zog sich ein paar Schritte zurück. Blieb trotzdem voll konzentriert. Sie war am Verlieren.

Durch ihre vielen Siege war sie selbstgefällig geworden. Arrogant. Von ihrer flammenden Leidenschaft waren nur noch glimmende Aschehäufchen übrig. Die brutalen, einfältigen Kämpfertypen hatten sie nie herausgefordert. Jetzt aber, als sie dies erkannte, erwachte auf einmal etwas in ihr – und schon befand sie sich im Kopf ihres Gegners. Alles lag hier vor ihr ausgebreitet, wie für einen Spaziergang. Aber sie durfte sich nicht zu tief in ihn hineinbegeben, sonst hätte sie an Konzentration im Kampf eingebüßt.

Seine Gedanken fuhren wie Pfeile durch sie hindurch. In Blitzgeschwindigkeit wich sie seinen Bewegungen aus, rankte sich wie

Rauch um seine Schwerthiebe. Sobald sie sich den Instinkten ihres Geistes überließ, war es so leicht wie atmen. Superschnell und anmutig wich sie seinen Attacken aus und ging zum Gegenangriff über – achtete zugleich darauf, nicht zu schnell zu sein, damit es noch realistisch wirkte. Aber wer wäre auf die Idee gekommen, dass tief in ihrem Innern ein unlauterer Vorteil schlummerte.

Sie fügte ihrem Gegner ein paar Mal eine leichte Schnittwunde zu, um das Publikum zu befriedigen, das Blut sehen wollte. Unter Faythe' Maske wurde ihr Grinsen immer breiter. Sie schien den Mann mit den Augen auszulachen und seine Frustration wurde immer größer. Bis er schließlich mit seinem Schwert nur noch halbherzige, planlose Angriffe vollführte. Irgendwann hatte Faythe genug davon, sie wich ihm ein letztes Mal aus, kickte ihm die Füße weg und stand einen Augenblick später über ihm. Mit beiden Händen hielt sie ihr Schwert auf sein Herz gerichtet, eine falsche Bewegung und sie hätte ihn durchbohrt.

Die Menge jubelte, als der Mann unter ihr lag und vor Zorn bebte – ein Anblick, mit dem sie inzwischen vertraut war. Gold-Eyed-Shadow machte ein paar schwungvolle Verbeugungen, die sie ihren Fans oben an der Brüstung schuldig war. Dann schritt sie zum Ausgang, unter der Maske triumphierend lächelnd.

Zweiunddreißigstes Kapitel

In der Crowe's Lane wartete Faythe auf Ferris. Ihr Arm schmerzte und die Wunde blutete immer noch leicht. Sie hatte keine Ahnung, wie sie Jakon die Verletzung an der Schulter erklären sollte. Die Blutergüsse an der Seite würden leichter zu verstecken sein.

Ferris pfiff leise. »Einen Moment hab ich geglaubt, du verlierst da drinnen das erste Mal.«

»Ich auch«, brummte sie.

»Aber zum Glück hast du's dann wieder mal durchgezogen.« Er streckte ihr zwei Geldsäcke hin – jede Woche weniger prall gefüllt, trotzdem immer noch eine hübsche Summe.

Sie schnappte sie sich, griff dann nach ihrem Mantel und warf ihn sich über.

»Wie fühlst du dich?«, fragte Ferris.

Faythe starrte ihn ausdruckslos an. »Ich brauche noch mehr Zeit, bevor ich gegen einen Fae antreten kann«, sagte sie. »Wenn ich auch nur etwas angeschlagen bin, habe ich nicht die geringste Chance. Noch zwei weitere Wochen.«

Ferris wollte etwas erwidern, aber sie warf ihm einen Blick zu, der klarmachte: Entweder wurde der Termin verlegt oder sie war draußen. Er nickte zustimmend.

»Man redet schon viel darüber. Die Bude wird an dem Abend brechend voll sein.«

Das klang nicht wirklich beruhigend. Faythe zog ihr Kleid aus dem Versteck heraus und wollte gehen. Da hielt Ferris sie am Arm fest.

»Auch wenn du verlierst, werden wir noch einen schönen Batzen Geld verdienen«, sagte er. »Mach dir nicht zu viele Sorgen.« Sie nickte ihm dankbar zu.

Als Schatten mit der Finsternis verschmelzend machte Faythe sich auf den Weg nach Hause.

Bei der Hütte angekommen stieß Faythe die Tür auf – und blieb wie erstarrt stehen, als sie Marlowe und Jakon am Tisch sitzen sah. Sie hatte geglaubt, die beiden wären noch bei der langen Nacht der Talente oder zu Marlowe nach Hause gegangen. Ungläubig starrte sie die beiden an. Mit vor Wut und Enttäuschung verzerrtem Gesicht sprang Jakon auf. Marlowe bemerkte Faythe' verwirrten Blick und sagte hastig:

»Tut mir leid, Faythe. Er hat gespürt, dass irgendwas nicht stimmte. Ich musste es ihm erzählen.« Schweigend bat sie die Freundin um Verzeihung.

Faythe blickte zu Jakon und wartete nervös darauf, dass das Unwetter über sie hereinbrach.

»Wie lange geht das schon?«, fragte er leise.

Ihr wäre lieber gewesen, er hätte sie angebrüllt. Oder wenn wenigstens der Ausdruck in seinem Gesicht weniger traurig gewesen wäre. »Ich … Jakon, es tut mir leid. Wir haben doch so dringend Geld gebraucht und ich … ich bin einfach gut darin«, stammelte sie. Was natürlich als Entschuldigung dafür, dass sie ihn hintergangen hatte, nicht ausreichte.

Er lachte bitter auf, brachte es kaum fertig, sie anzusehen.

»Offensichtlich! Wenn du mich schon so lange belügst, wie ich vermute.« Er warf Marlowe einen eisigen Blick zu. »Lügen, das könnt ihr beide gut.«

Marlowe zuckte bei diesem Satz zusammen und Faythe trat zwischen sie.

»Auf mich musst du wütend sein, nicht auf sie. Ich habe sie beschworen, mein Geheimnis nicht zu verraten. Du hättest mir das nie erlaubt.«

Seine Blicke richteten sich wieder auf Faythe. »Ich habe dir nichts zu erlauben oder zu verbieten. Aber mich so anzulügen? Und Marlowe dafür zu benutzen, mich abzulenken – so war es doch, oder? Das ist das Mieseste, was ich mir denken kann!«

Faythe zuckte zusammen, fasste sich aber schnell wieder. »Ich hab meine Anstellung in der Bäckerei verloren. Mir ist nichts Besseres eingefallen«, erwiderte sie. »Ich wollte mein eigenes Geld verdienen, mit etwas, das ich richtig gut kann. Vielleicht entspricht es nicht ganz deinen Erwartungen – aber ich bin damit bis jetzt sehr erfolgreich gewesen.« Dass sie mit dem Schwertkampf angefangen hatte, bevor Marie sie entließ, erwähnte sie nicht.

Seine Augen wanderten zur Wunde an ihrer Schulter und er sagte höhnisch: »Ja, scheint ganz so.«

Faythe zog ihren Mantel über die Schulter und funkelte ihn an. »Es ist das erste Mal, dass ich überhaupt nur einen Kratzer abbekommen habe. Merk dir das, du Pisser.« Beide starrten sich daraufhin wutentbrannt an und die Anspannung wuchs.

»Bitte, könnt ihr aufhören, so zu streiten?«, bat Marlowe.

Faythe gab zuerst nach. Mit einem tiefen Seufzer sagte sie zu Jakon: »Tut mir wirklich leid, dass ich dich angelogen habe, Jak. Aber schon bei der bloßen Erwähnung wärst du in die Luft gegangen. Ich wollte das unbedingt machen, und es muss dir ja nicht gefallen, aber du musst es einfach akzeptieren.«

Die Mischung aus Wut, Enttäuschung und Missbilligung wich nicht aus seinem Gesicht. Marlowe warf er einen Blick zu, der ungefähr dasselbe ausdrückte, drehte sich dann um und verschwand wortlos in der Schlafkammer.

Faythe wandte sich zu Marlowe, die Tränen in den Augen hatte. Marlowes Anblick rührte sie zutiefst. Es war alles ihr Fehler. Ihr Verhalten hatte zu Streit und Misstrauen zwischen ihnen allen geführt.

»Marlowe, es tut mir so leid –«, setzte sie an, aber Marlowe winkte ab.

»Mein Entschluss. Ich wollte dir helfen. Das ist nicht deine Schuld.« Sie schenkte Faythe ein müdes Lächeln, das sie ganz traurig machte.

»Nein. Ich war so selbstsüchtig und dumm zu glauben, wir könnten das für immer vor ihm geheim halten. Als ob er es nie rausfinden würde. Dabei habe ich nicht an dich und eure Beziehung gedacht. Bitte verzeih mir!«

Wortlos stand Marlowe von ihrem Stuhl auf und machte Faythe ein Zeichen, dass sie sich setzen sollte. Sie tat es und Marlowe nahm ihr den Mantel ab, wartete dann darauf, dass sie den Verschluss ihres Kampfanzugs löste und aus dem Oberteil schlüpfte, damit sie die Wunde untersuchen konnte. Faythe zerriss es das Herz. Sie verdiente ihre Fürsorglichkeit nicht – nicht jetzt.

Als sie ihren Arm aus dem Oberteil wand, winselte Faythe vor Schmerz. Danach saß sie in ihrer Unterwäsche ruhig da und wartete, während Marlowe eine kleine Schüssel mit Wasser füllte und nach einem Lappen griff. Sie machte sich an die Arbeit und säuberte, ohne ein Wort zu sagen, sanft und liebevoll Faythe' Arm.

Die biss die Zähne zusammen, um nicht bei jeder Berührung aufzuschreien.

»Als du gegangen bist, wurde er misstrauisch«, sagte Marlowe nach einer Weile leise. »Er hat den Kopf geschüttelt und gesagt, das würde nicht zu dir passen. Bisher seist du immer von Anfang bis Ende dabei gewesen, nichts habe dich davon abhalten können. Und dann fielen ihm auch noch andere Situationen ein, in denen er dein Verhalten komisch fand. Ich konnte ihn nicht davon abbringen, hierherzukommen, und als du dann nicht da warst … flog alles auf. Ich habe es ihm erzählt. Es tut mir so leid, Faythe. Mir ist einfach nichts anderes eingefallen. Keine andere Erklärung.« Sie wischte sich die Tränen aus den Augen.

Faythe legte ihre Hand auf Marlowes Hand und Marlowe schaute sie an. »Es ist allein meine Schuld und seine Wut richtet sich nur gegen mich. Du musst dich für überhaupt nichts entschuldigen. Du bist eine bessere Freundin, als ich es manchmal verdient habe.« Sie lächelte. »Er wird sich bald wieder einkriegen«, sagte sie aufmunternd, nicht nur zu Marlowe, sondern auch zu sich selbst.

»Mag sein. Aber ich befürchte, dass wir da etwas zerbrochen haben, was nicht so schnell wieder zu reparieren ist.«

Faythe befürchtete es auch. Es würde lange dauern, bis Jakon jeder von ihnen wieder voll vertraute, und ihr Magen verkrampfte sich. Von ihren beiden Geheimnissen war das eine jetzt gelüftet, aber das andere, viel größere, hatte sie noch keinem von beiden verraten.

Als Marlowe fertig war, setzte sie sich zu ihr an den Tisch.

»Wir sollten ihn erst mal drüber schlafen lassen«, murmelte Faythe. »Heute Nacht lösen wir keine Probleme mehr.«

Marlowe nickte und stand auf. »Dann geh ich jetzt mal nach Hause.«

»Ich komme mit.« Faythe stand ebenfalls auf. »Ist das in Ordnung?«

Marlowes Lächeln reichte als Antwort. Faythe schloss ihren Kampfanzug wieder und zog ihren Mantel über. Marlowe griff ebenfalls nach ihrem Umhang und gemeinsam verließen sie, ohne sich von Jakon zu verabschieden, die Hütte. Er würde sowieso wissen, wohin sie gegangen waren, und sie wussten, dass er jetzt allein sein wollte. Sein letzter Blick hatte klar signalisiert, dass er keine von beiden um sich haben wollte.

Faythe war das Herz schwer. Sie hakte sich bei Marlowe unter und gemeinsam gingen sie schweigend durch die kalten, dunklen Straßen.

Dreiunddreißigstes Kapitel

»*Hammer*, Faythe!«

Marlowes Stimme riss Faythe aus ihrer Tagträumerei. Sie blickte zu ihrer Freundin, die einen kleinen Dolch auf dem Amboss bereitgelegt hatte und sie auffordernd anschaute.

»'tschuldigung«, murmelte sie, griff nach dem Werkzeug und reichte es Richtung Amboss.

Marlowe nahm den Hammer, ohne genauer hinzusehen, und wollte ihn schon auf die Klinge niedersausen lassen, als sie innehielt und aufstöhnte: »Faythe, ich weiß ja, dass wir beide mit unseren Gedanken woanders sind, aber der hier hilft bei Stahl nicht.« Mit ein paar Schritten war sie bei ihren Werkzeugen und tauschte den Rohlederhammer gegen einen Schmiedehammer um. Besser sie machte es selbst, als Faythe zu fragen. Eine weise Entscheidung, denn von allem, was Marlowe ihr bisher über das Schmiedehandwerk beizubringen versucht hatte, hatte Faythe rein gar nichts behalten.

Seit der unglücklichen Nacht wohnte sie bei ihrer Freundin, hatte sich von ihr Kleider geliehen und trabte ihr jeden Tag in die Werkstatt hinterher, um sich von ihrem Herzschmerz abzulenken. Sie litten beide, waren in Grübeleien versunken und redeten nur wenig miteinander. Fröhliches Gequassel zwischen ihnen gab es so gut wie gar nicht. Faythe hatte beschlossen, Jakon so viel

Zeit zu lassen, wie er brauchte – so lange, bis er selbst das Bedürfnis hatte, sich ihr – ihnen beiden – wieder zu nähern. Aber inzwischen waren drei Tage vergangen, seit er von ihren Kämpfen im Cave Club erfahren hatte, und mit jedem Tag zerriss es ihr mehr das Herz.

Am Abend würde auf den Hügeln der alljährliche Tanz zur herbstlichen Tagundnachtgleiche stattfinden. Doch sie konnte sich diesmal nicht darauf freuen und war sogar drauf und dran, nicht hinzugehen – das erste Mal, seit sie denken konnte. Das Fest glich dem zur Sommersonnenwende, mit großen Feuern, Tanz und Imbissbuden, nur dass die Feiernden alle Masken trugen oder als Tiere verkleidet waren. Die Tradition wollte, dass sie so ihre Dankbarkeit gegenüber den Göttern und Göttinnen ausdrückten, weil die ihnen eine gute Ernte gewährt hatten, mit der sie über den Winter kamen. In der Woche davor waren Faythe und Marlowe bereits einkaufen gewesen und hatten sich Kostüme besorgt.

»Wie viel Zeit geben wir ihm?«, dachte Faythe laut nach.

Marlowe hielt kurz inne und warf ihr einen traurigen Blick zu. »So lange, wie er braucht«, sagte sie.

Faythe beschlich das ungute Gefühl, dass er ihr vielleicht nie verzeihen würde – jedenfalls nicht ganz. Sie hatte ihn über einen Monat lang angelogen und zwischen ihn und Marlowe einen Keil getrieben. Sie war grässlich und selbstsüchtig und wunderte sich, warum Marlowe sie nicht auch hasste. Sie hätte es verdient und es klaglos hingenommen, wenn es so gewesen wäre. Wie unendlich dankbar war sie ihrer Freundin, dass sie sie jetzt nicht allein ließ. Nur Marlowe schützte sie vor zu viel selbstzerstörerischem Grübeln. Faythe hatte Nik bereits zwei Mal abgewiesen. Aber das mit Jakon saß tiefer. Die Leere, die er hinterließ, war schwerer zu ertragen.

Sie rutschte von ihrem Hocker neben den Werkzeugen und schlenderte ziellos durch die Werkstatt, auf der Suche nach irgendetwas, womit sie sich ablenken konnte. Schließlich blieb sie neben Marlowes kleiner Werkbank stehen, auf der immer noch das Blatt Papier mit der Übersetzung lag, daneben das Pergament mit dem unverständlichen Urtext und drumherum mehrere Bücher, ganz als hätte Marlowe versucht, noch tiefer in die Verse und ihre Bedeutung einzudringen. Faythe bemerkte ein paar hingekritzelte Notizen und Unterstreichungen in der Übersetzung und beugte sich neugierig darüber. Neben die erste Strophe hatte Marlowe die Namen der drei Geister geschrieben:

Aurialis, Dakodas, Marvellas

Neben der zweiten Strophe hatte sie notiert:

Fenstead: Silberwald?
High Farrow: Ewige Wälder?

Faythe erstarrte. Dies musste der Name für den Wald sein, in dem Nik und sie sich immer trafen. Doch sie konnte sich nicht vorstellen, dass ihre Freundin sich jemals dorthin aufmachen würde. Nicht in einen Wald, der ein einziger Albtraum war. Niemand wagte sich dort hinein.

Sie blickte kurz zu Marlowe, die in ihre Arbeit vertieft war. Nein – ihre Freundin war der Inbegriff von Anmut und Unschuld. Niemals würde sie den Fuß an einen solchen Ort setzen, müsste niemals denselben Horror durchleben wie sie. Faythe beugte sich wieder über das Papier und las die hingekritzelten Notizen weiter:

Dalrune: Totengebirge?
Rhyenelle: Niltain Inseln?

Der Gedanke, dass in der Nähe noch ein weiterer Tempel liegen könnte, nämlich im Gebirge, das die Grenze zwischen High Farrow und Dalrune bildete, beunruhigte Faythe. Ach was, es waren doch nur nutzlose, alte Gebäude aus Stein. Zumindest redete Faythe sich das ein, um nicht komplett durchzudrehen. Sie brauchte sich nur daran zu erinnern, auf welche Weise sie den Lichttempel entdeckt hatte, und sich auszumalen, welche magischen Kräfte möglicherweise die anderen Tempel sicherten.

Die dritte Strophe ließ nur eine mögliche Schlussfolgerung zu, wo der entsprechende Tempel gelegen sein konnte:

Lakelaria: Himmelshöhlen

Faythe verspürte Erleichterung. Zumindest da bestand keine Gefahr, dass sie in seine Nähe kam. Und außerdem waren das alles ja nur Spekulationen von Marlowe. Geboren aus ihrem Wissensdurst und ihrer Liebe zu antiken Wundern. Für sie war das alles Spaß.

Das Wort, das Marlowe in der letzten Strophe unterstrichen hatte, ließ bei Faythe das Herz schneller schlagen. Daneben hatte sie hingekritzelt:

Riscillius – Spiegel?

War das Marlowes neue Übersetzung des Worts? Warum hatte sie es ihr nicht gleich gesagt? Vielleicht hatte sie ihr zu gut vorgespielt, dass sie das alles nicht besonders interessierte.

»Du bist ja ganz schön weit gekommen damit«, rief Faythe, mit dem Blatt Papier in Marlowes Richtung wedelnd.

Marlowe blickte auf. »Nur so ein Zeitvertreib«, meinte sie achselzuckend. »Ich find's spannend.«

Mehr sagte sie dazu nicht, was Faythe merkwürdig fand. Davor hatte ihre Freundin immer begeistert von ihren Entdeckungen erzählt und war so richtig in Fahrt geraten, wenn es um merkwürdige, wundersame Dinge ging.

Sie verfolgte das Thema nicht weiter. Marlowe warf sich mit ihrer ganzen Energie auf das Schmieden des Dolchs und ließ den Hammer wieder und wieder auf die Klinge niedersausen. Mit jedem Schlag schien ihre Frustration zu wachsen.

Der Rest des Tages verging in lähmender Langsamkeit. Die beiden Frauen hatten gerade die Werkstatt verlassen, um in Marlowes kleines Häuschen daneben zu gehen, als sie erstarrten. Vor der Haustür wartete jemand auf sie.

»Ich bin gekommen, um die beiden Damen zum Ball heute Abend zu begleiten«, sagte Jakon. Er lächelte verlegen und fingerte nervös an der schwarzen Maske herum, die er in der Hand hielt.

Faythe stieß einen Schrei aus und rannte auf ihn zu – ohne sich darum zu kümmern, ob er schon so weit war, sich von ihr wieder wie früher umarmen zu lassen. Alles war gut, als er die Arme ausbreitete und ihre Umarmung erwiderte. Eine riesige Last fiel von Faythe ab.

»Es tut mir so leid«, rief sie.

Er löste sich von ihr und blickte sie mit trauriger Miene an. »Das heißt nicht, dass ich dir vollständig verziehen habe … noch nicht.«

Faythe nickte. Sie verstand, dass es noch eine Weile dauern würde, bis sie sein Vertrauen wiedergewonnen hatte. Aber sie war überglücklich, dass er gekommen war. Sie hatte ihn stärker vermisst, als sie geglaubt hatte.

Ihre Blicke wanderten zu Marlowe, die immer noch vor der Schmiede stand. Jakon ging auf sie zu und blieb einen halben Schritt vor ihr stehen.

»Bitte verzeih mir, Marlowe. Ich weiß, dass du es mir nur verschwiegen hast, weil du Faythe eine gute Freundin sein wolltest – und das kann ich dir nicht vorwerfen.« Sein tadelnder Seitenblick galt Faythe, die betreten reagierte. »Ich hätte es an deiner Stelle genauso gemacht.«

Sie hasste es, der Grund dafür zu sein, dass es zwischen den beiden zu ihrem ersten Zerwürfnis gekommen war, und schwor sich, dass sie niemals mehr einen von ihnen so benutzen würde.

Marlowes Antwort war eine feste, innige Umarmung und Faythe war erleichtert. Es war zwischen ihnen dreien alles wieder halbwegs normal, auch wenn es noch lange dauern würde, bis sich zwischen ihr und Jakon alles eingerenkt hatte.

In diesem Augenblick beschloss sie, dass ihre Geheimnisse nie wieder einen Keil zwischen sie und die beiden anderen oder einen von ihnen treiben würden. Sie würde einen Weg finden, um ihnen von ihrer Gabe zu erzählen, auch wenn sie noch so unvorstellbar und aberwitzig war. Und sie würde innerlich darum flehen, dass sie sie auch danach als die Person sahen, die sie weiterhin war – und nicht als die Waffe, in die sie sich verwandeln konnte.

VIERUNDDREISSIGSTES KAPITEL

Faythe betrachtete sich im Spiegel. Sie wartete darauf, dass Marlowe und Jakon kamen. Gemeinsam wollten sie dann zum Fest aufbrechen.

Die beiden waren in Marlowes Häuschen, denn auch Marlowe musste sich noch umkleiden. Jakon dagegen war bereits fertig. Faythe war deshalb allein zur Hütte zurück und dort in ein weißes Kostüm geschlüpft mit weit ausgestelltem Tüllrock, dessen Corsage mit unzähligen kleinen weißen Federn besetzt war. Sie hatte beschlossen, in diesem Jahr als Schwan zu gehen und ihre Haare zu Zöpfchen zurückgeflochten, in die sie gefederte weiße Spängchen steckte. Sie betastete die Maske, die sie bereits angelegt hatte – sie war ebenfalls mit weißen Federn geschmückt –, und plötzlich schlug ihr Herz schneller.

Ob Nik wohl auch da sein würde?

Bei der Feier zur Sommersonnwende war er aufgetaucht, in die Uniform der königlichen Garde gekleidet, deshalb konnte es gut sein, dass er auch diesmal zur Wachpatrouille abkommandiert war. Bei solchen Festen wurden mehr Fae als sonst benötigt, falls irgendetwas außer Kontrolle geriet. Bei den überfüllten Straßen und den vielen Händlern, die in die Vorstadt kamen, um ihre Waren zu verkaufen, konnte das leicht geschehen.

Der Gedanke an Nik machte Faythe nervös, sie wollte endlich

los und ging unruhig in der Hütte hin und her. Das letzte Mal, als sie sich getroffen hatten, waren sie im Streit auseinandergegangen. Und das war noch höflich ausgedrückt. Sie hatte versucht, gegen seinen Willen in seinen Kopf einzudringen, und ihn angebrüllt, dass sie ihn nie mehr sehen wollte.

Mehrmals hatte sich Faythe bei ihm dafür entschuldigen wollen, doch hatte sie nicht den Mut, sich nachts in seinen Geist vorzuwagen. Das Fest heute Abend wäre *die* Gelegenheit, um ihm zufällig in die Arme zu laufen, und dann würde sie ihm sagen, wie leid es ihr tat. Sie konnte nur hoffen, dass er ihr verzeihen würde – um Verzeihung zu bitten wurde ihr allmählich zur Gewohnheit.

Falls sie an dem Abend für Nik aber eine rote Linie überschritten hatte und er nie mehr mit ihr reden wollte, dann konnte sie damit leben. Auch wenn sie beim Gedanken daran einen Stich in ihrem Herzen verspürte.

Die Tür ging auf und Faythe machte einen Freudensprung, als ihre beiden Freunde hereinkamen. Marlowe sah in ihrem königsblauen, türkis gemusterten Kleid mit passender Maske umwerfend aus. Sie hatte als Tier den Pfau gewählt und strahlte wie eine Königin. Jakon war als Rabe von Kopf bis Fuß in Schwarz gekleidet und seine Maske hatte einen spitzen Schnabel. Schlicht und wirkungsvoll und außerdem sehr elegant.

»Wow! Sehen wir drei nicht toll aus?«, rief Marlowe.

Faythe lachte, hakte sich bei Marlowe unter und gemeinsam zogen sie los. Auf den Straßen wimmelte es bereits von Feiernden in allen möglichen Masken und Kostümen. Gelächter und Stimmengewirr hing in der Luft. Überall duftete es nach Leckereien. Sie kauften Schokolade und Wein und machten sich dann zum Hügel auf.

Dort waren bereits die großen Feuer entzündet worden und

loderten in den herbstlichen Nachthimmel empor. Schattenrisse umtanzten die orangerot flackernden hohen Flammen, manche schleuderten Holzfiguren hinein, andere Stoffpuppen, begleitet von Anrufungen der Geister.

Während sie sich durch die Menge schoben, hielt Faythe überall Ausschau nach einem gewissen Fae. Doch bisher hatte sie kein Glück; bei den vielen Menschen und Wachen der Fae, die an diesem Abend unterwegs waren, würde ihre Mühe wohl vergeblich sein. Wenn auch die Fae, in ihren Uniformen und als einzige unmaskiert, leicht auszumachen waren.

Marlowe, Jakon und Faythe steuerten auf den großen Kreis zu, der sich um mehrere Feuerschlucker versammelt hatte.

»Wie machen die das eigentlich?«, staunte Marlowe. »Das hätte ich schon immer gern mal gewusst.«

Faythe, die ebenfalls gebannt zuschaute, nickte, ließ dann ihre Blicke über die Menge gleiten. Überall waren bunte Masken zu sehen. Paare tanzten, Kinder spielten, Frauen plauderten miteinander und dann plötzlich …

Ein Blick aus einem vertrauten smaragdgrünen Augenpaar.

Er trug eine schwarze Maske und hatte die Kapuze seines Mantels über den Kopf gezogen, aber es gab keinen Zweifel, er war es – Nik stand ganz in der Nähe und schaute sie an. Er neigte den Kopf, dass sie ihm folgen sollte, wandte sich dann von dem Spektakel ab und ging.

Faythe blickte zu ihren Freunden, die weiter gebannt zuschauten. Jakon hatte den Arm lässig um Marlowes Hüfte gelegt.

»Ich hol mir noch einen Wein. Wollt ihr auch was?«, fragte sie.

Marlowe sah kurz zu ihr. »Danke, ich nicht. Kommst du dann wieder hierher?«

Faythe nickte, drehte sich um und schob sich durch die immer dichter werdende Menge. Sobald sie etwas Raum um sich herum hatte, hielt sie an und hielt nach Nik Ausschau, konnte ihn aber nicht entdecken.

»*Ein Stück höher.*«

Die Stimme in ihrem Kopf signalisierte ihr, dass er in der Nähe sein musste und sie beobachtete. Sonst hätte es mit der Projektion seiner Mitteilung nicht geklappt. Sie fuhr herum und dann sah sie ihn. Er stand auf der höchsten Erhebung des Hügelrückens. Kaum hatte sie ihn entdeckt, ging er in Richtung Wald weiter.

Faythe beschleunigte ihre Schritte, um ihn einzuholen, schlängelte sich zwischen lässig hingestreckten Körpern hindurch und wich Kindern aus, die an ihr vorüberrannten. Allmählich wurde das Lärmen schwächer, bis schließlich niemand mehr zu sehen war.

Am Waldsaum hielt Nik an, lehnte sich gegen einen Baum und verschränkte die Arme. »Wirkt so, als hättest du heute Abend unbedingt jemand finden wollen«, sagte er zur Begrüßung.

»Jetzt schmeichel dir mal nicht zu sehr«, spottete sie. Ihre Wangen waren rot geworden und er grinste. Um das Thema zu wechseln, fragte sie: »Und du, musst du heute nicht Wache schieben?« Unter seinem Mantel, das hatte sie sofort bemerkt, trug er seine normale Kleidung. Er würde wohl nicht lange bleiben.

Nik antwortete darauf nicht gleich. Er schaute sie an, musterte ihre Frisur, ihre Maske, ihr Kleid. »Nein, muss ich nicht«, sagte er schließlich.

Faythe wollte schon kneifen, dann murmelte sie: »Tut mir leid.« Als er sie überrascht ansah, fuhr sie fort: »Ich habe mit aller Macht versucht, in deine Gedanken einzudringen, und dabei eine Grenze überschritten. Dafür entschuldige ich mich.« Sie rückte ihre Maske zurecht, die etwas verrutscht war.

Er lachte und sie schaute ihn verblüfft an. »Und wie viele schlaflose Nächte hat dir das bereitet?«, spottete er.

»Keine einzige! Ich dachte nur, es wäre vielleicht höflich, mich bei dir zu entschuldigen, du Idiot.« Faythe drehte sich wütend um und wollte gehen. Aber seine Stimme hielt sie zurück.

»Warte.«

Sie blieb stehen, kehrte ihm weiter den Rücken zu.

»Du hast versucht, eine Grenze zu überschreiten, aber es ist dir nicht geglückt. Ich verstehe ja, warum du es versuchst hast. Und ich versichere dir, Faythe«, sagte er ernst, »mit dem Tod der Frau habe ich nichts zu tun und hätte es verhindert, wenn ich gekonnt hätte.«

Faythe drehte sich langsam zu ihm um. Sie hatte geglaubt, sie müsste sich bei ihm entschuldigen, und nun war es genau umgekehrt. Er entschuldigte sich bei ihr. An seinem Gesicht konnte sie ablesen, dass es ihm ernst damit war. Und die ganze Zeit über hatte sie sich damit gequält, was sie falsch gemacht hatte und worum sie ihn um Verzeihung bitten musste.

»Du bist anders, Nik«, sagte sie. »Anders als die anderen.«

Seine Lippen verzogen sich. »Keine Ahnung, ob das wirklich so stimmt.«

»Doch, ich weiß es.«

Er schaute sie an, und ihr Herz pochte auf einmal wie wild.

»Ähm, was machst du hier eigentlich heute Abend?« Faythe sagte das Erstbeste, was ihr einfiel.

»Darf ich nicht wie alle anderen feiern?«

Sie ersparte sich den Hinweis, dass seine – bis auf die Maske – alltägliche Kleidung nicht unbedingt darauf schließen ließ, dass er zum Feiern gekommen war.

»Falls du dir die ganze Mühe gemacht hast, um dich bei mir zu entschuldigen, fühle ich mich überaus geehrt.«

Seine Augen funkelten. »Vielleicht, ja.« Er musterte sie von oben bis unten. »Oder vielleicht bin ich auch nur gekommen, um zu sehen, welche Spektakel die Vorstadt zu bieten hat.«

Sie hielt seinen Blicken stand und fragte mit stolz erhobenem Kinn zurück: »Und wie schlägt sich die Vorstadt im Vergleich zu deinem schicken Zentrum?«

Sein Grinsen wurde breiter, seine Augen funkelten. Er ging auf sie zu, bis er so nahe vor ihr stand, dass es nur noch einen kleinen Schritt von ihr brauchte und sie waren ganz nah beieinander. Er neigte seinen Kopf zu ihr, am Hals spürte sie seinen warmen Atem. In kleinen Wellen lief ein Prickeln ihr Rückgrat hinunter, bis in die Mitte ihres Körpers.

»Ich bevorzuge, was ich hier sehe«, sagte er und die Wörter glitten wunderbar über ihre Haut. Sie hielt den Atem an, als seine Finger sachte über die Federn ihrer Corsage strichen, hinauf zu ihrem Ausschnitt und hinunter bis zu ihrem Nabel. »Wie passend«, flüsterte er.

Sie wusste nicht, was er damit meinte – es war ihr in diesem Moment aber auch nicht wichtig. Sie spürte, wie seine Lippen über ihrem Ohrläppchen schwebten. Ein Hauch von einem Kuss. Faythe sehnte sich so sehr danach, dass die Lippen ihre Haut auch wirklich berührten, dass sie vor Begehren fast verging.

Dann trat er mit einem Lächeln hastig einen Schritt zurück.

Sie musste so verwirrt und benommen dreingeschaut haben, wie sie sich fühlte. Nik steckte immer noch lächelnd die Hände in die Hosentaschen, während er zusah, wie sie wieder einen klaren Kopf zu bekommen versuchte und sich bemühte, ihren rasenden Puls zu beruhigen.

»Deine Freunde werden sich inzwischen Sorgen machen, wo du bist«, sagte er.

Ihr Mund klappte auf, um etwas Gewitztes zu erwidern. Aber als ihr nichts einfiel, murmelte sie nur: »Idiot.« Dann machte sie kehrt und rannte den Hügel hinunter, verfolgt von seinem Lachen.

An einer Bude hielt Faythe an und kaufte sich einen Becher Wein, bevor sie zu den anderen zurückkehrte. Jakon und Marlowe standen inzwischen etwas von den Feuerschluckern entfernt, lachten miteinander. Fast hatte sie Scheu, die beiden zu stören, sie wirkten so glücklich.

Faythe trat auf sie zu. »Entschuldigung – die Schlange war echt lang.«

»Du hast nicht viel verpasst. Als Nächstes wollen wir zu den Zauberern.« Marlowe strahlte.

»Du aber weißt schon, dass das nicht echt ist, oder?«, neckte Faythe ihre Freundin. »Nicht dass du es mit der Magie in deinen Büchern verwechselst.«

»Sei keine solche Spielverderberin«, brummte Marlowe, griff sie am Arm und zog sie mit sich fort.

Sie blieben noch eine weitere Stunde, schlenderten umher, musterten die Waren der Händler und ließen sich von Straßenkünstlern unterhalten, bis sie allmählich genug von allem hatten. Als sie vom Hügel zurück in die Vorstadt gingen, nahmen sie die Masken ab und Faythe genoss die frische, kühle Luft auf ihrem Gesicht.

Gemächlich spazierten sie zur Hütte und auf den Straßen wurde es immer ruhiger. Sie wollten gerade um die letzte Ecke biegen, als vier Gestalten vor ihnen auftauchten, finstere, lauernde Schatten. Faythe blieb kein Moment Zeit, zu reagieren, da hatte der größte der Männer sie bereits gepackt und in die nächste dunkle Gasse gezerrt. Seine Hand presste sich auf ihren Mund und entsetzt sah sie, wie ein zweiter Mann Marlowe auf dieselbe Weise packte und die beiden anderen sich auf den um sich schlagenden Jakon stürzten.

Sobald sie in der Gasse für andere außer Sicht waren, stieß der Mann Faythe gegen eine Mauer. Der harte Aufprall schickte Schockwellen durch ihren Körper. Vor ihren Augen tanzten Sterne. Nach einer Weile erkannte sie, wer die vier Männer waren, nämlich Gegner, die sie im Cave Club im Schwertkampf besiegt hatte. Sie hatten herausgefunden, wer sie wirklich war, und wollten sich nun an ihr für die Demütigung und Schande rächen. Und ihre Freunde wurden mit reingezogen.

Der grobschlächtige Typ, gegen den sie bei ihrem ersten Kampf gewonnen hatte, hielt sie fest umklammert. »Hast wohl geglaubt, wir finden dich nicht, Gold-Eyed-Shadow?« Sie roch seinen fauligen Atem, während er ihr die Worte ins Gesicht spuckte.

Eine Waffe trug Faythe an diesem Abend nicht, weder sie noch Jakon noch Marlowe. Es gab keinen Ausweg. Die Männer konnten sie alle drei hier in dieser finsteren Gasse umbringen, und niemand würde sie daran hindern. Aber Faythe ging es nicht um sich selbst, voller Panik blickte sie zu Jakon und Marlowe.

»Das ist eine Sache zwischen mir und euch. Lasst die beiden gehen«, brüllte sie.

Marlowe schrie und schluchzte im Klammergriff des großen, muskelbepackten Mannes, der ihr zweiter Gegner gewesen war, und Jakon wehrte sich so wild gegen die beiden anderen, dass sie ihn bereits mehrmals ins Gesicht geschlagen hatten. Seine Nase war gebrochen und seine Lippe blutete.

Faythe wandte die Augen ab und griff mit Worten den Kampfkoloss an, der sie festhielt. »Muss echt schmerzen, das Mädchen zu sehen, das dich geschlagen hat, was?«, verspottete sie ihn. Sie hätte alles getan, nur um die Aufmerksamkeit der Männer von Marlowe und Jakon abzulenken. »Hat Riesenspaß gemacht, es euch allen mal so richtig zu zeigen.« Sie lachte höhnisch. »Ihr könnt wohl nicht verkraften, dass ich euch entlarvt habe. Alle wissen, was ihr wirklich seid – nichtsnutzige Feiglinge.«

Das Gesicht des Kämpfers verzerrte sich vor Wut und er schmetterte sie erneut gegen die Mauer, schlug ihr dann mit der Faust in die Eingeweide. Faythe bekam einen Moment keine Luft mehr. Da hatte er sie auch schon am Hals gepackt und begann zuzudrücken.

»Na, was ist jetzt mit deiner Tapferkeit, du Kröte?«, schnaubte er. »Ohne deine kleinen Tricks mit dem Schwert bist du ein Nichts!«

Faythe krallte ihre Fingernägel in seine Arme, während er sie immer stärker würgte. Ihr Hals brannte, sie bekam fast keine Luft mehr und lautes Hämmern erfüllte ihre Ohren. Von Jakons Gegenwehr bekam sie kaum noch etwas mit. Ein markerschütternder Schrei von Marlowe ließ sie erschaudern.

Hilflos und ohnmächtig war sie dem bestialischen Mann, der mit aller Kraft zudrückte, ausgeliefert. Gleich würde sie sterben … sie hatte ihre Freunde mit hineingezogen … sie im Stich gelassen …

Plötzlich lockerte sich der Griff um ihren Hals, sie sackte zu Boden, hustete und spuckte, schnappte auf allen vieren keuchend nach Luft. Der brutale Koloss war blitzartig von ihr fortgerissen worden. Ein paar Sekunden brauchte sie noch, bis ihre Benommenheit gewichen und ihr Blick wieder klar war. Dann blickte sie hoch. Ein ihr vertrauter dunkelhaariger Fae streckte gerade den letzten der Männer nieder. Bewusstlos – oder tot – lagen sie alle vier auf dem Pflaster.

Wo Nik plötzlich hergekommen war oder wie er es geschafft hatte, gerade noch rechtzeitig einzugreifen, wusste sie nicht. Marlowes Schreie und Schluchzer drangen ihr durch Mark und Bein. Als sie zu ihr hinsah, bemerkte sie, dass sie neben Jakon kniete und sich über ihn beugte.

Dann bemerkte Faythe den Dolch, der aus Jakons Bauch ragte – und die Welt hörte in diesem Moment auf, sich zu drehen.

Mit weit aufgerissenen Augen starrte sie auf den Griff des Dolchs, schleppte sich auf den Knien zu Jakon, beugte sich am ganzen Körper zitternd über ihn. Sein Atem ging schwach und mühsam, aber er war bei Bewusstsein. Als ihre Blicke sich trafen, sprach aus seinen Augen Todesangst. Faythe konnte nicht sprechen, konnte sich nicht rühren, wusste nicht, was sie jetzt tun sollte.

Da hörte sie Niks Stimme. »Wir müssen ihn an einen sicheren Ort bringen. Wohnt ihr weit von ihr?« Er sprach ruhig und überlegt, wie ein Krieger auf dem Schlachtfeld zu seinen Gefährten.

Als Antwort nickte sie nur matt.

Hände packten sie unter den Armen, zogen sie hoch. Faythe wollte dagegen protestieren und wieder neben Jakon niedersinken. Aber Nik schob ihm bereits einen Arm unter den Rücken und half ihm behutsam auf die Füße.

»Lass den Dolch stecken«, sagte er zu ihm. »Du darfst ihn keinesfalls herausziehen.«

Jakon hielt sich den Bauch unterhalb der Stelle, an der die Klinge in seine Eingeweide versenkt war. Wie gelähmt starrte Faythe darauf. Marlowe schluchzte kaum hörbar vor sich hin.

»Faythe, wir müssen jetzt gehen«, beschwor sie Nik.

Sie kam wieder zu sich. Sie mussten schnell handeln, sonst gab es für Jakon keine Rettung mehr. Jeder Augenblick zählte. Sie nickte und hastete aus der finsteren Gasse zurück auf die Straße, um zu überprüfen, ob die Luft rein war. Dann winkte sie den anderen. Nik trug Jakons ganzes Gewicht, einen Arm um seine Taille gelegt, mit dem anderen Jakons Arm über seiner Schulter festhaltend. Ihr Freund war so kraftlos und bleich, dass Faythe bei dem Anblick beinahe selbst die Sinne schwanden. Aber sie musste kühl und ruhig bleiben – zumindest so lange, bis sie die Wunde versorgt hatten.

Auf dem kurzen Weg zur Hütte begegneten sie zum Glück niemandem. Drinnen legte Nik Jakon auf dem Tisch ab. Marlowe suchte in der Küche nach frischen Handtüchern und einer Schüssel.

Faythe zerriss Jakons Hemd, um die Wunde besser begutachten zu können. Sie wich zurück. Sie sah nur Blut. Viel zu viel Blut. Panik erfasste sie. Wenn es ihnen nicht gelang, die Blutung zu stoppen, würde er nicht mehr lange leben. Und selbst wenn es ihnen gelang, konnten sie nur zu den Geistern beten, dass die Klinge kein Organ lebensgefährlich verletzt hatte. Sie blickte zu Nik und musste keine Gedanken lesen können, um zu wissen, dass er dasselbe dachte wie sie. Es stand schlecht um Jakon.

Marlowe trat neben sie und bereitete mit den Handtüchern so etwas wie einen Druckverband vor. Dann griff sie nach dem Dolch und wollte ihn herausziehen. Als Nik sie blitzschnell am Handgelenk packte, durchbohrte sie ihn mit einem finsteren Blick.

»Wenn du den Dolch herausziehst, wird er noch stärker bluten«, sagte Nik.

»Aber wir können es doch nicht einfach so lassen!«, schrie sie.

Jakon war beängstigend still geworden. Faythe schaute ihn an.

Er war so bleich, dass man hätte meinen können, er sei tot, wenn seine Lider nicht geflattert hätten. Ein leises Stöhnen war von ihm zu hören.

»Jakon Kilnight, du wirst heute Nacht nicht sterben! Hörst du mich?«, sagte Faythe. »Versprich es mir!«

Er antwortete nicht und ihre Panik wuchs. Sie blickte flehentlich zu Nik, er musste doch wissen, was jetzt zu tun war. Aber Niks Gesicht war ernst geworden. Von einer solchen Wunde konnte kein Sterblicher genesen, war darin zu lesen, und allmählich begriff auch Faythe. Doch sie wollte es nicht hinnehmen.

»Tu etwas!«, rief sie.

»Faythe, ich …« Er beendete den Satz nicht, aber sie wusste auch so, was er sagen wollte.

Es war nichts mehr zu machen.

In diesem Moment blitzte in ihr ein schwacher Hoffnungsschimmer auf. Eine Erinnerung. Ihre Augen strahlten. Sie richtete sich auf und wandte sich zu Marlowe.

»Hör zu! Tu alles, was du kannst, um ihn am Leben zu halten. Sprich mit ihm, sorge dafür, dass er wach bleibt. Soweit du kannst, stille die Blutung«, sagte sie ruhig und beherrscht zu ihr. »Ich muss weg. Haltet durch, bis ich wieder zurück bin!«

Mit einem Schluchzer nickte Marlowe und beugte sich danach wieder über Jakon, presste noch mehr Tücher auf seine Wunde. Faythe sprang auf, kramte im Küchenschrank herum und schmiss achtlos alles auf den Boden, bis sie gefunden hatte, was sie suchte.

»Faythe, was hast du vor?«, fragte Nik.

Sie umklammerte die kleine Flasche und stürzte wortlos aus der Hütte. Es kümmerte sie nicht, dass ihr Schwanenkostüm blutverschmiert war. Es war ihr egal, was zufällige Passanten wohl denken würden, wenn sie als gespenstische Erscheinung an ihnen vorbeiraste. So schnell sie konnte, rannte sie durch die Gassen der Vorstadt.

Nur noch wenige Feiernde waren unterwegs. Schon hatte sie den Fuß des Hügels erreicht und stürmte hoch. Am Waldrand hielt sie keine Sekunde inne, sondern rannte wie der Blitz weiter. Immer wieder wickelten sich Zweige und Ranken um ihre Knöchel, doch sie spürte keinen Schmerz. Als sie zur Lichtung mit dem Wasserfall kam, stieß sie einen erleichterten Seufzer aus und sank am Ufer des Sees auf die Knie.

Es war ein Lotteriespiel und konnte sie die letzten kostbaren Minuten am Sterbebett ihres Freundes kosten, aber sie musste es versuchen – auch wenn Niks Worte sie den ganzen Weg verfolgt hatten.

»*Man sagt, sie können jede Wunde eines Sterblichen heilen. Aber es ist mir nie gelungen, ein paar davon in einer Flasche einzufangen.*«

Sie flehte jeden Geist, jeden Gott und jede Göttin in ihrem Königreich an und gelobte, sie bis zum Ende ihres erbärmlichen Lebens in Ehren zu halten und ihnen regelmäßig Opfer darzubringen. Dann zog sie den Korken von der Flasche und tauchte sie in den See. Als sie die Flasche wieder herauszog, überlief es sie eiskalt. Es war darin nur Wasser, reines, klares Wasser … keine leuchtenden Yukoliten. Sie versuchte es noch einmal und noch einmal, immer mit demselben Ergebnis.

»*Bitte!*«, schrie sie zum Himmel. Schluchzend tauchte sie die Flasche immer wieder ein, ohne Erfolg. Die Yukoliten entwischten ihr jedes Mal, als wollten sie sich über sie lustig machen.

»*Faythe.*«

Wie das Echo eines Schattens erklang in ihrer Nähe die Stimme einer Frau. Sie drehte sich um und nahm neben sich den mächtigen weißen Hirsch wahr. Statt von Furcht erfüllt zu sein, stöhnte sie frustriert auf. Sie brauchte jetzt keinen weiteren idiotischen Ausflug zum Tempel, sie brauchte Yukoliten in ihrer Flasche.

Aber der Hirsch bedeutete ihr diesmal nicht, ihm zu folgen, sondern kam näher heran – so nahe, dass Faythe erschrocken aufsprang, um nicht von ihm zertrampelt zu werden.

»*Warum bist du hergekommen?*«

Diese Worte meinte sie zu vernehmen, als sie ihm in die Augen blickte. Sie blinzelte erstaunt und antwortete in ihrer Verzweiflung: »Mein Freund liegt im Sterben. Ich … ich brauche dringend die da!« Sie deutete auf die leuchtenden Kreise im Wasser.

»*Es ist immer ein Geben und Nehmen, Faythe.*«

»Ich gebe euch alles, was ihr wollt.«

»*Achte sorgfältig darauf, was du sagst.*«

»Bitte!«, rief sie. Für dieses Spiel fehlte ihr die Zeit.

»*Du wirst etwas zurückbringen müssen, das einst von diesem Ort gestohlen wurde*«, sagte der Hirsch. »*Es befindet sich jetzt im Palast von High Farrow. Die Überreste des Lichttempels.*«

Faythe dachte keine Sekunde nach, sonst hätte sie bei der unmöglichen Aufgabe laut aufgelacht. »Ja, in Ordnung.«

»*Wenn du dein Versprechen nicht erfüllst, wird deine Seele für alle Ewigkeit meinem Wald gehören.*«

»Ich hab doch gesagt, ja, ich mach's!«, brüllte Faythe. Jede Sekunde brachte Jakon dem Tod näher.

»*Dann ist es hiermit vereinbart.*«

Faythe stöhnte laut auf, als sie tief in ihrem Innern etwas an sich zerren spürte – eine Kette, die sie an diesem Ort verankerte und an die sie gebunden bleiben würde, bis sie ihren Teil der Vereinbarung erfüllte.

Im selben Augenblick sank sie auf die Knie und tauchte ihre

Flasche wieder in das Wasser. Als sie sie herauszog, seufzte sie vor Erleichterung auf: Es schwammen darin jetzt Dutzende von Yukoliten.

»Danke.« Sie sprang auf und rannte denselben Weg zurück, den sie gekommen war. Kurz bevor sie den Waldsaum erreichte, glaubte sie leise zu hören:

»*Wir sehen uns wieder, Erbin von Marvellas.*«

Fünfunddreissigstes Kapitel

Ungestüm riss Faythe die Tür der Hütte auf und hob sie dabei fast aus den Angeln. Von ihrem Sprint zurück aus dem Wald war sie vollkommen außer Atem und hastete sofort zum Tisch. Zu Jakon. Er atmete noch – unmerklich, aber dennoch.

»Du hast wirklich welche rausgefischt?«, fragte Nik ungläubig.

Sie beachtete ihn nicht. »Wenn ich es dir sage, ziehst du den Dolch heraus …«, befahl sie Marlowe, die nickte und ihre Hand um den Griff legte. »Nik, du musst sofort mit einem Tuch dagegendrücken.«

Wortlos griff Nik nach einem Tuch, um das Blut, das hervorquellen würde, so weit wie möglich zurückzudrängen.

Faythe spürte, wie sich eine Hand um ihr Handgelenk legte, und ihre Augen begegneten Jakons erschöpftem Blick. Schmerz und Trauer lag darin. Doch davon durfte sie sich jetzt nicht behindern lassen. Er brauchte sie.

Sie strich ihm über die Wange und beugte sich über ihn. »Alles wird gut, Jak. Aber jetzt tut es gleich richtig weh.«

Jakon nickte unmerklich und dann fiel sein Kopf zur Seite, die Augen geschlossen. Seine Finger lösten sich von ihrem Handgelenk und seine Hand baumelte leblos über den Tischrand.

Faythe lief ein Schauder den Rücken hinunter. »Jetzt, Marlowe!«

Marlowe zögerte nicht den Bruchteil einer Sekunde, und Nik stand bereit und presste mit dem Tuch dagegen, als das Blut hervorzuquellen begann. Wertvolle, rettende Augenblicke. Faythe hatte den Korken von der Flasche gezogen, und als Nik seine Hand mit dem Tuch wegzog, schüttete sie so ruhig, wie sie es vermochte, die Flüssigkeit über die tiefe Wunde.

Sofort strömten die Yukoliten zusammen, um eine leuchtende Membran zu bilden. Es kam Faythe so vor, als ob sie die Wunde versiegelten. Die Blutung hörte schlagartig auf. Nur noch wenige Tropfen sickerten hervor, während die Yukoliten ihr heilendes Werk vollbrachten.

Marlowe, Nik und Faythe beobachteten voller Ehrfurcht und Staunen, was geschah. Dann aber blickte Faythe erschrocken in Jakons Gesicht, fühlte nach seinem Puls und wich erschrocken zurück, als sie keinen spüren konnte. Marlowe schluchzte laut auf. Faythe erstarrte.

»Warte noch einen Moment«, flüsterte Nik.

Faythe schaute ihm in die Augen, als könnte sie darin Trost finden; was auch so war. Sein Blick linderte ihre aufkommende Panik, sodass sie sich wieder Jakon zuwenden konnte. Sie griff nach seiner schlaffen Hand und strich ihm über die Haare, während sie innerlich wie gelähmt darauf wartete, dass er wieder einen Atemzug machte.

Es fühlte sich wie Stunden an. Faythe konzentrierte sich, so gut sie konnte, auf Jakon; flehte ihn durch seine geschlossenen Augen an, in die Welt zurückzukehren.

»*Du darfst mich nicht verlassen, Jakon. Das würde ich nicht überleben*«, rief sie in seinen leeren Geist hinein.

Stille Tränen liefen ihr die Wangen hinunter, als sie von dort nichts vernahm. Es war in seinem Kopf finster und hohl. Sie war zu spät gekommen und würde dafür jetzt den schlimmsten Preis bezahlen, den sie sich denken konnte. Ihre schlimmste Furcht war wahr geworden: Nicht nur konnte sie die nicht beschützen, die sie liebte. Sie brachte sie auch in Gefahr. In Lebensgefahr.

Als sie in ein tiefes Loch aus Schuld und Kummer zu versinken drohte, vernahm sie in ihrem Kopf das Echo einer schwachen Stimme.

»*Ich werde dich nie verlassen, Faythe.*«

Jakons Antwort war so leise, dass sie einen Moment glaubte, sie habe sie sich eingebildet. Aber seine Brust begann sich wieder zu heben und zu senken. Sie gab einen erleichterten Seufzer von sich.

Marlowe richtete sich auf. »Allen Göttinnen sei Dank«, schluchzte sie.

Nach weiteren Momenten angespannten Wartens stöhnte Jakon. Seine Augen öffneten sich. Er blinzelte ein paar Mal, dann drehte er den Kopf und sah Faythe an.

»So leicht wirst du mich nicht los«, flüsterte er kaum hörbar und drückte ihr schwach die Hand.

»Scheint so«, flüsterte sie und lächelte.

Marlowe stand nun neben Faythe, ebenfalls ein Lächeln auf dem Gesicht, und Faythe trat beiseite, damit ihre Freundin ihren Platz einnehmen konnte. Jakons Bauchwunde leuchtete immer noch und Faythe hatte keine Ahnung, wie lange die Yukoliten für eine vollständige Heilung brauchen würden – falls es überhaupt möglich war.

Sie fuhr sich mit den Händen übers Gesicht und atmete tief durch, das erste Mal seit einer gefühlten Ewigkeit. Nik stand direkt vor ihr und sie sank gegen seine Brust und schlang die Arme um ihn. Er hielt sie fest umarmt und sie schloss die Augen, fühlte sich stumm getröstet, während sie erst in diesem Augenblick so richtig begriff, was an diesem Abend geschehen war.

Keiner von ihnen dreien wäre noch am Leben, wenn Nik nicht in der Gasse aufgetaucht wäre. Er hatte die vier Männer im Handumdrehen niedergestreckt. Und ohne ihn hätten sie es auch nicht geschafft, Jakon in die Hütte zu transportieren. Nik war ihr Retter, ihre Stütze, ihr Trost. Er spürte genau, wann es darauf ankam.

»Danke.«

Sie hoffte, dass er ihren schweigenden Dank in seinem Kopf vernahm; dass seine inneren Mauern dafür durchlässig sein würden.

»Es gibt nichts, wofür du dich bei mir bedanken musst, Faythe. Du hast *ihn gerettet.«*

»Es ist meine Schuld, dass er lebensgefährlich verletzt wurde.«

Ein Riss öffnete sich in ihrem Innern, als sie die Wahrheit aussprach. Es war alles ihre Schuld.

Nik packte sie an den Schultern, zwang sie, ihm in die Augen zu schauen.

»Gehen wir nach draußen?«

Sie sah zu ihren Freunden. Marlowe beugte sich über Jakon und strich ihm sanft über den Kopf, während er die Augen schloss. Panik ergriff Faythe. Sie blickte auf seinen Brustkorb. Da bemerkte sie, dass er sich regelmäßig hob und senkte.

Sie legte flüchtig einen Arm um Marlowe. »Wir gehen kurz nach draußen«, sagte sie.

Marlowe sah erst sie an, dann Nik und nickte; wandte sich danach schweigend wieder zu Jakon.

Faythe blickte an sich herab. Ihr Schwanenkostüm war voller blutiger Flecken. Jakons Blut. Von dem Anblick wurde ihr schlecht. Sie entschuldigte sich kurz bei Nik und verschwand hinter dem Wandschirm, um sich wenigstens die Hände zu waschen. Alles andere musste warten.

Danach warf sie sich ihren grünen Umhang über und warf noch einen letzten prüfenden Blick auf Jakon. Alles schien in Ordnung, die Yukoliten setzten ihr magisches Werk fort und er war bei Marlowe in guten Händen. Dann folgte sie Nik hinaus in die Nacht.

Schweigend gingen sie durch die Straßen und bogen dann in eine schmale, schwach erleuchtete Gasse ein.

Nik hielt an und drehte sich zu ihr. Als er schwieg, ergriff sie das Wort.

»Wie kommt es, dass du so schnell aufgetaucht bist?«

Sie meinte es nicht anklagend, sondern war einfach nur neugierig. Er schien immer ziemlich gut zu wissen, wo sie zu finden war. Woher eigentlich? Ja, sie waren sich davor auf dem Herbstkarneval begegnet. Aber es war schon ein merkwürdiger Zufall, dass er ausgerechnet im Moment ihrer höchsten Not in der Gasse aufgekreuzt war.

Nik schaute sie schweigend an, schien nachzudenken. »Ich habe ein Auge auf dich, seit du mit den Wettkämpfen im Cave Club angefangen hast«, sagte er schließlich.

Faythe blickte ihn an und wollte schon fragen, woher er das überhaupt wusste. Da fuhr er fort: »Bei deinem ersten Auftritt habe ich einen Blick in den Kopf von diesem miesen Kampfkoloss geworfen. Er hat dich so merkwürdig angestiert, und natürlich hatte ich recht. Nie würde er dich davonkommen lassen.«

Faythe schwieg und wusste nicht, ob aus Respekt oder Befremdung.

»Je mehr Kämpfe im Ring du gewonnen hast, Faythe, desto größer wurde seine Schlägertruppe. Der Typ wusste nicht, wer du warst. Das konnte er nicht wissen. Keine Ahnung, wie er es herausgefunden hat. Keiner der Männer kannte dich, aber ich wusste, dass sie dich hassten, und seit sie gegen dich gekämpft hatten, habe ich jeden ihrer Schritte verfolgt.«

Faythe starrte ihn ungläubig an. Die ganze Zeit hatte er sie, ohne dass sie es merkte, beschützt. Sie hatte nur das Geld und den nächsten Sieg im Kopf gehabt und dabei völlig die Gefahr übersehen, in der sie schwebte. Und am Ende hatte es nicht nur sie, sondern auch Jakon und Marlowe erwischt.

»Warum?« Mehr brachte sie als Antwort nicht heraus.

Sie verdiente das nicht. Jakon und Marlowe, Nik – auf unterschiedliche Weise verletzte sie alle um sie herum. Ihre schlimmste Angst bewahrheitete sich. Sie konnte niemanden beschützen, und nicht nur das: Sie brachte sie alle auch noch in Gefahr.

Nik trat näher und wütend wischte Faythe sich eine Träne aus dem Gesicht. Biss die Zähne zusammen. Sie wollte nicht schon wieder heulen. Spürte in derselben selbstzerstörerischen Art und Weise wie immer Wut und Schuldbewusstsein in sich aufsteigen. Als ob er es ahnen würde, fasste Nik sie mit seinen rauen Fingern unter dem Kinn und brachte sie dazu, ihm in die Augen zu schauen.

»Es ist nicht deine Schuld, Faythe. Er war ein rachsüchtiger Mann, der in seinem Leben nichts anderes gekannt hat als Hass«, sagte er. »Du hast im Kampf gegen ihn gewonnen, fair und nach allen Regeln der Kunst. Übrigens ein echt eindrucksvoller Auftritt von dir.« Mit einem Lächeln versuchte er, sie aufzumuntern, und sie hätte ihm dafür um den Hals fallen können.

Ernst und schweigend schauten sie sich eine Weile an, dann

ließ Niks Hand ihr Kinn los. Faythe vermisste seine Berührung sofort.

»Du warst so oft in meinem Kopf. Ich finde, es ist an der Zeit, dass du mich jetzt auch einmal in deinen sehen lässt«, sagt er leise.

Ihr Herz machte einen Sprung. »Ich glaube …«, wollte sie schon sagen. Dann fluchte sie innerlich. Verfluchte die Welt, die Geister, alles, was zwischen ihr und Nik stand und verhinderte, dass sie ein Paar wurden. »Ach, was soll's.« Sie stellte sich auf die Zehenspitzen, umschlang seinen Nacken und dann berührte ihr Mund endlich seinen und die Sterne gingen auf und vertrieben die Finsternis, die sie bereits verschlingen wollte.

Nik legte daraufhin seine Arme um sie. Sie wollte sich schon von ihm lösen, weil ein einziger Kuss ihr genügte, um sich zu vergewissern, dass ihre Gefühle wechselseitig waren. Aber sein Griff lockerte sich nicht, sondern er zog sie nur noch näher zu sich heran. Sie wehrte sich nicht dagegen, überließ sich stattdessen ganz seiner Umarmung, suchte die Nähe seines Körpers, als könnte er ihr gar nicht nahe genug sein. Dann trafen sich ihre Lippen voller Leidenschaft ein zweites Mal, und alle Sehnsucht und alles Begehren, das sich in Faythe seit dem Tag, an dem sie sich das erste Mal begegnet waren, aufgestaut hatte, strömte aus ihr heraus in diesen Kuss. Ihre Finger spielten mit seinen seidigen Haaren und sie genoss den sanften Hauch dieser Berührung. Zugleich spürte sie, wie seine Hände über ihren Körper wanderten, und sie erschauderte vor Lust.

Unwillkürlich lehnte sie sich Halt suchend an die Mauer hinter ihr. Und dann beugte er sich zu ihr, presste seinen Körper gegen ihren. Seine Hände ließen ihre Taille los und umfassten ihr Gesicht. Sie seufzte leise auf, so zärtlich fühlte sie sich von ihm gehalten und geborgen. Dann löste er sich plötzlich von ihr. Faythe schluchzte beinahe auf. Aber er blieb nahe bei ihr, lehnte seine Stirn gegen ihre, und das erste Mal, seit sie Nik kannte, war er genauso außer Atem wie sie.

Faythe kicherte leise und er legte den Kopf etwas zurück, um sie anzuschauen.

»Darf ich fragen, was dich so amüsiert?«

Ihre Augen funkelten. »Braucht wohl doch nicht so viel, damit du außer Atem gerätst.«

Nik lachte und Faythe hüpfte bei seinem Anblick das Herz. Er sah so glücklich aus, so hatte sie ihn noch nie erlebt. Ihr war auf einmal, als wäre in ihr ein Licht entzündet, das alle schwarzen Gefühle überstrahlte. Sie konnte ihn glücklich machen, das wusste sie nun – es konnte ihre Rettung sein.

SECHSUNDDREISSIGSTES KAPITEL

Jakon war immer noch totenblass und seine Haut fühlte sich feuchtkalt an, aber er atmete in einem ruhigen, gleichmäßigen Rhythmus. Faythe saß neben ihm und beobachtete aufmerksam jedes Heben und Senken seines Brustkorbs. Marlowe wusch sorgfältig seine Wunde aus, die immer noch von der Magie der Yukoliten leuchtete. Sie hatte Faythe nicht danach gefragt, was es damit auf sich hatte, und Faythe wusste nicht, wie sie es ihr würde erklären können. Auch nicht, wie und warum plötzlich so unerwartet ein Fae als ihr Retter aufgetaucht war.

Nik hatte sie vor einer Stunde verlassen und seither wachte Faythe mit Marlowe an Jakons Krankenlager. Bald würde er aufwachen, und es gab für Nik keinen Grund, dabei zu sein. Und Faythe war noch nicht so weit, ihren Freunden alles erklären zu können.

Als Jakon sich rührte, sprang sie sofort auf und musterte sein Gesicht. Er drehte den Kopf etwas zur Seite und seine Lider flatterten. Dann schlug er die Augen auf, blinzelte mehrmals, versuchte, sich aufzusetzen. Aber Faythe hielt seine Schulter fest.

»Bleib noch etwas liegen«, sagte sie.

Jakon schaute sie verwirrt an, runzelte die Stirn. Als seine Augen sich dann erschrocken weiteten, wusste sie, dass seine Erinnerung zurückgekehrt war.

»Bist du verletzt?« Seine Stimme klang rau. Er musterte zuerst sie und dann Marlowe.

»Nein … aber du, Jak. Du warst schwer verletzt. Es tut mir so leid.« Faythe' Lippe zitterte.

Trotz ihrer Proteste stemmte er sich auf die Ellenbogen hoch und betrachtete die leuchtende Linie auf seinem Bauch. Die Wunde war schon fast verheilt und die Yukoliten verloren allmählich ihre strahlende Kraft.

Seine Augen wurden riesengroß. »Wie ist das geschehen?«, flüsterte er heiser.

»Erklär ich dir später alles.«

Das würde sie tun müssen. Sie hatte davor verdammt Schiss, aber von nun an würde es zwischen ihnen keine Geheimnisse mehr geben. Sie würde schon damit zurechtkommen, dass Jakon und Marlowe sie anders anschauen würden, sobald sie wussten, über welche Fähigkeiten sie verfügte und was sie ihnen in den letzten Monaten alles verschwiegen hatte. Ihre Freunde verdienten es, von ihr die Wahrheit zu erfahren. Mit ihren Geheimnissen hatte sie das Leben von ihnen allen in Gefahr gebracht und lieber würde sie für alle Zeiten allein bleiben, als Jakon und Marlowe durch ihr Lügengespinst noch einmal zu gefährden.

»Glaubst du, du kannst ein paar Schritte machen?«, fragte sie. »Wir sollten alle versuchen, etwas zu schlafen.« Sie war psychisch und körperlich völlig ausgelaugt.

Jakon nickte. Auf Marlowe und Faythe gestützt schaffte er es schlurfend bis zu seinem Bett.

Weil Marlowe nicht von Jakons Seite weichen wollte, bevor er nicht vollständig genesen war, lieh Faythe ihr ein Nachthemd. Faythe' Pritsche war gerade breit genug für sie beide. Kaum hatte sie sich hingelegt, sank Faythe in tiefen Schlaf.

Faythe stand inmitten der golden und weiß schimmernden Schleier ihres Geistes und blätterte durch Erinnerungen an ihren besten, ältesten Freund. Beim Einschlafen hatte sie nur an ihn gedacht und daran, dass sie ihn beinahe verloren hätte. Sie brauchte jetzt seine tröstende Gegenwart.

Es waren glückliche Erinnerungen. Sie musste dabei lächeln, manchmal sogar laut auflachen. Es rührte ihr Herz, als sie ihn und sich selbst so jung und unschuldig vor sich sah. Die Welt um sie herum kümmerte sie nicht. Obwohl sie in Armut gelebt hatten und oft mit hungrigem Magen ins Bett gehen mussten, hatten sie gemeinsam glückliche Jahre verbracht, sorglos und fröhlich.

Faythe spürte, wie Nik sachte am Rand ihres Bewusstseins anklopfte, bevor sie ihm erlaubte einzutreten. Und dann umgab er sie ganz mit seiner Anwesenheit. Sie drehte sich nicht zu ihm, sondern fuhr fort, ihre Erinnerungen an Jakon vor sich vorüberziehen zu lassen.

»Ich kann auch wieder gehen«, sagte Nik behutsam. »Ich wollte nur wissen, wie es dir geht.«

Sie schenkte ihm über die Schulter ein dankbares Lächeln, winkte ihm dann, näher zu kommen. Als er neben sie trat, legte er einen Arm um ihre Taille. Seine Berührung, auch wenn sie nur im Kopf geschah, linderte ihre schmerzliche Sehnsucht nach ihm.

»Er ist fast vollständig geheilt. Es ist ein Wunder«, sagte sie, während sie den Kopf wieder nach vorn wandte, zu ihren Erinnerungen an Jakon.

»Du wirkst sehr glücklich mit ihm«, sagte Nik.

Faythe verspürte in der Bemerkung eine Unruhe – und eine Frage. Alle in ihrer Umgebung hatten sich das irgendwann gefragt. Hatten sich gewundert, warum aus Jakon und ihr nie ein Liebespaar geworden war.

»Wir … wir waren es … sind es immer noch«, antwortete sie. Als sie merkte, wie Niks Arm sich etwas verkrampfte, fuhr sie fort: »Ich liebe ihn, aber nicht so, wie alle es denken. Wir sind kein Liebespaar. Er ist aber auch mehr als ein Freund oder ein Bruder für mich … es ist schwer zu erklären.« Sie drehte sich wieder zu Nik. »Das ist jedenfalls gewiss. *So* habe ich für ihn nie empfunden.« Sie stellte sich auf die Zehenspitzen, streifte mit ihren Lippen seine, und er zog sie daraufhin näher zu sich heran. Der Kuss war nur kurz. Aber er war wichtig gewesen.

Als sie sich voneinander lösten, um sich in die Augen zu schauen, leuchtete es in seinen. Er lächelte sie an und ihr Herz machte dabei einen wundervollen Hüpfer. Es fühlte sich mit Nik so richtig an. Sie hasste es, dass sie sich das bisher nicht hatte eingestehen wollen. Sie würden das alles hinbekommen, würden ihre Liebe vor anderen geheim halten, wo es sein musste, und sich nur hier in ihrem Kopf oder im Wald treffen. Jede noch so kurze Begegnung mit ihm war besser als gar keine.

Er beugte sich zu ihr und küsste sie wieder, diesmal länger, fordernder, als stimmte er ihr wortlos zu.

Faythe seufzte und wandte sich wieder ihren Erinnerungen zu; dort hatte sich die Szenerie inzwischen geändert.

Eine Erinnerung aus jüngerer Zeit: der Abend des Sonnwendfeuers, als Jakon nach Hause kam und ihr das Schwert schenkte, dem sie den Namen Lumarias gegeben hatte. Voller Begeisterung überreichte er ihr, was sie sich am meisten gewünscht hatte. Während Jakon ihr erklärte, wie kunstvoll es gefertigt war, untersuchte Faythe es genauer. Sie lächelte bei dieser Erinnerung, denn sie wusste bereits, dass sie kurz darauf die erfindungsreiche Kunstschmiedin kennenlernen würde, deren Werk Lumarias war – und dass sie ihre Freundin werden würde.

»Für den Stein hat mir der alte Schmied gar nichts berechnet. Hat ihn den magischen Spiegel genannt – ein altes Stück Gestein, das Glück bringen soll und all so was.«

Faythe hielt die Luft an. Hatte sie sich da vielleicht verhört? Sie sprang in ihrer Erinnerung noch einmal zurück, überzeugt, dass sie da etwas durcheinanderbrachte. Denn das war ja ein anderer Moment gewesen. Aber dann hörte sie die Wörter wieder, unmissverständlich:

»Magischer Spiegel.«

Sie erstarrte, was Nik nicht entging. »Was ist?«, fragte er besorgt.

Warum war sie nicht früher darauf gekommen? Hatte da keine Verbindung hergestellt? *Riscillius* … Wenn Marlowe das Wort auf dem Pergament richtig übersetzt hatte, dann bedeutete es, dass sie mit dem Stein an ihrem Schwertknauf den Tempel öffnen konnte …

Als Faythe in der Erinnerung noch einmal auf das Schwert blickte, bemerkte sie darauf ein paar Gravuren, die sie zuvor noch nie beachtet hatte: drei sich gleichende Symbole, die sich so wenig von dem Metall abhoben, dass man sehr genau hinsehen musste, um sie voneinander unterscheiden zu können. Aber als Faythe es nun tat, durchlief sie ein Schauder, denn sie erkannte in dem ersten das Zeichen von Aurialis.

Warum hatte Marlowe sie in das Schwert eingraviert? Sie wusste, dass ihre Freundin sich gern mit den drei Geistern und anderen mythischen Überlieferungen beschäftigte. Aber aus welchem Grund verzierte sie ihre Schmiedearbeit damit?

Beim Anblick des bekannten Symbols wurde Faythe von

Furcht gepackt. Sie verfluchte sich selbst, dass sie so lange gebraucht hatte, um die Verbindung herzustellen. Hatte sie wirklich die Lösung die ganze Zeit über in der Hand gehabt? Im Knauf ihres Schwerts? Sie wurde unruhig. Vielleicht handelte es sich ja bloß um eine Replik, billig gefertigt von irgendeinem Händler, der damit mehr Geld verdienen wollte. Ein simples Stück Stein ohne jede Fähigkeit.

Es gab nur einen Weg, um es herauszufinden. Doch wollte sie wirklich wissen, was sich im Innern des Tempels befand? Wahrscheinlich gab es einen verdammt guten Grund dafür, dass das Tor versiegelt war und nur mit einem ganz bestimmten, sehr alten Stein geöffnet werden konnte. Sie könnte etwas zum Leben erwecken, das in dem Tempel seit Jahrhunderten schlief.

»Faythe, was ist los?«, fragte Nik erneut.

Sie fuhr zu ihm herum. »Nichts«, flüsterte sie, obwohl sie völlig verwirrt war. Wenn hinter der Tempeltür eine – womöglich tödliche – Gefahr lauerte, dann wollte sie nicht noch jemand in Gefahr bringen. »Ich glaube, ich werde jetzt noch ein bisschen schlafen. War eine turbulente Nacht.«

Er lächelte verständnisvoll und strich ihr mit dem Handrücken über die Wange. Seine Finger legten sich unter ihr Kinn und hoben es leicht an, damit er sie erneut küssen konnte. Das Gefühl, das sie dabei empfand, das Licht, das dabei in ihr erstrahlte, wollte sie nie mehr missen.

»Wir sehen uns bald«, versprach er ihr, nachdem er sich von ihr gelöst hatte.

Sie antwortete mit einem Nicken und sah ihm nach, wie er in den Wirbeln aus weißem und goldenem Nebel verschwand.

Als sie seine Anwesenheit nicht mehr spürte, zwang sie sich, wach zu werden.

SIEBENUNDDREIẞIGSTES KAPITEL

Faythe schlug die Augen auf. Nach einer Weile hatten sie sich an die Dunkelheit in der kleinen Schlafkammer gewöhnt. Sie brauchte nicht zu Jakon hinüberzusehen, um zu wissen, dass er ruhig schlief. Das vertraute Geräusch seines Schnarchens reichte dafür aus. Vorsichtig drehte sie den Kopf zu Marlowe – sie schlief neben ihr ebenfalls tief und fest.

Behutsam schlug Faythe ihre Bettdecke zurück, stand auf und schlich auf Zehenspitzen hinaus, dabei alle Dielen vermeidend, die laut knackten. Auch im Wohnraum der Hütte bewegte sie sich so leise wie möglich, warf ihren Umhang über und griff nach Lumarias. Dann begab sie sich hinaus in die Nacht, nervös und aufgeregt.

Nein, vernünftig war es nicht, jetzt durch die in tiefer Dunkelheit daliegenden Straßen zu hasten, um die Hügel zu den ewigen Wäldern emporzueilen. Was sie in sich verspürte, war Abenteuerlust. Wenn sie wirklich den Schlüssel zur Tempeltür in der Hand hielt, den Riscillius, dann …

Es könnte einfach nur irgendein Stein sein. Dann könnte ich einen Schlussstrich darunterziehen.

Aber die tollkühne, dunkle Seite in ihr hoffte, dass sich tatsächlich an ihrem Schwert der magische Spiegel befand, mit dem sie Zutritt in den Tempel erhalten würde. Ihre Finger schlossen sich fester um den Knauf, während sie durch die Bäume auf die Lichtung mit dem Wasserfall zuschritt.

Als sie hinaustrat, blieb sie abrupt stehen. Ihr Herz pochte. Ungläubig schaute sie über die in hellstem Sonnenschein daliegende Fläche. Der mächtige weiße Hirsch wartete auf sie, als wüsste er, was sie vorhatte. Mit schnellen Schritten ging sie weiter, folgte dem Tier zum dritten – und hoffentlich letzten – Mal zum Tempel. Entweder würde sie nun herausfinden, warum er sie so hartnäckig immer wieder dorthin führte, oder sie tappte blind hinter einem Todesboten her, der hinter den Türen des Tempels ihre für immer und ewig an diesen verhexten Wald gekettete Seele einfordern würde.

Bald öffnete sich vor ihr der Wiesengrund mit dem Tempel und ihr eigenes Herz dröhnte ihr in den Ohren, als sie den Hirsch wie immer die Stufen hinaufschreiten und durch die steinernen Türen verschwinden sah. Vielleicht vermochte sie ihm diesmal zu folgen. Faythe zog ihr Schwert aus der Scheide und näherte sich langsam dem Tempel. All ihre Sinne waren überwach und ihr Verstand warnte sie ein letztes Mal vor der Gefahr, der sie sich aussetzte.

Doch ein Problem war bisher nicht gelöst: Wie war der Riscillius als Türöffner einzusetzen?

Sie blickte auf ihr Schwert und musterte den Knauf. An der Tempeltür gab es kein Schloss. Die Vorstellung, Marlowes perfektes Schmiedewerk zu zerstören, wenn sie den Riscillius entfernte, behagte ihr ganz und gar nicht. Ihr Schwert war so viel mehr als ein Türöffner. Fast staunte sie darüber, wie sehr sie daran hing. Doch ihre Bindung an Lumarias war sehr stark.

Sie stieg die Stufen empor, schritt zwischen den Säulen hindurch und hielt den Stein an allen vier Ecken gegen die Tür, fuhr mit der Hand über die raue Oberfläche des Steins, um irgendwelche Markierungen oder unebenen Stellen zu ertasten, in die sie den Stein einpassen konnte. Nichts. In ihr wuchs die Enttäuschung.

Warum hast du mich hergeführt, wenn du mir keinen Hinweis gibst, wie ich hineingelangen kann?

Vor Wut stampfte Faythe mit dem Fuß auf und schlug mit der Handfläche gegen die Steinplatte. Nichts geschah. Sie presste die Stirn gegen die kalte Steintür und wollte schon laut brüllen, als sie hinter sich eine sanfte Frauenstimme hörte.

»Es ist kein Spiegel, sondern eine Linse.«

Faythe wirbelte herum und erblickte am Fuß der Treppe eine vertraute Gestalt mit langen blonden Haaren. Vor Schreck blieb ihr der Mund offenstehen. Es war Marlowe. Faythe blinzelte mehrmals, ob sie wirklich richtig gesehen hatte. Vielleicht handelte es sich ja um ein Traumbild, vom Wald heraufbeschworen. Sie bekam kein Wort heraus.

»Wie meinst du das?«, fragte sie schließlich, immer noch ungläubig.

Marlowe deutete auf Lumarias. »Riscillius – der magische Spiegel. Es heißt auch, dass er sieht, was nicht zu sehen ist. Er wird als Linse gebraucht, um den Tempel zu öffnen.« Ihre Stimme klang anders als sonst und in ihrem Gesicht spiegelten sich widersprüchliche Gefühle. Für die immer lachende, strahlende Freundin ungewöhnlich.

Allmählich begriff Faythe, was Marlowe da gesagt hatte, und sie blickte auf ihr Schwert. »Woher weißt du das?«, fragte sie.

Marlowe antwortete nicht sofort, stieg stattdessen die Stufen bis zu Faythe empor und streckte die Hand aus. Überrumpelt reichte ihr Faythe Lumarias, ohne ihr eine Erklärung abzuverlangen. Die Schmiedin lächelte Faythe an, hielt ihr eigenes Werk hoch und untersuchte den Knauf.

Stumm beobachtete Faythe, wie Marlowe in die Hosentasche griff und ein Stückchen Kreide herauszog.

»Ich habe es ... geträumt«, sagte Marlowe, machte einen letzten Schritt bis vor die Tür und begann, auf einen der beiden Flügel gerade Linien zu zeichnen. »Wenn ich dir früher davon erzählt hätte, hättest du es mir wahrscheinlich nicht geglaubt, und außerdem war es nicht meine Aufgabe, es dir zu erzählen.« Sie zeichnete weiter und blickte Faythe nicht an, während sie weitersprach. »Du musstest es selbst herausfinden. Alles hat eine Ordnung. Wenn du sie zerstörst, kann alles aus den Fugen geraten. Das Gleichgewicht ist dann gestört. Eine kleine Veränderung in der Kette der Ereignisse vermag das Schicksal der Welt zu verändern.«

Faythe' Herz hämmerte ihr in der Brust. Es war Marlowes Stimme, aber die Worte erschütterten sie zutiefst, deshalb war sie sich nicht sicher, ob sie nicht noch aus einer anderen Quelle stammten.

»Bist du mir hierher gefolgt?«

Marlowe schenkte ihr als Antwort erneut ein Lächeln, von dem Faythe sich unsicher war, was es bedeutete. Dann hielt sie sich den Stein erneut dicht vors Auge, trat vor den anderen Türflügel und zeichnete dort ebenfalls zarte Linien auf die graue Steinplatte. Danach reichte sie Faythe das Schwert zurück.

Mit zitternder Hand hielt sie sich ebenfalls den Knauf vors Auge und rief überrascht auf, als sie durch den Stein hindurch die weißen Kreidelinien ihrer Freundin golden aufleuchten sah.

»Der Tempel wird durch einen Zauber des Vergessens geschützt«, erklärte Marlowe. »In wenigen Minuten sind die Zeichen und die Erinnerung daran verlöscht. Du wirst den Riscillius jedes Mal von Neuem brauchen, damit sie sich für dich öffnen.«

Woher wusste ihre Freundin das alles?

Faythe blickt Marlowe mit neuen Augen an. Voller Bewunderung, aber auch gekränkt, weil sie ihr dieses Wissen die ganze Zeit vorenthalten hatte, obwohl sie doch Freundinnen waren. Aber mit welchem Recht fühlte sie sich enttäuscht, wo sie doch selbst vor ihr ein großes Geheimnis hütete?

Dann ließ ein anderer Gedanke sie erstarren und sie musterte ihre Freundin.

Wusste Marlowe vielleicht auch von ihren Gaben?

Unmöglich. Das konnte nicht sein. Ihre Fähigkeiten waren nichts, worüber sie aus einem Buch Bescheid wissen konnte – und schon gar nicht, dass sie selbst sie besaß. Obwohl sie das kaum beruhigte. Sie war eine Anomalie, die es gar nicht geben dürfte. Ein Mensch mit einer unerklärlichen Gabe …

Aber verfügte Marlowe vielleicht auch darüber? War sie deshalb hier im Wald aufgetaucht?

Faythe zitterte. Ihre Gedanken rasten. Welche Schlussfolgerungen sollte sie aus all dem ziehen? Das Wissen ihrer Freundin war so unerschöpflich, erstreckte sich auf so viele Dinge, es passte alles immer zu perfekt. Marlowe hatte auf alle Fragen eine Antwort bereit, als wüsste sie im Vorhinein, wann sie benötigt wurden. Aber Faythe brachte es nicht über sich, ihre Freundin in diesem Moment direkt zu fragen oder ihr Vorwürfe zu machen. Marlowe hatte ihr Kunstwerk auf den Tempeltüren vollendet und trat zurück. Faythe ebenfalls. Nach einem Moment ohrenbetäubender Stille öffneten sich die Türflügel laut ächzend einen Spalt nach innen.

Faythe war überwältigt. Mit offenem Mund stand sie da und

starrte ungläubig auf die finstere Öffnung in den Tempel. Sie musste Lumarias fest umklammern, sonst hätten ihre Hände zu stark gezittert.

Als nichts Bedrohliches geschah, warf Faythe einen vorsichtigen Blick zu Marlowe. Die strahlte sie begeistert an.

»Wollen wir?« Sie wartete nicht auf Faythe, sondern machte ein paar Schritte, legte die Handflächen auf einen Türflügel und stemmte sich mit aller Kraft dagegen.

Faythe schaute ihr einen Moment dabei zu, immer noch benommen, dann trat sie neben Marlowe. Gemeinsam schoben sie die schwere Tür auf. Licht fiel von draußen ins Innere des Tempels. Marlowe betrat ihn ohne zu zögern, während Faythe zuerst noch vorsichtig war. Ihre Blicke wanderten misstrauisch über Boden, Wände und Decke, als sie die ersten Schritte ins Innere wagte. Ihr Schwert hielt sie angriffsbereit vor sich.

Doch nichts war in dem Raum so, wie sie es erwartet hatte. Es gab keine Bankreihen oder irgendein anderes Zeichen, dass der Ort jemals als Kultstätte gedient hatte. Stattdessen herrschte in der großen, runden Halle eine überraschende Leere. Das Nächste, was ihr dann auffiel, war das Zeichen, das in der Mitte des Bodens eingemeißelt war – das Symbol von Aurialis, dem auf der Tür gleichend. Es war der Mittelpunkt des Bauwerks und schimmerte golden im Licht, das von der immerwährenden Sonne der Ewigen Wälder durch die Kuppel hereinfiel. Ein vollendeter, golden erstrahlender Kreis.

Die Wände waren von Nischen gesäumt, in denen sich alte Bücher befanden. Marlowe schien sich umgeben von diesen Schätzen wie zu Hause zu fühlen und blätterte in einem dicken Folianten. Die Stirn hatte sie in nachdenkliche Falten gelegt. Der Wagemut, mit dem sie sich auf diese lange vergessenen Schriften stürzte, schien zum Glück keine bedrohlichen Geister heraufzubeschwören.

Obwohl der Tempel seit langer Zeit verlassen war, wirkte das Innere weder verstaubt noch war die Luft modrig, sondern überraschend rein und klar. Faythe atmete tief durch, um ihr rasendes Herz zu beruhigen. Jetzt erst konnte sie die Schönheit des Ortes in sich aufnehmen. Keine hässlichen Untiere, keine tödlichen Fallen warteten hier auf sie. Dennoch blieb sie weiter wachsam. Bei alten magischen Stätten konnte man sich nie sicher sein.

Hinter dem Lichtkreis bemerkte sie ein Podest und ging darauf zu. Als sie über das Zeichen der Aurialis hinwegsteigen wollte, rief Marlowe laut:

»Halt an!«

Faythe blieb sofort stehen und hob das Schwert, spähte umher. Da fiel ihr auf, dass von seinem Knauf ein Lichtstrahl ausging – vom Riscillius. Marlowe staunte den Strahl ebenfalls mit weit aufgerissenen Augen an, diesmal schien selbst sie keine Erklärung dafür zu haben. Mit den Augen folgte Faythe der Linie aus weißem Licht, die auf einen unauffälligen grauen Stein neben dem Eingang traf. Als sie das Schwert bewegte, bewegte sich der Strahl mit ihm, immer durch den magischen Spiegel gebündelt.

Dann sah sie es.

Direkt über der Steintür. Ein Relief in Form eines Auges. Und in der Mitte dieses Auges ein Stein, der dem Stein im Knauf ihres Schwertes glich.

Faythe brauchte nicht Marlowe, um zu wissen, was sie jetzt zu tun hatte. Breitbeinig stellte sie sich hin und nahm die Klinge von Lumarias vorsichtig in beide Hände, die Spitze nach unten gerichtet. Der Lichtstrahl schwankte leicht und sie umfasste die Klinge fester, um ihre zitternden Hände zu beruhigen. Dann hob sie das Schwert langsam in die Höhe, um den Lichtstrahl auf den Stein im Auge über dem Eingang zu richten. Faythe konzentrierte sich, lauschte auf ihren eigenen Herzschlag, dachte an nichts anderes – und dann, als das Licht auf das Auge traf …

… war alles mit einem Schlag blendend weiß.

Sie stand auf einmal allein im Raum, ohne Marlowe, und war von einem Schleier weißesten Lichts umhüllt. Sie ließ die Hände sinken, hielt ihr Schwert mit der Rechten wachsam vor sich und drehte sich nach allen Seiten. Von den grauen Steinwänden, die sie kurz zuvor noch umgeben hatten, war nichts mehr zu sehen. Als sie zu Boden blickte, stellte sie erleichtert fest, dass sie immer noch im Tempel war. Sie stand immer noch auf dem Zeichen der Aurialis, das jetzt hell erstrahlte.

Faythe rief nach Marlowe, aber von den Phantomwänden hallte nur ihr eigener Ruf zurück. Panik stieg in ihr auf. Sie streckte den Arm aus, wollte den weißen Schleier berühren, der sie umhüllte, da ertönte eine Stimme.

»Sei gegrüßt, Faythe.«

Als sie sich umdrehte, stand eine große, schlanke Frau vor ihr. Allerdings haftete ihr etwas Unwirkliches an, ihr Körper wirkte durchscheinend und leuchtete an den Umrisslinien. Faythe stockte der Atem, so überirdisch schön war die Frau. Mondweißes Haar umrahmte ihr schmales, zartes Gesicht. Um die Stirn hatte sie ein silbrig glitzerndes Band geschlungen. Ein Kleid aus schimmerndem weißem Satin umfloss ihren Körper.

»Wer sind Sie?«, fragte Faythe heiser.

»Mein Name ist Aurialis. Dein Volk nennt mich auch Geist des Lebens oder Göttin der Sonne.« Ihre Stimme klang wie Gesang.

Faythe erblasste. Bei der Gestalt musste es sich um eine Art optischen Trick handeln, anders konnte dies nicht sein.

»Wir haben nicht lange Zeit. Der Schleier lüftet sich jedes Mal nur für wenige Minuten«, fuhr Aurialis sanft fort.

»Woher weißt du meinen Namen?«

»Ich beobachte dich und deine Gefährten schon lange. Nichts ist Glück, nichts ist Zufall. Das Schicksal hat dich hierhergeführt. Vertraue deinen Gefühlen und den Personen um dich herum. Sie werden dich leiten.«

Faythe schüttelte den Kopf. »Ich glaube, da täuschen Sie sich, ich kann nicht –«

Mit einer Handbewegung wischte die Göttin ihren Einwand weg.

»Nein, Erbin von Marvellas. Du bist hier gemeint. Dein Schicksal hat dich hierhergeführt.«

»Warum nennen Sie mich so?«, erwiderte Faythe. Es war nicht das erste Mal, dass sie im Wald diesen Namen hörte.

»Weil du es bist, Kind mit den goldenen Augen. Auf deine Macht hat das Reich seit Langem gewartet.«

Faythe sah sie misstrauisch an. »Was meinen Sie damit? Mit *meiner* Macht?«

»Diejenigen unter den Fae, die mit besonderen Fähigkeiten des Geistes begabt sind, stehen durch Blutsverwandtschaft unter dem besonderen Segen von Marvellas, Geist der Seelen, seit ihrer Zeit in deiner Welt«, antwortete sie. »Als sie sich mit euch vereinte, erbten ihre direkten menschlichen Nachfahren auch ihre machtvollen Gaben.« Die Göttin verkündete das alles in getragenem Tonfall und mit unbewegtem Gesicht. Sie schaute Faythe unverwandt an. Die Farbe ihrer Augen war das hellste Himmelsblau, beinahe weiß.

Die Geschichte hörte sich so absurd an, dass Faythe am liebsten aufgelacht hätte, wenn es an diesem Ort nicht unpassend gewesen wäre. Immerhin hatte sie die Geistesgegenwart zu fragen: »Und meine Mutter?«

»Auch eine Nachfahrin von Marvellas. Sie glaubte, sie könnte die Prophezeiung erfüllen, aber sie besaß nicht dieselbe Macht wie du, Faythe. Auf dich habe ich Jahrhunderte gewartet.«

Faythe wurde übel. Ihre Mutter hatte von all dem gewusst? Die Uhr mit dem Pergament, der Tempel, die besonderen Gaben …

»Hat sie … hat sie über mich und meine Gaben Bescheid gewusst?« Sie war sich nicht sicher, ob sie die Antwort wirklich hören wollte.

»Ja. Und sie hat versucht, deinen Platz einzunehmen. Aber das war nicht möglich.«

Faythe schluckte. »Sie war hier?«

»Sie hatte von einer Prophezeiung gehört – dass ein Kind von gesegnetem Blut und in direkter Abstammung von Marvellas die Macht haben würde, die Dreieinige Ruine zu erneuern und Ungardia von dem wuchernden Übel zu befreien. Nach deiner Empfängnis kam sie zu mir.«

Faythe' Schläfen pochten, als sie diese neue Information zu verarbeiten versuchte. »Und mein Vater?«, flüsterte sie kaum hörbar.

»Von gesegnetem Blut.«

Die Welt stürzte über Faythe zusammen. Ihr Vater war ein Nachtwandler – und Fae?

»Da müssen Sie sich täuschen. Das kann nicht sein.«

»Unsere Zeit verrinnt, Faythe. Dies hier ist der einzige Weg, um mich direkt an dich zu wenden. Doch habe ich noch andere Möglichkeiten, mit deiner Welt zu kommunizieren. Du hast nicht zufällig heute zu mir gefunden. Deine Gefährtin war meine Mittlerin und sollte dich hierherführen, wenn es an der Zeit dafür war.«

Faythe dämmerte es. »Marlowe?«

Die Göttin hob ihr Kinn und Faythe wappnete sich für das, was sie nun hören würde.

»Sie ist eine Seherin. Sie verfügt über die Gabe, mittels der Geister die Zukunft vorherzusehen. Ihr Wissen ist unabdingbar für dich.«

Im Kopf wiederholte Faythe wieder und wieder das Wort: Seherin. Es klang so gewichtig, dass ihr davon schwindlig wurde. Sie glaubte nicht an solche Sachen – jedenfalls nicht in dieser Welt und ganz bestimmt nicht in Gestalt einer freundlichen, hübschen jungen Frau. Eines normalen Menschenkinds. Gab es denn solche Mythengestalten heute noch? Oder war jede mythische Erzählung einst aus einer unbegreiflichen Wahrheit erwachsen? Faythe selbst war das lebendige Beispiel dafür, allen Wahrscheinlichkeiten zum Trotz, und Marlowe …

O ihr Göttinnen!

»Der Riscillius wurde von Marlowe aufgrund meiner Verfügungen als Zierde in deinen Schwertknauf eingefügt«, sagte Aurialis. »Vor langer Zeit verkaufte deine Mutter den Stein, nachdem sie von mir erfahren hatte, zu welchem Schicksal du auserkoren bist. Du solltest nie zu mir finden. Der magische Spiegel aber wartete in der Schublade eines Schmieds darauf, dass eine junge Frau ihn eines Tages hervorziehen und ein Schwert damit schmücken würde. Eure Wege sollten sich kreuzen und ihr würdet eine große Zuneigung zueinander entwickeln. Als du von deiner Gabe erfuhrst, war es an der Zeit, das Räderwerk in Bewegung zu setzen. Beim Schmieden deines Schwerts geschah nicht die erste Begegnung zwischen deinen Freunden.«

Dann war Jakon auch beteiligt? Faythe schüttelte ungläubig den Kopf.

»Ihre Wege hatten sich bereits zuvor gekreuzt, sie waren einander zugetan. Marlowe nannte deinem Freund einen Preis, den er auch bezahlen konnte. Lumarias – der Schlüssel. Die Seherin selbst ist über ihre Gabe noch im Dunkeln, doch wird sie im Lauf der Zeit begreifen. Wie du auch, Faythe.«

Die Welt geriet unter Faythe ins Wanken. Sie sank auf die Knie, ihr Schwert fiel klirrend zu Boden. Ihr war, als müsste sie gleich ohnmächtig werden. Ihre Gedanken schrien laut in ihrem Kopf, der Wirbelsturm an Gefühlen, den die Offenbarung der Göttin in ihr hervorgerufen hatte, die Mitteilung, wer Marlowe wirklich war – das alles drohte sie zu zerschmettern.

»Ich bin niemand«, flüsterte sie.

»Du bist die letzte Hoffnung.«

»Hoffnung worauf?«, fragte sie verzweifelt.

Die Göttin rührte das nicht. »Du musst noch viel entdecken, aber du bist auf dem richtigen Weg. Wissen, Mut und Weisheit sind dir nicht mehr unvertraut … Bald wirst du die Widerstandskraft, die Stärke, das Licht und das Dunkel in dir selbst kennenlernen und vereint mit deiner Gabe wirst du die Welt verbessern können.«

Aurialis verblasste immer mehr und Faythe sprang auf.

»Warte!«, rief sie. »Du lässt mich mit mehr Fragen als Antworten zurück.«

»Unsere Zeit für heute verrinnt, aber wir werden uns wiedersehen. Die Steine erfordern achtundzwanzig Sonnen, um wieder mit so viel Licht geladen zu sein, dass sie den Schleier zerreißen können. Fürchte dich nicht, Faythe, und hüte dich vor farblosen Augen.«

Nach diesen letzten Worten löste sich Aurialis vollkommen auf.

Faythe blieb noch einen Augenblick im Lichtkreis ihres Zeichens stehen, dann verlöschte er und sie brauchte etwas Zeit, bis ihre Augen sich an die plötzliche Dunkelheit gewöhnt hatten. Sie blickte zu Marlowe. Marlowe mit ihren meerblauen Augen. Schweigend standen sie beide da und schauten sich verwirrt an.

Ihre Freundin, die Kunstschmiedin, die Büchernärrin, ihre engste Gefährtin … eine Seherin. Faythe hatte keine Ahnung, wie viel Marlowe bereits über sich und ihre Fähigkeit wusste. Ob sie bereits das Wort für ihre Gabe wusste, so viele Dinge klar zu benennen. Für Faythe war es an der Zeit, ihrer Freundin ihr eigenes großes Geheimnis zu lüften.

Und, noch viel wichtiger, sie musste herauszufinden, was Marlowe bereits darüber wusste.

Achtunddreißigstes Kapitel

Keine der beiden Frauen sagte etwas, während sie auf den Steinstufen des Tempels saßen. Die friedliche Stille des Waldes ringsum war Faythe willkommen, um wieder zu sich zu finden und ihre Gedanken zu ordnen. Sie war noch ganz benommen und wusste gar nicht, wo anfangen, so viele Fragen stürmten auf sie ein. Die Stille half ihr auch, die in ihr tobenden Gefühle etwas zu besänftigen. Sie war so aufgewühlt, dass sie Angst hatte, jeden Moment zu explodieren. Was unvermeidlich der Fall sein würde, sobald sie mit Marlowe ein Gespräch anfing – und sich dabei vielleicht mit harten Wahrheiten und bisher undenkbaren Antworten konfrontiert sah.

Der Tempel war wieder verschlossen. Die Zeichen, die Marlowe auf die Türen gezeichnet hatte, waren verschwunden und die Erinnerung daran verblasste bei Faythe bereits.

Die ganze Zeit über hatte ihre Freundin in sich ihre eigene, unerklärliche Fähigkeit genährt und gehütet … Faythe überfiel ein schlechtes Gewissen, wenn sie daran dachte, dass sie von ihren eigenen Problemen so sehr in Anspruch genommen gewesen war, dass sie nicht bemerkt hatte, wie Marlowe schweigend litt. Denn so musste es gewesen sein, solange sie nicht begriff, was es mit ihrem Wissen und ihren Vorahnungen auf sich hatte.

Marlowe redete als Erste. »Du hast Aurialis gesehen, oder?« Es war eine Feststellung, keine Frage. Faythe brauchte ihrer Freundin nicht zu bestätigen, was sie bereits wusste. Marlowe schaute sie aus ihren tiefblauen Augen fragend an. Sie wich ihrem Blick nicht aus.

»Du wusstest, dass ich heute Nacht hierherkommen würde.« Faythe sagte dies so, dass jeder Widerspruch ausgeschlossen war.

Marlowe wandte daraufhin den Blick ab und knetete nervös ihre Hände. Faythe konzentrierte sich darauf, ihren schnellen und unruhigen Herzschlag zu kontrollieren. Es wartete ein schwieriges Gespräch auf sie.

»Es gibt viele Sachen, die ich schon vorher gewusst habe«, sagte Marlowe leise. »Für manche weiß ich keine Erklärung. Ich habe Visionen – vor allem in meinen Träumen, aber manchmal auch tagsüber. Ich bin mir nicht immer sicher, was sie bedeuten, erst wenn ein Ereignis eintritt, durch das ich begreife, was ich da gesehen habe. Dann kann ich genau sagen, was als Nächstes eintreten wird.« Nachdenklich sah sie vor sich hin, während sie in Worte zu fassen suchte, wofür sie noch keine Erklärung hatte.

»Weißt du denn, wie man das nennt? Die Gabe, die du hast?«, fragte Faythe.

Marlowe schaute sie an und schüttelte den Kopf. Die Furcht, die Faythe dabei in ihren Augen las, zerriss ihr fast das Herz. Sie wusste die Antwort auf die drängende Frage, die Marlowe beunruhigte. Aurialis hatte es ihr gesagt und sie war der Göttin dankbar, dass sie ihre Freundin von dem schrecklichsten aller Gefühle befreien konnte: Sich selbst vollkommen fremd geworden zu sein. Das eigene Ich nicht zu kennen.

Sie wusste selbst nur allzu gut, was diese Verunsicherung in einem bewirken konnte. Von welchen Gefühlen man überschwemmt wurde. Ihr Trost und ihre Rettung war ein Fae gewesen. Nik. Ihm hatte sie sich anvertrauen können. Er wusste Rat.

Faythe nahm die Hand ihrer Freundin und Marlowe entspannte sich etwas. Sie lächelte schwach. »Was du weißt, reicht weit über alles hinaus, was man in Büchern lesen kann.« Faythe blickte Marlowe mit neuer Ehrfurcht an. »Du hast eine besondere Gabe, und ehrlich, ich hätte nie geglaubt, dass ich so was mal zu dir sagen würde. Aber ich weiß es von Aurialis ...« Faythe machte eine Pause, um Luft zu holen, und spürte, wie die Hand ihrer Freundin sich verkrampfte und ihre Augen sich erschrocken weiteten. »Sie hat mir erzählt ... dass du eine Seherin bist, Marlowe. Ein Orakel, eine Weissagerin. Aber so verrückt das klingt, es überrascht mich gar nicht so sehr – jedenfalls nicht bei dir.«

Marlowe saß wie vom Donner gerührt da. Mit offenem Mund hatte sie Faythe' letzten Sätzen zugehört und wandte nun den Blick ab, um nachzudenken. Sie wirkte nicht entsetzt oder ängstlich oder besorgt. Eher wirkte sie ... *beruhigt.* Faythe konnte geradezu beobachten, wie die Zahnräder in Marlowes Kopf arbeiteten und von ihr alle offenen Fragen durchgearbeitet wurden. Wie frustrierend es für ihre Freundin gewesen sein musste, so viel zu sehen, so viel zu wissen und sich keinen Reim darauf machen zu können.

Schließlich holte Marlowe einmal tief Luft, atmete lange und langsam aus und richtete sich im Sitzen auf. Ihr Gesicht erhellte sich wie befreit von einer unerklärlichen Last. Sie wusste jetzt zu deuten, was sie so stark beschäftigt hatte.

»Ich glaube, etwas in mir wusste immer schon, dass ich irgendwie anders war. Aber ich wollte es nicht wahrhaben. Ich habe darüber so viel gelesen – Mythen, Legenden, Erzählungen. Niemals wäre ich auf die Idee gekommen, dass davon irgendetwas auch auf mich zutreffen könnte. Ich bin doch nur ... bin doch nur ...«

»Du bist einfach unglaublich und einzigartig«, beendete Faythe für sie den Satz, voller Bewunderung für ihre Freundin.

Marlowe lächelte sie schüchtern an, dann nahm ihr Gesicht einen traurigen Ausdruck an. »Ich war dir gegenüber nicht aufrichtig, Faythe. Ich wusste über den Riscillius Bescheid – darüber, was es mit ihm auf sich hatte –, seit ich dafür auf die Übersetzung gestoßen war. Der magische Spiegel. Und ich wusste genau, wo er sich befand. Schließlich hatte ich damit ja dein Schwert geschmückt, obwohl ich damals nicht wusste, wofür er der Schlüssel war. Ich kannte dich damals noch nicht.« Marlowe fingerte an ihrer Tunika herum, immer noch unfähig, Faythe in die Augen zu schauen.

Faythe antwortete nicht, ließ das Gehörte in sich einsickern.

»Später, nachdem du mich das erste Mal in der Schmiede besucht hattest, wurden die Visionen häufiger. Aber sie kamen immer als Rätsel daher.« Marlowe blickte kurz zu Lumarias, das Faythe eine Stufe tiefer abgelegt hatte. »Die Symbole für die drei Geister habe ich in das Schwert eingraviert, bevor ich wusste, dass du die Besitzerin sein würdest. Und dann, als wir uns begegnet sind … Ich kann es dir nicht erklären, Faythe, aber ich spürte einfach, wie wichtig es war, dass du von den Geistern erfuhrst. Du *musstest* daran glauben.«

»Und warum hast du mir nichts davon erzählt?« Faythe konnte die Kränkung nicht verbergen.

Der tiefblaue Ozean von Marlowes Augen trübte sich kurz ein. »Es war nicht an mir, es dir zu sagen. Nur, dir eine Führerin zu sein. Wie ich gesagt habe, alles hat eine Ordnung, und es geht um weit größere, wichtigere Schicksale als nur unsere. Ich kann nur die Visionen auslegen, die ich habe, und die richtige Richtung weisen. Es tut mir leid, dass ich dich belogen habe. Es tut mir leid, dass ich dir vorenthalten habe, was ich wusste. Alles, wovon ich ahnte, dass es geschehen würde. Aber ich hoffe, du kannst mir verzeihen … und mir vertrauen.«

Faythe drückte ihrer Freundin versichernd und tröstend die Hand. Aber sie brachte es nicht über sich, ihr zu versprechen, dass nichts sie jemals dazu bringen würde, sich von ihr abzuwenden. Noch nicht. Sie musste sich erst von etwas anderem befreien.

»Weißt du … weißt du von … von meinen –?«

»Von deinen Gaben?«, fragte Marlowe und Faythe erstarrte. Bevor sie darauf etwas sagen konnte, fuhr Marlowe fort: »Nicht von Anfang an. Lange Zeit nicht. Dann las ich eines Tages einen alten Text über Prophezeiungen und mystische Fähigkeiten. Er zog mich in Bann, aber ich dachte mir nichts weiter dabei. Ein paar Tage vergingen und dann bist du in die Schmiede gekommen … und hast mich nach etwas gefragt, das mich sehr beschäftigte: ob Nachtwandler noch über eine höhere Fähigkeit verfügen können. Da hat es bei mir *klick* gemacht. Ich hatte ein Mal eine Geschichte über die Erben von Marvellas gelesen – die Kinder mit goldenen Augen. Menschen mit einer einzigartigen Gabe, die im Schlafen und im Wachen in einen anderen Geist eindringen können, ins Unbewusste und ins Bewusstsein.« Marlowes Augen glitzerten und Faythe rutschte nervös hin und her. »Bei allen guten Göttinnen, Faythe. Ich konnte es zuerst nicht glauben. Ich tue mir damit immer noch schwer. Du bist ein Wunder.«

Faythe wurde rot und wandte die Augen ab. »Aber ich bin nicht die Einzige, die hier ein Wunder ist … Ich hab ja gewusst, Marlowe, dass du in alte Bücher vernarrst bist und dich gern mit dem ganzen mythischen Kram beschäftigst – aber musst du es gleich so weit treiben und ein lebendes Orakel sein? Schon ein bisschen arg dramatisch, oder?«

Marlowe lachte – ein spontanes, ehrliches Lachen, das die drückende Atmosphäre zwischen ihnen durchbrach. Faythe hatte schon geglaubt, daran ersticken zu müssen. Es machte sie überglücklich, ihre Freundin so heiter und gelöst zu erleben. Und da wusste sie, dass es zwischen ihnen keine großen Worte mehr brauchte. Ihre Seelen waren einander zugetan. Ja, waren ineinander verschmolzen. Das spürte sie jetzt deutlicher denn je. Sie mussten beide in ihrem Leben Ungewöhnliches aushalten. Es war für Faythe eine Erleichterung, dass Marlowe bereits von ihren Fähigkeiten wusste, dann musste sie sich nicht mehr so sehr wie ein Freak fühlen. Sie würde einen Weg finden, auch Jakon davon zu erzählen – von den außergewöhnlichen Gaben, die sie beide hatten. Nach allem, was sie miteinander durchgemacht hatten, nach allem, was er für sie geopfert hatte, hatte er ein Anrecht darauf, es zu wissen.

Eine letzte Frage ging ihr jedoch unablässig, ja quälend im Kopf herum und sie kämpfte verzweifelt dagegen an, sie in Worte zu fassen und laut auszusprechen. Sie wusste nicht, ob sie die Antwort ertragen würde. Ob sie sie überhaupt wissen wollte. Aber die einzige Person – außer Aurialis –, die sie ihr möglicherweise geben konnte, war Marlowe mit ihrer Seherinnengabe.

Schweigen herrschte zwischen ihnen, als Faythe schließlich den Kampf aufgab und mit der Frage herausplatzte: »Weißt du, wer mein Vater ist?«

Marlowe warf ihr einen düsteren Blick zu. Faythe pochte das Blut lautstark in den Ohren, als wollte sie sich so davor schützen, die Antwort hören zu müssen. Als ihre Freundin den Kopf schüttelte, empfand sie es als Schlag in die Magengrube. Wusste nicht, was für sie schlimmer war: das Gefühl der Enttäuschung oder die Erkenntnis, dass sie zugleich erleichtert war. Ein Teil von ihr wollte unbedingt erfahren, von wem sie väterlicherseits abstammte, von welcher Linie der Fae. Aber ein noch größerer Teil, das erkannte sie jetzt, wollte lieber noch eine Weile unwissend bleiben.

»Ich weiß nicht, wer es ist«, sagte Marlowe. »Aber mir scheint, dass es für dich noch nicht an der Zeit ist, es herauszufinden. Vertraue auf die Ordnung der Dinge!«

Die verdammte Ordnung!

Auf einmal kochte in Faythe der Zorn hoch, denn sie hatte das Gefühl, nichts mehr selbst steuern zu können. Aber es war doch immer noch *ihr* Leben, oder? Und da wollte sie selbst bestimmen. Nun war sie nicht nur eine Erbin von Marvellas, was immer das bedeuten mochte, sondern auch noch an ein weiteres überirdisches Wesen gebunden – Aurialis. Weil sie unbedingt die Yukoliten aus dem See fischen musste, um ihren Freund zu retten, war sie nun an die Ewigen Wälder gekettet. Sie steckte in der Falle und fühlte sich wie bei einem Tauziehen zwischen zwei übermächtigen Wesen hin und her gerissen.

»Ich muss unbedingt in den Palast gelangen«, sagt Faythe mit Grabesstimme.

Marlowe blickte sie fragend an.

Entschlossen hob Faythe das Kinn, während sie weiter auf die im Wind wogenden und im Sonnenlicht leuchtenden Wälder hinausschaute. Trotz der Schönheit des Orts war sie fest entschlossen, ihre Seele aus diesem Gefängnis zu befreien.

»Ich bin einen Pakt eingegangen. Nur so konnte ich an die Yukoliten kommen, die Jakon das Leben gerettet haben. Das bedeutet, dass ich unbedingt Aurialis' Ruine zu ihr in den Tempel zurückbringen muss … und die befindet sich im Palast.« Vorsichtig blickte sie zu ihrer Freundin, die jedoch von diesem Handel nicht besonders überrascht zu sein schien. Dann begriff sie. »Aber das weißt du schon, oder?«

Marlowe lächelte verlegen. »Ich wusste, dass dich dein Weg ins Königshaus führen würde«, gestand sie. »Das ist alles.«

Faythe musste lachen. Ihre Freundin wäre ihr wohl immer einen Schritt voraus und würde Probleme bereits lösen, bevor sie überhaupt etwas davon ahnte.

»Es gibt eine Person, die wir beide kennen, und wenn einer einen Weg weiß, wie du da hineinkommen kannst, dann er. Wer unter unseren Bekannten arbeitet in einem Haushalt, der schmutzige Geschäfte mit den Fae hinter der Mauer macht?«

Da ging Faythe ein Licht auf. Widerwillig murmelte sie: »Ferris Archer.«

»Meine Freundin ist *was*? Und meine beste Freundin ist … *Bei allen guten Göttern!*«

Vielleicht war es nicht die beste Idee gewesen, Jakon alles zu erzählen, solange er noch nicht vollständig genesen war. Er saß am Tisch den beiden Frauen gegenüber und wirkte noch bleicher als bei seinem mitternächtlichen Scheintod. Aber er hatte nicht lockergelassen und sie wollten nicht länger aufschieben, was unausweichlich war.

Sie hatten ihm erst von Faythe' Gabe erzählt und dann von Marlowes. Diese doppelte Dosis an Schock machte es schwer, seine Emotionen einzuschätzen. Faythe fühlte sich, als würde sie am Rande eines Abgrunds balancieren. Verzweifelt hoffte sie, dass er von ihr jetzt nicht anders dachte als vorher; sie nicht dafür hasste, dass sie es vor ihm geheim gehalten hatte; dass er nicht auf einmal Angst vor ihr hatte.

Sie wusste, dass es egoistisch von ihr war, in diesen Minuten schmerzhaften Wartens nur an sich zu denken. Aber Marlowe war mit ihrer Seherinnengabe viel weniger verunsichernd und bedrohlich als sie selbst mit ihrer Fähigkeit, in den Geist anderer sogar ohne deren Wissen einzudringen.

»Und du bist wirklich die ganze Zeit damit herumgelaufen, ohne zu wissen, wer du wirklich bist?«, fragte Jakon schließlich und sah sie an. Über zehn Jahre waren sie jetzt schon eng befreundet, hatten sich umeinander gesorgt, hatten den Alltag geteilt – und dann stellte sich plötzlich heraus, dass sie über solche außergewöhnlichen, bedrohlichen Fähigkeiten verfügte. Das musste ein Schock für ihn sein. Faythe war erleichtert, dass er sich nicht mit Abscheu oder voller Grauen von ihr abwandte, sondern nachfragte und neugierig war.

Sie schüttelte den Kopf. »Ich hab's nicht gewusst. Du kannst dir vorstellen, wie ich zuerst reagiert habe, als Nik es mir mitgeteilt hat. Es war total absurd und gleichzeitig … gleichzeitig hat es für mich manches erklärt.«

Jakon rutschte auf seinem Stuhl hin und her, sein Gesicht nahm einen abwehrenden Ausdruck an, und sie wusste genau, was ihn in diesem Moment beschäftigte. »Also, du und dieser Fae, dieser Wachoffizier oder was auch immer er ist …«

Faythe seufzte. »Er heißt Nik. Und ich habe es wirklich nicht darauf angelegt, dass es zwischen uns so kam. Aber so ist es nun mal.« Sie blickte Jakon flehentlich an. »Ich erwarte von dir nicht, dass du ihn magst. Doch es ist *mein* Leben.«

Seine Miene wurde versöhnlich und er nickte. »Ich will nur, dass du glücklich bist, Faythe. Und richte ihm bitte aus, egal ob Fae oder nicht … wenn er dir wehtut, dann kriegt er's mit mir zu tun.«

Bei der Vorstellung, dass Jakon und Nik wegen ihr miteinander eine Schlägerei anfingen, musste Faythe lachen. Sie zweifelte nicht daran, dass Nik gewinnen würde, aber bei Jakons Mut und grimmiger Entschlossenheit wäre es eine ziemlich unterhaltsame Darbietung.

»Hast du jemals … also, du weißt schon, heimlich meine Gedanken gelesen?«, fragte Jakon.

Faythe blickte betreten drein. »Ein einziges Mal«, gestand sie und erinnerte sich ungern an den Tag, an dem sie in Erinnerungen der beiden eingedrungen war. »Als ich vor ein paar Wochen spät nach Hause gekommen bin … Du hast mir vorgeworfen, ich sei selbstsüchtig – und ich wollte herausfinden, ob du das wirklich so gemeint hast. Deshalb habe ich kurz in euch hineingeschaut, nur ganz oberflächlich.« Jakon wirkte betrübt. »Aber seither nie mehr. Ich werde es nie ohne eure Erlaubnis tun, das verspreche ich.«

Marlowe und Jakon nickten dankbar. Sie würden also Freunde bleiben, auch wenn Faythe das Gefühl hatte, dass sie es nicht wirklich verdiente.

»Dann kannst du es steuern?«, fragte Jakon weiter. »Du flippst nicht nur so in anderen Köpfen rum und hörst zufällig, was andere denken?«

»Ich kann Dinge hören, wenn sie laut genug projiziert werden. Wenn eine Person nicht merkt, wie laut ihre Gedanken sind. Aber sonst muss ich … muss ich mich aktiv hineindrängen.« Sie zögerte, welches Wort sie dafür wählen sollte.

Danach erklärte ihnen Faythe noch, was mentale Barrieren waren, und erzählte, wie Nik ihr beigebracht hatte, ihre eigene Psyche zu schützen – vor sich selbst, aber vor allem vor anderen Nachtwandlern. Sie bemühte sich, alles in möglichst einfache, verständliche Worte zu packen, und musste zugeben, dass es noch vieles gab, was ihr selbst unklar war.

Als sie geendet hatte, herrschte Schweigen. Nach einer Weile stand Faythe auf. »Ich muss unbedingt was erledigen«, sagte sie und griff nach ihrem Umhang.

»Wir kommen mit«, antwortete Jakon und sprang auf, stöhnte dann jedoch und griff sich an den Bauch.

Faythe warf ihm einen tadelnden Blick zu. »Besser nicht.« Mit einem aufmunternden Lächeln sagte sie zu Marlowe: »Ich glaube, ihr zwei habt viel zu besprechen.«

Marlowe nickte und sah zu Jakon. Sie würde ihm nun erzählen, was sie alles über ihre Seherinnengabe wusste. Aber noch viel wichtiger war, dass sie als Paar etwas Zeit für sich hatten.

»Wohin gehst du?«, fragte Jakon. Er hatte allen Grund, besorgt zu sein. Die Erinnerung an den Hinterhalt der vier Männer war noch ganz frisch. Nik hatte Faythe zwar versichert, dass er sich um die vier kümmern würde, doch was er damit meinte, hatte sie sich nicht zu fragen getraut. Sie hatte Jakon erzählt, was er wissen musste. Wenn es umgekehrt gewesen wäre, würden sie die Sorgen auch krank machen.

»Ich werde euch nicht noch stärker in Gefahr bringen, als ich es bereits getan habe. Ich gehe zu Ferris und sage ihm, dass ich raus bin.«

NEUNUNDDREIẞIGSTES KAPITEL

Selbstbewusst ging Faythe auf die große weiße Villa zu, klopfte an die Tür und trat einen Schritt zurück. Zu ihrer großen Erleichterung tauchte kurz darauf Ferris' roter Haarschopf in der Tür auf. Er grinste sie an.

»Na, wie steht's mit den Vorbereitungen für deinen großen Kampf Ende der Woche?«, fragte er statt einer Begrüßung.

Sie teilte seine düstere Vorfreude nicht. »Ich bin raus, Ferris.«

Das Grinsen verschwand aus seinem Gesicht. Er kam zu ihr heraus und schloss die Tür hinter sich. »Was meinst du damit, du bist raus?«, zischte er.

Sein veränderter Tonfall beeindruckte sie nicht. »Ich meine damit genau, was ich gesagt habe.« Faythe wollte sich umdrehen und gehen. Als er sie am Ellenbogen festhielt, fuhr sie herum und starrte ihn wütend an.

»Du kannst jetzt nicht absagen – nicht bei diesem Kampf«, sagte er mit einem Anflug von Zittern in der Stimme, das sie alarmierte. In all den Jahren, die sie ihn kannte, hatte sie nie erlebt, dass er vor irgendetwas Angst hatte. Aber jetzt konnte sie in seinen Augen genau das lesen: Angst.

»Was hast du getan, Ferris?«, fragte sie ruhig. Aber ihr Herz pochte.

Er ließ ihren Arm los, fuhr sich mit der Hand durch die struppigen Haare und ging nervös auf und ab. »Ich habe nichts getan, außer was wir verabredet haben«, erwiderte er. »Aber dieser Fae – er erwartet dich, und wenn du nicht aufkreuzt, kostet es mich den Kopf.«

Faythe schaute ihn an. »Sag ihm einfach, dass ich kein Interesse mehr habe.«

»Hast du mir nicht zugehört?« Ferris blieb vor ihr stehen. »Es geht nicht um Geld, Ruhm oder sonst was. Wenn du nicht aufkreuzt, dann tötet er mich, hat er gesagt.«

Sie erbleichte. »Ach was, das ist nur so eine Taktik, um uns einzuschüchtern –«

»Nein, Faythe«, unterbrach er sie. »Es war ihm todernst. Er ist einer von *denen* – du weißt, dass er ohne Strafe davonkommen wird.«

Grauen legte sich wie eine eiskalte Decke über sie. »Ich bin heute Nacht überfallen worden, Ferris. Eines der rachsüchtigen Monster, gegen die ich im Cave Club gekämpft habe, hat Jakon einen Dolch in den Bauch gerammt, und er ist deswegen fast gestorben! Verstehst du mich jetzt? Ich will nicht weiter das Leben meines besten Freundes riskieren, damit andere ihr Vergnügen haben.« Nur mit Mühe gelang es Faythe, nicht laut zu werden. Die Bewohner durften von ihrer Unterredung keinesfalls etwas mitbekommen.

Jetzt war Ferris leichenblass geworden. »Ich … das wollte ich nicht … aber –«

Faythe schüttelte unwillig den Kopf und wollte erneut gehen.

»Du musst auch nicht gewinnen!«, sagte er verzweifelt. »Nur schnell genug sein, ihm immer wieder auszuweichen. Und irgendwann ergibst du dich dann. Finito!«

Sie lachte unfroh auf. »Ist das alles? Und was ist, wenn er

beschließt, mich zu töten?« Am liebsten hätte sie ihn angebrüllt. Er war schließlich mit dem verrückten Plan gekommen, gegen einen Fae anzutreten. Aber sie stellte fest, dass es so einfach nicht war. Es war genauso ihr Fehler. Wie naiv konnte man eigentlich sein? Sie hatte schließlich zugestimmt.

»Ich werde dafür sorgen, dass genug Männer vor Ort sind«, sagte er. »Um im Notfall einzugreifen.«

Da hätte sie ihm fast ins Gesicht gelacht. Das Angebot war lächerlich. Er konnte sie nicht schützen. Wenn der Fae es wollte, wäre sie tot, bevor irgendjemand einschreiten konnte. Sie steckte in einer Zwickmühle. Entweder ihr eigenes Leben riskieren oder Ferris war der Tod sicher. Sie konnte zwar nicht behaupten, dass er für sie der beste Freund aller Zeiten war, aber er war trotzdem ein Freund, und sie würde selbst zum Monster werden, wenn sie seinen Tod in Kauf nahm, obwohl sie die Möglichkeit hatte, es zu verhindern.

»Wenn ich dir deinen Arsch rette, nur um dann selber im Cave Club umzukommen, dann kannst du dir sicher sein, dass wir uns bald in den Schlunden der Netherworld wiedersehen. Jakon wird dich umbringen!«

»Als ob ich das nicht wüsste«, murmelte er.

Faythe hatte eigentlich noch nicht vor, Ferris um Rat und Hilfe zu bitten, wie sie es in den Palast schaffte. Die Aufgabe war so schwer, dass sie es gerne noch etwas vor sich hergeschoben hätte. Aber es war dafür der perfekte Augenblick. *Die* Gelegenheit. Schließlich schuldete er ihr was dafür, dass sie für ihn im Cave Club ihr Leben riskierte.

»Dafür will ich auch was von dir«, sagte sie.

Ferris zog eine Augenbraue hoch und verschränkte die Arme. »Was immer du möchtest, du bekommst es von mir.«

Sie schloss einen Moment die Augen, konnte selbst nicht glauben, dass sie tatsächlich die Unverfrorenheit hatte, ihn um etwas so Aberwitziges zu bitten. »Ich muss einen Weg finden, in die innere Stadt zu gelangen … und dann in den Palast«, sagte sie hastig. Als Ferris darauf nicht sofort antwortete, blinzelte sie durch die halb geöffneten Lider zu ihm hin. Wollte seine Reaktion wissen. Er schwieg eine ganze Weile: unerschrocken, nachdenklich.

»Wann?«, fragte er.

Sie war erleichtert, dass er sie nicht wegen der Tollkühnheit ihres Vorhabens anfuhr. »Bald«, antwortete sie, das war alles. Erst einmal musste sie den Kampf hinter sich bringen. Da durfte sie sich nicht durch Überlegungen, wie sie diesen idiotischen Plan durchführen sollte, ablenken lassen.

Es sei denn, ich sterbe in dieser Höhle. Dann wird Aurialis meine Seele für immer und ewig im Wald festhalten.

»Gut, dann musst du mir jetzt genau zuhören. Es wird nicht so leicht zu schaffen sein.«

Nichts war jemals leicht zu schaffen. Aber das hatte sie bisher nie davon abgehalten, etwas zu versuchen. Aufmerksam lauschte sie Ferris' Anweisungen und versuchte gleichzeitig, ihr pochendes Herz zu beruhigen, das kurz vor dem Explodieren war.

VIERZIGSTES KAPITEL

»Niemals, Faythe! Verdammt noch mal!«

Obwohl sie darauf gefasst gewesen war, dass Jakon auf die Nachricht von ihrem Kampf gegen den Fae wütend reagieren würde, zuckte sie zusammen. »Sie haben ihm damit gedroht, ihn umzubringen – ich muss es zumindest versuchen«, entgegnete sie.

So außer sich hatte sie Jakon noch nie erlebt und sie hätte sich selbst etwas vorlügen müssen, wenn sie sich nicht eingestanden hätte, dass es ihr Angst machte. »Besser sein Leben als deines«, brüllte er.

»Ich werde es nicht darauf anlegen zu gewinnen«, sagte sie hastig. »Ich werde ihn angreifen lassen und mich immer wieder schnell wegducken. Bis er mich nach den Wettkampfregeln geschlagen hat.«

»Du bist gut im Schwertkampf, Fae. Das streite ich ja nicht ab. Aber weißt du, was es heißt, gegen einen Fae anzutreten? Da hat keiner eine Chance!«

»Du hast ja recht – keiner von uns Sterblichen. Aber vergiss nicht, dass ich noch…«, sie lächelte ihn an, »… ein anderes Ass im Ärmel habe.«

Er begriff, worauf sie anspielte, schüttelte trotzdem den Kopf. »So schnell kannst du gar nicht reagieren.«

Da erzählte Faythe ihm, dass sie mit Nik trainiert hatte, die Manöver ihrer Gegner in ihren Köpfen zu sehen, bevor sie sie körperlich ausführten. Und dass ihr dabei gegen ihn manchmal ein Manöver geglückt war. Das beeindruckte Jakon sichtlich und sein Zorn verrauchte – ein ganz kleines bisschen.

»Ferris, der verfluchte stinkende Bastard, wenn ich ihn das nächste Mal sehe –«

»Du wirst gar nichts machen«, unterbrach ihn Faythe. »Ich habe ja zugestimmt. Wenn ich diesen letzten Kampf überstanden habe, das verspreche ich dir, dann höre ich damit auf.« Sie hielt seinem zornigen Blick stand und spürte, dass er gerne noch weiter protestiert hätte. Aber er stimmte ihr mit einem widerwilligen Nicken zu.

Marlowe war zu sich nach Hause gegangen, um sich auszuschlafen. Jakon hatte ihr beteuert, dass er fast vollständig genesen sei und keine Krankenschwester mehr brauche. Die beiden hatten sich ausgesprochen und es war für Faythe ein Trost zu wissen, dass sich wegen Marlowes Seherinnengabe nichts zwischen ihnen geändert hatte. Jakon hatte schon immer das Herz auf dem rechten Fleck – und Faythe fühlte sich richtig mies, weil sie daran gezweifelt hatte, dass er sie beide auch weiterhin so wie vorher lieben würde.

Faythe war erleichtert, dass Marlowe die Nacht im eigenen Bett verbringen wollte. Ihre Pritsche war zu schmal für sie beide und auf Dauer wäre es ungemütlich geworden. Außerdem konnte sie so in aller Ruhe mit Jakon reden. Er wusste, dass sie vorhatte, sich später noch mit Nik zu treffen. Obwohl sie sich nicht mehr heimlich davonschleichen musste, beharrte Nik auf einem nachmitternächtlichen Treffen. Sie hatte ihn nicht bedrängt, ihr die Gründe dafür mitzuteilen. Aber es blieb in ihr das nagende

Gefühl zurück, dass er ihr gegenüber nicht ganz offen war. Welche Aufgaben hatte er hinter den Mauern des Palasts? Darüber verlor er weiterhin kein Wort.

Hastig verbannte sie alle Verdächtigungen aus ihrem Kopf. Er hatte ihr bisher keinen Anlass gegeben, paranoid zu werden oder ihm zu misstrauen. Deshalb wischte sie diese Gedanken weg und schrieb sie ihrer eigenen inneren Unruhe zu. Sie wusste immer noch nicht recht, wie sie beschreiben sollte, was da zwischen ihnen beiden gerade entstand.

Nach einem Vortrag darüber, dass sie ja vorsichtig sein sollte, und ein paar unmissverständlichen Drohungen in Richtung Nik, falls ihr irgendwas zustieß, war Jakon schlafen gegangen. Faythe hatte wegen seiner überbehütenden Art die Augen verdreht – der Nachteil, dass er jetzt Bescheid wusste.

Sie beneidete ihn um sein friedliches, ruhiges Schnarchen. Mit umgegürtetem Schwert, den Umhang übergeworfen, stand sie da und wartete. Sie fühlte sich erschöpft wie noch nie in ihrem Leben. Der Überfall, die wundersame Rettung von Jakon, das Gespräch mit ihm, in dem sie ihm endlich von ihrer Gabe erzählt hatte, die Auseinandersetzung mit Ferris, ihre Begegnung mit Aurialis, die für sie bisher nicht mehr als eine erfundene mythische Gestalt gewesen war. Das alles musste sie geistig und emotional erst einmal verarbeiten. Faythe war überrascht, dass sie bei all dem noch nicht durchgedreht war, und sehnte sich nach einem langen, erholsamen Schlaf, damit sie auch weiter alles verkraftete.

Aber noch viel stärker sehnte sie sich nach Nik, das spürte sie jetzt. Sie war ganz aufgeregt. Alles andere war dagegen erst einmal unwichtig. Bis auf den Kampf im Cave Club natürlich. Sie musste ihn unbedingt dazu bringen, dass er bis dahin jede Nacht mit ihr trainierte. Es waren noch fünf Nächte und sie musste jeden

Augenblick nutzen, um ihre Fähigkeiten zu verbessern, wenn sie gegen ihren Gegner irgendeine Chance haben wollte. Sie hoffte nur, dass Nik sie nicht fragen würde, warum sie so dringend mit ihm üben wollte; befürchtete, dass seine Reaktion noch wüster ausfallen würde als die von Jakon.

Sobald die Zeiger ihrer Uhr Mitternacht anzeigten, verließ sie geräuschlos die Hütte, um Jakon nicht zu wecken, und eilte durch die dunklen Straßen. Im Wald sah sie Nik mit dem Rücken zu ihr stehen, während sie sich der Lichtung näherte. Ihr Herz machte bei seinem Anblick einen Freudensprung. Als sie zwischen den Bäumen hervortrat, drehte er sich zu ihr und begrüßte sie lächelnd. Er ging ihr ein paar Schritte entgegen und eine Armlänge voneinander entfernt blieben sie stehen.

»Wie geht es deinen Freunden?«, fragte er. Seine smaragdgrünen Augen leuchteten, während er sie ansah.

»Lass uns darüber später reden«, sagte sie, ging noch einen Schritt auf ihn zu, fuhr mit den Fingern durch seine Haare, stellte sich auf die Zehenspitzen und küsste ihn. Nie würde sie von diesem Gefühl genug bekommen können; ihm so nahe zu sein, bedeutete für sie ein ungeahntes Gefühl von Glück, Freiheit und Stärke. All ihre Ängste und Sorgen waren verschwunden. Er küsste sie machtvoll zurück und sie spürte, dass er sich auch nach ihr gesehnt hatte.

Eng aneinandergeschmiegt standen sie da. Nik strich mit den Fingern über ihr Gesicht.

»Darauf habe ich schon so lange gewartet«, flüsterte er.

Ihre leuchtenden Augen signalisierten ihm, dass es ihr genauso ergangen war. Sie küsste die Innenfläche seiner Hand. Als sie sich danach einen Schritt entfernte, blickte er so erschrocken drein, dass sie lachen musste.

»Ich würde am liebsten die ganze Nacht mit dir so dastehen. Aber es geht nicht.«

Er antwortete nicht, verschränkte die Arme vor der Brust und neigte fragend den Kopf.

»Ich brauche dringend noch mehr Kampftraining. Einverstanden?«

Nik zog eine Augenbraue hoch. »Wenn du willst … wir können noch mehr Nächte darauf verwen–«

»Jede Nacht? Diese Woche?«, platzte sie heraus. »Ich meine, je früher ich da meine Fähigkeiten voll ausgebildet habe, desto eher kann ich mich anderen Aspekten meiner Gabe widmen.«

Niks Augen verengten sich zu Schlitzen und Faythe wusste, dass sie es vergeigt hatte.

»Warum gerade jetzt?«

Sie verfluchte sich innerlich und suchte verzweifelt nach einer Ausflucht. Aber es fiel ihr nichts ein. Sie würde es ihm sagen müssen.

Er blickte sie forschend an. »Warum sagst du es mir nicht?« Verletztheit huschte über sein Gesicht – weil sie vor ihm etwas verbergen wollte.

Faythe seufzte auf. »Versprichst du mir, dass du deswegen nicht explodierst?«

Nik schwieg.

»Versprich es mir«, flehte sie ihn an.

Seine Antwort war ein unmerkliches Nicken, mehr nicht. Da holte sie tief Luft und erzählte ihm hastig alles von dem Deal mit Ferris und warum sie nicht aussteigen konnte. Als sie fertig war, wagte sie es kaum, zu ihm hinzuschielen. Niks Gesicht war eine Maske starren, finsteren Zorns, die sie viel mehr erschütterte als Jakons Wutausbruch.

»Du wirst nicht zu diesem Kampf gehen«, sagte er.

»Hast du nicht gehört? Ich habe keine Wahl –«

Er machte einen Schritt auf sie zu und durchbohrte sie mit seinen Blicken. Seine smaragdgrünen Augen waren noch nie so dunkel gewesen.

»Du begreifst nicht, worauf du dich da eingelassen hast. Wie naiv kann man denn sein? Es wird dich das Leben kosten, Faythe. Egal, ob du gewinnst oder verlierst.«

»Ich schaffe das«, sagte sie trotzig. Sie hatte genug davon, dass alle zu wissen glaubten, was gut für sie war. Hatte genug davon, wie ein zartes Mädchen behandelt zu werden, das beschützt werden musste.

In seinen Augen loderte es dunkel. »Fae kämpfen bis zum letzten Blutstropfen. Sie gestehen sich keine Niederlage ein – schon gar nicht gegenüber Menschen. Er wird keine Hemmungen haben, dich zu töten – und du präsentierst dich ihm auf dem Silbertablett.« Zornig schüttelte er den Kopf und wandte sich, um zu gehen.

»Wenn du mir nicht helfen willst, dann eben nicht«, rief sie ihm hinterher. »Aber du kannst mich nicht stoppen, verdammt noch mal.«

Er fuhr zu ihr herum und in seiner Miene war keine Spur von Zuneigung mehr zu sehen. Sie starrten sich an und keiner wollte als Erster nachgeben. Schließlich atmete Nik tief ein und fuhr sich mit der Hand übers Gesicht.

»Dein Heroismus ist nicht bewundernswert. Es ist Irrsinn«, sagte er. Sie erwiderte darauf nichts. Er seufzte. »Wenn du mich bis zu deinem Wettkampf kein einziges Mal schlagen kannst, ist es mir egal, ob ich dich an einem Baumstamm oder sonst wo festbinden muss – dann gehst du da nicht hin.«

Das hörte sich nach so etwas wie einem Kompromiss an – und einer Herausforderung.

Faythe richtete sich auf. »Abgemacht.« Sie lächelte.

Er starrte sie an und sie spürte, wie er die Vereinbarung am liebsten aufgekündigt hätte. Er war dagegen, dass sie noch einmal zu einem Kampf im Cave Club antrat, und sie wusste, dass er sie mit schierer Gewalt daran hindern konnte. Aber wenigstens gab er ihr noch eine kleine Chance, sich zu beweisen.

»Dieser Freund von dir bedeutet mir überhaupt nichts, aber du …« Er verstummte, als wäre er unfähig, den Satz zu beenden. Mehr brauchte er nicht sagen. Die Furcht, dass ihr etwas zustoßen könnte, war ihm ins Gesicht geschrieben.

Faythe trat näher und strich ihm mit der Hand über die Wange. »Ich weiß«, war alles, was sie sagte und unter der Berührung lockerte sich seine Erstarrung. Sie gab ihm einen Kuss. Ihr Versprechen, dass sie lebendig aus der Kampfarena zurückkehren würde. Das war alles, was sie tun konnte, um seinen Schmerz zu lindern.

Dann entfernte sie sich ein paar Schritte, zog das Schwert heraus und drehte sich mit einem herausfordernden Lächeln zu ihm.

»Wollen wir?«

Er sah sie mit einem merkwürdig verschleierten Blick an. Aber er zückte ebenfalls sein Schwert und ging ihr gegenüber in Position.

Sie schaute ihm in die Augen. »Wie immer, gnadenlos.«

EINUNDVIERZIGSTES KAPITEL

»Bemühst du dich überhaupt?«

Faythe duckte sich und konnte Niks unmenschlich schnellem Schwerthieb gerade noch ausweichen. Er ließ ihr keine Sekunde Zeit für einen Gegenangriff. Auch seine nächste Attacke sah sie voraus und sprang zur Seite, bevor er ihr die Füße wegkicken konnte. Seine Beleidigung ließ sie unberührt, inzwischen hörte sie auf seine Provokationen schon gar nicht mehr. Reine Ablenkungstaktik von ihm, wie sie irgendwann begriffen hatte.

»Ehrlich, du solltest es einfach aufgeben«, rief er. Seine brutalen Angriffe setzte er dennoch unvermindert fort und sie wehrte sich dagegen, so gut sie konnte.

Faythe keuchte und schwitzte und hatte nicht ein Mal den Augenkontakt zwischen ihnen abreißen lassen. Mit aller Kraft konzentrierte sie sich darauf, seine nächste Bewegung zu sehen. Es war die letzte Nacht vor ihrem Kampf und sie war besser geworden. Viel besser. Aber körperlich und mental verlangte es ihr unendlich viel ab, und wenn sie nicht gerade trainierte, nutzte sie jeden freien Augenblick, um sich zu regenerieren, und fiel dann sofort in tiefen Schlaf.

Niks Gedanken übertrugen sich inzwischen direkt auf sie und durch das viele Training in den letzten Tagen war sie in der Lage, deutlich schneller auszuweichen. Obwohl sie auch ohne Augenkontakt in seinem Kopf bleiben konnte, kam sie an die Informationen schneller, wenn sie ihn hielt. Ihr Zugang zu Niks Innerem reichte aber nur bis zu allem, was unmittelbar den Kampf betraf. Weiter hatte er sich für sie nicht geöffnet, und sie versuchte auch nicht, tiefer einzudringen.

Niemand wollte gerne sein Inneres durchwühlen lassen. Das war nicht der richtige Weg, um mehr über ihn herauszufinden.

Nach ein paar weiteren Manövern, bei denen ihre Schwerter aufeinandergeprallt waren, wich Faythe vor seiner nächsten Bewegung bereits aus, bevor er sie ausführte, und es gelang ihr, die Spitze ihrer Klinge auf seinen Rücken zu richten. Sie stieß ein heiseres Siegeslachen aus. Doch als sie das Schwert senkte und einen Moment ungeschützt war, drehte er sich blitzschnell zu ihr und stieß sie um. Fing sie jedoch in derselben Sekunde auf und drehte sich mit ihr, sodass sie auf ihn fiel statt auf den Boden. Was aber nicht viel besser war, denn seine Muskeln waren steinhart. Sie keuchte.

Niks Körper erbebte vor Lachen, als sie sich enttäuscht von ihm herunterrollte.

»Du darfst mit der Konzentration nicht nachlassen, auch nicht, wenn es vorbei ist. Erst wenn du den Kampfring verlassen hast.« Warnend fügte er hinzu: »Und denk daran: Du darfst keinesfalls gewinnen! Dazu darfst du dich nicht verleiten lassen, selbst wenn es möglich sein sollte. Dadurch würdest du dich erst recht in Todesgefahr bringen.« Er stützte sich auf den Ellenbogen, drehte sich zur Seite und schaute ihr in die Augen. Ein Schuldgefühl befiel sie, als sie den Kummer in seinem Gesicht bemerkte.

Sie berührte seine Wangen. »Es wird alles gut gehen, Nik«, versicherte sie ihm.

Es fiel Faythe schwer, ihn und die anderen aufzumuntern.

Zweifel und Ängste nagten an ihr. Sie wusste nicht, wie es im Cave Club für sie ausgehen würde. Aber für Jakon, Marlowe und Nik spielte sie die Tapfere und Unverwundbare.

Nik beugte sich über sie und einen Moment berührten sich zärtlich ihre Lippen, bevor er sie küsste. Erst sachte und beinahe scheu. Dann aber sprach seine Zunge die stumme Einladung aus, den Kuss zu vertiefen. Ihr Mund öffnete sich, und er zögerte nicht, wurde gieriger und leidenschaftlicher.

Im Lauf der Woche hatten ihre Körper sich immer wieder leidenschaftlich berührt, hatten sie alle beide nicht voneinander lassen können. Sie hatten jede Nacht miteinander verbracht, aber nie hatte Faythe sich dazu hinreißen lassen, dem Begehren, das sie in seiner Nähe verspürte, ganz nachzugeben. Sie konnte es sich nicht erlauben, durfte sich von der Aufgabe, die vor ihr stand, nicht zu sehr ablenken lassen.

Aber jetzt – wo der Kampf bedrohlich nahe gerückt war und sie womöglich nicht mehr lange zu leben hatte – verspürte sie das überwältigende Bedürfnis, ihm ganz nahe zu sein und ihm zu zeigen, wie viel er ihr bedeutete.

Sie fuhr mit den Händen durch seine Haare, die sich wie Seide anfühlten, und schmiegte sich an seinen Körper. Er drehte sich und legte sich auf sie, schien zugleich gewichtslos über ihr zu schweben, und ihre Haut entflammte bei seiner Berührung. Seine Hände wanderten über ihre Hüften und über ihren nackten Bauch, schoben ihr Hemd nach oben, hinterließen überall, wo seine Finger sie liebkost hatten, Feuerspuren. Jede Faser ihres Körpers und ihres Herzens war erregt. Sie sehnte sich danach, seine Hände weiter nach oben oder nach unten gleiten zu spüren. Ihre eigenen Hände fuhren seinen mächtigen Rücken entlang und unter sein Hemd, und zu ihrem großen Entzücken strich sie nun mit ihren Fingern sanft über die wunderbar glatte und zarte Haut an seinem Bauchnabel. Er zuckte bei der Berührung leicht, was ihre eigene Erregung noch steigerte.

Sein Mund löste sich von ihrem, und sie seufzte sehnsüchtig auf. Da glitten seine Lippen ihren Hals entlang. Sie bog sich ihm entgegen und spürte, wie er befriedigt lächelte und küssend immer tiefer wanderte. Neue Wellen der Lust durchliefen sie.

»Nik«, hauchte sie.

Er hielt inne und ihre Blicke trafen sich.

Es reichte aus, um Faythe zur Besinnung zu bringen. Als sie begriff, was sie von Begierde umnebelt von ihm wollte, jetzt, sofort, hier auf dem Waldboden, wich sie innerlich zurück.

Er musste das Zögern in ihren Augen bemerkt haben, denn er lächelte verständnisvoll, küsste sie noch einmal auf den Mund und glitt von ihr herunter, sodass er wieder neben ihr lag.

Ihre Wangen glühten. »Ich möchte es nicht zu schnell«, sagte sie.

Zärtlich strich er ihr eine Haarsträhne aus dem Gesicht und beugte sich vor, um sie ein weiteres Mal zu küssen. Sein Atem strich über ihren Hals, während er sagte: »Wir können uns alle Zeit nehmen, die wir brauchen.« Dann hauchte er ihr noch einen letzten Kuss aufs Schlüsselbein und sprang unmittelbar danach auf. Benommen und trotz allem frustriert blieb sie im Gras liegen.

»Genug Pause«, rief er auf sie herunter.

Sie stöhnte auf und rührte sich nicht. »Wir haben schon stundenlang geübt!«

»Eine weitere Einheit könnte genau den Unterschied ausmachen, ob du aus dem Kampf mit nur einem Arm oder mit beiden herausgehst.«

Sie wollte schon etwas Unfreundliches erwidern, da packten sie zwei Hände und zogen sie hoch. Er lächelte sie an.

»Na gut, du blöder, arroganter Fae«, brummte sie.

Nik grinste als Antwort nur und hielt ihr das Schwert hin. Sie ergriff es widerwillig und er ließ ihr keine Zeit, sich erst einmal zu sammeln, sondern griff sofort erbarmungslos an. Das Klirren aufeinanderprallender Schwerter erfüllte erneut die Lichtung.

Eine weitere Stunde lang attackierte Nik sie gnadenlos und Faythe fühlte sich so ausgelaugt wie noch nie; wie nach keiner ihrer anderen Trainingseinheiten in den Tagen zuvor. Dies hier war ihre letzte Übungsmöglichkeit, das war ihr klar, und Nik wollte sie nutzen, um ihr noch möglichst viel beizubringen. Normalerweise hätte man dafür Monate gebraucht. Noch immer hätte er sie in unzähligen Situationen töten können. Das machte ihn sehr besorgt und er wies sie unerbittlich darauf hin. Aber sie hatte es auch mehrere Male geschafft, gegen ihn zu gewinnen – oder zumindest geschickt genug auszuweichen, um sich wieder in eine sichere Position zu bringen.

Aber wie Nik ihr erklärt hatte: Sie durfte sowieso nicht gewinnen, sonst würde sie später dafür mit dem Leben bezahlen.

»Ich werde morgen Abend nicht dabei sein können«, sagte er.

Faythe blickte ihn verwirrt an. »Warum nicht?«

Sie hatten bisher nicht darüber gesprochen, aber sie wusste, dass er die anderen Male im Cave Club heimlich zugeschaut hatte. Deshalb war sie enttäuscht, dass er ausgerechnet jetzt nicht dabei sein konnte. Und sei es nur, weil er als Einziger in der Lage wäre, ihr zu helfen, falls irgendwas richtig schieflief.

Er schaute sie an. »Ich sollte mich besser nicht außerhalb der

Palastmauern aufhalten. Wenn dort viele andere Fae sind … man darf mich da einfach nicht sehen.«

Faythe verschränkte die Arme. »Du warst doch auch früher schon außerhalb. Damals beim Sonnwendfest, warst du da nicht auf Patrouille?«

Es schien bereits eine Ewigkeit her. So viel hatte sich seither verändert. Sie hatte sich verändert. Ihr Leben war ein komplett anderes als das des Mädchens, das damals um das Sonnwendfeuer getanzt war. Faythe wusste nicht, ob es sie traurig oder dankbar machte. Davor hatte sie unbekümmert, ja beinahe sorglos in den Tag hineingelebt. Aber ihr Leben war auch eine Lüge gewesen, und sie hatte nicht gewusst, wer sie wirklich war.

»Das … das war eine Ausnahme«, sagte er.

Sie spürte, dass er ihr etwas verschwieg. Vielleicht war es ihre Anspannung vor dem Wettkampf, vielleicht war sie auch wütend, dass er sie da allein ließ. Aber diesmal wollte sie nicht lockerlassen. Ihr wurde wieder einmal klar, wie wenig sie über diesen Fae wusste, mit dem sie so viel Zeit verbrachte und der ihr so viel bedeutete.

»Was treibst du innerhalb der Mauern, Nik? Wer bist du?«

Widersprüchliche Gefühle blitzten einen Moment in seinem Gesicht auf. Er antwortete nicht.

Sie stieß ein freudloses Lachen aus. »Richtig, wie konnte ich da fragen. Nichts, was jemand wie du mit einem *Menschen* teilt.« Sie steckte ihr Schwert in die Scheide, griff nach ihrem Umhang, warf ihn sich um und wollte gehen.

Er fasste sie am Ellenbogen. »Bitte verlass mich nicht so«, bat er sie.

Sie drehte sich zu ihm. Seine Augen flehten sie an, aber sie war zu wütend, um mit ihm Mitleid zu haben. Er wusste alles über sie und wollte ihr nichts über sich mitteilen. Vielleicht hatte er Befehl vom König, nicht über seine Tätigkeit in der inneren Stadt oder im Palast zu sprechen. Trotzdem verletzte es sie, dass er ihr nicht genug vertraute. Sie würde schweigen wie ein Grab, egal, was er ihr von sich erzählte.

»Ich muss mich jetzt ausruhen, um so viel Kraft wie möglich für morgen zu sammeln«, erwiderte sie. »Ich werde dich wissen lassen, wie es ausgegangen ist – oder auch nicht. Scheint dich ja nicht sehr zu interessieren.« Sie wusste, dass es total fies von ihr war. Er hatte ihr die ganze Woche seine Nächte geopfert; und das, obwohl er ihr am liebsten verboten hätte, an dem Kampf teilzunehmen. Aber sie konnte nicht anders, es rutschte aus ihr heraus.

Sein Griff wurde fester. »Ich habe dafür gesorgt, dass andere da sein werden, um dich zu beschützen. Wer auch immer morgen gegen dich antritt, wird dich nicht ernsthaft verletzen, geschweige denn töten können. Sie haben Befehl, davor einzuschreiten.« Seine Stimme war leise und ernst.

Sie schaute ihn an. »Befiehlt wer?«

Um seinen Mund zuckte es. »Sagen wir mal, ich habe Einfluss.« Sein Tonfall machte klar, dass das Gespräch damit beendet war.

Sie nickte, dass sie ihn verstanden hatte.

Da wurde sein Gesicht weicher und er seufzte, drehte sich zu ihr und zog sie zu sich heran. Sie legte ihre Arme um ihn und atmete seinen tröstenden Geruch ein, als sie den Kopf an seine Brust legte. All ihre negativen Gefühle waren wie weggeblasen.

»Du bedeutest mir sehr viel, Faythe. Ich werde nicht zulassen, dass dich irgendjemand verletzt.« Seine Worte waren so leise und innig geflüstert, dass es ihr das Herz rührte.

Sie neigte den Kopf zurück, um ihm in die Augen schauen zu können. »Du bedeutest mir auch sehr viel, Nik.«

Seine Hände legten sich um ihr Gesicht, während er sie ein letztes Mal küsste.

Zweiundvierzigstes Kapitel

Das Tageslicht wich dem Zwielicht der Dämmerung und von ihrem Posten auf dem Dach beobachtete Faythe, wie der Himmel sämtliche Schattierungen von Rosa und Orange annahm. Die friedliche, heitere Stimmung lenkte sie beinahe von dem Kampf ihres Lebens ab, der in wenigen Stunden stattfinden würde.

Sie schaute in die Ferne, über den Hafen und den Horizont hinweg, wo das Wasser von den letzten Strahlen der untergehenden Sonne rötlich schimmerte. Die Luft war klar und die Straßen unter ihr waren fast leer. Die Stadt war zur Ruhe gekommen und bald würde die Dunkelheit der Nacht die letzten Spuren der alltäglichen Geschäftigkeit verdecken.

Faythe trug bereits ihren schwarzen Kampfanzug, der von Marlowe nach ihrem letzten Auftritt im Cave Club geflickt worden war. Ihr Mantel bauschte sich hinter ihr in der kühlen Abendbrise. Aber sie spürte die Kälte nicht. Sie hatte Jakon erzählt, dass sie einen Moment allein sein wollte, und war aufs Dach hochgestiegen, weil sie hoffte, dass die Ruhe dort oben ihre flatternden Nerven etwas beruhigen würde. Was auch der Fall war. Im Kopf ging sie noch einmal alles durch, was sie von Nik gelernt hatte. Und ihr fiel wieder ein, dass er ihr versichert hatte, der Kampf könne nicht außer Kontrolle geraten, dafür würden seine Männer sorgen.

Wenn sie es sich noch einmal in aller Ruhe überlegte, war sie froh, dass Nik nicht unter den Zuschauern sein würde.

Sie würde nicht mit heiler Haut davonkommen, so viel war sicher, und hatte selbst erfahren, wie schmerzvoll es war, zusehen zu müssen, wie eine nahestehende Person verwundet wurde. Wenn es umgekehrt wäre … Bei allen Göttinnen, sie wäre keine große Hilfe, aber sie würde um jeden Preis versuchen einzugreifen. Egal, ob gegen einen Menschen, einen Fae oder sogar gegen die verfluchten Geister – sie würde für die kämpfen, die sie liebte.

Nach einem letzten tiefen Atemzug in der klaren Luft verließ Faythe das Dach.

»Hast du auch wirklich alles, was du brauchst?«, fragte Jakon zum dritten Mal.

Faythe verdrehte die Augen und überprüfte noch einmal alles. Auch wenn die einzige Waffe, die sie bei sich hatte, sowieso nur Lumarias war.

»Bestens gerüstet.« Sie stand stramm und salutierte vor ihm, um sich durch Humor etwas von der wachsenden Anspannung zu befreien. Jakon wurde mit jeder Minute zappeliger und machte allmählich die Ruhe zunichte, um die sie sich in den vergangenen Stunden bemüht hatte.

Er wollte sie unwirsch anfahren, als Marlowe durch die Hüttentür hereinkam. Obwohl es ihr lieber gewesen wäre, wenn beide zu Hause geblieben wären, beharrten sie darauf, heute im Cave Club dabei zu sein. Ferris würde Jakon und Marlowe in der Hütte abholen, damit sie mit ihm an den Türstehern vorbeikamen, und Faythe würde wenig später allein dort eintreffen. Sie wollte nicht, dass sie mit ihr zusammen den Club betraten. Keiner sollte eine Verbindung zwischen Gold-Eyed-Shadow und ihnen herstellen können.

»Hier, von uns. Hab ich für dich gemacht«, sagte Marlowe und hielt Faythe etwas hin. Sie zog das kleine Stück Stoff weg, das darübergebreitet war, und ein juwelenbesetzter kleiner Dolch kam zum Vorschein. »Er soll dir Glück bringen.« Marlowe lächelte.

Faythe war von der Geste zutiefst berührt, nahm den Dolch entgegen und bestaunte ihn, dann umarmte sie ihre Freundin. »Er ist wunderschön. Danke. Das ist unglaublich nett von dir und bedeutet mir sehr viel.« Sie meinte es aufrichtig. Bei dem Kampf von beiden etwas bei sich zu tragen, befeuerte ihre Stärke und Entschlossenheit.

Einen Moment später klopfte es leise an der Tür. Ferris war da. Faythe blickte zu ihren Freunden und stand auf. Mehr um deren Sorgen zu zerstreuen, als weil sie selbst voller Zuversicht gewesen wäre, rief sie schwungvoll:

»Dann wollen wir mal. Bringen wir es hinter uns.«

Die beiden Wachen vor dem Cave Club standen mit derselben massigen Reglosigkeit wie immer da und öffneten für Faythe unverzüglich die dicken Eisentüren, als sie auf sie zuging. Ihr Gesicht hatte sie wie immer unter Schalmütze und Kapuze verborgen und ließ sich keine Regung anmerken, auch nicht, als sie die Menschenmenge bemerkte, die sich im Gang drängte. Hastig bildete sich für sie eine Gasse.

Der Club war an diesem Abend gesteckt voll, mehr ging nicht, und so sehr sich Faythe auch bemühte, ganz bei sich zu bleiben, es ließ ihren Puls nach oben schießen. Sie war zwar an ein großes Publikum gewöhnt, aber das hier?

Wie ein schwarz gekleidetes Gespenst schob sie sich zwischen den Körpern hindurch, und von allen wurde ihr, soweit möglich, hastig Platz gemacht. Die Zuschauerinnen und Zuschauer sahen sich an und flüsterten, während sie vorbeiging. Faythe hielt den Blick starr auf den Eingang hinunter in die Kampfarena gerichtet. Ihre Freunde konnte sie in der Masse nicht entdecken, und es war vielleicht besser so.

Ferris wartete bereits auf sie und kaute nervös an den Fingernägeln. Er musterte die Menge auf den Zuschauerrängen. Sobald er Faythe sah, entspannte er sich sichtlich, als hätte er es immer noch für möglich gehalten, dass sie nicht kam.

»Wie fühlst du dich?«, fragte er.

Als Antwort warf sie ihm einen genervten Blick zu. Was sollte sie darauf antworten?

Er zuckte zusammen und nickte. »Also, gut, dass du da bist … dein Gegner wartet schon«, sagte er, während er ihr wie immer den Mantel abnahm.

Aus irgendeinem Grund traf es Faythe mit voller Wucht, dass ihr Gegner von den Fae bereits in der Nähe war und auf sie wartete. Zur Menge auf den Tribünen blickte sie nicht hoch, wollte gar nicht wissen, ob sie alle in diesem Augenblick zu ihr hinschauten. Die meisten im Publikum waren Menschen, vor allem Männer, aber in den vordersten Reihen waren ihr auch Gestalten mit spitzen Ohren aufgefallen. Die Menschen ließen um sie herum etwas freien Raum, wagten es nicht, sich zu dicht neben sie zu stellen.

»Ein letztes Mal, Faythe. Toi, toi, toi. Und danke, ganz aufrichtig. Du bist die tapferste Person, die ich kenne«, sagte Ferris und legte ihr die Hand auf die Schulter.

Wenn nicht so viele Augen auf sie gerichtet gewesen wären,

hätte sie den Schuft umarmt – und sei es als letzter Trost –, bevor sie in die Arena hinabstieg; aber auch um zu würdigen, was er gerade zu ihr gesagt hatte.

»Und erleben Sie jetzt den Schwertkampf des Jahrzehnts!«, brüllte von unten der Kampfrichter.

Faythe erstarrte und Ferris schien zu bemerken, wie bei dieser Ankündigung in ihr Panik aufstieg. Er legte die Hände auf ihre Schultern und zwang sie, ihn anzuschauen.

»Es wird ganz schnell vorbei sein. Du wirst nicht zu schlimm verwundet werden. Ich habe gesehen, dass unten Wachen von den Fae postiert sind.«

Faythe entspannte sich etwas. Nicht dass sie an Niks Worten gezweifelt hätte, aber es war tröstlich, die Männer so nahe zu wissen und bereits auf ihren Posten.

»Begrüßen Sie mit mir die berühmte Kämpferin Gold-Eyed-Shadow!«

Das Publikum tobte und Faythe holte ein paar Mal tief Luft, zwang ihr Herz wie vor jedem Auftritt, ruhiger und langsamer zu schlagen. Ferris murmelte noch ein knappes »Viel Glück«, dann wandte sie sich nach links und stieg die Wendeltreppe hinunter in die Löwengrube.

Faythe ging bewusst langsam und ließ die johlenden Rufe der Menge mit jedem Schritt leiser werden, bis sie sie völlig ausgeblendet hatte. Immer tiefer tauchte sie in die Stille ein, die es ihr ermöglichte, sich ganz auf ihren Gegner und das Schwert, das sie schwingen würde, zu konzentrieren. Sie rief sich Niks Lektionen, Jakons Ermunterungen und Marlowes Ratschläge in Erinnerung. Bestärkte von Neuem ihre Entschlossenheit, den Kampf gut hinter sich zu bringen. Sie schloss die Augen, beeinflusste ihren Herzschlag, damit ihre Hände nicht mehr zitterten. Als sie unten angekommen war, öffnete sie die Augen wieder und verkörperte nun zum letzten Mal Gold-Eyed-Shadow …

Faythe blickte nicht hoch zu den Zuschauerrängen, wollte nicht erneut Panik in sich aufsteigen spüren. Vor allem sobald sie die Gesichter ihrer um sie besorgten Freunde erblickt hätte. Sie fokussierte sich auf die unmittelbare Umgebung: die blutbefleckten Steinplatten, die Öffnung gegenüber, aus der ihr Gegner auftauchen würde.

Der Kampfrichter stand in der Mitte der Arena und wirkte nervöser als sonst. Was vermutlich damit zu tun hatte, dass rings um den Kampfring drei Wachen der Fae aufgestellt waren. Sie blickten gelangweilt drein, hatten jedoch die Hände auf ihren blank gezogenen Schwertern abgestützt, jederzeit bereit, einzugreifen, sollte dies nötig werden. Faythe schluckte mehrmals. War ihr Gegner so gefährlich? Sie wusste, dass die Fae schnell und stark waren, aber für einen einzelnen Kämpfer schien dies doch etwas übertrieben.

»Und applaudieren Sie jetzt ihrem Herausforderer!« Die Stimme des Kampfrichters klang heiser, während er einen Moment stockte und bereits den ersten Schritt hin zum Ausgang machte. »Captain Varis von der königlichen Garde!«

Alles um Faythe herum gefror in dem Moment, als sie seinen Namen hörte. Sie wich in kaltem Horror zurück, während aus der gegenüberliegenden Öffnung Varis auftauchte, das Gesicht zu einem spöttischen Grinsen verzogen. Vom ersten Schritt an starrte er ihr direkt in die Augen. Seine Narbe leuchtete im Scheinwerferlicht grellrot, was ihn noch grauenerregender aussehen ließ.

Faythe zwang sich, ruhig weiterzuatmen. Sie durfte jetzt nicht all ihren Mut verlieren, sonst wäre der Kampf vorüber, bevor er überhaupt begonnen hatte.

Dann fiel ihr ein, was Nik vor langer Zeit einmal über Varis gesagt hatte. Eine Warnung. Nicht dazu geeignet, ihr Selbstvertrauen zu stärken …

Er ist einer der begabtesten Nachtwandler des Königs. Du darfst ihn niemals unterschätzen.

Eiskalt schoss es ihr das Rückgrat hinunter und mit ihrer ruhigen, gefassten Haltung war es fast vorbei. Ihr vieles Üben, ihr Training mit Nik würde ihr nichts nützen, wenn Varis über dieselben mentalen Barrieren verfügte wie Nik. Ihr einziger Vorteil war ihre Gabe, seine Gedanken lesen zu können. Fiel dies weg, konnte sie keine Minute lang gegen einen Gegner wie ihn bestehen. Dann wäre sie …

Sie verbot sich, diesen Gedanken weiterzuverfolgen und sich damit völlig fertigzumachen.

Es war nicht die Demütigung, vor der sie Angst hatte, sondern der lauernde Blick in seinen Augen, der ihr signalisierte, dass er nicht vorhatte, mit ihr kurzen Prozess zu machen. Nein – er wollte sie leiden sehen, und keiner würde es ihm verbieten können, weil es nicht gegen die Regeln verstieß. Sie war nur gegen ein Übermaß an Brutalität und einen Todesstoß geschützt. Und sie wusste, dass er gerissen genug war, um es so aussehen zu lassen, als würde jeder Hieb und Treffer von ihm unter Achtung des Regelwerks geschehen.

Der Kampfrichter forderte sie dazu auf, ihre Waffen zu ziehen und ihre Positionen einzunehmen. Faythe merkte, wie ihr die Zeit davonlief, sie musste jetzt handeln, und als sie ihr Schwert zückte, hielt sie Varis' Blick stand und drang möglichst sachte und unmerklich in seinen Geist ein, für den Fall, dass er es spüren konnte.

Panik erfasste sie, als sie auf einen ähnlichen Schutzwall wie bei Nik stieß, aber dann …

… zeigten sich Risse!

In seiner mentalen Barriere öffneten sich Lücken, anders als bei Nik. Faythe konnte nur vermuten, dass Captain Varis – den heiligen Geistern sei Dank – an diesem Tag seine psychischen Schutzschilde nicht verstärkt hatte. Vielleicht weil er glaubte, sich gegen jemanden wie sie nicht stark wappnen zu müssen. Das war zumindest eine kleine Erleichterung. Aber sie wusste, dass es nur durch Risse hindurch viel schwieriger sein würde, seine Bewegungen vorherzusehen.

Der Kampfrichter hatte sich bereits aus dem Ring zurückgezogen. Captain Varis näherte sich Faythe mit raubtierhaftem Grinsen. Innerlich zitterte sie wie Espenlaub, eine leichte Beute. Aber äußerlich verkörperte sie mit jeder Faser die gestählte Kriegerin, die sie sein musste, wenn sie diesen Kampf überleben wollte.

Varis begann sie mit erhobenem Schwert zu umkreisen, ließ sie nicht aus den Augen, und sie fokussierte sich vollkommen auf ihn, spiegelte jede seiner Bewegungen. Noch bevor der Beginn des Kampfes verkündet wurde, erkannte sie, dass er bereits losschlagen würde, und drehte sich schnell weg, sodass sie seinem Schwerthieb knapp entkam. Eine offizielle Aufforderung brauchte er für seinen ersten Vorstoß nicht.

Seine Augen funkelten, als sie so unerwartet schnell reagierte. Aber er fasste sich sofort wieder und musterte sie abschätzig. Sie las seine Gedanken. Konnte seine Bewegungen vorhersehen, aber nicht annähernd so schnell, wie sie es bei Nik vermocht hatte. Sie musste dafür viel Energie aufbringen – und so lange durchhalten, bis das Publikum mit der Show zufrieden war. Um sich dann so bald wie möglich zu ergeben.

Blitzartig sah sie seine nächste Attacke voraus und erhob ihr Schwert, um es seinem entgegenzustemmen. Ihr Herz klopfte ihr bis zum Hals, sie biss die Zähne zusammen und legte ihre ganze Kraft in die Abwehr seines Angriffs. Aber Varis war zu stark für sie, sie hatte nicht genug Kraft und ihre Konzentration ließ schnell nach. Er drückte ihr Schwert fort, sie stolperte rückwärts und im selben Augenblick traf sie seine Faust im Gesicht.

Schmerz durchzuckte sie. Mit hartem Aufprall landete sie auf dem Steinboden. Ihr wurde schwarz vor Augen. Doch in der nächsten Sekunde war sie schon wieder hochgekommen, vor Benommenheit noch leicht schwankend. Metallischer Geschmack füllte ihren Mund. Blut. Sie beugte sich vor und zog kurz den Schal vor dem Mund herunter, um das Blut auszuspucken, das sich in ihrer Mundhöhle gesammelt hatte. Blickte wieder hoch zu ihm. Ihre Wut war unermesslich. Sie wusste, dass sie sich davon nicht zu tollkühnen, aussichtslosen Aktionen hinreißen lassen durfte. Sich strikt an ihren Plan halten musste. Sie atmete tief ein und aus.

Die tiefschwarzen Augen von Varis blitzten beim Anblick ihres Bluts auf. Faythe brachte sich in Position und fokussierte sich wieder auf ihn.

Mit einer Reihe wilder Angriffe stürmte er auf sie ein, denen sie jedes Mal auswich, dabei den ganzen Ring umrundend. Ihr Schwert erhob sie kein zweites Mal gegen ihn. Ihr Kopf pochte schmerzhaft von der Anstrengung, jedes seiner Manöver zu sehen, noch bevor er dazu angesetzt hatte. Als sie einmal in ihrer Konzentration nachließ, ging sie sofort wieder zu Boden, weil er ihr unversehens die Faust in den Bauch gerammt hatte.

Auf allen vieren rang sie nach Luft, um wieder zu sich zu kommen. Doch bevor sie aufstehen konnte, war er bereits neben ihr und trat mit dem Stiefel nach. Schmerz überwältigte sie. Ihr Kopf schlug auf dem Steinboden auf. Sie lag vor ihm. Sie schaffte es nicht – sie konnte gegen die enthemmte Bestie nicht lange durchhalten. Verzweiflung machte sich in ihr breit. Am liebsten hätte sie sich in den Steinboden unter ihr aufgelöst. War sie unter Wasser? Das Lärmen der Menge drang fremd und verzerrt zu ihr. Die Lichter verwischten und wurden schwächer.

Tut mir leid, Jak. Tut mir leid, Marlowe. Tut mir leid, Nik. Ich habe es versucht.

»Steh auf«, stieß er über ihr hervor.

Sie konnte nicht. Sie war bereit, in der Finsternis zu versinken, die ihr Erlösung von Schmerz und Niederlage versprach. Sie wollte nur noch schlafen und wegdriften. Fort von dem grölenden Chaos der Menge und den stechenden Schmerzen in Bauch und Kopf. Aber dann packten sie grobe Hände, rissen sie hoch auf ihre Füße und zwangen sie, in abgrundtiefe schwarze Augen zu starren.

»Das nennst du einen Kampf? Ich hab gesagt, steh auf!« Varis spuckte ihr die Worte ins Gesicht. Dann ließ er sie los und sie taumelte rückwärts, stürzte aber nicht. Sie war überrascht. Ihr Schwert hielt sie weiter mit eisernem Griff umklammert. Sie sah es an.

Lumarias. Der Schlüssel. Ich werde mich nicht wegducken.

Sie blinzelte ein paar Mal. Konnte wieder scharf sehen. Sie würde kämpfen. Ihr Körper protestierte, als sie wieder in Position ging, alle Muskeln anspannte und Varis erneut in die Augen schaute.

Mit aller Willenskraft, die sie aufbringen konnte, missachtete sie ihre Schmerzen, hielt das Schwert mit beiden Händen und wehrte von nun an jeden Angriff von Varis mit erhobener Klinge ab. Stahl klirrte auf Stahl. Das Lärmen der Zuschauermenge wurde von einem neuen, scharfen Klang durchschnitten. Doch ließ sie dies nie so lange andauern, dass er gegen sie seine größere Muskelkraft einsetzen konnte.

Einmal streifte seine Klinge ihr Bein, die Wunde brannte an ihrem Oberschenkel wie Feuer und sie war zum Rückzug gezwungen. Er verfolgte sie mit der aufreizenden Langsamkeit eines Raubtiers, spielte mit ihr, schien sich an ihrem Schmerz zu freuen. Ließ ihr nicht lange Zeit, um sich wieder zu sammeln. Ihre Klingen kreuzten sich erneut. Sie war schnell. Aber er war schneller, und seine Kraft ließ nicht nach. Sie dagegen war fast völlig verbraucht und ausgelaugt. Mit dem Ellenbogen stieß er ihr bei seinem nächsten Angriff hart in die Seite und fast hätte es für Faythe den Knock-out bedeutet. Doch sie schnappte zwar nach Luft, ging aber nicht zu Boden.

Nach einer weiteren schnellen Runde gelang es ihr nicht, sein nächstes Manöver vorherzusehen. Mit der Faust schlug er ihr Lumarias aus der Hand und griff fast in derselben Sekunde mit erhobenem Schwert an – zu einem tödlichen Hieb. Nicht einmal ein Fae, der direkt danebengestanden hätte, wäre schnell genug gewesen, um Captain Varis in den Arm zu fallen.

Die Zeit schien stillzustehen, während Faythe sah, wie das über ihren Kopf erhobene Schwert ihr den sicheren Tod brachte.

Doch das Bild blitzte in ihrem Kopf eine Sekunde zuvor auf. Und noch bevor er den Hieb ausführen konnte, hatte sie bereits einen Schritt auf ihn zugemacht und blitzschnell Marlowes Dolch gezückt.

Dann herrschte auf einmal Stille.

Er hielt in seiner Bewegung inne, die Klinge seines Schwerts nur wenige Zentimeter von ihrem Nacken entfernt, während sie ihm die Spitze ihres Dolchs an die Kehle gesetzt hatte.

Unentschieden.

Sieg oder Niederlage für alle beide.

Die rasende Menge verstummte.

Faythe keuchte, ihr Puls raste unkontrolliert. Ihr Blick hielt dem wilden Starren von Varis stand. Sein Körper bebte, seine Augen waren blutunterlaufen. Es hätte vorüber sein sollen, aber sie sah, wie etwas in ihm zuschnappte.

Er stand so nahe vor ihr, dass sie gegen ihn keine Chance hatte, als er plötzlich sein Schwert fallen ließ und ihre Hand mit dem Dolch so heftig packte, dass sie ihn losließ. Mit beiden Händen umfasste er ihren Hals und hob sie auf die Zehenspitzen, sodass ihr Gesicht direkt vor seinem war.

»Du glaubst wohl, ich weiß nicht, wer du bist, Mädchen?«, zischte er ihr ins Ohr.

Faythe hustete von dem Würgegriff, der sich fester um sie schloss.

»Captain Varis, der Kampf ist zu Ende«, hörte sie einen der drei Wachsoldaten sagen, die nähergetreten waren.

Faythe wehrte sich verzweifelt gegen die Hände, die ihr die Luft abdrückten und auf den Befehl der Wache nicht reagierten.

»Und auch nicht, vom wem die Männer geschickt worden sind, damit sie auf dich aufpassen? Närrisches Mädchen. Du kannst alles zu verbergen versuchen, aber deine Augen und dein verdammtes Schwert verraten dich.« Er drückte noch fester zu. »Nur ein Schwachkopf lässt sich weismachen, dass ein jämmerliches Menschenmädchen einen Mann schlagen kann, und schon gar nicht einen Fae.«

»Captain Varis!«, rief einer der Wachen als letzte Warnung.

Sie bekam keine Luft mehr und ihr wurde schwarz vor den Augen.

»Du verbirgst etwas, Faythe, und ich werde herausfinden, was es ist«, zischte er. »Heute Abend hast du den größten Fehler deines Lebens gemacht.« Dann ließ er sie los und stieß sie von sich. Faythe sackte auf den Boden und schnappte unter ihrer Maske verzweifelt nach Luft. Als Varis sich bückte, um sein Schwert aufzuheben, beugte er sich noch einmal über sie. »Wir sehen uns bald wieder, kleine Faythe. Aber vielleicht nicht so, wie du meinst.« Die letzten Worte äußerte er in schneidendem Spott, dann verließ er die Kampfarena.

Faythe blieb noch einen Moment liegen, bis ihr Atem wieder normal ging. Als sie allmählich wieder klarer denken konnte, gefror ihr das Blut in den Adern.

Was hatte sie da getan?

Dreiundvierzigstes Kapitel

»Er weiß es.«

Es waren ihre ersten Worte, seit sie sich vor einer Stunde in der Hütte wiedergesehen hatten. Faythe war so voller Panik, dass sie kaum sprechen konnte. Jakon ging unruhig vor ihr auf und ab und versuchte vergebens, mehr aus ihr herauszubringen. Sie war aus dem Kampfanzug geschlüpft und Marlowe versorgte ihre Wunden.

Die Schmerzen nahm sie kaum wahr, während Marlowe die tiefe Schnittwunde an ihrem Oberschenkel reinigte und nähte und ihre gebrochenen Rippen abtastete. Auf ihrer Wange würde ihr wahrscheinlich eine hässliche Narbe bleiben und ihre Lippen waren im Moment auch stark geschwollen. Aber das alles zählte nicht weiter, sie würde ja sowieso bald verhaftet und hingerichtet werden.

»Oder zumindest wird er es wissen, sobald ich eingeschlafen bin«, fügte sie immer noch unter Schock hinzu.

So jedenfalls deutete sie, was Captain Varis ihr zuletzt zugeflüstert hatte: *»Aber vielleicht nicht so, wie du denkst.«* Der Satz war ihr seither ununterbrochen im Kopf herumgegangen und ließ sie vor Furcht erschaudern.

»Kann mir jemand das vielleicht einmal erklären?«, fragte Ferris von seinem Platz in der Ecke. »Es ist vorbei – warum zieht ihr alle so ein Gesicht?«

Faythe hatte vergessen, dass er mit ihnen gekommen war, weil er sicher sein wollte, dass ihre Verletzungen nicht zu schlimm waren. Und um ihr das Geld zu geben, das er ihr für den Abend schuldete. Sie wollte es nicht. Sie hätte am liebsten alles zurückgegeben und niemals mehr auch nur einen Fuß in den Cave Club gesetzt. Seit ihrem ersten Auftritt dort war ihr Leben ein einziger langsamer Abstieg hin zu einem tödlichen Ende, dem sie nicht entkommen konnte.

Bevor sie Ferris antworten konnte, blieb Jakon stehen. Mit kalt auflodernder Wut starrte er Ferris an, war mit zwei großen Schritten bei ihm und presste ihn gegen die Wand.

»Du kleines Stück Scheiße. Du bist an allem schuld!«, zischte er ihn an.

»Jak«, rief Faythe.

Er antwortete nicht und starrte Ferris weiter an, als würde er ihm gleich den Kiefer brechen wollen.

»Jakon«, rief Faythe noch einmal.

Widerwillig ließ er Ferris los, stieß ihn von sich und kehrte zu Faythe an den Tisch zurück. »Was meinst du damit: ›Er weiß es.‹?« In ihm loderte immer noch Zorn, aber nicht gegen Faythe gerichtet.

Sie atmete langsam ein und wieder aus. »Er weiß, dass ich etwas verberge, und hat den festen Vorsatz, es herauszufinden.« Sie zitterte, als wehte in diesem Moment von draußen ein eiskalter Luftzug herein.

Marlowe legte ihr zärtlich eine Decke über die nackten Schultern und Faythe lächelte dankbar, als ihre Freundin sich auf den Stuhl neben ihr fallen ließ. Ihre Verletzungen waren jetzt so gut versorgt, wie es nur möglich war. Jakon fluchte eine ganze Weile vor sich hin und sie konnte sehen, wie die Rädchen in seinem

Gehirn arbeiteten, als er einen Plan zu fassen versuchte, was sie jetzt tun sollten. Es schmerzte Faythe unendlich, denn sie hatte die anderen nicht in ihr Chaos hineinziehen wollen.

Da kam ihr ein Gedanke. »Ich habe da so ein Fläschchen. Mit einem Elixier zum Einschlafen. Nik hat es mir gegeben, als ich meine Gabe noch nicht kontrollieren konnte. Sie wird dadurch neutralisiert und schützt mich auch vor … vor anderen.« Sie brachte es nicht über sich, den Namen von Captain Varis auszusprechen. Sofort sah sie wieder seine widerliche Narbe und die Niedertracht vor sich, die sich in seinem Gesicht spiegelte. Das mit dem Elixier war höchstens eine vorübergehende Lösung. Es reichte nur noch zwei Nächte. Außerdem hatte Nik gesagt, dass es schlimme Nebenwirkungen haben konnte. »Das gibt uns einen Aufschub von mindestens zwei Tagen.« Sie wollte lieber nicht daran denken, was danach geschehen würde.

»Und dann?«, fragte Jakon.

Faythe wusste, was sie dann tun musste, um sich und ihre Freunde zu retten. Ihr blieb keine andere Wahl, als sich wie ihr Freund Reuben in einem Fass ans andere Ende der Welt verfrachten zu lassen. Bei dem Gedanken wurde ihr schlecht und sie hielt einen Moment lang verzweifelt die Hände vors Gesicht. Sie hatte High Farrow bisher nie verlassen. Es war ihre Heimat. Sie würde das Königreich, vor allem aber ihre Freunde vermissen. Und außerdem bedrückte sie, dass sie dann für immer an die Ewigen Wälder gekettet wäre. Auch dabei hatte sie versagt und würde nie erfüllen können, was sie geschworen hatte. Sie wäre auch im Jenseits niemals mehr mit ihren Freunden vereint. Es war ein fürchterliches, grauenhaftes Gefühl.

»Ich habe in allem versagt und euch auch noch mit reingezogen. Bitte verzeiht mir!«, flüsterte sie.

Marlowe legte ihr den Arm um die Schultern und zog sie zu sich heran. »Wir stehen das gemeinsam durch«, sagte sie.

»Noch mal! Will mir endlich jemand erklären, was los ist?«, rief Ferris.

Jakon stürzte wieder zu ihm und Ferris nahm vorsorglich eine abwehrende Haltung ein. Doch dann geschah ihm überraschenderweise nichts. Wenn Blicke töten könnten, wäre Ferris allerdings bereits durchbohrt gewesen.

Da sie keinen Grund sah, vor ihm ihre Gabe noch länger geheim zu halten, ratterte Faythe ihm widerwillig die wichtigsten Informationen herunter, damit er die Situation verstand – und warum im Raum eine solche Anspannung spürbar war. Es war seltsam, aber auch befreiend, darüber so offen zu sprechen.

»Absoluter Schwachsinn«, lautete Ferris' erste Reaktion. »Beweis es mir.«

Faythe funkelte ihn an. »Ich muss dir überhaupt nichts beweisen, Schwachkopf.«

Nachdenklich schaute er sie an. »Na gut, wenn es wirklich wahr ist, müssen wir dich schleunigst von hier fortbringen.«

»Ich komme mit dir«, rief Jakon sofort.

Sie schüttelte den Kopf. »Keinesfalls. Das ist mein Problem und ich lasse nicht zu, dass da irgendjemand von euch reingezogen wird.«

»Wir würden dich niemals allein lassen. Wir gehen alle miteinander«, sagte Marlowe.

Faythe drehte den Kopf zu ihrer Freundin und löste sich aus der Umarmung. »Nicht in einer Million Jahren …«

»Das kannst du nicht für uns entscheiden«, unterbrach sie Marlowe. »Wir stecken da genauso drin wie du, ob du willst oder nicht.« Sie sagte das mit fester Stimme und einer Entschiedenheit, die Faythe sonst von ihr nicht kannte. Vielleicht war es klüger, mit einer Seherin, die in besonderer Verbindung zu den Geistern stand, nicht zu streiten.

»Ich kann euch über die Grenze bringen lassen«, mischte Ferris sich ein. Er blickte zwischen ihnen hin und her. »Nach Rhyenelle. Euch alle drei. Ihr seid keine Verräter. Ihr hättet vielleicht eine Chance, als normale Bürger ins Land einreisen zu können. Marlowe ist Schmiedin, Jakon kennt sich mit Viehzucht aus, das sind dort nützliche Fähigkeiten. Und du, Faythe … führe ihnen einen kleinen Tanz mit deinem Schwert auf, dann finden sie für dich sicher auch eine Verwendung.«

Dieses Angebot war genau, was Faythe hören wollte. Trotzdem gefiel ihr nicht, dass Jakon und Marlowe in seinen Plan einbezogen waren. »Ich kann nicht von euch verlangen, dass ihr euer Leben hier aufgebt«, rief sie verzweifelt.

Jakon blickte sie an, setzte sich ihr gegenüber an den Tisch und nahm ihre Hand. »Das ist doch gar keine Frage. Wohin auch immer du gehst, ich gehe mit dir.«

Marlowe nickte dazu.

Sie waren bereit, alles aufzugeben, was sie sich hier aufgebaut hatten, um ihr in eine ungewisse Zukunft zu folgen. Eine Schuld, die Faythe den Rest ihres – sei es kurzen oder langen – Lebens würde abbezahlen müssen.

»Ich kann das alles innerhalb eines Tages arrangieren. Das hier dürfte, zusammen mit dem, was du noch hast, ausreichen, um euch eine Weile zu finanzieren. So lange, bis ihr euch dort eingerichtet habt.« Ferris trat zum Tisch und legte einen prall gefüllten Geldsack vor sie hin – wobei er darauf achtete, Jakon nicht zu nahe zu kommen, der ihn immer noch wütend anstarrte. Sein Wettgewinn von diesem Abend.

Faythe wollte dagegen protestieren, aber sein Blick signalisierte, dass er das Geld keinesfalls behalten würde.

»Ich verdanke dir mein Leben.« Dann musterte er sie einen Moment und lachte auf. »Wer hätte das gedacht? Unsere Faythe, eine Gedankenleserin. Und dabei ist sie gar keine Fae, sondern ein Mensch.«

Sie lächelte verlegen und er grinste traurig.

»Wie schade, dass es jetzt so geendet hat. Es tut mir aufrichtig leid.«

Sie nickte ihm zu. Er nickte zurück. Dann wandte er sich zur Tür.

»Wir treffen uns übermorgen bei Sonnenaufgang im Westlandwald«, sagte er, bereits im Gehen. Dann fiel die Tür hinter ihm zu und die drei waren allein.

In der Hütte herrschte Schweigen.

Kurz darauf klopfte es an die Tür und sie schauten sich fragend an.

»Wenn er es noch mal ist, kann ich mich nicht mehr beherrschen«, murmelte Jakon, der aufgestanden war, um zu öffnen. »Ich erwürge ihn.«

Eine große Gestalt in schwarzem Mantel betrat die Hütte. Faythe' Augen glänzten. Niks Auftauchen ließ ihre Hütte noch kleiner erscheinen.

Als die beiden sich eine Weile nur anschauten und keiner etwas sagte, stand Marlowe plötzlich auf. »Jakon, begleitest du mich nach Hause?«, fragte sie, und Faythe hätte sie dafür umarmen mögen.

Im Beisein von Jakon und Marlowe, das spürte sie genau, hätte sie Nik nie von dem Kampf und seinem Ausgang erzählen können … und vor allem davon, was es für sie und ihn bedeutete.

Wahrscheinlich war es das letzte Mal, dass sie sich sahen, das dämmerte ihr allmählich, und es brach ihr das Herz.

Jakon nickte ihr zu. Er begriff, dass sie zum Abschied mit Nik allein sein wollte. Dann verließen Marlowe und er die Hütte.

Als die Tür hinter ihnen zugefallen war, stand Faythe auf und ging um den Tisch herum auf Nik zu, der wie angewurzelt stehen geblieben war. Schweigend musterte er ihr Gesicht, ließ den Blick über ihre Verletzungen gleiten. Sie hielt die Decke um ihre Schultern fest, damit er nicht den großen Bluterguss über ihren gebrochenen Rippen sah. Aber ihren Oberschenkel mit dem dicken Verband, durch den Blut sickerte, konnte sie nicht verbergen.

»Ich wollte mich vergewissern, dass es dir gut geht«, sagte er und sie spürte, wie viel Anstrengung es ihn kostete, die bei ihrem Anblick in ihm aufsteigende Wut zu unterdrücken.

»Es war Captain Varis«, sagte sie.

In seinen Augen blitzte ein Zorn auf, wie sie ihn noch nie bei ihm erlebt hatte. »Und hast du ihn gewinnen lassen, so wie ich es dir gesagt habe?« In seiner Stimme lag eine schneidende Härte.

Sie zuckte zusammen, so finster und bedrohlich erlebte sie ihn. »Mehr oder weniger«, antwortete sie und registrierte das leichte Zittern seiner geballten Fäuste. »Er wollte mich töten – ich habe es gesehen. Keiner von deinen Männern wäre schnell genug gewesen, um es verhindern zu können. Deshalb habe ich ihm den Dolch an die Kehle gesetzt und es endete unentschieden. Sieg oder Niederlage, je nachdem.«

Nik stieß ein hartes Lachen aus und fuhr sich mit der Hand übers Gesicht. Bevor er ihr Vorwürfe machen konnte, fuhr sie fort:

»Es war kein Zufall, dass er es war. Er wusste, wer ich bin, und er weiß, dass ich etwas verberge.« Mehr musste sie nicht erklären.

Niks Miene wurde noch finsterer und sein Zorn wich dem blanken Horror. Stockend flüsterte Faythe: »Ich muss von hier fort, Nik.« Tränen brannten ihr in den Augen, als sie sah, mit welchem Kummer und Schmerz er sie daraufhin anblickte.

Er trat auf sie zu und nahm ihr Gesicht behutsam in seine Hände. »Ich kümmere mich darum«, versprach er ihr, aber sie spürte, wie er innerlich zögerte. Das übersteigt seine Einflussmöglichkeiten, dachte Faythe.

Sie schüttelte den Kopf. »Übermorgen früh breche ich nach Rhyenelle auf. Jakon und Marlowe begleiten mich.«

Er lehnte seine Stirn an ihre. »Faythe«, flüsterte er. Dann kein weiteres Wort. Sie wussten beide, dass es für sie der einzige Ausweg war.

Die Decke glitt von ihren Schultern, als sie ihre Arme um seinen Hals schlang. Er drückte sie fest an sich. Tränen liefen ihr übers Gesicht. Es war so ungerecht. Wegen des Captains und seiner brutalen Machtgier wurden sie auseinandergerissen. Einen Moment lang malte sich Faythe aus, was zwischen ihr und Nik alles hätte sein können. Natürlich wäre es nicht einfach gewesen, dafür stammten sie aus zu unterschiedlichen Welten. Aber sie hätte alle Schwierigkeiten und Risiken auf sich genommen, um mit ihm zusammen sein zu können.

Seine Hände umfassten zärtlich ihre Taille und die Berührung linderte kurz den Schmerz in ihrem Herzen. Sie lehnte sich zurück, um ihn anzuschauen. Mit den Fingern fuhr sie die Konturen seines Gesichts nach. Kinn, Mund, Nase. Sie wollte sich alles genau einprägen, falls es das letzte Mal sein sollte, dass sie ihn sah.

Dann stellte sie sich auf die Zehenspitzen und neigte den Kopf zurück, damit er sie küssen konnte, und er antwortete darauf mit einer Zärtlichkeit, die schmerzte. Überall, wo er mit seinen Händen sanft ihre Haut berührte, loderte es in ihr auf. Ihr Körper entflammte. Sie wollte mehr, kümmerte sich nicht darum, ob ihr vom Kampf geschundener Körper dagegen protestierte, und presste sich an ihn. Da hob er sie hoch und sie schlang die Beine um seine Hüften, schmiegte sich mit ihrem ganzen Körper an ihn und küsste ihn leidenschaftlich. Sie wollte bei ihm sein, wollte alles von ihm – und wusste gleichzeitig, dass es den Abschied nur noch schlimmer machte, wenn sie ihrem verzweifelten Wunsch nachgab.

Zugleich spürte sie, wie sein Kuss sanfter und zärtlicher wurde. Niks Lippen lösten sich von ihren und er gab ihr ein letztes Küsschen auf die Wange – voller Zuneigung, nicht mehr leidenschaftlich. Sie glaubte zu spüren, wie er ihren Geruch und Geschmack in sich aufnahm. Dann setzte er sie sachte wieder ab und schaute sie lange an, während er mit den Fingerspitzen über ihre verletzte Wange strich.

»Ich werde dich vermissen«, flüsterte Faythe mit heiserer, brüchiger Stimme.

Er lächelte traurig. »Es wird nie wieder jemanden wie dich geben, Faythe. Ob Mensch, Fae, von hohem Stand, von niederer Geburt … Niemals mehr eine Seele wie deine.«

Sie wusste, dass er damit etwas meinte, das weit über ihre persönliche Beziehung hinausreichte, und fühlte sich dadurch zugleich innerlich zerrissen und gestärkt. Ihr fiel keine Antwort ein, die alles ausgedrückt hätte, was sie empfand. Deshalb schmiegte sie sich ein letztes Mal an ihn, um die Wärme und Sicherheit zu spüren, die er ihr gab. Denn plötzlich verspürte sie in der Hütte einen eiskalten Luftzug.

Sie umarmten sich ein allerletztes Mal. Zu einem Abschiedswort fehlte ihnen beiden die Kraft und so küssten sie sich nur noch einmal, und dann ging Nik. Er drehte sich nicht mehr nach ihr um.

In dem Moment, als die Tür hinter ihm zugefallen war, brach Faythe schluchzend zusammen.

VIERUNDVIERZIGSTES KAPITEL

Den folgenden Tag verbrachten sie damit, für ihre große Reise zu packen und sich mit Proviant zu versorgen. Nur das Allernotwendigste – sie konnten nicht viel mitnehmen und würden unterwegs kaufen, was sie dringend brauchten. Und alles andere, sobald sie in Rhyenelle in Sicherheit waren.

Jakon war den ganzen Tag angespannt, überprüfte alles doppelt und dreifach und ging jedes Detail des Fluchtplans mit Faythe mindestens vier Mal durch. Es schmerzte sie, ihn so am Rande seiner Kraft zu erleben, aber sie konnte nichts tun. Nichts hätte ihn davon abbringen können, seine Meinung zu ändern und mit Marlowe in High Farrow zu bleiben.

Marlowe hatte den ganzen Tag bei sich zu Hause verbracht, so hatten sie es vereinbart. Sie musste noch ein paar Dinge erledigen, entscheiden, was sie mitnehmen wollte – vor allem aber wollte sie noch ein paar Stunden mit ihrem alten Vater verbringen. Die Tatsache, dass sie ihn zurücklassen musste, quälte Faythe am meisten, aber wie Jakon war auch Marlowe fest entschlossen, mit ihr zu gehen.

In Faythe hatte sich seit dem Abschied von Nik große Verzweiflung darüber ausgebreitet, was sie alles verlassen musste – *wen* sie verlassen musste. Sie war in ein tiefes Loch gefallen. Bevor sie nach Rhyenelle aufbrachen, würde sie Nik nicht mehr wiedersehen, weder in ihrem Kopf noch in seinem. Die Tropfen hatten in der letzten Nacht ihre Wirkung getan und sie sofort in einen tiefen, dunklen Schlaf versinken lassen, ohne die geringste Spur goldener Lichtschleier. In der kommenden Nacht wäre es noch einmal genauso.

Jakon hatte sie ihren Grübeleien überlassen, bei den Vorbereitungen wäre sie ihm sowieso nur im Weg gewesen. Und so hatte sie fast den ganzen Tag auf ihrem Bett gesessen und über ihr Leben nachgedacht. Von ihrem Kampf mit Varis erholte sie sich allmählich und auch ihre Verletzungen schmerzten bereits etwas weniger.

Durch das kleine Fenster der Schlafkammer beobachtete sie, wie es draußen immer stärker dämmerte. Jakon kam herein und seufzte, als er sie sah.

»Du hast dich doch immer nach einem Abenteuer gesehnt. Versuch mal, das Positive zu sehen.«

Sie wusste, dass er es nur gut meinte, aber das schaffte sie einfach nicht. Er hatte ja recht: Es wäre ein Neuanfang und sie würden viel mehr als bisher von Ungardia sehen. Wer weiß, was sie in Rhyenelle entdecken würden? Vor allem aber hoffte sie, dass ihr Leben in diesem anderen Land komplett langweilig und alltäglich sein würde. Von Göttinnen und Geistern und von fiesen, brutalen Typen wie diesem Captain Varis hatte sie genug.

Sie schauderte, als sie an ihre Begegnung mit Aurialis dachte. Zum Glück würde sie die Göttin nie mehr wiedersehen. Was auch immer sie von Faythe gewollt hatte, sie würde sich dafür eine andere Erfüllungsgehilfin suchen müssen. Es war ihr egal, ob dadurch ihre eigenen brennenden Fragen nach ihrer Herkunft für immer unbeantwortet blieben.

Faythe wollte gerade nach dem Fläschchen mit den letzten

Schlaftropfen greifen. Hauptsache, sie brachte die letzte Nacht hinter sich. In der Morgendämmerung würden sie dann aufbrechen.

Da ließ sie ein lautes Pochen an der Hüttentür hochfahren. Beinahe hätte sie dabei das Glasfläschchen vom Nachttisch gestoßen.

Jakon runzelte die Stirn und wandte sich, um aus der Schlafkammer zu gehen. Das Hämmern an der Tür ging weiter. Da sprang Faythe aus ihrem Bett auf und packte Jakon am Ellenbogen. Ihr Herz raste.

»Was, wenn er es ist?«, flüsterte sie in Panik.

Sie musste keinen Namen nennen. Jakon wusste auch so, dass sie Captain Varis meinte. Seine Augen weiteten sich voller Angst und er blickte in der Hütte umher. Aber sie wussten beide, dass es keine Fluchtmöglichkeit gab. Der einzige Weg hinaus führte durch die Hüttentür.

Verzweifelt wollte Faythe schon unters Bett kriechen. Eine Stimme war von draußen zu hören.

»Ich bin's, Jakon! Mach auf!«

Faythe kannte zwar die Stimme, konnte aber kein Gesicht damit in Verbindung bringen. Jakons Augen dagegen wurden vor Furcht riesengroß, während er die wenigen Schritte zur Tür ging und aufmachte. Dalton stand in der Tür, der Vater von Marlowe. Jakon spähte hinter ihm hastig in alle Richtungen, bevor er ihn hereinbat.

»Wo ist Marlowe?«, fragte er ängstlich.

Dalton keuchte. Bei seinem Alter war er körperlich nicht mehr der Fitteste und es wirkte, als sei er den ganzen Weg quer durch die Stadt gerannt. Faythe fing an zu zittern.

»Sie ist … die sind gekommen … und haben sie …« Dalton schnappte nach Luft. Schaffte es nicht, den Satz zu beenden.

Jakon packte ihn am Kragen, damit er nicht umkippte. »Wo ist sie, Dalton?«, bedrängte er ihn. Faythe hatte in der Stimme ihres Freundes noch nie eine solche Furcht gehört und schwankte benommen.

Schließlich bekam Dalton genug Luft und bei seinen nächsten Worten stürzte alles über ihr zusammen. »Wachen haben sie abgeführt. Angeblich wegen Verrats. Aber sie würde nie …« Er verstummte.

Jakon ließ ihn los und wich einen Schritt zurück. Grauen stand ihm ins Gesicht geschrieben. Er blickte zu Faythe.

»Das ist eine Botschaft an mich«, sagte sie hastig. »Er konnte sich nicht direkt an mich wenden, deshalb macht er es über sie.« Und dann dämmerte ihr voller Horror, was Varis damit bezweckte. »Er hat sie mitgenommen, weil er weiß, dass es mich mehr verletzt als alles, was er mir selbst körperlich antun kann.«

Sie blickte zwischen den beiden Männern hin und her, die vollkommen überfordert waren und nicht wussten, was sie jetzt tun sollten. Captain Varis hatte Marlowe dorthin verschleppt, wo alle endeten, die auf ihr Todesurteil warteten: in den Kerker des Königspalastes. Doch Faythe weigerte sich hinzunehmen, dass es für ihre Freundin keine Rettung mehr gab. Dabei half ihr, dass sie einen Weg in die innere Stadt wusste und vielleicht sogar bis in den Palast. Dort würde sie den König um Marlowes Leben anflehen.

Ferris hatte ihr damals verraten, wie man es dorthin schaffen konnte, ohne von den Wachen des Königs entdeckt zu werden. Es gab ein geheimes Labyrinth von Tunneln, das sich unter der inneren Stadt erstreckte. Nur wenige wussten von diesen alten Schmugglerrouten, die zwielichtigen, meist gesetzeswidrigen Geschäften dienten. Ferris hatte sie in all diese Schwierigkeiten gebracht, trotzdem dankte Faythe den Göttern in diesem Augenblick für seine Durchtriebenheit und Schläue.

Sie drehte sich wortlos um und verschwand in die Schlafkammer. Alles um sie herum wurde still, während sie nachdachte. Ihr Blick fiel auf ihr leeres Bett. Sie überlegte, ob sie Kontakt zu Nik aufnehmen sollte. Er war in der königlichen Garde und konnte zumindest dafür sorgen, dass Marlowe noch lange genug am Leben blieb. So lang, bis Faythe sich in den Palast geschmuggelt und eine Audienz beim König erwirkt hatte. Ihn wollte sie dann um Marlowes Freilassung anflehen. Aber sie hatte keine Ahnung, wie sie das von einer Sekunde auf die andere bewerkstelligen sollte. Weder wusste sie, wie sie schnell in einen Schlaf versinken konnte, bei dem ihre nachtwandlerischen Fähigkeiten aktiviert werden würden, noch konnte sie davon ausgehen, dass Nik schlief. Es war noch nicht spät. Und jede Minute, die verstrich, erhöhte das Risiko für Marlowe.

Nein – sie hatte nicht die Zeit, sich an Nik zu wenden. Wie ein gewaltiger Sturm aus Feuer und Eis loderte Zorn in ihr auf. Wenn Captain Varis sie herausforderte, dann würde er es verdammt noch mal mit ihr zu tun bekommen.

Und mein Dolch wird diesmal nicht zögern, dir die Kehle aufzuschlitzen.

Hastig schlüpfte sie in ihren Kampfanzug, der ihr bei ihrem Vorhaben die größte Bewegungsfreiheit ermöglichen würde. Gegen die Schmerzen, die in ihren ganzen Körper ausstrahlten, versuchte sie sich taub zu stellen; musste trotzdem die Zähne zusammenbeißen, wenn sie an ihre Rippen fasste oder die Wunde an ihrem Oberschenkel berührte. Sie registrierte, dass Jakon hinter ihr stand, beachtete ihn jedoch nicht weiter. Sie war jetzt fertig und flocht sich in Rekordgeschwindigkeit die Zöpfe.

»Was machst du da?«, fragte Jakon.

Faythe schlang sich noch den Schwertgürtel um und steckte den Dolch ein, dann verließ sie die Kammer. »Ich hol sie da raus.« Sie griff nach ihrem Mantel, warf ihn sich über die Schulter und zog die Kapuze hoch. Als Jakon sie am Ellenbogen packte, fauchte sie ihn an. Es ging nur noch um eins: Marlowe zu retten. Für freundliches Benehmen war kein Platz mehr.

»Und wie genau willst du das anstellen?«

»Ich weiß einen Weg in die innere Stadt«, sagte sie und entriss ihm ihren Arm. »Durch einen Tunnel. Ich werde dich nicht davon abhalten können mitzukommen. Aber halte mich wenigstens nicht auf.«

Vor Dalton blieb Faythe kurz stehen und legte ihm die Hand auf die Schulter. »Geh nach Hause. Du wirst sie bald wiedersehen, das verspreche ich dir«, sagte sie so zuversichtlich, wie sie konnte. Auch wenn ihre kühle Beherrschtheit auf wackligen Füßen stand.

Und ohne zu warten, bis Jakon Schwert und Umhang geholt hatte, ging sie hinaus. Mit dem Vorsatz, direkt in die Falle hineinzumarschieren, die der Captain ihr gestellt hatte, und ihn mit sich zu Fall zu bringen.

FÜNFUNDVIERZIGSTES KAPITEL

Hohe Wellen schlugen gegen die zerklüfteten Felsen, an die Faythe und Jakon sich verzweifelt klammerten. Der Eingang in die Tunnel war weit von den Häusern der Vorstadt entfernt, auf der gegenüberliegenden Seite des großen Mauerrings, der die innere Stadt umgab. Dort, wo das Königreich an die tückische Schwarze See grenzte.

Es gab auch einen viel einfacheren Weg in die große Höhle, die den Ausgangspunkt des weitläufigen Labyrinths unterhalb der Stadt bildete. Doch als sie ein Stück weiter vorne stehen geblieben waren, um nach dem Pfad zu suchen, den Ferris ihr beschrieben hatte, entdeckte Faythe sofort die Fae, die auf halber Strecke herumlungerten. Dieser Weg kam für sie also nicht infrage. Die Männer trugen zwar keine Uniformen, aber sie schienen zu den Banden zu gehören, vor denen Ferris sie gewarnt hatte.

Die einzige andere Möglichkeit war, die schwindelerregende Steilküste hochzuklettern, was Faythe unter normalen Umständen niemals gewagt hätte. Denn was sie hier vorhatten, war lebensgefährlich. Totaler Irrsinn. Aber jetzt ging es darum, Marlowe das Leben zu retten, und das zählte mehr als alle Vernunft.

Vorsichtig schob sie sich über den nächsten Felsvorsprung, krallte sich dabei mit eisernem Griff an einer Unebenheit im Fels fest, suchte mit dem Fuß nach einem neuen schmalen Spalt. Zum

Glück hatte sie ihre Handschuhe an. Ihr ganzer Körper schmerzte, hinzu kamen noch ihre Verletzungen. Doch der eiskalte Wind machte sie fühllos, sodass sie das Stechen in ihrem Brustkorb bei jeder Bewegung nicht spürte. Immer wieder rutschte sie mit dem Fuß oder mit der Hand von den glitschigen, mit Flechten bewachsenen Felsen ab und jedes Mal klopfte ihr das Herz bis zum Hals. Adrenalin schoss ihr durch die Adern und trieb sie voran. Wegen einer ungeschickten, falsch eingeschätzten Bewegung abzustürzen und von der aufgewühlten See verschlungen zu werden, wäre jetzt besonders tragisch gewesen.

Schließlich hatte Faythe es geschafft und sich so weit vorgeschoben, dass sie mit gerecktem Hals den Eingang in die Höhle ein Stück weiter vorne ausspähen konnte.

Alles frei! Danke, ihr Göttinnen!

Kein Fae lungerte vor dem Eingang herum. Einen Moment blickte sie voller Panik nach unten, dann entdeckte sie Jakon, der ihr nachgeklettert kam und ebenfalls in Sicherheit war – so sicher, wie man sein konnte, wenn die Wellen unter einem immer höherschlugen und einen kleinen Menschenkörper in ihren schwarzen Schlund hinunterreißen wollten. Bei dem Gedanken schauderte sie.

Mit einer letzten geschmeidigen Bewegung war Jakon auf derselben Höhe wie sie und musterte ebenfalls den Bereich vor der Höhle. »Woher wusstest du das, verdammt noch mal?« Er schrie gegen den Wind und die Brandung an.

Faythe antwortete nicht. Sie wusste, dass Ferris' Name für Jakon zu einem roten Tuch geworden war. Mit dem Fuß tastete sie nach einem neuen Halt, schob sich weiter voran, fand mit den Fingern die richtigen Stellen, um sich festzuklammern, und zog sich schließlich auf die ebene Fläche des kleinen Plateaus vor der

Höhle hoch. Dort blieb sie erst einmal auf dem Bauch liegen, spürte tröstlich den ebenen Erdboden unter sich. Jakon war kurz darauf neben ihr und beide rührten sich ein paar Augenblicke nicht. Faythe' Herz raste. Sie waren jetzt leichter zu sehen, die Gefahr, von den Fae entdeckt zu werden, war größer. Struppige Büsche gaben ihnen zwar etwas Deckung, aber jetzt im Herbst hatten sie keine Blätter mehr.

Faythe robbte vorwärts, bis sie nur noch einen kargen Busch vor sich hatte. Als weiterhin kein Fae zu sehen war, atmete sie erleichtert auf.

Vor der Höhle flackerte eine Fackel, deren Flamme wie durch Magie blau, nicht rötlich war. Das Zeichen, dass in dieser Nacht im Labyrinth Leute unterwegs waren, hatte ihr Ferris zugeflüstert.

Sie würden vorsichtig sein müssen.

In geduckter Haltung machte Faythe einen Sprung nach vorne, alle Sinne bis zum Äußersten angespannt, dann richtete sie sich vorsichtig auf. Als sie in das schwarze Loch des Höhleneingangs blickte, befiel sie Grauen. Dort drinnen lauerte das Unbekannte. Ferris hatte ihr nur eine vage Beschreibung des verzweigten Systems von Gängen und Höhlen gegeben und ihr gesagt, wann sie wohin abbiegen musste. Hoffentlich erinnerte sie sich im entscheidenden Moment daran.

Eine Hand berührte sie an der Schulter und sie zuckte zusammen, griff nach Lumarias. Da erst merkte sie, dass Jakon neben ihr stand, und sie murmelte eine Entschuldigung.

»Bist du sicher, dass du da wirklich rein willst?«, fragte er. Sie wusste, dass er ihr keine Vorwürfe machen würde, wenn sie ihr tollkühnes Vorhaben jetzt abbrach. Der Plan schien aussichtslos.

»Ich habe keine Wahl«, murmelte sie. Es ging allein um sie, der

Captain hatte es auf *sie* abgesehen, und sie konnte nicht zulassen, dass Marlowe zum unschuldigen Opfer wurde.

Jakon lächelte traurig und nickte. Da fiel sie ihm in die Arme. Er drückte sie fest an sich und in seiner Umarmung konnte sie alle Furcht und Sorge loslassen. Sie spürte, wie sein Mut und seine Kraft auf sie übergingen. Gemeinsam würden sie diesen gefährlichen Weg gehen.

Als sie einander losließen, wechselten sie einen letzten aufmunternden Blick. Dann steuerten sie ohne zu zögern auf den Eingang der Höhle zu.

Jakon griff nach der Fackel, die davor brannte – eine schlaue Idee, da sie sich sonst in dem pechschwarzen Innern kaum zurechtgefunden hätten. Sie marschierten los. Ohne den scharfen, pfeifenden Wind blieben nur noch zwei Geräusche: ihr Herzklopfen und die Schritte ihrer Stiefel. Nicht einmal die blaue Flamme der Fackel gab ein Knistern von sich. Die Stille ermöglichte es Faythe, sich umso stärker auf mögliche andere Laute zu konzentrieren.

Sie folgten einem langen, geraden Gang. Faythe spürte, wie die Wände sich immer enger um sie schlossen, je tiefer sie in das Höhlensystem vordrangen. Ihr Atem ging schneller, hektischer. Geschlossene Räume, erst recht im Untergrund, machten ihr Angst. Vor Anspannung ballte sie die Fäuste.

Nach einer gefühlten Ewigkeit kamen sie zu einer Stelle, an der sich der Tunnel verzweigte. Verzweifelt versuchte Faythe, sich an die Anweisungen von Ferris zu erinnern. Aber in ihrer augenblicklichen Panik, dem Durcheinander von Gedanken und Gefühlen in ihr, war die Abfolge der Abzweigungen, bei denen sie sich links oder rechts halten musste, um in den Palast zu gelangen, zu einem einzigen Wirrwarr aus Linien geworden.

»Ich glaube, wir müssen da lang«, sagte sie und deutete nach rechts. Dabei folgte sie allein ihrem Bauchgefühl. Dass sie sich nicht ganz sicher war, gestand sie Jakon nicht. Er schien ganz auf sie zu vertrauen, was ihr wiederum ein schlechtes Gewissen machte. Sie wusste nicht, ob sie dem würde gerecht werden können. Ob sie wirklich den richtigen Weg aus diesem Labyrinth aus Schlamm und Stein fand.

Hoffentlich lauern uns hinter der nächsten Biegung nicht furchterregende Monster auf, wer weiß, was Ferris alles unerwähnt gelassen hat …

Sie spürte, wie ihr ein Schauder das Rückgrat entlanglief. Jakon war bereits nach rechts abgebogen. Faythe holte tief Luft, um sich zu beruhigen, dann folgte sie ihm. Sie hielt sich dicht neben ihm, klebte fast an ihm, als hätten irgendwelche Schattengestalten ihn von ihr wegreißen können oder sie von ihm. Sie war jetzt froh, dass ihr Freund mitgekommen war. Ihre Angst hätte sie aufgefressen, wäre sie allein gewesen.

Eine Weile gingen sie wieder geradeaus und Faythe wusste, dass inzwischen über ihnen die unbekannte, prächtige innere Stadt sein musste. Doch daran dachte sie jetzt lieber noch nicht. Sie kamen an zwei weitere unterirdische Kreuzungen. Jedes Mal entschied Faythe aus dem Bauch heraus, welchen Weg sie nehmen sollten, und erlaubte sich keine Zweifel. Aber es war dann gar nicht ihr angestrengtes Lauschen, das sie aufrüttelte; sie entdeckte in der Ferne einen schwachen Lichtschein.

Konnte es ein Ausgang sein?

Doch ihre Hoffnung war von kurzer Dauer, denn als der Lichtschein größer und stärker wurde, stellte sich heraus, dass er ihnen bei einer Weggabelung aus einem anderen Gang entgegenkam. Faythe griff nach Jakons Arm und beide blieben stehen.

Sie waren nicht allein.

Jakon sah sie mit weit aufgerissenen Augen an und im nächsten Moment warf er schon die Fackel auf den Boden und versuchte die blaue Flamme zu ersticken. Doch egal, wie viel Erde er mit den Füßen darüberschob, sie brannte immer noch.

Faythe' Herz galoppierte, als sie Stimmen hörte, die mit jeder Sekunde näher zu kommen schienen. Sie umklammerte Jakons Arm fester und zog ihn mit sich, als sie lautlos in die Richtung zurückschlich, aus der sie gekommen waren, fort von der blau leuchtenden Fackel.

Die anderen waren bereits zu nahe, als dass sie sich einfach hätten umdrehen und wegrennen können. Jedes Geräusch, das sie machten, wäre zu hören gewesen. Ihre einzige Hoffnung war ein Überraschungsangriff. Reglos stand Faythe an die Wand gedrückt da, presste ihren Körper mit aller Kraft dagegen, als könnte sie darin verschwinden und so dem drohenden Kampf entgehen. Lautlos zog sie Lumarias aus der Scheide. Jakon hatte gegenüber Position bezogen.

Mehrere Stimmen hallten durch den Gang, immer lauter werdend. Sie würden von beiden Seiten gleichzeitig angreifen müssen, um eine Chance zu haben. Wenn es sich jedoch um Fae handelte, würde ihnen keine Waffe und kein Hinterhalt viel nutzen.

Doch Faythe ließ nicht zu, dass dieser Gedanke sie innerlich lähmte. Sie durften einfach nicht scheitern – nicht, wenn sie es noch nicht einmal bis in die Straßen der Stadt über ihnen geschafft hatten.

Sie drehte den Kopf und sah, wie die vorausgeworfenen Schatten der Männer immer größer wurden und ihre verzerrten Umrisse sich jetzt an der Tunnelwand wie Gespenster drängten. Ihr Herz raste und sie war vor Angst ganz benommen.

Dann bogen die Gestalten um die Ecke und kamen auf sie zu. Die Schatten waren zu kräftigen Männern aus Fleisch und Blut geworden. Jeder von ihnen hielt eine Fackel mit bernsteinfarbener Flamme in der Hand. Sobald ihre Gesichter erleuchtet wurden, stieß sie vor Erleichterung einen Seufzer aus.

Menschen!

»Dieser Bastard! Lässt uns den ganzen Weg hierher machen und kreuzt dann nicht auf!«, rief der eine Mann. Er war klein und schmächtig. Faythe hatte ihn sich bereits für sich ausgesucht. Wie es sich fügte, war er auch auf der richtigen Seite.

Der andere Mann, größer und muskelbepackter, brummte zustimmend. »Ich glaube, wir müssen uns einen anderen Partner für unser Geschäft in der Stadt suchen. Lord Hellias könnte kompromittiert werden.«

Faythe drehte den Kopf zu Jakon und er nickte. Sie brauchten keine Worte zu wechseln, um sich zu verständigen. Jeder wusste, was zu tun war. In den vielen Jahren ihrer Freundschaft hatten sie eine Nähe entwickelt, die vieles unausgesprochen lassen konnte.

»Merkwürdig«, murmelte der kleinere Mann, als er die weggeworfene blaue Fackel erblickte, nur wenige Meter von der Stelle entfernt, an der sie an die Wand gedrückt dastanden. Während der Mann sich zur Fackel bückte, zog sein Gefährte vorsichtshalber schon einmal sein Schwert und spähte in alle Richtungen. Doch dummerweise ging er trotzdem weiter.

Nur noch etwas näher …

Bevor er nahe genug war, um ihre lauernden Umrisse erkennen zu können, sprang Jakon mit einem großen Satz auf ihn zu und Faythe stürzte sich auf den anderen Mann. Jakon war mit dem Größeren in einen Schwertkampf verwickelt, den er hoffentlich gewann, während sie dem Kleineren der beiden, der immer noch vor der Fackel kauerte, mit dem Fuß hart gegen die Brust stieß. Er kippte nach hinten um und lag nun, alle viere von sich gestreckt, auf dem Rücken. Da war sie auch schon über ihm und richtete die Spitze ihres Dolchs genau auf sein Herz. Verwirrt und erschrocken blickte er zu ihr hoch.

Faythe keuchte, die in ihr aufgestaute Anspannung machte sich bemerkbar. Das Klirren der Schwerter in ihrer Nähe ließ sie erschaudern, aber sie konnte nicht von dem Mann unter ihr hochblicken, um sich zu vergewissern, dass bei Jakon alles in Ordnung war.

Lautes Geklappere, wie wenn Stahl auf Stein prallt. *Einer ist entwaffnet.* Ihr Herz pochte. Was, wenn es Jakon war? Dann hörte sie schweres Aufstampfen, Fausthiebe, zwei Körper rangen miteinander.

Bitte, Jak, mach …

Ein Körper schlug auf dem Boden auf. Sie erstarrte.

Bitte, bitte, bitte …

Eine vertraute Gestalt schob sich in ihren Augenwinkel und sie lächelte erleichtert.

Jakon grinste. »Schon mal geschafft! Du hast doch nicht an mir gezweifelt?«

Dann wandten sie sich beide dem Mann zu, der ängstlich zu ihnen hochstarrte.

»Welcher Weg führt in den Palast?«, fragte Faythe mit schneidender Stimme.

Der Mann unter ihr winselte, was ihren Zorn noch steigerte. Sie bohrte die Spitze der Klinge in seine Brust und er presste sich noch fester in den Boden.

»Welcher Weg?«, wiederholte sie.

Seine Augen wurden zu Schlitzen und seine Nasenflügel bebten. Sie hob die Ellenbogen an, um noch mehr Druck auf den Dolch auszuüben.

»Links!«, rief er hastig, bevor sie ihm mit der Spitze die Haut aufschlitzte. »Da hinten links und die nächsten beiden Male rechts. Eine Leiter führt in eine Ausstiegskammer hoch. Von dort gelangt man in eine Allee, die direkt auf die Tore des Palasts zuführt. Danach müsst ihr selber sehen, wie ihr weiterkommt.«

Sie hatten die Information, die sie brauchten. Jetzt galt es, keine Zeit mehr zu verlieren. Faythe blickte zu Jakon, der nickte. Sie wusste, was er jetzt gleich tun würde, und drehte sich weg. Als er den Mann bewusstlos schlug, zuckte sie trotzdem zusammen.

Sie richtete sich auf, griff nach der Fackel mit der unauslöschlichen blauen Flamme, und sie setzten ihren Marsch durch die Tunnel fort.

Jetzt, da sie den Weg sicher wussten, beschleunigten sich ihre Schritte. Aber auch aus Furcht, dass die Männer, die sie bewusstlos in Finsternis und Kälte zurückgelassen hatten, vielleicht nicht die Einzigen hier unten in diesem Labyrinth waren.

Der Mann hatte nicht gelogen und nach einer Weile entdeckte Faythe über sich einen Kreis aus Licht. Bevor Jakon darauf beharren konnte, als Erster die Leiter hochzuklettern, hatten ihre Finger schon die Eisenstangen umfasst. Zügig stieg sie hoch und beachtete sein Protestgemurmel nicht. Oben angekommen, drückte sie mit den Handflächen gegen die dicke Eisenplatte und stemmte sie mit aller Kraft einen Spalt auf, um hinausspähen zu können.

Sie blickte nicht in die nächtliche Dunkelheit, die sie erwartet hatte. Die grauen Steinplatten schimmerten hell. Mit der Schulter versuchte sie, die Platte noch etwas höher zu stemmen. Da wurde ihr das schwere Gewicht mit einem Ruck vollständig abgenommen.

Bevor Schock und Horror in sie dringen konnten, umflutete sie bereits grelles Licht und sie flog durch die Luft. Oder vielmehr, sie wurde mit überirdischer Geschwindigkeit aus ihrem Loch im Boden herausgerissen. In ihrer Verwirrung brauchte sie einen Augenblick länger als sonst, bis sie sich wieder gefasst hatte. Dann sah sie vier Wachen der Fae um sich herumstehen und ihr wurde schlagartig klar, dass sie ausgetrickst worden war.

Diese verlogene Kanalratte!

»Na, was haben wir denn da?«, meinte einer der Fae spöttisch. »Es gibt Nächte voller Überraschungen!«

Als sie um sich blickte, wich ihre Wut auf den Lügner einer kalten, zitternden Furcht. Direkt vor ihr, am Ende eines langen Auffahrtswegs, hinter einem schmiedeeisernen Tor, lag das hohe, prächtige, blendend weiße Schloss. Mit einer Mischung aus Ehrfurcht und Grauen staunte Faythe den Königspalast an. Sie war so naiv gewesen, den Angaben dieses armseligen Schmugglers zu glauben, und er hatte sie direkt zu den Wölfen geführt, die den Palast bewachten.

»Du bist nicht die Erste, die versucht, sich unerlaubt Zutritt in die innere Stadt zu verschaffen«, war eine andere Stimme zu hören. »Aber so dumm wie du war bisher noch keiner.«

Was hätte sie darauf antworten sollen? Schockiert und ungläubig musste sie sich eingestehen, dass es vorbei war. Sie war von den Wachen gefangen genommen worden und würde von ihnen …

… in den Palast gebracht werden!

Genau da wollte sie hin. Die Wachen würden für sie die nützlichen Idioten sein, die sie direkt an ihr Ziel brachten!

Dann fiel Faythe in aufsteigender Panik ein, dass sie nicht allein unterwegs war.

Sie traute sich nicht, noch einmal zu dem Ausstiegsloch zu spähen, aus dem man sie herausgezogen hatte, um keinen Verdacht zu erwecken. Jakon war klug – er hatte sicherlich gesehen, wie sie gepackt wurde, und wäre niemals an derselben Stelle an die Oberfläche geklettert. Er würde unten bleiben und nach einem anderen Weg suchen. Keinesfalls aber würde er sie oder Marlowe, die sich im Kerker des Schlosses befand, allein lassen. Da war sie sich sicher.

Zum Glück tauchte er tatsächlich nicht nach ihr aus dem Untergrund auf und nach einem kurzen Blick hinunter beließen die Wachen es dabei und schoben den schweren Deckel wieder über den Ausstieg.

Faythe wehrte sich nicht, als eine Wache sich näherte und sie am Arm packte. Als der Mann an ihr zerrte, ging sie anstandslos mit und zeigte nicht den geringsten Widerstand. Je schwächer sie wirkte, desto weniger würde man sie als Bedrohung empfinden. Nicht dass sie geglaubt hätte, vier Fae würden jemals vor ihr Angst haben, selbst wenn sie sich wehrte. Aber es funktionierte. Sie ließen sie bald los und von ihnen umringt ging sie auf das schmiedeeiserne Tor zu.

Die beiden Flügel öffneten sich, als sie sich näherten, und einer der Fae begleitete sie hindurch, die anderen gingen zurück zu ihren Wachtposten an der Mauer.

Ob es wohl möglich war, einen Wachsoldaten auszuschalten?

Keinesfalls würde es einfach sein, dachte Faythe. Trotzdem ratterte es in ihrem Kopf, wie sie fliehen konnte, selbst wenn sie bereits innerhalb der Palastmauern war. Der Fae betrat mit ihr den Palast durch den Haupteingang und noch nie in ihrem Leben hatte Faythe sich so fehl am Platz gefühlt wie jetzt, als sie neben ihm die makellos weißen Stufen hinaufschritt und durch weitere hohe, reich verzierte schmiedeeiserne Tore trat, die ebenfalls vor ihr geöffnet wurden.

Bei einer anderen Gelegenheit wäre sie wahrscheinlich stehen geblieben, um die große, erleuchtete Empfangshalle zu bewundern. Alles strahlte und glänzte taghell. Sie musste mehrmals blinzeln, um sich daran zu gewöhnen.

Faythe wurde durch eine Flucht langer, breiter Korridore geführt, die ihr wie ein einziges Meer aus Weiß und Königsblau vorkamen. Der Greif als Wappentier von High Farrow schmückte alle Tapeten. Immer wieder waren Statuen aufgestellt. Sie blendete das alles aus, konzentrierte sich. Sie konnte es sich nicht leisten, durch hübsches Dekor abgelenkt zu werden. Noch eine weitere Biegung und man würde sie aus dieser Schönheit in die tiefsten, grimmigsten Verliese hinabführen.

Eine andere Gestalt bog gerade ebenfalls um die Ecke.

Eine weibliche Fae!

Faythe musste sich zusammennehmen, sie nicht mit offenem Mund anzustarren. Es war bisher sehr selten vorgekommen, dass sie eine weibliche Fae zu Gesicht bekommen hatte. Die Vorstadt war viel zu trostlos, grau und schmutzig für diese eleganten, wunderschönen Wesen. Die Fae schwebte ihnen leichtfüßig und in makelloser Haltung entgegen, hinter ihr bauschte sich der leichte, fließende Stoff ihres Kleids. Faythe zuckte zusammen, als ihr Blick auf sie fiel. Aber nicht aus Furcht vor so viel Aufmerksamkeit, pures Adrenalin schoss durch ihre Adern.

Ihr Blick wanderte zum Wachsoldaten neben ihr, der sich nicht auf der richtigen Seite befand, um sich zwischen sie und die näher kommende Fae zu stellen. Zwar ruhte seine Hand auf dem Knauf seines Schwerts, aber er ging fast eine Armlänge entfernt von ihr, glaubte, dass ein Menschenmädchen niemals in der Lage sein würde, ihm zu entkommen. Ein Narr. Sie war schnell und ihr Plan verlangte ihr kein umständliches Manöver ab.

Vielleicht war sie ja inzwischen – in ihrem verzweifelten Versuch, ihre Freundin zu retten – vollkommen verrückt geworden. Aber unter ihrem Mantel griff sie heimlich nach ihrem Dolch, zog ihn lautlos aus dem Gürtel. Dann konzentrierte sie sich, zählte bei jedem Schritt ihre Herzschläge, um ihre zitternden Hände zu beruhigen. Sie würde nur einen Moment Zeit dafür haben, nur eine Chance und keinen Raum für Fehler.

Als die Fae an ihr vorbeischritt, machte Faythe einen Sprung zur Seite und drehte sich blitzschnell, sodass sie hinter der jungen Frau zu stehen kam. Schwer atmend stellte sie sich dem Wachsoldaten entgegen, der sie wutentbrannt anstarrte – und dabei nicht in ihr Gesicht blickte, sondern auf den Dolch, den sie ihrer Geisel an die Kehle gesetzt hatte.

SECHSUNDVIERZIGSTES KAPITEL

»Ich verlange eine Audienz beim König.«

Faythe sprach ruhig, beherrscht, selbstbewusst. Sie stand hinter der Fae, umklammerte mit einem Arm ihren Oberkörper und hielt ihr mit der anderen Hand die Spitze des Dolchs an den Hals. Sollte der Wachsoldat irgendeine falsche Bewegung machen, hätte sie ihr problemlos die Kehle aufschlitzen können. Die Geisel, das musste sie der Fae lassen, stand aufrecht und ohne zu zittern vor ihr.

Der Wachsoldat analysierte mit gezogenem Schwert die Situation, musterte mit prüfendem Blick jede Einzelheit, wie ein Krieger in der Schlacht. Nachdem er zur Schlussfolgerung gelangt war, dass sie schneller sein würde als er, nickte er.

Faythe zeigte ihre Erleichterung nicht.

Sie wusste, dass sie damit unwiderruflich eine Schwelle überschritten hatte. Fae zu bedrohen oder gar zu verletzen, erst recht innerhalb des Palastes, kam einem Todesurteil gleich. Aber es war für sie die einzige Chance, in den Thronsaal zu gelangen und um Gnade für ihre Freundin zu flehen. Der Plan war wenig Erfolg versprechend, wahrscheinlich nicht mehr als die Hoffnung einer Verrückten. Aber etwas Besseres fiel ihr in diesem Moment nicht ein. Mit jeder Minute, die verging, wuchs die Wahrscheinlichkeit, dass sie zu spät kommen würde, um ihre Freundin zu retten. Panik drohte sie zu überwältigen. Logik und Verstand spielten keine Rolle mehr.

»Da entlang«, sagte der Wachsoldat emotionslos, als ginge es ihn nichts an. Doch sie wusste, wenn sie auch nur einen Augenblick unaufmerksam wäre, würde er sie sofort entwaffnen und zu Boden zu werfen. Alle ihre Sinne waren zum Zerreißen angespannt. Sie folgte ihm durch den langen Korridor, ihrem eigenen Untergang entgegen.

Sie durchschritten mehrere Verbindungsgänge und hell erleuchtete Säle. Faythe hielt die Fae fest umklammert, auf jedes Geräusch lauschend, mit den Blicken jede Ecke ausspähend, aus der ein weiteres Mitglied der königlichen Garde auftauchen konnte. In allen Räumen war es überraschend still und sie dankte den Göttinnen dafür. Es war wie ein Geschenk. Weitere Wachen, und ihre Geiselnahme wäre gescheitert, noch bevor sie es bis zum König geschafft hatte.

Nach einer Weile führte ein weiterer langer Korridor auf sehr hohe, breite Flügeltüren zu, und Faythe' Herz begann in ihrer Brust wie ein wildes Tier zu rasen. Vielleicht war es nicht der beste Weg, um die Aufmerksamkeit des Königs zu gewinnen. Aber sie hoffte, dass ihre Geisel wertvoll genug war, damit er ihr wenigstens zuhörte.

Die Wachen, die rechts und links von der Tür aufgestellt waren, zückten ihre Schwerter. Aber ihr Begleiter hob die Hand und sofort senkten sie die Klingen, wenn auch weiterhin kampfbereit.

»Öffnet die Tür«, befahl der Wachsoldat.

Die Wachen musterten sie, um zu überprüfen, ob es ihnen nicht doch möglich war, die Fae zu befreien und Faythe am Betreten des Thronsaals zu hindern. Widerwillig griff dann jeder nach einer Klinke und sie stießen die Türflügel auf.

»Nach euch«, befahl Faythe. Sie war nicht so dumm, den Wachen den Rücken zu kehren, damit sie sie von hinten überraschen konnten, bevor sie ihrer Geisel etwas antat.

Sie folgten ihrem Befehl, und die kurze Zeitspanne, während sie vor ihr die Tür durchschritten, nutzte Faythe, um tief Luft zu holen und sich zu konzentrieren. Sie wollte nur eines: Marlowe befreien. Wenn ihr das gelungen war, würde sie ihr Schicksal akzeptieren. Egal, was über sie beschlossen wurde. Um ihre Freundin zu retten, würde sie in den Tod gehen.

Nach ein paar Schritten hielt sie im Türrahmen ein weiteres Mal kurz inne und prüfte erneut die Situation. Sie wollte sichergehen, dass die Wachen sich nicht auf sie stürzen würden, sobald sie den Thronsaal betreten hatte.

Der Saal sah fast genauso aus, wie sie ihn sich vorgestellt hatte. Niemals hatte sie es bisher erlebt, dass sie sich in einem Raum so winzig vorgekommen war. An jeder Seite befanden sich Kolonnaden, die rechts und links die Wände entlang sich erstreckende Balkone abstützten. Ein üppiger, ausladender Kronleuchter hing in der Mitte des Saals von der Decke herab und erleuchtete das königliche Wappen, das in den weißen Marmorboden eingelassen war. Dahinter führten Stufen zu einem Podest, auf dem drei Throne aufgestellt waren: ein großer, prächtig verzierter goldener Thron mit einem Baldachin aus königsblauem Damast und zwei kleinere, die silbern glänzten.

In lockerem Kreis hatten sich davor mehrere männliche Fae versammelt, die nun alle ihre Köpfe drehten und ihr die Augen zuwandten.

Da sie bemerkte, dass die Wachen direkt hinter der Tür Stellung bezogen hatten, um sich von hinten auf sie stürzen zu können, machte sie ihnen mit dem Kopf ein Zeichen, dass sie weitergehen sollten. Sie zögerten eine Sekunde und blickten sich an, als würden sie miteinander beratschlagen. Faythe drückte der Fae die Spitze des Dolchs fester an die Kehle und sie stöhnte auf. Sie hätte sich bei ihr am liebsten entschuldigt, mit ihr hatte das alles ja nichts zu tun. Es wirkte, denn die drei Wachen setzten sich in Bewegung, dabei Faythe immer im Blick behaltend.

Unter den Balkonen waren weitere vier Wachen postiert, zwei auf jeder Seite. Ein leises Klirren ihrer Schwerter war zu vernehmen, als sie bemerkten, was sich da gerade abspielte.

Am liebsten hätte Faythe laut aufgelacht, so absurd war die Situation: Sieben Wachen der Fae und eine Handvoll der mächtigsten Männer des Königreichs erschraken beim Anblick eines Menschenmädchens. Nicht einmal Dichter hätten in einer Ballade eine solche Geschichte glaubwürdig klingen lassen können.

»Was ist da hinten los?«, donnerte eine Stimme durch den Saal.

Er war es. König Orlon Silvergriff von High Farrow. Es gab daran keinen Zweifel. Durch Körpergröße und Haltung allein beherrschte er den ganzen Saal. Auf dem Kopf trug er eine goldene Krone und sein tiefblauer Schulterumhang war mit dem königlichen Wappen verziert. Darunter trug er eine maßgeschneiderte schwarze Jacke mit goldenen Knöpfen. Er überragte alle anderen Männer im Raum und war ungefähr fünfzig Jahre alt, nach Menschenmaß gerechnet.

Als er mit großen Schritten auf sie zukam, erzürnt wegen des Aufruhrs, versuchte Faythe, kühles Blut zu bewahren. Trotzdem zitterte sie, schon allein wegen seiner mächtigen körperlichen Präsenz. Ihr Atem war weiterhin ruhig und beherrscht, obwohl ihr Herz raste.

»Ich bitte um Verzeihung, Majestät«, begann sie und staunte

selbst darüber, wie glatt ihr die Worte über die Lippen kamen. »Es ist weniger dramatisch, als es aussieht. Aber ich brauchte unbedingt eine Audienz bei Euch. Eure Wachen haben heute Abend die Falsche eingekerkert.«

In den Augen des Königs loderte es bei ihrem Anblick auf. Faythe wusste nicht, ob es daran lag, dass sie zufällig eine Geisel genommen hatte, die ihm persönlich etwas bedeutete. Oder ob es ihn erzürnte, dass ein Menschenmädchen es geschafft hatte, so weit in seinen Palast vorzudringen.

»Das wird dich deinen Kopf kosten, Menschenkind!« Verächtlich spuckte er das letzte Wort aus. »Wachen! Nehmt sie fest!«

»Nicht bevor Ihr nicht gehört habt, was ich zu sagen habe. Ich habe ihre Kehle schneller aufgeschlitzt, als Ihr denkt!«

Faythe konnte sehen, wie es in seinem Kopf arbeitete. Wen auch immer sie da als Geisel umklammert hielt, diese Fae war wichtig genug, dass der König nicht ihr Leben riskieren wollte. Sie schaute ihm in die Augen. Augen von dem schwärzesten Schwarz, wie sie es bisher nur einmal gesehen hatte. Bei Captain Varis. Zum Glück war der wenigstens nicht im Saal, stellte sie erleichtert fest.

Hinter seinen schwarzen Augen brodelte der König vor Wut, doch er ließ sie fortfahren.

»Die Frau, von der ich spreche, heißt Marlowe Connaise. Sie ist die Tochter des Schmieds in der Vorstadt und wurde heute Abend fälschlicherweise festgenommen. Ich verlange, dass Ihr sie freilasst.« Wieder wunderte sie sich, wie ruhig sie sprach.

Der König lachte auf. »Es steht dir nicht an, Forderungen zu stellen, Mädchen.«

Faythe strich mit der Klinge des Dolchs über die Kehle ihrer Geisel. Aus der kleinen Schnittwunde sickerte Blut heraus. Sie konnte hören, wie die Wachen unruhig wurden, aber der König hielt eine Hand hoch, um sie aufzuhalten.

Er schaute ihr in die Augen und der Zorn loderte darin so stark, dass sie sich wie verkohlt und zu Asche verbrannt fühlte.

»Bringt herein, vom wem sie da spricht«, befahl er. »Wer auch immer es ist.« Seine Stimme war von tödlich schneidender Kälte.

Faythe, die alles um sich herum überscharf wahrnahm, bemerkte, wie einer der Wachsoldaten eilig durch eine Seitentür verschwand.

»Du wirst noch bereuen, was du getan hast«, sagte der König zu ihr.

»Ihr müsst mich nur anhören und sie gehen lassen – dann werde ich jede Strafe akzeptieren.«

Der König lachte finster auf. »Ich verhandle nicht mit meinen menschlichen Untertanen.«

»Euer Hauptmann der königlichen Garde hat es auf mich abgesehen. Er hat sie nur gefangen genommen, um mich hierherzulocken«, sagte sie. Captain Varis sollte mit ihr in den Tod gerissen werden, das war ihr fester Vorsatz.

Der König zog eine Augenbraue hoch. »Hat er das? Eine kühne Anschuldigung.«

»Es ist die Wahrheit.«

Seine Augen verengten sich zu Schlitzen, während er sie musterte. Bei dem stechenden Blick wurde ihr unwohl, aber sie wankte nicht.

»Wo ist denn mein Hauptmann?«, fragte er die Wachen beiläufig.

Es kam Bewegung in die Männer und ein weiterer verließ den Saal. Wie Faythe vermutete, um nach Captain Varis zu suchen und ihn herzubringen. Sie durfte ihre Furcht nicht zeigen. Nicht, solange sie nicht erreicht hatte, wofür sie sich tollkühn den Zugang zum König erkämpft hatte.

Auf der anderen Seite des Saals öffnete sich die Tür, durch die zuvor der erste Wachsoldat verschwunden war, und er kam nicht nur mit einem Menschen zurück, sondern mit zwei. Faythe musste alle Geisteskraft aufwenden, die in ihr steckte, um nicht vor Horror den Verstand zu verlieren. Denn es wurde nicht nur Marlowe hereingezerrt, sondern auch Jakon.

»Ich habe nach einem von diesen Menschen geschickt, und ihr kommt gleich mit zwei. Wie interessant«, bemerkte der König.

»Den anderen haben wir in der Stadt aufgegriffen, als er versucht hat, über das Palasttor zu klettern.«

Faythe applaudierte Jakon innerlich, dass er es überhaupt noch so weit geschafft hatte, nachdem ihr Plan gescheitert war. Dann fiel ihr Blick auf Marlowe und es brach ihr das Herz. Sie musste heftig geweint haben, das sah Faythe an ihrem verschmierten Gesicht und ihren geröteten, verquollenen Augen. Ihre Haare wirkten zerwühlt. Sie musste misshandelt worden sein, anders konnte sich Faythe ihren Zustand nicht erklären.

Jakon wütete wie ein wildes Tier zwischen den beiden Wachen, die ihn hielten. Sogar in einer völlig hoffnungslosen Lage, gegen ein Geschlecht, das viel zu überlegen war, verließ ihn nicht der Kampfesmut.

Der König blickte wieder zu ihr. »Gehört der auch zu dir?«

Faythe antwortete nicht, und ein grausames Lächeln breitete sich auf seinem Gesicht aus.

»Zwei Leben für den Preis von einem, das scheint mir kein gerechter Handel, dir etwa?«, spottete er.

»Sie haben nichts getan«, rief sie.

»Darüber hast du nicht zu urteilen.«

In diesem Moment wurde an der Rückseite des Saals eine Tür aufgestoßen und Captain Varis rauschte herein, eine finstere Macht, vor der alle zurückwichen. Faythe rührte sich nicht, auch dann nicht, als seine Augen sich mit raubtierhafter Gier auf sie richteten. Vor dem König angelangt, blieb Varis stehen und verbeugte sich tief vor ihm.

»Kennen Sie diese Frau?«, fragte der König.

Die Blicke des Captains wanderten zu Faythe. »Die da? Kann ich nicht behaupten. Euer Majestät.« Er zuckte die Achseln.

Faythe erbebte. »Er lügt.«

»Erklären Sie mir mal, Captain, wie dieses Menschenmädchen es geschafft hat, Ihre Wachen zu übertölpeln und mein Mündel als Geisel zu nehmen.« Die Stimme des Königs klang bedrohlich leise, als er sich an ihn wandte.

Captain Varis richtete sich auf, die Hände hinter dem Rücken. »Es scheint so, Eure Majestät, als müsste ich notwendige Änderungen vornehmen und ein paar Männer entlassen.«

Die Wachen ringsum wurden unruhig und der König musterte sie eingehend.

Sie hielt dem Mündel des Königs die Klinge an die Kehle? Ein Mündel war fast wie eine Tochter.

Der König brummte zustimmend. »Ich will, dass alle außer die Angehörigen meiner Garde den Saal verlassen«, verkündete er. Innerhalb einer Sekunde hatten alle Fae, mit denen er sich vor dem Zwischenfall unterhalten hatte, durch die Tür an der Rückwand den Saal verlassen, und die Wachen nahmen ihre üblichen Positionen ein. »Und bringen Sie mir meinen Sohn. Er soll erfahren, was geschieht, wenn man die Männer nicht unter Kontrolle hat. Und wie man mit menschlichen Verrätern verfährt. Ich befürchte, sein Herz ist zu weich geworden.«

»Lassen Sie sie gehen. Sie können nichts dafür. Ich allein trage die Verantwortung«, sagte Faythe, die sich nicht beirren ließ. Sie deutete mit dem Kopf zu ihren Freunden, die reglos dastanden. Sogar Jakon hatte zu kämpfen aufgehört.

Der König reckte das Kinn vor. »Captain Varis, welches Verbrechen werfen Sie der Frau vor?« Er deutete auf Marlowe.

»Verrat, Eure Majestät. Ich habe es mit eigenen Augen gesehen.« Während er es sagte, ließ er seine Augen mit teuflischer Lust über sie gleiten.

Faythe wurde plötzlich übel. Er konnte irgendeine Geschichte erfinden, wie es ihm gerade gefiel, und was Faythe sagte, würde gegen sein Wort nicht zählen. Captain Varis war einer der mächtigsten Nachtwandler des Königs, ein enger Berater, dem er vertraute, und Hauptmann der königlichen Garde. Was Faythe vorbrachte, spielte keine Rolle.

»Verlogener Bastard!«, schimpfte Jakon von der anderen Seite des Saals.

Als einer der beiden Wachen ihn in den Magen boxte und er sich krümmte, stöhnte Faythe auf. Dann schlug ihn der andere ins Gesicht, und sie hätte sich fast auf ihn gestürzt.

Um den Mund des Captains zuckte es amüsiert. Faythe kochte vor Wut.

»Überprüfen Sie, was er denkt«, platzte es aus ihr heraus. Sie wusste, dass sie damit eine rote Linie überschritt. Aber sie hatte bereits so viele rote Linien missachtet, dass es darauf auch nicht mehr ankam. »Sie haben doch noch andere Nachtwandler in Ihren Diensten.«

Der König durchbohrte sie wieder mit seinen Blicken. »Wie kannst du es wagen, so etwas zu fordern?« Er schritt auf sie zu, und sie umfasste den Dolch fester. »Captain Varis ist ein begabter Nachtwandler und hat mir stets treu gedient. Und du bist nichts als ein verzweifeltes närrisches Menschenmädchen, das alles behaupten wird, um eine Freundin zu retten.« Er neigte neugierig den Kopf. »Obwohl ich die Frechheit und Tollkühnheit bewundere, mit der du es bis hierher geschafft hast. Eigentlich schade, dass du sterben musst. Aus dir hätte noch was werden können.«

»Nur wegen der Aussage eines einzigen Mannes könnt ihr Leute nicht hinrichten lassen«, rief Faythe.

Seine Augen verengten sich erneut. »Du vergisst, mit wem du sprichst, Mädchen.« Dann wandte er seinen Blick zur großen doppelflügeligen Tür, durch die sie gekommen war, und ein befriedigtes Grinsen breitete sich über seinem Gesicht aus. »Ah, mein Sohn. Da bist du ja.«

Faythe drehte sich mit der Geisel ein Stück zur Seite, um gewappnet zu sein, falls der Prinz sie angreifen wollte. Umklammerte die Geisel noch fester und warf einen Blick zu Jakon und Marlowe, die kreideweiß geworden waren und mit weit aufgerissenen Augen zur Tür starrten. Ihre eigene Panik wuchs durch die Reaktion ihrer Freunde noch mehr.

Als sie den Prinzen neben sich spürte, verlangsamte sich für Faythe alles. Er ging an ihr vorbei und blieb ein paar Schritte vor ihr stehen.

Sie hörte nichts anderes mehr, spürte nichts anderes mehr, sah nichts anderes mehr als ihn.

Der Prinz löste seine Augen von ihren. Ihr Arm, mit dem sie die Geisel umklammert hielt, fiel herab. Er nickte den Wachen zu, die hinter ihm hereingekommen waren und die sie nicht einmal bemerkt hatte. Mit wenigen schnellen Bewegungen war sie entwaffnet. Das Mündel wurde hastig aus dem Thronsaal geführt.

Faythe kämpfte nicht, sie wehrte sich nicht. Wie gelähmt stand sie da. Sie starrte den Prinzen an. Ihr Herz zersprang in tausend Splitter und die Welt war aus den Angeln gehoben. Sie schaute in die ausdruckslosen Augen … von Nik.

Siebenundvierzigstes Kapitel

»Gut gemacht, Nikalias.«

Die Stimme des Königs drang nur schwach zu ihr. Aber als sie hörte, was er sagte, schreckte Faythe aus ihrem benommenen Zustand auf. Die Wachen hielten sie nur noch locker an den Oberarmen fest, da sie sie nicht länger als Bedrohung empfanden. Blitzschnell und blind vor Wut wollte Faythe sich auf Nik stürzen.

Sofort wurde sie zu Boden geworfen, und mit dem Gesicht voran knallte sie auf den Steinboden. Sie spürte, wie sich ein starkes Gewicht auf ihren Rücken presste, ihr wurde schwarz vor den Augen und von ihren bereits gebrochenen Rippen ging ein unerträglicher, stechender Schmerz aus.

Als sie wieder auf die Füße hochgezogen wurde, schwankte sie benommen. Sie blinzelte ein paar Mal, und als sie die Augen aufschlug, schaute sie direkt in ihr wohlvertraute smaragdgrüne Augen. In ihr zerbrach alles in Trümmer.

Niks Gesicht war ausdruckslos, nichts erinnerte darin an den sanften, zugewandten, zärtlichen Mann, den sie kennengelernt hatte – und den sie liebte.

Im Blick des Mannes, der sie jetzt musterte, lag keine Wärme, nichts darin gab zu erkennen, dass sie sich bereits begegnet waren. Ungläubig und verwirrt starrte sie auf den silbernen Kronreif in seinen glatten schwarzen Haaren.

Die ganze Zeit hatte er sie zum Narren gehalten und sie war so dumm gewesen, darauf hereinzufallen.

War es ihm die ganze Zeit nur darum gegangen, alles über ihre besondere Gabe herauszufinden und sie dann als Trophäe seinem Vater zu präsentieren? War das sein Plan gewesen? Plötzlich fügte sich alles zusammen. Warum er immer so neugierig gewesen war, sie zu immer neuen Leistungen angeleitet und angespornt hatte. Und sie hatte ihm alles erzählt, wie ein naives kleines Kind. Sie hätte ihren Instinkten besser vertrauen sollen. Für einen Fae war sie nichts anderes als ein Stück Vieh in einer Herde und sie hatte sich selbst zur Schlachtbank begeben.

Ihr Schmerz wurde von einer aufkeimenden kalten Wut überdeckt. Er sollte dafür leiden.

»Dieses Theater langweilt mich allmählich. Bringt sie alle vor den Thron«, verkündete der König und schritt auf das Podest zu.

Nik folgte ihm. Faythe wurde von den Männern durch den Saal gezerrt.

Der König stellte sich auf dem Podest vor seinen Thron, nahm jedoch nicht darauf Platz. Nik blieb davor stehen und drehte sich zum Saal. Ihre Blicke hatten sich nicht mehr gekreuzt.

Man bedeutete Faythe, dass sie vor dem König niederknien solle. Marlowe und Jakon knieten rechts und links neben ihr. Aus Furcht, in Tränen auszubrechen, blickte sie nicht zu ihnen, sondern hielt die Augen starr zum weißen Marmorboden gesenkt. Verzweifelt überlegte sie, wie sie ihre Freunde vielleicht doch noch retten konnte.

»Wie heißt du, Mädchen?«, fragte der König.

Aus Trotz antwortete Faythe darauf nicht, was bei ihm nicht gut ankam. Ihr Kopf wurde hochgerissen und wieder bohrten sich die Augen des Königs in ihre. Sie presste die Lippen zusammen, antwortete immer noch nicht. Ihr Blick wanderte zur Seite, wo sie Captain Varis stehen sah. Für sein triumphierendes, amüsiertes Grinsen hätte sie ihn umbringen können. Er hatte erreicht, was er wollte. Mehr als das. Ihr Schicksal war besiegelt und das ihrer Freunde auch.

»Ich werde nicht noch einmal fragen«, drohte der König.

Als Faythe weiterhin die Lippen zusammenpresste, nickte der König zu Captain Varis, der noch stärker grinste, sein Schwert zog und auf Marlowe zuging.

Faythe wurde von Horror gepackt. »Faythe!«, rief sie, drehte dann den Kopf und schaute dem König in die Augen. »Ich heiße Faythe!«

»Mir Widerstand zu leisten ist keine Heldentat, Faythe. Sondern eine Narretei.«

Faythe verbiss sich darauf eine Erwiderung. Das hatte sei bereits gelernt: Mit dem König von High Farrow zu streiten, würde gar nichts bringen. Aber was tun?

»Bitte, Majestät«, flehte sie, »bitte verschont meine Freunde. Sie haben sich nichts zuschulden kommen lassen.« Einen anderen Weg gab es nicht. Kämpfen konnten sie nicht mehr, und selbst wenn es ihnen durch ein Wunder gelingen sollte zu fliehen, würden sie nicht weit kommen. Die Häscher des Königs würden sie finden und auf der Stelle töten.

»Und ich dachte schon, mich anzuflehen, wäre unter deiner Würde«, erwiderte der König. »Ich bin fast etwas von dir enttäuscht.« Er musterte sie alle drei einen Augenblick, tat so, als ob er nachdenken würde, und seufzte dann in geheucheltem Mitgefühl auf. »Leider kann ich euch nicht ungestraft davonkommen lassen. Ich spreche dich und deine Komplizen hiermit des bewaffneten Eindringens in den Palast schuldig, mit der Absicht einer

Verschwörung gegen die Krone. Für diesen Akt des Hochverrats verhänge ich über euch die Todesstrafe – über euch alle drei.«

Er blickte zu Captain Varis und nickte ihm zu, das Urteil zu vollstrecken.

Der Boden erbebte unter Faythe, als sie mitansehen musste, wie Varis auf Marlowe zuging. Seine schwarzen Augen funkelten böse.

»Wage es nicht, sie anzurühren!« Die Stimme von Jakon neben ihr hatte den Klang eines verzweifelten, brüllenden Tiers. Wachen stürzten sich auf ihn, hielten ihn fest.

Vor Grauen gelähmt starrte Faythe auf Captain Varis, der mit jedem Schritt ihre Freundin dem Tod näherbrachte.

»Bitte! Bitte!«, schrie sie verzweifelt und schaute dem König dabei in die Augen. Doch sie traf darin nur auf Härte. Danach wandte sie die Augen zu Nik. Er konnte das alles stoppen. Er konnte mit seinem Vater reden und ihre Freundin retten.

Aber er blickte nicht zu ihr. Stattdessen hatte er mit undurchdringlichem Gesicht seine Augen auf den Captain gerichtet. Nur seine Kiefermuskeln spannten sich an, sonst war an ihm keine Regung bemerkbar. Wortlos sah er dabei zu, wie Marlowes Tod mit jedem Augenblick näher kam.

Marlowe schluchzte auf, als zwei Wachen sie unter den Armen packten und nach vorne stießen, damit sie enthauptet werden konnte. Ein brutales Todesspektakel direkt vor Faythe' Augen. Eine Extrabestrafung des Königs für sie, weil sie seine Wachen übertölpelt und sein Mündel zur Geisel genommen hatte.

Auf der verzweifelten Suche nach Rettung konzentrierte sich Faythe so stark, dass sie nichts anderes mehr hörte, nichts anderes mehr sah, alles andere um sich herum ausblendete. Ihre goldenen Augen richteten sich auf den Captain, der das Schwert hob. Ihr

Körper zitterte, war fühllos und eiskalt geworden, und ein grelles Summen erfüllte ihre Ohren. Als ihre Blicke sich kreuzten, verzog sich der Mund von Captain Varis zu einem höhnischen Lächeln. Er hatte seine Freude daran, dass Faythe dabei zuschauen musste, wie er ihre Freundin tötete.

Die Klinge seines Schwerts schimmerte, als er es hochhob, um es auf Marlowe niedersausen zu lassen. Faythe schaute ihm in die Augen, und als er mit dem Schwert zu seinem tödlichen Hieb ansetzte, stieß sie einen langen, durchdringenden Schrei aus.

Achtundvierzigstes Kapitel

Die schmierige schwarze Wand, die den Geist von Captain Varis schützen sollte, stellte für Faythe kein Hindernis dar. Sie durchbrach sie sofort und hörte ihn nach Luft schnappen, als sie die Kontrolle übernahm und seine Hände mit dem Schwert wenige Zentimeter über Marlowe innehalten ließ.

»Captain Varis!«, drängte der König, ungehalten über die eingefrorene Hinrichtung.

Faythe wusste nicht, wie sie es zustande gebracht hatte, aber im Moment ihrer größten Verzweiflung hatte sie sich auf den Teil seines Gehirns gestürzt, der für den Bewegungsapparat verantwortlich war. Als ob es sich um ihren eigenen Körper handelte, befahl sie Varis, mehrere Schritte rückwärts zu machen und sein Schwert auf den Boden fallen zu lassen. Sie konnte sehen, wie er sich dagegen sträubte, aber schließlich beugte er sich ihrem Willen. Seine Füße setzten sich in Bewegung und durch den Saal hallte es laut, als das Schwert auf den Marmorboden fiel.

»Was geht hier vor?« Der König tobte. »Captain Varis! Erklären Sie sich!«

»Ich … ich kann nicht …«, stotterte Varis, ohne den Satz zu beenden. Denn seiner Zunge befahl Faythe ebenfalls, sich nicht mehr zu bewegen.

Die Blicke des Captains blieben weiter auf Faythe gerichtet.

Ungläubiges Staunen und Furcht breiteten sich auf seinem Gesicht aus. Ihre Mundwinkel verzogen sich zu einem Lächeln. Als er schließlich begriff, dass sie es war, die in seinem Kopf das Kommando übernommen hatte, quollen ihm die Augen heraus.

»*Du hast den größten Fehler deines jämmerlichen Lebens gemacht, als du beschlossen hast, meine Freundin einzukerkern*«, ertönte Faythe' Stimme in seinem Inneren und ließ ihn dann auf die Knie sinken.

»Captain Varis, stehen Sie sofort auf!«, donnerte der König.

Aber Varis konnte seine Augen nicht von Faythe wenden, obwohl er es wollte. Sie hielt ihn weiter an sich gefesselt. Alles in seinem Kopf fühlte sich falsch an. Seine Gedanken waren voller Hass und Heimtücke. Anderen Schmerz zuzufügen bereitete ihm Freude. Sein geballter Zorn durchflutete sie. Am liebsten hätte er sie umgebracht – das war laut und deutlich in seinem Innern zu vernehmen. Und sie verspürte jetzt, während sie sich in ihm aufhielt, dass sie am liebsten auch ihn umgebracht hätte, vielleicht mit einem Genickbruch. Oder ihn für immer wahnsinnig werden ließ. Die Wut und Gewaltbereitschaft von Varis durchpulste sie und vermischte sich mit ihren eigenen Emotionen. Faythe musste sich mit aller Macht anstrengen, dass es nicht mit ihr durchging. Sie musste sich klarmachen, dass sie, Faythe, anders war. Und so gerne sie die Welt von einem solchen Übeltäter befreit und Captain Varis sicherlich keine Träne hinterhergeweint hätte – ihr Verstand sagte ihr, dass sie niemals die Gunst des Königs würde gewinnen können, wenn sie seinen Hauptmann tötete.

Aber sie konnte ihn wenigstens etwas leiden lassen.

Faythe drang in seiner Psyche bis zu seinen tiefsten Ängsten vor und verwandelte die in ihm begrabenen Monster in leibhafte Erscheinungen. Varis schrie in Panik auf und schlug am Boden in alle Richtungen wild um sich, kämpfte gegen Bestien an, die für niemand außer ihm sichtbar waren.

Die Wachen um ihn herum wurden unruhig und griffen verwirrt nach ihren Schwertern, um die eingebildeten Gefahren abzuwehren.

»Genug davon! Ergreift das Mädchen!«

Faythe spürte, wie sie raue Hände von den Knien hochrissen. So lange wie möglich heftete sie dennoch ihren Blick weiter auf den Captain, sich an seiner Angst weidend, genauso wie er sich zuvor an ihrer – bis weitere grobe Hände sie gewaltsam unter dem Kinn packten und sie zwangen, mit ihren Augen in die tiefschwarzen Augen des Königs zu schauen. In dem Moment hörte sie, wie Varis nach Luft schnappte. Ihre Verbindung zu seinem Geist war unterbrochen, und sie kehrten alle beide wieder zu sich selbst zurück. Erst jetzt nahm sie ihre Umgebung wieder in voller Schärfe und Klarheit wahr.

»Was war das für ein Schauspiel?« Der König stieß Faythe von sich fort und trat einen Schritt zurück. Aber es war ihm anzusehen, dass er nachdachte. Er musterte sie erneut und sie hob stolz das Kinn. »Du?«, fragte er ungläubig. »Unmöglich.«

Um Marlowe zu retten, hatte sie keine andere Wahl gehabt, als sich zu offenbaren. Wenn es sein musste, würde sie in die Psyche von allen, die hier in diesem verdammten Saal versammelt waren, auf einmal eindringen. Sie warf einen Blick zu Nik. Er schaute sie an, sein Gesicht zeigte keine Regung.

Faythe schwieg, wich seinem Blick aber auch nicht aus. In ihren Augen funkelte es.

»Es ist wahr.« Das erste Mal, seit er den Saal betreten hatte, ergriff Nik das Wort.

Beim Klang seiner Stimme zerriss es Faythe das Herz und

gleichzeitig flammte Wut in ihr auf. Jetzt war es so weit: Er würde alles enthüllen, was er über sie in Erfahrung gebracht hatte. Und ihr damit den letzten Stoß versetzen. Auch wenn das Todesurteil über sie sowieso bereits gefällt war. Sie starrte ihn an, aber sein Kopf drehte sich jetzt zum König – seinem Vater. Dieser Gedanke war für sie noch immer unerträglich.

»Ich habe sie bereits seit einer Weile beobachtet und über sie zusammengetragen, was ich konnte, um sie Euch zur gegebenen Zeit zu überlassen. Sie ist begabter als ich oder irgendein anderer Nachtwandler, Euer Majestät. Sie vermag es sogar, im Wachzustand in einen anderen Geist einzudringen.« Nik trug das mit einer Stimme vor, als würde er über einen technischen Sachverhalt berichten.

Faythe wurde ganz schlecht davon. Sie ertrug es nicht, ihn anzusehen. Auf seinem Gesicht spiegelte sich für sie nur Lüge und Täuschung, über Monate hinweg. Alle Empfindungen waren für sie wirklich und wahr gewesen, er dagegen hatte sie nur in eine Falle locken wollen. Statt auf Nik konzentrierte sie sich auf den König, dessen Augen sich weiteten.

Er trat vom Podest herunter auf sie zu und musterte sie eindringlich von oben bis unten. Faythe kam sich wie nackt vor. »Interessant, interessant. Ein wirklich spannender Abend.« Er gab ein spöttisches Kichern von sich. »Ein Menschenmädchen, das mit einer mächtigeren Gabe als du ausgestattet ist, sagst du?« Er blickte zu Nik, der nicht darauf antwortete. »Und deine beiden Freunde?«

»Es betrifft nur mich«, antwortete Faythe hastig.

»Was weißt du sonst noch über sie, Nikalias?«

Sie musste einen Moment die Augen schließen.

Nik blickte kurz zu ihr. »Faythe Aklin. Mutter – Mensch, verstorben. Vater – unbekannt. Wohnhaft in Farrowhold, ein geregeltes, einfaches Leben. Keine Verstöße gegen das Gesetz. Schwertkampf auf beeindruckend hohem Niveau. Ihre Gabe stellt eine Anomalie dar, deren Herkunft bisher ungeklärt ist.« Seine Stimme war nüchtern, sachlich.

Als Faythe den Mut fand hochzublicken, stellte sie fest, dass er sie anschaute. Sie wusste nicht, was in ihr stärker war, die Wut oder der Liebeskummer; schließlich war der Schmerz stärker. In seinen Augen las sie keinerlei Zuneigung, keine Spur von schlechtem Gewissen. Er sprach von ihr, als wäre sie nichts anderes als ein kurioses Fundstück, irgendein Gegenstand. Fasste in dürren Worten ihr Leben zusammen.

Ungläubig schüttelte Faythe den Kopf und blickte wieder zum König. »Jetzt wisst Ihr alles über mich«, sagte sie ruhig und selbstbewusst. »Meine Freunde haben mit all dem nichts zu tun. Ich habe sie dank meiner Gabe benutzt. Sie haben mir unfreiwillig bei meinem Plan, hierherzukommen, geholfen. Sie sind unschuldig.«

Bei diesem Geständnis zog der König überrascht eine Augenbraue hoch. »Und was genau war dein Plan, Mädchen?«

»Meine Mutter zu rächen«, log sie. »Eure Majestät haben sie hinrichten lassen.«

»Faythe, bitte lass das –« Jakons Stimme erklang hinter ihr und es verlangte ihr alle Willenskraft ab, sich nicht zu ihm zu drehen, als sie ihn mit den Wachen kämpfen hörte.

»Wie Ihr merkt, sind sie nicht mehr Herr ihrer selbst«, sagte sie.

»Klingt wie der verzweifelte Versuch einer Närrin, ihre Freunde zu retten.«

Faythe empörte sich. »Ihr glaubt mir nicht? Haben nicht alle

Anwesenden mitbekommen, wozu ich fähig bin?« Sie blickte mit einem finsteren Grinsen zu Captain Varis, dessen Gesicht wutverzerrt war.

Der König blickte ebenfalls zu ihm, »In der Tat«, meinte er, stieg wieder auf das Podest und nahm auf seinem großen Thron Platz. Dort stützte er sich mit dem Ellenbogen auf die Armlehne und umfasste mit der Hand sein kräftiges Kinn, während er grübelte. »Was fange ich jetzt bloß mit dir an? Wir können nicht wissen, wozu du noch in der Lage bist … dafür müssten wir dich testen und ausbilden …« Er warf erneut einen Blick auf Captain Varis, der sich wieder gefasst hatte und bereitstand, Faythe' Leben ein Ende zu bereiten. »Eine machtvolle Gabe, so viel ist klar … sonst hättest du einen Fae nicht auf die Knie sinken lassen können … und alles, was du sonst noch mit seinem Gehirn angestellt hast.« Im Gesicht von Varis zuckte es vor Demütigung. »Du stellst für uns alle eine Bedrohung dar.«

»Ihr könnt mit mir anstellen, was ihr wollt. Doch lasst die beiden hier gehen.«

Der König lachte auf. »Wie großzügig von dir.« Er atmete tief ein und beschloss dann, dass ihn dies alles doch zu sehr langweilte. »Bringt sie alle in den Kerker. Faythe in eine Einzelzelle.« Er machte eine wegwerfende Handbewegung.

Faythe hätte vor Enttäuschung aufschreien können. Er hörte ihr einfach nicht zu. Sie würden alle hier im Palast sterben. Sie kämpfte nicht mehr, als auch Marlowe und Jakon hochgezogen wurden und man sie alle miteinander aus dem Thronsaal führte. Noch einmal blickte sie zu Nik, aber ihre Blicke kreuzten sich nicht mehr. *Verdammter rückgratloser Feigling!* Das hätte sie ihm am liebsten zugerufen. Aber sie war zu erschöpft für einen weiteren Wutausbruch. Sie hatte verloren und ihre Freunde würden dafür mit dem Leben bezahlen. Es gab kein weiteres Ass mehr, das sie aus dem Ärmel hätte schütteln können; es gab nichts, was sie noch hätte retten können. Faythe fiel in ein tiefes Loch schwärzester Verzweiflung, ihre Hoffnung sank unter den Nullpunkt.

NEUNUNDVIERZIGSTES KAPITEL

Der Prinz blickte Faythe und ihren Freunden nach. Innerlich zitterte und fror er, aber seine Miene war ruhig und ausdruckslos. Sein Vater durfte nichts von seinem Verhältnis zu Faythe wissen. Bei allen Göttinnen, wenn sein Vater wüsste, was sie ihm bedeutete, würde er sie auf der Stelle töten lassen. Für die Menschen Sympathie und Mitgefühl aufzubringen, tolerierte er schon schwer, aber ein Exemplar dieses Geschlechts auch noch zu lieben …

Der König durfte es nie herausfinden. Er würde ihr Leben sofort beenden, als Lehre für ihn.

Nik war noch immer aufgewühlt von der Begegnung. Als er in den Thronsaal gerufen worden war und dort plötzlich Faythe sah, wie sie Tauria den Dolch an die Kehle hielt. Es verlangte ihm größte Selbstbeherrschung ab, sie nicht zu packen und mit ihr vor seinem Vater zu fliehen. Sie schien das Gefühl zu haben, von ihm verraten worden zu sein, und der Ausdruck auf ihrem Gesicht, als sie erfuhr, wer er war, schmerzte ihn. Aber er musste klug sein, damit die Situation durch ihn nicht noch verschlimmert wurde. Er hoffte nur, dass Faythe es sich weiterhin nicht anmerken ließ, dass sie sich kannten.

Ihre Rolle hatte sie allerdings zu gut gespielt, ihre Wut und Abscheu waren nicht nur Fassade, das wusste er. In ihren Augen war keine Zuneigung oder Liebe gewesen, als sie durch ihn hindurchgeschaut hatte, und er musste sich zwingen, nicht zu oft zu ihr hinzublicken, sonst wäre in seiner Miene sein inständiges Flehen zu lesen gewesen, dass sie ihr Urteil über ihn nicht fällen sollte, bevor er ihr alles erklärt hatte.

»Berichte mir, was du sonst noch über sie weißt … diese Faythe«, befahl ihm sein Vater, sobald sie allein waren.

Nick zuckte die Achseln. »Ihr Gabe ist sehr stark, wie Ihr bereits selbst bemerken konntet. Meiner Meinung nach ist sie sogar zu noch viel mehr befähigt.«

»Meinst du, ich sollte sie besser unschädlich machen, bevor sie zu einer Bedrohung für das Reich wird?«

Das war ein Test – sein Vater wollte ihn damit auf die Probe stellen. Er behauptete immer wieder, sein Sohn sei zu nachsichtig und schwach, um eines Tages Herrscher von High Farrow werden zu können.

»Ja. Im Königreich ist kein Platz für solche gestörten, unkontrollierbaren Subjekte.« Wie Säure brannte es ihm in der Kehle, wenn er daran dachte, über wen er da so sprach. Aber sein Vater erwartete von ihm stets Zustimmung und Härte. Nach einer kleinen Pause fuhr er fort: »Andererseits … könnte sie eine nützliche Waffe sein.«

Der König zog überrascht eine Augenbraue hoch. »So?«

Nik dachte besser nicht darüber nach, welch schreckliches Schicksal er damit für Faythe vorschlug. »Wie Ihr selbst gesagt habt, die Fähigkeit der Nachtwandler ist begrenzt. Bei ihr ist es nicht so. Im richtigen Moment eingesetzt, kann sie mit einem einzigen Blick ins Bewusstsein eines Gegners alles erfahren. Im Wachzustand. Sie hat mächtige Kräfte. Mit etwas Training könnte sie Eure Feinde vor Euch auf die Knie zwingen. Hinzu kommt noch, dass keiner mit einer solchen Waffe rechnen würde, erst recht nicht im Körper eines Menschenmädchens.« Nik war auf das Podest gestiegen und stand nun direkt vor dem Thron.

Er wusste, dass Faythe dies verabscheuen würde; dass sie lieber sterben würde, als dem König zu dienen, indem sie die geheimen Gedanken anderer ausspähte – selbst wenn es Fremde waren und selbst wenn sie dadurch ihr eigenes Leben retten konnte. Aber es ging nicht nur um ihr eigenes Leben, und darauf zählte Nik.

»Kluger Gedanke, mein Sohn, in der Tat«, erwiderte der König und ihm war anzusehen, dass er ins Nachdenken kam.

»Also, mir hat ihr Mut gefallen.« Taurias Stimme hallte durch den Saal. Die kleine Schnittwunde an ihrem Hals, die bereits verheilte, hatte sie mit einem Tuch bedeckt. Mit schnellem Schritt kam sie auf Nik und den König zu.

Nik blickte sie fragend an und lächelte etwas gezwungen.

»Was denn? Eine Frau mit so viel Macht erlebt man selten.« Sie zwinkerte Nik zu.

Er hätte es ahnen können. Faythe und Tauria waren sich in ihrem starken Willen gleich. Ihm war bang, wie es ausgehen würde, wenn die beiden jemals aufeinandertrafen. Und falls nicht gerade die eine die andere als Geisel nahm.

»Ich werde darüber nachdenken«, sagte der König. »Und die anderen beiden?«

Nik drehte sich wieder zu ihm. »Es wäre unklug, sie zu töten. Sie wird nicht kooperieren, wenn ihre Freunde nicht mehr am Leben sind, und durch Zwang erreichen wir nichts. Ihre Gabe lässt sich so nicht aktivieren.«

»Wenn wir den Verrat ungestraft lassen, bringen wir das Königreich in Gefahr. Es kann uns als Schwäche ausgelegt werden.«

»Wenn ich das anmerken darf, Euer Majestät, für mich liegt hier kein Verrat vor. Ich habe nicht nur Faythe über einen längeren Zeitraum beobachtet, sondern auch ihre Freunde, und habe nichts gefunden, was sie des Landesverrats verdächtig machen würde.«

Was nicht ganz stimmte. Aber wenn Marlowe oder Jakon sterben würden, dann würde Faythe für ihre Rache Himmel und Erde in Bewegung setzen, und die Netherworld würde mit aller Macht an die Tore des Palasts klopfen. In Marlowes Kopf war er selbst bisher nicht eingedrungen, über sie wusste er wenig. Aber eins wusste er: dass Varis gelogen hatte, um Faythe dranzukriegen.

Nik beschloss, dass er dringend einen Weg finden musste, um Varis loszuwerden – nicht nur als Hauptmann der Garde.

»Du sagst, dass Captain Varis gelogen hat. Welche Gründe sollte er dafür haben?«

»Es gibt Gerüchte, dass er in der Vorstadt zwielichtigen Geschäften nachgeht. Vielleicht wollte er sich ja an jemandem rächen und das Mädchen war nur das Werkzeug dazu.«

Brummend erhob sich der König von seinem Thron. »Ich werde über deinen Vorschlag nachdenken. Ein Mädchen wie diese Faythe, eine Verbrecherin und Eindringling, mit einer hohen Position an meinem Hof zu versehen, einen Menschen … so etwas ist unerhört. Das ist noch nie vorgekommen.«

Nik konnte nur zu allen heiligen Geistern flehen, dass sein Vater erkannte, wie nützlich ihm Faythe sein konnte, denn sonst … Das mochte er sich nicht ausdenken.

FÜNFZIGSTES KAPITEL

Faythe saß an die kalte, raue Zellenwand gelehnt da, auch der Boden unter ihr war feucht und kühl. Doch sie spürte von der Eiseskälte des Steins nichts, so fühllos war sie in ihrem Zustand. Sie hatten ihr die Waffen und sogar den Mantel abgenommen und sie im hintersten Winkel des Kerkers an die Mauer gekettet, als fürchteten sie, dass jeder, der sich den Eisenstäben des Käfigs zu sehr näherte, sofort in ihren Bann geraten würde.

Der Gedanke belustigte sie fast schon wieder. Die mächtigen Fae hatten Angst vor ihr. Sie wusste nicht, ob sie es würde wiederholen können … wie bei Varis die Kontrolle über einen Geist zu übernehmen. Sie hatte aus purer Verzweiflung gehandelt. Es war einfach über sie gekommen.

Die Eisenschellen rieben ihre Handgelenke wund, die von ihren vergeblichen Versuchen, die Hände freizubekommen, bereits rot und geschwollen waren. Das unablässige Geräusch eines fallenden Wassertropfens war seit einer Weile das Einzige, was sie hörte. Sie hatte keine Ahnung, wie viele Stunden inzwischen vergangen waren. Kaum waren sie ins Verlies des Palastes hinuntergestiegen, hatte man sie von ihren Freunden getrennt. Sie wusste nicht, wo die anderen hingebracht worden waren. Wusste nur, dass sie allein in diesem dunklen, feuchten Kerker saß, der nach Fäulnis und Tod stank.

Jakon hatte bis zuletzt wie ein wildes Tier gekämpft. Marlowe schluchzte ununterbrochen, und Faythe ließ hilflos alles mit sich geschehen. Sie waren getrennt worden, ohne sich voneinander verabschieden zu können. Faythe war sich nicht einmal sicher, ob Jakon und Marlowe noch lebten oder ob sie bereits hingerichtet worden waren.

Sie legte sich auf den Zellenboden. Durch ihre Einsamkeit hallte nur das Geräusch ihrer Ketten und des unablässig fallenden Wassertropfens. Das Herz war ihr schwer. Dann schlief sie ein.

Vom Geräusch einer Tür, die sich knarzend öffnete, und von den Schritten schwerer Stiefel wachte sie auf. Benommen richtete sie sich auf, lehnte den Kopf an die Wand und zog die Knie zum Oberkörper heran, um nicht völlig ungeschützt ihren Besucher zu begrüßen, wer auch immer es war.

Captain Varis kam herein und Faythe lachte höhnisch auf. Sie hatte alle Angst vor diesem Mann verloren. Als seine Augen daraufhin wütend funkelten, lachte sie noch lauter. Ihr Gelächter hallte im Kerker unheimlich wider. Die Erinnerung an die Hilflosigkeit in seinem Gesicht – und daran, wie er voller Horror um sich geschlagen hatte – ließ ihr Lachen lauter und lauter aus ihr herausplatzen, bis sie nicht mehr konnte. Aber es lag darin keine Fröhlichkeit, es machte ihr nur Spaß, ihn wütend zu machen. Wenn dies die letzten Tage – oder Stunden – ihres Lebens waren, dann wollte sie wenigstens diesen einen Spaß haben. Alles andere hatte er ihr genommen.

Varis schlug mit der Handfläche hart gegen die Gitterstäbe. Nach einer Weile hörte sie zu lachen auf. Grinste ihn nur noch breit an. Es überraschte sie, dass er nicht die Zelle betrat, um sie bewusstlos zu prügeln. Der Ausdruck in seinem Gesicht verriet, dass er es am liebsten getan hätte.

»Das nächste Mal dringst du nicht so leicht in mein Gehirn ein«, brüllte er.

»Willst du gleich reinkommen, um es rauszufinden?«, rief sie zurück.

Faythe spürte, wie er nachdachte. Die Dunkelheit legte sich wie ein Dämpfer über ihre Fähigkeit, aus eigenem Willen zu seiner Psyche Kontakt aufzunehmen, in seinen Kopf einzudringen. Von der Stelle aus, an der sie saß, brauchte sie es nicht einmal zu versuchen. Als sie ihm im Thronsaal in die Augen gestarrt hatte, hatte sie alles um sich herum so wahrgenommen wie er. Vom Gefühl, sich in einem so gefährlichen, fiesen, brutalen Geist zu befinden, wurde ihr jetzt noch schlecht. Ihre eigenen Gedanken und Gefühle mit seinen zu vermischen war ein gefährliches Spiel. Wenn sie sich zu tief darauf einließ, konnte sie sich vollständig verlieren und Dinge tun, von denen es kein Zurück mehr gab.

»Wie viele Leute im Cave Club du bei deinem Auftritt enttäuscht hast ...«, zischte er. »Passt dazu, dass deine eigene Dummheit und Überheblichkeit dich jetzt hierhergebracht haben. Zu glauben, du könntest mich besiegen.«

»Wenn ich mich recht erinnere, hast du mich auch nicht besiegt. Bist wohl doch nicht so toll, wie du immer geglaubt hast.«

»Ich hätte dich ohne jede Mühe erwürgen können.«

»Nur zur Erinnerung, ich hatte dir den Dolch an die Kehle gesetzt. Aber wenn es dir hilft, nachts besser zu schlafen, mach dir ruhig weiter vor, dass das ein toller Sieg war.«

Faythe versuchte mit allen Mitteln, ihn so wütend zu machen, dass er durch das Gitter brach. Dann hätte sie Gelegenheit, in seinen Geist einzudringen und ihn umzubringen. Es gab für sie keinen Grund mehr, sich zurückzuhalten. Der König hatte über sie, Jakon und Marlowe sowieso bereits das Todesurteil gesprochen.

»Ich habe deine tief sitzenden Ängste gesehen, Varis. Du bist kein einsamer Wolf, du bist ein dummes Schaf. Du kannst vor mir deine Fassade fallen lassen. Muss anstrengend sein, sich immer anders zu geben, als man im Innersten ist.«

Sie konnte sehen, wie er die Gitterstäbe fester umfasste. Er musste alle seine Willenskraft aufbringen, um sie nicht herauszureißen und in die Zelle zu stürmen. Varis verfügte über mehr Selbstbeherrschung, als sie geglaubt hatte. Als er sich beruhigt hatte, hob er stolz das Kinn.

»Du wirst nicht mehr lang leben, Mädchen. Ich werde dafür sorgen, dass ich es bin, der dir mit einem Hieb den Hals durchtrennt. Betrachte das als mein Abschiedsgeschenk … deinen Freunden habe ich es bereits gemacht!«

Die Luft war plötzlich eiskalt. Faythe wollte sich auf ihn stürzen, aber die Ketten hielten sie zurück. Vor Schmerz hätte sie beinahe aufgeschrien. Verzweifelt versuchte sie, in seinen Kopf einzudringen, aber er war zu weit weg und seine schwarzen Augen waren in der Düsternis der Zelle kaum zu sehen.

»Ich bring dich um«, rief sie.

Jetzt füllte sein Gelächter den Raum und Faythe riss noch einmal an ihren Ketten.

»Hättest du tun sollen, als du die Gelegenheit dazu hattest«, spottete er und ging davon.

Die schwere Zellentür aus Holz öffnete sich und als sie hinter ihm zugefallen war, breitete sich um sie und in ihr wieder Stille und Einsamkeit aus.

Faythe sank zu einem elenden Häufchen zusammen und Tränen liefen ihr die Wangen hinab. Alle, die sie liebte, mussten ihretwegen sterben. Es hatte mit ihrer Mutter angefangen und jetzt war es mit Marlowe und Jakon genauso. Der Kummer überwältigte sie so, dass sie sich die Seele aus dem Leib schrie. Wenn sie kamen, um sie zu holen, würde sie es ihnen heimzahlen. Egal, wie sie es anstellen würde, sie würde sie so leiden lassen, wie sie jetzt selber litt. Und Prinz Nikalias am meisten.

Faythe wusste nicht, wie viel Zeit vergangen war. Tage hätten verstreichen können und sie hätte es in ihrem finsteren Verlies nicht gemerkt. Irgendwann war sie wieder eingeschlafen. Hatte sich dann gezwungen, wieder wach zu werden. Sie ertrug es nicht, allzu lange in ihre eigene Welt abzutauchen. Wollte die Bilder ihrer Freunde nicht zu sehr in ihrem Innern heraufbeschwören, weil sie ihrem Leiden dann womöglich selbst ein Ende bereitet hätte. Sie würde bald sterben müssen. Aber zuvor wollte sie sich in ihren letzten Lebensmomenten noch rächen. Der König von High Farrow sollte zu spüren bekommen, mit wem er es zu tun hatte.

»Hüte dich vor farblosen Augen.«

Schwarz war auch keine Farbe.

Hatte Aurialis gewusst, dass dieser Tag kommen würde? War es eine Warnung vor der Falle gewesen, in die sie getappt war? Zuerst Captain Varis, dann der König. Beide hatten gespenstisch schwarze Augen.

Faythe versuchte, nicht mehr an die Göttin des Lebens zu denken; verfluchte sie sogar, weil sie ihr nicht geholfen hatte, ihre Freunde zu retten. Sie zwang sich dazu, sich aufzurichten. Alle Muskeln und Knochen taten ihr weh, denn es gab in der Zelle keine Matratze, noch nicht einmal etwas Stroh. Kraftlos saß sie da, die Hände auf die Beine gelegt. Der unablässig fallende Wassertropfen half ihr jetzt sogar, bei Verstand zu bleiben. Er war so etwas wie ein Metronom für ihre Gedanken. Sie hätte klüger sein müssen, hätte Jakon überreden müssen, nicht mit ihr zu kommen, dann hätte wenigstens einer von ihnen überlebt. Von Anfang an war es ein rettungsloses Unterfangen gewesen, sich hierher in den Palast zu wagen.

Die schwere Holztür knarzte wieder und Faythe stöhnte auf, lehnte den Kopf an die Wand. Für eine weitere Begegnung mit Captain Varis fehlte ihr die Kraft.

Aber es war nicht Varis, der in die Zelle kam. Nicht seine schwarzen Augen starrten sie an. Der Dämon hatte diesmal smaragdgrüne Augen und trug die Maske des Verrats.

Hinter Nik gingen zwei Wachen. Er schaute Faythe unverwandt an, während er ihnen befahl: »Lasst mich mit ihr allein.« Sie zögerten und schlurften widerwillig hinaus. Wie dumm von ihnen, ihr den Gegenstand ihrer Rache so auszuliefern.

Faythe richtete sich auf und blickte ihm die Augen. »Ein Besuch vom Kronprinzen von High Farrow höchstpersönlich, welche Ehre!«, spottete sie.

»Faythe, ich–«

»Nenn mich nicht mehr so«, fuhr sie ihn an. »Nenn mich überhaupt nicht mehr irgendwas. Ich bedeute dir nichts und du bedeutest mir nichts.«

Sie hätte schwören können, dass in seinen Augen daraufhin Trauer aufschien. Ein weiterer Trick, auf den sie aber nicht mehr hereinfallen würde. Sie hörte, wie in seiner Hand ein Schlüsselbund klapperte und einen Augenblick später ging die Gittertür auf. Närrischer Prinz. Er trat zu ihr herein und blieb in einiger Entfernung stehen. Wäre er nur etwas näher gekommen, hätte sie sich mit allem, wozu sie imstande war, auf ihn gestürzt, um seine verfluchte innere Wand zu durchbrechen. Sie würde ihm das Innerste nach außen stülpen.

»Ich musste mich vorhin so verhalten, sonst hätte er dich auf der Stelle getötet«, sagte er.

Sie lachte freudlos auf. »Tu nicht so, als würde dir was an mir liegen.« Sie sah ihm kurz in die Augen, die immer noch zu weit entfernt waren. »Aber das muss ich dir lassen: Du hast deine Rolle perfekt gespielt. Oder vielleicht bin ich eine noch viel größere Närrin, als ich dachte.«

Er ging einen weiteren Schritt auf sie zu. »Ich habe dir nie etwas vorgespielt, Faythe. Dir nie.«

Sie ging darauf nicht ein. »Ich hoffe, ich habe wenigstens deine Neugierde befriedigt. Muss dich doch interessiert haben, wie Menschenmädchen so sind. Sind wir so fragil, wie ihr glaubt?«

Über sein Gesicht glitt Schmerz.

»Nur schade, dass du noch nicht das volle Menü serviert bekommen hast«, fuhr sie fort. »Nur die Vorspeise. Mindert die Freude an deiner Expedition vielleicht.«

Er kam noch einen kleinen Schritt näher und nun war er nahe genug. Mit aller Macht stürmte sie gegen seinen inneren Schutzwall an und merkte, wie sein Körper dabei zusammenzuckte. Die Mauer bekam Risse und sie griff noch härter an. Erstaunt stellte sie fest, dass er nicht zurückwich, sondern im Gegenteil weiter auf sie zuging. Als er unmittelbar vor ihr stand, kauerte er sich vor ihr nieder und schaute ihr in die Augen.

»Ich werde dich hineinlassen, Faythe. Um dir zu beweisen, dass alles echt war«, sagte er.

Als er so nah vor ihr war und mit einer sanften, weichen Stimme zu ihr sprach, stiegen ihr Tränen in die Augen. Aber ihre

Erinnerungen waren nichts als Lügen. Die Gefühle falsch. Sie ließ nicht nach.

Der Vorhang vor seinem Innern hob sich und sie stolperte hinein. Gedanken und Gefühle blitzten vor ihr auf, aber sie schob sie beiseite und drang immer tiefer und tiefer vor, bis sie schließlich fand, was sie suchte.

Nik stöhnte auf. »Faythe …«

Sie hatte seinen Lungen befohlen, nicht mehr zu atmen, und ein merkwürdiger Laut war von ihm zu hören. Sie zwang ihn dazu, sich vor ihr hinzuknien, und kniete sich ebenfalls hin. Seine Augen weiteten sich, als Faythe sein Gesicht in ihre Hände nahm. Tränen strömten ihr die Wangen hinunter, während sie beobachtete, wie sein Mund immer noch nach Luft zu schnappen versuchte, ohne einatmen zu können. Bald würde er erstickt sein, und in Erinnerung an das, was für sie *wirklich* gewesen war – die Stunden, die sie miteinander verbracht hatten, die Küsse – würde sie ihn umfasst halten, bis das Licht in seinen Augen erlosch. Obwohl er ihr gesagt hatte, dass sie ihm viel bedeutete, obwohl sie am ganzen Körper zitterte, während sie es tat, würde sie ihn töten. Wegen Marlowe, wegen Jakon, weil er als Sohn des Königs für ihren Tod mitverantwortlich war, vor allem aber, um den König zu bestrafen. Sie würde es zu Ende bringen.

Er würde gleich das Bewusstsein verlieren, das spürte sie, und umklammerte ihre Arme. Eine Botschaft schoss durch den Schutzwall, den sie in seinem Kopf um sich selbst gezogen hatte.

»*Sie sind am Leben.*«

Ihre mentale Barriere bröckelte. Er zeigt ihr ein Bild: Marlowe und Jakon in einer Zelle, eng aneinandergeschmiegt, frierend und verängstigt … aber am Leben.

»*Woher weiß ich, dass es nicht Tage her ist?*«

Noch immer befahl sie seinen Lungen nicht, wieder zu atmen. Noch nicht. Nicht, solange sie nicht wusste, ob er sie dann nicht im nächsten Augenblick aus seinem Kopf vertreiben und vergessen haben würde.

»Du musst mir vertrauen.«

»Das reicht mir noch nicht.«

Da offenbarte er ihr alles, was er für sie empfand, und sie durchlebte ihre gemeinsamen Erinnerungen aus seinem Blickwinkel. Alles, was sie miteinander erlebt hatten; jeden Moment, den sie geteilt hatten – es war alles wirklich und wahr. Seine Gefühle durchfuhren sie wie ein Sturm und sie schluchzte. Nicht vor Erleichterung oder Glück. Sondern traurig und verzweifelt. Dies änderte alles – und gleichzeitig nichts.

Der Griff um ihre Arme lockerte sich und Niks Hände fielen herunter, während sein Geist von Finsternis verschlungen wurde …

Faythe ließ seinen Körper sinken.

EINUNDFÜNFZIGSTES KAPITEL

Faythe lehnte sich mit dem Rücken an die Zellenwand und zog die Knie bis ans Kinn hoch, während sie Nik betrachtete, der immer noch reglos vor ihr lag. Bewusstlos, aber regelmäßig atmend. Kurz darauf kam er zu sich und setzte sich benommen auf.

Er stöhnte heiser. »Wahrscheinlich habe ich das verdient.«

Der Ausdruck in ihrem Gesicht war undeutbar. »Ich bin noch nicht mit dir fertig«, sagte sie.

Er schaute sie an, stand dann auf. Sie betrachtete ihn, wie er vor ihr stand, und alles an seiner Erscheinung verriet es. Wie hatte sie nicht darauf kommen können? Prinz Nikalias Silvergriff von High Farrow. Auch wenn er normale Kleidung getragen hatte, als sie sich das erste Mal begegnet waren. Seine Haltung, seine Anmut, seine Vornehmheit … alles da, ihr direkt vor Augen, die ganze Zeit. Doch sie war viel zu sehr mit sich selbst beschäftigt gewesen, um ihn wirklich zu *sehen*. Dann wäre es ihr früher wie Schuppen von den Augen gefallen.

»Tut mir aufrichtig leid, Faythe. Es war nicht meine Absicht, dir etwas vorzulügen. Aber es hätte zwischen uns alles geändert, wenn ich dir gesagt hätte, wer ich wirklich bin. Du hättest mir nie geglaubt, dass ich dir wirklich helfen will.«

Sie lachte auf. »Und warum soll ich dir jetzt glauben? Vertrauen, das auf einer Lüge aufbaut, taugt nichts.«

»Damals bei der Sonnwendfeier … als du vermutet hast, ich sei von der königlichen Garde … da habe ich dir nicht widersprochen, das war alles. Ich habe dich nie angelogen. Ich habe nur meinen wahren Namen und meinen Rang vor dir verschwiegen.«

»Wortklauberei.«

Faythe wusste, was er für sie empfand. Er hatte ihr seine tiefsten Gefühle offenbart. Es tröstete sie in ihrer Einsamkeit, dass er dasselbe für sie empfand wie sie für ihn. Doch nichts würde zwischen ihnen jemals wieder so sein wie vorher.

»Das alles ändert doch nichts zwischen uns.«

»Es ändert alles.«

»Nicht, was ich für dich empfinde.«

Es zerriss ihr das Herz und sie wandte den Blick ab. »Wir können nie zusammen sein. Es war nie *wirklich* zwischen uns. Der Fae, in den in mich verliebt habe, ein Mitglied der königlichen Garde … es hat ihn so nie gegeben.«

Nik öffnete den Mund, um etwas zu erwidern. Da kamen zwei Wachsoldaten in die Zelle. Als sie die offene Gittertür bemerkten, wähnten sie den Prinzen in Gefahr und griffen sofort nach ihren Schwertern.

Nik winkte ab.

Einer der Wachen räusperte sich. »Eure Majestät verlangt im Thronsaal nach Ihrer Hoheit. Wir sollen ihm die Gefangene bringen.«

Wie fremd es sich anhörte, wenn er mit einem solchen Titel angeredet wurde.

Nik seufzte tief auf, als er auf Faythe heruntersah. Seine unausgesprochenen Worte würden womöglich für immer unausgesprochen bleiben. Keiner von ihnen beiden wusste, ob sie nicht ihrem Tod entgegenging. Faythe war bereit. Wenn Nik nicht gelogen hatte, waren Marlowe und Jakon immer noch am Leben. Es gab für sie noch Hoffnung, und sie würde alles tun, damit sie den Palast als freie Menschen verlassen konnten.

Nik warf ihr einen letzten sehnsüchtigen Blick zu, bevor er die Zelle verließ. Sie blickte ihm hinterher.

Dann traten die beiden Wachen vor sie. Faythe grinste sie an und unmerklich wichen sie zurück, vermieden es, ihr in die Augen zu schauen. Diesen Spaß konnte sie sich immerhin machen. Ihre Gabe machte ihnen offensichtlich Angst.

Sie entfernten Faythe die Ketten und sie rieb sich ihre wund gescheuerten Handgelenke. Einer der Männer packte sie links am Arm, der andere rechts, sodass sie keine falsche Bewegung machen konnte. Doch hatte sie gar nicht vor, sich körperlich zu wehren. Worte würde ihre einzige Waffe sein, falls es noch eine Chance auf Freilassung ihrer Freunde gab.

Die Wachen führten sie wieder durch dieselben Gänge. Bereits beim letzten Mal hatte sie versucht, sich so viele Einzelheiten wie möglich einzuprägen. Viele der Korridore sahen gleich aus, und sie wusste, dass sie nur eine geringe Chance hätte, aus diesem Labyrinth herauszufinden, wenn überhaupt. Sie blickte zu den Wachen, die es weiterhin nicht wagten, sie anzuschauen. Faythe grinste. Im Vorbeigehen schlossen sich ihnen weitere Männer an und Faythe fühlte sich geschmeichelt, dass der König sie offensichtlich als eine so große Gefahr betrachtete.

Schließlich gelangten sie zum Thronsaal. Die Wachen, die neben der hohen doppelflügeligen Tür postierten waren, stießen sie hastig auf und ohne zu zögern wurde sie hineingeführt.

Der König hatte auf seinem goldenen Thron in der Mitte Platz genommen, rechts von ihm saß auf dem kleineren silbernen Thron sein Mündel, links von ihm Nik. Als Faythe einen Blick in seine Richtung wagte, traf sie in seinen Augen auf kalte Gleichgültigkeit. Da begriff sie, dass er vor seinem Vater unbedingt geheim halten wollte, wie gut er sie wirklich kannte.

Danach fiel ihr Blick auf das Mündel und zum ersten Mal nahm sie die Fae, die sie zur Geisel genommen hatte, richtig wahr. Sie war eine Schönheit. Ihre Haut schimmerte goldbraun, ihre langen dunkelbraunen Haare glänzten wie Seide. Statt eines Silberreifs trug sie um die Stirn einen locker geflochtenen Zopf. Ihre zarten spitzen Ohren waren mit Goldgeschmeide geschmückt. In ein dunkelgrünes Gewand gekleidet saß sie aufrecht auf ihrem Thron und wirkte wie eine Königin. Was Faythe am meisten erstaunte, war das strahlende Lächeln, mit dem sie sie begrüßte. Schließlich hatte sie ihr den Dolch an die Kehle gesetzt und damit gedroht, sie umzubringen.

Erst danach blickte sie zum König, der sie eingehend musterte. Vielleicht weil er überlegte, wie er die Vollstreckung seines Todesurteils am wirkungsvollsten in Szene setzte – die Hinrichtung des Menschenmädchens, das es gewagt hatte, sein Mündel zur Geisel zu nehmen, und den Hauptmann seiner Garde auf die Knie gezwungen hatte.

Die Wachen hielten wenige Schritte vor dem Thron an und verbeugten sich. Faythe blieb aufrecht stehen und bemerkte, wie der König über diesen Mangel an Respekt verärgert war. Sie spürte Hände auf ihrem Rücken, die sie niederdrücken wollten. Aber der König hob eine Hand und die Wachen ließen sie los. Sie traten zur Seite, blieben aber nahe neben ihr.

»Es scheint, als hätte es so etwas wie dich noch nie gegeben, Faythe«, begann der König. »Und wir sorgen uns, wozu du vielleicht noch in der Lage sein könntest, wenn wir uns nicht der Sache annehmen.« Das war es: ihr endgültiges Todesurteil. Faythe bereitete sich schon darauf vor, den König mit ihrem letzten Atemzug um das Leben ihrer Freunde anzuflehen, da fuhr er fort: »Deshalb habe ich auf den weisen Rat meines Sohnes hin beschlossen, dass du mir von nun an hier im Palast zu Diensten sein sollst.«

Sie musste sich verhört haben. Das kam nicht infrage. Ihr Blick wanderte zu Nik, aber er zeigte keine Regung.

»*Hör ihm einfach zu*«, vernahm sie seine innere Stimme. Widerwillig wandte sie sich wieder dem König zu.

»Das meinen Sie jetzt nicht im Ernst, oder?«, sagte sie.

Seine Miene erstarrte bei ihrem respektlosen Tonfall. »Oh, doch. Das meine ich sehr ernst. Als Gegenleistung dafür, dass ich dich am Leben lasse und du nicht wegen Hochverrats im Kerker landest, wirst du den Rest deiner Tage für mich als Spionin arbeiten. Du wirst hier im Palast wohnen und als Tarnung von mir zur Botschafterin in Menschenfragen ernannt. Falls wir irgendwelche … Gäste haben sollten.«

Es dauerte eine Weile, bis Faythe seine Worte verstanden hatte und sicher war, sich nicht verhört zu haben. Dann lachte sie tonlos auf. Sie blickte im ganzen Saal umher, aber niemand schien bei dieser vollkommen absurden Idee genauso ungläubig lachen zu müssen wie sie. Alle ringsum blickten ernst drein, und erst da begriff sie, dass es sich um keinen Witz handelte. Allmählich dämmerte ihr auch, worum er sie da wirklich bat. Nein, nicht bat. Wozu er sie zwang, wenn ihr ihr Leben lieb war. Aber Spionin des Königs zu sein …

»Nein, das mache ich nicht.«

In seinen schwarzen Augen funkelte es finster. »Ich schenke dir dein Leben und will dich in meine Dienste nehmen – und du wagst es, dieses überaus großzügige Angebot von mir abzulehnen?« Seine Stimme nahm einen düsteren, drohenden Tonfall an.

Faythe ließ sich dadurch nicht einschüchtern. »Majestät, ich werde nicht für Euch die schmutzige Arbeit machen. Wenn Ihr den Männern um Euch herum nicht trauen könnt, schlage ich Euch vor, dass Ihr sie durch andere ersetzt.«

Der König erbebte und sprang auf. Faythe zuckte zusammen, aber als er vom Podest herunter auf sie zuschritt, wich sie nicht zurück. Auch jetzt überragte er sie um mehr als einen Kopf.

»Du würdest lieber sterben? Jämmerliches, erbärmliches Menschenmädchen. Vielleicht habe ich mich nicht klar genug ausgedrückt.« Er winkte mit der Rechten einer Wache und eine Sekunde später hörte sie, wie eine Seitentür des Saals aufging.

Faythe drehte den Kopf und alles in ihr jubelte erleichtert auf, als Wachen ihre Freunde hereinführten. Sie waren am Leben. Sie zitterten zwar, aber sie waren am Leben.

»Ich habe keine Bitte ausgesprochen, die man einfach ablehnen kann.« Er nickte den Wachen zu.

Auf der Stelle zogen die Wachen ihre Schwerter und richteten sie gegen Jakon und Marlowe. Es fehlte nur noch das letzte Kommando.

»Stopp!«, schrie Faythe. »Ich tue es. *Bitte.* Lasst sie gehen! Ich tue alles, was Ihr von mir verlangt. Ich leiste keinen Widerstand mehr.« Der Anblick ihrer Freunde brach ihr das Herz. Sogar Jakon wirkte matt und erschöpft, auch wenn seine Augen immer noch funkelten. Würde er ihr jemals verzeihen können?

Der König lachte spöttisch. »Ihr Menschen seid so schwach.« Dann stieg er wieder zu seinem Thron empor. »Es freut mich, dass wir zu einer Vereinbarung gekommen sind. Deine Freunde können den Palast noch heute Abend verlassen. Du bleibst.«

Faythe' Erleichterung war riesengroß. Die beiden würden leben, konnten nach Hause zurückkehren und ihr ganzes Leben miteinander verbringen. Das war alles, was zählte. Dafür hatte sie sich selbst für immer an die Netherworld gekettet. So wollte es der Pakt mit Aurialis, den sie nun nicht mehr erfüllen konnte. Aber am Ende machte das für sie wohl keinen großen Unterschied.

»Ich bitte Euch nur darum, mich von ihnen verabschieden zu dürfen«, flehte sie. »Bitte!«

Der König dachte kurz nach. Und als hätte er beschlossen, dass es den Streit mit ihr oder ihren Aufschrei nicht wert war, wenn er ihr die Bitte abschlug, winkte er gelangweilt und erlaubte ihr, zu ihnen zu gehen.

Mit wenigen raschen Schritten war sie bei den beiden und fiel ihnen um den Hals. Schweigend hielten sie sich alle drei eine Weile umarmt, erleichtert, dass keiner von ihnen sterben musste. Dann löste sich Faythe von Marlowe und Jakon, da sie nicht wusste, wie viele Minuten der König ihr für den Abschied von den beiden gewähren würde. Sie wollte nicht, dass sie ihr buchstäblich aus den Armen gerissen wurden.

»Es tut mir so leid. Ich weiß, dass ihr mir niemals verzeihen könnt, aber –«

»Da gibt es nichts, was ich dir verzeihen müsste«, sagte Marlowe leise. »Danke, dass du mir zu Hilfe kommen wolltest. Das werde ich nie vergessen.«

»Was musstest du ihnen dafür versprechen, Faythe?«, fragte Jakon. »Ich gehe nicht ohne dich.«

»Macht euch um mich keine Sorgen. Sie werden mich nicht umbringen. Sie sind der Meinung, dass ich für sie nützlich sein kann.« Sie lachte auf, um ihre Abneigung gegen das, was der

König mit ihr vorhatte, zu überdecken. »Geht nach Hause und versprecht mir, dass ihr euch umeinander kümmert. Das ist kein Abschied für immer – ganz im Gegenteil. Ich werde einen Weg finden, um euch bald zu besuchen.« Sie brachte kaum mehr ein Wort heraus und bemühte sich verzweifelt, nicht in Tränen auszubrechen.

Jakon drückte sie so fest an sich, als wollte er sie nie mehr loslassen. »Ein Wort. Ein einziges Wort von dir und ich reiße die verdammten Mauern hier ein, um dich freizukriegen«, murmelte er.

Sie wusste, das würde er tun – oder zumindest versuchen und wenn er dabei sterben musste.

»Wird schon alles«, wiederholte sie.

Als Jakon sie losließ, umarmte Marlowe sie noch einmal lange und flüsterte ihr etwas zu.

»Dies ist der richtige Weg, Faythe.«

Bei diesem Satz rasten Faythe eine Million Gedanken gleichzeitig durch den Kopf. Wusste Marlowe vorher, dass Captain Varis mit seinen Männern kommen und sie abführen würde? Hatte sie die ihr zugedachte Rolle gespielt und bereits gewusst, wie es enden würde?

Faythe brauchte ihre Fragen gar nicht laut zu stellen, denn Marlowe beantwortete sie auf ihre Weise bereits. »Nichts ist sicher, Faythe. Das Schicksal kann sich wandeln. Das Gute triumphiert nicht immer. Aber du bist auf dem richtigen Weg zum Anfang des Endes.«

Was sie damit meinte, blieb für Faythe ein Rätsel. Doch sie begriff, dass Marlowes Seherinnengabe nicht bedeutete, ihr konkrete Informationen entlocken zu können – selbst wenn sie dadurch ihr eigenes Leben und das anderer in Gefahr brachte. Die Geister offenbarten sich durch sie. Ihr Wissen war für Marlowe Segen und Fluch zugleich. Sie hatte die Macht, zum Licht zu führen, doch sie trug auch die Last, um die drohende Finsternis zu wissen und ohnmächtig den Lauf der Ereignisse hinnehmen zu müssen. Es konnte keinen Sieg geben ohne Leid; kein Mitleid ohne Schmerz.

Faythe umklammerte Marlowe. »Es fühlt sich aber nicht so an«, bekannte sie und dachte daran, dass sie dem König als Spion dienen sollte. Sie lösten sich voneinander. Als Faythe eine Träne die Wange hinunterlief, wischte sie ihr Marlowe mit einem traurigen Lächeln fort.

»Genug! Bringt sie fort und geleitet sie bis zur Stadtmauer«, donnerte die Stimme des Königs durch den Saal.

Da griff Faythe in ihren Ausschnitt und riss den Anhänger von der Kette, die sie darunter trug. Sie drückte ihn ihrer Freundin in die Hand und schaute ihr dabei in die Augen.

»Er wirkt so, wie du gesagt hast.«

Staunend stellte Marlowe fest, dass sie in ihrem Kopf Faythe' Gedanken hörte. Sie blickte auf den Splitter des Zaubersteins und nickte. Dann wurden sie durch die Wachen voneinander getrennt.

»Passt aufeinander auf«, rief Faythe ihren Freunden unter Tränen nach.

Mit jedem Schritt, mit dem Jakon und Marlowe sich weiter von ihr entfernten, spürte sie die Verzweiflung in sich wachsen. Dann verschwanden sie durch die Seitentür des Thronsaals. Hätte Faythe nicht allzu deutlich die Gegenwart der anderen gespürt, wäre sie auf der Stelle zusammengebrochen. So aber richtete sie sich auf, wischte sich übers Gesicht und sparte sich ihre Trauer für die Augenblicke auf, in denen sie wieder allein sein würde.

ZWEIUNDFÜNFZIGSTES KAPITEL

Nachdem ihre Freunde den Saal verlassen hatten, näherte sich einer der Wachen Faythe und sie drehte sich zu ihm. Hastig senkte er die Augen. Die Wachen lernten schnell.

Hinter sich hörte sie Schritte und als sie sich umwandte, sah sie den König und sein Mündel auf sie zuschreiten. Nervös wappnete sich Faythe gegen die nahende finstere Macht.

Die Stimme des Königs war bedrohlich leise. »Mach keine Dummheiten, Mädchen. Wenn du ein einziges Mal einen miesen Trick anwendest oder versuchst, mich anzugreifen oder zu fliehen, werde ich mich persönlich um deine quälend langsame Hinrichtung kümmern.«

Faythe schluckte, die Drohung war bei ihr angekommen.

Dann wurde seine Stimme lauter und nahm eine joviale Färbung an. »Lady Tauria wird für dich passende Gemächer suchen. Ich vertraue darauf, dass du dich bei ihr für dein Betragen entschuldigst.« Mit lässiger Gebärde legte er eine Hand auf die Schulter seines Mündels. Tauria lächelte Faythe an.

Wenn sie ehrlich war, musste Faythe zugeben, dass Tauria ihr im Moment mehr Angst machte als der König. Hatte sie vor, sich an Faythe zu rächen, sobald sie mit ihr allein war?

Leichtfüßig schritt Tauria an ihr vorbei und bedeutete ihr, dass sie ihr folgen solle. Faythe schloss sich ihr an, ohne noch einmal zu Nik zurückzublicken, der auf dem Podest vor seinem silbernen Thron stand.

Sechs Wachen begleiteten sie und Faythe musste innerlich über diesen übertriebenen Sicherheitsaufwand lachen. Als könnte sie in den Kopf mehrerer Personen gleichzeitig eindringen – aber wer weiß, das hatte sie ja noch nie ausprobiert. Sie wusste über das wahre Ausmaß ihrer Kräfte genauso wenig Bescheid wie die anderen.

Wieder durchschritten sie ein Labyrinth von Gängen, die alle gleich aussahen, und weder Faythe noch Tauria sprachen ein Wort. Die kalte Pracht des Palastes wirkte auf Faythe alles andere als einladend, der Gegensatz zu ihrer bescheidenen Hütte hätte nicht größer sein können. Das sollte ihr neues Heim sein? Es war beinahe ein Schock für sie, als der König ihr mitteilte, sie werde eigene Gemächer erhalten. Hatte sie doch erwartet, den Rest ihres Lebens eingesperrt in einer Gefängniszelle verbringen zu müssen. Aber sie sollte ja offiziell Mitglied seines königlichen Rats werden, für alle Eingeweihten als Leiterin der Spionageabteilung, für die Außenstehenden als Botschafterin für Menschenfragen. Faythe wusste, dass es in der Geschichte von High Farrow noch nie ein solches Amt gegeben hatte – auch in keinem anderen Königreich. Den Fae war das Wohlergehen der Menschen herzlich egal.

Jakon und Marlowe waren der Grund, weshalb sie sich dem Befehl des Königs gefügt hatte. Auch wenn sich in ihr dabei alles verkrampfte. Aber sie sicherte damit das Überleben ihrer Freunde. Denn sie zweifelte nicht daran, dass die beiden sofort hingerichtet werden würden, sollte sie sich verweigern oder eigene Pläne verfolgen.

Mit Tauria schritt sie einen weiteren hell erleuchteten, langen

Flur entlang, der genauso aussah wie die vorherigen; nur die Gemälde unterschieden sich.

»Es mag auf dich zuerst wie die Wiederholung des Immergleichen wirken«, sagte Tauria, als sie Faythe' Blick bemerkte. »Aber du wirst dich schnell zurechtfinden.«

Faythe schaute sie an. »Es tut mir leid … wegen meines Auftritts«, sagte sie verlegen. »Aber der König musste unbedingt hören, was ich ihm zu sagen hatte.«

Tauria sah sie an und nickte. »Ist auch meine Meinung, dass der König sich solche Dinge anhören sollte.« Ihren Mund umspielte ein Lächeln und Faythe musterte sie verblüfft.

Tauria hielt vor einer hohen, großen Tür. »Hier dürfte es dir gefallen.«

Sie öffnete die Tür und ging hinein.

Faythe zögerte eine Sekunde, dann folgte sie ihr, begleitet von vier Wachen. Die anderen beiden bezogen vor der Tür ihre Posten.

Mit offenem Mund blieb sie in der Mitte des Zimmers stehen. Es war groß genug, dass darin ihre gesamte Hütte Platz gefunden hätte. Ein prächtiges, hohes und breites Bett ragte von der Seitenwand in den Raum. Zwei Türen führten rechts und links daneben in einen begehbaren Kleiderschrank und in ein Badezimmer mitsamt Badewanne. Faythe kam aus dem Staunen nicht heraus. Gegenüber befand sich eine weitere Tür, hinter der sie ein kleines Esszimmer entdeckte.

Bei allen Göttinnen, noch nie hatte sie ein so luxuriöses Wohn- und Schlafzimmer gesehen – und hier würde sie untergebracht sein?

»Vielleicht ein wenig protzig, ich weiß. Aber ich glaube, du wirst dich schnell eingewöhnen.« Taurias Augen blitzten vergnügt, als sie Faythe' ungläubiges Staunen bemerkte. Dann ging sie zur Stirnseite des Raums, wo sie die hohe Glastür aufschob und auf den Balkon hinaustrat.

Faythe verstand dies als stumme Einladung, ihr zu folgen, damit sie einen Moment außer Hörweite der vier Wachen miteinander reden konnten.

Es war eine Vollmondnacht und der Himmel sternenklar. Tauria lehnte an der Balkonbrüstung, Faythe trat neben sie und gemeinsam blickten sie auf die innere Stadt hinunter, die glitzerte und funkelte, als wären Sterne vom Himmel gefallen. Der Ausblick war atemberaubend.

»Schön, nicht wahr?«, sagte Tauria.

Faythe antwortete nicht. Nach einer Weile fragte sie: »Warum sind Sie so nett zu mir?« Sie hatte nicht erwartet, von einer Fae so warmherzig aufgenommen zu werden, und schon gar nicht von Tauria, die sie mit dem Tod bedroht hatte.

Tauria schaute sie an. Ihre Augen glänzten im Mondlicht haselnussbraun. »Warum sollte ich das nicht sein?« Als Faythe darauf nicht antwortete, seufzte sie traurig auf. »Wir sind nicht alle die herzlosen, menschenverachtenden Monster, für die ihr uns haltet, Faythe. Mit der Zeit findest du das hoffentlich noch heraus.«

»Es fällt mir schwer, daran zu glauben«, erwiderte Faythe, »dass euer Geschlecht für uns Menschen viel übrig hat. Ihr lebt hier im Luxus, während die meisten von uns in den Vorstädten ein kümmerliches Leben fristen.« Sie zeigte zu den ärmlichen Vierteln jenseits des Mauerrings.

Nach einer kleinen Pause sagte Tauria: »Viele von uns würden das gern ändern.«

Als Faythe sich zu ihr drehte, fiel ihr Blick auf Taurias spitze

Ohren, die sie als Angehörige der Fae kenntlich machten. Einen Moment lang stellte sie sich vor, wie es wäre, wenn ihre beiden Geschlechter in Freundschaft und Geschwisterlichkeit miteinander leben würden. Nicht in Ungleichheit und getrennten Lebenswelten. Auf einmal hörte sie aus Tauria Nik sprechen, hörte seine Gedanken und Vorstellungen heraus. Es wärmte ihr das Herz – und zerriss es ihr zugleich.

»Glaubst du, das ist möglich?«, fragte sie.

Tauria strahlte sie an. »Wenn Prinz Nikalias den Thron besteigt, wird für die Bürgerinnen und Bürger von High Farrow ein neues Zeitalter anbrechen – für beide Geschlechter.« Ihre Bewunderung für Nik war herauszuhören, ja ihre große Zuneigung, und Faythe fragte sich, in welchem Verhältnis die beiden wohl zueinander standen.

Schweigend sahen sie nebeneinander auf die funkelnde Stadt hinunter und Faythe malte sich aus, wie es wohl wäre, darin Seite an Seite mit den Fae zu leben. Ein hoffnungsvolles Lächeln schien auf ihrem Gesicht auf.

Nach einer Weile sagte Tauria: »Ich lasse dich jetzt allein, damit du dich ausruhen kannst. Morgen früh sorge ich dafür, dass eine Kammerzofe dich mit Kleidern und der nötigen Garderobe ausstattet. Eine Uniform für die Besprechungen des königlichen Rats und offiziellen Termine, bei denen der König deine Anwesenheit wünscht, erhältst du auch.« Tauria musterte sie. »Vielleicht solltest du als Erstes ein Bad nehmen. Ich schicke dir frische Wäsche und eine warme Mahlzeit.« Damit drehte sie sich um und ging ins Zimmer zurück.

»Danke«, rief Faythe ihr hinterher.

Tauria blickte noch einmal über die Schulter zu ihr und Faythe antwortete darauf mit einem Nicken und einem Lächeln.

Hinter Tauria verließen auch die vier Wachen den Raum. Faythe war froh, dass sie jetzt endlich allein war. Sie blieb noch eine Weile auf dem Balkon stehen. Die kühle Luft tat ihr gut. Während sie auf das Lichtermeer unter ihr blickte, dachte sie über die überraschende neue Wendung in ihrem Schicksal nach. Eines riefen ihr die Sterne über ihr und die Lichter der Stadt unter ihr in Erinnerung: Ihr Geist würde immer frei und ungebunden bleiben.

Kurze Zeit darauf klopfte es an der Tür. Als Faythe öffnete, standen davor zwei junge Frauen mit Kleidung und Essen. Erst da merkte sie, wie hungrig sie war. Es war schon eine Ewigkeit her, dass sie das letzte Mal etwas gegessen hatte.

Sie bat die beiden Dienerinnen herein, ließ das Tablett auf dem Tisch im Esszimmer abstellen und machte sich sofort über das Essen her. Das heiße Bad konnte warten.

»Können wir noch etwas für Sie tun?«, fragte eine Dienerin schüchtern.

Faythe blickte hoch und lächelte sie an. Bei den beiden Frauen handelte es sich um Menschen, was sie sehr tröstlich fand – und etwas Trost konnte sie gerade brauchen. »Nein. Alles perfekt. Vielen Dank!«

Die Dienerin blickte bei dieser freundlichen Antwort verwirrt drein und es schmerzte Faythe, wenn sie sich ausmalte, welche Behandlung die menschlichen Dienstboten normalerweise im Palast erfuhren. Beide machten einen Knicks und wollten gehen.

»Hey, wartet«, rief Faythe. »Wie heißt ihr?«

Die Dienerinnen schauten sich ungläubig an. »Ich bin Elise und das ist Ingrid«, sagte schließlich die eine. »Wir werden Ihre Zofen sein, Lady.«

Faythe verschluckte sich fast an ihrem Bissen Weißbrot. »Nein, bitte nicht. Ich heiße Faythe. Nur Faythe, das reicht.«

Elise nickte verlegen.

Hätte sie es vorher erfahren, hätte Faythe es abgelehnt, dass ihr Dienerinnen zugeteilt wurden. Jetzt aber musste sie zugeben, dass es für sie eine tröstliche Vorstellung war, regelmäßig menschliche Gesellschaft zu haben. Es würde ihr helfen, an diesem merkwürdigen Ort nicht den Verstand zu verlieren.

»Wollen Sie, dass wir Ihnen ein Bad einlassen und Ihnen beim Auskleiden helfen?«, fragte Ingrid.

Faythe schüttelte den Kopf. »Nein. Noch einmal vielen Dank. Gute Nacht, Elise und Ingrid.«

Die beiden verließen das Zimmer und Faythe konnte sich jetzt ungestört dem Essen widmen, das sie ihr gebracht hatten: Pastete, Brot, Käse, Trauben und Wein. Es schmeckte köstlich und sofort bekam sie ein schlechtes Gewissen, dass es ihr so gut ging, während die beiden Menschen, die sie liebte, weiterhin in Armut lebten. Wenigstens würde Jakon über den gesamten Gewinn von ihrem letzten Kampf im Cave Club verfügen können. Damit konnten Marlowe und er eine ganze Weile gut über die Runden kommen.

Faythe erhob sich vom Esstisch und ging zurück in ihr Schlafzimmer. Elise und Ingrid hatten für sie einen seidenen Bademantel sowie ein weiches Nachthemd bereitgelegt, außerdem für den nächsten Morgen ein elegantes Kleid. Sie würde am Vormittag als neue Hofdame eingeführt werden, damit ihre Anwesenheit niemanden irritierte, wenn der König sie als Gedankenleserin brauchte. Aber auch wenn Faythe noch so elegant eingekleidet wurde, würde sie niemals ihre menschliche Herkunft verstecken können – würde sie sich bei den Fae niemals zu Hause fühlen, solange die Welt so war, wie sie war.

Doch Taurias Worte hallten in ihr nach und sie hoffte auf eine bessere Zukunft.

An der Tür klopfte es und kurz darauf wurde sie geöffnet. Eine vertraute Gestalt trat herein, hielt jedoch kurz inne. Erst dann schloss Nik hinter sich die Tür, sodass sie genug Zeit gehabt hätte, ihn abzuweisen.

Nik blieb bei der geschlossenen Tür stehen und eine Weile schauten sie sich an.

»Ich wollte nur mal wissen, wie du dich eingerichtet hast«, sagte er verlegen.

Er war nicht mehr der, dem sie ihr Herz geöffnet hatte. Er stand jetzt als ein anderer Mann vor ihr. Als Prinz Nikalias. Faythe verspürte in ihrem Herzen einen Stich. Sie überspielte den Schmerz und meinte leichthin:

»Na ja, wird noch eine Weile dauern.«

Er nickte. »Der Ausblick von diesen Gemächern ist –«

»Warum bist du wirklich hier, Nik?«, unterbrach sie ihn.

Er sah sie an und kam ein paar Schritte näher. »Um mich zu vergewissern, dass du mich nicht dafür hasst, wer ich bin.«

»Ich hasse, dass du mich angelogen hast«, antwortete sie.

»Kannst du mir verzeihen?«

»Ich weiß es nicht.«

Es war die Wahrheit. Sie wandte die Augen ab.

Er kam noch näher und wollte ihr mit der Hand über die Wange streichen.

Sie wich zurück. »Bitte nicht.« Über sein Gesicht huschte Schmerz. »Wir können uns nichts mehr vormachen, Nik. Jetzt nicht mehr.« Es brach ihr das Herz. Sie schaute ihm traurig in die Augen. »Du bist Kronprinz und wirst eines Tages der König von High Farrow sein. Vielleicht bin ich dann schon lange tot. Unsere

Liebe war von Anfang an zum Scheitern verurteilt.« Sie bemühte sich, die in ihr aufsteigenden Tränen zurückzudrängen. Es ging nicht nur darum, *wer* er war. Es ging auch darum, *was* er war, nämlich ein Fae. Sie hatte es mit aller Kraft zu verdrängen versucht. Aber der Vergänglichkeit konnte sie nicht entkommen. Sie würde alt werden und sterben, während er als Unsterblicher für immer jung und attraktiv blieb.

Die Verzweiflung in seinen Augen berührte Faythe, aber sie mussten der grausamen Realität ins Auge schauen.

»Als du gesagt hast, der Fae, in den du dich verliebt hast, war nie *wirklich* … hast du das auch so gemeint?«, flüsterte er kaum hörbar.

»Ja.«

Er zuckte zusammen.

»Und auch wieder nein.« Sie schaute ihm weiter in die Augen. »Was zwischen uns gewesen ist, war *wirklich*. Aber ich wusste nicht, wer du bist, Nikalias.«

Er verstand und neigte vor ihr den Kopf. »Willst du mir Gelegenheit geben, es dich herausfinden zu lassen? Wer ich wirklich bin? Von jetzt an keine Geheimnisse mehr?«

Sie lächelte, und es war ein warmes, aufrichtiges Lächeln. »Sehr gerne.«

»Du wirst mir immer viel bedeuten, Faythe«, sagte er.

Das war der Satz, auf den sie gehofft hatte. Obwohl es ihr schwerfallen würde, ihn in der Nähe zu wissen, ohne ihm körperlich nahe sein zu können, würde sie damit leben können. Denn sie wusste, dass sie in ihm einen wahren Freund gefunden hatte, auf den sie sich immer würde verlassen können. Das Band zwischen ihnen war nicht zerrissen.

»Du wirst mir auch immer viel bedeuten, Nik.«

Sie traten hinaus auf den Balkon, ließen sich auf die Sessel nieder, und den Rest der Nacht unterhielten sie sich miteinander. Beeindruckt lauschte Faythe seinen ehrgeizigen Plänen als Prinz von High Farrow. Er erzählte ihr alles über sein Leben. Es war befreiend, endlich mehr über den Fae zu erfahren, in dessen Gesellschaft sie die letzten Monate verbracht hatte und der sie vor sich selbst und vor seinem Vater gerettet hatte. Sie stand tief in seiner Schuld – umso mehr, als ihr erst jetzt klar wurde, wie schwierig es für ihn gewesen sein musste, sich frei durch die Stadt zu bewegen. Welch großes Risiko er damit eingegangen war.

»Tauria scheint mir eine interessante Frau zu sein«, sagte sie.

Nik lachte. »Ihr beide gemeinsam könntet den Palast in seinen Grundmauern erschüttern.«

Faythe grinste und das erste Mal seit einer gefühlten Ewigkeit verspürte sie ein echtes Glücksgefühl. Ihre Freunde waren in Sicherheit, sie war am Leben und ihre Gaben hatte sie gerettet und nicht in Verdammnis gestürzt. Ihr Geheimnis war ans Licht gekommen und konnte sie nicht mehr zerstören. Sie verachtete den Anlass, der sie hierher in den Palast geführt hatte – aber sie war genau da, wo sie sein musste, wenn sie die Ruine des Tempels aufspüren und ihre Seele befreien wollte, die an die Ewigen Wälder gekettet blieb. Was auch immer sie von der Göttin Aurialis über sich noch erfahren sollte, sie war bereit dafür.

Ich wusste, dass dein Weg dich in den königlichen Haushalt führen würde, das ist alles.

Ein ehrfürchtiges und ungläubiges Lächeln umspielte ihre Lippen. Ob Marlowe im Vorhinein genau gewusst hatte, wie es dazu kommen würde, dass sie nun hier war, da war sie sich nicht sicher. Aber vermutlich spielte das auch keine Rolle.

Faythe wandte den Kopf und blickte hinunter auf das Lichtermeer der Stadt. Wenn sie schon gezwungen war, von nun an hinter den Mauern des Palastes zu leben, dann wollte sie zumindest so viel wie möglich daraus machen.

Sie grinste und sagte: »Ich kann es kaum erwarten.«

EPILOG

Reuben

Es herrschte Stille, nur ab und zu unterbrochen von einem leisen, scharrenden Geräusch, das von einem Nagetier stammen musste. Reuben verharrte reglos in seinem Holzfass und traute sich nicht einmal, laut zu atmen. Jedes Mal, wenn eine Ratte in der Nähe an etwas nagte oder mit ihren Krallen über den Boden kratzte, zuckte er zusammen und sein Herz fing an, rasend schnell zu schlagen.

Bereits seit einer Weile wurde er mitsamt seiner Tonne nicht mehr von wilden Wellen herumgeschleudert. Ein lautes Hin und Her aufgeregter Matrosen, dann nichts mehr. Sie mussten im Hafen angelegt haben. Er wusste nicht, wie viele Tage sie unterwegs gewesen waren, seit sie in High Farrow in See gestochen waren, oder wie viele Stunden vergangen waren, seit das Schiff Lakelaria erreicht hatte.

Sein Körper hatte zu Beginn seiner aufreibenden Überfahrt geschmerzt und so gut es ging hatte er in dem engen hölzernen Gefängnis immer wieder versucht, vorsichtig sein Gewicht zu verlagern. Inzwischen waren alle seine Glieder taub, und er fragte sich, ob sie ihm überhaupt noch gehorchen würden.

Schließlich beschloss Reuben, dass das Schiff von allen Seeleuten verlassen worden sein musste, und presste die Handflächen gegen den Deckel des Holzfasses. Bald würde er sich wieder frei bewegen können und den Fuß in ein vollkommen unbekanntes Land setzen. Vorfreude und Angst ließen seine Schläfen pochen. Mit aller Kraft stemmte er sich gegen den Deckel, auch wenn seine schwachen und tauben Muskeln dagegen protestierten. Er wollte endlich wieder frische Luft atmen können.

Dann hatte er es geschafft, der Deckel war gelockert. Langsam und vorsichtig schob er ihn zur Seite.

Er lauschte wieder. Nichts. Stille. Obwohl er nicht wusste, ob draußen auf dem Kai überhaupt Wachen aufgestellt waren, war er lieber vorsichtig. Unvorsichtige Bewegungen hätten ihn sofort verraten.

Langsam stand Reuben in dem Fass auf, alle Knochen tat ihm weh und sämtliche Fasern seiner Muskeln schmerzten. Er war darauf vorbereitet, dass es im Laderaum des Schiffes dunkel sein würde, aber als er nun den Deckel heruntergleiten ließ und sich vollständig aufrichtete, konnte er kaum die Umrisse der anderen Frachtstücke erkennen. Neben sich stieß er auf einer Seite sofort gegen etwas Hartes. Schließlich gelang es ihm, sich aus der Tonne herauszuhieven.

Als seine Füße den Boden berührten und er zum ersten Mal seine Glieder wieder frei bewegen konnte, wären ihm die Beine fast weggeknickt. Er brauchte eine Weile, dehnte und streckte sich, beugte sich dann über das Fass, um seine wenigen Habseligkeiten herauszufischen. In einiger Entfernung bemerkte er einen schmalen, hohen Lichtspalt: eine Tür! Die einzige, die er entdecken konnte. Vorsichtig bewegte er sich darauf zu, verfluchte jedes Knarren der Planken.

Als er davor angelangt war, legte er das Ohr an das Türblatt. Lauschte. Nichts von einem Fae oder Menschen zu hören. Mit pochendem Herz öffnete er die Tür langsam und wagte einen Blick dahinter. Eine schwach erleuchtete Kabine, in der niemand war. Zum Glück.

Reuben hatte keinen Plan. Sobald er es vom Schiff geschafft hatte, wollte er einfach einen anderen Menschen ansprechen und um Unterschlupf bitten … falls die Fae ihn nicht vorher noch als blinden Passagier schnappten. Er hatte noch nie die Gabe besessen, sich unsichtbar zu machen – anders als seine Freundin Faythe. Er dachte an Faythe, an seine anderen Freunde und an seine Mutter. Sie alle hatte er zurücklassen müssen. Er spürte, wie er mutlos wurde. Er durfte jetzt nicht an sie denken. Nicht, bevor er nicht an Land und in Sicherheit war. Sonst würde ihn der Kummer überwältigen.

Reuben irrte im Bauch des Schiffes umher, bis ihn ein Luftzug aufmerken ließ. Er folgte ihm mehrere schmale Wendeltreppen hinauf, durch einen weiteren klammen, düsteren Gang, bis endlich …

Ins Freie!

Mondlicht schien durch eine Öffnung am Ende des Gangs und wies ihm den Weg. Seine Schritte wurden schneller, so sehr drängte es ihn, endlich frische Luft im Gesicht zu spüren. Einen Moment lang vergaß er, dass er in Lebensgefahr war. Dann schlich er lautlos weiter, hielt am Ende an und spähte vorsichtig zum Hauptdeck. Zu seiner großen Überraschung befand sich niemand – weder Menschen noch Fae – auf dem Schiff. Und auch am Ufer konnte er niemand entdecken.

Reuben richtete sich auf und ging hinaus auf Deck.

Dort atmete er tief die frische salzige Luft ein. Wie hatte er sich nach diesem Moment gesehnt! Er war frei! Da auf den Docks in der Nacht nichts los war und auch keine Wachen zu patrouillieren schienen, musste er sich nicht mehr verstecken. Erleichterung befiel ihn. In diesem Land schien es anders zu sein als in High Farrow, wo zu jeder Tages- und Nachtzeit Soldaten unterwegs waren.

Fast hüpfend verließ er das Schiff. Vielleicht würde ja alles gut werden. Wenn dieses Königreich schon so viel lockerer mit Überwachung und Kontrollen umging …

Er lächelte, als er den Wald betrat, der sich hinter der Bucht erstreckte. Er fühlte sich an den Westlandwald zu Hause erinnert. Es war zu dunkel, um Unterschiede zu erkennen, aber ein Wald glich wahrscheinlich dem anderen, dachte er. Es war darin still – vielleicht zu still –, doch das schob er auf die späte Stunde. Vielleicht gab es ja in Lakelaria nicht so viele Waldtiere wie in seiner Heimat.

Aus der Schulzeit war ihm über Lakelaria nicht viel haften geblieben; er wusste nur, dass es ein großes, mächtiges Königreich war und den Namen den vielen Seen und Flussläufen verdankte, die das Land durchzogen. An eine schaurige Sage aus seiner Kindheit erinnerte er sich allerdings. Darin hieß es, das Reich sei einst von Sirenen beherrscht worden, welche die Fähigkeiten besaßen, durch ihren Gesang einen Mann zu sich ins Wasser zu locken. Natürlich war das nur eine Erzählung, eine Gruselgeschichte; aber Reuben würde sich lieber von Ufern fernhalten, man wusste ja nie …

Als er zwischen den knorrigen alten Bäumen hindurchging, wurde ihm allmählich unheimlich, und er sehnte sich danach, aus dem Wald herauszukommen. Da blieb er plötzlich stehen, denn er glaubte, gesehen zu haben, wie einer der Baumstämme sich bewegte.

Das Herz schlug ihm bis zum Hals und er wusste nicht, was

richtiger war: stehen zu bleiben oder davonzurennen. Schließlich entschied er sich dafür, langsam weiterzugehen, und achtete darauf, dass sein Rucksack stramm saß, damit er ihn bei der Flucht nicht behinderte.

Aus dem Augenwinkel bemerkte er schräg hinter sich eine weitere ungewöhnliche Bewegung und fuhr herum.

Vielleicht doch nur Blätter.

Reuben bekämpfte seine aufsteigende Panik. Im Wald gab es unendlich viel, was sich bewegen konnte. Er hatte Angst und bildete sich Dinge ein. Es kam nur daher, dass er fürchtete, verfolgt zu werden. Trotzdem beschleunigte er seine Schritte.

Als er den nächsten Schritt machte, knackte unter ihm laut ein Ast, und alles wurde schwarz.

Er schrie laut auf, als ihm etwas über den Kopf gestülpt wurde, dann jemand blitzschnell seine Arme packte, nach hinten riss und die Handgelenke aneinanderfesselte. Reuben hatte kaum Zeit, Luft zu holen, da war er auch schon überwältigt.

»Bitte! Ich … ich tue niemand was Böses! Bitte lassen Sie mich frei!«, rief er in Panik.

Keine Antwort. Aber er wusste nun, dass seine Angreifer zu zweit waren. Denn er spürte, wie er an jeder Seite unter den Armen gepackt und fortgeschleppt wurde. Er vermochte sich nicht zu wehren, denn er fühlte sich vor Furcht wie gelähmt; brachte nur ein Stammeln heraus, ein Gemisch aus Bitten und Protest.

Seine Angreifer achteten nicht darauf und lockerten weder ihren Griff noch verlangsamten sie ihre Schritte, sodass Reuben über seine eigenen Füße stolperte. Bald gab er es auf und ließ sich von ihnen mitschleifen.

Es waren die quälendsten Minuten seines Lebens, und Grauen befiel ihn, als er daran dachte, dass es auch die letzten sein konnten. Womöglich würde er bald sterben. Er hörte, wie eine quietschende Tür aufgestoßen wurde, spürte eine glattere Fläche unter den Füßen. Nicht mehr Erde, Blätter oder Zweige.

Dann hielten die beiden Angreifer an und ließen ihn los.

Reuben, der kraftlos zwischen ihnen gehangen hatte, sackte zu Boden. Mühsam kam er auf die Knie hoch. Dann wurde ihm der Sack über dem Kopf heruntergerissen. Blinzelnd versuchte er sich zu orientieren.

Er befand sich in einer Hütte, die von ein paar Fackeln spärlich erhellt wurde. Als er rechts und links zur Seite schielte, sah er neben sich zwei riesige Fae stehen, in schwarzen Umhängen, die Kapuzen über den Kopf gezogen. Er kannte diese Kleidung, und als ihm klar wurde, woher, drehte sich ihm vor Augen alles, Erinnerungen an seine letzte Begegnung mit solchen Männern blitzten in ihm auf.

Valgard.

Er starrte sie an, Augen und Mund weit aufgerissen, unfähig etwas zu sagen, sich zu bewegen. Die Fae rührten sich nicht und starrten durch ihn hindurch.

Hinter ihm knarrten die Bodendielen, eine neue Person musste den Raum betreten haben. Reuben fuhr mit dem Kopf herum, sah jedoch nicht die grobschlächtige Gestalt des Mannes vor sich, den er erwartet hatte.

Stattdessen trat ihm aus einer dunklen Öffnung in der Wand eine große, schlanke weibliche Fae entgegen. Mit offenem Mund staunte er ihre Schönheit an – so etwas hatte er zuvor noch nie gesehen, weder bei Fae noch bei Menschen. Ihr Haar war von so dunkler Bernsteinfarbe, dass es fast rot leuchtete, und ihre Locken fielen wie Flammen auf ihre Schultern herab. Ihr Gesicht war zart, blass, vollkommen. Aber als er dann ihre Augen sah …

Solche Augen hatte er bereits gesehen, diese Farbe war ihm vertraut.

Nein, das muss ein Zufall sein.

Die Fae blieb vor ihm stehen und blickte auf ihn herab. Furchtsam, vor allem aber zutiefst verwirrt, kniete er vor ihr und blickte zu ihr auf. Sie lächelte ihn an und bei ihrem Lächeln bekam er Gänsehaut. Sie war schön, aber gefährlich. Er hätte nicht sagen können, was es war – aber irgendetwas an ihr warnte ihn, dass er sich durch ihr Äußeres nicht täuschen lassen sollte. Mit ihrer Schönheit und Eleganz ging ein Killerinstinkt einher.

Endlich sprach sie und ihre Stimme klang weich und melodisch. »Ja«, sagte sie. »Du bist ein guter Fang und wirst mir von großem Nutzen sein.« Es war ein Klang wie nicht von dieser Welt. Hypnotisierend.

Und das verspürte er auch, während er den Blick nicht von ihr wenden konnte. Vielleicht hatte seine Verwirrung und Benommenheit auch damit zu tun, dass er beim Blick in ihre Augen ständig an jemand anders denken musste. Augen, die wie Gold leuchteten. Er kannte nur eine andere Person, deren Augen diese Farbe hatten. Nur dass die Augen der Frau vor ihm stärker leuchteten, je beinahe glühten. Ihre blutroten Lippen verzogen sich zu einem grausamen Lächeln, bei dem er heftig zu zittern begann. Reuben konnte nicht aufhören, in diese flammenden Augen zu schauen, und sträubte sich mit aller Kraft dagegen, dass sich dieses Gesicht für ihn in ein anderes verwandelte … in das von Faythe.

Danksagung

Es war eine Reise – eine wunderbare, fantastische Reise, bis ich euch, meine Leserinnen und Leser, in die Welt von Ungardia mitnehmen konnte, und ich habe vielen Menschen dafür zu danken. Ohne sie alle – jede und jeden einzelnen von ihnen ein Teil meines Kreativ- und Unterstützer*innenteams – wäre dieses Buch nicht zustande gekommen.

Mein besonderer Dank gilt:

Meiner Mutter Yvonne, die meine Träume nie für zu groß hielt und mich ermuntert hat, nach den Sternen zu greifen. Sie half mir bei diesem Buch durch alle meine Krisen, zerstreute meine Zweifel und schenkte mir Selbstvertrauen. Danke, dass du so bist, wie du bist!

Meiner Schwester Eva, der allerersten Leserin meiner ersten, noch unredigierten Rohfassung von *An Heir Comes to Rise*. Danke für deinen Enthusiasmus und deine aufmunternden Worte zur Serie. Die Figur des Reuben ist für alle Zeiten dir gewidmet!

Meiner Nichte Chiara, ebenfalls eine frühe Leserin des noch unredigierten Manuskripts. Danke für deine Ehrlichkeit und deinen Zuspruch! Beides hat mir dabei geholfen, Änderungen vorzunehmen, durch die die Geschichte gewonnen hat.

Meinem Vater, der mich immer in vorderster Reihe unterstützt hat. Ich danke dir dafür! Und auch dem Rest der Familie. Ihr habt mir alle auf unterschiedliche Weise das Selbstvertrauen und die Energie gegeben, dieses Buch zu schreiben. Danke für eure Liebe und Unterstützung!

Meiner großartigen Lektorin Bryony Leah. Die Sterne haben es gut mit mir gemeint, dass ich dich gefunden habe! Deine Vorschläge und Anmerkungen sind für mich von unschätzbarem Wert, dein Lob und deine Kritik inspirierend, deine Hingabe und Genauigkeit bewundernswert. Danke für deine Professionalität und Liebenswürdigkeit – und für deinen außerordentlichen Einsatz für dieses Buch.

Zuletzt – und wahrscheinlich am wichtigsten, denn ohne euch könnte ich nicht zustande bringen, woran mir so viel liegt: Danke an euch, meine Leserinnen und Leser! Aus tiefstem Herzen danke ich euch dafür, dass ihr euch gemeinsam mit mir auf die Reise nach Ungardia begeben habt. Dies ist erst der Anfang – und ich hoffe, euch bei den weiteren Herausforderungen und schicksalhaften Wendungen der Geschichte von Faythe, ihren Gefährt*innen und vielen anderen Figuren, die neu hinzukommen werden, wiederzusehen! Dieses Buch ist euch gewidmet.

©privat

Autorin

Chloe C. Peñaranda entdeckte ihre Leidenschaft fürs Schreiben schon als Jugendliche. Ihre Geschichten sind das Ergebnis jahrelanger Arbeit an fiktiven Charakteren und der Erkundung Tolkien-ähnlicher Abenteuer in erfundenen Welten. Schon im Studium schrieb sie Kurzfilme, produzierte Animationen und träumte sich während der Vorlesungen in ferne Welten. Sie lebt in Schottland, und wenn sie nicht gerade schreibt, verbringt sie ihre Zeit mit Grafikdesign oder mit ihren drei kleinen Hunden.

©privat

Übersetzerin

Bernadette Ott begeistern die Wortspiele und der Drive in Jugendromanen, aber auch die Erzählfantasie und poetische Verwandlung der Wirklichkeit in Kinderbüchern. Ihr Dank gilt allen Autor*innen, in deren Sprache, Gedanken, Gefühle und Lebenswelten sie als Übersetzerin eintauchen darf.

Mehr zu unseren Büchern auch auf Instagram

Holly Black

ELFENERBE

Der gestohlene Thron
Band 1, 432 Seiten,
ISBN 978-3-570-16689-5

Der gefangene Prinz
Band 2, 432 Seiten
ISBN 978-3-570-16690-1

Oak, der 17-jährige Bruder von Jude, Königin von Elfenheim, ist ein enigmatischer und widerstrebender Thronfolger. Schon als Kind stand er im Mittelpunkt eines brutalen Machtkampfs um den Thron und kennt die Höhen und Tiefen seiner Position. Als er gemeinsam mit Suren, der wilden und unberechenbaren Königin des Hofs der Zähne, auf eine Quest geht, verbergen beide ihre wahren Motive voreinander. Denn ihr Bündnis ist fragil und dem anderen zu vertrauen, könnte ein ganzes Reich aufs Spiel setzen ...

20347_2

cbj
www.cbj-verlag.de